Wolfgang Jaedtke
Tochter der Steppe

Zu diesem Buch

Russische Steppe, um 700 vor Christus: Die zwölfjährige Manja lebt mit ihrer Mutter Arinai in einem Bauerndorf und träumt von einer zukünftigen Ehe mit dem Nachbarsjungen Vilufar. Als das Dorf von skythischen Reiterkriegern überfallen wird, werden sie jäh auseinandergerissen: Vilufar gerät als Sklave in die Gewalt der Skythen, Manja dagegen gelingt die Flucht. Es verschlägt sie zu den Sarmaten, einem mit den Skythen verfeindeten Reitervolk, bei dem die Frauen das Kriegshandwerk erlernen und die Geschicke des Stammes lenken. Aufgrund eines Schmuckstücks wird sie für eine verschollene Enkelin des sarmatischen Königshauses gehalten und zur Kriegerin ausgebildet. Doch als die junge Frau in die Auseinandersetzungen zwischen Sarmaten und Skythen verwickelt wird und sie sich in ihren vermeintlichen Onkel verliebt, gerät sie schließlich durch die Intrige einer Konkurrentin in skythische Gefangenschaft. Wird sie Vilufar wiederbegegnen? – Wolfgang Jaedtke lässt die sagenumwobene Welt der Skythen und Amazonen in diesem packenden und detailgenauen Roman lebendig werden.

Wolfgang Jaedtke, geboren 1967 in Lüneburg, ist promovierter Musikwissenschaftler und freier Autor und lebt im niedersächsischen Stelle. Sein besonderes Interesse gilt der Vor- und Frühgeschichte. Er veröffentlichte die Skythen-Romane »Steppenkind« und »Tochter der Steppe«.

Wolfgang Jaedtke

Tochter der Steppe

Historischer Roman aus der Welt der Skythen

Piper München Zürich

Mehr über unsere Autoren und Bücher:
www.piper.de

Von Wolfgang Jaedtke liegen bei Piper im Taschenbuch vor:
Steppenkind
Tochter der Steppe

Für Nicole

FSC Mix
Produktgruppe aus vorbildlich bewirtschafteten Wäldern und anderen kontrollierten Herkünften
www.fsc.org Zert.-Nr. GFA-COC-001223

Originalausgabe
Mai 2009

Umschlag: Büro Hamburg. Anja Grimm, Stefanie Levers
Bildredaktion: Büro Hamburg. Alke Bücking, Sandra Schmidtke
Umschlagabbildung / Montage: Ming, Fan Yi
(»Young Tibetan Girl with Scarf« / The Bridgeman Art Library),
Fridmar Damm / zefa / Corbis (Landschaft),
Jason Edwards / Getty Images (Hintergrund oben)
Autorenfoto: privat
Satz: Filmsatz Schröter, München
Papier: Munken Print von Arctic Paper Munkedals AB, Schweden
Druck und Bindung: CPI – Clausen & Bosse, Leck
Printed in Germany ISBN 978-3-492-25326-0

INHALT

RUSSLAND, UM 700 VOR CHRISTUS

ERSTER TEIL

DIE WÖLFIN

AUF DER WEIDE

»Sei artig, sonst holt dich der Wolfsmann!«, sagte Tante Durka.

Diese Drohung hörte Manja nur selten, und sie erlaubte Rückschlüsse auf die Schwere ihres Vergehens. Gewöhnlich drohte Tante Durka, die in Wahrheit gar nicht ihre Tante war, nur mit den Dorfältesten. Vor den Ältesten hatte Manja keine Angst, denn sie wusste, dass ihre Mutter sie beschützen würde. Außerdem hatte Durka diese Drohung noch nie wahr gemacht. Dass ein zwölfjähriges Mädchen beim Ziegenhüten auf der Weide eingeschlafen war oder einen Tonkrug zerbrochen hatte, war nicht wichtig genug, um die weisen Männer zu behelligen.

Der Wolfsmann war erst an der Reihe, wenn Manja ungehorsam war – zum Beispiel wenn sie im Garten stand und den Himmel betrachtete, statt sich im Haus nützlich zu machen. Diese Drohung empfand Manja als besonders schlimm, auch wenn sie nicht recht glauben wollte, dass sich ein behaartes Untier aus den Wäldern, halb Mensch, halb Wolf, um die Sünden von Kindern kümmerte.

»Zieh deinen Kittel an!«, befahl Tante Durka, die Manja soeben auf dem Weg zur Weide angehalten hatte, wo sie die Ziegen melken sollte.

Manja zögerte und forschte in Durkas strengem Gesicht, denn sie verstand den Sinn dieser Anordnung nicht. Wenn sie Milch verschüttete oder das Feuer ausgehen ließ, konnte sie verstehen, dass sie getadelt wurde, denn die Milch wollten sie trinken, und das Feuer hielt warm. Warum aber sollte ein zwölfjähriges Mädchen nicht mit nacktem Oberkörper vor die Tür gehen, wenn draußen die Sonne schien? Schließlich war es ein schöner Frühlingsnachmittag und warm für die Jahreszeit.

»Mir ist nicht kalt«, erwiderte sie trotzig.

Tante Durka starrte mit unbewegtem Gesicht auf sie

herab. Dann, so plötzlich, dass Manja nicht zurückweichen konnte, holte sie blitzschnell aus und versetzte ihr eine schallende Ohrfeige.

Manja weinte nicht. Tante Durka gegenüber zeigte sie besser keine Schwäche. Also biss sie nur die Zähne zusammen, während ihr das Blut ins Gesicht schoss.

»Du bist kein Kind mehr«, sagte Tante Durka scharf. »Also los jetzt!«

Manja gehorchte, innerlich zornbebend, doch nach außen hin ruhig. Langsam zog sie den leinenen Leibrock an, den sie wie einen Schurz um ihre Hüften geknotet hatte. Folgsam steckte sie die Hände in die Ärmel, zog den Kragen über die Schultern und schloss den dreieckigen Ausschnitt. Als der Stoff sie vom Hals bis zu den Knöcheln bedeckte, drehte sie sich um, nahm den tönernen Melkkübel wieder auf und ging in Richtung der Ziegenweide davon.

Der Weg führte über eine kleine Anhöhe, von der aus das gesamte Dorf zu überblicken war. Es lag auf einer weiten Lichtung inmitten dichter Wälder und bestand aus niedrigen, fensterlosen Häusern, deren schwere Binsendächer fast bis zum Boden reichten. Die aus Bruchsteinen und Lehm getürmten Kamine sandten schmale Rauchsäulen in den wolkenlosen Himmel. Jedes Haus war von einem Gemüsegarten mit hüfthohen Weidenzäunen umgeben. Rings um das bebaute Gelände verlief ein Erdwall, der das kleine Dorf vollständig umschloss. Draußen vor dem Wall lagen die Ackerfelder, gerodete Flächen, auf denen Gerste, Hirse und Weizen wuchsen. Dahinter begann der Wald, eine dunkle Wand aus Tannen und Fichten, die sich bis zum Horizont erstreckte.

Manja ahnte, dass Tante Durka ihr nachblickte, und hielt sich bewusst aufrecht. Sie war froh, als sie die Anhöhe überquert hatte und die sandige Terrasse zu den Weiden hinabstieg, denn nun war sie sicher, aus Durkas Gesichtsfeld verschwunden zu sein.

Sie ist eine Plage, dachte Manja, während sie verdrossen weiterstapfte. Eine Heimsuchung. Eine Strafe der Götter.

Natürlich hätte sie nie gewagt, eine derartige Lästerung laut auszusprechen. Tante Durka war die Ehefrau ihres Nachbarn Korzak, der Manjas Mutter oft bei schweren Arbeiten zur Hand ging. Er hackte Holz für sie, hielt die Zäune instand und nahm, wenn es notwendig war, Ausbesserungen am Haus vor. Korzak war ruhig und freundlich, sowohl zu Manja als auch zu ihrer Mutter. Durka allerdings beäugte die vielen Hilfsdienste ihres Gatten für die verwitwete Nachbarin mit Argwohn. Vielleicht hatte sie nicht einmal ganz unrecht, wenn sie sich selbst – eine schwergewichtige, von Pockennarben entstellte Bäuerin in vorgerücktem Alter – mit Manjas Mutter verglich, die trotz ihrer achtunddreißig Jahre eine schöne Frau war.

Es gab noch einen anderen Grund, warum Durka Manjas Mutter nicht mochte: Sie war vor Jahren als Fremde ins Dorf gekommen, und niemand wusste genau, wo sie vorher gelebt hatte. Wenn Manja zum Dorfplatz ging, um Wasser aus dem Brunnen zu schöpfen, erinnerten sie die Blicke der anderen Kinder zuweilen daran, dass ihre Familie nicht alteingesessen war. Doch die anderen Kinder waren ihr gleichgültig – solange nur Vilufar zu ihr hielt, Durkas jüngster Sohn, mit dem sie schon vor Jahren Freundschaft geschlossen hatte.

Vilufar erwartete sie am Rand der Weide, die sich Manjas Mutter mit ihren Nachbarn teilte. Er saß wie üblich auf dem Zaun, eine Gerte in der Hand, und winkte schon von Weitem. Manja vergaß Tante Durka, als sie sah, wie er sich ins Gras herabgleiten ließ und auf sie zukam.

»Gruß, Schwester.« Er küsste sie auf die Wange.

Manja lächelte und stellte ihren Melkkübel ab. Sie liebte es, wenn er sie Schwester nannte – ebenso sehr wie sie es verabscheute, seine Mutter mit Tante anreden zu müssen.

»Warum hast du denn eben so grimmig geschaut?«

Manja verzog das Gesicht.

»Deine Mutter«, sagte sie. »Sie hat geschimpft, weil ich meinen Kittel nicht angezogen hatte.«

Vilufar grinste. Ihm gegenüber konnte Manja ehrlich sein,

das wusste sie. Auch er stand mit seiner Mutter nicht auf allerbestem Fuß und ging ihr aus dem Weg, sofern seine Pflichten es ihm erlaubten.

»Wo es doch so warm ist…« Manja ging hinüber zu der Ziege, die ihrer Mutter gehörte, und klopfte ihr den Hals. Das Tier meckerte leise und erwiderte die Zärtlichkeit mit einem leichten Stoß seines bärtigen Mauls.

»Hier sieht sie dich ja nicht«, sagte Vilufar, der ihr gefolgt war und müßig die Gerte über das Gras fahren ließ.

Manja blickte ihn an und bemerkte sein schelmisches Lächeln.

»Stimmt«, sagte sie, fasste ihren Leibrock beim Kragen, zog ihn von den Schultern und warf ihn ins Gras. Dann schob sie den Kübel unter die Zitzen der Ziege und begann, sie mit sparsamen, geübten Bewegungen zu melken. Vilufar sah ihr zu – und wenn Manja sich nicht sehr irrte, ruhten seine Blicke eher auf ihrem nackten Rücken als auf dem Tier.

Vilufar war dreizehn Jahre alt und ein Ebenbild seines Vaters, kräftig und groß für sein Alter. Für Manja, die ein Jahr jünger war, hatte er immer ein wenig den großen Bruder verkörpert. Schon als kleine Kinder hatten sie zusammen gespielt und fast jede freie Stunde gemeinsam verbracht. Seit beide alt genug waren, um ihren Eltern zur Hand zu gehen, richteten sie es gewöhnlich so ein, dass sie sich auf der Weide oder beim Brunnen trafen. Zurzeit hatte Vilufar nicht viel mehr zu tun, als die fünf Ziegen seines Vaters zu hüten, denn das Korn war noch nicht reif zum Ernten, und um die Gemüsebeete kümmerte sich Durka selbst, da sie der Meinung war, ihr Sohn habe kein Gefühl für den Umgang mit Schwarzwurzeln, Rüben und Feldsalat. Manja war dies nur recht, denn es bedeutete, dass sie sich täglich trafen.

»So, das genügt.«

Sie stellte den gefüllten Milchkübel beiseite und sah, dass Vilufar es sich auf ihrem Leibrock bequem gemacht hatte, der ausgebreitet wie eine Decke im Gras lag.

»Komm, Schwester, leg dich zu mir!«

Sie zögerte. Früher hatte sie sich oft an seiner Seite im

Gras ausgestreckt und in den Himmel geschaut, doch seit sich beide dem Erwachsenenalter näherten, war diese kindliche Unbefangenheit einer gewissen Scheu gewichen.

»Na gut«, grinste Vilufar, »dann bekommst du ein eigenes Lager.«

Umstandslos zog er seinen eigenen Leibrock über den Kopf, breitete ihn im Gras neben sich aus und klopfte mit der flachen Hand darauf.

Manja musste lächeln, und angesichts seiner Offenherzigkeit nahm sie das Angebot an und ließ sich rücklings an seiner Seite nieder.

»Was gibt es Neues im Dorf?«, fragte sie wie üblich. Da sie ganz am Rand der Siedlung wohnte und ihre Mutter außer den nächsten Nachbarn keine Freunde hatte, bezog sie ihre Neuigkeiten zumeist von ihm. Seine Familie war alteingesessen, und er kannte viele gleichaltrige Jungen, darunter auch Söhne der Dorfältesten.

»Ach, nicht viel Neues«, antwortete Vilufar, der gleich ihr in den wolkenlosen Himmel hinaufblickte. »Das Korn gedeiht, und die Ältesten sind zufrieden. Das Wetter ist gut, und weit und breit hat niemand Pferdemenschen gesichtet.«

Manja schauderte. Die wilden Pferdemenschen waren eine Bedrohung, die sie mehr ängstigte als der Wolfsmann. Jenes Ungeheuer aus den Wäldern hatte noch niemand zu Gesicht bekommen; dass jedoch grausame Menschen die Länder im Westen verheerten, war allgemein bekannt. Es hieß, sie seien Verstoßene, die einst in die Weiten der Steppe hinausgezogen waren, um sich mit wilden Pferden zu paaren. Manja wusste, dass ihre eigene Mutter auf der Flucht vor den Pferdemenschen hierher gelangt war, auch wenn sie nie darüber sprach und Manja klug genug war, nicht zu fragen. Lediglich Gerüchte waren ihr zu Ohren gekommen, manchmal von Vilufar, manchmal durch Bemerkungen seiner Eltern.

»Stimmt es, dass sie mit ihren Pferden zusammengewachsen sind?«, fragte sie beklommen.

»Mein Onkel Balba sagt Nein«, erwiderte Vilufar. »Er hat Verwandte in einem Dorf im Westen, und die haben einmal von Weitem Pferdemenschen gesehen, wie sie durch die

Steppe zogen. Sie reiten auf ihren Pferden und steigen nur zum Schlafen und zum Essen ab.«

Dies beruhigte Manja ein wenig, denn sie hatte sich die Fremden bereits ähnlich vorgestellt wie den Wolfsmann: als schaurige Halbwesen, aus deren menschlichen Körpern Pferdehufe wuchsen. Freilich war die Vorstellung, dass diese Menschen auf Pferden ritten, kaum weniger erschreckend. Im Dorf gab es nur gedrungene kleine Tarpane, die zum Ziehen von Wagen und als Milchtiere dienten, und niemand war je auf den Rücken eines Pferdes gestiegen, um sich von ihm tragen zu lassen.

»Aber es stimmt, dass sie Bauerndörfer überfallen«, fuhr Vilufar fort. »Das erzählt jedenfalls Balba. Sie töten alle Menschen, auch die Frauen und sogar das Vieh, und die Häuser und Kornfelder stecken sie in Brand. Es heißt auch, dass sie ihren Feinden die Kopfhaut samt dem Haar abschneiden und sie an ihren Pferden aufhängen. Nur die Kinder fangen sie ein und machen sie zu Sklaven. Einige opfern sie ihren Göttern, andere lassen sie leben, damit sie ihnen das Essen zubereiten und Kleidung nähen.«

Abermals schauderte Manja. Falls er es darauf anlegte, ihr Angst zu machen, war ihm dies gelungen.

»Sich selbst nennen sie Skythen. Unsere Ältesten sagen, dass sie eine Plage sind, die von den Göttern gesandt wurde«, erzählte Vilufar weiter. »Wie die Heuschrecken oder die Stechmücken im Herbst.«

Er wandte sich zu Manja um und bemerkte ihren besorgten Gesichtsausdruck.

»Aber unser Dorf liegt gut geschützt im Wald«, beruhigte er sie schließlich, offenbar in dem Bedürfnis, etwas Tröstliches zu sagen. »Und wenn sie doch einmal kommen«, er hieb mit seiner Gerte in die Luft, »dann bringe ich sie alle um!«

Manja lachte, dankbar für den Scherz.

»Zurzeit reden die Ältesten über ganz andere Angelegenheiten«, sagte Vilufar und wechselte das Thema. »In vier Wochen, wenn der Mond wieder voll ist, soll der Ritus stattfinden.«

Er sprach scheinbar unbekümmert, doch Manja wusste, dass dieses Ereignis ihn sehr beschäftigte. Vilufar würde in diesem Sommer an den Initiationsriten teilnehmen, bei denen die jungen Männer des Dorfes in den Kreis der Erwachsenen aufgenommen wurden. Worin der Ritus bestand, war ein Geheimnis, und kein Eingeweihter durfte darüber sprechen. Gewiss war Vilufar viel aufgeregter, als er zugab, denn diese einmalige Zeremonie in seinem Leben würde von einem Tag zum nächsten einen vollwertigen Mann aus ihm machen.

Manja verstand ihn gut, denn sie verband auch mit ihrer eigenen Initiation gemischte Gefühle, kannte jedoch keine gleichaltrigen Mädchen, mit denen sie ihre Hoffnungen und Ängste teilen konnte. Sie wusste nicht, wann man das geheime Ritual an ihr vollziehen würde, denn es oblag den Dorfältesten, über die Reife der Anwärterinnen zu entscheiden. Immerhin hatte sie gehört, dass bei der Einweihung eines Mädchens nur Frauen anwesend sein durften, ebenso wie die Initiation der Jungen von den Männern durchgeführt wurde.

»Du bist sicher auch bald an der Reihe«, meinte Vilufar.

»Woher willst du das wissen?«, fragte sie, während sie mit ungewohnter Scheu seine Blicke auf ihrem Körper spürte.

»Du bekommst schon Brüste«, sagte er lächelnd.

Manja blickte an sich hinab. Es stimmte: Ihre Brustwarzen waren in den letzten Monaten größer und voller geworden, und das Fleisch ringsum wölbte sich leicht. Ihr war ein wenig unbehaglich bei dem Gedanken, wie prüfend er sie musterte.

»Und *du* bekommst Haare!«, rief sie in dem Bedürfnis, von sich abzulenken, und deutete auf jenes Glied, das die Männer *Balboi* nannten. Nun war es Vilufar, der an sich hinabsah – mit einem so verdutzten Ausdruck, dass Manja lachen musste. Offenbar war ihm der zarte Flaum, der seit Kurzem an seinen Lenden spross, noch gar nicht aufgefallen.

»Du wirst sicher ein großer, starker Mann«, scherzte Manja und drehte sich wieder auf den Rücken.

»Und ob ich das werde!« Vilufar lehnte sich seinerseits zurück und blinzelte wieder in den Himmel. »Ich werde der reichste Bauer meiner Sippe. Ich werde vier Dutzend Ziegen und zwei Dutzend Schweine haben und doppelt …«

»… doppelt so viel Land wie dein Vater«, beendete Manja lachend den Satz, den sie schon oft von ihm gehört hatte.

Sie schwiegen eine Weile.

»Und ich …«, sagte Manja mehr zu sich selbst. »Was werde ich sein?«

»Die Frau eines Bauern«, entgegnete Vilufar leichthin. Dann warf er ihr einen raschen Seitenblick zu. »Die Frau eines reichen Bauern, wenn du willst.«

Manja schwieg. Sie war sich nicht sicher, ob sie den Hintersinn seiner Worte richtig erfasst hatte.

»Wie könnte ich einen hiesigen Bauern heiraten?«, gab sie zu bedenken. »Ich bin doch eine Fremde.«

»Bist du nicht«, widersprach Vilufar. »Die Ältesten werden einer Heirat zustimmen, wenn die Eltern nichts einzuwenden haben. Und deine Mutter wäre glücklich, wenn du einen guten Mann bekämst.«

Manja nickte still. Ja, vermutlich wäre ihre Mutter glücklich. Ob sie selbst zufrieden wäre, ihr Leben lang die Ziegen zu melken, das Essen zuzubereiten und das Korn auszulesen, bezweifelte sie. Sie hatte nie mit jemandem darüber gesprochen – nicht einmal mit Vilufar –, doch der Gedanke, ein Leben wie Tante Durka zu führen und am Ende vielleicht eine ebenso grässliche Alte zu werden wie sie, erfüllte Manja mit Abscheu. Seit jeher war sie ein stilles, nachdenkliches Kind gewesen, das mehr Augen für die Wunder seiner Umwelt hatte als für die tägliche Arbeit. Sie konnte stundenlang dasitzen und dem Kreisen eines Raubvogels am Himmel zusehen, das Strömen des Wassers im Bach beobachten oder dem Wind lauschen, der am Abend über dem Rauchloch des Hauses pfiff. Selbstverständlich ging sie ihrer Mutter zur Hand und half ausdauernd beim Reinigen des Geschirrs, beim Schüren des Feuers, bei der Versorgung der Tiere und selbst beim Holzhacken, doch vieles tat sie innerlich abwesend, denn ihre Gedanken weilten anderswo. Sie fragte sich, warum die Sonne immer über der gleichen Bergkette im Osten aufging, warum ein Frosch sowohl im Wasser als auch an Land atmen konnte, warum ein Kalb nicht mit Hörnern geboren wurde – und warum es der Wille der Götter war, dass die Menschen von Getreidekörnern lebten, die sie unter größten Mühen säten, ernteten und horteten.

Schon oft war ihr der Gedanke gekommen, dass sie sich insgeheim nach etwas anderem sehnte – doch was es war, wusste sie nicht. Irgendwo tief in ihrer Seele schien es einen verborgenen Ort zu geben, an dem fremdartige Bilder lebten, die sie zuweilen im Traum zu sehen glaubte: Bilder von fernen Ländern, von hohen Bergen und weiten Ebenen, vom Flug der Falken über unbekannter Erde. Manchmal, wenn sie nachts wach gelegen hatte, war es ihr vorgekommen, als flüsterten Stimmen in der Dunkelheit – Stimmen, die sie fürchtete und die sie dennoch magisch anzogen wie Geister aus einer Vergangenheit, die weitaus länger zurücklag als das erste Erwachen ihres Bewusstseins.

»Dein Vater wäre sicher auch glücklich«, nahm Vilufar den Faden wieder auf. »Jeder Bauer wünscht sich, dass seine Tochter eine Bäuerin wird.«

Manja schwieg beklommen.

»Oder war er gar kein Bauer?«, fragte Vilufar. »Was dann? Korbmacher? Gerber? Schmied?«

»Ich weiß es nicht«, erwiderte Manja leise.

»Hat deine Mutter denn nie etwas über ihn erzählt?«

»Nein.«

Das war die Wahrheit: Manja wusste nichts von ihrem Vater. Ihre Mutter hatte lediglich erklärt, er sei vor ihrer Geburt gestorben.

»Was hast du, Schwester?« Vilufar strich ihr flüchtig über die Wange.

»Nichts«, antwortete sie betont munter. »Es ist nur … Es ist wohl doch noch ein bisschen zu kühl ohne Rock.«

Sie setzte sich auf und sah ihn bittend an.

Vilufar zuckte die Achseln, wälzte sich von ihrem Leibrock und beobachtete mit einem gewissen Bedauern, wie sie ihn anzog.

Manjas Mutter stand in den Beeten hinter dem Haus und sammelte Kohlköpfe in einen Korb, als sie ihre Tochter von fern den Weg heraufkommen sah. Mit schmerzendem Rücken richtete sie sich auf, legte eine Hand auf den niedrigen Zaun und beobachtete die schlaksige Gestalt, die, den vollen Melkkübel in der Hand, mit nachdenklich gesenktem Blick näher kam.

Mein kleines Mädchen, dachte sie mit einer Mischung aus Rührung und jener leisen Unsicherheit, die sie gelegentlich befiel, seit ihre Tochter das zwölfte Lebensjahr erreicht hatte.

Manjas Mutter war eine Fremde unter den ansässigen Bauern. Als sie mit dem gerade geborenen Säugling ins Dorf gekommen war und um Aufnahme gebeten hatte, war sie sechsundzwanzig Jahre alt gewesen. Die Dorfherrin, wie die älteste und weiseste Frau der Sippe genannt wurde, hatte ihr viele Fragen gestellt, und sie hatte ruhig und knapp geantwortet. Der Vater des Kindes, so gab sie an, sei bei einem Überfall der Skythen auf ihr Heimatdorf getötet worden. Sie selbst sei seitdem auf der Flucht. Das hatte den Ausschlag gegeben: Alle Menschen, die in den nördlichen Wäldern lebten, fürchteten die grausamen Pferdereiter, und so hatte die Dorfherrin Mitleid mit der jungen Mutter gezeigt und ihr ein Haus zur Verfügung gestellt.

Seitdem kümmerte sich Korzak, ihr nächster Nachbar, um die Alleinstehende, erledigte grobe Arbeiten im Haus und überließ ihr bei jeder Ernte einige Körbe voll Getreide, da sie ohne Ehemann und Söhne nicht in der Lage war, selbst ein Feld zu bewirtschaften. Darüber hinaus lebte sie von selbst gezogenem Gemüse, einigen zahmen Gänsen und dem Flechten von Bastkörben, die sie auf dem Markt eines Nachbardorfes gegen Lebensmittel tauschte. Den Marktplatz ihres eigenen Dorfes suchte sie nur ungern auf.

Obwohl Arinai – so lautete ihr Name – die Sprache der Einheimischen teilte und zu einem verwandten Stamm gehört hatte, war sie stets eine Außenseiterin geblieben. Dafür hatte nicht zuletzt Durka gesorgt, die keine Gelegenheit ausließ, um sie bei den Alteingesessenen anzuschwärzen. Arinai wusste dies sehr wohl, da sie über einen scharfen Verstand und wache Sinne verfügte. Dass sie die Ehemänner anderer Frauen verführe, war jedoch zum Glück eine derart plumpe Lüge, dass Durkas Verleumdungen keinen ernsthaften Glauben fanden. Vermutlich durchschauten selbst die einfältigsten Dorfgenossen, dass Durka lediglich um ihren Gatten besorgt war, der sich allzu eifrig um die Belange der Nachbarin kümmerte. Was Arinais Lebenswandel betraf, so konnte jeder leicht erkennen, dass sie ihre Tage mit harter Arbeit verbrachte und weder Lust noch Muße hatte, sich mit Männern einzulassen. Das galt auch für Korzak, dem sie wohl Freundschaft entgegenbrachte, aber zugleich bei jeder Gelegenheit zu verstehen gab, dass die Götter sie unwiderruflich zum Witwenstand bestimmt hatten.

Ein einziger Umstand allerdings sorgte dafür, dass die Gerüchte nicht verstummten: Arinai war schön. Sie näherte sich dem vierzigsten Lebensjahr und hatte damit ein Alter erreicht, in dem andere Frauen – falls sie nicht vorher im Kindbett starben – bucklig und runzlig waren. Arinai hatte nur ein einziges Kind zur Welt gebracht, und obwohl die Schwangerschaft beschwerlich gewesen war, hatte sie ihren Körper kaum gezeichnet. Lediglich ihr dichtes schwarzes Lockenhaar zeigte ergraute Strähnen, die ihr jedoch eher Würde verliehen, als sie alt wirken zu lassen. Insofern war es kein Wunder, dass Frauen wie Durka – die neun Kinder geboren und bis zu deren Auszug aus dem elterlichen Haus erzogen hatte – Arinai mit einer gewissen Missgunst betrachteten.

Würde auch ihre Tochter zeitlebens eine Außenseiterin bleiben? Dies fragte sich Arinai, als sie Manja beobachtete, die eben auf den Fußweg zum Haus einbog und das aus Zweigen geflochtene Gatter öffnete. Auch sie unterschied sich deutlich von den übrigen Mädchen im Dorf, schon durch ihren hohen Wuchs und ihr üppiges pechschwarzes Haar. Außerdem, so schien es Arinai, teilten sie einen gemeinsamen Wesenszug: Beide sprachen nicht viel und hingen oft, jede für sich, ihren Gedanken nach.

»Gruß, Mutter«, sagte Manja, stellte den Kübel ab und küsste ihre Mutter auf die Wange.

Arinai warf einen Blick auf die Milch, deren Oberfläche bereits stockig war.

»Aber Kind«, sagte sie mit mildem Vorwurf, »hast du die Milch etwa in der Sonne stehen lassen?«

Manja folgte dem Blick der Mutter, entdeckte die Bescherung und biss sich auf die Lippen.

Sie ist keine Bäuerin, dachte Arinai. Nachsichtig strich sie ihrer Tochter durchs Haar.

»Komm! Dann mache ich uns stattdessen einen Hirsebrei.«

Als sie wenig später am Boden vor dem Herdfeuer saßen und ihren Brei verzehrten, schwiegen beide. Manja hatte die Augen gesenkt und starrte in ihre Schüssel. Sie kaute abwesend. Ihre blassen Lippen bewegten sich kaum, und das Haar hing ihr vor dem Gesicht wie ein Vorhang.

Sie hat mein Haar, dachte Arinai, die ihre Tochter nachdenklich beobachtete. Aber sie hat *seine* Augen.

Es war unabweisbar. Arinai hatte große hellbraune Augen, die ihrer Tochter dagegen waren schmal und von einem so kühlen Grau wie ein stürmischer Himmel. Nichts an ihr erinnerte Arinai so sehr an jenen Mann, den sie seit zwölf Jahren zu vergessen versuchte. In manchen Momenten war es fast, als wäre er noch immer da: Er blickte sie aus den Augen ihrer Tochter an, manchmal vertraut, manchmal fragend, manchmal – und diese Blicke weckten eine bange Beklemmung in ihr – mit einem Ausdruck der Fremdheit.

»Mutter«, fragte Manja, schob die Schüssel von sich und blickte zu Arinai auf, »warum schimpft Tante Durka mit mir, wenn ich meinen Kittel um den Bauch knote?«

»Ach – tut sie das?«, fragte Arinai, die angesichts des finsteren Ausdrucks ihrer Tochter schon etwas Ernsteres erwartet hatte.

»Ja«, bestätigte Manja, und zwischen ihren Brauen bildete sich eine Zornesfalte. »Dabei ist es doch so warm draußen. Was ist denn schlimm daran?«

Arinai betrachtete ihre Tochter. Wie immer, wenn sie sich ärgerte, tanzte eine einzelne Haarsträhne zitternd über ihrer

Stirn, und die zarte Nase krauste sich. Jäh wurde ihr bewusst, wie sehr sie dieses Kind liebte, und sie musste sich erst besinnen, um Manjas Frage zu beantworten.

»Nun, du wirst langsam eine junge Frau«, erklärte sie sanft. »Ich nehme an, du weißt, was das bedeutet.«

Manja dachte nach. Es stimmte: Nur Kinder liefen im Dorf ohne Kleider herum, Erwachsene dagegen verhüllten ihren Körper. Sie erinnerte sich des seltsamen Gefühls, als Vilufar auf der Weide neben ihr gelegen und auf ihre knospenden Brüste gedeutet hatte.

»Es bedeutet, dass du in absehbarer Zeit alt genug sein wirst, um Kinder zu bekommen«, fuhr Arinai fort.

Befremdet starrte Manja ihre Mutter an, und Arinai glaubte die Gedanken ihrer Tochter erraten zu können: Sie, selbst noch ein Kind, würde schwanger werden können?

»Wann?«, fragte sie beklommen.

»So schnell, wie du wächst, kann es nicht mehr lange dauern«, entgegnete Arinai lächelnd. »Du wirst es an der Blutung merken, von der ich dir erzählt habe. Mach dir keine Sorgen, wenn das geschieht – die Götter haben es so eingerichtet. Weißt du, wie man schwanger wird?«

Manja nickte. Die meisten Kinder kannten die Tatsachen aus eigener Anschauung, denn in den Häusern des Dorfes wohnten vielköpfige Familien Tag und Nacht im selben Raum. Manja lebte nur mit ihrer verwitweten Mutter zusammen, doch ging sie mit wachen Sinnen durch die Welt und war eine aufmerksame Beobachterin. Darüber hinaus gaben die Tiere ihr ein Beispiel, denn sie hatte oft gesehen, wie der Bock auf der Weide die Ziegen besprang.

»Ich weiß, dass die Männer ihr Glied dafür benutzen, das man Balboi nennt«, antwortete sie, nicht ohne Scham über ihre Altklugheit. »Aber ich weiß nicht, wie sie damit ein Kind machen.«

»Dann will ich dir ein Geheimnis verraten«, sagte Arinai. »Du weißt sicher, warum wir die Große Hochzeit feiern.«

»Natürlich!«, sagte Manja. »Das Fest findet stets beim ersten Sommerregen statt. Der Regen fällt auf die Erde, lässt die Saat keimen und das Getreide wachsen. Es heißt, dass der Himmel sich dabei mit der Erde vermählt.«

»So ist es«, bestätigte Arinai ernst. »Die Große Mutter Erde, unsere höchste Gottheit, gebiert das Getreide. Doch sie kann nicht schwanger werden, wenn der Himmel sie nicht zuvor mit dem Regen befruchtet hat. Das nennen wir die Große Hochzeit – und die kleine Hochzeit, jene zwischen Mann und Frau, ist ihr Abbild. Auch der Mann bewässert eine Saat, wenn er in den Leib der Frau eindringt.«

»Mit seinem Balboi?«

»Ja.«

»Ist es das Wasser, das er lässt?«

»Nein, kein Wasser. Wir nennen es den Samen. Und daraus entsteht ein Kind.«

Manja schwieg eine Weile, und wie immer, wenn sie angestrengt nachdachte, strich sie sich die vorwitzige Haarsträhne aus der Stirn.

»Wenn ich einmal heirate und Kinder bekomme«, fragte sie gedehnt, »werde ich dann so wie Tante Durka?«

Arinai lachte herzlich.

»Wie kommst du denn darauf?«

»Ich weiß nicht«, sagte Manja, die völlig ernst geblieben war. »Durka hat neun Kinder, und sie sieht immer so ... so missmutig aus. Sie lächelt niemals.«

»Du hast recht«, stimmte Arinai nachdenklich zu. »Durka hat schon ein langes Leben gelebt und große Sorgen und Mühen gehabt. Das ist schwer zu verstehen, wenn man so jung ist wie du. Es ist nicht leicht, neun Kinder zur Welt zu bringen, die Felder zu bewirtschaften, um die vielen Mäuler zu stopfen, und sie alle großzuziehen.«

»Aber du hast nur ein Kind«, sagte Manja. »Und du bist immer noch glücklich – und schön.«

Gerührt lächelte Arinai ihre Tochter an. Es war das erste Mal, dass sie ihr etwas Derartiges sagte.

»Ich bin nicht so glücklich, wie es vielleicht den Anschein hat«, erwiderte sie. »Ich habe Schlimmes erlebt, worüber ich aber nicht sprechen möchte – nicht einmal mit dir. Und dass ich nur ein Kind habe, ist eine Fügung der Götter, deren Sinn mir verborgen geblieben ist. Ich hätte gern eine große Familie und so viele Kinder gehabt wie Durka.«

»Wirklich?«, fragte Manja erstaunt. »Obwohl man bei der Geburt sterben kann?«

»Ja, wirklich«, nickte Arinai. »Kinder zu haben ist etwas Wundervolles. Auch du solltest keine Angst davor haben.«

Manja biss sich auf die Lippen. Eine Weile schwiegen beide, und Arinai vermochte nicht zu erraten, woran ihre Tochter dachte.

»Vilufar hat gefragt, wer mein Vater war«, sagte Manja schließlich, scheinbar beiläufig.

Arinai senkte den Blick. Sie hatte stets gewusst, dass ihre Tochter ihr diese Frage einmal stellen würde, hatte nachgedacht, was sie antworten würde – und am Ende alles wieder verworfen. Nun war er da, der gefürchtete Augenblick. Es hätte sie erleichtert, den Schmerz, der in ihr aufstieg, in Worte zu fassen, doch stattdessen verschlossen sich ihre Züge zu einer Maske der Erstarrung.

»Iss deinen Brei auf!«, sagte sie kalt und bemerkte, dass ihre Stimme bebte.

ENTHÜLLUNGEN

Für den Rest des Tages blieb die Stimmung angespannt und unbehaglich. Manja hatte keine weiteren Fragen gestellt und ihrer Mutter wortlos geholfen, das Geschirr zu säubern, das Feuer zu schüren und sogar das Gemüse für den nächsten Tag zu putzen. Anschließend verbrachte sie eine unruhige Nacht auf ihrer strohgedeckten Wandbank, lauschte dem Wind, der leise über das Rauchloch in der Decke hinwegpfiff, und wälzte sich von einer Seite auf die andere. Einmal glaubte sie in weiter Ferne, irgendwo draußen in den Wäldern, einen Wolf heulen zu hören.

Als sie am Ende einschlief, hatte sie einen merkwürdigen, fast beängstigenden Traum. Sie sah sich am Waldrand stehen und auf das weite Grasland der Steppe hinausblicken, das sie in Wahrheit noch nie gesehen hatte – es begann etwa eine Wegstunde südlich des Dorfes, und ihre Mutter hatte ihr verboten, jemals in diese Richtung zu gehen. In ihrem Traum jedoch verließ sie den Schatten der Bäume und trat in ein Meer aus hüfthohem Gras hinaus, über das der Wind in Wellen hinwegstrich. Der Mond stand hoch über dem Land, und die Köpfe der Disteln, die hier und dort aus dem Gras ragten, glänzten silbrig.

In einiger Entfernung entdeckte Manja den dunklen Umriss eines Hügels, der sich in der endlosen Weite erhob. Auf dem Gipfel dieses Hügels stand eine hohe Gestalt, regungslos wie ein Steinblock. Es mochte ein Mensch sein, doch sein Gesicht lag im Schatten. Erst als Manja genauer hinsah, nahm sie eine Bewegung wahr: Ganz langsam hob die Gestalt einen Arm, streckte eine schwarze Hand aus und krümmte die langgliedrigen Finger.

Der Fremde winkte ihr zu.

Manja erwachte spät am nächsten Morgen und fand ihre Mutter bereits damit beschäftigt, die Gänse zu füttern, die sie in einem Verschlag hinter der Rückwand des Hauses hielt. Arinai schickte sie sogleich mit dem Melkkübel zur Weide, und Manja war froh, Haus und Garten verlassen zu können und der frostigen Stimmung zu entfliehen, die sich seit dem Vorabend zwischen Mutter und Tochter eingestellt hatte.

Auf dem Weg zur Weide kam sie am Nachbarhaus vorbei und bemerkte Korzak, der eben eine Leiter an den Apfelbaum in seinem Garten stellte. Er nickte ihr freundlich zu, wie er es stets tat, und nachdem sie sich vergewissert hatte, dass Tante Durka nirgends zu sehen war, blieb sie am Gartenzaun stehen.

»Gruß, Korzak!«, rief sie. »Ist Vilufar auf der Weide?«

Korzak, der soeben die Leiter erstieg und einen Weidenkorb an einen der Äste hängte, wandte sich mühsam zu ihr um.

»Nein. Er ist bei den Ältesten.«

»Oh.« Manja machte große Augen. »Weißt du, wann er zurückkommt?«

Korzak pflückte einige Äpfel und ließ sie in seinen Korb fallen, wobei seine Beine auf der Leiter zitterten – er war nicht mehr der Jüngste, und Manja wusste, dass er unter Gelenkschmerzen litt.

»Nein«, brummte er einsilbig, streckte die Finger nach einem weiteren Apfel aus und schwankte.

»Soll ich helfen?«, erbot sich Manja und wollte schon über den Zaun springen, um die Leiter festzuhalten.

»Nein«, sagte Korzak abermals, zog den Apfel vom Zweig und schaffte es, das Gleichgewicht wiederzufinden.

»Geh du nur zur Weide, Kind!« Er wies auf einen Tonkrug, der vor dem Zaun stand. »Wenn du helfen willst, kannst du unsere Finka melken.«

»Gern!«, rief Manja, nahm den zweiten Melkkübel auf und setzte ihren Weg fort.

Es war einsam auf der Weide ohne Vilufar. Manja war es gewohnt, ihn schon von Weitem mit seiner Gerte auf dem Zaun sitzen zu sehen. Heute begrüßten sie nur die Ziegen, die sie sofort klagend umringten und ihre übervollen Euter schüttelten.

Geduldig molk sie zuerst Finka, Korzaks beste Ziege, dann zwei ihrer Schwestern und schließlich das Tier, das ihrer Mutter gehörte. Es dauerte lange, denn Korzaks Ziegen waren ihre Hände nicht vertraut, und sie musste ihnen gut zureden und mehrmals von Neuem beginnen, da sie ständig unruhig umhersprangen.

Als Manja fertig war, sah sie endlich Vilufar den Weg zur Weide herabkommen. Er winkte bereits aus der Entfernung und ließ seine Gerte lässig in der Hand hängen, sodass die Spitze über den Boden streifte.

»Gruß, Schwester!«, sagte er strahlend, als er das Gatter erreichte.

Sie neigte ihm die Wange entgegen, empfing den gewohnten Kuss und spürte, dass er aufgeregt und erhitzt war.

»Was hast du denn bei den Ältesten gemacht?«, fragte sie.

Vilufar zog eine Augenbraue hoch.

»Woher weißt du …?«

»Dein Vater hat es mir erzählt.«

»Oh …« Vilufar schwang sich wie üblich auf den Zaun und ließ die Beine baumeln. »Es ging um den Ritus. Alle Jungen, die in diesem Jahr an der Reihe sind, mussten die Ältesten aufsuchen.«

»Und was habt ihr dort getan?«, fragte Manja und setzte sich neben ihn. Sie war einigermaßen neugierig, denn sie kannte die sieben alten Männer, die zurzeit den Rat bildeten, nur vom Sehen. Die Hütte der Dorfherrin, in der sie stets zusammentrafen, stand unweit des Brunnens, doch eigentlich war es verboten, sie zu betreten.

»Das darf ich dir nicht verraten«, erwiderte Vilufar. Vielleicht sollte es bedauernd klingen, doch Manja vernahm deutlich einen Ausdruck von Stolz in seiner Stimme. »Du weißt doch: Die Riten sind geheim.«

»Und du willst es nicht einmal deiner Schwester anvertrauen?«, fragte Manja und versuchte ihre Enttäuschung zu verbergen.

Er schüttelte würdevoll den Kopf. »Kein Wort.«

»Sicher nicht?«

»Nein.«

»*Ganz* sicher nicht?«, neckte sie ihn.

Er grinste und sprang vom Zaun herab.

»Fang mich, dann sag ich es dir!«

Und er rannte los.

»Du bist gemein!«, schrie Manja, hin- und hergerissen zwischen Ärger und Belustigung.

Sie wusste, dass er schneller laufen konnte als sie. Dennoch schwang auch sie sich vom Zaun und setzte ihm nach.

»Fang mich doch, fang mich doch!«, rief Vilufar und rannte im Kreis um die Weide herum. Manja jedoch schnitt ihm den Weg ab, indem sie sich zwischen den erschrockenen Ziegen hindurchdrängte, und trieb ihn derart in die Enge, dass er sich schließlich mit einem Sprung über den Zaun retten musste.

»Fang mich doch! Fang …«

Doch er hatte nicht mit Manjas Wagemut gerechnet. Sie rannte unmittelbar auf den Zaun zu, tat es ihm gleich und flankte hinüber, die Hände auf einen der Pfosten gestützt. Vilufar war zu überrascht, um zurückzuweichen – mit der Folge, dass Manja geradewegs in seine Arme stürzte und ihn zu Boden riss.

»Hab ich dich!«, schrie Manja triumphierend, wälzte sich über ihn und blickte ihm aus nächster Nähe ins Gesicht. Vilufar wehrte sich schwach und musste so sehr lachen, dass es ihm nicht gelang, sie abzuschütteln.

Endlich verebbte sein Lachen, sein Gesicht glättete sich, und er sah ihr in die Augen. Manja, die der Länge nach auf ihm lag, spürte seine Wärme und das regelmäßige Heben und Senken seiner Brust. Sie fühlte sich plötzlich schwindlig und benommen.

»Vilufar!« Eine entfernte Stimme zerschnitt die Stille.

Manja fuhr hoch, und Vilufars Kopf fiel zur Seite. Drüben am Gatter stand Durka, eine Heugabel in der Hand, und starrte zu ihnen herüber.

Erschrocken kam Manja auf die Füße. Auch Vilufar erhob sich, klopfte Erde von seinem Überwurf und blickte schuldbewusst zu seiner Mutter hinüber. Sein Gesicht glühte dunkelrot.

Durka stand reglos da, in einer Hand die Heugabel, die andere in die Seite gestemmt. Ihr Gesicht war wie versteinert. Sie gab keinen weiteren Laut von sich, sondern wartete mit fest zusammengepressten Lippen.

»Ach ja«, raunte Vilufar so leise, dass nur Manja es hören konnte. »Ich soll noch beim Heuwenden helfen …«

Sie tauschten einen raschen Blick, und Manja entdeckte Beschämung und Bedauern in seinem Gesicht. Sie nickte.

Mit hängenden Schultern schlich Vilufar zu seiner Mutter hinüber, die ihm wortlos bedeutete, ihr zu folgen. Bevor sie sich abwandte, schoss sie Manja noch einen Blick zu, so vernichtend wie nie zuvor.

Trotzig warf Manja das Haar in den Nacken und ging zu den beiden Melkkübeln hinüber. Zu ihrem Unmut bemerkte sie, dass die oberste Schicht bereits stockig geworden war – sie hatte die Milch also wieder zu lange in der Sonne stehen lassen. Was würde ihre Mutter sagen? Und was Korzak?

Seufzend schöpfte sie die trübe Masse mit den hohlen Händen ab und sah zu Finka hinüber, die ruhig in der Sonne lag. Es blieb ihr wohl nichts anderes übrig, als das arme Tier noch einmal zu melken.

Auf dem Rückweg ließ Manja Korzaks Kübel einfach vor dem Gartenzaun stehen, nachdem sie sich vergewissert hatte, dass Durka nicht in der Nähe war. Dann kehrte sie zum Haus ihrer Mutter zurück. Diese empfing sie freundlich, doch sichtlich abwesend und bat die Tochter, das Unkraut im Garten zu jäten, während sie selbst im Haus blieb und an einem ihrer Weidenkörbe flocht. Manja wusste, dass sie demnächst den Markt im Nachbardorf aufsuchen und die fertigen Körbe verkaufen würde. Das tat sie zumeist einmal im Monat, und stets nahm sie den beschwerlichen Weg auf sich, um dem Getuschel auf dem heimischen Markt zu entgehen.

Der Tag schleppte sich dahin, und als beide später beim Abendessen saßen, war die Stimmung noch immer gedrückt. Manja stocherte lustlos in ihrem Brei, während Arinai nur zwei Mundvoll zu sich nahm und schließlich die Schüssel zur Seite schob.

»Manja?«

Beim unerwartet sanften Klang ihrer Stimme blickte das Mädchen erstaunt auf.

»Du hast mich gestern etwas gefragt …«, begann Arinai langsam, und es war ihr anzumerken, dass die Worte sie einige Überwindung kosteten.

Manja starrte sie mit offenem Mund an.

»Du hast mich gefragt, wer dein Vater war«, sagte Arinai. »Ich habe den ganzen Tag mit mir gerungen, und ich glaube, du hast ein Recht, es zu erfahren.« Sie versuchte, Haltung zu bewahren, konnte jedoch nicht verhindern, dass ihre Mundwinkel zitterten.

Das plötzliche Zeichen von Schwäche berührte Manja eigenartig: Sie fühlte Ärger und Bitterkeit in sich dahinschmelzen. Unvermittelt sprang sie auf, ließ sich an der Seite der Mutter nieder und umarmte sie.

Arinai war ihr unendlich dankbar. Wie seltsam: So oft

hatte sie ihre kleine Tochter getröstet, wenn diese sich verletzt hatte oder traurig war, und nun lag sie selbst in Manjas Armen und weinte wie ein Kind. Es war, als bräche die jahrelang aufgestaute Trauer in einem gewaltigen Strom aus ihr heraus. In Arinais Leben hatte es niemals einen Menschen gegeben, bei dem sie Schutz oder Trost gefunden hatte. Nun endlich verstand sie, dass ihre Tochter kein Kind mehr war: Sie war erwachsen genug, um die Trauer der Mutter zu verstehen und ihr Halt zu geben.

»Er war ein Skythe«, erklärte Arinai, als sie einige Zeit später im Schein des schwelenden Feuers auf ihren Schlafbänken lagen.

»Ein *Pferdemensch*?« Entsetzt richtete Manja sich auf.

Arinais Blick folgte dem Rauch, der sich einen Weg zum Abzugsloch im Dach bahnte.

»Einer ihrer Häuptlinge«, murmelte sie schließlich. »Seine Leute überfielen mein Heimatdorf und töteten alle Einwohner bis auf meine Mutter und meine Schwestern. Du musst wissen: Meine Mutter war die Herrin jenes Dorfes und Priesterin der Großen Mutter Erde.«

Sie unterbrach sich, denn bei der Erinnerung an das Massaker stiegen erneut Tränen in ihr auf.

»Warum taten sie das?«, flüsterte Manja, die fassungslos zuhörte.

»Sie betrachten die Bauern als wenig mehr denn Vieh«, antwortete Arinai. »Und sie jagen sie genauso, wie unsere Leute das Rotwild im Wald jagen oder Kaninchen in ihren Erdlöchern ausräuchern. Sie glauben, dass der Gott des Himmels und der Stürme, den sie anbeten, stärker ist als die Große Mutter und dass er ihnen Gewalt über alle Menschen gegeben hat, die Felder bebauen und von den Früchten der Erde leben. Sie selbst kennen weder Felder noch Häuser, sondern reiten auf Pferden und ziehen mit Wagen durch die Steppe. Sie leben von ihren Herden, von der Jagd und vom Raub.«

Wie zum Schutz vor dem Unbegreiflichen zog Manja ihre Schlafdecke aus Lammfell fester um die Knie.

»Und du … du …« Verzweifelt suchte sie nach Worten.

Arinai blickte wieder zum Rauchloch hinauf.

»Ich suchte ihren Häuptling auf, um Gnade für meine Mutter und meine Schwestern zu erbitten. Ich sprach mit ihm. Ich flehte ihn an, meine Familie zu verschonen …«

»Hat er dir … Gewalt angetan?«, flüsterte Manja. Sie hatte von solchen Dingen gehört, doch galten sie als derart ungeheuerlich, dass selbst die Erwachsenen nur hinter vorgehaltener Hand darüber sprachen.

»Nein«, erwiderte Arinai. »Es war anders … Ich weiß selbst nicht, wie es dazu kam … Ich lernte ihn kennen, und ich erkannte, dass er kein böser Mensch war. Er sah mich so an, wie ein Mann eine Frau ansieht, wenn du verstehst … Und ich …«

Entsetzt starrte Manja ihre Mutter an.

»Doch wir konnten nicht zusammenbleiben«, sagte Arinai nach einer unbehaglichen Pause. »Am Ende zogen die Skythen weiter, und er ließ mich zurück.«

»Dann ist er gar nicht gestorben?«, fragte Manja mit jäher Kälte. »Du hast mich also belogen?«

»Ich weiß nicht, was aus ihm geworden ist. Ich habe ihn nie wiedergesehen und auch nie mehr von ihm gehört.«

Sie schwiegen eine Weile, und obwohl Arinai sich nicht überwinden konnte, ihrer Tochter ins Gesicht zu blicken, empfand sie deutlich, wie tief sie Manja mit diesem Geständnis verletzt hatte.

»Was geschah danach?«, fragte Manja schließlich.

»Wir blieben in unserem zerstörten Dorf zurück«, sagte Arinai. »Doch es gab nichts mehr, wovon wir leben konnten, und so brachen wir auf, um Verwandte unseres Volkes im Osten zu finden, so weit fort wie möglich.«

»Was ist aus deiner Familie geworden?«

»Sie verstießen mich. Sie wollten nicht mit mir am selben Ort leben und ließen sich bei einem anderen Stamm weiter nördlich nieder. Sie sagten, ich sei … die Hure des Mörders unserer Verwandten …«

Endlich wandte Arinai den Kopf, um ihre Tochter anzublicken. Vergeblich suchte sie nach einer Spur von Verständnis oder gar von Mitgefühl, doch Manjas Augen waren starr auf das schwelende Feuer gerichtet. Arinai war klar, dass ihre Tochter ihr denselben Vorwurf machte – machen musste – wie damals ihre Schwestern.

Ein Wunder, wenn es anders wäre, dachte sie verzweifelt. Es gab keine Vergebung; niemand konnte sie freisprechen. Mit diesem stummen Vorwurf würde sie leben müssen bis ans Ende ihrer Tage.

Doch wie erst mochte Manja sich fühlen? Arinai hatte ihr eröffnet, dass sie die Tochter eines Mannes war, den sie fürchten und hassen musste. Konnte es eine grausamere Art geben, das Herz eines Kindes zu verwunden?

An diesem Abend flossen keine Tränen mehr, und keine der beiden Frauen näherte sich der anderen, um sie in die Arme zu nehmen. Stattdessen lagen sie schlaflos auf ihren Bänken, zu beschäftigt mit Verwirrung und Trauer, um einander Trost zu spenden. Irgendwann nach Mitternacht hörte Arinai an Manjas verändertem Atem, dass ihre Tochter eingeschlafen war.

Gut, dachte sie, das ist gut. Sie ist jung und braucht ihren Schlaf.

Doch Manjas Träume waren unruhig; sie wälzte sich auf ihrem Lager und stöhnte benommen – und jedes Stöhnen war ein schmerzhafter Stich in Arinais eigener Brust.

In den folgenden Tagen änderte sich äußerlich nichts in Manjas Leben. Sie stand bei Sonnenaufgang auf, sie fütterte die Gänse, sie reinigte das Geschirr, sie ging zum Brunnen, um Wasser zu holen, an den Waldrand, um Feuerholz zu sammeln, und zur Weide, um die Ziege zu melken. In wenigen Wochen sollte die Ernte beginnen, und sie würde gemeinsam mit ihrer Mutter auf Korzaks Feldern arbeiten – da der Nachbar ihnen einen Teil seines Getreides überließ, verstand es sich von selbst, dass sie halfen. Auch das Gemüse im eigenen Garten bedurfte ausgiebiger Pflege, denn es war heiß, und der letzte Regen war vor langer Zeit gefallen. Die Pflanzungen mussten mehrmals täglich bewässert werden, und wenn dann noch Zeit übrig blieb, gab es stets irgendeine undichte Stelle am Lehmbewurf des Hauses auszubessern.

Manja tat ihre Arbeit, doch innerlich war sie abwesender denn je. Sie war klug genug, nicht mehr auf jene Geheimnisse zurückzukommen, die ihre Mutter ihr anvertraut hatte, teils aus Rücksichtnahme, teils aus Scheu. Auch Arinai erwähnte die Angelegenheit nicht wieder, und so konnten beide im Alltag ebenso friedlich zusammenarbeiten wie früher. Freilich war ihr Umgang bislang einem unbefangenen Vertrauen entsprungen, nun dagegen eher einer stillschweigenden Übereinkunft, nicht an Dinge zu rühren, die für beide schmerzlich und verstörend waren.

Hatte Arinai immer schon ein gewisses Gefühl der Fremdheit bei Manjas Anblick empfunden, so sah nun auch Manja ihre Mutter mit anderen Augen. Bislang hatte sie Arinai nur als eine stille, doch freundliche Frau in mittleren Jahren gekannt, die von einer missgünstigen Laune der Götter zum Witwendasein verurteilt worden war. Nun jedoch ahnte Manja unbekannte Züge hinter dem ruhigen Äußeren, und oft versuchte sie, sich die junge Arinai vorzustellen, die noch nicht ihre Mutter gewesen war: eine Frau von betörender Schönheit, die in den Armen eines grausamen, barbarischen Kriegers lag.

Manja stellte sich den Mann als riesengroßen, dunkelhäutigen Hünen mit wildem Haar und struppigem Bart vor, und sie schauderte bei dem Gedanken, was für unaussprechliche Dinge zwischen den beiden geschehen waren. Ihre Mutter hatte ihr erklärt, was beim Geschlechtsakt geschah – doch nun verband sie diese Vorstellung mit jenen Räubern und Mördern aus der Steppe, die Bauerntöchter auf ihr Lager zerrten und ihren Samen in sie legten, der wahrscheinlich ebenso schwarz war wie ihre Seelen. Verzweifelt schwankte sie zwischen der Vorstellung, dass der wilde Mann ihrer Mutter Gewalt angetan hatte, und dem noch viel unglaublicheren Gedanken, dass sie ihn freiwillig an sich herangelassen hatte, und vermochte nicht zu entscheiden, was von beidem erschreckender war.

Und sie, Manja, das Mädchen, das die Gänse fütterte, die

Ziege molk und Wasser vom Brunnen holte, sollte die Frucht dieser Vereinigung sein? Soweit sie wusste, zeugten Stiere nur Kälber, Ziegenböcke zeugten Ziegen, und Hunde zeugten Hunde. So hatten die Götter es eingerichtet. Doch wie konnte eine wilde Bestie ein kleines Mädchen zeugen?

Fragen solcher und ähnlicher Art hätte sie früher ihrer Mutter gestellt, die erstaunlich viel über die Natur der Dinge und die Einrichtung der Welt wusste und ihr zuweilen von fernen Gegenden, von fremden Menschen und von den Taten der Götter und Helden der Vorzeit erzählt hatte. Nun jedoch kam es nicht mehr infrage, sich an Arinai zu wenden, denn Manjas Vertrauen hatte einen empfindlichen Schlag erlitten.

Arinai gab sich alle Mühe, die Nachwirkungen dieses Schlages zu mildern. Obwohl sie in sich gekehrt und sichtlich mit eigener Trauer beschäftigt war, behandelte sie Manja ausnehmend nachsichtig und ließ ihr viel Zeit, sich mit Vilufar auf der Weide zu treffen – wahrscheinlich in der Hoffnung, die Zerstreuungen würden ihr Gelegenheit geben, das Erfahrene zu verarbeiten. Sie mochte Vilufar und wusste, dass das Zusammensein mit ihm eine heilsame Wirkung auf ihre Tochter hatte.

»Lass dir ruhig Zeit«, sagte Arinai drei Tage später, als Manja sich mit dem Melkkübel auf den Weg machte. »Ich muss ohnehin noch den letzten Korb fertig flechten und bin gewiss nicht vor dem Abend fertig.«

Manja nickte. »Gehst du dann morgen auf den Markt ins Nachbardorf?«

»Ja, das muss ich wohl.« Arinai seufzte. »Wir brauchen dringend haltbare Lebensmittel, wenn es so heiß bleibt. Ich breche morgen bei Sonnenaufgang auf und bin vermutlich erst in zwei Tagen zurück.«

Manja nickte abermals.

»Den Segen der Götter auf deinem Weg«, sagte sie, wie es sich gehörte.

»Auch auf deinem, Kind«, sprach Arinai die rituelle Formel zu Ende. Dann küsste sie ihre Tochter auf die Wange und kehrte ins Haus zurück.

Vilufar erwartete Manja wie üblich auf der Weide. Er war bemerkenswert guter Laune, geradezu ausgelassen, und Manja vergaß für eine Weile ihre Sorgen. Sie hatte Vilufar nicht erzählt, was ihre Mutter ihr eröffnet hatte, und wollte es auch in Zukunft nicht tun – erst recht nicht, wenn er so viel Frohsinn verbreitete, dass er sie damit ansteckte.

Zuerst spielten sie Fangen zwischen den verwirrten Ziegen, die von ihrer Unruhe angesteckt wurden und aufgeregt hin und her liefen. Dann saßen sie auf dem niedrigen Weidenzaun und plauderten, und am Ende landeten sie wieder Schulter an Schulter im Gras und blickten in den klaren Himmel.

»In zwei Wochen findet das Ritual statt«, sagte Vilufar.

Manja nickte – sie hatte den Grund für seinen Übermut bereits erraten.

»Aber ich habe eine Aufgabe zu erfüllen, bevor ich reif dafür bin«, fuhr er fort.

»Verrätst du sie mir?«, fragte Manja. »Schließlich hast du neulich beim Fangen verloren. Du hast versprochen, du verrätst es mir, wenn ...«

»Also gut, ich sage es dir.« Vilufar lächelte geheimnisvoll. »Stell dir vor: Ich muss eine ganze Nacht allein verbringen, mindestens tausend Schritte vom Dorf entfernt, und darf nicht schlafen, bis die Sonne aufgeht. Alle Jugendlichen müssen das tun, sonst dürfen sie nicht am Ritual teilnehmen.«

Manja lauschte ehrfürchtig. Sie selbst hatte sich noch niemals so weit von dem Erdwall entfernt, der das Dorf umgab.

»Ich darf nur Zunder und Flintstein zum Feuermachen und ein Messer mitnehmen«, erklärte Vilufar stolz, als könne er es kaum erwarten, sich der Aufgabe zu stellen. »Den Platz darf ich mir selbst aussuchen. Ich glaube, ich werde zu den Kiefernfelsen gehen.«

»Aber das ist viel weiter fort als tausend Schritte«, sagte Manja, die von Korzak gehört hatte, dass die Kiefernfelsen an der Grenze zu den Grassteppen im Süden lagen. »Hast du keine Angst?«

»Ich habe vor nichts Angst.« Vilufar schwang seine Gerte durch die Luft. »Was soll schon passieren?«

»Und wenn ein Wildschwein kommt oder ein Bär?«

»Ach …« Er machte eine wegwerfende Handbewegung. »Dann klettere ich auf einen Baum. Außerdem haben die Tiere doch Angst vor Feuer.«

»Und – der Wolfsmann?«

Vilufar lachte.

»Weißt du, Schwester, manchmal glaube ich, dass die Erwachsenen uns bloß deshalb vom Wolfsmann erzählen, weil sie uns Angst machen wollen, wenn wir ungehorsam sind.«

Manja schwieg.

»Hör mal, Schwester …« Vilufar spielte wie zufällig mit dem losen Ende einer ihrer Haarsträhnen. »Geht deine Mutter nicht bald ins Nachbardorf, um ihre Körbe zu tauschen?«

»Ja, schon morgen.«

»Dann ist sie doch sicherlich zwei Tage fort, nicht wahr?«

Manja bejahte stumm – noch verstand sie nicht, worauf er hinauswollte.

»Weißt du was? Ich breche gleich morgen Nacht zu den Kiefernfelsen auf«, beschloss Vilufar plötzlich. Dann warf er ihr einen raschen Seitenblick zu. »Aber es wird langweilig sein so allein im Wald … und du wirst dich auch einsam fühlen in dem leeren Haus.«

Beide schwiegen.

»Willst du nicht auch kommen?«, fragte Vilufar schließlich. »Ich werde dort sein, sobald die Sonne untergegangen ist. Nimm den Weg, der am Bach entlang bis zu dem großen Stein führt, der mitten im Wald liegt, und dann immer geradeaus. Du wirst mein Lagerfeuer sehen können.«

Manja blickte ihm forschend ins Gesicht, unsicher, was sie von diesem Ansinnen halten sollte.

»Sollst du die Nacht nicht allein verbringen?«, fragte sie.

Vilufar zuckte die Achseln und grinste.

»Es braucht ja niemand zu wissen.«

NACHTWACHE

Am nächsten Morgen, noch vor Sonnenaufgang, schulterte Arinai fünf ineinandergesteckte Weidenkörbe sowie ein kleines Reisebündel und verließ das Haus. Als Manja erwachte, fand sie die gegenüberliegende Schlafbank bereits leer vor. Auf dem Boden stand eine Schale mit frisch angerührtem Hirsebrei, und daneben lagen zwei Mohrrüben. Manja empfand eine gewisse zärtliche Rührung: Die Mutter hatte sie nicht vor der Zeit wecken wollen, aber ihr noch das Frühstück zubereitet.

Manja aß, nahm sich Zeit und verrichtete dann ihre Pflichten wie üblich. Wenn ihre Mutter früher einmal auf den Markt gegangen war, hatte sich Durka die meiste Zeit im Haus aufgehalten, um auf sie aufzupassen. Dies jedoch hatte Manja sich schon im Vorjahr erfolgreich verbeten, und Arinai hatte die Nachbarin mit der gebotenen Höflichkeit in ihre Schranken verwiesen. So hatte Manja nun viel zu tun, zugleich aber auch Gelegenheit, mit sich und ihren Gedanken allein zu sein. Sie fütterte die Gänse, holte Wasser, begoss das Gemüse vielleicht ein wenig nachlässiger als sonst und ging schließlich zur Weide, um die Ziege zu melken. Vilufar war nicht dort; offenbar bereitete er sich auf seine rituelle Nachtwache vor.

Manja war noch nicht sicher, ob sie sein Angebot annehmen und ihm Gesellschaft leisten sollte. Es wäre gewiss ein aufregendes Erlebnis, allein mit ihm eine Nacht in der Wildnis zu verbringen, doch sie musste sich eingestehen, dass sie Angst hatte – nicht so sehr der Wildschweine oder gar des Wolfsmannes wegen, sondern weil sie spürte, dass eine derartige Einladung eines Jungen an ein Mädchen nicht ohne tieferen Grund erging.

Als sie von der Weide zurückkam und an Vilufars Elternhaus vorbeischlenderte, hörte sie drinnen Stimmen und erkannte Tante Durka, die offensichtlich laut auf ihren Mann einredete. Das war durchaus nichts Ungewöhnliches, doch als Manja den Namen ihrer Mutter vernahm, blieb sie stehen und lauschte.

»Nun ist sie wieder fortgegangen, diese Hure«, drang Durkas Stimme zu ihr heraus. »Was treibt sie wohl dort drüben im Nachbardorf? Ihre Körbe könnte sie schließlich auch hier losschlagen.«

Korzak brummte eine einsilbige Antwort, die Manja nicht verstand.

»Verteidige du sie nur!«, keifte Durka. »Du gaffst doch selbst auf ihre Schenkel, sobald sie sich einmal bückt.«

Korzak schwieg – vermutlich nicht aus Schuldgefühl, sondern weil er im Lauf der Jahre gelernt hatte, dass es unklug war, ihr zu widersprechen.

»Und ihre Tochter ist auch nicht besser.« Jetzt klang es, als habe Durka sich erbittert von ihrem Mann abgewandt und zur Tür begeben. Rasch duckte sich Manja hinter einen Busch.

»Was die Kleine wohl da drüben macht, wenn sie allein ist …« Offenbar spähte Durka am Türvorhang vorbei zum Nachbarhaus. »Würde mich nicht wundern, wenn sie die ganze Zeit faul auf ihrer Schlafbank liegt und die Finger zwischen den Beinen hat …«

Manja, die die Anspielung nicht verstand, runzelte die Stirn. Wovon redete diese boshafte Frau?

»Und du solltest endlich achtgeben, dass sie unseren Jungen nicht verführt!«, rief Durka ihrem Mann zu. »Hörst du? Ich sage dir das schon seit Monaten! Dieses kleine Biest verdreht ihm noch den Kopf.«

Der Vorhang an der Tür schloss sich, und Manja huschte eilig aus ihrer Deckung und schlich zum Haus ihrer Mutter. Sie hatte genug gehört und verstanden, dass Tante Durka es ernsthaft darauf anlegte, sie und Vilufar voneinander fernzuhalten.

Aber das wird ihr nicht gelingen, dachte sie plötzlich, und in einem Anflug von Trotz fiel der Entschluss, der im Verlauf des Tages in ihr gereift war.

Sie würde zu den Kiefernfelsen gehen.

Kurz nach Einbruch der Dunkelheit machte Manja sich auf. Vorsorglich nahm sie Flintstein und Zunder mit, verstaute einen Salatkopf als Wegzehrung in ihrem Leibrock und machte sich davon, wobei sie zur Sicherheit nicht den Fußweg benutzte, sondern an der gegenüberliegenden Seite des Hauses über den Zaun kletterte.

Den Weg kannte sie, obwohl sie ihn noch nie bei Nacht gegangen war. Das Haus ihrer Mutter lag am Rand der kleinen Siedlung, und gleich hinter dem Erdwall, der das Dorf umgab, begann ein Streifen Brachland mit Buschwerk. Manja überquerte ihn im Mondschein und sah schließlich die finstere Wand des Nadelwaldes vor sich auftauchen. Hier gab es einen selten benutzten Pfad am Rand eines kleinen Bachs, der zu jener Stelle führte, die Vilufar für seine Nachtwache ausgewählt hatte.

Es war finster im Wald, doch Manja hielt sich nahe am Bachlauf, wo die Fichten weniger dicht standen und das Mondlicht sich im Wasser spiegelte. Sie zwang sich, nicht auf die leisen Geräusche zu achten, die gelegentlich im Unterholz zu hören waren: hier ein Knacken, dort ein Rascheln oder Knistern. Sie wusste, dass viele Waldtiere um diese Zeit auf Jagd gingen, und bemühte sich, an Dachse, Marder oder Hermeline zu denken und nicht an Luchse oder Bären.

... oder an den Wolfsmann.

Ihr Nacken kribbelte plötzlich, und sie begann zu laufen. Das war ein guter Einfall, denn das Geräusch ihrer eigenen Schritte übertönte das verstohlene Wispern des erwachenden Waldes. Es dauerte nicht lange, bis sie an einen Felsblock mitten im Wald gelangte, wo der kleine Bach entsprang. Über diese Stelle war sie noch nie hinausgelangt, doch folgte sie einfach dem Pfad, der sich tiefer in den Wald hineinwand. Im Dunkeln war er nicht mehr als eine schmale Schneise niedergetretenen Grases, die im Mondlicht gerade noch zu erkennen war. Sie führte durch dichtes Nadelgehölz, dann eine steinige Erdterrasse hinab und schließlich zu einer Gruppe uralter Kiefern, deren Wipfel sich hoch über den nackten Stämmen im Nachtwind wiegten.

Schwer atmend hielt Manja inne. Hier endete der Wald, und jenseits eines flachen Felsvorsprungs, wenige Schritte vor ihren Füßen, begann die Steppe. Natürlich wusste sie von dieser Landschaft in den Ebenen des Südens, doch sie hatte sie noch nie gesehen und auch wenig darüber erzählen gehört. Die Dörfler mieden diesen Weg und schlugen bei unvermeidbaren Reisen zumeist die Pfade nach Norden oder Westen ein, wo sich weitere Ansiedlungen ihres Stammes befanden. Der Rand der Steppe bildete eine Grenze wie die Küste eines gefährlichen Meeres. Manja blickte zum Horizont und glaubte tatsächlich, ein beständig wogendes Gewässer zu sehen: endloses Grasland, von geräuschlosen Wellen des Windes bewegt. Alles sah genauso aus wie in ihrem Traum.

»Gruß, Schwester.«

Sie zuckte zusammen, als Vilufar sich aus dem Schatten einer der Kiefern löste, die ihre Wurzeln am äußersten Rand in die Klippe gegraben hatte.

»Schön, dass du gekommen bist.«

Manja atmete ein paarmal tief ein und aus, um den Schreck zu dämpfen. Vilufar kam auf sie zu und strich ihr lächelnd eine Strähne ihres verschwitzten Haars aus der Stirn.

»Bist du gelaufen?«

»Ich dachte, du wartest sicher schon lange«, rechtfertigte sich Manja, erinnerte sich plötzlich ihrer Wegzehrung und zog den Salatkopf aus den Falten ihres Rocks. »Schau, ich habe uns etwas zu essen mitgebracht.«

Vilufar lächelte. »Dann komm! Wir wollen ein Feuer machen.«

Nachdem Vilufar einen Haufen toter Zweige aufgeschichtet und Funken geschlagen hatte, schürten sie schweigend das Feuer, setzten sich im Schatten der Kiefer an den Rand der Felsstufe und verzehrten einträchtig den Salat. Vilufar war in bester Stimmung, und auch Manja fand, nachdem sie den einsamen Weg überstanden hatte, dass diese gemeinsame Nachtwache eine gute Idee war. Sie fühlte sich Vilufar näher als je zuvor, so fern von Tante Durka, auch fern von Arinai und allen häuslichen Pflichten. Es war schön, hier mit ihm zu sitzen und in die Steppe hinauszublicken, über deren

Weiten der Mond strahlte. Es würde ein kleines Geheimnis sein, das sie miteinander teilten.

»Von hier aus kann man den Geisterhügel sehen«, sagte Vilufar und deutete nach Süden.

Manja erschrak. Sie hatte von diesem Hügel gehört, aber nicht genau gewusst, wo er lag. Nun folgte sie Vilufars Blick und entdeckte am Horizont einen kegelförmigen Schatten vor dem Nachthimmel. Er wirkte seltsam fremd in dem ebenen Grasland ringsum, wie ein vom Himmel gefallener Block. Auf seinen Flanken wuchs Gras, die abgeflachte Kuppe jedoch war kahl wie der Schädel eines alten Mannes und glänzte schwach im Mondlicht.

»Weißt du, warum man ihn so nennt?«, fragte Manja, die sich lediglich erinnern konnte, dass die Dörfler diesen Hügel für einen unheimlichen Ort hielten.

Vilufar nickte.

»Im Innern solcher Hügel begraben die Pferdemenschen ihre Toten. Unsere Ältesten glauben, dass sie von Geistern bewohnt werden. Es heißt, dass man von dort gelegentlich klagende Stimmen vernimmt.«

Manja schauderte und lauschte in die Nacht hinaus.

»Hörst du etwas?«

Vilufar schüttelte den Kopf und stocherte mit einem Ast im Feuer. »Wahrscheinlich ist das auch nur so eine Geschichte, genau wie die vom Wolfsmann.«

»Aber die Pferdemenschen leben doch wirklich irgendwo dort draußen«, wandte Manja voller Unbehagen ein, und ihr Blick folgte dem Rauch, der sich in dunklen Spiralen von ihrem Lagerplatz in den Nachthimmel wand. »Was ist, wenn sie unser Feuer sehen?«

»Ach …« Vilufar zuckte verächtlich die Achseln. »Erstens ist es tiefe Nacht. Und zweitens sagen die Leute im Dorf, dass der Hügel schon seit Jahren verlassen daliegt.«

»Und warum kommt dann nie irgendjemand aus dem Dorf hierher?«, beharrte Manja, die oft gehört hatte, wie Erwachsene ihren Kindern einschärften, die Waldgrenze nicht zu überschreiten.

»Weil eben nicht jeder so mutig ist wie ich«, erklärte

Vilufar stolz. »Ich habe keine Angst vor den Pferdemenschen.«

»Das glaube ich nicht«, flüsterte Manja, die sich schaudernd an die Erzählung ihrer Mutter erinnerte.

Vilufar ließ den Ast fallen und blickte zu dem Hügel hinüber, als sei ihm gerade ein Gedanke gekommen.

»Weißt du was?« Er erhob sich. »Ich beweise es dir.«

Manja verstand nicht, was er meinte.

»Was hast du vor?«

»Ich laufe hinüber, stelle mich auf den Hügel und winke dir zu.«

»Nein!«, rief Manja erschrocken. »Bitte nicht! Bleib bei mir!«

Sie war sich nicht sicher, was sie mehr ängstigte: dass Vilufar den Geisterhügel ersteigen wollte oder dass sie allein am Feuer zurückbleiben und ihn womöglich aus den Augen verlieren würde.

»Ich werde bald ein Mann sein«, sagte Vilufar ernst. »Und ein Mann muss stark und mutig sein. Wozu soll diese Nacht in der Wildnis gut sein, wenn nicht ein wenig Aufregung dabei ist?«

Manja wollte ihn zurückhalten, doch er hatte sich bereits umgewandt, ließ sich an der Felsterrasse hinab und landete unten im Gras.

»Vilufar!« Manja folgte ihm, blieb jedoch auf der Klippe stehen und beobachtete beklommen, wie er in die offene Steppe hinauslief, dem Horizont entgegen und auf den Hügel zu. Seine kräftige, schlanke Gestalt mit dem weißen Überwurf war ein heller Fleck im Mondschein. Rings um ihn rauschte das Gras, das ihm bis zu den Hüften reichte, ein gewellter dunkler Teppich unter dem Himmel.

»Vilufar!«

Manja wurde bewusst, dass er sie wahrscheinlich längst nicht mehr hören konnte. Angespannt und mit klopfendem Herzen verfolgte sie seinen Weg. Bald hatte er den Hügel erreicht, und aus der Ferne sah sie, wie er die Flanke erklomm und schließlich auf der mondbeschienenen Kuppe stand. Er war so weit fort, dass sie ihn nicht genau erkennen konnte, dann aber nahm sie eine Bewegung wahr und begriff, dass er die Arme ausgebreitet hatte und ihr zuwinkte.

»Nun? Bin ich mutig oder nicht?«

Vilufar war erhitzt und außer Atem, doch er strahlte, als er zurückkehrte.

Manja, die ärgerlich war, dass er sie allein gelassen hatte, zog einen Schmollmund.

»Jetzt kann keiner mehr sagen, dass ich nur ein kleiner Junge bin. Ich bin ein Mann!«

Er ließ sich neben ihr ins Gras fallen, offenbar höchst zufrieden mit sich selbst.

»Hattest du Angst?«

»Nein«, log Manja in dem Bedürfnis, keine Schwäche zu zeigen, und starrte ins Feuer.

»Sicher hattest du Angst«, neckte er und strich ihr über die Wange. »Aber das macht nichts. Mädchen müssen nicht mutig sein. Sie dürfen Angst haben.«

»Ich habe keine Angst«, beharrte Manja.

»Ach nein?« Vilufar beugte sich dicht zu ihr herüber. »Und was ist mit dem Wolfsmann?«

Trotzig zuckte Manja die Achseln.

»Er kommt!« In gespieltem Erschrecken riss Vilufar die Augen auf und hob einen Finger. »Hörst du ihn? In diesem Moment schleicht er sich an unser Lagerfeuer heran …«

Manja, die das Spiel durchschaute, kniff ihn in die Seite. Vilufar aber lachte nur.

»Es heißt, er ist ein böser Mann, halb Mensch, halb Wolf, der in den Wäldern lebt«, raunte er ihr ins Ohr. »Er fängt das Wild mit bloßen Händen und zerreißt es mit den Zähnen, dass ihm das Blut aus dem Maul tropft. Und es heißt, dass er auch Menschen frisst …«

»Hör auf!« Sie stieß ihn von sich, halb ärgerlich, halb belustigt. Er packte ihre Hände und hielt sie fest. Einen Moment lang rangen sie miteinander und brachen schließlich beide in Lachen aus.

Manja war auf den Rücken gefallen, und Vilufar beugte sich über sie. Er stützte sich auf den Handflächen hoch und blickte ihr ins Gesicht, plötzlich sehr ernst. Der Widerschein des brennenden Feuers schimmerte in seinen braunen Augen.

Manja fühlte ihr Herz heftig schlagen. Er beugte sich zu ihr herab, zögernd, wobei sein Blick zwischen ihren Augen und ihren Lippen hin und her wanderte. Sie erleichterte ihm die Annäherung, indem sie den Kopf hob und ihm entgegenkam.

Der erste Kuss war ungeschickt und kurz. Vilufar forderte einen zweiten, und sie gewährte ihn. Beim dritten Mal war sie es, die forderte, und sie ließ sich Zeit, die Wärme seiner Lippen und die weichen, bartlosen Wangen zu spüren.

Dann lösten sie sich voneinander, erschrocken über ihre eigene Kühnheit, und Vilufar setzte sich auf, den Blick an ihr vorbei ins Feuer gerichtet.

»Willst du mir etwas versprechen?«, fragte er.

Sie wartete und schwieg mit klopfendem Herzen. Seine Stimme klang plötzlich so fremd und feierlich, als ginge es um Leben und Tod.

»Willst du mir versprechen, dass wir für immer Freunde sind?«

»Ja«, flüsterte Manja.

»Dass wir uns niemals trennen, es sei denn, die Götter selbst wollen es anders?«

»Ja.«

Er wandte sich zu ihr um.

»Willst du mir versprechen, dass du meine Frau wirst, wenn wir beide die Riten durchlaufen haben?«

Manja schluckte. Im ersten Moment wollte sie auch diese Frage bejahen, doch plötzlich musste sie an Tante Durka denken.

»Dieses kleine Biest verdreht ihm noch den Kopf«, hatte sie gesagt.

Unbehaglich wand sie sich unter Vilufars erwartungsvollem Blick. Falls er durch ihr Zögern gekränkt war, ließ er es sich nicht anmerken, stattdessen streifte er ihren Arm.

»Armes kleines Mädchen«, sagte er sanft, »ich wollte dich nicht in Verlegenheit bringen. Lass uns ein anderes Mal darüber sprechen.«

Manja sah verlegen zu Boden. Sie war ihm dankbar, dass er sie nicht drängte. Schweigend beobachtete sie, wie er das Feuer schürte und sich schließlich niederlegte, die verschränkten Hände unter dem Kopf – in angemessenem Abstand zu ihr.

Manja blickte in die Steppe hinaus. In ihrem Kopf wirbelten all jene Gedanken, die sie schon so oft bewegt hatten: Sie empfand ehrliche Zuneigung zu Vilufar, doch wenn sie an das Leben dachte, das sie an seiner Seite führen würde, war sie sich ihrer Sache nicht mehr sicher. In aller Deutlichkeit sah sie ihren weiteren Lebensweg vor sich: Sie würde Vilufar heiraten, ein Heim mit ihm gründen, zehn oder auch zwölf Kinder bekommen und tagaus, tagein die Felder bestellen. Vielleicht würde sie glücklich sein ... vielleicht aber auch nach zwei Jahrzehnten eine verhärmte, scharfzüngige Matrone wie Durka, die über ihre Nachbarn lästerte und ihren einsilbig gewordenen Ehemann herumscheuchte wie einen Haushund.

Vilufars Atem neben ihr veränderte sich hörbar. Er schien eingeschlafen zu sein.

»Mädchen müssen nicht mutig sein.«

Plötzlich fiel Manja dieser Satz wieder ein, den er gesagt hatte, als er von dem unheimlichen Grabhügel zurückgekehrt war. In gewissem Sinn barg er den Kern jenes Unbehagens, das von ihr Besitz ergriffen hatte.

Ein Mädchen heiratet einen Bauern, schenkt ihm Kinder und bestellt seinen Hof, dachte sie. War es dies, was die Götter den Frauen vorbestimmt hatten?

Einer plötzlichen Eingebung folgend stand sie auf und trat zur Felskante. Der jenseitige Boden lag etwa drei Fuß tiefer – ein kleiner Sprung, doch zugleich ein Schritt in eine andere Welt. Sie warf einen prüfenden Blick auf Vilufar. Er schlief friedlich und fest.

Nun wollen wir sehen, wie viel Mut ein Mädchen hat!, dachte Manja.

Kurz entschlossen schwang sie die Beine über die Böschung und ließ sich hinabgleiten. Nun stand sie am Rand jenes Meeres aus wogendem Gras, das sie bisher nur aus der Entfernung gesehen hatte: Es dehnte sich vor ihr bis zum Horizont, wo die einsame Kuppe des Hügels im Mondlicht blinkte.

Leichtfüßig lief sie in die Steppe hinaus. Die Halme der Gräser wogten um ihre Beine, und sie spürte den Wind auf ihren nackten Armen. Ein berauschendes Gefühl der Freiheit überkam sie, und sie drehte sich einige Male mit ausgestreckten Armen um sich selbst, den Blick zum Himmel erhoben.

Dann näherte sie sich dem Hügel, erreichte einen Ring lockerer Steine und erklomm den sanft ansteigenden Hang. Das Gras wich zurück und machte nackter Erde Platz. Als sie oben angekommen war und sich umsah, hatte sie das Gefühl, auf einer Insel im Meer zu stehen. Dort drüben, ganz klein in der Entfernung, war ein Lichtpunkt auszumachen, der das Lagerfeuer sein musste.

»Vilufar!«

Triumphierend reckte Manja beide Arme und winkte.

»Vilufar! Schau, wo ich bin!«

Doch nach einigem Rufen begriff Manja, dass sie sich bereits viel zu weit entfernt hatte, um von ihm gehört zu werden. Gewiss hatte auch er gerufen, als er vor einigen Stunden hier gestanden hatte, und sie hatte nichts als das Rauschen des Windes vernommen. Wahrscheinlich schlief er seelenruhig.

Manja ließ die Arme sinken. Aus irgendeinem Grund war ihr Hochgefühl plötzlich verflogen, und sie sah sich beklommen auf der Hügelkuppe um. Der Wind wehte von Osten, das Gras rauschte, und die Schöße ihres Leibrocks flatterten. Dann wandte sie das Gesicht zum Himmel: Wolkenfetzen jagten vor dem zunehmenden Mond dahin. Sie trat einen Schritt rückwärts –

– und verlor plötzlich den Boden unter den Füßen.

Entsetzt aufschreiend und mit den Armen rudernd, stürzte Manja durch einen Spalt, der sich am Rand der Hügelkuppe öffnete, in einen dunklen Tunnel hinab. Sie fiel nicht länger als einen Herzschlag, der ihr jedoch wie eine Ewigkeit erschien: Nasse graue Wände rasten an ihr vorbei, ihr Körper drehte sich, und etwas stieß ihr schmerzhaft in die Seite. Ihre Hände schrammten über einen Vorsprung, glitten ab – und dann prallte sie in vollkommener Dunkelheit auf die unsichtbare Oberfläche eines harten Bodens.

Im ersten Moment fürchtete sie, sich das Rückgrat gebrochen zu haben. Stöhnend stemmte sie sich auf den Handflächen hoch, setzte sich auf und fühlte zu ihrer Erleichterung, dass sie lediglich einige Kratzer und vielleicht eine geprellte Rippe davongetragen hatte.

Für Augenblicke war sie nahezu blind, denn die plötzliche Finsternis umfing sie wie mit einem pechschwarzen Mantel. Die Empfindung unter ihren Handflächen jedoch war eigenartig. Dies war kein ebener Boden – ihre Finger glitten über unförmige, spröde Gegenstände wie einen Haufen aus trockenem Holz.

Erschrocken kam Manja auf die Füße und verschränkte die Hände vor der Brust. Ein entsetzlicher Geruch drang ihr in die Nase und legte sich ihr auf Gaumen und Zunge wie eine schwarze Wolke. Es war ein Geruch nach Tod, derselbe, den sie von Schlachtabfällen, von Aas und ungenießbar gewordenem Fleisch kannte, ein Geruch nach Fäulnis und Verwesung.

Unter ihren Füßen knackte es. Manja starrte in die Finsternis, bis sie im bleichen Schein des Mondes Konturen am Boden ausmachen konnte. Es war kein totes Holz. Es waren Knochen. Der gesamte Boden war bedeckt mit einem Teppich aus verstreuten Wirbeln, Ellen, Speichen, Schenkelknochen, Bruchstücken von Becken und Kiefern, selbst Fingergliedern und Zähnen. Manja erkannte, dass die Überreste von mehr als einem Lebewesen stammen mussten; allzu vielgestaltig waren Größe und Form. Sie glaubte, das winzige

Skelett einer Maus vor ihren Füßen zu erkennen, daneben einige Rippen, die von einem Dachs oder Marder stammen mochten, nicht weit davon einen Schädel, der vielleicht einer Wildkatze gehört hatte, und am äußersten Ende ihres beschränkten Sichtfeldes ein mächtiges Schulterblatt, groß genug für einen Schafbock.

Ihr Götter, dachte Manja, steht mir bei!

Befand sie sich im Bau eines wilden Tieres, das seine Beute hierher schleppte, um sie zu verschlingen? Sie versuchte, nicht darüber nachzudenken, wie groß ein Tier sein musste, das einen solchen Hunger hatte und in der Lage war, ein Schaf zu töten und in dieses Erdloch zu zerren. Ein Luchs? Ein Bär? Was immer es sein mochte, wählerisch war es offenbar nicht, sondern jagte und fraß, was immer ihm vor die Fänge kam.

Der *Wolfsmann*?

Eine Gänsehaut kroch ihr vom Nacken bis zu den Beinen hinab.

Es heißt, er ist ein böser Mann, halb Mensch, halb Wolf, der in den Wäldern lebt. Er fängt das Wild mit bloßen Händen und zerreißt es mit den Zähnen, dass ihm das Blut aus dem Maul tropft. Und es heißt, dass er auch Menschen frisst …

Manja fühlte ihre Beine unbeherrscht zittern und lenkte den Blick nach oben. Das schwache Mondlicht bildete einen fahlen, runden Fleck hoch über ihr. Sie war einen fast senkrechten Schacht herabgestürzt, der von der Hügelkuppe in diese Höhle führte. Die Tagwelt befand sich mindestens zwölf Fuß über ihrem Kopf, und der Schacht, der sich in der Decke der Höhle öffnete, war weder von Baumwurzeln noch von Steinen durchsetzt – nichts, woran sie hätte hinaufklettern können. Ein erwachsener Mann hätte vielleicht mit einem kräftigen Sprung die Oberkante erreicht … doch sie?

Manja zwang sich zur Ruhe und tastete nach den Wänden des Schachtes, der sich am unteren Ende kegelförmig verbreiterte. Sie waren erdig und klamm, durchsetzt mit Büscheln toter Halme. Grassoden.

Mit beiden Händen griff sie in die Wand und versuchte sich emporzuziehen, glitt jedoch an der feuchten Oberfläche ab und sank wieder zu Boden. Dann sprang sie, immer von Neuem, mit ausgestreckten Armen nach oben und versuchte dabei das trockene Knacken zu überhören, das die Knochen am Boden bei jedem Aufprall ihrer Füße erzeugten. Doch ihre gereckten Hände reichten selbst beim höchsten Sprung gerade bis zur Mitte des Schachtes.

Schwer atmend hielt Manja inne und ließ sich erschöpft am Boden nieder. Unter ihrem rechten Knie zerbarst das Skelett der Maus, und die winzigen Rippen sprangen wie fortgeschnippte Kirschkerne in alle Richtungen.

Ich bin gefangen, begriff sie.

Sie begann zu rufen, anfangs zögernd, als sie den fremdartigen Klang ihrer eigenen Stimme im Dunkeln hörte, dann lauter und lauter. Sie schrie sich heiser, schrie nach Vilufar, nach ihrer Mutter, nach irgendeinem Menschen.

Die feuchte Höhle, in der sie gefangen war, hatte den Klang ihrer Stimme noch nicht ganz verschluckt, als sie ein Geräusch vernahm, das nicht von ihr selbst stammte: ein leises, tiefes Schnauben mitten aus der Schwärze hinter dem Kreis aus Zwielicht, in dessen Mitte sie sich niedergelassen hatte.

Ihr Kopf fuhr hoch, und sie starrte mit geweiteten Augen in die Schatten. Zwei Lichtpunkte glommen in der Finsternis, vielleicht drei Armlängen entfernt und fahl wie das Licht des Mondes, ebenso gelblich, ebenso gespenstisch. Die beiden Punkte bewegten sich leicht. Dann erstarrten sie – und hielten denselben Abstand zueinander wie zuvor.

Es waren Augen.

Manja glaubte, das Herz in ihrer Brust mit einem Ruck stillstehen zu hören. Ihr ganzer Körper erstarrte, während jedes Härchen auf ihrer Haut sich aufrichtete.

Er war es.

Der Wolfsmann.

Sie konnte nicht schreien, sich nicht rühren, keinen Muskel bewegen – stattdessen fühlte sie, wie ihre Blase sich entleerte, ohne dass sie es verhindern konnte.

Bitte, dachte sie. Bitte ... ich werde ein braves Mädchen sein und alles tun, was Tante Durka sagt ...

Die Augen bewegten sich in der Dunkelheit; vielleicht hatte das Wesen den Geruch des Urins wahrgenommen. Gleich, gleich würde es aus dem Schatten hervorschnellen und sie packen. Sein Gewicht würde sie rücklings zu Boden werfen, sein zottiges Fell würde über ihren Körper streichen, und dann würden seine Fangzähne sich in ihre Kehle graben. Fast glaubte sie schon den heißen, nach Verwesung riechenden Atem zu spüren.

Große Mutter Erde, Mutter der Menschen und aller Tiere, betete Manja stumm, gib, dass es rasch vorüber ist!

Der Mond wanderte weiter, und der fahle Lichtkegel am Boden der Grube wanderte mit ihm. Stunden vergingen, während draußen der Wind über der Steppe heulte. Doch erst als rötliches Halblicht den Mondschein ablöste, begriff Manja, dass nichts geschehen war. Grauen und Furcht hatten ihr Zeitempfinden betäubt, und es dauerte lange, bis ihre Schultern sich entkrampften und ihre geballten Fäuste sich öffneten. Graute draußen, in der Oberwelt, bereits der Morgen? Die Gestirne zogen ihre Bahn wie seit Anbeginn der Welt. Eine lange Zeit musste vergangen sein, während sie erstarrt am Boden gehockt und auf den Tod gewartet hatte.

Erst jetzt nahm sie wahr, dass die gelblichen Augen sich tiefer in den Schatten zurückgezogen hatten, ganz so, als scheuten sie das Licht, das allmählich einen hellen Kegel am Boden der Höhle bildete.

Manja kniff die Augen zusammen und starrte angestrengt hinüber. Das Wesen, von welcher Art auch immer es war, regte sich nicht. Die Zeit verging, der Lichtkegel wanderte weiter, und als die Schachtöffnung über der Höhle im blendenden Schein der Vormittagssonne glühte, erkannte Manja, mit wem sie ihr finsteres Verlies teilte.

Es war ein Wolf. Er war fast ebenso groß wie Manja, sein Fell war grau gescheckt und schmutzverklebt. Das Tier hatte sich an einer Wand der Höhle zusammengekauert, die Vorderbeine ausgestreckt und die Schnauze gesenkt, während das Zwielicht seiner Augen langsam erlosch. Seine Lider schlossen sich; es schien eben einzuschlafen.

»Bist du der Wolfsmann?«, flüsterte Manja.

Die spitzen Ohren des Tieres zuckten beim Geräusch der menschlichen Stimme, und seine Augen flammten wieder auf. Einen Moment lang blickten sie einander an, das Mädchen und das Tier, sie aus dem glühenden Lichtkegel, es aus dem Schatten an der Wand.

»Nein«, sagte Manja leise und schüttelte den Kopf, »du bist es nicht.«

Wie zur Bestätigung senkten sich die Lider des Wolfes erneut, und er legte die geschlossene Schnauze auf die Pfoten.

Unter gewöhnlichen Umständen hätte Manja noch immer Todesangst empfunden, allein in diesem feuchten, dunklen Raum in Gesellschaft einer wilden Bestie, die Lämmer und Zicklein riss und womöglich auch Menschenfleisch nicht verschmähte. Doch als sie den Wolf im Schatten der Wand liegen sah, offensichtlich schlafend, fiel plötzlich alle Furcht von ihr ab. Sie blickte sich um, erforschte die Lage und erkannte im zunehmenden Licht immer mehr Einzelheiten ihres Gefängnisses.

Der Schacht, der von der Hügelkuppe herabführte, mündete in eine kleine Höhle, deren Lehmboden fast vollständig mit Knochen bedeckt war. Dieser Hohlraum war eindeutig von Menschen geschaffen worden, denn Manja erkannte nun, dass die Decke aus uralten modrigen Holzbalken bestand, die an jener Stelle, wo der Schacht sich öffnete, geborsten und zerfallen waren.

Und nun verstand Manja auch, wie die vielen Tierknochen hierher gelangt waren. Es war, im zunehmenden Licht betrachtet, leicht zu erraten: Der Spalt in der Hügelkuppe war von hohem Gras verborgen gewesen, und gewiss waren schon viele Lebewesen nichts ahnend hineingestürzt, den Tunnel hinabgeschlittert und in der unterirdischen Kammer gelandet, wo sie in der Falle saßen. Sie waren nicht von einem Ungeheuer getötet worden, sondern schlicht verhungert. Der Aasgeruch wiederum hatte Raubtiere angelockt – Marder, Dachse und Wildkatzen –, die dann ebenfalls in die

Höhle geraten und auf die gleiche Weise gestorben waren wie ihre Beute. Dies also war das Geheimnis des Geisterhügels: Das Heulen, das die seltenen Wanderer an diesem Ort gehört hatten, war nichts anderes gewesen als die Wehklage all der verzweifelten Tiere, die im Lauf der Zeit hier verendet waren.

Auch dem Wolf musste es so ergangen sein. Er hatte Fleisch gewittert, war auf den Hügel gestiegen und in die Fallgrube gestürzt, vielleicht im Glauben, der Eingang führe zu einem Kaninchenloch. Manja betrachtete den Wolf. Jetzt fiel ihr auf, dass er mager war; die Rippen unter dem struppigen Fell standen deutlich hervor. Gut möglich, dass er bereits einige Tage hier unten verbracht hatte und völlig ausgehungert war. Dennoch hatte er sie nicht angegriffen. Manja ahnte den Grund: Das Tier war ebenso geschwächt und verängstigt wie sie selbst. Es hatte die ganze Zeit über im Dunkeln gesessen und sie beobachtet, um herauszufinden, ob der unerwartete Eindringling eine Gefahr darstellte – dann erst hatte es sich zum Schlafen niedergelegt.

Die Erkenntnis, dass der Spuk sich als harmlos herausstellte, verlieh Manjas Sinnen Schärfe und ihrem Geist neuen Mut. Sorgsam prüfte sie die Wände der Höhle. Sie bestanden gleichfalls aus Holzbrettern, die in der Dunkelheit nicht erkennbar gewesen waren, da man sie sorgfältig mit Lehm verputzt hatte. Der Raum war grob rechteckig. Drei Wände waren massiv und geschlossen; in der vierten Wand jedoch öffnete sich ein schmaler Durchgang, der zu einer benachbarten Kammer führte. Offenbar war er einst mit einer Tür aus Weidengeflecht verschlossen gewesen, deren faulende Überreste nun zwischen den Knochen am Boden lagen.

Vorsichtig kroch Manja hinüber und spähte durch die Öffnung. Doch dabei verließ sie den Lichtkegel am Boden und konnte außerhalb des erhellten Bereichs nichts als gestaltlose Schwärze wahrnehmen.

Sie brauchte ein Licht.

Zunder und Flintstein trug sie bei sich, und ihre Geschicklichkeit im Feuermachen hatte sowohl ihrer Mutter als auch Vilufar stets Bewunderung abgenötigt. Als sie die ersten Funken schlug, schreckte der Wolf auf, zog drohend die Lefzen hoch und zeigte seine gelblichen Reißzähne. Sobald der Zunder jedoch Feuer gefangen hatte, wich das Tier furchtsam zurück und verkroch sich in den tiefsten Schatten des Raums.

Manja griff nach einer der Holzlatten, die einst zur Tür gehört hatten, und legte das Ende ins Feuer, bis es brannte. Die kleine Fackel schwelte nur schwach und spendete nicht viel Licht, doch erhellte sie etwas, das Manja bisher verborgen geblieben war: Zwischen den verstreuten Knochen am Boden blitzte etwas auf wie ein Stern in der Nacht. Es mochte nur ein Wirbel oder ein Zahn sein, doch seine Oberfläche schimmerte, als sei ein verirrter Sonnenstrahl darin eingeschlossen. Manja ergriff den winzigen Gegenstand und hielt ihn nahe vor die Augen.

Es war ein Ring. Die kreisrunde Öffnung in der Mitte besaß genau den Umfang eines Fingers. Er bestand aus einem Metall, das Manja schon einmal gesehen hatte. Vor Jahren war ein Händler ins Dorf gekommen und hatte Schmuckstücke aus diesem Material angeboten, doch keiner der Bauern hatte sie sich leisten können. Es schimmerte wie die späte Nachmittagssonne.

»Gold …« Sie erinnerte sich an das ehrfürchtige Gemurmel der Menschen auf dem Markt.

Vorsichtig schob sie den Ring auf den Zeigefinger ihrer linken Hand, um ihn genauer betrachten zu können – er passte, als wäre er für sie gemacht. Seine Form war unregelmäßig, und erst nach einigem Hin- und Herwenden erkannte sie, dass er ein Tier darstellte: einen Wolf, ausgestreckt im Sprung und mit aufgerissenem Rachen. Die Figur wand sich um den gesamten Ring, sodass die Schnauze das Schwanzende berührte. Die Innenseite des Ringes war glatt; nur an der dicksten Stelle, gegenüber dem Wolfskopf, befanden sich grobe Kerben, als sei das Metall zerkratzt oder beschädigt worden.

»Ihr Götter«, flüsterte Manja, und unwillkürlich blickte sie zu dem wirklichen Wolf hinüber, der sich vor dem Licht in den dunkelsten Winkel des Raums zurückgezogen hatte.

Dies war ein Zeichen, auch wenn sie seine Bedeutung nicht verstand.

Manja suchte den Boden im Umkreis ab, fand jedoch nichts außer Knochen. Hatte der Ring einem Menschen gehört, der hier herabgestürzt und gestorben war? Dann erst erinnerte sie sich an Vilufars Worte: Der Geisterhügel war ein Grab. An solchen Orten bestatteten die Pferdemenschen ihre Toten.

Manja kroch über den Boden zum Durchgang in der Wand, wobei die Knochen unter ihren nackten Knien klickten und knisterten. Ein dunkler Bogen glitt über ihren Kopf hinweg, und als sie sicher war, den benachbarten Raum erreicht zu haben, richtete sie sich auf und hob die behelfsmäßige Fackel.

Der Anblick verschlug ihr den Atem.

Der gesamte Raum, viel größer als die kleine Höhle nebenan, war sorgfältig mit Holzbalken verschalt, die an einigen Stellen durchgemodert und zerbrochen waren. In jeder der vier Ecken des Raums stand ein gewaltiges hölzernes Wagenrad, so hoch wie Manja selbst, mit geschnitzten Speichen, die so lang wie ihre Arme waren. An den Wänden dazwischen hingen vergilbte Teppiche, teilweise zu Fetzen zerfallen. Auch den Boden bedeckte ein Läufer, der einst aus scharlachrotem Filz bestanden haben mochte. An einigen Stellen waren Reste bunter Schmuckborten und Besätze zu erkennen, wie Manja sie noch nie gesehen hatte: Schlangen- und Rankenmuster, umgeben von Gestalten, die laufende und miteinander kämpfende Tiere darstellten.

Am vorderen Ende des Läufers türmte sich ein Haufen gewaltiger Knochen. Es dauerte eine Weile, bis Manja im tanzenden Licht der Holzfackel den Schädel entdeckte und begriff, dass es sich um die Überreste eines Pferdes handeln musste – größer als jedes der gedrungenen Lastpferde, die sie aus ihrem Dorf kannte. Quer über den mächtigen Rippen lag eine Satteldecke aus besticktem Filz, und an den Resten des Zaumzeugs schimmerten Beschläge aus purem Gold.

Langsam und mit staunend geöffnetem Mund tastete sich Manja um den Knochenhaufen herum bis zur hinteren Wand des Raumes. Das Licht der schwelenden Holzplanke glitt über immer neue Wunder: einen geschnitzten Holztisch mit prankenförmigen Füßen, auf dem goldene Schalen standen, eine Stange, auf deren Spitze eine geschnitzte Adlerfigur thronte, ein dreibeiniges Gestell, unter dem ein Häuflein Asche von einem vor Jahren erstorbenen Feuer zeugte. Dann näherte sich, längs der Rückwand, etwas Massiges und Dunkles. Manja gelangte zum Ende des Läufers und stieß unversehens mit den Füßen auf Widerstand. Erstaunt hob sie die Fackel und begriff, dass vor der Wand ein mächtiger uralter Baumstamm lag, dessen Oberseite tief ausgehöhlt war. Vorsichtig ertastete sie den Rand der Höhlung, die in tiefem Schatten lag, wobei sie das kalte, steinhart gewordene Holz unter ihren Fingern spürte. Schließlich lehnte sie sich darüber und leuchtete hinein.

Ein Schauder rann ihr über den Rücken, und sie sandte ein Stoßgebet zur Großen Mutter.

In dem ausgehöhlten Stamm lag ein menschliches Skelett. Es war teilweise zerfallen, und die Knochen hatten sich voneinander gelöst und lagen verstreut wie diejenigen der Tiere im Vorraum. Manja hatte noch nie die Gebeine eines Menschen gesehen, doch erkannte sie instinktiv den Schädel, der unversehrt war und auf den Resten eines Kissens ruhte. Die leeren Augenhöhlen starrten blind, und die vom Fleisch entblößten Zähne wirkten unnatürlich lang. Auf der Oberseite des Schädels haftete noch eine dünne Schicht ledriger, dunkel verfärbter Haut, und rund um den Kopf war eine wallende Mähne aus rötlichen Locken gebreitet. Um die Halswirbel wand sich ein goldener Schmuckreifen, dessen einander zugekehrte Enden wie die Köpfe von Raubkatzen gestaltet waren.

Es ist eine Frau, erkannte Manja. Das dichte, lange Haar hätte zu Lebzeiten auch einem Mann gehören können, doch das Fehlen eines Bartes bewies, dass die Tote zum selben Geschlecht gehört hatte wie sie selbst: zu den Töchtern der Erde.

Sie ließ ihr glühendes Holzscheit tiefer gleiten und erhellte das Brustbein, das über den eingefallenen Rippen verrutscht war, dann Reste einer Fellborte, die vielleicht einst ein Gewand geschmückt hatte; schließlich eine massive metallene Gürtelschnalle mit Verzierungen in Gestalt von Vogelschnäbeln. Daneben, an der Seite des Beckenknochens, lag ein prächtiges Schwert, dessen lederne Scheide sich zersetzt hatte, sodass die von Alter und Feuchtigkeit verfärbte Klinge zu erkennen war. Eine solche Waffe hatte Manja noch nie gesehen. Einige Männer in ihrem Dorf besaßen Dolche aus gegossener Bronze, die sie nur bei besonderen Zeremonien trugen und sonst nie gebrauchten – schlichte, grob geformte Klingen, die in Griffen aus Holz oder Knochen steckten. Dieses Schwert dagegen endete in einem mit Edelsteinen besetzten Griff, der wie ein Widderkopf geformt war und dessen Hörner geschwungene Spiralen bildeten. Auf der anderen Seite des Skeletts, dicht am linken Oberschenkel, lag ein kürzerer Dolch, daneben eine Axt mit schlankem Blatt und langem hölzernem Stiel.

Manja wusste, dass auch die Toten in ihrem Dorf an besonderen Plätzen in der Erde bestattet wurden und dass man ihnen Gegenstände mit ins Grab legte, die ihnen zu Lebzeiten gehört hatten. Ein Bauer erhielt seine Sichel und einen Spaten, ein Schmied seinen Hammer, ein Gerber seine Messer. Dies geschah, wie die Ältesten lehrten, damit der Verstorbene auch in der jenseitigen Welt sein Handwerk ausüben konnte. Frauen dagegen wurden lediglich mit ihrem Schmuck begraben, einer Kette aus Bernstein zum Beispiel, einem bronzenen Knöchelreifen oder einer Gürtelschnalle. Manja selbst besaß nur ein einziges Schmuckstück: einen dünnen Riemen aus schwarzem Leder, den ihre Mutter ihr einst geschenkt hatte und den sie seitdem um den Hals trug.

Diese Frau jedoch ruhte in einer Grabkammer, die so groß war wie ein Haus, umgeben von unermesslichen Schätzen – und von Waffen. Manja konnte sich nicht erinnern, jemals etwas über die Frauen der Pferdemenschen gehört zu haben. Nach den Schilderungen Vilufars hatte sie angenommen, die gefürchteten Reiter seien ausschließlich männlichen Geschlechts. Sie hatte sie sich als eine Horde wilder Bestien vorgestellt, die in den Einöden des Südens umherzogen und unterschiedslos über Mensch und Tier herfielen: monströse haarige Männer auf struppigen Pferden, deren schmächtige Frauen am Lagerfeuer kauerten und auf die Beute warteten.

Nun erst begriff sie, wie weit ihre Vorstellungen von der Wirklichkeit entfernt gewesen waren. Diese Menschen mochten furchterregende Barbaren sein, doch sie trugen auch herrlichen Schmuck, schnitzten Tische, webten Teppiche und sorgten für ihre Toten. Und ihre Frauen – waren sie Kriegerinnen und kämpften wie die Männer? Der Gedanke war für Manja kaum fassbar. Sie konnte sich kein anderes Los für eine Frau vorstellen, als den Hof ihres Mannes zu bewirtschaften und seine Kinder großzuziehen. Die Vorstellung, dass eine Frau auf einem Pferd ritt und ein Schwert schwang, berührte sie eigenartig: Es war erschreckend und erregend in einem, ein Frevel gegen die Natur und zugleich ein Wunder, als seien alle Gesetze der Welt plötzlich auf den Kopf gestellt.

Am Nachmittag begann es draußen in der Oberwelt zu regnen, und schwere Tropfen schlugen auf dem Lehmboden der Höhle unter der Schachtöffnung auf.

Manja hatte ihre Erkundung vorläufig beendet und war in den Vorraum zurückgekehrt. Eine Zeit lang hatten ihre aufregenden Entdeckungen sie beschäftigt und sogar ermutigt; inzwischen jedoch verspürte sie Durst und nagenden Hunger, und die Verzweiflung über ihre aussichtslose Lage überfiel sie von Neuem.

Immerhin hatte ihr Ausflug in die Grabkammer dazu beigetragen, das dringlichste Problem zu lösen: Manja hatte eine der goldenen Schalen mitgenommen und unmittelbar unter den Schacht gestellt, sodass sich nun Regenwasser in dem Gefäß sammelte. Sie trank die Schale in einem Zug zur Hälfte aus. Einen Moment lang rebellierte ihr Magen, aber sie zwang sich, die Flüssigkeit bei sich zu behalten.

»Willst du auch?«

Sie blickte den Wolf an, der zusammengekauert in seiner Wandnische saß und mit trüben Augen jede ihrer Bewegungen verfolgte.

»Hier.«

Sie schob die Schale vorsichtig auf das Tier zu.

Der Kopf des Wolfes hob sich, er witterte. Seine gelben Augen starrten die Schale an, dann blickte er wieder auf Manja. Seine Lefzen verzogen sich krampfhaft, doch es wirkte nicht wie eine Drohung, eher wie der Ausdruck einer von Angst verstellten Gier.

Er ist krank, dachte Manja, die ihren unheimlichen Gesellen inzwischen mehr mitleidig als furchtsam musterte. Krank vor Hunger und Durst ... und Einsamkeit.

Sie wusste aus Erfahrung, dass Tiere, die in eine hoffnungslose Lage gerieten und den Tod nahen fühlten, die Nahrung verweigerten. Dennoch ließ sie die Schale stehen, zog sich so weit wie möglich in die gegenüberliegende Ecke des Raums zurück und verharrte reglos. Ihre Blicke glitten zur Öffnung in der Decke hinauf. Dort oben, zwei Mannslängen über ihr, fiel Regen auf die Gräser der Steppe – ein seltenes Ereignis im Sommer. Wenn es sich nicht wiederholte, würden sie beide, das Mädchen und das Tier, in dieser finsteren Grabkammer verdursten.

Und selbst wenn es regnete ... Was sollte sie essen? Bestand auch nur die geringste Wahrscheinlichkeit, dass irgendein Mensch sie hier zufällig entdeckte? Vilufar suchte wahrscheinlich verzweifelt in den Wäldern nach ihr; nie würde er auf den Gedanken kommen, dass Manja diesen Hügel erklommen hatte. Ein rascher Blick aus einiger Entfernung würde ihm nur die grasbewachsene Kuppe zeigen, einen leeren Platz unter Tausenden inmitten der Ödnis der Steppe.

»Vilufar!«, rief Manja verzweifelt – und noch einmal, die letzte Silbe zu einem nicht enden wollenden Schrei gedehnt.

Ihre Stimme versagte, und ein heiseres Husten kam aus ihrer Kehle. Der Widerhall war noch nicht verklungen, als sich plötzlich eine zweite Stimme erhob. Doch es war keine Antwort – es war der Wolf. Er hatte den Kopf erhoben, das Maul halb geöffnet, und sandte ein markerschütterndes

Heulen zur Decke. Dreimal heulte der Wolf, dreimal erfüllte sein unmenschliches, klagendes Jaulen den Raum, und jedes Mal endete es in einem krächzenden Laut, der Manja erschauern ließ. Das Wesen mochte ihr fremd sein, doch der Ausdruck der Verzweiflung in seiner Stimme war unverkennbar.

Wir werden beide hier sterben, erkannte Manja. Vielleicht hatte sie noch zwei Tage lang genug Kraft, um sich auf den Beinen zu halten, vielleicht auch nicht. Wenn sie etwas zu ihrer Befreiung unternehmen wollte, musste sie es bald versuchen. Sehr bald.

Im Augenblick jedoch war sie allzu erschöpft von den erlittenen Strapazen, und als der Lichtkegel am Boden sich rötete, döste sie ein, den Kopf an die Wand gelehnt.

Irgendwann erwachte sie von einem Geräusch, wusste für Augenblicke nicht, wo sie sich befand, und wurde von jähem Entsetzen gepackt.

»Mutter«, flüsterte sie wie in Kindertagen, wenn ein böser Traum sie geweckt hatte.

Sie öffnete die Augen. Das Tageslicht über der Schachtöffnung war fast erloschen, und es war dunkel und unangenehm kalt in der Grabkammer. Ein leises Donnern drang aus der Oberwelt herab, ein Rauschen und Dröhnen wie von einem fernen Sturm. Es regnete jedoch nicht mehr, denn Manja hörte keine Tropfen am Boden ihres Verlieses aufschlagen. Verstört kauerte sie sich zusammen, schlang die Arme um die Knie und lauschte auf die unheimlichen Geräusche. Jetzt glaubte sie, den fernen Widerhall von Stimmen inmitten des Donners zu hören, als ritten körperlose Geister auf dem Nachtwind.

Das Brausen verebbte, und vollkommene Stille folgte. Dann ein neues Geräusch, viel näher und deutlicher: ein leises Schlürfen. Erschrocken fuhr Manja auf, und ihre Blicke schossen in der Schwärze hin und her, vergeblich nach der Quelle dieser neuerlichen Heimsuchung forschend. Sie zwang sich zur Ruhe, lauschte eine Weile – und begriff. Es war der Wolf. Er leckte das Wasser in der Schale auf.

Seufzend vor Erleichterung ließ sie den Kopf wieder an die Wand sinken und schloss die Augen. Dann fühlte sie Bewegung, nahm das Tappen leiser Pfoten wahr und roch nasses Fell, einen wilden, fremdartigen Geruch. Manja erstarrte und rührte keinen Finger. Offenbar war der Wolf zu ihr herübergekommen und beschnüffelte ihre ausgestreckten Beine. Sie spürte seinen Atem über ihre nackte Haut fächeln.

Warum tat er das? Glaubte er, sie sei bereits tot? Aas, das verschlungen werden konnte?

Doch dann geschah etwas völlig Unerwartetes: Die witternde Schnauze zog sich zurück, Pfoten scharrten über den Boden, und dann fühlte Manja zottiges, verfilztes Fell an ihrem Bein, von der Hüfte bis hinab zu den Zehen. Das Fell bewegte sich leicht, im Rhythmus eines ruhig atmenden Körpers. Der Wolf hatte sich niedergelassen und der Länge nach an ihr Bein geschmiegt.

Manja widerstand der Regung, augenblicklich aufzuspringen und zu fliehen. Stattdessen zwang sie sich, jede Bewegung zu vermeiden. In einem Moment instinktiven Verstehens hatte sie erkannt, dass das Tier ihr nichts zuleide tun wollte. Es suchte lediglich die Nähe eines warmen Körpers.

Als Manja im Morgengrauen erwachte – die Tageszeit ermaß sie nur am fahlen Lichtkegel auf dem Boden des Verlieses –, hatte sich der Wolf wieder in die andere Ecke zurückgezogen. Er lag wie ein großer Hund auf der Seite, hatte einen seiner Hinterläufe abgespreizt und leckte sich das zottige Fell. Als Manja sich rührte, erstarrte seine Zunge, und seine Augen richteten sich auf sie.

Manja musste lächeln – der Ausdruck des überraschten Tiers, dem die Zunge wie vergessen aus dem Maul hing, war anrührend.

»Hast du gut geschlafen?«, fragte sie.

Der Wolf stierte sie einen Moment lang verständnislos an, dann fuhr er fort, sich die Flanke zu lecken.

Er ist eine *Sie*, erkannte Manja, die Zitzen auf dem Bauch des Tiers entdeckte. Es war also eine Wölfin.

»Zwei Mädchen zusammen in der Falle«, murmelte sie

vor sich hin. Ein schwaches Lächeln flog über ihr Gesicht. Dann glitt ihr Blick zu der dunklen Türöffnung hinüber. Nein, nicht zwei – drei weibliche Wesen waren sie. Es gab noch die tote Kriegerin in ihrer Grabkammer mit ihrem prächtigen Schwert und der Axt an der Seite.

Manja hatte eine Eingebung.

Während die Wölfin sie aus sicherem Abstand beobachtete, entzündete sie erneut ihre schwache Fackel, tastete sich zurück in die Gruft und blieb vor dem hölzernen Sarg stehen. Es dauerte einige Zeit, bis sie sich überwinden konnte, die Hand auszustrecken und das Schwert zu ergreifen. Es fühlte sich hart und eiskalt an wie ein gefrorenes Stück Holz. Vorsichtig schob sie die schwere Waffe an der Seite des ausgehöhlten Baumstamms hinauf, immer darauf bedacht, die Gebeine der Toten nicht zu berühren.

Ist das ein Raub?, fragte sie sich, als sie ihre Beute geborgen hatte und sich daranmachte, auch den kurzen Dolch und die Axt zu entwenden. Die Ältesten im Dorf behaupteten, dass die Toten in einer anderen Welt weiterlebten, doch die alten Frauen munkelten zuweilen auch von Wiedergängern, die zurückkehrten, um ihre Hinterbliebenen heimzusuchen oder ein Unrecht zu vergelten. Als Manja endlich alle drei Waffen in den Armen hielt und dem Baumsarg den Rücken zuwandte, prickelte die Haut in ihrem Nacken. Einen Augenblick lang quälte sie sich mit dem Gedanken, die tote Frau könne eine ihrer Knochenhände ausstrecken und sie an der Schulter packen.

»Ich nehme sie nicht mit«, flüsterte sie in die Dunkelheit hinein und zwang sich, ruhig zu atmen. »Ich will nur weg von hier. Verstehst du das? Du bist gestorben – aber ich will leben.«

Vollkommene Stille folgte ihren Worten. Kein Knacken, kein Rascheln, kein Knistern spröder Knochen auf den Resten der zerfallenen Kissen.

»Möge die Große Mutter dich segnen«, sagte Manja, ohne sich umzudrehen, schritt langsam über den roten Teppichläufer und verließ die Kammer.

Ihr Plan war so einfach und naheliegend, dass Manja kaum begriff, warum ihr der Einfall erst so spät gekomen war. Zurück im Vorraum, untersuchte sie eingehend die Mündung des Schachtes, der von der Hügelkuppe herabführte. Dann holte sie den kleinen hölzernen Tisch aus der Grabkammer und rückte ihn unter die Öffnung. Schließlich begann sie, einige der durchgebrochenen Holzbohlen mit der Schwertklinge aus der Wand zu hebeln und mit der Streitaxt zurechtzuschlagen. Das war nicht anders als das Hacken von Feuerholz – eine Arbeit, die sie oft und gern erledigt hatte, auch wenn ihre Mutter es zumeist von Korzak besorgen ließ, der mehr Kraft und besseres Werkzeug besaß.

Die Wölfin kauerte ruhig in ihrer Ecke des Raums und beobachtete alles, was Manja tat. Ihre spitzen Ohren zuckten jedes Mal, wenn die Axt niederfuhr, doch in ihren gelblichen Augen war nicht zu lesen, ob sie den Sinn dieses Tuns verstand.

Manja stieg auf den Tisch, ergriff den kurzen Dolch und hackte mit der Klinge eine Öffnung in die seitliche Wand des Schachtes. In diese führte sie das Ende einer der Holzbohlen ein, stützte das andere Ende an die gegenüberliegende Wand und benutzte die Rückseite der Axt als Schlagholz, um die Bohle festzukeilen. Nun hing sie waagerecht in der Mitte der Schachtöffnung wie die Sprosse einer Leiter.

Manja steckte den Dolch in den Gürtel, packte die Sprosse mit beiden Händen und versuchte sich hochzuziehen. Es war schwer, und ihre Arme zitterten vor Anstrengung. Endlich schaffte sie es, den Oberkörper mit einem Ruck nach oben zu werfen und sich mit gestreckten Armen auf der Bohle zu halten, die nun auf Höhe ihrer Leistenbeuge lag. Vorsichtig schwang sie ein Bein hinauf, dann das zweite, stemmte die frei gewordenen Hände gegen die Wand des Schachtes und richtete sich auf.

Als sie sich überzeugt hatte, dass das Holz ihr Gewicht trug, zog sie abermals den Dolch hervor und hackte weitere Öffnungen in die Wand des Schachtes, zwei Handbreit über der Sprosse, auf der sie stand. Dann kletterte sie geschickt wieder hinab, steckte die nächste Holzbohle am Rücken in ihren Gürtel, hangelte sich wieder hinauf und brachte die zweite Stufe auf die gleiche Weise über der ersten an.

Es war anstrengend, und sie geriet zeitweise außer Atem, doch ahnte sie, dass ihr keine Zeit zum Ausruhen blieb. Sie hatte einen ganzen Tag lang nichts gegessen, und ihre Kraft würde nicht zunehmen, wenn sie jetzt rastete. Zeitlebens hatte sie nur wenig Übung im Klettern gesammelt, lediglich mit Vilufar hatte sie manchmal die unteren Äste des Apfelbaumes erstiegen, der im Garten seines Vaters stand. Doch sie arbeitete mit der Kraft der Verzweiflung und in dem Wissen, dass sie nicht auf Hilfe von außen rechnen konnte.

Immer wieder lud sie sich eine der Holzbohlen auf den Rücken, erkletterte die zuletzt in den Schacht gerammte Stufe, richtete sich vorsichtig auf, grub Löcher für die Verankerung in die Wände und keilte die neue Stufe fest. Dabei brachte sie jede der Bohlen in einem leicht versetzten Winkel an, sodass eine Art Wendeltreppe entstand.

Als sie keuchend und mit hochrotem Kopf die achte Stufe erstieg, konnte sie den oberen Rand des Schachtes bereits mit den Fingerspitzen erreichen. Kurzerhand ergriff sie den Dolch, bohrte ihn mit einem kräftigen Stoß in die Wand und versuchte, mit einem Fuß auf den Griff zu steigen. Einen Moment lang schwankte sie und wäre fast abgestürzt; dann jedoch gelang es ihr, sich mit beiden Händen an den Wänden abzustützen und sich langsam aufzurichten.

Ihre Finger fanden die Kante, ihre Beine streckten sich, und sie stemmte die Ellbogen über den Rand der Grube. Das Licht der Morgensonne umfing sie, blendend nach der langen Zeit im Halbdunkel, und wogendes Gras unter rasch treibenden Wolken.

Ich bin oben, fieberte es ihr durch den Kopf. Ich bin oben …

Sie zog sich noch weiter hinauf, packte ein Grasbüschel an der Wurzel und bot noch einmal die ganze Kraft ihres jungen Körpers auf, um die Beine nachzuziehen und sich endlich über den Rand der Grube zu rollen. Dann lag sie eine Zeit lang still auf dem Rücken, lauschte dem eigenen Atem und genoss die kühle Frische des Windes.

Als sie sich mit der Hand über das Gesicht fuhr, um Staub und Erde fortzuwischen, blitzte etwas in der Sonne auf. Manja blinzelte und erkannte den Ring am Zeigefinger ihrer linken Hand – den Ring mit der Wolfsfigur. Sie hatte ihn ganz vergessen. Einem plötzlichen Einfall folgend, nahm sie das Lederband ab, das sie um den Hals trug, zog den Ring vom Finger und fädelte ihn auf den schmalen Riemen, um ihn im Ausschnitt ihres Leibrocks zu verbergen.

In diesem Moment drang ein klagendes Jaulen aus der Tiefe des Kraters herauf. Manja kroch zum Rand des Schachtes und spähte hinab. Die Wölfin war auf den Holztisch gesprungen und streckte eine Pfote nach der ersten Leiterstufe aus, wagte jedoch offensichtlich nicht, sie zu ersteigen.

»Komm!«, rief Manja und streckte eine Hand aus.

Die Wölfin sah zu ihr auf, tänzelte unruhig auf der Stelle und gab schließlich ein ängstliches Fiepen von sich.

»Trau dich!«

Das Tier tappte mit den Vorderpfoten nach der untersten Stufe, blieb jedoch mit den Hinterbeinen auf dem Tisch und reckte die Schnauze empor, hechelnd vor Aufregung.

»Komm zu mir!«, rief Manja.

Und aus lauter Verzweiflung, allein zurückgelassen zu werden, entschloss sich die Wölfin zum Aufstieg. Statt jedoch wie Manja Stufe für Stufe zu ersteigen, versuchte sie in ihrer Panik, mehrere der Bohlen auf einmal zu überspringen, rutschte ab, jaulte kläglich, fand Halt und hangelte sich schließlich mit allen vier Läufen und verdrehtem Leib herauf.

Manja konnte nichts weiter tun, als zuzusehen, doch biss sie sich unwillkürlich auf die Lippen, während sie die halsbrecherischen Verrenkungen ihrer Leidensgenossin beobachtete. Als die Wölfin endlich die oberste Stufe erreicht hatte, kauerte sie sich zusammen und sammelte offenbar ihre Kräfte für den letzten Sprung.

»Es ist nur noch ein kleines Stück!«, rief Manja und winkte ermutigend mit der Hand.

Die Wölfin sprang. Unvermittelt tauchte ihr zottiger Kopf über der Grube auf, und ihre gestreckten Vorderläufe lagen auf der Kante. Allerdings gelang es ihr nicht, den Körper nachzuziehen, stattdessen scharrte sie wild mit den Hinterläufen an der senkrechten Wand und stieß ein verzweifeltes Jaulen aus.

Manja überlegte nicht lange. Rasch sprang sie hinzu, packte die Vorderpfoten des Tiers, warf sich nach hinten und zog.

Im nächsten Augenblick fiel sie auf den Rücken, ihre Hände öffneten sich, und ein dunkler Schatten flog über sie hinweg. Als sie sich aufrichtete und die Erde von ihrem Leibrock wischte, sah sie, dass die Wölfin es geschafft hatte. Sie hatte sich mit erhobenem Kopf, hechelnd und in der Sonne blinzelnd, am Rand der Fallgrube niedergelassen, um zu verschnaufen.

»Siehst du«, sagte Manja aufatmend. »Das war doch gar nicht so schwer.«

Dann ließ sie sich ihrerseits ins Gras sinken.

FEUERSTURM

Vilufar … Manja fuhr hoch. Wo mochte er sein? Sie hatte einen ganzen Tag und eine Nacht in dem Grab verbracht, doch sicher war er nicht im Entferntesten auf den Gedanken gekommen, dass sie es gewagt haben könnte, sich diesem Hügel zu nähern. Wahrscheinlich hatte er angenommen, sie sei ins Dorf zurückgekehrt. Was mochte in ihm vorgegangen sein, als er dort eintraf und feststellen musste, dass Manja verschwunden war? Hatte er verzweifelt nach ihr gesucht? Womöglich gar seine Eltern zu Hilfe gerufen, die Dorfältesten benachrichtigt und die Wälder im Umkreis durchkämmt?

Manja blickte hinüber zu den hohen Kiefern, deren Wipfel im zunehmenden Sonnenschein glänzten. Das kleine Lagerfeuer, das Vilufar entzündet hatte, schwelte immer noch, als sei es in Eile verlassen worden, und schickte eine schmale Rauchsäule zum Himmel. Doch plötzlich schien es Manja, als sehe sie in der Ferne über dem Wald einen anderen, viel größeren Feuerschein. Eine riesige Glocke aus schwarzem Rauch türmte sich dort bis zu den Wolken empor.

Plötzliche Unruhe wie ein Vorgefühl drohenden Unheils ergriff von ihr Besitz. Sie rappelte sich auf, sprang die Hügelkuppe hinab und begann, auf die Kiefern zuzulaufen, den Blick auf das flackernde Licht am Horizont geheftet. Auf halbem Weg kreuzte sie eine Schneise niedergetretenen Grases, hielt keuchend inne und blickte sich um.

Das Entsetzen traf sie wie ein Schlag. Der Boden im Umkreis war zertrampelt; die Gräser waren umgeknickt, und in der Erde klafften die Abdrücke zahlloser Hufe. Es sah aus, als sei eine Rinderherde von Südwesten herangestürmt, geradewegs auf den Wald zu. Doch die Hufabdrücke waren nicht gespalten, wie Manja es von Kühen kannte, sondern kreisrund.

Pferdehufe.

»Große Mutter!«, flüsterte Manja. »Nein ... lass es nicht wahr sein ...«

Sie gewahrte einen Schatten im Gras, vielleicht fünfzig Schritte hinter ihr: Es war die Wölfin. Sie war ihr gefolgt und saß nun mit erwartungsvoll aufgerichteten Ohren da.

»Lauf weg!«, schrie Manja ihr zu.

Das Tier rührte sich nicht. Es saß einfach da und blickte sie an.

Manja wandte sich um und rannte weiter. Sie folgte der Schneise bis zu der Felsstufe, über der das Lagerfeuer schwelte, sprang hinauf und fand auch den Pfad, der zum Dorf führte, mit Hufabdrücken übersät. Um den Weg abzukürzen, schlug sie sich quer durch den Wald, und Nadelgehölz und Zweige schrammten ihr über Arme und Gesicht. Sie fühlte es kaum, denn eine seltsame Betäubung hatte von ihren Gliedern Besitz ergriffen, während ihr Herz wie ein gefangener Vogel in ihrer Brust flatterte. Unvermittelt stieß sie auf die Brachfläche, die jenseits des Umfassungswalls lag – und fand ihre grauenvollsten Befürchtungen bestätigt.

Das kleine Dorf stand in lodernden Flammen. Von den Binsendächern der Häuser stiegen dichte Rauchsäulen in den Himmel, und überall war das Krachen berstenden Fachwerks zu hören, das sich mit dem Prasseln des Feuers vermischte. Selbst die Felder und Gärten brannten.

Manja erklomm den Wall, sprang an der anderen Seite hinab und rannte auf das Haus ihrer Mutter zu. Dabei kam sie an der Weide vorbei und sah, dass die Ziegen tot am Boden lagen. In ihren Leibern steckten gefiederte Pfeile.

»Mutter!«, schrie Manja und hastete weiter – dann sah sie das Haus: Es war zu einem unförmigen Haufen rot glühender Balken zusammengesunken, aus dessen Mitte eine Feuersäule aufstieg. Die Gemüsebeete waren voller Asche, und einige der zahmen Gänse lagen verkohlt am Boden. Auch das Nachbarhaus brannte, und der Garten war mit schwelenden Dachbinsen übersät. Quer über dem Zaun hing der leblose Körper Korzaks. In seinem Hinterkopf klaffte ein tiefer Krater, von Splittern der Schädeldecke umgeben. Das Haar war mit geronnenem Blut verklebt und bedeckte sein Gesicht. Seine Hände umklammerten den Griff einer zerbrochenen Sichel.

Manja wurde schwarz vor Augen, und ihre Beine gaben nach. Sie sank auf die Knie, mitten im Staub des Weges, und ein krampfhaftes Schluchzen schüttelte ihre Brust. Wo war ihre Mutter? Lag sie tot und verbrannt in den Trümmern? Oder befand sie sich womöglich noch im Nachbardorf, wo sie den Markt besucht hatte? Manja war nie mit ihr dort gewesen und kannte den Weg nicht. Sie wusste lediglich, dass man einen ganzen Tag lang wandern musste.

»Sie töten alle Menschen, auch die Frauen und sogar das Vieh«, hatte Vilufar gesagt. »Nur die Kinder fangen sie ein und machen sie zu Sklaven.«

Ein durchdringendes Heulen drang an Manjas Ohren: Es war die Wölfin, die ihr bis auf Steinwurfweite gefolgt, angesichts des Feuers jedoch am Rand der Weide zurückgeblieben war.

»Scher dich weg!«, schrie Manja und schleuderte einen Stein in ihre Richtung, als sei sie für das Massaker verantwortlich.

Was sollte sie tun? Von einem Moment zum nächsten war sie allein auf der Welt, und alles, was bisher ihr Leben ausgemacht hatte, zerging in einem Sturm aus Feuer und Rauch.

»... nur die Kinder fangen sie ein und machen sie zu Sklaven.«

Vilufar.

Der Gedanke brachte schlagartig ihre Kräfte zurück. Entschlossen sprang sie auf, wischte sich Staub und Tränen aus dem Gesicht und wandte sich um. Das Dorf war von keinem übernatürlichen Unheil heimgesucht worden, sondern von Menschen – Menschen, die aus der Steppe gekommen waren und dorthin zurückkehrten, Menschen, die auf Pferden ritten und Hufspuren hinterließen.

Willst du mir versprechen, dass wir uns niemals trennen?

Manja rannte. Sie wusste nicht, zu welchem Ziel und Zweck. Bewusst war ihr lediglich, dass sie herausfinden musste, was aus Vilufar geworden war. Vielleicht sandten die Götter ein Zeichen, vielleicht konnte sie die ganze Katastrophe auf wundersame Weise rückgängig machen, wenn sie ihn wiederfand. Außerdem hatte sie ihm etwas versprochen, vor zwei Nächten am Lagerfeuer: dass sie für immer zusammenbleiben würden, es sei denn, die Götter selbst wollten es anders. Verzweifelt klammerte sie sich an diesen Gedanken, während sie abermals den Wall überquerte, den Waldweg einschlug und zu den Kiefernfelsen zurücklief.

Sie rannte, wie sie noch nie im Leben gerannt war, fand die Schneise aus niedergetretenem Gras und folgte ihr hinaus in die Wildnis der Steppe. Wind umfing sie, der von keinem Baum oder Busch gebrochen wurde, der das Gras zum Rauschen und ihre Kleider zum Flattern brachte. Der Himmel war weit und wolkenlos, und die Sonne stieg immer höher. Bald war der ferne Schatten des Waldes hinter ihr verschwunden, und das Grasmeer dehnte sich unübersehbar in alle Richtungen. Sie nahm kaum wahr, dass ein Schatten ihr im Abstand von etwa hundert Schritten folgte: Die Wölfin schien nicht willens, sich von ihr zu trennen, und lief ihr nach wie ein treuer Hund.

Manja war es gleichgültig. Sie war zu sehr mit ihrer Angst und Verzweiflung und dem Brennen beschäftigt, das sich in ihrer Brust eingestellt hatte. Dumpf wurde ihr bewusst, dass sie noch nie im Leben eine so weite Strecke gelaufen war und dass sie seit fast zwei Tagen nichts gegessen hatte. Wenn sie nicht innehielt, würde sie womöglich irgendwo in der Wildnis vor Erschöpfung zusammenbrechen.

Die Schneise wand sich noch immer schnurgerade nach Südwesten, der Sonne entgegen. Dann, nach einer scheinbar endlosen Zeit, senkte sich der Boden ab. Manja übersprang mehrere terrassenartige Bruchkanten, überquerte eine flache Rinne, die von einem ausgetrockneten Bachlauf zeugte, und gelangte schließlich an den Rand eines Talkessels, der vor Zeiten ein See gewesen sein mochte. Sie erklomm die Böschung, blickte hinab – und warf sich augenblicklich nieder, um Deckung im hohen Gras zu suchen.

Da waren sie.

Sie rasteten in der Senke, deren Boden aus getrocknetem Schlamm bestand, und tränkten ihre Pferde an einem Wasserloch. Es waren etwa einhundert groß gewachsene Männer mit geflochtenen Bärten und sonnenverbrannten Gesichtern, sämtlich beritten. Einige waren abgestiegen, führten die Pferde am Zügel zur Tränke oder hatten sich im Gras niedergelassen; die meisten jedoch saßen im Sattel.

Manja, die noch nie Menschen auf Pferden gesehen hatte, starrte gebannt hinunter. Der Anführer thronte auf einem mächtigen Schlachtross, dessen Stirn mit einer goldenen Maske geschmückt war. Er trug einen spitzen Helm mit Wangenklappen und ein mit Eisenschuppen besetztes Lederwams. Seine Beine steckten in Hosen – einem Kleidungsstück, das Manja gleichfalls zum ersten Mal sah. Die schweren Stiefel waren mit Verzierungen aus dünner Metallfolie belegt und bis zu den Pelzborten hinauf mit Blut besprengt. In der einen Hand hielt der Mann die Zügel seines Pferdes, mit der anderen führte er eine lederne Feldflasche zum Mund. An seinem Sattelzeug hing eine mächtige Streitkeule und auf der anderen Seite ein Lederköcher, aus dem das Ende eines gekrümmten Hornbogens hervorragte. Neben dem Mann führte ein gleichfalls schwer gerüsteter Reiter eine Standarte, an deren Spitze ein mit Glöckchen behängter bronzener Adler die Schwingen ausbreitete. Mehrere Dutzend Krieger umringten sie, Männer in grauen Filzröcken mit spitzen Kapuzen und bestickten Hosen, jeder mit einem Bogen und einer Axt bewaffnet. An den Brustriemen ihrer Pferde hingen Pelzquasten und dazwischen ganze Bündel menschlicher Haarschöpfe, mitsamt der Kopfhaut abgeschnitten.

Manjas Herz machte einen schmerzhaften Sprung, als sie im Schatten der Böschung unter sich eine Gruppe Halbwüchsiger bemerkte, die mit ledernen Halsriemen aneinandergebunden waren. Es waren Jungen und Mädchen aus dem Dorf; sie erkannte einige der von Schmutz, Blut und Tränen entstellten Gesichter. Ihre Eltern waren vermutlich erschlagen und in den brennenden Trümmern zurückgelassen worden. Sie hatten sich dicht zusammengekauert, überwältigt von Schrecken und Erschöpfung. Einige lagen reglos im Gras, andere wimmerten oder wiegten wie betäubt die Köpfe.

Und da war Vilufar! Manja musste sich beherrschen, um nicht laut aufzuschreien und seinen Namen zu rufen. Er saß ganz am Ende der Gruppe, das Gesicht dem Boden zugewandt. Sein leinener Überwurf hing ihm in Fetzen vom Leib, und eine blutende Wunde zog sich quer über seine nackte Schulter.

Manja beobachtete, wie einer der Männer am Wasserloch einen Krug füllte und zu den Kindern herüberkam. Erst glaubte sie, er gebe ihnen zu trinken, doch stattdessen leerte er das Gefäß in hohem Bogen über der Gruppe aus, als besprenge er ein Blumenbeet. Einige der Jugendlichen prusteten erschrocken, andere führten die nassen Hände zum Mund und versuchten verzweifelt, die Wassertropfen von den Fingern zu lecken. Vilufar saß unbewegt und hob nicht einmal den Kopf, als das Wasser auf ihn niederging.

Manja ahnte, dass die Pferdemenschen ihn mit den anderen fortschleifen würden, wahrscheinlich weiter hinaus in die Steppe, zu irgendeinem fernen Ort, an dem sie lagerten. Er würde ein Leben als Sklave unter diesen grausamen Menschen führen, und sie würde ihn niemals wiedersehen. Der Gedanke war ihr unerträglich, andererseits drohte ihr gewiss dasselbe Schicksal, wenn sie sich in irgendeiner Weise bemerkbar machte. Sie war nur ein Mädchen – was vermochte sie gegen eine Truppe bewaffneter Männer auf Pferden auszurichten, die ihr womöglich Schlimmeres antun konnten, als sie nur zu verschleppen?

Große Mutter, dachte sie, was soll ich tun?

Einstweilen blieb sie im Gras liegen, bemüht, kein Geräusch von sich zu geben. Jetzt erst, in der Stille und Reglosigkeit, fühlte sie die Erschöpfung bleiern auf Brust und Gliedern. Sie war länger als eine Stunde gerannt, sehnte sich verzweifelt nach Wasser und hatte Mühe, das heftige Klopfen ihres Herzens zu beruhigen. Sie fühlte sich so allein und verloren wie noch nie zuvor, und in ihrer Verzweiflung betete sie stumm zu allen Göttern, deren Namen sie kannte.

Es mochten mehrere Stunden vergangen sein, als die Reiterkrieger ihre Rast beendeten. Der Anführer, der einige Zeit im Sattel gedöst hatte, richtete sich auf und wies nach Süden. Wer am Boden gesessen hatte, bestieg sein Pferd, und einer der Männer näherte sich den Gefangenen und packte das Ende des langen Lederriemens, der sich um ihre Hälse wand.

Dann rief jemand etwas in einer fremden Sprache, und die Köpfe der Männer fuhren herum. Einer der Reiter hatte sich im Sattel aufgerichtet und die Hand gehoben. Der Anführer mit dem spitzen Helm wandte sich der Böschung zu; sein Pferd schnaubte und stieg mit den Vorderbeinen in die Höhe.

Manja duckte sich tiefer in den Schatten. Hatten die Pferdemenschen sie bemerkt? Doch nein, sie blickten zu einer ganz anderen Stelle weiter links, und einige ergriffen ihre Bogen.

Plötzlich erscholl ein vielstimmiges Geschrei, und ein Hagel von Pfeilen regnete in die Senke herab. Über die östliche Böschung flankten Pferde, denen der Männer am Boden nicht unähnlich: Manja erkannte fliegende Mähnen, blutrote Satteldecken, lederne Stirnmasken und goldbeschlagenes Zaumzeug. Die Angreifer setzten in mehreren Wellen ins

Tal hinab und stoben auf die Männer zu, die sich in aller Eile zu sammeln versuchten. Dutzende von Bogensehnen sirrten, und ein Hagel von Wurfspießen ging auf die notdürftig formierten Verteidiger nieder. Manja sah, wie mehrere Männer aus den Sätteln stürzten oder von ihren Pferden abgeworfen wurden, denen Speere in Hals und Brust steckten. Auch der Krieger mit der Standarte war getroffen worden, wankte auf seinem scheuenden Pferd und versuchte verzweifelt, einen Pfeil aus seinem Oberschenkel zu ziehen.

Im nächsten Moment erreichte die erste Welle der Angreifer ihre überraschten Gegner: Sie brachen in grausames Kampfgeschrei aus, reckten Äxte und Keulen und sprengten im Sturm mitten zwischen ihre Feinde, um mit Furcht einflößender Anmut Hiebe nach allen Seiten auszuteilen. Der Standartenträger empfing einen derart heftigen Schlag, dass er rücklings ins Gras flog und ein Stück weit über den Boden rutschte, während Blut zwischen den Seitenklappen seines zerbeulten Helms hervorlief. Sein Gegner richtete sich im Sattel auf und reckte mit lautem Triumphgeheul die Axt – und erst die Stimmlage dieses Schreis veranlasste Manja, genauer hinzusehen: Es war eine Frau mit langem rötlichem Haar, gekleidet in einen ledernen Rumpfpanzer und eine zweibeinige Reithose. An ihrer linken Körperseite wölbte sich der Panzer deutlich über der weiblichen Brust, an der anderen Seite dagegen lag er flach – ganz so, als fehle die rechte Brust. Erst jetzt begriff Manja, dass sich eine ganze Gruppe von Frauen unter den Angreifern befand. Sie fochten Seite an Seite mit den Männern, schwangen Schwerter und Äxte mit derselben Kraft und führten ihre Pferde mit derselben Leichtigkeit.

Die Verteidiger stoben auseinander. Jede Ordnung hatte sich aufgelöst, und einige der noch unverletzten Männer wendeten ihre Pferde und galoppierten davon. Unter ihnen war auch der Anführer mit dem spitzen Helm, der einen Befehl brüllte und seinem Hengst die Stiefel in die Flanken stieß. Ein anderer Mann packte den Lederriemen, an den die Sklaven gefesselt waren, und zerrte die Elenden mit sich fort.

Dieser Anblick riss Manja aus ihrer Erstarrung.

»Vilufar!«, schrie sie, alle Vorsicht vergessend, und sprang aus ihrer Deckung hervor.

Er stolperte als Letzter in der Reihe dahin, doch wandte er den Kopf, und sie hätte schwören können, dass er sie erkannte. Staunen, Entsetzen und Fassungslosigkeit malten sich auf sein zerschundenes Gesicht. Er streckte die Arme aus, und sein Mund öffnete sich. Im nächsten Moment jedoch wurde seine Gestalt von einem Reiter verdeckt, der eine Peitsche schwang, um die Gruppe anzutreiben.

Unterdessen hatte der Nahkampf sich aufgelöst, und die letzten der überraschten Verteidiger wandten sich zur Flucht. Zuerst setzten die Angreifer ihnen nach, die Flüchtenden jedoch schossen im vollen Galopp Pfeile unter den Schultern hindurch nach hinten, sodass mehrere ihrer Gegner aus den Sätteln sanken. Die Frau mit dem rötlichen Haar schrie etwas in einer fremden Sprache, woraufhin ihr Gefolge von der Verfolgung abließ und sich um sie scharte.

Manja stand schwer atmend an der Böschung, unfähig, etwas anderes zu tun, als den Flüchtenden nachzustarren, die Vilufar mit sich fortschleiften. Noch hatte sie kaum begriffen, dass ihr Schrei auch die Angreifer auf sie aufmerksam gemacht hatte. Tränen strömten ihr über das Gesicht, und sie erwachte erst aus ihrer Erstarrung, als sie Hufe hinter sich hörte.

Sie fuhr herum und fand sich Auge in Auge mit einer großen weißen Stute, die gemächlich auf sie zugetrabt war. Über den mächtigen Brustmuskeln des Tiers prangte ein Gehänge aus goldenen Halbmonden. Es schnaubte kurz, dann beugte es den Hals. Manja stand stocksteif und sah die weiche Schnauze auf sich zukommen. Die Nüstern blähten sich hörbar, als das Pferd sie beschnupperte. Auf seiner Stirn war eine Goldplatte festgeschnallt, unter deren seitlichen Wülsten die bewimperten großen Augen neugierig auf sie herabblickten.

Dann klirrte Metall, und schwere Lederstiefel landeten neben Manja im Gras. Auch die Stiefel waren mit Goldplättchen besetzt. In den Schäften steckten die Aufschläge einer weiten Filzhose, bestickt mit rankenförmigen Ornamenten. Ein Gesicht beugte sich zu Manja herab: das Gesicht einer alten Frau, deren üppiges graues Haar mit einem goldenen Stirnreif umwunden war. Es war gebräunt von Sonne und Wind und zerknittert wie ein überreifer Apfel. Die Brauen über den dunklen Augen zogen sich forschend zusammen.

Ein Gefühl der Unwirklichkeit überkam Manja, und sie blieb reglos stehen. Sie hörte Worte in einer fremden Sprache, dann näherten sich weitere Hufe, und Stiefel knirschten im Gras. Es mochte kommen, was kommen wollte: Vielleicht würden die Fremden sie töten, doch der Gedanke ließ sie seltsam kalt. Sie hatte Vilufar verloren, und angesichts dieser Tatsache war sie außerstande, ihrem eigenen Schicksal allzu große Aufmerksamkeit zu schenken. Kaum spürte sie, dass sie unter den Armen ergriffen und hochgehoben wurde. Die Schimmelstute wieherte, und plötzlich war raues Fell zwischen Manjas Schenkeln, während vor ihren Augen die zottige Mähne im Wind wehte. Dann eine Berührung an ihrem Rücken: Ein zweiter Körper drängte sich hinter den ihren, und ein Arm umfasste ihren Leib. Schließlich geriet die Welt ins Schwanken, als das Pferd sich langsam in Bewegung setzte. Manjas Kopf tanzte hilflos auf und ab, ein Schwindel erfasste sie, und einen Lidschlag später wusste sie nichts mehr.

ZWEITER TEIL

DIE KÖNIGSTOCHTER

GESTRANDET

Als Manjas Bewusstsein zurückkehrte, war ihre erste Wahrnehmung blendendes Licht: Sie lag auf dem Rücken und blinzelte in den Himmel. Die Sonne stand bereits tief, es musste später Nachmittag sein. Der dunkle Schatten eines Greifvogels glitt hoch über ihr durch flammend rote Wolkenfetzen.

Ihr Kopf sank zur Seite, und sie suchte den Erdboden ... Im nächsten Moment war sie hellwach und setzte sich erschrocken auf. Sie war auf eine Matte aus dickem Filz gebettet worden, die im Schatten eines Zeltes lag. In der näheren Umgebung erhoben sich weitere Zelte, allesamt von rundem Grundriss und mit kegelförmigem Dach. Sie bestanden aus Stangengerüsten und Filzplanen, die mit bunten Tiergestalten geschmückt waren: springenden Hirschen, Auerochsen und Steinböcken, Rindern und Pferden. Zwischen den Zelten brannten Lagerfeuer. Im Hintergrund erhoben sich mehrere große Planwagen mit mächtigen hölzernen Speichenrädern und kastenförmigen Aufbauten. Über dem größten der Wagen reckte sich eine Fahnenstange, auf deren Spitze eine geschnitzte Wolfsfigur thronte, den Leib wie zum Sprung eingerollt und mit aufgerissenem Rachen. Unterhalb der Figur hing ein Bündel Pelze.

Manjas Herz klopfte heftig, als sie bemerkte, dass sich zwischen den Zelten Menschen bewegten. Sie sah Männer, Frauen und Kinder, die an den Feuern saßen oder häuslichen Verrichtungen nachgingen, alle gekleidet in bestickte Leibröcke, Hosen und Lederstiefel. Doch niemand schien sie zu beachten. Eine Familie ganz in der Nähe hatte sich um ein dreibeiniges Gestell gesetzt, auf dem ein Kochkessel stand, und unweit zur Rechten saß ein alter Mann im Schatten seines Zelteingangs und schnitzte an einem Bogen. Zu seinen Füßen lagen Messer, Stäbe aus Lärchenholz und ein Widderhorn. Zwei halbwüchsige Mädchen schlenderten vorbei, ohne Manja mehr als einen flüchtigen Blick zuzuwerfen, beide mit tönernen Gefäßen in den Händen. In einiger Entfernung war das Schnauben von Pferden zu hören, und irgendwo bellte ein Hund.

Große Mutter, steh mir bei – ich bin in der Gewalt von Pferdemenschen!, dachte Manja.

So friedlich die Szene auch war, sie erinnerte allzu deutlich an die Schlacht, in deren Verlauf sie aufgegriffen worden war. Diese Menschen hatten die Plünderer ihres Dorfes überfallen und vertrieben, doch in jeder anderen Hinsicht ähnelten sie ihnen zum Verwechseln: Sie ritten auf Pferden, trugen Hosen und schossen mit Pfeil und Bogen. Offenbar fielen sie nicht nur über Bauerndörfer her, sondern auch über ihresgleichen. Führten sie Krieg gegeneinander?

Manjas Gedanken wurden unterbrochen, denn eben hob sich eine Matte am Eingang des Zeltes neben ihr. Ein Mädchen trat heraus, etwa im gleichen Alter wie sie selbst, in den Händen eine mit Goldblech überzogene Schale. Manja erschien sie als die schönste junge Frau, die sie je gesehen hatte: Sie war zartgliedrig und schmal, hatte ein gebräuntes, herzförmiges Gesicht mit gerader Nase und großen dunklen Augen, beschattet von langen Wimpern. Sie trug einen reich bestickten blauen Leibrock und einen halbmondförmigen Brustschmuck mit funkelnden Einlagen aus Türkis. Das offene dunkle Haar fiel ihr bis zum Gürtel herab, dessen gegossene Schnalle einen Vogelkopf darstellte.

»Spaka?«, fragte das Mädchen und trat an Manjas Lager. Manja, die nicht verstand, blickte sie fragend an, warf einen Blick über den Rand der Schale und stellte fest, dass sie mit Milch gefüllt war. Als das fremde Mädchen sie aufmunternd anlächelte, ergriff sie die Schale und trank. Es schmeckte sonderbar, herber und würziger als Ziegenmilch – vielleicht Pferdemilch, dachte sie. Trotz des ungewohnten Aromas leerte sie das Gefäß bis zur Neige, denn sie hatte großen Durst.

Das Mädchen lächelte abermals und sagte etwas in der fremden Sprache.

»Ich … verstehe dich nicht«, erwiderte Manja schüchtern.

Ihre Gastgeberin jedoch schien sich daran nicht zu stören, ergriff die Schale und verschwand wieder im Innern des Zeltes.

Aufatmend ließ sich Manja auf die Filzmatratze zurücksinken. Wer immer die Fremden waren; es hatte nicht den Anschein, dass sie ihr übelwollten. Unter den gegebenen Umständen verhielt sie sich am besten ruhig und wartete ab.

Es wurde Abend, und Manja beobachtete das Treiben im Lager. Mehrmals sah sie in einiger Entfernung Reiter auf Pferden vorbeigaloppieren, hörte das Blöken von Schafen und nahm an, dass die Menschen über Herden verfügten, die auf dem Grasland ringsum weideten. Die meisten Familien zogen sich in ihre Zelte zurück, während die Lagerfeuer erloschen. Lediglich einige Hunde blieben im Freien zurück und dösten vor den Eingängen.

Als die Sonne untergegangen war, erschien noch einmal das schöne Mädchen mit der Trinkschale. Diesmal brachte sie einen Holzteller mit, auf dem ein dampfendes Stück Hammelfleisch lag.

»Etama barami«, sagte das Mädchen freundlich, setzte sich auf den Rand der Matratze und hielt Manja Teller und Schale hin.

Manja begutachtete das Essen. Sie hatte ihr Leben lang von Getreidebrei und Gemüse gelebt und nur selten ein wenig Fleisch gegessen, wenn ihre Mutter eine Gans geschlachtet hatte. Es roch jedoch würzig und schmackhaft, und so streckte sie die Hand aus.

»Ami Gwendike«, sagte das Mädchen, während Manja zögernd die Hammelkeule benagte.

»Gwendike«, wiederholte sie und wies überdeutlich mit der Hand auf ihre eigene Brust. Dann deutete sie fragend auf Manja.

Manja verstand, schluckte rasch und antwortete: »Manja.«

»Manja.« Das Mädchen lächelte. »Ami Gwendike.«

»Gwendike«, wiederholte Manja, und das Mädchen lächelte erneut. Offenbar war dies ihr Name.

Nun sagte sie etwas Längeres, das Manja nicht verstand, wobei sie sich erhob und einladend auf den Eingang des Zeltes deutete. Manja stand auf, das Fleisch und die Trinkschale in den Händen, und folgte ihr.

Das Innere des Zeltes bildete einen kreisrunden Raum von etwa zwanzig Schritten Umfang. In der Mitte der Kuppel öffnete sich ein Rauchloch zum Himmel. Auf dem nackten Grasboden war ein Teppichläufer aus scharlachrotem Filz ausgebreitet. An den Wänden verteilten sich ein niedriger dreibeiniger Tisch, eine hölzerne Truhe, ein Kochkessel nebst Geschirr und verschiedene andere Gerätschaften, deren Zweck Manja nicht erraten konnte. In einer Ecke türmte sich ein kleiner Haufen genähter Kissen mit Fransen aus Pferdehaar.

Das Mädchen namens Gwendike sprach abermals und wies dabei hierhin und dorthin. Doch Manja verstand lediglich, dass sie hier die Nacht verbringen sollte.

»Aber wo bin ich denn überhaupt?«, fragte sie.

Gwendike verstummte, blickte sie ratlos an und lächelte schließlich.

»Drema«, sagte sie und wies auf die Kissen. Dann ging sie hinaus und ließ den Vorhang hinter sich zufallen.

Manja blieb in dem Zelt zurück, das viel zu groß für sie allein war. Unsicher kauerte sie sich auf die Kissen nieder, die ihr offensichtlich als Schlafplatz zugedacht waren. Sie war inzwischen zu dem Schluss gekommen, dass ihr von den Menschen, die sie in dieses Lager gebracht hatten, keine unmittelbare Gefahr drohte. Das freundliche Mädchen war der Beweis. Ihre Kleidung ließ darauf schließen, dass es sich bei ihr keineswegs um eine Dienstmagd handelte, sondern um eine junge Dame von hohem Rang. Die Fremden sorgten für Manjas leibliches Wohl, boten ihr Nahrung und einen geschützten Platz für die Nacht.

Dennoch war an Schlaf nicht zu denken, denn in ihrem Kopf jagten sich die Gedanken. Sie war abermals gefangen, nicht in einer Grube in der Erde, doch in der Gewalt von Menschen, deren Absichten sie nicht erraten konnte. Ob das

Zelt bewacht wurde? Kurz spielte sie mit dem Gedanken, sich hinauszuschleichen und zu fliehen.

Doch wohin?, fragte ein anderer, mitleidloser Teil ihres Verstandes. Diese Menschen lebten mitten in der Steppe. Vielleicht hatten sie sie auf ihren schnellen Pferden an einen weit entfernten Ort gebracht, und im Umkreis mehrerer Tagesmärsche war gewiss nichts weiter zu finden als Gras. Und selbst wenn ihr die Flucht gelang, gab es doch keine Heimat mehr, in die sie zurückkehren konnte. Das Dorf, in dem sie die letzten zwölf Jahre gelebt hatte, lag in rauchenden Trümmern, und weder ihre Mutter noch Vilufar waren dort – es war sogar denkbar, dass beide tot waren. Manja hatte jetzt niemanden mehr auf der Welt.

Erst diese Erkenntnis machte die Geschehnisse des Tages, die wie in einem Nebel der Unwirklichkeit an ihr vorübergezogen waren, zur unwiderruflichen Wahrheit. Manja hockte sich auf einem der Kissen nieder, stützte den Kopf in die Hände und weinte.

Irgendwann musste sie doch eingeschlafen sein, denn früh am nächsten Morgen weckte sie das Mädchen namens Gwendike, um ihr abermals Speise und Trank zu bringen. Diesmal blieb die junge Frau bei ihr, ließ sie aufessen und versuchte ihr in der fremden Sprache etwas zu erklären. Offenbar handelte es sich um ein bevorstehendes Ereignis, denn Gwendike wies häufig zum Eingang hinüber und wiederholte immer wieder Worte, die Manja als Namen von Personen deutete.

Wie zur Bestätigung näherten sich Schritte dem Zelt, und die Matte am Eingang wurde hochgehoben. Manja erschrak, und zu ihrer Bestürzung wich Gwendike von ihrer Seite, um eilends das Zelt zu verlassen – was auch immer bevorstand; ihre Anwesenheit war offensichtlich nicht gestattet.

In der Türöffnung erschien die rothaarige Kriegerin, die Manja am Vortag mit Axt und Bogen kämpfend hoch zu Ross gesehen hatte. Sie warf Manja einen flüchtigen Blick zu, dann trat sie ein, gefolgt von der grauhaarigen Frau mit dem Stirnreif, auf deren Schimmelstute Manja ins Lager gebracht worden war. Manja saß stocksteif da und beobachtete beklommen, wie eine ganze Gruppe von Menschen ihnen folgte und an der gegenüberliegenden Zeltwand einen Halbkreis bildete. Dabei schienen sie eine feste Ordnung einzuhalten: In der Mitte thronte die grauhaarige Frau mit dem Stirnreif auf einem blutroten Kissen, das ein junges Mädchen ehrerbietig vor ihr niedergelegt hatte. Es war unschwer zu erkennen, dass die Grauhaarige von diesen Menschen als weise Frau oder gar als Herrscherin verehrt wurde. Ihr zur Seite saß die etwa vierzigjährige Kriegerin mit dem roten Haar, gekleidet in einen prächtigen Leibrock mit gestickten Borten und einem Fries aus Goldplättchen rund um den Ausschnitt. Erst jetzt fiel Manja eine gewisse Ähnlichkeit zwischen beiden Frauen auf, und sie nahm an, dass es sich um Mutter und Tochter handelte. An der anderen Seite der Herrscherin hatte eine Frau Platz genommen, die um die dreißig zu sein schien und ebenfalls in einen prächtigen Leibrock gekleidet war. Ihre Züge waren von herber Schönheit, die Augen durchdringend hellblau. Manja verspürte ein warnendes Unbehagen, denn die Frau starrte sie unablässig mit leicht verengten Lidern an, und ihre schmalen Lippen waren misstrauisch aufeinandergepresst.

In gemessenem Abstand um die drei Frauen hatten sich weitere Teilnehmer der Zusammenkunft niedergelassen, unter ihnen ein etwa achtzehnjähriger Mann mit schwarzem Haar, mehrere Krieger in Waffen und ein sehr alter, weißhaariger Mann, der einen Stab mit einer geschnitzten Wolfsfigur an der Spitze trug. Als Letzter trat ein Junge ein, der nur wenig älter als Manja sein mochte. Er trug einen schmucklosen Leibrock ohne Hose und war offenbar ein Diener. In respektvollem Abstand zu den Übrigen nahm er unweit von Manja Platz.

Manja fühlte sich äußerst unbehaglich, denn es war nicht schwer zu erraten, dass die Versammlung ihr galt. Was hatten diese Menschen mit ihr vor? Aus ihrer Heimat wusste sie, dass Beratungen der Ältesten oft einberufen wurden, wenn es eine Streitsache zu schlichten oder einen Übeltäter zu bestrafen galt. Befand sie sich in einer ähnlichen Lage? Ging es darum, ob sie zur Sklavin gemacht oder womöglich irgendwelchen fremdartigen Göttern geopfert werden sollte, die diese grausamen Menschen verehrten?

Ihre Gedanken wurden unterbrochen, denn der weißhaarige alte Mann gab dem jungen Diener ein Zeichen und sagte einige Worte in der fremden Sprache, woraufhin der Jüngling sich Manja zuwandte. Überrascht blickte sie auf, als er sie in ihrer eigenen Sprache anredete.

»Verstehst du mich?«, fragte er.

Manja blickte in ein sommersprossiges Gesicht, das freundlich und vertrauenerweckend wirkte. Erstaunt nickte sie.

»Weißt du, wo du dich befindest?«

Sie verneinte stumm.

»Dies ist die Heimstätte des edlen Volks der Sarmaten«, sagte der Junge. »Mein Name ist Arbai, und ich bin der Hausdiener des edlen Balan.« Er deutete auf den schwarzhaarigen jungen Mann, der Manja aufmerksam musterte. »Man hat mich gerufen, weil mein Herr vermutet, dass du dieselbe Sprache sprichst wie ich.«

Nun nickte der Junge zu der grauhaarigen Herrscherin hinüber, die reglos auf ihrem Kissen thronte.

»Dies ist Emre, die Königin der Sarmaten«, erklärte er. »Zu ihrer Rechten siehst du die edle Byke, ihre Nichte«, er wies auf die blauäugige Frau mit dem misstrauischen Gesicht, »und zu ihrer Linken die ruhmreiche Tamage, ihre Tochter« – dies galt der rothaarigen Kriegerin.

Der Junge wandte sich erneut an Manja.

»Wer bist du?«

»Mein Name ist Manja«, erwiderte sie schüchtern.

Sogleich drehte der Junge sich zu den Versammelten um und brachte einige Worte in der fremden Sprache hervor. Manja verstand nichts außer ihrem Namen und begriff, dass er ihre Antworten für die Zuhörer übersetzte.

Die alte Frau, die der Junge als Emre vorgestellt hatte, hob die Hand und sagte ihrerseits etwas, wobei sie eine herrische Geste in Richtung des Jungen machte.

Dieser richtete das Wort wieder an Manja. »Die Königin will den Ring sehen, den du um den Hals trägst.«

Der Ring! Plötzlich begriff Manja, und ein eisiger Schreck durchfuhr sie vom Nacken bis zu den Zehenspitzen. Angesichts der jüngsten Geschehnisse hatte sie den Ring mit der Wolfsfigur, den sie an einem Lederband um den Hals trug, vollkommen vergessen. Sie hatte ihn aus jenem Grab entwendet, in dem sie einen Tag und zwei Nächte lang gefangen gewesen war – und es war das Grab einer Kriegerin gewesen, die zu Lebzeiten ein Pferd geritten und ein Schwert geschwungen hatte. Ob die Tote zu diesem Volk gehört hatte, das der Junge Sarmaten nannte?

Mit bebenden Händen zog sie das Lederband aus dem Ausschnitt ihres Kleides, knotete es auf und zog den Ring ab. Der Junge streckte die flache Hand aus, empfing das Schmuckstück und legte es in ehrfürchtigem Abstand vor das Sitzkissen der Königin. Diese beugte sich vor, nahm den Ring in die Hand und begutachtete ihn von allen Seiten. Ihre Nichte hatte sich zu ihr hinübergeneigt und schoss Manja aus dem Augenwinkel einen unergründlichen Blick zu. Die übrigen Anwesenden tuschelten.

»Die Königin wünscht zu erfahren, woher du diesen Ring hast«, sagte der Junge.

Was nun? Was sollte sie sagen? Vermutlich bedeutete es ihr Todesurteil, wenn sie zugab, eine Grabstätte beraubt zu haben. Ihre Finger krampften sich um das Lederband an ihrem Hals – das Geschenk ihrer Mutter.

»Von meiner Mutter«, sagte sie schließlich, da ihr in Angst und Eile nichts Besseres einfallen wollte.

Der Junge übersetzte, und Emre, die Königin der Sarmaten, stellte eine weitere Frage.

»Wo ist deine Mutter?«, wandte sich der Junge an Manja.

»Sie ist gestorben«, antwortete Manja. Vielleicht, dachte sie mit jähem Schmerz, entsprach das sogar der Wahrheit.

»Woher stammte sie?«

»Das weiß ich nicht genau.«

»Wie lautete ihr Name?«

Manja überlegte fieberhaft. Nachdem sie sich aus lauter

Angst in Halbwahrheiten geflüchtet hatte, schien es ihr das Beste, so viel wie möglich im Unklaren zu lassen.

»Sie hat ihn mir nicht genannt«, entgegnete sie schließlich.

»Ist sie schon vor langer Zeit gestorben?«

»Ja«, antwortete Manja in der Hoffnung, dass dies ihre Unwissenheit glaubwürdiger machte.

»Doch sie gab dir diesen Ring, bevor sie starb?«

»Ja.«

»Sagte sie dir, warum sie das tat?«

»Nein. Ich weiß es nicht.«

Die Versammelten tuschelten, doch die Königin dämpfte den Aufruhr mit einer Handbewegung, um erneut das Wort zu ergreifen.

»Die Königin sagt: Du wurdest aufgegriffen, als sie mit ihrem Gefolge eine Reitertruppe der Skythen vertrieb«, erklärte der Junge. »Du musst wissen: Die Skythen sind unsere Feinde. Unsere Herrin sagt außerdem, dass sie Sklaven mit sich führten. Hast du vielleicht als Sklavin bei den Skythen gelebt?«

Plötzlich erschien Manja diese Lösung als die glaubhafteste. Natürlich, diese Menschen mussten annehmen, dass sie sich im Durcheinander der Schlacht losgerissen hatte und geflüchtet war.

»Ja«, erwiderte sie.

»Schon lange?«

»Ja.«

»Welche Dienste musstest du ihnen leisten?«

»Kleider nähen, Essen kochen, bedienen«, zählte Manja auf, die sich an Vilufars Erzählungen über die Sklaven der Skythen erinnerte.

»Und deine Mutter – war auch sie eine Gefangene der Skythen? Wurdest du in der Gefangenschaft geboren?«

Manja zögerte. Sie hatte sich endgültig in eine erfundene Vergangenheit verstrickt und sah keinen Ausweg mehr.

»Ja«, bestätigte sie.

»Wie kam es, dass die Skythen ihr den Ring ließen?«

»Sie ... trug ihn wie ich an einem Lederband unter ihrem Gewand«, log Manja.

»Weißt du etwas über deinen Vater?«

»Sie erzählte mir …«, plötzlich beschloss Manja, zur Wahrheit zurückzukehren, »dass er ein skythischer Krieger war.«

Nun setzte eine leise Unterhaltung ein, bei der beide Nachbarinnen der Königin den Kopf zuneigten und halblaute Worte austauschten. Schließlich sprach die rothaarige Kriegerin, und der Junge lauschte aufmerksam, denn was sie sagte, schien auch ihm neu zu sein.

»Der Ring, den du trägst, ist ein Erbstück des sarmatischen Königshauses«, übersetzte er für Manja. »Darum stellt er einen Wolf dar, denn der Wolf ist das Ahntier der Familie unserer Königin. Es ist Tradition, dass der Ring stets an die älteste Tochter weitergegeben wird. Emre übergab ihn einst ihrer Tochter Vardane. Vardane aber ist verschollen, seit die Skythen vor mehr als fünfzehn Jahren das Lager meiner Herrin am Schwarzen Fluss überfielen. Bis zum heutigen Tag haben wir keinerlei Nachricht über ihr Schicksal erhalten. Doch du siehst ihr sehr ähnlich.«

Nun blickten die Versammelten erwartungsvoll auf den weißhaarigen Mann mit dem Stab, der sich erhoben hatte. Manja nahm an, dass er ein Weiser oder ein Priester war, von dem man einen Urteilsspruch erwartete.

Der Alte begann mit leicht krächzender, doch kräftiger Stimme zu sprechen. Seine Rede dauerte lange, und die Anwesenden lauschten respektvoll. Schließlich nickte die Königin, wie um auszudrücken, dass sie seinen Worten zustimmte, und er verneigte sich in ihre Richtung.

»Dies ist Bazukan, der Zeichenleser unserer Herrin«, erklärte der Junge. »Er empfängt die Botschaften der Götter und spricht Recht. Bazukan nimmt an, dass Vardane, die älteste Tochter unserer Herrin, in skythische Gefangenschaft geriet. Wahrscheinlich hat ein skythischer Krieger ihr Gewalt angetan, und so wurde sie schwanger und gebar eine Tochter. Dies erklärt, warum du als Sklavin bei den Skythen gelebt hast und nichts über deine Herkunft weißt. Dein richtiger Name ist vermutlich Manjáne. Offenbar bist du zusammen mit anderen Sklaven aus den Bauernländern im Norden aufgewachsen und hast deren Sprache angenommen. Doch wenn deine Mutter dir diesen Ring übergab, bevor sie starb – dann musst du Vardanes Tochter und die Enkelin unserer Königin sein.«

Ungläubig starrte Manja den Alten an, während dieser einige weitere Worte in der fremden Sprache hinzufügte und sich setzte.

»Bazukan sagt noch: Er dankt den Göttern, dass du zu uns zurückgekehrt bist«, übersetzte der Junge.

Emre, die Königin der Sarmaten, winkte Manja zu.

»Geh!«, sagte der Junge.

Scheu erhob sich Manja, überquerte den roten Teppichläufer und stand schließlich vor der greisen Herrscherin. Diese ließ eine Zeit lang den Blick ihrer dunklen Augen auf Manja ruhen, dann hob sie die Hand und legte sie ihr auf die Wange. Die Hand war rau und mit Tausenden kleiner Fältchen durchfurcht, aber schwer und warm, und Manja erschauerte unter der Berührung. Mit der anderen Hand hielt die alte Frau ihr den Ring hin, jenes Schmuckstück mit der Wolfsfigur, das ihr nicht gehörte. Manja schluckte, nahm den Ring entgegen, und nach einem ermutigenden Kopfnicken der Königin steckte sie ihn zögernd an den Finger.

In diesem Moment erhoben sich Freudenrufe in der Runde, und die stumme Würde der Versammlung löste sich in allgemeine Begeisterung auf. Tamage, die Tochter der Königin, stand auf und zog Manja an sich. Verwirrt fand sie sich in der Umarmung jener fremden Frau wieder, die ihr noch tags zuvor im Sattel kämpfend wie eine übernatürliche Erscheinung vorgekommen war. Abwesend nahm sie wahr, dass ihr tatsächlich die rechte Brust fehlte.

Tamage nahm Manja bei der Hand und führte sie zum Zeltausgang, während die Umsitzenden sich unter freudigem Beifall erhoben. Vor dem Eingang fand sich Manja in einer zweiten Umarmung wieder: Es war das junge Mädchen namens Gwendike, das offenbar die ganze Zeit über draußen gewartet hatte. Unbefangen drückte sie Manja an die schmale Brust, lachte ihr ins Gesicht und sagte einige

Worte in der fremden Sprache. Manja roch den angenehmen Duft ihres Haars.

Was habe ich getan?, dachte sie in dem unguten Gefühl, die Zärtlichkeit nicht verdient zu haben. Sie hatte diese Menschen belogen, wenngleich aus begreiflicher Angst. Nun hielt man sie für eine verschollene Verwandte, die aus der Fremde zurückgekehrt war, und sie konnte sich nicht im Mindesten die Folgen vorstellen, die dieses gefährliche Spiel haben mochte. Zum Glück lag ihr der Gedanke an die Zukunft fern – im Augenblick war sie vollauf mit der Gegenwart beschäftigt.

Gwendike und Tamage begleiteten Manja durch das Lager zu einem kleinen Hügel, auf dem drei Wohnwagen standen. Erstaunt blickte Manja sich um, denn von der Hügelkuppe aus konnte sie erstmals ermessen, wie weit das Lager der Sarmaten sich erstreckte. Mehrere Hundert Zelte und Wagen verteilten sich in lockeren Gruppen um den Hügel und zogen sich bis zum Ufer eines kleinen Flusses hinab, der die Landschaft durchschnitt. Das Umland war eben und bis zum Horizont mit wogendem Gras bedeckt. Auf den weiten Flächen, klein in der Entfernung, entdeckte Manja Herden von Rindern, Pferden, Schafen und Ziegen, die von berittenen Hirten gehütet wurden. Sie rief sich das wenige ins Gedächtnis, das sie über die Pferdemenschen gehört hatte. Es hieß, dass sie keine Äcker bestellten, sondern ausschließlich von der Viehzucht lebten. Sie wohnten auch nicht in Häusern, sondern zogen mit ihren Herden in der Steppe umher – aus diesem Grund lebten sie in Zelten und auf Wagen.

In Manjas Heimat hatte es lediglich Karren gegeben, die man zum Einbringen der Ernte und zum Heranschaffen von Bauholz benutzte. Die drei Wagen jedoch, zu denen Manja nun geführt wurde, waren gewaltig wie fahrbare Häuser mit mannshohen Speichenrädern. Ihre hölzernen Aufbauten, die mit Wandmatten aus Filz verkleidet waren, boten ohne Zweifel Platz für mehrere Räume im Innern. Ihre üppige Ausstattung und die prächtigen vielfarbigen Tiermotive auf den

Wänden deuteten darauf hin, dass es sich um die Wohnstätten der Herrscherfamilie handelte. Der größte, in der Mitte aufgestellte Wagen war augenscheinlich der Königin vorbehalten. Auf dem Dach erhob sich die Standarte mit dem geschnitzten Wolf, die Manja schon von Weitem entdeckt hatte. Die beiden kleineren Fahrzeuge rechts und links standen im rechten Winkel zu dem Prachtwagen und bildeten mit ihm die Form eines Hufeisens.

Gwendike führte Manja zu dem linken Wagen, während Tamage sich von ihnen trennte und den rechten aufsuchte. Sie stiegen eine kleine Trittleiter hinauf, die zum Eingang führte, und Gwendike streckte die Hand aus, um Manja hinaufzuhelfen. Die Holzbohlen knarrten, als sie einen kurzen Flur durchquerten, an dessen Wänden sich Vorräte und Gerätschaften stapelten. Ein Durchgang öffnete sich zur Rechten, doch Gwendike führte Manja weiter und hob schließlich einen Vorhang zur Linken, der in einen herrlich ausgestatteten Raum führte. Alle vier Wände waren mit kostbaren Wandteppichen behängt, die Tiergestalten zeigten: rennende Pferde, grasende Rinder, Steinböcke mit gewundenen Hörnern, Raubkatzen im Sprung. Den Holzboden bedeckte ein Teppich. In der Decke öffnete sich ein Rauchloch, durch das Sonnenlicht hereinfiel. An den Wänden standen kleine Tische, Truhen und allerlei andere Möbelstücke, während eine Filzmatte mit Rosshaarkissen an der Längswand offenbar als Bett diente. Auf den Tischen und am Boden des Raumes standen Geschirrstücke, Schalen, Fläschchen und Gefäße, deren Verwendungszweck Manja nicht erraten konnte, allesamt mit Gold überzogen.

Gwendike strahlte sie mit ihren perlweißen Zähnen an und sagte etwas, das Manja richtig deutete: Dies sollte von nun an ihr gemeinsames Zuhause sein.

EIN TAG IN DER FREMDE

Den ersten Tag in ihrer neuen Heimstatt erlebte Manja in einem Gefühl der Unwirklichkeit. Sie wäre froh gewesen, sich zurückziehen zu dürfen und allein zu sein, um über einen Ausweg aus ihrer Lage nachzudenken – doch Gwendike ließ ihr keine Zeit dazu. Die junge Frau störte sich offenbar nicht im Mindesten daran, dass Manja ihre Sprache nicht verstand, und redete unverdrossen auf sie ein. Dabei zeigte sie auf dieses und jenes Möbelstück, auf Boden, Wände, Teppiche und Tische, offenbar in der Absicht, ihren Gast mit der Einrichtung des Wagens vertraut zu machen.

Manja, die sich in einer Ecke niedergelassen hatte, folgte ihr stumm mit den Augen und hatte Gelegenheit, sie eingehender zu betrachten als bisher. Heute trug sie ein anderes Kleid als am Vortag, ein blutrotes Gewand aus fließendem Stoff mit schmalen Pelzborten. Ihre Füße steckten in zierlichen Lederstiefeln, die bunt bestickt und mit Goldplättchen besetzt waren. Als Gwendike eine Atempause machte und sich im Schneidersitz niederließ, bemerkte Manja, dass sogar die Sohlen mit Rankenmustern aus Goldfolie verziert waren. Die junge Frau forschte im Gesicht ihrer neuen Mitbewohnerin; dann sagte sie einige Worte, deren fragenden Tonfall Manja richtig deutete.

»Es ist nichts«, antwortete sie schüchtern. »Ich bin nur … erschöpft.«

Sie wand sich unbehaglich, stellte plötzlich fest, dass sie dringend Wasser lassen musste, und fragte sich verzweifelt, wie sie die nächsten Stunden überstehen sollte, wenn sie ihrer Gastgeberin nicht einmal die alltäglichsten Bedürfnisse begreiflich machen konnte.

Gwendike jedoch schien weit aufmerksamer zu beobachten, als ihre Redseligkeit vermuten ließ.

»Mehai?«, fragte sie zutraulich.

Manja entschloss sich zu einem halbherzigen Nicken.

Augenblicklich erhob sich Gwendike und streckte eine Hand aus. Manja, die hoffte, dass ihr Anliegen zutreffend erraten worden war, folgte ihr.

Sie verließen den Wagen, und Gwendike führte Manja zur Rückseite des Hügels, wo eine Gruppe niedriger Büsche stand. Unweit zur Linken erhob sich ein schmuckloses Filzzelt, vor dessen Eingang sich einige Halbwüchsige aufhielten. Zwei Jungen, kaum älter als Manja, waren mit dem Zerlegen eines Hasen beschäftigt, während ein Mädchen in einem dampfenden Kochkessel rührte. Manja musterte die schmucklose Kleidung der Jugendlichen und kam zu dem Schluss, dass es sich um Bedienstete handeln musste.

Gwendike war stehen geblieben, deutete auf die kleine Buschzeile und warf ihrer Begleiterin einen aufmunternden Blick zu. Manja erschrak und sah zu dem Zelt hinüber, doch dort schien niemand ihre Anwesenheit zu bemerken.

»Mehai!«, wiederholte Gwendike, und als Manja sich nicht rührte, lächelte sie, raffte ohne Umstände ihr blutrotes Kleid hoch und hockte sich vor einen der Büsche. Manja, endlich aus ihrer Befangenheit erlöst, kauerte sich erleichtert neben sie.

Der Tag ging dahin, und als die Sonne den westlichen Horizont mit glühendem Rot überzog, verließen die beiden Mädchen abermals ihren Wagen. Am Boden vor dem Eingang war ein Filzteppich im Gras ausgebreitet worden, und Gwendike lud Manja mit deutlicher Geste ein, Platz zu nehmen. Kurz darauf erschien eine junge Frau und stellte einen Milchkrug und zwei Schalen mit Fleisch vor ihnen ab. Manja blickte ihr nach und bemerkte, dass sie in Richtung jenes Zeltes verschwand, vor dessen Eingang sie die Diener beim Kochen beobachtet hatte. Die Tatsache, dass Gwendike ihr abendliches Mahl von einer Bediensteten bekam, überzeugte sie endgültig davon, dass ihre Gastgeberin zur Königsfamilie gehörte.

Während sie das Fleisch verzehrten und die Milch tranken, beobachtete Manja das Kommen und Gehen auf dem Platz. Weitere Diener waren erschienen, wandten sich jedoch dem Wagen der Königin zu und deckten einen zweiten Teppich in einiger Entfernung mit Krügen und Schüsseln. Kurz darauf erschien Emre, die Königin, in schmuckloser Kleidung und ohne den goldenen Stirnreif in der Tür ihrer Behausung. Mit einer Behändigkeit, die angesichts ihres fortgeschrittenen Alters nicht zu vermuten war, sprang sie ins Gras und ließ sich an der Schmalseite des Teppichs nieder. Ihr folgte die jüngere Frau mit den stechenden blauen Augen, die Manja bereits bei der Versammlung aufgefallen war. Als Nichte der Königin teilte sie sich offenbar die Behausung mit dieser. Wenige Augenblicke später verließ die rothaarige Kriegerin mit der fehlenden rechten Brust ihren Wagen und gesellte sich zu den beiden. Schließlich kam noch der schwarzhaarige junge Mann hinzu. Er führte ein prächtig geschmücktes Pferd am Halfter und übergab es einem Diener, in dem Manja denselben Jungen erkannte, der am Morgen für sie übersetzt hatte.

»Balan«, sagte Gwendike, die ihre Hasenkeule weggelegt hatte und zu dem Mann hinüberwies.

Manja sah sie fragend an.

»Brada«, erklärte Gwendike – und dieses Wort verstand Manja, denn in der Sprache ihrer Heimat lautete es ähnlich. Der Mann mit dem schwarzen Haar war also Gwendikes älterer Bruder.

»Tamage«, fuhr Gwendike fort und deutete auf die rothaarige Kriegerin, die soeben einen Krug mit Pferdemilch an die Lippen setzte. »Ama.«

Auch dies verstand Manja, und nun wusste sie endlich, was es mit ihrer redseligen Gastgeberin auf sich hatte: Sie war die Tochter jener Frau namens Tamage, also eine Enkelin der Königin. Dies erklärte, warum sie einen reich ausgestatteten Wagen bewohnte, prächtige Kleider trug und von einer eigenen Köchin bedient wurde.

»Byke«, flüsterte Gwendike schließlich und wies auf die Nichte der Königin, die soeben einen misstrauischen Blick zu ihnen herüberwarf. Peinlich berührt schlug Manja die Augen nieder. Erst als Byke sich wieder ihrer Fleischschüssel zuwandte, neigte sich Gwendike verschwörerisch zu Manja herüber und zog eine Grimasse. Wider Willen musste Manja lachen und begriff, dass auch Gwendike diese Verwandte nicht gerade liebte.

Sie wunderte sich allerdings, dass die Familie nicht gemeinsam aß. Der Teppich, auf dem Emre, Tamage, Byke und Balan saßen, lag mindestens zwanzig Schritte entfernt, und keiner von ihnen schien die Anwesenheit der beiden Mädchen zur Kenntnis zu nehmen. Manja vermutete, dass dies mit Gwendikes jugendlichem Alter zusammenhing. Offenbar blieben die erwachsenen Sarmaten, beim Essen ebenso wie bei Beratungen, einer geheimnisvollen Sitte zufolge unter sich.

Erst als die Gesellschaft um die Königin sich auflöste, kam Tamage kurz zu ihnen und wechselte einige rasche Worte mit Gwendike. Diese nickte zu Manja herüber und antwortete lächelnd. Tamage ließ sich auf die Knie nieder, küsste Gwendike auf die Stirn und wandte sich dann an Manja.

Es war seltsam, in das Gesicht jener Frau zu blicken, die Manja für eine Tochter ihrer verschollenen Schwester hielt. Ihre Züge waren von Wind und Wetter gegerbt, die hellgrauen Augen wirkten eigentümlich ausdrucksvoll unter den fast farblosen Brauen, und ihr schmaler Mund verriet, dass sie nicht oft Anlass zum Lächeln hatte. Nun aber lächelte sie dennoch, hob eine Hand und fuhr Manja durchs Haar – eine überraschend zärtliche Geste, bei der Manja erschauerte. Tamage küsste auch sie auf die Stirn, wandte sich um und schritt zu ihrem Wagen hinüber.

Den Abend verbrachten die beiden Mädchen im Innern ihrer Behausung. Dies bedeutete jedoch keineswegs, dass sie unter sich blieben, denn kurz vor Sonnenuntergang betrat eine Dienerin Gwendikes Gemach. Manja drückte sich erschrocken in eine Ecke, doch Gwendike begrüßte die blonde junge Frau, die kaum älter war als sie selbst, wie eine gute Bekannte. Das Mädchen brachte eine Decke und einen Armvoll Kissen mit, die sie an der Längswand gegenüber von Gwendikes Lager ausbreitete, und Manja verstand, dass dies von nun an ihre Schlafstatt war.

Dann nahm das blonde Mädchen einen vergoldeten Tiegel von einem Tisch, zog den Korken heraus und ließ sich mit überkreuzten Beinen nieder. Umstandslos fasste Gwendike ihr rotes Kleid beim Saum, streifte es über den Kopf und setzte sich der Dienerin gegenüber. Manja starrte die beiden verblüfft an, und erst als die Dienerin eine milchige Flüssigkeit aus dem Tiegel in die hohle Hand goss und Gwendikes Arme und Schultern einrieb, glaubte sie den Sinn der Behandlung zu begreifen. Die Flüssigkeit roch würzig nach unbekannten Kräutern, und Manja stellte fest, dass die bestrichene Haut einen frischen Glanz annahm. Wahrscheinlich handelte es sich um eine besondere Form der Körperpflege.

Gwendike unterzog sich der Prozedur mit größter Selbstverständlichkeit, streckte Arme und Beine, wandte sich um, rollte sich auf den Bauch und ließ sich so allmählich von Kopf bis Fuß einreiben. Dabei plauderte sie zutraulich mit der jungen Frau und behandelte diese eher wie eine gleichaltrige Freundin als wie eine Bedienstete.

Manja, die dem Gespräch nicht zu folgen vermochte, betrachtete verstohlen ihre Gastgeberin. Gwendike war vermutlich ein oder zwei Jahre älter als sie und ein wunderschönes Mädchen, schmal, dunkel und von zierlichem Wuchs. Ihre großen, recht eng beieinanderstehenden Augen und die gerade Nase, die ohne Winkel in die Stirn überging, verliehen ihr ein edles, fast stolzes Aussehen, doch dieser Eindruck wurde durch den stets zum Lächeln bereiten Mund angenehm gemildert. Ihr Körper war noch kindlich, wenngleich sie bereits winzige spitze Brustansätze und einen zarten Flaum unter den Achseln hatte. Über der rechten Brust trug sie eine lederne Binde, und Manja glaubte zu verstehen, was es mit dieser seltsamen Vorrichtung auf sich hatte. Schon bei Gwendikes Mutter war ihr das Fehlen der rechten Brust aufgefallen. Offenbar diente die Bandage dazu, deren Entwicklung zu hemmen. Was mochte der Grund für eine so eigentümliche Sitte sein?

Unterdessen hatte die Dienerin Gwendikes Körperpflege beendet, und in einem Augenblick des Erschreckens fragte sich Manja, ob die Reihe nun womöglich an ihr war. Die Vorstellung, sich vor fremden Menschen zu entkleiden und am ganzen Körper berühren zu lassen, erschreckte sie. Doch glücklicherweise schien nichts Derartiges geplant zu sein, denn das blonde Mädchen verabschiedete sich und verließ den Wagen. Gwendike streifte einen schlichten weißen Leibrock über, warf das lange Haar in den Nacken und gähnte herzhaft.

»Drema«, sagte sie schlicht, ließ sich auf ihrem Schlaflager nieder und rückte die Kissen zurecht.

Als Gwendike eingeschlafen war und Manja sich endlich wieder unbeobachtet fühlte, brachen plötzlich Angst und Verwirrung über sie herein. Den ganzen Tag über hatte die Anstrengung, sich als jemand anders auszugeben, ihre Wachsamkeit geschärft und ihre Gefühle im Zaum gehalten. Nun fiel die Maske von ihr ab, und sie fühlte sich so einsam und verlassen wie nie zuvor. All jene fremden Eindrücke, die auf sie eingestürmt waren, schwanden in der nächtlichen Dunkelheit, und aus den Schatten stiegen vertraute Bilder auf: das Dorf in den Wäldern, die Ziegen auf der Weide, Arinai, die im Garten Gemüse erntete, Vilufar, der auf dem Weidezaun saß und seine Gerte schwang.

Manja wälzte sich auf ihrem Schlaflager hin und her, drehte das Gesicht zur Wand und fühlte, wie Tränen in ihr aufstiegen. Ein Schluchzen schüttelte ihre Brust, und verzweifelt presste sie die Hände auf den Mund, um Gwendike nicht zu wecken.

Warum hatten die Götter beschlossen, ihr Leben auf so grausame Weise zu wenden? Welche Absicht verfolgten sie, indem sie ein unschuldiges Mädchen aller vertrauten Menschen beraubten, um sie mitten hinein in eine fremde Welt zu werfen, deren Gesetze sie nicht verstand?

Sie dachte an Vilufar. Lag auch er irgendwo an einem fremden Ort gefangen? Sie versuchte, nicht an seine Worte zu denken: dass die Skythen einen Teil der Gefangenen ihren grausamen Göttern opferten. Vielleicht, wünschte sie verzweifelt, entsprach das gar nicht der Wahrheit, sondern war nur ein Gerücht, das sich die Bauern erzählten. Würde Vilufar das Leben eines Sklaven führen? Sie dachte an die Köche der Sarmaten und an das blonde Mädchen, das offensichtlich Gwendikes Leibdienerin war. Wie mochten die Skythen ihre Sklaven behandeln?

Dann erinnerte sie sich an ihre Mutter. Wo war Arinai in diesem Augenblick? Lag sie unkenntlich verbrannt in der Ruine ihres einstigen Hauses, zwischen den verkohlten Körpern der zahmen Gänse? Oder war sie womöglich noch gar nicht aus dem Nachbardorf zurückgekehrt, wo sie den Markt besucht hatte, als die Skythen kamen? Was würde in ihr vorgehen, wenn sie heimkehrte und das Dorf in Schutt und Asche vorfand? Ob sie spürte, dass ihre Tochter noch am Leben war? Manja malte sich aus, wie Arinai zwischen den Überresten des Dorfes umherirrte und verzweifelt den Namen ihrer Tochter rief. Bei dieser Vorstellung musste sie erneut so heftig weinen, dass sie in eines der mit Pferdehaar gefüllten Kissen biss, um jeden Laut zu unterdrücken. Sie glaubte fast, Arinais Stimme zu hören.

Manja!

»Manjane?«

Sie zuckte zusammen und fuhr herum. Im Halbdunkel erkannte sie das schöne Gesicht Gwendikes, die lautlos an ihr Lager getreten war und besorgt auf sie herabsah. Erschrocken kauerte sie sich zusammen, zog die Schlafdecke bis zum Kinn und versuchte sich unauffällig die Tränen aus dem Gesicht zu wischen.

Gwendike jedoch ließ sich an ihrer Seite nieder, kreuzte die untergeschlagenen Beine, nahm Manjas Kopf in beide Hände und zog ihn in ihren Schoß.

Manja wusste kaum, wie ihr geschah. Noch nie hatte ein Mensch sie auf diese Weise getröstet – außer ihrer Mutter. Verwirrt fühlte sie die Hände des Mädchens auf ihrem Haar, spürte die warme Haut des nackten Schenkels unter ihrer Wange und atmete den angenehmen Duft der Kräutersalbe.

»Du bist so gut zu mir«, sagte sie in dem Bewusstsein, dass Gwendike ihre Worte nicht verstand. »Das habe ich gar nicht verdient. Ich habe euch alle belogen …«

Gwendike schwieg und streichelte ihr Haar.

»Ich bin nicht deine Verwandte«, flüsterte Manja in dem plötzlichen Bedürfnis, die Wahrheit auszusprechen. »Ich sollte gar nicht hier sein ... Meine Mutter ist vielleicht noch am Leben. Sie wird nach mir suchen ...«

Erneut gingen ihre Worte in einem Tränenstrom unter. Gwendike, die nichts verstanden hatte außer der Trauer in ihrer Stimme, hob Manjas Kopf und küsste sie auf die Stirn.

Manja schloss die Augen, versuchte sich zu sammeln und spürte die Lederbinde, die fest um Gwendikes rechte Brust gelegt war. Für einen Moment verirrten sich ihre Gedanken, und plötzlich glaubte sie den Sinn der seltsamen Vorrichtung zu begreifen, die ihre Zimmergenossin nicht einmal zum Schlafen ablegte. Die Frauen der Sarmaten waren Kriegerinnen. Sie unterdrückten das Wachstum der Brust nicht aufgrund irgendeiner fremdartigen Vorstellung von Schönheit, sondern um eine größere Beweglichkeit im Umgang mit Waffen zu erzielen. Würde auch Gwendike einmal eine Kriegerin werden wie ihre Mutter Tamage?

Manja schluckte, und plötzlich versiegten ihre Tränen, um von einem neuen, beängstigenden und zugleich erregenden Gedanken verdrängt zu werden. Vielleicht hatten die Götter sie nicht verlassen, sondern aus gutem Grund zu den Sarmaten gebracht. Die Sarmaten waren Feinde der Skythen – jener grausamen Menschen, die Manjas Dorf verheert und Vilufar entführt hatten. Würden sie ihre Gegner erneut angreifen? War es denkbar, dass sie die Skythen besiegten und die Sklaven befreiten? Sollte Manja bei ihnen leben, um womöglich eines Tages selbst einen Speer zu führen und ihn in die Brust jenes Mannes zu stoßen, der Vilufar an einem Halsriemen fortgeschleift hatte? Planten die Götter den Tag ihrer Rache?

Gwendike, die das Versiegen ihrer Tränen bemerkt hatte, drückte Manja sanft auf das Schlaflager zurück und rückte ihr fürsorglich die Kissen zurecht. Dann erhob sie sich und verschwand im Dunkeln auf der anderen Seite des Raums.

Manja starrte noch lange hellwach zur unsichtbaren Decke hinauf, und in ihrem Geist jagten sich die Gedanken. Erst nach Stunden fiel sie in einen unruhigen Schlaf.

Am folgenden Morgen brauchte Manja längere Zeit, um zu begreifen, wo sie sich befand. Wilde Träume hatten sie heimgesucht, und die Wirklichkeit umfing sie beinahe ebenso unvertraut wie das Gaukelspiel der Bilder in den Abgründen des Schlafs. Erst als Gwendike sie zum Aufstehen nötigte, raffte sie sich zusammen und folgte ihrer Gastgeberin nach draußen, wo bereits das Morgenmahl auf sie wartete.

Weitere Tage vergingen, ohne dass es Manja recht bewusst wurde. Alle Verbindungen zu ihrem früheren Leben waren gewaltsam abgerissen worden, und neue Bindungen hatte sie noch nicht geknüpft, sodass sie sich seltsam schwerelos vorkam, wie ins Nichts geworfen. Doch aus den Tagen wurden Wochen, und die Gleichförmigkeit des Tagesablaufs trug dazu bei, dass Manja sich zunehmend heimisch fühlte, wie ein junger Baum, der zaghaft die ersten Wurzeln in die umgebende Erde ausstreckt und nach Halt tastet.

Die meiste Zeit verbrachte sie zusammen mit Gwendike im Wagen. Zweimal täglich verließen sie ihn, um auf dem Teppich im Gras die Mahlzeiten einzunehmen, und selbst ihre Notdurft verrichteten sie stets gemeinsam bei den Büschen an der Rückseite des Hügels. Am Nachmittag verschwand ihre Zimmergenossin zumeist für einige Stunden, ohne dass Manja den Grund erriet, doch kehrte sie stets rechtzeitig zum Abendessen zurück.

Gwendikes Redseligkeit tat ein Übriges, um Manja die Eingewöhnung zu erleichtern. Bei jedem Gang nach draußen deutete sie auf zufällig vorübergehende Menschen und nannte deren Namen, und nie wurde sie müde, Manja mit Worten und Gesten zu erklären, wofür dieses oder jenes Möbelstück, Gefäß oder Haushaltsgerät diente. Auch hörte Manja aufmerksam zu, wenn Gwendike mit den Mitgliedern ihrer Familie oder mit den Dienerinnen plauderte, was zur Folge hatte, dass sie innerhalb weniger Wochen die Sprache der Sarmaten immer besser verstand. Zunächst erkannte sie nur einzelne Namen und Worte wieder, dann wagte sie einsilbige Antworten, die Gwendike meist gutmütig lachend verbesserte. Es dauerte nicht lange, bis die beiden Mädchen miteinander sprechen konnten, wenngleich sie sich zunächst auf einfache Dinge des täglichen Lebens beschränken mussten.

»Schau!«, sagte Gwendike und zog Manja zu einem kleinen Tisch, auf dem zahlreiche Fläschchen mit goldenen Verschlüssen standen. »Habe ich dir schon erklärt, was das ist?«

Manja verneinte stumm.

»Das ist Zypressenöl«, sagte Gwendike, öffnete eins der länglichen Gefäße und ließ Manja an dem wohlriechenden Inhalt schnuppern. »Und das dort ist Öl vom Wacholder. Es macht schöne Haut. Man reibt es sich am Abend ins Gesicht.«

Manja betrachtete die zierlichen Gefäße und stellte fest, dass in jeden Deckel ein Zeichen eingraviert war: eine Spirale mit einem blattförmigen Fortsatz am Ende.

»Was bedeutet dieses Zeichen?«, fragte sie.

»Das ist mein Tamga«, erklärte Gwendike nicht ohne Stolz. »Jedes Mitglied der königlichen Familie hat ein solches Zeichen. Es zeigt an, wem ein Gegenstand gehört.«

Manja ergriff ein überreich vergoldetes Döschen, nahm vorsichtig den Deckel ab und roch daran.

»Weihrauch«, erklärte Gwendike. »Ein Duftharz. Es ist sehr kostbar.«

»Woher bekommst du denn das alles?«, fragte Manja.

»Im Süden unseres Winterlagers wohnen Sesshafte, deren Märkte wir manchmal besuchen«, gab Gwendike bereitwillig Auskunft. »Wir tauschen dort Jungtiere und Pelze gegen solche Sachen.«

Manja betrachtete die kostbaren Handelsgüter. Bisher hatte sie stets geglaubt, dass die Pferdemenschen nichts mit sesshaften Bauern zu schaffen hatten, wenn sie nicht gerade deren Dörfer verwüsteten. Dass sie mit ihren Nachbarn auch friedlichen Handel trieben, erstaunte sie.

»Habe ich dir eigentlich schon alle meine Kleider gezeigt?«, fragte Gwendike und zog Manja zu einer Wandnische, die mit einem Vorhang verdeckt war. Dort stapelten sich auf geflochtenen Borden Dutzende von Kleidern in den verschiedensten Farben, eines prächtiger als das andere, manche aus gröberem Stoff, manche aus fließendem, zartem Gewebe, mit Ziernähten und Goldplättchen besetzt. Auf dem untersten Bord häuften sich Schmuckstücke: Spangen, Ketten, Anhänger, Stirnreifen und Brustbänder, allesamt fein ziseliert und mit Edelsteinen besetzt. Welch ein Schatz!, dachte Manja. Sie hatte viele dieser Gegenstände bereits einzeln gesehen, wenn Gwendike sie trug. In seiner Gesamtheit jedoch war dieser Hort geradezu überwältigend.

»Hm …« Gwendike schien zu überlegen, dann griff sie nach einem der Kleider. »Dieses könnte dir passen. Willst du es einmal anziehen?«

Befangen senkte Manja den Blick. Sie hatte inzwischen gelernt, dass solche Prachtkleider nur von jungen Frauen getragen wurden, die schon in die Riten der Erwachsenen eingeweiht worden waren – denn eine solche Initiation gab es auch bei den Sarmaten, wenngleich Manja bezweifelte, dass es dasselbe Ritual war wie in ihrer Heimat. Die Kleidungsvorschrift galt auch für Angehörige der Herrscherfamilie. Gwendike war ein Jahr älter als sie und bereits initiiert; Manja dagegen hatte bislang immer nur einen sauberen, doch schlichten Rock getragen.

»Ach, komm schon!«, drängte Gwendike. »Es sieht dich doch keiner. Wenn wir hinausgehen, kannst du dich wieder umziehen.«

Manja lächelte zaghaft und nickte schließlich.

Gwendike half ihr, den groben Leibrock abzustreifen. Für Manja war es ein seltsames Gefühl. Tagtäglich lebte sie auf engstem Raum mit der jungen Sarmatin zusammen, doch nun stand sie zum ersten Mal bei Tageslicht gänzlich nackt vor ihr. Sie schämte sich ein wenig und kreuzte die Arme vor dem Leib.

Gwendike aber betrachtete sie mit erstauntem Blick von oben bis unten.

»Oh!«, rief sie beeindruckt, ergriff Manjas Handgelenke und zog ihre Arme auseinander. »Du bekommst ja schon Brüste!«

Manja sah an sich hinab. Tatsächlich: Die kleinen dunklen Knospen waren in den letzten Wochen voller geworden, und das Fleisch ringsum wölbte sich inzwischen so weit vor, dass es ihr fast den Blick auf den Bauch nahm.

»Sieh mal an: Meine Freundin ist schon eine kleine Frau. Eigentlich wäre es längst an der Zeit, dass du eine Brustbinde trägst.«

Gwendike streckte eine Hand aus, um sie auf Manjas rechte Brust zu legen. Manja erschauerte und spürte, wie die Brustwarze sich verhärtete.

»Meine sind nicht so groß«, sagte Gwendike, streifte ohne Zögern ihr Kleid ab und stellte sich seitlich neben Manja, um sich mit ihr zu vergleichen. »Und ich hätte gern solche Hüften wie du! Ich brauche immer einen Gürtel, damit man meine unter dem Kleid überhaupt sieht.«

Manja schwieg. Sie wusste wohl, dass Männer einer Frau nachblickten, wenn sie gewisse Rundungen aufwies, doch hatte sie diese Erfahrung noch nie mit sich selbst in Verbindung gebracht.

»Und jetzt zieh das Kleid an!«, verlangte Gwendike.

Es dauerte einige Zeit, bis sie es mit vereinten Kräften geschafft hatten, das blaue Kleid aus sehr dünnem, geschmeidigem Stoff über Manjas Schultern zu ziehen. Es passte notdürftig, wenngleich es um die Hüften spannte, der fließende Stoff jedoch war angenehm auf der Haut. Über der linken Brust war mit schimmerndem Goldgarn Gwendikes Tamga aufgestickt.

»Woraus ist das?«, fragte Manja und befühlte einen Ärmel.

»Man nennt es Seide«, erklärte Gwendike. »Auch das haben wir vom Markt. Der Stoff ist sehr selten und kommt von weit her aus dem Osten.«

Sie trat einen Schritt zurück, musterte Manja von Kopf bis Fuß und bekam glänzende Augen.

»Wunderschön«, flüsterte sie.

Manja errötete und senkte den Kopf.

»Nun hab dich nicht so!«, rief Gwendike lachend und griff nach einem Gegenstand auf dem Tisch. »Schau dich an!«

Manja hatte bereits vor geraumer Zeit begriffen, welchem Zweck die auf Hochglanz polierte Silberscheibe mit dem knöchernen Griff diente: Sie zeigte auf wundersame Weise das Abbild desjenigen, der hineinblickte. Nun empfing sie von Gwendike den Spiegel und sah zum ersten Mal ihr eigenes Gesicht.

Es war eine fremde junge Frau, die ihr aus der polierten Scheibe entgegenblickte. Manja hatte sich selbst bislang nur als undeutliche Spiegelung in stehendem Wasser gesehen, und auch das war lange her. Nun entdeckte sie ein blasses, nachdenkliches Gesicht, das sie kaum mit sich selbst in Verbindung zu bringen vermochte: Es zeigte jene eigentümliche Mischung aus kindlichen und erwachsenen Zügen, die ihr bisher nur bei anderen Jugendlichen aufgefallen waren. Sie besaß das gleiche großflächige Gesicht wie ihre Mutter und das gleiche tiefschwarze Haar; ihre Augen jedoch waren von einem hellen Grau mit kleinen Schatten darin, wie ein stürmischer Himmel. Das schillernde blaue Seidenkleid spiegelte die Farbe dieser Augen wie ein bewegtes Gewässer die Sterne.

»Schön, nicht wahr?« Gwendike spähte Manja über die Schulter. »Wie eine Braut.«

Manja lachte verlegen und reichte den Spiegel zurück.

»Ach, ich wünschte, *ich* wäre schon Braut!«, seufzte Gwendike und betrachtete ihr eigenes Spiegelbild.

»Wirklich?«, fragte Manja erstaunt. Ihr war bereits aufgefallen, dass sich Gwendike gern im Plauderton über die Vorzüge dieses oder jenes jungen Burschen ausließ; ernste Absichten hatte sie jedoch nie erwähnt.

»Gibt es denn jemanden, der …?«

»Nein.« Gwendike verzog den Mund. »Eben nicht. Außerdem darf ich noch gar nicht heiraten.«

Fragend blickte Manja die Freundin an. In ihrer Heimat hatten die jungen Leute heiraten dürfen, sobald sie ihre Initiation empfangen hatten. Sie selbst und auch Vilufar wären im Lauf des Jahres an der Reihe gewesen, wenn nicht alles anders gekommen wäre.

»Bei uns gibt es ein altes Gesetz«, erklärte Gwendike,

»dass eine Frau erst heiraten und Kinder bekommen darf, wenn sie im Kampf einen Feind getötet hat.«

»Wenn sie – *was?*« Manja glaubte ihren Ohren nicht zu trauen.

»Die Priester sagen, es sei der Wille der Götter«, erklärte Gwendike, »dass man in der Lage sein muss, Leben auszulöschen, bevor man neues Leben geben kann.«

Manja, die der Sprache der Sarmaten noch nicht gänzlich mächtig war, musste das Gehörte erst ordnen, um ein Missverständnis auszuschließen.

»Und wer keinen Feind getötet hat, der darf nicht heiraten? Niemals?«

»Nein.« Gwendike zuckte die Achseln. »Manche Frauen werden alt und sterben als Jungfern, weil sie dieses Gesetz nicht erfüllen konnten. Einige hatten keine Gelegenheit, am Krieg teilzunehmen. Andere konnten den Umgang mit Waffen nicht erlernen. Schau dir Byke an: Sie ist dreißig Jahre alt und ledig.«

Manja dachte an die Nichte der Königin: eine Erscheinung von strenger Schönheit, auch wenn ihr Blick misstrauisch und ihr Mund verkniffen wirkte.

»Was glaubst du denn, warum sie immer so griesgrämig ist?«, erriet Gwendike ihre Gedanken. »So werden manche Frauen, wenn sie allein leben. Ich hoffe, mir wird es nicht so ergehen.«

»Dir?«, fragte Manja. »Wie kommst du darauf?«

»Ach, ich bin ganz gut im Bogenschießen, aber für den Nahkampf bin ich wohl zu schwach«, klagte Gwendike. »Das sagt jedenfalls Skudane, meine Lehrerin. Ich müsste großes Glück haben, um einen Feind zu finden, den ich überwinden kann.«

Manja betrachtete sie. In der Tat war die Vorstellung erschreckend, dass dieses zartgliedrige Mädchen in den Krieg ziehen sollte. Immerhin begriff Manja nun, wohin Gwendike so regelmäßig verschwand: Vermutlich wurde sie im Umgang mit Waffen ausgebildet.

»Erst dann darf ich auch an derselben Tafel essen wie meine Mutter und die anderen«, erklärte Gwendike. »Die erwachsenen Krieger bilden nämlich eine Gemeinschaft für sich. Eigentlich dürfte nicht einmal Byke gemeinsam mit ihnen essen, aber sie hat meine Großmutter wohl irgendwie überredet, die Vorschrift für sie zu lockern.«

»Muss ich auch lernen, mit dem Bogen zu schießen?«, fragte Manja beklommen.

»Natürlich. Und den Umgang mit Speer und Axt«, erwiderte Gwendike.

Manja biss sich auf die Lippen.

»Überfallen wir auch ... Bauerndörfer?«, fragte sie und versuchte, so beiläufig wie möglich zu klingen.

Gwendike winkte ab.

»Nein – die sesshaften Völker gehen uns nichts an, es sei denn, wir haben Streit mit ihnen oder sie schlagen sich auf die Seite unserer Feinde. Zu Zeiten meiner Urgroßmutter gab es zum Beispiel Krieg mit den Choresmern, weil sie sich mit den Saken gegen uns verbündet hatten. Aber das ist lange her. Und mit den Arimaspen im Osten haben wir Frieden geschlossen. Unsere heutigen Feinde sind die Skythen.« Gwendike seufzte sorgenvoll. »Beim nächsten oder übernächsten Kriegszug muss ich vielleicht schon mitreiten ... Aber bei dir ist es noch nicht so weit.«

»Wann ist es denn so weit?«, fragte Manja.

Gwendike schenkte ihr ein geheimnisvolles Lächeln.

»Das merkst du schon.«

Am längsten dauerte es, bis Manja die Verwandtschaftsbeziehungen innerhalb der Königsfamilie durchschaute – ein Thema, das Gwendike bei jeder Gelegenheit aufgriff und unermüdlich erörterte.

Wie Manja erfuhr, war Gwendike dreizehn Jahre alt und bewohnte seit Kindertagen eine Hälfte des Wagens, der in der Mitte durch einen Flur geteilt war. Die andere Hälfte diente ihrem älteren Bruder Balan als Wohnstätte. Allerdings sahen sie ihn selten, denn er verbrachte seine Tage wie die meisten erwachsenen Sarmaten größtenteils im Sattel. Manja hörte ihn oft erst heimkehren, wenn sie und Gwendike sich bereits zum Schlafen niedergelegt hatten.

Wie Gwendike besaß auch Balan einen eigenen Leibdiener. Er hieß Arbai und war niemand anderer als der sommersprossige Junge, der bei der Versammlung der Edlen Manjas Worte übersetzt hatte. Auch ihm begegnete Manja nicht oft, und wenn sie ihm doch einmal über den Weg lief, schenkte er ihr nur ein scheues Lächeln und schlug sofort die Augen nieder. Dies schmerzte Manja, da der Junge als Einziger ihre Muttersprache beherrschte und womöglich aus derselben Gegend stammte wie sie, doch wagte sie ihn nicht anzusprechen. Erst später erfuhr sie von Gwendike, dass er ein Findelkind war.

Tatsächlich sorgte eine ganze Schar von Dienern für die Königsfamilie, die alle in einem Zelt zu ebener Erde hinter dem Hügel wohnten. Wann immer Manja die Jungen und Mädchen sah, die unermüdlich das Essen kochten, Kleidung nähten und ihre Herren bedienten, regten sich Unbehagen und sogar Schuldgefühle in ihr, denn sie musste an Vilufar denken. Womöglich verrichtete er ähnliche Dienste, während sie selbst sich von einer Köchin das Essen auftragen ließ. Erst nach einiger Zeit begriff sie, dass die Dienerschaft nur teilweise aus Kriegsgefangenen und zum anderen Teil aus eingeborenen Sarmaten bestand, zumeist Jungen und Mädchen, deren Eltern gestorben waren. Es tröstete sie zu sehen, dass die einen wie die anderen gut verpflegt und freundlich behandelt wurden.

Gwendike und Balan waren die einzigen Kinder von Tamage, der Tochter der Königin. Manja fand, dass beide kaum Ähnlichkeit mit ihrer Mutter hatten, die viel kräftiger gebaut war und rötliches Haar hatte, und nahm an, dass sie eher nach dem Vater gerieten, von dem sie noch nie etwas gehört hatte. Eines Abends sprach sie Gwendike darauf an, als beide beim Abendessen vor dem Wagen saßen, während die Erwachsenen wie üblich ihren Teppich in einiger Entfernung ausgebreitet hatten.

»Mein Vater ist früh gestorben«, erklärte Gwendike, während sie in kleinen Schlucken ihre Ziegenmilch leerte. »Ich war erst drei Jahre alt … Eigentlich kann ich mich überhaupt nicht an ihn erinnern.«

Manja nickte nachdenklich und fühlte sich ihrer neuen Freundin plötzlich sehr nahe: Auch sie also hatte ihren Vater nie kennengelernt.

»Er ist im Kampf gegen die Skythen gefallen«, fuhr Gwendike fort. »Meine Mutter hat sich seitdem sehr verändert. Sie hat geschworen, Rache an den Skythen zu nehmen, und wenn sie nicht gerade im Sattel sitzt, ist sie bei meiner Großmutter und berät mit ihr über Krieg und Frieden oder die Führung unseres Stammes. Für mich hat sie leider nie viel Zeit. Seit ich die Initiation empfangen habe und kein Kind mehr bin, kümmert sie sich kaum noch um mich.«

Gwendike seufzte, und beide blickten hinüber zu Tamage, die in ein ernstes Gespräch mit der Königin vertieft war.

»Sie ist eine große Kriegerin geworden«, sagte Gwendike, und in ihrer Stimme lag ebenso viel Stolz wie Schmerz. »Wenn meine Großmutter einmal nicht mehr ist und Tamage Königin wird, werden die Skythen nichts zu lachen haben.«

Manjas Blick wanderte zu Emre hinüber, der Königin der Sarmaten. Sie zählte sechzig Jahre und hatte damit ein Alter erreicht, in dem eine Bäuerin in Manjas Heimat krumm und vergreist gewesen wäre. Diese mächtige Frau jedoch hatte niemals Korn gesät oder eine Ackerfurche gepflügt. Ihr Leibesumfang war gewaltig. Wenn sie in einem schlichten Kleid im Lager umherschritt, mochte man diese Masse von Fleisch für schlaff halten. In Wahrheit jedoch besaß sie Bärenarme und Schenkel wie Baumstämme, und sie bewegte ihren gedrungenen Leib mit der Anmut einer alten Löwin.

»Wie viele Kinder hat Emre – außer deiner Mutter?«, fragte Manja.

»Sieben«, antwortete Gwendike. »Sie war zweimal verheiratet, aber beide Männer sind schon lange tot. Und von ihren Kindern leben nur noch zwei. Deine Mutter Vardane starb in skythischer Gefangenschaft. Dann gab es noch zwei ältere Geschwister, an die ich mich kaum erinnere. Sie fielen im Kampf, als ich noch ganz klein war. Zwei von Emres Söhnen haben in Nachbarstämme eingeheiratet. Sie gehören jetzt nicht mehr zur Familie, denn bei uns ist es Sitte, dass ein Mann der Familie seiner Ehefrau beitritt und bei ihr lebt. Geblieben sind also nur meine Mutter und Sajan.«

»Sajan?«, fragte Manja, die diesen Namen zum ersten Mal hörte.

»Ach ja ...« Gwendike schlug sich lachend vor die Stirn. »Du kannst ihn ja noch gar nicht kennen. Er ist der jüngste Bruder meiner Mutter und wohnt mit ihr im selben Wagen. Stell dir vor: Er ist erst zwanzig Jahre alt! Meine Großmutter war vierzig, als sie ihn bekam ... Die Heilkundigen fürchteten schon um ihr Leben.«

»Ich habe ihn noch nie gesehen«, sagte Manja und blickte zu Tamages Wagen hinüber.

»Zurzeit ist er mit einer Reitertruppe unterwegs, um auszukundschaften, was die Skythen treiben«, erklärte Gwendike. »Meine Großmutter befürchtet nämlich, dass sie uns angreifen wollen. Einen ganzen Monat ist Sajan mit seinen Männern schon fort – ich hoffe, er kommt bald zurück.«

DER AUSRITT

Wenige Tage später ging Gwendikes Wunsch in Erfüllung: Sajan, Emres jüngster Sohn, kehrte mit seinen Kriegern heim. Gwendike war aufgeregt, und Manja vermutete, dass sie sich insgeheim Sorgen um ihren Onkel gemacht hatte. Offenbar hatten die Männer sich länger als geplant an den westlichen Grenzen des sarmatischen Weidelandes aufgehalten, um den Feind zu beobachten.

Manja und Gwendike waren hinausgegangen, um dem Einzug der rund einhundert Reiter beizuwohnen, die von allen Bewohnern des Lagers mit Freudenrufen empfangen wurden. Das Spalier der Zuschauer reichte in dicht gedrängten Reihen vom Flussufer bis zum Hügel hinauf, wo die Wagen der Königsfamilie standen. Als die Reiter dort angekommen waren, empfing Emre ihren Sohn persönlich, schloss ihn in die Arme und reichte ihm als rituellen Begrüßungstrank eine Schale vergorener Pferdemilch. Sajan umarmte seine Schwester Tamage, dann seinen Neffen Balan und schließlich Byke, die die Zuwendung recht frostig entgegennahm.

Dann bemerkte er Gwendike und Manja.

»Nichtchen!«, rief er strahlend und kam auf sie zu, während er seinen Waffengürtel löste und ihn einem Diener reichte.

»Sajan!« Gwendike lief ihrem Onkel entgegen, und er fing sie auf und wirbelte sie im Kreis herum wie ein kleines Mädchen. »Hast du viele Skythen erschlagen?«

»Nein, keinen einzigen«, sagte Sajan lachend und stellte sie auf die Füße. »Diese Hunde lassen sich auf unseren Weidegründen nicht blicken. Besser für sie und für uns.« Er musterte sie. »Bei allen Göttern, du bist schon wieder gewachsen!«

Gwendike lächelte stolz.

»Ich hörte durch Boten von deiner verschollenen Cousine. Wo ist sie?«

»Dort drüben.«

Gwendike nahm Sajan bei der Hand und führte ihn zu Manja herüber, die ein wenig abseits stand.

»So – das ist also meine zweite kleine Nichte«, sagte er.

Manja wusste nichts zu antworten und sah stumm zu ihm auf. Sajan ähnelte seiner Schwester Tamage: Er war kräftig und schlank, hatte rotbraunes Haar, das ihm bis auf die Schultern herabfiel, und einen gleichfarbigen Bart. Sein Gesicht wirkte offen und freundlich; die scharfen grauen Augen verrieten jedoch, dass er ein Krieger war und unerbittlich im Kampf sein konnte. Auf seine Weise war er ein schöner Mann, und Manja spürte ein seltsames Ziehen in der Brust, als er sie umstandslos auf beide Wangen küsste.

»Ich habe deine Mutter leider kaum gekannt«, sagte er mit Wärme. »Als sie verschwand, war ich noch ein kleiner Junge. Es schmerzt mich zu hören, dass sie gestorben ist. Doch den Göttern sei gedankt, dass du zu uns zurückgefunden hast. Hätte ich gewusst, dass Vardanes Tochter als Sklavin bei den Skythen lebt, wäre ich selbst ausgeritten, um sie zu befreien.«

Manja schluckte und bemühte sich, dem Blick des Kriegers standzuhalten.

»Nun muss ich aber zu meiner Mutter und ihr berichten«, sagte Sajan, der angesichts ihrer Stummheit selbst ein wenig verlegen wirkte. »Wir sehen uns später.«

Am Abend erzählte Gwendike, dass Sajan sie zu einem Ausritt eingeladen habe. Diesem Vorschlag hatte sie begeistert zugestimmt, denn sie sah ihren Onkel nur selten und war darüber hinaus auf Neuigkeiten gespannt.

»Willst du mitkommen?«, fragte sie Manja, als beide ihr Abendessen verzehrt hatten, das diesmal aus gebratenem Kalbfleisch und Ziegenkäse bestand.

»Ausreiten?« Manja blickte erschrocken auf. »Auf einem Pferd?«

»Sag bloß, du kannst nicht reiten!« Gwendike schien ihren Ohren nicht zu trauen. »Dann wird es aber Zeit! Eine Sarmatin lernt reiten, sobald sie auf zwei Beinen stehen kann.«

Am Ende kam Manja mit, wenn auch mit flauem Gefühl im Magen. Eigentlich wollte sie sich nicht ausgerechnet vor den Augen eines erfahrenen Kriegers lächerlich machen, indem sie vergeblich versuchte, den steilen Rücken eines Reitpferdes zu erklimmen. Doch auf Gwendike war wie stets Verlass: Sie selbst brachte das Thema ohne Umstände zur Sprache, als sie Sajan trafen, der sie am Fuß des Hügels erwartete. Der junge Mann schien erfreut, dass sie zu zweit gekommen waren, und schlug vor, auf der Weide ein Pferd für Manja auszusuchen.

»Wir können eines der Packtiere nehmen«, sagte er zu Manja. »Die sind leicht zu führen und zahm wie Schafe. Später, wenn du mehr Übung hast, werden wir ein besseres Pferd für dich finden.«

Manja, die bisher noch kein Wort gesagt hatte, nickte stumm. Gern hätte sie ihre Dankbarkeit ausgedrückt, doch fühlte sie sich immer noch zu unsicher in der fremden Sprache, um eine förmliche Erwiderung zu wagen. Wieder half Gwendike ihr aus der Verlegenheit, indem sie Sajan nach seinen Erlebnissen ausfragte und ihrerseits in allen Einzelheiten erzählte, was sich während seiner Abwesenheit ereignet hatte. Wie zu erwarten nahm Manjas Geschichte einen breiten Raum ein. Sajan lauschte erstaunt. Offenbar hatte er es nie für möglich gehalten, jemals wieder Nachricht über seine Schwester Vardane zu erhalten – jene Frau, die als Manjas Mutter galt.

»Du hast also dein ganzes Leben als Sklavin bei den Skythen verbracht?«, wandte er sich schließlich an Manja. »Bei welchem Stamm?«

Manja biss sich auf die Lippen – mit dieser Frage hätte sie eigentlich rechnen müssen, denn der junge Krieger, der gegen die Skythen kämpfte, war verständlicherweise neugierig auf Berichte aus erster Hand.

»Ich weiß nicht.« Manja wand sich innerlich unter seinem forschenden Blick.

»Wie viele Wagen hatten sie?«, fragte Sajan. »Und wie viele Krieger? Kannst du es schätzen?«

»Nicht genau«, wich Manja aus.

»Kannst du mir ihren Anführer beschreiben?«

Manja dachte an den Mann, der die skythischen Plünderer angeführt hatte.

»Er trug einen spitzen Helm und ein Hemd mit Eisenschuppen«, sagte sie. »Und neben ihm ritt ein Standartenträger mit einem bronzenen Adler.«

Sajan spitzte die Lippen. »Dann ist es Asma Xajatorsa. Soweit wir wissen, führt er einen kleineren Stamm an, dessen Sommerlager irgendwo westlich des Schwarzen Flusses liegt. Seine Männer unternehmen seit vielen Jahren Überfälle auf unsere Weidegebiete. Gut zu wissen, dass es nicht ihr König Toxa war, denn seine Anwesenheit an der Grenze würde bedeuten, dass die Skythen einen größeren Krieg gegen uns planen.«

»Woher weißt du, dass er es nicht ist?«, fragte Gwendike.

»Toxa führt einen Hirsch auf seiner Standarte«, erklärte Sajan. »Ich wüsste zu gern, ob er die Angriffe befohlen hat oder ob Asma auf eigene Faust handelt …«

Er unterbrach sich, denn sie hatten die Pferdeweide in der Nähe des Flussufers erreicht. Sajan pfiff, und einer der jungen Pferdehirten, die an der Böschung im Gras gesessen hatten, sprang auf, um einen prächtigen rotbraunen Hengst am Halfter herbeizuführen. Das Tier trug eine bestickte Satteldecke mit Pelzquasten, und sein Zaumzeug war mit Gold beschlagen. Über dem rechten Hinterlauf war ein Zeichen in die Haut eingebrannt: ein auf der Spitze stehendes Dreieck mit zwei gewundenen Hörnern. Manja nahm an, dass es sich um Sajans Tamga handelte, das Besitzzeichen, über das jedes Mitglied der Königsfamilie verfügte.

Gwendikes Pferd, eine schlanke Schimmelstute, kam ohne Aufforderung angetrabt und legte die Nüstern vertrauensvoll an ihre Schulter.

Sajan wechselte einige Worte mit dem Hirtenjungen, und dieser verschwand für eine Weile jenseits der Böschung, um mit einer kleinen braunen Stute zurückzukehren.

»Die ist genau richtig«, befand Sajan. »Ein Packpferd?«

»Nein, Herr«, gab der Junge Auskunft. »Ihr Name ist Dane, und sie ist die Tochter eines Schlachtrosses. Nur ist sie noch sehr jung.«

»Gut eingeritten?«

»Ja, Herr.«

Sajan hielt Manja die Zügel hin.

Die Stute mochte kleiner sein als die hochbeinigen Kampfpferde der Sarmaten, doch Manja erschien sie dennoch riesenhaft. Noch nie war sie einem Tier, dessen Kopf sie überragte und dessen mächtige Flankenmuskeln die Größe von Adlerflügeln hatten, so nahe gekommen. Scheu ergriff sie die Zügel und blickte in die schwarz bewimperten Augen des Pferdes.

»Komm schon! Es ist nicht schwer«, sagte Sajan, umfasste Manjas Hüften und hob sie mit erstaunlicher Leichtigkeit hoch. Erschrocken mühte sie sich, ein Bein über den Pferderücken zu schwingen und Halt zu finden. Als sie endlich einigermaßen sicher im Sattel saß und sich aufgerichtet hatte, zitterten ihr die Knie.

»Keine Angst!«, rief Gwendike und schwang sich mit einer geübten Bewegung auf den Rücken ihres Schimmels. »Ich bin neben dir und führe deine Stute beim Halfter.«

Sie ließ sich von Manja den Lederriemen reichen, beugte sich ein wenig hinab, um dem verunsicherten Tier den Hals zu klopfen, und trabte an. Es war ein höchst merkwürdiges Gefühl: Manja saß aufrecht auf dem schwankenden Rücken, fühlte die Bewegungen der mächtigen Muskeln unter ihren Schenkeln und bemühte sich, im Gleichgewicht zu bleiben, während beide Pferde sich langsam in Bewegung setzten. Auch Sajan hatte sein prächtig aufgezäumtes Ross bestiegen und hielt sich an Manjas anderer Seite.

Sie trabten gemächlich am Flussufer entlang zum Rand des Lagers und ließen die Zelte hinter sich, um dann abzubiegen und die Viehweiden zu umrunden. Auf dem endlosen Grasland im Umkreis dösten Tausende von Rindern, Schafen und Ziegen in der Abenddämmerung. Vereinzelt begegneten sie jungen Männern, die Hirtendienste versahen, stets mit einem Hund an der Seite. Die Weite der Landschaft war atemberaubend. Manja reckte sich im Sattel, vermochte jedoch in keiner Richtung bis zum Horizont einen Berg oder auch nur einen Baum zu erkennen.

»Das ist gutes Weideland«, sagte Sajan. »Die Herden werden gedeihen.«

»Wann werden wir ins Winterlager aufbrechen?«, fragte Gwendike.

»Das hat meine Mutter noch nicht entschieden«, antwortete Sajan. »Ich würde am liebsten möglichst lange hierbleiben, um die Skythen im Auge zu behalten. Aber dazu wird es bald zu kalt werden.«

»Weißt du viel über die Skythen?«, wagte Manja ihn zum ersten Mal direkt anzusprechen.

Sajan zuckte die Achseln. »So viel man über einen Gegner wissen kann, gegen den man oft gekämpft hat. Manches habe ich nur von unseren Ältesten gehört.«

»Erzähl doch bitte!«, bat nun Gwendike. »Ich weiß ja auch so wenig – nur, dass die Skythen unsere Feinde sind.«

»Das waren sie nicht immer«, sagte Sajan. »Zu Zeiten deiner Urgroßmutter lebten sie noch in dem Gebiet um das große Wasser, das man das Achsenmeer nennt. Unsere Vorfahren trieben Handel mit ihnen, und manchmal teilten wir uns sogar die Sommerweiden unweit der Grünen Berge. Die Ältesten sagen, dass wir und sie von denselben Vorfahren abstammen, denn ihre Sprache ist der unseren sehr ähnlich. Auch leben sie wie wir von ihren Herden, kämpfen zu Pferd und sind tapfere Krieger.«

»Warum sind sie dann unsere Feinde geworden?«, fragte Gwendike.

»Darüber gibt es viele Geschichten, und ich weiß selbst nicht, wie viel davon wahr ist«, erwiderte Sajan. »Es heißt, sie wanderten vor etwa dreißig Jahren nach Westen aus und eroberten die Länder, die zwischen der Waldgrenze und der kimmerischen Küste liegen. Seitdem sind sie zahlreich und mächtig geworden und haben viele Völker unterworfen, die ihnen seitdem Gefolgschaft leisten müssen. Auch heißt es, dass sie sesshafte Menschen im Süden bedrängen, die man Urartäer und Assyrer nennt. Ihr Reich ist das größte, das es jemals unter den vier Winden der Steppe gab. Heute ist das Land östlich des Schwarzen Flusses die Grenze zwischen ihnen und uns. Seit Jahren liefern wir uns dort immer wieder kleine Scharmützel – mal überfallen sie uns, mal überfallen wir sie.«

»Aber warum?«, fragte Manja. »Ist die Steppe nicht groß genug für alle?«

Sajan lachte. »Die Steppe mag dir groß erscheinen, doch gute Weideplätze und Wasserstellen gibt es nur an wenigen Orten. Stell dir vor, wir kehren nach Monaten in unser Winterlager zurück und finden es von einem fremden Volk besetzt – unsere Herden würden verhungern. Deshalb müssen wir kämpfen.«

»Ich habe gehört, dass die Frauen der Skythen ihre Wagen niemals verlassen«, warf Gwendike ein. »Es heißt, dass sie nicht kämpfen und nicht einmal reiten können.«

»Das stimmt«, bestätigte Sajan. »Zwar teilen sie unsere Lebensweise und verehren ähnliche Götter wie wir, doch gibt es einen wichtigen Unterschied: Nur die Männer der Skythen reiten in den Kampf und führen die Stämme an. Ihre Frauen sind nur zum Kochen, zum Nähen der Kleidung und zur Pflege der Säuglinge da. Es heißt sogar, dass ein skythischer Häuptling mehrere Frauen sein Eigen nennt und dass sie getötet werden und ihm ins Grab folgen müssen, wenn er stirbt.«

Manja schauderte. Auch sie hatte viele grausige Geschichten über die Skythen gehört, doch aus Sajans Mund klangen sie weitaus glaubwürdiger als bei den Bauern, die die Steppenbewohner nur als Schreckgespenster gekannt hatten.

»Das ist ja eine Beleidigung der Götter!« Gwendike schüttelte sich.

»Mag sein.« Sajan zuckte die Achseln. »Ich weiß nicht, was die Götter wollen oder nicht; ich bin kein Priester. Den Skythen jedenfalls erscheint unsere Lebensweise ebenso fremd wie uns die ihrige. Bei ihnen heißt es, dass unser Volk von den Oiorpata abstammt – einer Gruppe kriegerischer Frauen, die vor langer Zeit skythische Jünglinge verführten und mit ihnen nach Osten flohen.«

»Ist das denn wahr?«, fragte Manja.

»Wie gesagt: Das müsstest du einen Weisen fragen, keinen Krieger«, sagte Sajan schlicht.

Unvermittelt zügelte er seinen Hengst, blieb stehen und reckte sich im Sattel.

»Was ist?« Gwendike schloss zu ihm auf.

»Dort hinten – schau!«

Auch Manja sah in die gewiesene Richtung und entdeckte ganz am Rand ihres Gesichtsfeldes einen dunklen Punkt im Gras. Anfangs hielt sie ihn für ein Schaf, das sich von der Herde entfernt hatte. Sajan setzte seinen Hengst in Trab, und sie näherten sich dem Schatten, dessen Umrisse in der Dämmerung nicht klar auszumachen waren.

»Es könnte ein Raubtier sein, das unsere Herden belauert«, flüsterte Sajan und zog seinen Bogen, der in einem Futteral am Sattel steckte.

Er hatte recht. Manja erkannte es im selben Augenblick: Rund hundert Schritte vor ihnen duckte sich eine grau gescheckte Gestalt eng an den Boden. Die längliche Schnauze hob sich, und das Tier schnüffelte wachsam in ihre Richtung. Plötzlich sprang es blitzschnell auf und flüchtete in die Dunkelheit – gerade, als Sajan einen Pfeil auf die Sehne legte.

»Ein Wolf.« Er ließ den Bogen sinken.

»Seltsam«, murmelte Gwendike. »Meine Mutter erzählte mir, dass ein Wolf ihrer Truppe gefolgt sei, als sie vom Gefecht mit den Skythen zurückkehrten – an dem Tag, als sie Manjane mitbrachten.«

Manja fiel es wie Schuppen von den Augen.

Ist das *meine* Wölfin?, fragte sie sich. Die Wölfin, die ich aus dem Grabhügel befreit habe?

»Vielleicht ein Streuner«, vermutete Sajan. »Wölfe, die von ihrem Rudel getrennt werden, halten sich oft in der Nähe von Menschen auf. Wahrscheinlich hofft er, etwas von unseren Vorräten stibitzen zu können oder ein verirrtes Zicklein zu finden.«

»Wirst du ihn jagen?«, fragte Gwendike.

Sajan schüttelte den Kopf. »Er tut nur, was auch wir Menschen tun: Er zieht von einem Ort zum anderen und ernährt sich vom Fleisch der Herden. Um einen Wolf zu jagen, müsste ich die Erlaubnis eines Priesters einholen. Der Wolf ist unserem Stamm heilig; schließlich ist er das Ahntier unserer Familie.«

Er steckte den Bogen in das Futteral zurück.

»Es ist spät geworden. Lasst uns zum Lager zurückreiten. Meine beiden schönen Nichten brauchen ihren Schlaf.«

Doch Manja konnte an diesem Abend noch lange nicht einschlafen. Während Gwendike bereits friedlich schlummerte, wälzte sie sich unruhig auf ihrem Lager und dachte über die Ereignisse des Tages nach. Ihre Gedanken waren bei der Wölfin. Sie zweifelte nicht, dass es dasselbe Tier gewesen war, mit dem sie so viele dunkle Stunden in der Tiefe des Hügelgrabs verbracht hatte. Warum war sie den Sarmaten gefolgt? Hatte sie eine so große Strecke zurückgelegt, nur um Manja im Auge zu behalten? War sie ein bedrohlicher Schatten, der nun wie ein Wiedergänger an ihr haftete? Oder war sie ihr dankbar für die Rettung aus jener finsteren Gruft? Konnten Tiere Dankbarkeit empfinden?

Manja kam zu keinem Schluss, nahm sich aber vor, nach der Wölfin Ausschau zu halten. Ihre Gedanken glitten hinaus in die Wildnis rings um das Lager, in die Weiten der Steppe, wo das einzige Geräusch das des Windes im Gras war. Irgendwo dort draußen musste sie sein, allein unter dem sternklaren Himmel, und beobachtete mit ihren gelblichen Augen die Lagerfeuer der Menschen. Wölfe, die von ihrem Rudel getrennt wurden, hielten sich oft in der Nähe von Menschen auf, hatte Sajan gesagt. Auf unergründliche Weise fühlte Manja sich der Wölfin nahe: Auch sie hatte ihre Heimat und alle Menschen verloren, die in ihrem früheren Leben wichtig gewesen waren. Auch sie hatte sich den Sarmaten angeschlossen, wenngleich aus Not und in Ermangelung einer anderen Zuflucht.

Vielleicht findest auch du neue Freunde, sagte sie in Gedanken zu dem Tier.

Freunde …

Manjas Gedanken verwirrten sich, und schließlich glitt sie in den Schlaf hinüber. Doch als sie träumte, sah sie nicht mehr die Wölfin vor sich, sondern Sajan, wie er sie an den Hüften packte und auf das Pferd hob. Seltsam, dachte sie noch im Schlaf: Wie stark er sein musste, dass er sie einfach so in die Höhe stemmen konnte. Dann saß sie wieder im Sattel und ritt neben ihm dahin, wobei sie deutlich die wogenden Muskeln des Pferdes unter ihren nackten Beinen spürte.

DER RITUS

Als Manja spät am nächsten Morgen aufwachte, war ihre erste Wahrnehmung ein ziehender Schmerz im Unterleib. Gwendike war bereits fort; vermutlich übte sie sich im Bogenschießen und hatte ihre Mitbewohnerin nicht wecken wollen. Stöhnend kam Manja auf die Füße und presste die Hände auf den Leib. Dabei sah sie an sich hinab – und entdeckte bräunliche Blutflecken an der Innenseite der Schenkel. Auch einige Kissen zeigten dunkle Stellen.

Große Mutter!, dachte sie erschrocken.

Doch schon im nächsten Moment deutete sie die Anzeichen richtig. Sie wusste in groben Zügen, wie es sich mit der Monatsblutung verhielt, denn ihre Mutter hatte es ihr einst erklärt. Auch hatte sie beobachtet, dass Gwendike zeitweise einen besonderen Gürtel mit einer Filzbinde unter ihren Kleidern trug. Das alles war jedoch nur oberflächliches Wissen gewesen, das sie nicht mit ihrem eigenen Körper in Verbindung gebracht hatte.

Um sich zu beruhigen, kleidete sie sich an, ging nach draußen und zwang sich, etwas von dem Frühstück zu sich zu nehmen, das Gwendike auf dem Speiseteppich für sie zurückgelassen hatte. Dann kehrte sie in den Wagen zurück und versuchte die Kissen zu säubern, was sich jedoch als unmöglich herausstellte, da sie weder Wasser noch Holzasche zum Waschen hatte.

Als Gwendike gegen Mittag zurückkehrte, erriet sie sofort, warum Manja so eifrig mit der Reinigung ihres Schlaflagers beschäftigt war.

»Ist es so weit?«

Manja wich dem Blick der Freundin aus und nickte verschämt. Gwendike jedoch stieß einen kleinen Freudenlaut aus und umarmte sie.

»Dann werden die Frauen jetzt das Ritual für dich vorbereiten!«, rief sie strahlend.

»Welches Ritual?«, fragte Manja erschrocken. »Welche Frauen?«

»Die weisen Frauen unseres Stammes«, antwortete Gwendike. »Sie vollziehen das Ritual an allen Mädchen, ob von edler Herkunft oder nicht. Vor ihnen sind wir alle gleich. Ich sage meiner Mutter Bescheid …«

Und ohne weitere Erklärungen verließ sie den Wagen.

Manja hatte keine Ahnung, was ihr bevorstand. Dass Fremde über den Zustand ihres Körpers in Kenntnis gesetzt wurden, war ihr unangenehm. Gwendike kehrte zwar bald zurück, wollte ihr aber keine näheren Auskünfte geben und sagte nur, der Ritus werde am folgenden Morgen stattfinden.

Worin er bestand, durfte sie nicht verraten – doch Manja wagte aus Gwendikes freudiger Erregung zu schließen, dass es nichts allzu Schlimmes oder Schmerzhaftes sein konnte.

Den Rest des Tages verbrachten die beiden Mädchen wie gewohnt. Manja war schweigsam und in sich gekehrt, während Gwendike offenbar beschlossen hatte, sich nicht weiter über die heikle Angelegenheit zu äußern. Stattdessen plauderte sie über dieses und jenes und gab sich rührende Mühe, die Befürchtungen ihrer Cousine durch Alltäglichkeiten zu zerstreuen.

In der folgenden Nacht schlief Manja schlecht, wachte lange vor dem Morgengrauen auf und schlich schließlich nach draußen, um ein wenig allein zu sein. Die ziehenden Schmerzen waren abgeklungen, und sie atmete in tiefen Zügen die angenehm kühle Luft. Das Lager lag noch in tiefster Stille. Selbst die Hunde schliefen, und nicht einmal ein Rind blökte draußen auf der Weide.

Es dauerte lange, bis fahle Sonnenstrahlen über den Horizont krochen und die Bewohner der königlichen Wagenburg sich regten. Als Erste verließ die greise Königin in Begleitung einer Dienerin ihre Wohnstätte, offenbar auf dem Weg zur Pferdeweide am Fluss. Emre erblickte Manja, hielt inne und kam zu ihr herüber. Wie stets beim Anblick dieser Ehrfurcht gebietenden Frau senkte Manja scheu den Blick. Emre sagte kein Wort, doch streckte sie ihre raue, von tausend Fältchen zerknitterte Hand aus und legte sie kurz auf Manjas gesenkten Kopf. Die Berührung war wie ein Segen, und als Emre sich entfernte, fühlte Manja sich eigentümlich ermutigt.

Einige Zeit darauf war endlich auch Gwendike erwacht und kam zum Frühstück nach draußen.

»Und? Bist du aufgeregt?«

Die zärtliche Besorgnis in der Stimme der Freundin rührte Manja, und sie nickte ehrlich. Gwendike umarmte sie fest und strich ihr über den Rücken.

»Bist du dabei?«, flüsterte Manja.

Gwendike schüttelte den Kopf. »Ich darf nicht … Aber meine Mutter begleitet dich. Hab keine Angst!«

Kurze Zeit später erschien Tamage, schickte Gwendike zurück in den Wagen und bedeutete Manja wortlos, ihr zu folgen. Sie stiegen den Hügel hinab, durchquerten das noch kaum belebte Lager und wandten sich schließlich in Richtung des Flusses. Unweit des Ufers war ein Zelt aufgeschlagen worden, das Manja bisher noch nicht gesehen hatte. Die Filzplane, die die Wände formte, war schlicht weiß, nicht wie üblich bemalt oder bestickt. Aus dem Rauchloch in der Decke zogen Dampfschwaden.

»Das letzte Stück musst du allein gehen«, sagte Tamage.

Manja wollte sich zu ihr umdrehen, doch die Kriegerin legte ihr beide Hände auf die Schultern und zwang sie, geradeaus zu sehen.

»Geh!«, sagte sie.

Folgsam setzte Manja einen Fuß vor den anderen, den Blick auf den Zelteingang gerichtet, der mit einer Matte aus Hirschfell verhängt war. Unschlüssig blieb sie stehen, denn sie wusste nicht, ob sie eintreten durfte. Schließlich, als nichts geschah, hob sie das Hirschfell.

Der Raum war von Dampfschwaden erfüllt, die einen seltsam würzigen Duft verströmten. Im ersten Moment erkannte Manja nichts als ein schwach glimmendes Feuer. Es brannte unter einem Dreifuß, auf dem mehrere runde Steine lagen. Auf der Oberfläche der Steine blinkte und flackerte es, als ob die winzigen Körner eines geheimnisvollen Pulvers verglühten und in Rauch aufgingen. Der Geruch war belebend und betäubend zugleich.

Plötzlich wurde Manja an den Armen gepackt und in die Mitte des Raumes gezogen. Erst jetzt entdeckte sie durch die wirbelnden Rauchschwaden hindurch die Frauen, die im Schatten der Wände gewartet hatten und nun einen Kreis um sie herum bildeten. Es war beängstigend, denn Manja erkannte kein einziges Gesicht. Alle waren nackt und vom Haaransatz bis zu den Füßen mit grellen Farben bemalt, sodass ihre Züge wie groteske Masken wirkten. Manjas Herz klopfte heftig, als mehrere Frauen sie umringten und ihr den Leibrock vom Körper zerrten. Nun stand sie nackt inmitten der Runde und sah nichts als irrlichternde Gesichter im

Nebel, schimmernd in blauer und gelber und roter Farbe, die wie Blut aussah.

Mühsam bezwang sie den Wunsch, laut aufzuschreien und um sich zu schlagen, als sie erneut gepackt wurde. Zwei Frauen hatten ihre Arme gespreizt, eine dritte warf ihr von hinten eine Binde über die Augen und knotete sie fest. Niemand sagte ein Wort oder ließ einen Laut vernehmen; es war wie ein stummer Gewaltakt.

Dann glitten raue Hände über ihren Körper, kreuz und quer über Wangen und Schultern, über Rücken und Brüste, über Bauch und Schenkel. Sie konnte nicht verhindern, dass sie am ganzen Körper zitterte. Dann erst wurde ihr klar, dass die streichenden Hände Farbe auf ihrer Haut verteilten: Auch sie wurde bemalt, vom Kopf bis zu den Füßen.

Schließlich ein Geräusch, dumpf und hallend: Jemand schlug in gleichförmigem, langsamem Rhythmus eine Trommel. Dann fühlte Manja, wie sie bewegt wurde: Die beiden Frauen, die ihre Arme hielten, zogen sie bei jedem Schlag ruckartig auf und nieder, vorwärts oder zur Seite. Ein weiteres Händepaar legte sich um ihre Hüften und bewegte nun auch ihre Körpermitte im Takt.

Manja ergab sich. Fast abwesend nahm sie wahr, wie Rhythmus und Bewegungsmuster sich wiederholten und wie ihr Körper sich beidem anpasste. Bald zuckten und wanden sich ihre Glieder wie von selbst, auf, nieder, vorwärts, zur Seite und zurück. Die Trommel schlug schneller, und Manja hatte das Gefühl, in eine Art Trance zu sinken. Irgendwann spürte sie die führenden Hände nicht mehr, denn ihre Glieder hatten sich der immer gleichen Bewegungsformel derart angepasst, dass sie keinen Widerstand wahrnahm. Als die Hände sie schließlich losließen, wogte ihr Körper im Takt wie ein treibendes Blatt auf wirbelndem Wasser. Es war, als ob Wellen durch sie hindurchliefen, die ihre Arme zum Schwingen, ihre Schultern zum Wippen und ihr Becken zum Kreisen brachten. Ein Glücksgefühl durchströmte sie, stärker als jede Empfindung ihres bisherigen Lebens.

Plötzlich brachen unzählige Stimmen in ein triumphierendes Geschrei aus, das nach und nach zu einem Sprechgesang wurde, erst scheinbar chaotisch, dann den Rhythmen der Trommel folgend. Die Frauen sangen, und Manja schien es, als würden die auf- und niedersteigenden Stimmen ihre Glieder tragen und ihre Bewegungen verstärken. Halb bewusst nahm sie wahr, dass man ihr einen Gegenstand in die rechte Hand drückte, dann auch in die linke. Ohne innezuhalten, griff sie zu und schwang die beiden kühlen, metallenen Griffe im Takt. Offenbar – ihre Hände begriffen es schneller als ihr Verstand – hatte man ihr Dolche in die Hände gelegt. Nun tanzte sie mit zwei wirbelnden Klingen zu den dumpfen Schlägen der Trommel und dem Gesang der Frauen. Ein atemberaubendes Gefühl von geschmeidiger Kraft durchströmte ihre Glieder, ihre Brust, den Bauch, das Becken.

Erst nach einer Ewigkeit, die Augenblicke oder Stunden gedauert haben mochte, verebbte der Gesang. Die Schläge der Trommel wurden langsamer und erstarben. Manja atmete schwer. Ihr Körper wollte weiterschwingen und vermisste den Rhythmus; ihr Herz schlug heftig. Mit einem plötzlichen Ruck wurde die Augenbinde weggerissen, und jemand goss ihr Wasser über den Kopf. Sie prustete und schüttelte sich, doch die jähe Nässe schien auf ihrer erhitzten Haut zu verdampfen und nichts zu hinterlassen als ein etwas klareres Gefühl im Kopf.

Manja blickte auf ihre Hände. Tatsächlich hielt sie zwei bronzene Dolche umklammert. Beide Klingen waren so lang wie ihr Unterarm und schimmerten im düsteren Schein des Feuers. Langsam tauchten auch die Frauen wieder aus den Rauchschwaden auf. Sie hatten sich im Kreis an der Zeltwand niedergelassen und reichten eine Schale und ein Messer herum. Jede fügte sich einen kleinen Schnitt am Finger zu und ließ einen Blutstropfen in die Schale rinnen. Das Gefäß machte die Runde, und schließlich standen zwei Frauen auf und trugen es zu Manja. Es kam ihr kaum zu Bewusstsein, dass die Schale sich aus der Nähe als eine ausgeschabte menschliche Schädeldecke erwies. Gehorsam nahm sie das dargebotene Gefäß entgegen, setzte es an die Lippen und trank. Wieder johlten und klatschten die Frauen, während Manja schluckte und das Gesicht verzog – das Blut schmeckte warm und metallisch wie flüssiges Kupfer.

Nun öffneten die Frauen den Eingang des Zeltes, und frische Luft vertrieb die gelblichen Rauchschwaden. Manjas Körper wurde mit Wasser besprengt, und die Frauen entfernten die Farbe, indem sie sie mit Filztüchern abrieben. Mit weit ausholender Geste warf eine von ihnen Manjas alten Leibrock ins Feuer, während eine andere ihr einen Gürtel mit einer Filzbinde anlegte, wie ihn auch Gwendike während ihrer Blutung trug. Dann wurde ihr ein frisches Kleid übergestreift. Es bestand aus geschmeidigem Stoff, Säume und Ausschnitt waren mit bestickten Borten und rautenförmigen Goldplättchen besetzt. Ein Gürtel aus Rindsleder wurde ihr um die Hüften geschlungen, und zum Schluss legte man ihr ein Schmuckband um den Hals, das aus massivem Gold gefertigt war und zwei Greifvögel darstellte, deren Schnäbel sich in der Mitte berührten.

Eine der Frauen musterte den Sitz der Kleidung, und in der klarer werdenden Luft erkannte Manja unter der grellen Schminke ihr Gesicht. Die Frau war sehr alt und verkehrte gelegentlich im Wagen der Königin. Gwendike hatte erwähnt, dass sie Batane hieß und als Heilkundige und Seherin galt.

»Geh!«, sagte die Frau und deutete auf den geöffneten Zelteingang. »Das Kind, das du warst, ist gestorben und verbrannt wie dein alter Rock dort im Feuer. Wenn du jetzt durch diese Tür hinausgehst, sollst du als Frau wiedergeboren sein.«

Als Manja zum Wagen zurückkehrte, wartete Gwendike bereits auf sie. Mit neuerlicher Rührung wurde Manja gewahr, dass die Freundin ihre Erleichterung ebenso teilte wie zuvor ihre Aufregung. Sie lachte, umarmte Manja stürmisch und küsste sie auf beide Wangen.

»Das Kleid hat meine Mutter für dich nähen lassen«, sagte sie stolz, und Manja war nicht wenig überrascht, wie viele Vorbereitungen offenbar ohne ihr Wissen getroffen worden waren. »Die Borten habe ich selbst ausgesucht.«

Manja konnte nicht verhindern, dass ihr Tränen in die Augen traten. Gwendike, die es bemerkte, streichelte ihr die Wange.

»Ich bin so froh, dass ich dich habe«, sagte sie. »Weißt du, mein Bruder ist ja schon erwachsen, und meine Mutter hatte nie viel Zeit für mich ... und mit anderen jungen Leuten umzugehen, schickt sich nicht für eine Edle. »

Erstaunt blickte Manja die Freundin an und stellte fest, dass auch sie den Tränen nahe war.

»Aber nun bist du ja da.«

Abermals drückte Gwendike sie an sich, und diesmal erwiderte Manja die Umarmung und fühlte sich sehr, sehr glücklich.

Der Tanz und die Einkleidung blieben nicht die einzigen Riten, denen sich Manja zu unterziehen hatte. Am Nachmittag erschien Bazukan, der Hohepriester der Sarmaten, vor dem Wagen. Manja hatte ihn schon bei der Versammlung der Stammesführer kennengelernt. Er war ein sehr alter Mann, wahrscheinlich älter als die Königin, von hagerem Wuchs und mit schlohweißem Bart. Diesmal war er in ein Zeremonialgewand aus zusammengenähten Pelzen gekleidet und trug einen Stab, auf dessen Spitze ein bronzener Widderkopf prangte.

Schweigend führte Bazukan Manja zu einem besonderen Platz jenseits der Viehweiden, der sich gerade noch in Sichtweite des Lagers befand. Oberflächlich betrachtet war es nur ein beliebiges Stück Grasland, doch ragten vier Stangen aus dem Boden, die ein Rechteck bildeten und einen Raum von etwa zwanzig Schritten Breite absteckten. Auf jedem Stangenkopf befand sich ein mit Glöckchen behängter Bronzekörper, dessen Spitze den Schnabel eines Raubvogels darstellte. Wie Manja später erfuhr, kennzeichneten die Sarmaten auf diese Weise heilige Plätze. Da sie ständig von einem Weidegrund zum anderen zogen, konnten sie keine festen Tempel oder Altäre errichten; daher dienten ihnen die zeremoniellen Stangen zur Verwandlung eines beliebigen Stücks Erde in einen geweihten Ort.

Bazukan führte Manja in das abgesteckte Feld und lehrte sie mit leicht krächzender, doch kraftvoller Stimme die Namen der Götter, die die Sarmaten verehrten. Der Ursprung aller Dinge, erklärte Bazukan, war Tabiti, die Herrin des heiligen Feuers, aus dem einst die Welt entsprang. Die höchsten Götter nach ihr waren Api, die Erde, und Papai, der Himmelsvater. Außerdem gab es einen Gott der Sonne, der zugleich der Herr über Reichtum und Gold war, und eine Göttin des Mondes, deren Beine die Gestalt zweier Schlangen hatten. Neben Tabiti empfing der Gott des Krieges, dessen Name unaussprechlich und nur den Priestern bekannt war, die meisten Opfer. Die Sarmaten verehrten ihn in Gestalt eines uralten Schwertes, das in einen Reisighaufen gesteckt und mit dem Blut geschlachteter Ziegen und Rinder begossen wurde. Außerdem gab es heilige Tiere, unter denen das Pferd, der Hirsch und der Wolf die bevorzugten waren.

»Warum der Wolf?«, fragte Manja, die ein begreifliches Interesse an diesem Thema hatte.

»Unsere Vorfahren gehörten einst zu den Sesshaften«, erklärte Bazukan. »Sie lebten im Osten an den Rändern der Steppe, bauten Hütten in den Flusstälern, säten Korn und Gemüse und zähmten wilde Rinder und Pferde. Doch eines Tages, so heißt es, kam ein Wolf, suchte die Ältesten unseres Volkes auf und sprach zu ihnen. Er sagte, sie sollten ihre Hütten und Felder verlassen, sich Wagen bauen und mit ihren Herden in die Steppe hinausziehen. Das taten sie, und der Wolf lief ihnen voran und führte sie zu den besten Weideplätzen.«

Gebannt lauschte Manja.

»Der Wolf ist uns Menschen unter allen Tieren am ähnlichsten«, fuhr Bazukan fort. »Er ist ein Wanderer, der von einem Ort zum anderen zieht und sich vom Fleisch der Herden ernährt. Er jagt dasselbe Wild wie wir und bevorzugt dieselben Gebiete. Auch lebt er in Sippengemeinschaften, wie wir es tun. Und er ist der Stammvater der Hunde, die uns bei der Bewachung unserer Herden dienen. Der Wolf ist ein heiliges Tier, und niemals würden wir seinesgleichen töten.«

Manja dachte an Sajans Worte und nickte.

»Es gibt eine Wölfin, die mir folgt«, begann sie zögernd, denn bisher hatte sie dieses Geheimnis niemandem anvertraut. »Zumindest vermute ich es. Ich ... habe ihr einmal durch einen Zufall das Leben gerettet, und seitdem läuft sie mir nach. Seit ich hier bin, hält sie sich irgendwo außerhalb des Lagers auf.«

Bazukan hob die weißen Brauen.

»Sie folgt dir, sagst du?«

Manja nickte.

»Woher weißt du, dass es eine Wölfin ist?«

»Ich sah ihre Zitzen.«

»Wo hast du sie zuletzt gesehen?«

»Am Rand der Weiden, bei einem Ausritt.«

Der alte Priester stützte sich auf seinen Stab und musterte Manja forschend.

»Wenn das wahr ist, könnte es ein Zeichen sein«, erklärte er.

»Ein Zeichen wofür?«

Bazukan wandte Manja den Rücken und blickte in die Steppe hinaus.

»Jeder Mensch, Manjane, besitzt neben seinem menschlichen Wesen ein zweites, das aus dem Reich der Tiere stammt«, sagte er. »Es ist ein Tier, das in jedem von uns lebt und uns folgt wie unser Schatten. Gewöhnlich ist es unsichtbar, zuweilen aber tritt es hervor und lenkt unser Handeln, beschützt uns oder weist uns den Weg. Dieses Tier muss jeder Mensch in sich erkennen, um es zu hegen. Er muss ihm Nahrung geben, es zähmen, zugleich aber auch seine Wildheit bewahren – so wie wir es mit den Pferden tun, die wir zum Reiten abrichten, jedoch nicht um ihnen ihre Kraft zu nehmen, sondern um uns von ihr tragen zu lassen.«

Er wandte sich wieder Manja zu.

»Du bist nun erwachsen. In einem Menschen, der erwachsen wird, reift auch das Tier zu seiner vollen Größe und Kraft heran. Es wird verlangen, dass du ihm einen Platz in deinem Herzen gibst. Jene Wölfin, von der du sprichst, könnte dir von den Göttern gesandt worden sein, um dich daran zu erinnern.«

Manja dachte nach.

»Was muss ich tun?«

»Schließ Freundschaft mit dieser Wölfin!«, riet Bazukan. »Vielleicht ist sie zu dir gekommen, weil sie in dir eine verwandte Seele spürt. Mach dich mit ihr vertraut, und vielleicht wirst du auf diese Weise auch die Wölfin in dir selbst finden.«

BOGEN UND AXT

Am folgenden Morgen erschien Tamage an der Tür des Wagens, um Manja zu ihrer ersten Unterweisung in der Kampfkunst zu geleiten. Zu ihrer Freude erfuhr Manja, dass sie gemeinsam mit Gwendike unterrichtet werden sollte. Die königliche Familie hatte eine eigene Lehrerin, die für alle ihre Mitglieder zuständig war, einerlei welchen Geschlechts. Gwendike hatte Manja schon gelegentlich von Skudane erzählt, einer Veteranin vieler Kriege, die aufgrund einer Beinverletzung nicht mehr reiten konnte und stattdessen ihr Wissen an den Nachwuchs weitergab. Manja war aufgeregt, denn Gwendike sprach von der Lehrerin stets mit einer Mischung aus Begeisterung und scheuer Hochachtung.

Skudane war kinderlos und bewohnte am Rand des Lagers ein Zelt für sich allein. Sie war kaum größer als Manja, doch ihr zäher Körper schien nur aus Muskeln und Sehnen zu bestehen, und obwohl sie das linke Bein nachzog, waren ihre Bewegungen kraftvoll und geschmeidig wie die einer Raubkatze. Sie mochte Mitte dreißig sein, hatte ein scharf geschnittenes Gesicht, kleine hellgraue Augen und kastanienfarbenes Haar, das sie zu einem Schopf im Nacken zusammengebunden hatte. Manja bemerkte, dass auch ihr die rechte Brust fehlte.

Tamage stellte ihr Manja vor und hielt sich dann mit

Gwendike abseits, während Skudane die neue Schülerin musterte.

»Zieh deinen Rock aus!«, befahl sie knapp.

Manja gehorchte, fühlte sich jedoch recht unwohl, als sie nackt dastand und Skudane mit prüfend gespitzten Lippen um sie herumging.

»Du musst viel und gut essen«, beschied sie, während sie Manjas linken Oberarm packte und ihn ein wenig drückte. Manja erschauerte unter dem festen Griff. Es fühlte sich an, als könne die klein gewachsene Frau ihr mit bloßen Händen die Knochen brechen. »Vor allem Fleisch von Rind und Hammel.«

Dann schlug sie Manja mit der flachen Hand auf die Oberschenkel und das Gesäß. Manja biss die Zähne zusammen und bemühte sich, keine Miene zu verziehen.

»Aber du bist gut gewachsen«, erklärte Skudane schließlich. »Du wirst einmal eine schöne Frau werden.«

Ihr Ton ließ offen, ob dies anerkennend gemeint war. Dann ergriff sie Manjas rechte Brust und wog sie prüfend in der Hand.

»Ihre Brüste sind zu groß«, sagte sie fast vorwurfsvoll in Tamages Richtung.

»Ich weiß, sie ist ein wenig frühreif«, bestätigte Tamage. »Bei ihrer Mutter war es genauso.«

Skudane verzog die Lippen.

»Dann wird es Zeit, dass sie eine Binde trägt.«

Sie öffnete ein Bündel, zog einen rautenförmigen Streifen aus dunklem Rindsleder hervor und trat hinter Manja.

»Könnte wehtun«, sagte sie gleichgültig und warf das eine Ende des Streifens über Manjas linke Schulter, um es über ihre Brust zu legen und unter der rechten Achsel durchzuziehen. Die Vorrichtung ließ sich mit einer Art Gürtelschnalle festzurren, und Skudane tat dies mit Kraft und ohne übertriebenes Zartgefühl. Erschrocken hielt Manja den Atem an, denn die Binde saß so stramm, dass sie die rechte Brust flach zusammendrückte.

Skudane ging um Manja herum und prüfte den Sitz des Leders. Dann bedeutete sie ihr, sich wieder anzuziehen.

»Reiten kannst du?«, fragte sie, während Manja, die in ihrer Beweglichkeit ein wenig behindert war, den Rock überzustreifen versuchte.

»Wir beginnen gerade damit«, warf Gwendike ein, bevor Manja in Verlegenheit geraten konnte.

Skudane seufzte.

»Na schön. Fangen wir also mit dem Bogen an.«

Tamage ließ Manja und Gwendike mit der unwirschen Lehrerin allein. Manja fühlte sich anfangs nicht sonderlich wohl in ihrer Haut, doch Gwendike lächelte sie immer wieder verstohlen an und gab ihr zu verstehen, dass sie Geduld haben müsse.

»Nun kommt schon!«

Skudane winkte ihre Schülerinnen zu sich und entnahm einem mit Schafspelz umwickelten Bündel zwei Bogen. Es waren jene Bogen, die nur die Pferdemenschen besaßen und deren Herstellung ein Geheimnis war. Sie bestanden aus mehreren miteinander verbundenen Lagen von Holz und Horn und waren mit Knochenaufsätzen versteift. Jeder Bogen besaß zwei Wölbungen, eine oberhalb und eine unterhalb des Handgriffs. Die Sehne bestand aus geflochtenem Pferdehaar. Der Bogen war nicht groß, doch Manja hatte gehört, dass man mit einer solchen Waffe über Hunderte von Schritten Vögel aus der Luft schießen konnte.

»Spannen!«, befahl Skudane knapp und reichte Manja einen Bogen, während Gwendike bereits den ihrigen in Empfang genommen hatte und die Rundung unter das linke Knie klemmte, um das Holz durchzubiegen und die lose Sehne am oberen Ende einzuhaken. Manja versuchte es Gwendike nachzumachen, doch es gelang ihr nicht, den Bogen weit genug durchzudrücken.

»Knie dich hin, das ist für den Anfang leichter!«, befahl Skudane. Als Manja gehorchte und sich weiterhin vergeblich abmühte, griff sie ihr über die Schulter und führte ihre Hand. Schließlich schnappte die Sehne ein, und Manja kam schwer atmend wieder auf die Füße.

»Gwendike – zeig es ihr!«

Gwendike nahm einen Pfeil aus dem Köcher, den die Lehrerin ihr reichte, legte die Nocke mit geübtem Griff auf die Sehne, spannte den Bogen und zog ab. Der Pfeil pfiff etwa zwanzig Ellen weit durch die Luft und blieb in einem mannshohen Holzklotz stecken, dessen zerfetzte Rinde verriet, dass er schon seit Jahren als Zielscheibe diente.

»Gut«, sagte Skudane mit mäßiger Begeisterung. »Jetzt du.«

Auch Manja empfing einen Pfeil, legte ihn auf die Sehne und versuchte den Bogen zu spannen.

»Nicht so – genau in der Mitte der Sehne! Zwei Finger unter den Pfeil, den Daumen dahinter!« Skudane verbesserte Manjas Haltung. »Langsam ziehen!«

Manja zog. Das Bogenholz knarrte. Überrascht stellte sie fest, dass die beiden Flügel des Bogens sich deutlich stärker wölbten als bei Gwendikes Schuss.

»Schau am Pfeil entlang auf den Baum! Achte auf deinen Atem. Lass erst los, wenn du ausatmest!«

Manja tat es. Zu ihrer neuerlichen Überraschung sauste der Pfeil mit hörbarem Schwirren vorwärts und traf den Holzklotz so hart, dass ein Stück Rinde abplatzte und zu Boden fiel. Es war reines Glück, dass sie das Ziel überhaupt getroffen hatte. Ihr Pfeil steckte höher und deutlich weiter an der Seite, während Gwendikes Pfeil genau die Mitte des Stammes getroffen hatte.

»Du hast Kraft.« Skudane zog anerkennend die dünnen Augenbrauen hoch. »Wenn du fleißig übst, kannst du es zu etwas bringen. Versuch's noch einmal!«

Manja empfing einen zweiten Pfeil, zielte wie zuvor und zog ab. Diesmal durchschlug das Geschoss ein Astloch in mittlerer Höhe des Stammes und blieb zitternd stecken.

»Und noch einmal.«

Ein dritter Pfeil flog – und traf dieselbe Stelle mit solcher Kraft, dass die Spitze den Schaft des vorherigen Pfeils in Stücke schlug.

Skudane spitzte die Lippen.

»Sieh an. Ich glaube, ich muss einen größeren Bogen für dich finden.«

Aus dem Augenwinkel bemerkte Manja, dass Gwendike ihr zulächelte.

»Nun zum Nahkampf«, sagte Skudane, während sie eine Streitaxt mit schlankem Griff aus ihrem Bündel zog. »Wenn du den Bogen gebrauchst, ist der Feind zumeist weit von dir entfernt.«

Sie reichte Manja die Waffe. Die Axt war augenscheinlich aus schwerer Bronze gefertigt, wenngleich das Blatt nicht größer war als eine Hand.

»Eine Axt gebrauchst du, wenn sich dein Gegner in Schlagreichweite befindet. Dies bedeutet, dass er dich ebenso leicht treffen kann wie du ihn. Und es bedeutet, dass du nicht fliehen oder fortreiten kannst wie nach einem Bogenschuss. Du musst dich deinem Gegner stellen und ihn töten – sonst tötet er dich.«

Skudane verschwand kurz im Innern ihres Zeltes und kehrte mit einem Gegenstand zurück, der in ein schmutziges Tuch eingeschlagen war. Erschrocken zog Manja den Atem ein, als die Lehrerin das Tuch fortwarf und einen menschlichen Schädel in den Händen hielt, von Fleisch und Haar befreit und gebleicht, als sei er lange in der Sonne getrocknet worden. Nun ergriff Skudane einen Speer, rammte ihn in den Boden und spießte den Schädel, dessen Unterkiefer fehlte, mit der Rachenhöhle auf die Spitze. Dann nahm sie einen zerbeulten bronzenen Helm und setzte ihn auf den Schädel, sodass nur noch die leeren Augenhöhlen und der grinsende Oberkiefer zu sehen waren.

»Schlag zu!«

Manja zögerte.

»So fest du kannst. Nimm sicheren Stand und hol aus!«

Zögernd trat Manja einen Schritt auf den schauerlichen Schädel zu und versuchte die Axt zu schwingen.

»Nicht so …« Skudane hatte die Axt im Flug ergriffen und hielt sie fest. »Schwing sie in weitem Bogen über die Schulter!«

Manja versuchte es, doch der Bewegungsablauf nahm sie so sehr in Anspruch, dass sie den behelmten Schädel nur durch Zufall und am äußersten Rand streifte.

»Noch einmal.«

Diesmal knallte das Blatt der Axt seitlich gegen den Helm und hinterließ eine kleine Kerbe.

»Gut. Gwendike, jetzt du.«

Die arme Gwendike, die so geschickt mit dem Bogen umgehen konnte, erwies sich als noch unsicherer und schaffte es nach drei Schlägen lediglich, dem Helm eine kleine Delle zuzufügen. Beim vierten Mal schwang sie die Axt viel zu weit, geriet aus dem Tritt und stolperte.

»Au …« Sie ließ die Waffe fallen und hielt sich die rechte Schulter. Seufzend trat Skudane hinzu und prüfte das Gelenk mit ihren harten Händen.

»Keine Angst, so leicht kugelt man sich nicht die Schulter aus«, sagte sie schließlich und gab Gwendike einen Klaps auf die Wange. »Du hast dir eine Sehne gezerrt. Geh beiseite und lass es Manjane noch einmal versuchen.«

Manja empfing die Axt, holte zu einem neuen Angriff aus und schaffte es diesmal, den Helm oberhalb der Stirnpartie zu treffen. Das Metall gab ein dunkles, glockenartiges Geräusch von sich, und der Griff bebte spürbar in ihrer Hand.

»Nicht schlecht«, beschied Skudane gnädig. »Dein Gegner wäre jetzt wahrscheinlich betäubt. Aber du hast ihn nicht getötet.«

Manja holte ein weiteres Mal aus und versuchte, dieselbe Stelle zu treffen. Wieder das hohle, metallische Geräusch beim Aufschlag – die Delle in der Mitte des Helms hatte sich vertieft.

Skudane trat neben sie, so nahe, dass Manja ihren Atem am Ohr spüren konnte.

»Töte ihn!«, raunte sie.

Die Worte hatten eine seltsame Wirkung auf Manja. Als sei plötzlich eine Kraft in ihrem Innern befreit worden, die sie bislang nicht gekannt hatte, straffte sich ihr Körper. Sie blickte in die leeren Augenhöhlen des Schädels und stellte sich vor, es wäre ein lebendiger Mann.

Ein Skythe, dachte sie. Einer von jenen, die mein Dorf niedergebrannt und Vilufar verschleppt haben.

Sie nahm einen Schritt Anlauf, schwang die Axt in weitem Bogen und traf. Diesmal verrutschte der Helm, und der Speer, auf dem der Schädel steckte, erzitterte wie ein Baumwipfel im Wind.

»Los!«, herrschte Skudane sie ungeduldig an.

Ohne es verhindern zu können, öffnete sich Manjas Mund zu einem heiseren Schrei, und sie ließ die Axt durch die Luft fahren wie eine übernatürliche Verlängerung ihres Arms. Der Aufprall kam mit einem Bersten und Krachen, und der Schwung ihres eigenen Schlages ließ sie taumeln. Skudane fing sie auf, bevor sie das Gleichgewicht verlor und zu Boden stürzen konnte. Die Axt flog ins Gras und blieb mit einer sichtbaren Scharte im Blatt liegen.

»Hmmm.« Skudane nickte bedächtig, und ihr schmaler Mund verzog sich zur Andeutung eines Lächelns – ein höchst seltener Ausdruck auf ihrem Gesicht.

Manja richtete sich auf und begutachtete das Ergebnis. Der zerbeulte Helm war in der Stirnmitte durchgeschlagen und lag einige Schritte hinter dem aufgerichteten Speer im Gras. Der Schädel war im Bereich des Scheitelbeins zertrümmert. Der linke Augenwulst fehlte, und Knochensplitter waren herabgeregnet.

»*Jetzt* ist er tot«, sagte Skudane befriedigt. »Du hast Kraft, und du hast Zorn in dir – das sind wichtige Voraussetzungen. Für sich allein machen sie aber noch keinen Krieger aus. Nur wer Hunger hat, geht auf die Jagd, doch wer sich vom Hunger beherrschen lässt, wird unvorsichtig sein und seine Beute verfehlen. Denk darüber nach.«

Von diesem Tag an veränderte sich Manjas Leben grundlegend. Schon äußerlich war sie nicht mehr dieselbe wie zuvor, und wenn sie gelegentlich in Gwendikes Spiegel blickte, erkannte sie sich kaum wieder. Sie trug nun ein prächtiges Kleid, das sie als junge Frau kennzeichnete, und sie spürte deutlich, dass ihr die Menschen im Lager mit zunehmender Achtung begegneten. In den folgenden Wochen bereicherte sich ihre Garderobe, denn Tamage ließ von der königlichen Dienerschaft, zu der ein ganzer Stab von Schneiderinnen gehörte, weitere Kleider, eine Reithose und sogar ein Paar Lederstiefel anfertigen, die mit Gold- und Zinnfolie besetzt waren und Gwendikes Schuhwerk glichen. Auch Schmuckstücke wurden zum Wagen gebracht, und Manja entnahm Gwendikes Erklärungen, dass sie von einem Schmied der Sarmaten in Tamages Auftrag hergestellt worden waren: mehrere Brustbänder aus massivem Gold, die ineinander verschlungene Tiergestalten darstellten, Armreifen, deren Enden als Löwenköpfe gestaltet waren, Spangen und Gewandnadeln mit Einlagen aus Türkis sowie eine Hüftkette, deren Glieder wie die Sprossen eines Hirschgeweihs aussahen. In jedes einzelne Stück war ein Zeichen eingeprägt: der Umriss eines länglichen Kopfes mit spitzen, dreieckigen Ohren.

»Dein Tamga«, erklärte Gwendike. »Es zeigt an, dass die Sachen dir gehören.«

»Wer bestimmt darüber, wie das Zeichen aussehen muss?«, fragte Manja und betrachtete die Prägung auf der Rückseite einer goldenen Gürtelschnalle.

»Das tut der Priester«, sagte Gwendike.

Manja nickte versonnen. Offenbar hatte Bazukan die Geschichte mit der Wölfin nicht vergessen, denn das Zeichen sah einem Wolfskopf auffallend ähnlich.

Anfangs war es Manja unangenehm, den Schmuck anzulegen, doch Gwendike half ihr beim Schließen der winzigen Ösen und begeisterte sich so neidlos und ehrlich über die herrlichen Goldarbeiten, dass Manjas Scheu verflog. Tatsächlich dauerte es nur wenige Tage, bis sie sich an das Gewicht der Stücke gewöhnt hatte. Auch die neuen Kleider und selbst die Reithose wurden wie zu einer zweiten Haut.

An die Brustbinde dagegen konnte Manja sich kaum gewöhnen. Obwohl Gwendike ihr ins Gewissen redete, entledigte sie sich des unbequemen Stücks, wann immer sie sich unbeobachtet fühlte, vor allem vor dem Schlafengehen. Wahrscheinlich hatte Skudane recht: Ihre Brüste waren bereits zu groß, und das steife Lederdreieck bereitete ihr Schmerzen. Manja beschloss, die Binde nur zu tragen, wenn sie den Wagen verließ.

Eine weitere Neuerung war die Schönheitspflege. Gwendike bestand darauf, dass die junge Dienerin, von der sie allabendlich mit der Kräutermilch eingerieben wurde, sich nun auch um Manja kümmerte. Diese fühlte sich anfangs recht unwohl dabei, doch das junge Mädchen, das die Behandlung besorgte, machte es ihr leicht. Sie hatte angenehm zarte Hände und plauderte während der Behandlung unbefangen mit Gwendike. Und Manja stellte fest, dass die Kur tatsächlich eine erstaunliche Wirkung zeigte: Am nächsten Morgen war die Haut rosig und samtweich und verströmte einen angenehmen Duft.

Neben den Besuchen bei Skudane bildete auch das Reiten fortan eine tägliche Übung. Jeden Abend ritt Manja eine Stunde lang auf Dane, ihrer kleinen Stute, und allmählich gewöhnten sie sich aneinander. Meist ritt Gwendike mit, gab auf Manja acht und brachte ihr den Trabschritt, das Wenden und schließlich den Galopp bei. Dabei umrundeten sie das gesamte Lager, und Manja hielt heimlich nach der Wölfin Ausschau, die sich möglicherweise irgendwo in der Nähe versteckte. Einige Male glaubte sie sie entdeckt zu haben, als flüchtigen Schatten im Gebüsch oder in einiger Entfernung geduckt im Gras liegend, doch kam sie niemals so nahe, dass sie sicher sein konnte.

Eines Tages bat Manja, allein ausreiten zu dürfen, wickelte unauffällig einige Reste der abendlichen Hammelkeule in einen Filzlappen und brach zur Pferdeweide auf. Die Pferdeburschen kannten sie inzwischen und führten unaufgefordert die gesattelte Stute herbei, die bereits auf ihren abendlichen Auslauf wartete und freudig schnaubte. Manja umrundete das Lager, entfernte sich jedoch etwas weiter von den Weiden als gewöhnlich und ritt einige Hundert Schritte in die offene Steppe hinaus. Hier hielt sie an, saß ab und setzte sich ins Gras.

Es war eine laue Spätsommernacht. Der Vollmond stand hoch über dem dunklen Land, und die Lagerfeuer der Sarmaten waren nur noch als helle Pünktchen in der Ferne zu erkennen. Die Weite und Stille der Einöde erzeugten in Manja ein seltsames Gefühl der Sehnsucht. Der offene Horizont unter den unzähligen Sternen, nirgends durch Busch oder Baum durchbrochen, war wie ein uferloses Meer, und der Wind strich sacht über die Halme der Gräser.

Wenn ich wollte, dachte sie plötzlich, könnte ich aufsteigen und fortreiten.

Zum ersten Mal, seit die Sarmaten sie aufgenommen hatten, war sie ganz allein, und ihr wurde bewusst, dass ihr Heimatdorf womöglich nur eine Tagesreise entfernt im Nordwesten lag.

Doch selbst wenn sie floh ... Was würde sie vorfinden? Das Dorf, in dem sie ihre Kindheit verlebt hatte, war niedergebrannt worden, die Asche längst erkaltet und das Fleisch der Toten von wilden Tieren verschlungen.

Ihre Mutter war entweder getötet worden oder fortgegangen, Vilufar von den Skythen verschleppt. Sie wusste, dass es weitere Ansiedlungen ihres Heimatvolkes in größerer Entfernung jenseits der Waldgrenze gab, doch war sie nie dort gewesen.

Mit einem Mal wurde ihr bewusst, dass der Gedanke an eine Heimkehr in den letzten Wochen viel von seinem Reiz verloren hatte. Selbst wenn es ihr tatsächlich gelingen sollte, das Land ihrer Kindheit wiederzufinden, wäre sie dort eine Fremde, heimatlos und auf der Flucht, die von Glück sagen konnte, wenn sie in irgendeinem Dorf aufgenommen würde wie einst ihre Mutter. Zu wem sollte sie zurückkehren?

»Versprich mir, dass wir uns niemals trennen werden ...«, hörte sie erneut.

Vilufars Gesicht erschien vor ihrem inneren Auge. Wie mochte es ihm ergangen sein? Womöglich verrichtete er Sklavendienste, während Manja bei den Sarmaten als Edelfrau lebte, einen Wagen bewohnte und sich mit Gwendike eine Dienerin teilte. Bei dem Gedanken füllten sich ihre Augen mit Tränen.

Wir werden uns wiedersehen, versprach sie ihrem Kindheitsgefährten in Gedanken. Doch sie hatte nicht die mindeste Ahnung, wie es dazu kommen sollte. Sie konnte nicht einfach losreiten, um ihn zu suchen, denn sie wusste nicht, wohin jene grausamen Menschen ihn entführt hatten. Die

Schlussfolgerung war quälend, doch unabweisbar: Unter den derzeitigen Umständen gab es nichts, was sie tun konnte, um Vilufar zu helfen.

Ein Geräusch riss sie aus ihren Gedanken: ein Rascheln im Gras zur Linken, vielleicht fünfzig Schritte entfernt. Dane, die bisher reglos neben ihr gestanden hatte, schnaubte und tänzelte aufgeregt.

»Ruhig!«, sagte Manja, streckte eine Hand aus und tätschelte den heruntergebeugten Hals des Pferdes. Ihre Blicke glitten über das dunkle Meer aus wogendem Gras. Eine Weile schien sich nichts zu regen außer dem Wind; dann raschelte es erneut, etwas näher und zur Rechten.

Manja ergriff den herabhängenden Zügel, um die Stute am Fortlaufen zu hindern. Das gut abgerichtete Tier hielt still, doch seine Flanken bebten, und es warf den Kopf unruhig witternd hin und her.

Schließlich tauchte in Steinwurfweite von Manja entfernt ein dunkler Schatten aus dem Gras auf. Der Schatten verharrte, ohne Konturen preiszugeben, und Manja schauderte: Was, wenn es ein Leopard oder ein anderes Raubtier war, das der Geruch von leichter Beute angezogen hatte?

Dann aber trat der Vollmond hinter einer Wolke hervor, und zwei schmale gelbliche Augen leuchteten auf. Diese Augen kannte Manja. Rasch holte sie die Reste ihrer Hammelkeule hervor und hielt das Fleisch am ausgestreckten Arm in die Richtung, wo der Schatten lauerte.

Die Wölfin verharrte, und im schwachen Licht war das grau gescheckte Fell erkennen. Manja zweifelte nicht daran, dass es »ihre« Wölfin war.

»Komm!«, flüsterte sie.

Der Schatten bewegte sich, glitt durch das Gras und verharrte erneut, den Körper eng an den Boden gedrückt.

»Komm zu mir!« Manja schwenkte das Fleischstück.

Wieder bewegte sich der Schatten, dann teilte sich das Gras, und der längliche Kopf der Wölfin tauchte auf. Sie witterte, und ihre spitzen Ohren zuckten.

»Hab keine Angst!« Diese Beschwichtigung galt gleichermaßen der Wölfin wie dem Pferd, das nervös den Kopf wandte und den Feind nicht aus den Augen ließ. »Hier! Das ist für dich.«

Manja streckte den Arm noch weiter aus, doch die Wölfin wagte sich nicht zu nähern. Stattdessen kauerte sie reglos im Gras, offenbar schwankend zwischen Gier und Furcht, wobei ihre Blicke zwischen dem Fleischstück und Manjas Gesicht hin und her wanderten.

Manja löste ein wenig Fleisch von der Keule und warf es in ihre Richtung. Sofort sprang die Wölfin hinzu, packte den Brocken mit den Zähnen und verschlang ihn hungrig.

»Den Rest musst du dir holen.«

Manja gab nicht nach, bis die Wölfin sich schließlich in geduckter Haltung Pfote um Pfote zu ihr vortastete, um dann plötzlich zuzuschnappen, die Keule am alleräußersten Ende zu packen und augenblicklich zurück ins hohe Gras zu flüchten. Zufrieden hörte Manja das leise Knacken, als das Tier seinen Fang verschlang.

»Manjane?«

Hufe näherten sich, und schon hatte die Wölfin einen Haken geschlagen und war verschwunden. Manja fuhr hoch und blickte in Richtung des Rufes. Es war Sajan, der soeben auf seinem Hengst von den Weiden zu ihr herübergetrabt kam.

»Hier bist du also!« Sichtlich erleichtert saß er ab und führte sein Pferd am Zügel, bis er vor ihr stand und sie im Mondlicht sein Gesicht sah. Es wirkte besorgt. »Du solltest dich nicht allein so weit vom Lager entfernen, schon gar nicht bei Nacht.«

Manja, die nichts zu ihrer Rechtfertigung vorzubringen wusste, schwieg verlegen.

»Gwendike hat sich Sorgen gemacht und mich gebeten, nach dir zu suchen«, erklärte Sajan. »Was tust du denn hier?«

»Ich … sitze gern unter freiem Himmel und beobachte die Sterne«, sagte Manja, der nichts Besseres einfiel.

Wider Erwarten lächelte Sajan. »Und? Hat meine kleine Nichte etwas dagegen, wenn ich mich zu ihr setze und auch in die Sterne blicke?«

Er wartete keine Antwort ab, stellte seinen Hengst neben Manjas Stute und ließ sich neben ihr im Gras nieder.

Manja fühlte sich sehr verlegen und wusste nichts zu sagen. Es beschämte sie ein wenig, dass sie Gwendike Sorgen bereitet hatte und nun hier auf freiem Feld ertappt wurde – ausgerechnet von Sajan. Es schien ihm nichts auszumachen, dass er sie hatte suchen müssen, doch war es das erste Mal, dass sie mit ihm allein war. Fast wäre es ihr lieber gewesen, wenn er darauf bestanden hätte, sie augenblicklich ins Lager zurückzubringen.

»Was siehst du denn, wenn du die Sterne betrachtest?«, fragte Sajan.

Manja hob die Schultern. »Ich weiß nicht. Ich sehe sie einfach gern an.«

Zu ihrem Erstaunen nickte Sajan verständnisvoll.

»Das geht mir auch so«, sagte er. »Wenn ich die Sterne sehe, denke ich immer daran, wie groß und weit die Welt ist und wie gern ich sie vom einen bis zum anderen Ende kennenlernen würde. Es muss so viele ferne Länder geben, die wir noch nie gesehen haben ... Länder, von denen wir vielleicht nicht einmal wissen, dass es sie gibt.«

Manja runzelte die Stirn – darüber hatte auch sie schon öfter nachgedacht.

»Siehst du dort den Nordstern?« Er streckte den Arm aus. »Die Priester sagen, dass sich um ihn das ganze Himmelsgewölbe dreht. Er ist die Achse der Welt.«

»Es wäre sicher schön, ferne Länder zu sehen«, sagte Manja leise und mehr zu sich selbst. »Aber es ist auch schön zu wissen, dass es einen festen Punkt gibt, um den sich alles dreht.«

Sajan senkte den Blick und sah sie von der Seite an.

»Das finde ich auch.«

Sie schwiegen eine Weile.

»Doch wie kann es einen festen Punkt geben«, fragte Manja, »wenn man mit den Herden die Steppe durchzieht und ständig von einem Ort zum anderen wandert?«

Sajan lächelte. »Für die Sesshaften mag der feste Punkt ein Ort sein, an dem sie ihr ganzes Leben verbringen. Für mich aber sind es die Menschen, mit denen ich zusammenlebe. Wohin auch immer wir ziehen, sie sind bei mir – wie der Nordstern, der immer an der gleichen Stelle des Himmels steht, ob wir nun am Schwarzen Fluss im Westen oder am Fuß der Goldberge im Osten lagern.«

»Die Menschen?«, fragte Manja. »Du meinst – deine Familie?«

»Unser Stamm«, sagte Sajan. »Natürlich kenne ich nicht jedes Gesicht, denn wir sind mehr als sechstausend Männer, Frauen und Kinder. Aber meine Kampfgefährten sind immer bei mir; meine Mutter ist da, Tamage ist da, Gwendike ... du ...«

Manja lachte verschämt. »Ich? Mich kennst du doch erst seit drei Wochen.«

»Tatsächlich?« Nun musste auch er lachen. »Es kommt mir schon viel länger vor.«

Wieder schwiegen sie, und Manja versuchte insgeheim, eine gewisse Beklommenheit abzuschütteln, die bei seinen letzten Worten von ihr Besitz ergriffen hatte.

»Vielleicht liegt es daran, dass deine Mutter meine Schwester war«, sagte er schließlich. »Dabei habe ich sie kaum gekannt. Ich war noch ein kleiner Junge, als sie verschwand, und sie war bereits eine erwachsene Frau. Ich könnte nicht einmal sagen, ob du ihr ähnlich siehst.«

Unbehaglich wandte Manja das Gesicht ab, doch er legte einen Finger unter ihr Kinn und drehte ihren Kopf zu sich herum. Verwirrt blickte sie in seine grauen Augen, in denen sich das Licht des Vollmondes brach.

»Seltsam. Ich erinnere mich, dass Vardane eine stolze Kriegerin war ... aber dass sie schön war, ist mir nie aufgefallen.« Sajan lachte unbefangen. »Wahrscheinlich war ich zu jung.«

Manja entwand sich ihm und blickte zur Seite ins Gras.

»Gwendike ist schöner«, lenkte sie verlegen ab. »Sie wird gewiss einmal einen Edlen heiraten.«

»Davon bin ich überzeugt«, stimmte er zu. »Allerdings braucht es dazu mehr als Schönheit. Keine unserer Frauen darf heiraten, bevor sie einen Feind im Kampf getötet hat.«

Manja nickte; diese Sitte war ihr inzwischen vertraut.

»Das Schicksal kann manchmal ungerecht sein«, sagte Sajan und schickte einen kleinen Seufzer hinterher. »Schöne Frauen können nicht heiraten, weil sie noch nie im Krieg waren – und mancher Mann kommt nicht zum Heiraten, weil er ständig im Krieg ist und keine Gelegenheit hat, eine Frau zu finden.«

Er lachte, wie zum Zeichen, dass er die letzte Bemerkung nicht ganz ernst meinte. Manja, die ahnte, dass er von sich selbst sprach, wand sich unbehaglich und versuchte, das Gespräch auf etwas Unverfänglicheres zu lenken.

»Bei den Sesshaften ist es anders«, erklärte sie. »Die Männer bestellen die Felder und ernten das Getreide, und die Frauen dürfen heiraten, sobald sie alt genug sind.«

»Woher weißt du denn so viel über die Sesshaften?«

Manja biss sich auf die Lippen. In dem Bedürfnis, ihn abzulenken, hatte sie ein wenig zu viel ausgeplaudert.

»Ach, richtig!« Sajan schlug sich vor die Stirn. »Du bist zusammen mit Sklaven aus den Bauernländern im Norden aufgewachsen, nicht wahr?«

Manja nickte erleichtert.

»Du willst doch nicht etwa behaupten, dass du diese Lebensweise für die bessere hältst?«, fragte Sajan erstaunt. »Könntest du dir vorstellen, in einem Haus zu wohnen und dein Leben lang am selben Ort zu bleiben?«

»Ich ... weiß nicht«, wich Manja aus.

Sajan lehnte sich zurück und blickte wieder zu den Sternen auf.

»Wir Sarmaten kennen keine Häuser«, sagte er. »Erst wenn wir gestorben sind, baut man uns eine feste Wohnstätte – eine Grube in der Erde. Für immer am selben Ort zu bleiben ist dasselbe wie tot zu sein.«

Manja nickte. Ihr war bereits aufgefallen, dass das Wort für Haus in der Sprache der Sarmaten zugleich Grab bedeutete.

»Immerhin ist das Leben der Sesshaften friedlich«, wandte sie ein. »Kein Bauer muss lernen, wie man eine Waffe gebraucht.«

Sajan zuckte die Achseln. »Darum haben die Skythen auch so leichtes Spiel mit ihnen. Die Sesshaften können sich kaum verteidigen, und wenn ihre Felder zerstört sind, müssen sie verhungern.«

Manja schwieg – in diesem Punkt musste sie ihm recht geben.

»Kampf und Krieg gehören zum Leben«, meinte Sajan leichthin. »Selbst die Tiere kämpfen und fressen einander auf. Die Priester sagen, dass kein Leben entstehen kann, ohne dass anderes Leben vernichtet wird.«

»Aber wenn man von Getreide lebt …«

»Auch das Getreide tötet man, indem man es mäht. Ein ungleicher Kampf: Schließlich kann es sich weder verteidigen noch davonlaufen. Schon deshalb würde ich das Schwert der Sichel vorziehen.«

Manja lachte. »So kann nur ein Krieger sprechen!«

Sajan hob die Augenbrauen, dann stimmte er in ihr Lachen ein. »Du hast recht. Hör nicht auf mich, schließlich bin ich kein Weiser. Wahrscheinlich haben auch die Sesshaften Gründe, ihre Lebensweise für die bessere zu halten.«

»Sie beten die Große Mutter Erde an«, sagte Manja.

»Aber wie arm und mühselig ihr Leben sein muss«, sagte Sajan. »Stell dir vor, du müsstest tagtäglich auf einem Feld arbeiten, Kornsamen vergraben und warten, bis die Ähren sprießen, immer in Furcht vor dem Hunger, falls der Regen ausbleibt und die Saat nicht gedeiht. Welch eine Verschwendung, einen geraden Nacken bei der Feldarbeit zu beugen …« Manja fühlte seinen Blick auf sich ruhen. »Zwei gesunde Arme zu haben und damit einen Spaten zu führen statt eines Bogens …« Mit einem Finger berührte er sacht ihren Arm. »Oder mit den Beinen im Staub des Ackers zu stehen, statt auf einem Pferd zu reiten …« Er näherte die Hand Manjas Knie, zog sie jedoch sogleich zurück, als sei er über sich selbst erschrocken.

Eine Zeit lang saßen sie stumm nebeneinander, und Manja spürte Sajans Verlegenheit.

»Aber nun sollten wir ins Lager zurückreiten«, sagte er schließlich. »In drei Tagen brechen wir auf, um ins Winterlager zu ziehen, und bis dahin gibt es noch viel zu tun. Gwendike wird sich schon Sorgen machen – und du brauchst deinen Schlaf.«

Manja nickte, und beide erhoben sich, um zu ihren Pferden zu gehen.

DIE JAGD

In den folgenden Tagen beobachtete Manja, wie sich das Lager der Sarmaten in erstaunlich kurzer Zeit auflöste. Die Herden wurden zusammengetrieben, die Zelte abgebaut und auf Karren verladen, und vor die Wohnwagen wurden Zugtiere gespannt. Auch die drei Wagen der Königsfamilie kamen an die Reihe. Junge Männer, unter ihnen Sajan, hakten die schweren Deichseln ein, schirrten Zugochsen an und zogen die Fahrzeuge auseinander, bis sie in einer Reihe standen. Emres Wagen wurde von sechs Ochsen gezogen, und ein Wagenlenker, der offenbar zu ihrer Dienerschaft gehörte, nahm auf dem Kutschbock Platz. Auch der Wagen, in dem Manja, Gwendike und ihr Bruder Balan wohnten, wurde von einem jungen Mann gelenkt – von Arbai, Balans Leibdiener und Manjas Übersetzer bei ihrer Aufnahme in den Stamm. Manja, die ihn seitdem selten zu Gesicht bekommen hatte, lächelte ihm zu, und der Junge erwiderte die Freundlichkeit mit einem scheuen Kopfnicken.

Als der Tross sich am Morgen des dritten Tages in Bewegung setzte, hatte sich das gesamte Lager zu einem schier endlosen Wagenzug aufgestellt. Die Herden wurden vorausgetrieben, flankiert von berittenen Hirten, während die mächtigen Speichenräder der Wagen durch das Gras glitten. Mehrere Stunden lang folgte die Karawane dem Verlauf des Flusses, dann bog sie nach Südosten ab und durchquerte die offene Steppe.

Im Innern des Wagens wurde es nun recht ungemütlich, denn das Rumpeln der Räder und die Erschütterungen des Bodens machten jeden aufrechten Gang zu einem Kunststück. Eine Zeit lang kämpfte Manja mit Übelkeit und blieb auf ihrem Schlaflager, doch Gwendike beruhigte sie.

»Man gewöhnt sich daran. Am Abend werden wir rasten.«

Tatsächlich hielt der Zug, sobald die Sonne sank. Die Wagen stellten sich auf freiem Feld in lockerer Anordnung auf, und innerhalb einer Stunde waren die Zelte aufgeschlagen und die Lagerfeuer entzündet. Manja verließ den Wagen so rasch wie möglich, um Erde unter den Füßen zu spüren. Mit einem flauen Gefühl im Magen lehnte sie sich an eins der Räder und beobachtete das rege Treiben in dem eilends aufgeschlagenen Lager, während Gwendike zur Verrichtung ihrer Notdurft im Gras verschwand.

Einige Zeit später brachte die Köchin ihnen das Essen, und sie verzehrten es wie üblich auf ihrem Speiseteppich. Es war sehr angenehm, an der frischen Luft zu essen, und Manja spürte, wie ihr Magen sich beruhigte und dankbar dem Hammelfleisch zusprach.

»Wohin fahren wir eigentlich?«, fragte sie, als von der Mahlzeit nur noch blanke Knochen übrig waren.

»Unser Winterlager liegt im Osten an einem großen See«, erwiderte Gwendike.

»Ist es weit bis dorthin?«

»Einen Monat werden wir sicher unterwegs sein.«

Manja stöhnte. »Einen Monat?«

»Ja, aber wir rasten täglich«, tröstete sie Gwendike. »Und wenn wir dort sind, werden wir auf befreundete Stämme treffen, die den Winter auch dort verbringen. Du glaubst nicht, wie ich mich darauf freue!«

»Befreundete Stämme?«

»Natürlich – hast du gedacht, unser ganzes Volk bestünde nur aus den Bewohnern dieser zweihundert Wagen?«

»Ehrlich gesagt, ja«, sagte Manja.

Gwendike lächelte. »Oh nein. Es gibt mehr als ein Dutzend Stämme, die jeder für sich durch die Steppe ziehen. Meistens sehen wir sie nur im Winter. Jeder Stamm hat einen eigenen Häuptling, und die meisten sind mit uns verwandt oder verschwägert. Bestimmt treffen wir die Halbgeschwister meiner Mutter, Ariadan und Sakane, und meine Cousine

Parse.« Sie seufzte. »Ich freue mich immer auf das Winterlager. Früher – ich meine, bevor du zu uns gekommen bist – war ich viel allein. Außer Balan hatte ich ja keine Geschwister, und es schickt sich nicht, dass Königskinder mit dem einfachen Volk umgehen.«

Manja nickte. Sie hatte längst begriffen, dass Gwendike, ihr selbst im Grunde nicht unähnlich, eine einsame Kindheit verbracht hatte.

»Aber deine Großmutter ist die Königin aller Stämme, nicht wahr?«, fragte sie.

»So ist es«, bestätigte Gwendike. »Unser Stamm ist der größte und älteste. Alle anderen Häuptlinge erkennen meine Großmutter als Königin an. Einige Stämme wurden sogar im Krieg besiegt, haben sich uns dann angeschlossen und unseren Namen übernommen.«

»Aber wie kann Emre über alle herrschen, wenn jeder Stamm für sich allein umherzieht?«, fragte Manja erstaunt.

»Die Stämme regeln ihre Angelegenheiten selbst«, erklärte Gwendike. »Aber im Krieg müssen sie meiner Großmutter Folge leisten. Ansonsten treffen wir uns nur, um Nachrichten auszutauschen und gemeinsam die Frühjahrsriten zu feiern.«

»Was für Riten sind denn das?«

»Ach, das kannst du ja gar nicht wissen! Also, im Frühjahr werden bei einem großen Fest Opfer für die Götter dargebracht, und es wird auch geheiratet.« Gwendike seufzte. »Schade, dass ich noch nicht darf.«

Manja lächelte – diese Klage hörte sie häufig von ihrer Freundin.

Plötzlich blickte Gwendike zur Seite und spähte an der Hinterachse des Wagens vorbei ins Grasland hinaus.

»Da hinten sitzt ein großes Tier«, flüsterte sie und ergriff Manjas Arm.

Manja blickte hinüber – und sah die Wölfin, die dem Tross offensichtlich in einiger Entfernung gefolgt war und sich an den Wagen herangepirscht hatte.

»Keine Angst«, sagte Manja. »Sie gehört zu mir.«

In hohem Bogen warf sie ihre abgenagte Hammelkeule ins Gebüsch. Sofort sprang die Wölfin auf die Beute zu, hob sie mit den Fängen auf und verschwand in der Dunkelheit.

»Ein Wolf?« Gwendike sah Manja erschrocken an.

»Ich erkläre es dir«, sagte Manja, nahm einen Schluck Milch und erzählte Gwendike von ihrer seltsamen Freundschaft – wobei sie verschwieg, dass das Erdloch, aus dem sie die Wölfin gerettet hatte, zu einem Grabhügel gehörte.

Die folgenden Wochen waren anstrengend und einförmig. Der Wagenzug bewegte sich den gesamten Tag über vorwärts und rastete jeden Abend, entweder im weiten Grasland oder an einem Fluss. Die Sarmaten kannten den Weg und brauchten nur ihren Herden zu folgen, die zielstrebig von einer Wasserstelle zur nächsten zogen. Das Land im Umkreis wurde karger, das Gras kürzer, und an einigen Stellen schimmerte nackte Erde durch den dünnen Bewuchs. Auch die Kost wurde bescheidener, denn die Vorräte verbrauchten sich, und während der Rastzeiten wurden einige der schwächeren Ziegen und Schafe notgeschlachtet, um den Bedarf an frischem Fleisch zu decken. Wie Gwendike erklärte, befanden sie sich am Rand einer Wüste, die den Tieren kaum Nahrung bot, jedoch auf dem kürzesten Weg zum Winterquartier lag. Am fernen Horizont tauchten nun gelegentlich Höhenzüge auf, und manchmal lagen Hügelgräber am Weg, um die der Zug stets einen ehrfurchtsvollen Bogen schlug.

Manja gewöhnte sich allmählich an das Schwanken und Rumpeln des Wagens und brachte es sogar fertig, während der Fahrt zu schlafen. Des Öfteren ließen sie und Gwendike sich aber auch ihre Pferde bringen und verbrachten den Tag im Freien, indem sie neben dem Wagen herritten. Das war entspannend und belebend zugleich, denn die Luft hatte sich abgekühlt, und ein frischer Wind wehte über der Ebene. Nebenbei vervollkommnete Manja ihre Reitkünste, denn Gwendike verband das Angenehme mit dem Nützlichen, zeigte ihr neue Schrittarten und forderte sie zu gelegentlichen Wettrennen heraus.

Von den anderen Mitgliedern ihrer Familie sahen die beiden nur wenig. Emre hielt sich selbst während der Rastzeiten zumeist in ihrem Wagen auf, und nur das Kommen und Gehen der Diener verriet ihre Anwesenheit. Tamage, Sajan und Gwendikes älterer Bruder Balan saßen fast ständig im Sattel und umrundeten den Tross, um zu verhindern, dass einzelne Wagen zurückblieben oder die Herden sich zerstreuten. Auch der Unterricht in der Kampfkunst ruhte während der Wanderung, und ihre Lehrerin Skudane bekamen die Mädchen nur ein einziges Mal zu sehen, als sie ihr Zelt zufällig in der Nähe aufschlug.

Ein ständiger Gast hingegen blieb Manjas Wölfin. Wo immer sie sich tagsüber aufhalten mochte – sie ließ die Karawane nicht aus den Augen und näherte sich Abend für Abend dem Wagen, in der Hoffnung, ein Stück Fleisch zugeworfen zu bekommen. Die Herden der Sarmaten schien sie nicht anzugehen. Vermutlich lebte sie von wilder Beute, die selbst dieser dürre Landstrich in Gestalt von Wildkaninchen, Murmeltieren und Mäusen bot.

Die Nahrung der Menschen indes wurde mit jedem Tag knapper, und nach einigen Wochen war selbst Gwendikes und Manjas fürstliche Tafel nur noch mit Milch und Käse gedeckt. Tamage und Sajan wirkten beunruhigt, und man sah sie des Öfteren beieinanderstehen und leise Worte wechseln. Am Ende verließ sogar Emre ihren Wagen, um sich ihr Pferd bringen zu lassen und die Umgebung in Augenschein zu nehmen.

»Haben wir uns verirrt?«, fragte Manja besorgt, als Sajan eines Morgens an der Tür ihres Wagens erschien, um sie und Gwendike zu rufen.

»Nein. Unser Weg dauert nur länger als sonst, weil die Zugtiere hungrig und erschöpft sind«, erklärte Sajan. »Deshalb werden wir einige Tage rasten und sie verschnaufen lassen. Leider können wir ihren Tisch nicht besser decken – aber unseren.« Er klopfte auf seinen Bogen, den er in einem Futteral am Gürtel trug. »Unsere Männer haben nicht weit von hier Wildrinder gesichtet. Tamage schickt gerade einen Spähtrupp aus. Wenn es sich um eine Herde handelt, gehen wir noch heute Nacht auf die Jagd. Wir brauchen dringend Fleisch.«

Manja nickte. Das war gewiss eine gute Nachricht, doch Gwendike, die eben an ihre Seite getreten war, schien zu ahnen, dass dies noch nicht alles war.

»Reiten wir mit?«, fragte sie aufgeregt.

Sajan nickte. »Wir brauchen jeden Mann und jede Frau. Nehmt eure Bogen mit und haltet euch bei Einbruch der Dämmerung bereit.«

Kaum eine Stunde nach dem kärglichen Abendessen erschien Sajan erneut, um seine beiden Nichten abzuholen und zum Sammelplatz zu geleiten. Dort, am Rand des Lagers, wartete bereits eine große Schar Berittener, unter ihnen Tamage, Balan und sogar die Königin. Die beiden Mädchen bestiegen ihre Pferde, und Gwendike zeigte Manja, wie man den Bogenköcher am Sattelzeug befestigte.

Emre lauschte soeben den Berichten ihrer Kundschafter, dann wechselte sie einige leise Worte mit Tamage und gab schließlich das Zeichen zum Aufbruch. Die Truppe setzte sich in Trab und zog am südlichen Ufer eines ausgetrockneten Flusses entlang.

»Bist du schon einmal zur Jagd geritten?«, raunte Manja zu Gwendike hinüber.

»Einmal«, nickte Gwendike. »Aber damals haben wir nur Wildschafe geschossen. Das war nicht viel anders als unsere Übungen bei Skudane. Heute dagegen …«

In diesem Augenblick wandte sich Sajan, der dicht vor ihnen hertrabte, im Sattel um und gebot Schweigen. Die Gruppe hatte den rückwärtigen Hang einer kleinen Hügelkette erreicht, und die vordersten Reiter hielten inne.

»Kein Wort jetzt!«, flüsterte Sajan. »Die Herde ist drüben hinter den Hügeln. Wenn sie uns hört, wird der Leitbulle durchgehen und die anderen mit sich ziehen.«

Manja nickte zum Zeichen, dass sie verstanden hatte, und verharrte reglos auf der Stelle. Aus einiger Entfernung beobachtete sie, wie Tamage sich zu Boden warf und den Hang des Hügels hinaufpirschte. Oben angekommen, wandte sie sich um und machte ein Zeichen mit der Hand. Mehrere Männer ließen ihre Pferde stehen, schulterten die Bogen und krochen ebenfalls zur Hügelkuppe hinauf. Dann spannten alle ihre Waffen, legten Pfeile auf und warteten.

»Wenn der erste Pfeil fliegt, wird die Herde davonstürmen«, raunte Sajan Manja und Gwendike zu. »Dann springt ihr auf eure Pferde und folgt uns.«

Manja schluckte. Nur selten hatte sie bisher das Galoppieren geübt und war keineswegs sicher, dass es ihr gelingen würde. Sajan warf ihr einen Seitenblick zu und berührte schließlich kurz ihren Arm.

»Keine Angst!«, flüsterte er. »Gwendike passt auf dich auf.«

Manja tauschte einen Blick mit ihrer Freundin, die sich angespannt auf die Lippen biss – offenbar war sie keineswegs sicher, dieser Anforderung genügen zu können.

Doch es blieb keine Zeit, sich weitere Gedanken zu machen: Eben tauschte Tamage ein Handzeichen mit Emre, die am Fuß der Böschung zurückgeblieben war, dann ließ sie den rechten Arm niederfahren, und im nächsten Moment sirrten Dutzende von Bogensehnen. Ein lautes Brüllen von der anderen Seite des Hügels zerriss die Stille. Dann war ein vielstimmiges Schnauben aus mächtigen Kehlen zu hören, und kurz darauf erhob sich ein Donner, dass die Erde bebte.

»Los!«, schrie Sajan.

Manja konnte gerade noch die Zügel an sich reißen, als ihre erschrockene Stute sich aufbäumte und mit den anderen lossprengte. Für Augenblicke duckte sie sich im Sattel nieder und war mit nichts anderem beschäftigt als dem Versuch, das Gleichgewicht zu halten. Es gab einen heftigen Schlag, als das Pferd mit gestreckten Läufen über die Böschung sprang und auf der anderen Seite aufsetzte. Endlich bezwang sich Manja, richtete sich im Sattel auf und blickte nach vorn.

Der Anblick war so überwältigend, dass sie ihre Angst vergaß. Vor ihr lag eine weite, im Mondlicht silbrig glänzende Ebene, bis zum Horizont bedeckt von einem Strom dunkler Körper, die an der Hügelkette entlang nach Süden stoben. Es waren Wildrinder, wahrscheinlich mehrere Tausend Tiere, mannshohe Ungetüme mit mächtigen Schultern, gehörnten Köpfen und donnernden Hufen, viel größer als die zahmen Zugochsen und Milchtiere, die die Sarmaten im Lager hielten. Sie stürmten in dicht geschlossenen Reihen in die Steppe hinaus, und Manja war sicher, dass ein Mensch, der zwischen diese Leiber geriet, augenblicklich zu Boden geworfen und niedergewalzt würde.

Unterdessen hatten die Sarmaten sich in mehrere Gruppen aufgeteilt, um die flüchtende Herde in gestrecktem Galopp zu flankieren und einen Pfeil nach dem anderen in ihre Reihen zu schießen. Die kleine Stute schloss sich ihnen an, und Manja konnte nicht mehr tun, als die Zügel zu halten. Gwendike hatte sie längst aus den Augen verloren, und die Gesichter der Männer ringsum vermochte sie nicht zu erkennen. Eine Zeit lang hing sie mit klopfendem Herzen im Sattel und ließ sich tragen, während ringsum Pfeile schwirrten. Wenn sie nach links blickte, sah sie eine dunkle Wand aus wogenden Flanken und schnaubenden Köpfen vorüberfegen. Jedes Mal, wenn ein Tier von Pfeilen durchbohrt niedersank, schoss eine Staubfontäne empor, und sogleich stürmten die nachfolgenden Rinder mit unverminderter Geschwindigkeit um den Kadaver herum oder über ihn hinweg.

Erstaunt stellte Manja fest, dass ihre Stute einen gleichmäßigen Galopp angeschlagen hatte und nicht zurückfiel. Das Pferd schien den Wildrindern an Ausdauer und Geschwindigkeit ebenbürtig zu sein, sodass Manja über längere Zeit einen mächtigen Bullen beobachten konnte, der kaum einen Steinwurf entfernt neben ihr herrannte. Schließlich fasste sie Mut, streckte die Hand aus und versuchte, ihren Bogenköcher zu erreichen. Es war nicht daran zu denken, die Zügel fallen zu lassen und mit erhobenem Oberkörper zu zielen, wie erfahrene Reiter es taten. Mit Mühe gelang es ihr, des Bogens habhaft zu werden und mit der Linken einen Pfeil aus dem Köcher zu ziehen, während sie die Rechte in den Zügel krallte. Zum Spannen des Bogens jedoch benötigte sie beide Hände, und so wickelte sie den Zügel kurzerhand um den rechten Arm, um die Finger frei zu haben, beugte sich tief über den Nacken ihrer Stute, zielte und zog ab.

Der Pfeil traf den massigen Hals des Bullen genau in der Mitte. Mit einem dumpfen Krachen brach das Tier zusammen, überschlug sich und war schon im nächsten Moment aus Manjas Blickfeld verschwunden.

Sie schob den Bogen zurück ins Futteral. Es war ein seltsames Gefühl, mit einer einzigen Bewegung ein Lebewesen zur Strecke gebracht zu haben, das doppelt so groß wie sie und gewiss viermal so schwer war. Zeitlebens hatte sie kein Tier getötet, denn ihre Mutter hatte das Schlachten der hauseigenen Gänse selbst besorgt, und die Bewohner ihres Heimatdorfes waren kaum jemals zur Jagd ausgezogen.

Dann wurde sie jäh aus ihren Gedanken gerissen, denn einer der anderen Reiter hatte eine Kuh in der Nähe getroffen, und als diese zu Boden ging, scherten die nachfolgenden Rinder zur Seite aus. Unversehens sah Manja gehörnte Köpfe und stampfende Hufe auf sich zukommen; ihre Stute brach nach rechts aus, und für Augenblicke verlor sie das Gleichgewicht und hing quer über dem Nacken des Tiers. Dann ein heftiger Schlag, ein Aufbäumen und Wiehern – und im nächsten Augenblick glitt Manja vom Pferderücken und stürzte ins Gras.

Panik erfasste sie, denn sie erkannte nicht sofort, was ringsumher geschah. Ein Tier kam schwankend auf die Beine und erhob sich wie ein mächtiger Schatten vor dem Mond – doch ein lautes Wiehern verriet, dass es sich um ein Pferd handelte. Manja rollte sich zur Seite und warf einen Blick nach hinten. In einer Entfernung von etwa zwanzig Schritten glitt die Herde an ihr vorbei. Die letzten Tiere passierten die Stelle, an der Manja lag, und schon war das Jagdwild nur noch ein schwarzer Strom, der sich rasch entfernte.

Erst als sich dicht vor ihr der Schatten eines Menschen erhob, begriff Manja, was geschehen war: Dane, ihre Stute, war vor den ausbrechenden Rindern zur Seite gewichen und dabei mit einem anderen Pferd zusammengestoßen. Beide waren ins Stolpern geraten und hatten ihre Reiter abgeworfen. Die Stute stand in einiger Entfernung und blickte verwirrt herüber, während ein hellbraunes Pferd mit goldbesetztem Zaumzeug wütend schnaubte. Seine Reiterin hatte sich soeben erhoben und klopfte mit ungehaltener Geste Staub von ihren Kleidern.

Erschrocken erkannte Manja im Mondlicht die strengen Züge von Byke, jener Nichte der Königin, deren helle Augen so oft mit misstrauischer Kälte auf ihr ruhten. Sie sah sich um, erblickte Manja und kam auf sie zu.

»Sieh da«, sagte Byke und blickte mit einem schwer zu deutenden Lächeln auf sie herab. »Wer ist denn auf die Idee gekommen, ein Kind wie dich auf die Jagd mitzunehmen?«

Beschämt kam Manja auf die Füße, wusste jedoch nichts zu erwidern.

»Du solltest lieber Reiten üben«, sagte Byke mit steinernem Gesicht, »statt mit deinem Onkel im Gras zu sitzen und zu den Sternen hinaufzustarren.«

Manja erschrak. Woher wusste Byke, dass sie vor Wochen einen Abend allein mit Sajan am Rand des Lagers verbracht hatte?

In diesem Moment wurde Manja abgelenkt und blickte hinüber zu den dunklen Haufen zusammengebrochener Tiere, die den Fluchtweg der Herde markierten. Ein gutes Stück hinter Bykes Rücken war soeben ein verwundeter Bulle wieder auf die Beine gekommen. In seiner rechten Hinterflanke steckten zwei Pfeile, doch war er keineswegs tödlich getroffen. Schwankend warf er den Kopf hin und her, entdeckte die beiden Frauen und senkte drohend den Kopf.

»Vorsicht!«, schrie Manja und sprang zur Seite.

Bykes Züge furchten sich zu einem gehässigen Lächeln – offenbar hielt sie Manjas Ausruf für eine Finte. Erst als der Rinderbulle losstürmte und seine mächtigen Hufe auf den Boden trommelten, fuhr sie herum.

Manja begriff, dass sie handeln musste. Ohne nachzudenken, hechtete sie hinüber zu ihrem Pferd, riss den Bogen aus dem Futteral und legte einen Pfeil auf.

Byke, deren Pferd zu weit entfernt war, ergriff die Flucht. Sofort nahm der Rinderbulle die Verfolgung auf. Manja war klar, dass die Frau dem Tier nicht entkommen konnte; es würde sie auf die Hörner nehmen oder über den Haufen rennen. Sie zwang sich zur Ruhe und zielte sorgfältig.

Der Pfeil flog schnurgerade durch die Luft, traf den mächtigen Bauch des Tieres und schlug bis zur Befiederung in das weiche Fleisch. Der Bulle stieß ein markerschütterndes Röhren aus und stürzte mit solcher Wucht zu Boden, dass die Gräser im Umkreis erzitterten.

In diesem Moment sprengten mehrere Reiter heran, unter ihnen Sajan.

»Byke!«, rief er und schwang sich aus dem Sattel, während seine Gefährten das getötete Tier umringten.

Byke war in einiger Entfernung stehen geblieben. Sie keuchte, und ihre Brust hob und senkte sich rasch, doch war sie sichtlich bemüht, keine Miene zu verziehen. Sajan lief auf sie zu und sagte etwas, das Manja aus der Entfernung nicht verstehen konnte. Sie sah lediglich, wie Byke die Schultern hob, wie um anzudeuten, dass das Ganze nicht der Rede wert sei. Dann wandte sie sich um und pfiff ihr Pferd herbei. Bevor sie aufstieg, warf sie Manja einen bösen Blick zu – und diese begriff, dass ihre Rettungstat die stolze Frau nicht eben mit Dankbarkeit erfüllte.

Was habe ich ihr nur getan?, fragte sich Manja stirnrunzelnd.

Während Byke fortritt, kam Sajan zu ihr herüber und begutachtete den Bullen, der tot am Boden lag. Dann wandte er sich zu Manja um, die schwer atmend mit dem Bogen in der Hand dastand. Offenbar begriff er sehr wohl, was vorgefallen war.

»Ein guter Anfang«, sagte er anerkennend und zwinkerte ihr zu. »Ich ahnte, dass du Mut hast.«

An Ausruhen oder gar Schlaf war nicht zu denken, obwohl die Nacht schon weit fortgeschritten war und der Mond hoch am Himmel stand. Die Jagd war längst vorüber, die Reste der Herde waren nach Süden davongezogen, und die Sarmaten kehrten zurück, nachdem sie nahezu alle Pfeile verschossen und eine meilenlange Strecke mit toten Körpern gepflastert hatten. Jedes einzelne Tier konnte eine Familie wochenlang ernähren, und es galt, die Leichname rasch zu bergen, bevor sie Wölfe und andere Aasfresser anlockten.

Tamage wählte eine Anzahl von Männern aus, die zum Lager zurückreiten und Karren für den Transport herbeischaffen sollten. Die Übrigen gingen daran, das Beutegut zusammenzutragen. Manja wollte sich den Helfern schon anschließen, da sprengte Gwendike auf sie zu, warf sich aus dem Sattel und umarmte sie stürmisch.

»Manjane! Es tut mir so leid – ich hatte dich aus den Augen verloren!«, stieß sie atemlos hervor. »Wie ist es dir ergangen?«

»Alle Knochen heil«, antwortete Manja. »Und du?«

»Ach, ich habe kein einziges Mal getroffen«, klagte Gwendike. »Beim Üben geht es immer so gut, aber auf einem galoppierenden Pferd ... Ich war so aufgeregt, dass ich den Bogen kaum ruhig halten konnte.« Sie strich Manja übers Haar. »Außerdem habe ich mir solche Sorgen um dich gemacht.«

Manja schenkte der Freundin ein dankbares Lächeln und beschloss, vorläufig nichts von ihrem Abenteuer zu erzählen. Es tat allzu gut zu wissen, dass Gwendike sich ihretwegen sorgte – dass Manja zwei Rinderbullen erschossen und womöglich Bykes Leben gerettet hatte, passte nicht recht zu diesem Gefühl.

Der unverhoffte Jagderfolg rettete den Stamm über mehrere Wochen hinweg, und so blieben die Sarmaten bis zum nächsten Vollmond an ihrem Lagerplatz. Tagelang wurde gefeiert, gesungen und gelacht, und allenthalben waren die Menschen damit beschäftigt, die getöteten Tiere zu zerlegen und auszuweiden. In den folgenden Tagen bestand ihre Nahrung fast ausschließlich aus Rindfleisch, bis etwa die Hälfte der Beute verzehrt war. Der Rest wurde als Vorrat getrocknet. Als diese Arbeit getan war, rüstete der Stamm erneut zum Aufbruch.

Erst als die Wagen sich wieder in Bewegung gesetzt hatten und der Tross weiter nach Süden zog, nutzte Manja die Zeit, die sie im Innern des beständig schaukelnden Fahrzeugs verbringen musste, um von ihrem Jagderlebnis zu erzählen. Gwendike war beeindruckt, ohne der Freundin den Erfolg im Mindesten zu missgönnen.

»Ich glaube, Byke mag mich nicht«, schloss Manja. »Sie sagte, ich solle lieber reiten lernen, statt mit Sajan im Gras zu sitzen und die Sterne zu beobachten ...«

Gwendike machte große Augen. »Wann hast du denn mit Sajan im Gras gesessen und ...?«

Manja erschrak – aus irgendeinem Grund hatte sie gerade dies eigentlich nicht ausplaudern wollen.

»Ach, es war ein Zufall«, sagte sie leichthin. »An dem Tag, als ich zum ersten Mal allein ausgeritten war und du ihn gebeten hattest, nach mir zu sehen.«

»Ah ...« Gwendike nickte. »Vielleicht war Byke irgendwo in der Nähe und hat euch gesehen.«

»Aber es war weit außerhalb des Lagers«, sagte Manja nachdenklich. Ein erschreckender Gedanke streifte sie: Beobachtete Byke sie heimlich? Hegte sie womöglich einen Verdacht über Manjas wahre Herkunft?

»Vielleicht hat Sajan ihr davon erzählt«, meinte Gwendike leichthin. »Hör nicht auf das, was Byke sagt. Wahrscheinlich ist sie bloß eifersüchtig, weil du so gut geschossen hast, während sie kaum einen Bogen gerade halten kann. Jeder weiß, dass sie eine spitze Zunge hat.«

»Es scheint mir aber, dass sie mich geradezu hasst«, sagte Manja.

»Ach was«, winkte Gwendike ab. »Tante Byke mag niemanden besonders gern. Selbst mit unserer Großmutter versteht sie sich nicht, obwohl die beiden im selben Wagen wohnen. Balan hat mir erzählt, dass Bykes Mutter einst gehofft hat, Königin zu werden. Gewöhnlich erben zwar die ältesten Töchter die Königswürde, und die älteste Tochter meiner Urgroßmutter Myrgine war Emre. Doch sie war unehelich empfangen: Ihr Vater war ein Krieger aus dem einfachen Volk, und Myrgines Eltern hielten ihn nicht für einen geeigneten Ehemann. Stattdessen vereinbarten sie eine Ehe mit Tengwin, dem Häuptlingssohn eines Nachbarstammes, und von ihm bekam Myrgine ihre zweite Tochter – das war Ingane, Bykes Mutter. Tengwin aber starb jung, und Myrgine setzte dann ihren Willen durch, nahm in zweiter Ehe ihre Jugendliebe zum Mann und bestimmte Emre zu ihrer Nachfolgerin.«

»Dann waren Emre und Bykes Mutter also Halbschwestern«, folgerte Manja.

»Ja, und Ingane hat ihrer Mutter nie verziehen, dass sie ihr die uneheliche Tochter vorzog.«

»Wo lebt Ingane denn jetzt?«

»Sie ist schon lange tot – aber Byke, ihre einzige Tochter, neidet Emre die Herrschaft bis heute und ist nicht gut auf unseren Zweig der Familie zu sprechen.«

»Und trotzdem wohnt sie mit Emre im selben Wagen?«

Gwendike zuckte die Achseln. »Emre wollte den Streit aus der Welt schaffen. Deshalb hat sie Byke angeboten, wenn schon nicht die Herrschaft, dann zumindest die Wohnstätte mit ihr zu teilen. Wahrscheinlich hofft sie, dass Byke ihren Zorn eines Tages vergisst und sich mit ihr aussöhnt.«

Manja nickte; das klang einleuchtend. Insgeheim jedoch dachte sie über etwas anderes nach: Sie, Manja, war eine Fremde, die irrtümlich für ein Mitglied der Königsfamilie gehalten wurde, während Byke, die Tochter einer Königin, sich um ihr Recht betrogen fühlte. Der Gedanke verursachte ihr Unbehagen, doch einstweilen verdrängte sie ihn und sprach das Thema nicht mehr an.

DAS WINTERLAGER

Zehn Tage später erreichte der Tross der Sarmaten endlich sein Winterlager, eine ausgedehnte Tiefebene, die am Rand eines großen Sees lag. Inzwischen pfiff der Herbstwind kalt über der Steppe, und gelegentlich fiel sogar ein wenig Regen – ein seltenes Ereignis in diesen Breiten. Doch die Böschungen rings um das Tal hielten den Wind ab, und an den Ufern spross das Gras noch immer dicht und hoch.

Pferde, Rinder, Schafe und Ziegen machten sich gierig über die üppigen Weiden her, und auch die Menschen waren erleichtert und guter Dinge.

Als der Wagenzug das Seeufer umrundete, stellte sich heraus, dass Gwendike recht behalten hatte: Auch andere, verwandte Stämme hatten den Weg hierher gefunden und die Ebene bereits in eine riesige Zeltstadt verwandelt. Emre, zu Pferd und begleitet von Bazukan, begrüßte persönlich den Häuptling eines benachbarten Stammes, der ihr ehrerbietig einen Willkommenstrunk reichte. Nachdem die Sarmaten sich niedergelassen, ihre Zelte errichtet und ihr Vieh auf die Weiden getrieben hatten, trafen weitere Karawanen ein, und am Ende bedeckte ein Teppich aus Tausenden von Wohnwagen und Zelten das Umland bis zum Horizont.

Nicht nur für Manja, sondern auch für Gwendike war das Zusammentreffen der Stämme sehr aufregend, obwohl sie es schon mehrfach miterlebt hatte. Üblicherweise mischten sich die Familien der Edlen nicht unter das einfache Volk, doch diente die Zusammenkunft nicht zuletzt der Verwandtschaftspflege, und so mangelte es Gwendike nicht an Ausreden, den Wagen zu verlassen und im Lager umherzustreifen. Unermüdlich suchte sie nach bekannten Gesichtern und stellte Manja alle möglichen mehr oder weniger entfernten Angehörigen ihrer Familie vor.

Manja erfuhr, dass eine Tochter des Häuptlings, der Emre begrüßt hatte, mit ihrem Neffen Ariadan verheiratet war. Sakane wiederum, eine Halbschwester von Tamage, war die Gattin eines anderen Stammesoberhauptes, und nahezu alle Herrscherfamilien waren mehrfach untereinander verschwägert. So gab es fast täglich irgendjemanden zu besuchen, wobei sich Gwendike vor allem an die gleichaltrigen Söhne und Töchter der Stammeshäuptlinge hielt. Gemeinsam zogen sie im Lager umher, plauderten, tauschten Neuigkeiten aus oder unternahmen lange Ausritte auf ihren Pferden. Manja lernte auch Parse kennen, die Lieblingscousine Gwendikes von der väterlichen Seite, ein molliges siebzehnjähriges Mädchen mit flachsblondem Haar, das Manja herzlich umarmte, als Gwendike ihre Herkunft erklärte.

Der Herbst verging, und der Winter kam mit eisigen Winden und trockenem Frost. Stellenweise gefror der See, und die Tiere zogen sich in die windgeschützten Niederungen zurück. Für die wertvollen Reitpferde waren hölzerne Verschläge in der Nähe des Ufers errichtet worden, wo verkrüppelte Bäume Bauholz lieferten. Trotz des strengen Wetters litten die Menschen keinen Hunger, denn überall waren im Spätherbst schwächere Tiere aller Gattungen geschlachtet worden, und das Fleisch hielt sich an der eisigen Luft über Wochen und Monate frisch.

Mehrmals fragte sich Manja, wo ihre Wölfin die kalte Jahreszeit verbringen mochte. Auf der letzten Etappe der Reise hatte sie sich fast jeden Abend ihrem Wagen genähert, und stets hatte Manja ihr etwas Essbares zugeworfen. Nun kam sie nicht mehr, denn die Wagen der Königsfamilie standen ganz in der Mitte der riesigen Zeltstadt. Vielleicht hatte das Tier die Sarmaten schließlich doch verlassen, oder es trieb sich irgendwo draußen in sicherem Abstand zum Lager herum und ernährte sich von dem spärlichen Wild, das noch in der frostigen Steppe aushielt.

Wenn Manja und Gwendike nicht gerade unterwegs waren, blieben sie unter sich. Die Mitglieder ihrer Familie bekamen sie nur gelegentlich zu sehen, denn Emre und Tamage verbrachten viel Zeit mit den Anführern anderer Stämme, um Nachrichten auszutauschen und sich zu beraten. Auch Balan, Gwendikes achtzehnjähriger Bruder, hielt sich nur noch selten im Wagen auf. Wie Gwendike rasch herausfand, hatte er eine junge Geliebte im Lager eines Nachbarstammes, und die beiden planten, im nächsten Jahr zu heiraten.

Lediglich Sajan besuchte seine beiden Nichten zuweilen, berichtete Neuigkeiten und setzte sich zum Abendessen zu ihnen. Gwendike bestürmte ihn mit Fragen über die Zusammenkünfte der Stammesführer, und er berichtete willig, wenn auch ohne große Begeisterung.

»Die meisten würden die Dinge am liebsten so belassen, wie sie sind«, sagte er unmutig, während er mit geschickten Fingern einen Fisch entgrätete. »Die Häuptlinge Zartir und Amazuk wollen keinen Krieg mit den Skythen, solange sie jenseits des Schwarzen Flusses bleiben und nicht unsere Weideplätze besetzen.«

»Aber du bist anderer Meinung«, vermutete Gwendike.

»Allerdings«, nickte Sajan. »Zartir und Amazuk haben gut reden, denn ihre Stämme ziehen im Süden umher; unsere Lagerplätze aber liegen im Nordwesten und grenzen unmittelbar an das Gebiet der Skythen. In den letzten Jahren kam es immer wieder zu Scharmützeln zwischen ihnen und uns, und ich bin gewiss der Letzte, der diesen Feind unterschätzt. Ich halte es nur für eine Frage der Zeit, bis sie mit ihrer gesamten Heeresmacht gegen uns ziehen werden.«

»Was sagt denn meine Großmutter dazu?«, fragte Gwendike.

»Im Grunde ist sie meiner Meinung, aber sie hält einen übereilten Angriff für unklug«, erwiderte Sajan. »Tamage dagegen ist natürlich Feuer und Flamme für einen Krieg. Wenn es nach ihr ginge, würden wir uns sofort alle vereinen, zum Schwarzen Fluss ziehen und die Skythen in ihrem eigenen Land schlagen.«

»Warum tun wir es dann nicht?«, warf Manja ein.

»Das ist nicht so einfach«, erklärte Sajan geduldig. »Nach unserer Tradition müssen die Stämme solche Unternehmungen in gemeinsamem Rat beschließen. Die Mehrheit aber will keinen Krieg, denn die Skythen werden allgemein gefürchtet. Natürlich könnte meine Mutter die Heeresfolge einfordern, die die anderen Häuptlinge ihr schulden, aber sie will die guten Beziehungen zu ihnen nicht belasten.« Er nagte nachdenklich an seinem Fisch. »Im Grunde verstehe ich sie sogar. Mit welchem Recht könnten wir zum Beispiel Ariadans Familie in den Krieg gegen einen Feind zwingen, der zwei Monatsritte entfernt ist? Viele Männer und Frauen würden sterben, die vielleicht niemals einen Skythen zu Gesicht bekommen haben.«

»Ach, quäl dich doch nicht mit diesen Dingen.« Gwendike tätschelte Sajan tröstend die Schulter. »Jetzt sind wir erst einmal hier beisammen und in Sicherheit. Denk lieber an die Frühlingsriten; es ist ja nicht mehr lange hin.«

Sajan schenkte ihr ein müdes Lächeln. »Ehrlich gesagt konnte ich diesen Riten noch nie viel abgewinnen. Man wird ein Fest feiern, Stutenschnaps trinken, den Göttern opfern und die Jungtiere kastrieren …«

»Und heiraten!«, fügte Gwendike vielsagend hinzu.

Sajan lachte. »Ach, mein kleines Nichtchen – du kannst es nicht abwarten, selbst an der Reihe zu sein, oder?«

»Immerhin bin ich schon vierzehn.« Gwendike zog einen Schmollmund. »Und du wirst übrigens bald einundzwanzig! Für mich ist es vielleicht noch zu früh, aber für dich wird es langsam Zeit!«

»Ja, das sagt meine Mutter auch immer«, grinste Sajan. »Aber ich bin nicht erpicht darauf.«

»Warum denn nicht?«

»Ach …« Er machte eine wegwerfende Handbewegung. »Ich bin ein Krieger. Soll ich eine junge Frau frühzeitig zur Witwe machen? Außerdem kenne ich kein Mädchen, mit dem ich gern einen Wagen teilen würde.«

Er sprach leichthin, doch Manja hatte das deutliche Gefühl, dass er ihrem Blick auswich.

Der Winter dauerte fünf lange Monate, und als das Eis auf dem See endlich schmolz, stellte Manja erstaunt fest, dass sie den Kopf einziehen musste, wenn sie durch die Türöffnung ihres Wagens trat. Sie war deutlich gewachsen: Die körperliche Ertüchtigung bei den Kampfübungen und das nahrhafte Essen zeigten ihre Wirkung. Irgendwann in den vergangenen Wochen, das wusste sie, war sie in ihr dreizehntes Lebensjahr eingetreten. Sie war nun schon so lange bei den Sarmaten, dass es Zeiten gab, in denen sie ihre Heimat vollkommen vergaß und nicht einmal mehr an Vilufar dachte – wenngleich sie Gewissensbisse empfand, sobald sie sich dabei ertappte. Auch die Tatsache, dass der Stamm sie aufgrund eines Irrtums aufgenommen hatte, verblasste zuweilen, und in solchen Augenblicken fühlte sie sich frei und glücklich, besonders wenn sie mit Gwendike zusammen war. Ihre Kindheit kam ihr zunehmend so unwirklich vor wie ein Traum. Vielleicht – so dachte sie manchmal – war es ihr tatsächlich bestimmt, das zu werden, was sie inzwischen aus ganzem Herzen sein wollte: eine sarmatische Frau, die Enkelin Emres und Cousine Gwendikes.

Inzwischen spross frisches Gras am Seeufer und auf den umliegenden Hängen, und die Frühlingsriten nahten. An einem kühlen, aber sonnigen Morgen versammelten sich alle Sarmaten, während die Priester sämtlicher Stämme gemeinsam einen Hügel mit den rituellen Standarten umsteckten und einen Reisighaufen errichteten, auf dessen Spitze ein uraltes bronzenes Schwert aufgerichtet wurde. Tiere wurden herbeigeführt, vor allem kürzlich geborene Zicklein und Kälber. Bazukan rief die Götter an, während zwei Männer das jeweilige Opfertier festhielten und ein dritter ihm mit einem tiefen Messerschnitt die Kehle öffnete. Das Blut wurde in einer goldenen Schale aufgefangen, auf den Reisighügel getragen und über dem Schwert ausgegossen. Die Zeremonie dauerte lange, und am Ende türmte sich ein ganzer Haufen von Kadavern vor dem Hügel.

Als der Ritus beendet war und die Zuschauer sich zerstreuten, war Manja übel von dem Blutgeruch, und sie musste an sich halten, um sich nicht zu erbrechen.

»Warum verlangen die Götter das?«, fragte sie Gwendike, die mit unbewegtem Gesicht neben ihr gestanden hatte.

»Die Tiere sind Kinder der Götter«, erklärte Gwendike. »Wir Menschen ernähren uns von ihrem Fleisch. Zum Dank dafür geben wir den Göttern jedes zehnte im Frühling geborene Jungtier zurück. Heute Abend gibt es dann ein großes Fest; ich freue mich schon seit Wochen darauf.«

Manja, die ihrer Vorfreude auf ein üppiges Essen im Augenblick nicht beipflichten konnte, beschränkte sich auf ein schwaches Lächeln.

Für das Festmahl am Abend war in der Mitte des Lagers ein großer Platz von Zelten und Wagen frei geräumt worden. Auf einem Viereck aus nebeneinandergelegten Teppichen hatten sich Emre, Tamage, Sajan, Byke und die Häuptlinge der anderen Stämme mit ihren Familien niedergelassen, während Diener ihnen gekochtes Rindfleisch auftrugen und sie reichlich mit Schnaps aus vergorener Stutenmilch versorgten. Doch nicht nur die Edlen feierten: Alle Familien im Lager hatten sich unter freiem Himmel versammelt, und überall wurde festlich gegessen, gelacht, gesungen und sogar getanzt. Die weitläufige Zeltstadt glich einem wimmelnden Ameisenhaufen.

Die Kinder der Edlen hatten eine Tafel für sich, die im Gras vor Gwendikes Wagen aufgeschlagen worden war. Wie Gwendike Manja erklärte, war dieser Platz den Jugendlichen vorbehalten, da in Gesellschaft der Erwachsenen nur jene Männer und Frauen speisen durften, die bereits einen Feind im Kampf getötet hatten. Dieser Umstand brachte es mit sich, dass sie von einer großen Zahl halbwüchsiger Jungen und Mädchen umringt wurden, die zu den Familien der anderen Stammeshäuptlinge gehörten. Parse war mit mehreren jüngeren Geschwistern gekommen, und auch zwei Söhne des Häuptlings Zartir hatten sich angeschlossen. Die Übrigen kannte Manja nur vom Sehen, und so schwieg sie die meiste Zeit, während Gwendike in ausgelassener Stimmung mal mit diesem, mal mit jener plauderte. Es gab Rindfleisch und Käse, und die jungen Leute aßen reichlich. Selbst Manja, deren Magen sich inzwischen beruhigt hatte, griff mutig zu. Lediglich an dem Stutenschnaps, der scharf und bitter schmeckte, fand sie keinen Gefallen und nippte nur an ihrem Becher.

»Schau mal, da drüben ist Balan mit seiner Zukünftigen!«, raunte Parse Gwendike zu und deutete zur Königstafel hinüber. Manja folgte ihrem Blick und entdeckte Gwendikes Bruder in Begleitung eines blonden Mädchens, das einen mit Goldgarn bestickten Rock trug. »Wie heißt sie noch gleich?«

»Ihr Name ist Darushwe«, schaltete sich Xorsa ein, der sechzehnjährige Sohn des Häuptlings Zartir, der Gwendike gegenübersaß. »Sie ist eine Cousine zweiten Grades von mir.«

»Wann heiraten die beiden denn?«, fragte Parse.

Gwendike zuckte die Achseln. »Ich schätze, im nächsten Jahr.«

»Haben denn beide schon einen Feind getötet?«, fragte Parse neugierig.

»Balan war letztes Jahr mit meinem Onkel zusammen auf Kriegszug und hat mehrere Skythen getötet«, wusste Gwendike zu berichten.

»Und Darushwe ist eine großartige Bogenschützin«, ergänzte Xorsa. »Sie ist erst siebzehn, hat aber schon in einer Fehde mitgekämpft, die mein Vater mit den Saken im Süden ausfocht.«

Gwendike seufzte. »Ach, wie ich die beiden beneide ...«

»Wie?« Parse machte große Augen. »Weil sie im Krieg waren?« Es war ihr anzusehen, dass sie selbst auf diese Erfahrung gern verzichtet hätte.

»Nein – weil sie heiraten dürfen«, sagte Gwendike traurig und nahm einen Schluck Stutenschnaps. »Ich verstehe das einfach nicht: Warum muss man töten, bevor man sich lieben darf?«

»Sich lieben darf man schon vorher«, warf Xorsa ein und betrachtete Gwendike ein wenig länger als notwendig. »Heiraten musst du nur, damit du dein Erbteil bekommst und deine Kinder die Häuptlingswürde erhalten.«

Gwendike lachte verschämt.

Manja, die bisher nicht an dem Gespräch teilgenommen hatte, betrachtete den jungen Edlen. Er war kräftig und nicht unschön, ein schwarzhaariger junger Mann mit dicht bewimperten nussbraunen Augen. Ihm zur Seite saß Mihran, sein fünfzehnjähriger Bruder. Er war etwas kleiner und schmächtiger, hatte dunkelblondes Haar und wirkte kindlicher, zugleich aber auch stiller und nachdenklicher als Xorsa. Mihran hatte, ebenso wie Manja, bisher meist geschwiegen und nur wenig zur Unterhaltung beigetragen. Nun aber stellte Manja erstaunt fest, dass er sie ebenso aufmerksam musterte wie sein Bruder Gwendike. Als sie seinem Blick begegnete, schlug er die Augen nieder.

»Was machen wir nach dem Essen?«, fragte Parse unternehmungslustig. »Wollen wir alle zusammen ausreiten? Das wäre sicher lustig.«

»Von mir aus.« Xorsa zuckte die Achseln. »Hauptsache, wir gehen nicht nach Hause. Ich habe keine Lust, mir das Geschrei meiner älteren Schwester anzuhören.«

Manja, die die Anspielung nicht verstand, sah ihn fragend an.

»Ach, du unwissende Kleine …« Er lachte überlegen. »Kennst du die Frühlingsriten noch nicht?«

Stumm verneinte Manja.

»Nach dem Fest ziehen sich alle erwachsenen Paare in ihre Wagen zurück und schlafen miteinander«, erklärte Xorsa. »Selbst die Unverheirateten und die Verwitweten suchen sich jemanden aus.«

»Bloß wir nicht«, seufzte Gwendike und leerte ihre Trinkschale. »Wir sind ja angeblich noch zu jung.«

Es dauerte nicht mehr lange, bis die Festtafel aufgehoben wurde. Die Diener räumten das Geschirr ab und rollten die Teppiche zusammen, während die jungen Leute sich erhoben und noch eine Weile plaudernd beisammenstanden. Von einem gemeinsamen Ausritt war offenbar nicht mehr die Rede, denn die meisten zerstreuten sich allmählich. Lediglich Xorsa und Mihran standen noch beim Wagen und redeten mit Gwendike, die nicht mehr ganz nüchtern war und sich an eins der Räder gelehnt hatte.

Manja hielt sich ein wenig abseits und beobachtete das Geschehen auf dem Vorplatz. Auch die Königsfamilie war aufgestanden, und die Erwachsenen taten sich zu Paaren zusammen, um ihre Wagen aufzusuchen. Zartir und die anderen Stammeshäuptlinge entfernten sich mit ihren Ehefrauen, Balan mit seiner künftigen Braut. Manja, die erfahren hatte, was nun folgen würde, war gespannt darauf, welche Partner die unverheirateten oder verwitweten Mitglieder der Familie wählen würden. Sie beobachtete, wie Tamage einen Krieger ansprach, der zu Zartirs Gefolge gehörte, offenbar rasch mit ihm einig wurde und ihn zu ihrem Wagen führte. Selbst Emre, die greise Königin, hatte einen Begleiter gewählt, und zwar niemand anderen als Bazukan, den Priester. Sajan konnte Manja nirgends entdecken – vermutlich war er mit der Tochter eines der anderen Häuptlinge verschwunden. Der Gedanke versetzte ihr einen leichten Stich, ohne dass sie sich den Grund dafür erklären konnte.

Schließlich verschwanden Xorsa und Mihran, und Gwendike winkte Manja zu sich.

»Warum hast du dich denn so abseits gehalten?«, fragte sie. Manja bemerkte, dass ihre Stimme ein wenig schwankte; offenbar hatte sie weit mehr Stutenschnaps getrunken, als ihr guttat. »Die beiden sind wirklich nett.«

Manja schwieg betreten und war froh, dass im selben Moment Balan und Darushwe an ihnen vorbeigingen, um den Wagen zu besteigen. Mit einem unergründlichen Ausdruck im Gesicht blickte Gwendike den beiden nach.

»Komm, wir gehen zum See!«, sagte sie plötzlich und legte Manja einen Arm um die Schultern.

»Wie? Jetzt? Warum denn?« Manja kannte Gwendikes Neigung zu raschen Entschlüssen, doch in diesem Augenblick war ihr die Freundin fremd. Selbst ihr Körper fühlte sich irgendwie weicher und schlaffer an als sonst – wahrscheinlich eine Wirkung des Schnapses.

»Komm schon«, raunte sie ungeduldig. »Wir feiern jetzt unser eigenes kleines Frühlingsfest.«

»Was hast du vor?« Manja machte sich los und sah sie entgeistert an.

»Xorsa und Mihran erwarten uns bei der Pferdeweide.«

Manja glaubte ihren Ohren nicht trauen zu können.

»Willst du nicht auch mal wissen, wie es ist?« Gwendike hakte sich erneut bei Manja ein und zog sie mit sich. »Es ist ja nichts dabei, und keiner muss es erfahren.«

»Aber ...«

»Was soll schon passieren? Ich hatte bis gestern meine Blutung – und ich weiß, dass es bei dir in drei Tagen so weit ist«, sagte Gwendike, deren Entschlossenheit nicht zu ihrer Stimme passte. »Hab keine Angst, ich bin ja bei dir.«

Manja wusste selbst nicht recht, warum sie mitkam. Gewöhnlich trug Gwendikes Gegenwart dazu bei, dass sie sich sicherer fühlte; heute dagegen erkannte sie ihre Cousine kaum wieder. Dennoch war ihre Zielstrebigkeit auf merkwürdige Weise ansteckend, und eine gewisse Neugier, wenn auch mit Angst gepaart, konnte Manja nicht verleugnen.

Das Lager lag wie ausgestorben da, und die Eingänge sämtlicher Zelte waren verhängt, als sie den Weg zum Seeufer hinabgingen. Die Hirtenjungen hatten sich um ein Lagerfeuer versammelt und beachteten sie nicht. Gwendike strebte auf einen der hölzernen Verschläge zu, in denen während der Wintermonate die Pferde untergebracht waren. Es war ein kastenförmiger Bau, gedeckt mit einer groben Filzplane. Als Gwendike die Matte am Eingang hob, sah Manja, dass das Innere in Pferche unterteilt und mit Stroh ausgelegt war. In einem Kessel, der auf einem dreibeinigen Bronzegestell stand, schwelte ein Kohlenfeuer.

»Seid ihr verrückt? Ihr könnt doch hier drin kein Feuer machen!«, sagte Gwendike.

»Es ist sonst ein wenig kühl«, antwortete eine Stimme zur Rechten, und Manja erkannte Xorsa, der mit nacktem Oberkörper an der Wand eines Pferches lehnte. »Besonders ohne Kleider.«

Hinter ihm im Schatten wurde nun auch sein Bruder Mihran sichtbar, der verlegen wirkte und zu Boden blickte. Unerwartet empfand Manja eine gewisse Zuneigung für ihn, denn ihr erging es ähnlich. Am liebsten hätte sie sich einfach umgedreht und wäre aus dem düsteren Verschlag geflüchtet, der voller Rauchschwaden hing und nach Pferdedung roch.

Gwendikes Entschlossenheit hingegen schien nicht im Mindesten zu wanken. Mit einer resoluten Geste öffnete sie ihren Gürtel, streifte den Leibrock ab, stieg aus der Hose und schnürte sogar die Lederbinde über der rechten Brust auf. Xorsa, der sich am Boden neben dem Feuer niedergelassen hatte, verfolgte jede ihrer Bewegungen gebannt. Seine Blicke glitten über den schlanken, im Feuerschein rötlich schimmernden Mädchenkörper, als könne er sich nicht entscheiden, welche Einzelheit ihn am meisten fesselte.

Gwendike kniete dicht vor ihm nieder, und als er mit fliegenden Fingern den eigenen Gürtel löste, half sie ihm und zog ihm die Hose bis über die Knie herab. Ohne weitere Umstände ließ sie sich auf seinen Schoß sinken, und dann mühten sich die beiden einige Zeit, ihre ungeübten Leiber in die richtige Stellung zu bringen. Manja sah, wie sich

Gwendikes Rücken wölbte und die Wirbel zwischen ihren Schultern hervortraten, während Xorsas kräftige Hände auf ihren Hüften lagen. Schließlich stieß Gwendike einen kleinen Schmerzenslaut aus, der zu einem Zischen durch zusammengebissene Zähne erstarb.

Manja, die sich plötzlich schwach und zittrig fühlte, sah weg und ließ sich auf der anderen Seite des Kohlenkessels an der Wand nieder. Nicht weit von ihr saß Mihran, der mit niedergeschlagenen Augen in die Glut starrte und sich offenbar bemühte, weder Manja noch seinen Bruder anzusehen.

»Langsam!«, zischte Gwendike im Hintergrund, während Xorsa unter ihr erregt keuchte.

»Ich heiße Mihran«, sagte der Junge plötzlich in Manjas Richtung, ohne sie anzusehen. Seine Stimme klang furchtsam, und plötzlich vergaß Manja ihre eigene Angst.

»Ich weiß«, sagte sie und lächelte schwach.

»Du bist Manjane, nicht wahr?«

Das musste er eigentlich längst wissen, doch Manja erriet, dass er lediglich die Geräusche übertönen wollte.

»Ich habe dich beim Bogenschießen beobachtet«, fuhr Mihran fort und rutschte ein wenig an sie heran. »Du kannst sehr gut schießen.«

»Oh, danke.« Etwas Besseres fiel ihr nicht ein.

»Ich schieße nicht so gut«, plauderte der Junge weiter, offenbar in dem verzweifelten Bemühen, das Gespräch nicht versiegen zu lassen. »Ich bin besser mit der Axt ... das sagt jedenfalls mein Lehrer.«

»Ah.« Manja schämte sich ihrer Einsilbigkeit, doch gegenwärtig fehlte es ihr schlicht an Aufmerksamkeit. Aus den Augenwinkeln nahm sie wahr, wie Gwendike sich auf Xorsas Schoß wand, den Kopf weit in den Nacken gelegt, während sein Gesicht zwischen ihren Brüsten lag, deren linke deutlich größer war als die rechte.

»Du bist sehr schön, Manjane«, sagte Mihran, der sich ihr zugewandt hatte und schüchtern eine Hand ausstreckte, um ihr Haar zu berühren.

Manja lachte, halb aus Verlegenheit, halb über die unbeholfene Annäherung. »Findest du?«

»Ja … du hast so herrliches Haar … und deine Augen strahlen so, wenn du lachst …«

Das klang so ehrlich, dass Manja ihre Zurückhaltung schwinden spürte und ihn anblickte. Mihran war kaum älter als sie; sein Gesicht zeigte jene seltsame Mischung aus kindlichen und erwachsenen Zügen, die ihr bei Jungen seines Alters schon oft aufgefallen war. Seine großen, braunen Augen wirkten eigentümlich vertrauenerweckend, und einen Moment lang fragte sich Manja nach dem Grund – dann fiel es ihr ein: Er erinnerte sie an Vilufar.

»Möchtest du mit mir schlafen?«, fragte sie unvermittelt und zu ihrer eigenen Überraschung.

Erschrocken schlug Mihran die Augen nieder und verkrampfte die Hände im Schoß, doch Manja, gerührt von seiner Schüchternheit, ergriff seine Handgelenke und zog sie sanft auseinander. Einem plötzlichen Antrieb folgend, stand sie auf und entkleidete sich. Mihran starrte sie an, wobei sein Gesichtsausdruck zwischen Furcht und ungläubigem Entzücken wechselte. Erst als sie nackt vor ihm stand, entledigte er sich ungeschickt seiner Hose, ohne den Blick von ihr zu wenden.

Manja stieg auf seinen Schoß, wie sie es bei Gwendike gesehen hatte, und tastete mit bedächtig kreisendem Becken. Mihran stöhnte in fassungsloser Begeisterung, als sie ihn eindringen ließ, und auch sie stöhnte, denn ein kurzer, scharfer Schmerz schoss durch ihre Eingeweide und hinterließ einen ziehenden Druck. Erschrocken blickte er zu ihr auf, doch sie biss die Zähne zusammen und schüttelte stumm den Kopf, halb zu seiner Beruhigung, halb zu ihrer eigenen. Dann entspannte sie sich allmählich und spürte mit einer gewissen Faszination, wie unsichtbare Kräfte vom Körper des Jungen Besitz ergriffen, als er mit beiden Händen ihre Hüften packte und zustieß. Sie selbst verspürte weder Schmerz noch Lust, nur ein leichtes Ziehen. Da sie nicht wusste, was sie mit ihren Händen anfangen sollte, barg sie seinen Kopf zwischen ihren Brüsten und fühlte mit einer schwachen zärtlichen Regung sein verschwitztes Haar. Es war ihr, als sei sein Kopf noch der eines Kindes, während sein Unterleib der eines Mannes war und Dinge tat, die er selbst nicht begriff.

Nach einigen Augenblicken heftigen Aufbäumens stöhnte Mihran auf und krallte die Hände in ihre Hüften. Manja hielt ihn fest, bis er sich beruhigt hatte und sein Oberkörper an die Wand zurücksank. Seine schmale Brust hob und senkte sich rasch, und seine Augen flackerten fiebrig. Manja erhob sich, spürte, wie er aus ihr herausglitt, und stand schließlich auf, um sich neben ihn zu setzen. Eigentlich hatte sie nicht das Gefühl, dass irgendetwas Bahnbrechendes geschehen war; das kurze Erlebnis war vorübergerauscht wie ein Windstoß über das Steppengras.

Erst jetzt bemerkte sie, dass sich auf der anderen Seite des Feuers auch Gwendike und Xorsa voneinander gelöst hatten. Er lag mit verklärtem Blick auf dem Rücken, während sie gerade den Leibrock wieder anzog.

»Alles in Ordnung?«, fragte Gwendike und sah besorgt zu Manja herüber.

Manja lächelte dankbar – das war wieder die Gwendike, die sie kannte. Es war seltsam, aber sie fühlte sich ihrer Freundin weitaus näher als jenem Jungen, der eben noch im Innern ihres Körpers gewesen war.

»Alles in Ordnung«, bestätigte sie.

Der Mond stand schon hoch über dem Land, als die beiden Mädchen zu ihrem Wagen zurückkehrten und verstohlen ins Innere kletterten, um nicht die Aufmerksamkeit ihrer Nachbarn zu erregen. Gwendike ließ sich erschöpft auf ihre Bettstatt fallen, verschränkte die Arme im Nacken und starrte zur Decke.

»Und – wie war es?«, fragte sie, als Manja sich ihr gegenüber niederließ und die Kissen zurechtrückte.

Manja zuckte die Achseln. »Ich weiß nicht. Es ging alles so schnell.«

»Bei mir auch.« Gwendike seufzte. »Irgendwie hatte ich es mir anders vorgestellt ... aufregender, weißt du?«

Manja nickte. »Siehst du Xorsa wieder?«

»Ich weiß nicht. Wir haben nichts ausgemacht.«

Manja nickte abermals. Auch sie glaubte nicht, dass Mihran versuchen würde, sie zu einem weiteren Treffen zu überreden. Nach ihrer Zusammenkunft im Pferdestall hatten die vier sich schweigsam und ein wenig verschämt voneinander getrennt.

»Ich wollte einfach wissen, wie es ist«, sagte Gwendike, offenbar in dem Bedürfnis, sich zu rechtfertigen. »Vielleicht war es ja ein dummer Einfall ...«

»Nein, es war schon in Ordnung«, sagte Manja nachdenklich. »Vielleicht ist es ... wie mit dem Bogenschießen. Vielleicht muss man es eine Zeit lang üben, bis es gelingt.«

»Wahrscheinlich.« Gwendike nickte und rieb sich eine aufgeschürfte Stelle an der Innenseite ihres Oberschenkels. »Aber in nächster Zeit verzichte ich gern auf weitere Übungsstunden.«

Beide mussten lachen.

»Übrigens hat Xorsa mir erzählt, dass er Sajan gesehen hat«, sagte Gwendike. »Rat mal, wer ihn zum Wagen mitgenommen hat!«

Manja, plötzlich wieder ernst, lauschte angespannt.

»Du wirst es nicht glauben«, sagte Gwendike grinsend. »Er ist mit Byke gegangen.«

»Mit Byke?« Manja wollte ihren Ohren nicht trauen.

»Na ja, sie ist eine schöne Frau«, sagte Gwendike. »Auch wenn sie zehn Jahre älter ist als er.«

»Aber die beiden sind doch verwandt!«

»Nur weitläufig. Emre und Bykes Mutter waren Halbschwestern – also ist er sozusagen ihr Halbvetter.«

Manja schwieg betroffen. Die Vorstellung, dass Sajan mit jener Frau schlief, die ihr bei der Rinderjagd deutlich ihre Verachtung gezeigt hatte, traf sie weitaus schmerzhafter, als sie Gwendike gegenüber zugeben konnte.

»Wahrscheinlich hat sie ihm das Gesicht zerkratzt wie eine Wildkatze«, lachte Gwendike. »Hoffentlich wird es nicht ernst mit den beiden.« Sie schüttelte sich. »Auf Byke als Tante würde ich gerne verzichten.«

»Dürften sie denn heiraten?«, fragte Manja, die von den strengen Eheregeln der Sarmaten gehört hatte.

»Ja, schon – vorausgesetzt, Byke würde das alte Gesetz erfüllen und einen Feind töten. Verboten ist nur die Ehe mit Geschwistern, sowohl mit den eigenen als auch mit denen der Eltern.« Gwendike grinste. »Also, *du* zum Beispiel dürftest Sajan nicht heiraten.«

Manja schwieg.

ABSCHIED

Bald darauf trennten sich die Stämme der Sarmaten und brachen zur Wanderung in ihre jeweiligen Sommerquartiere auf. Manja und Gwendike verabschiedeten sich von Parse, die sie erst im nächsten Jahr wiedersehen würden. Mihran und Xorsa dagegen trafen sie nur noch einmal im Vorübergehen und grüßten sie wortlos. Der Stamm ihres Vaters Zartir würde, wie Manja erfuhr, den Sommer auf den Hochweiden eines Gebirges im Osten verbringen; Emres Stamm dagegen wollte nach Nordwesten zu den Ebenen nahe der Waldgrenze zurückkehren. Dass sie damit erneut in die Nähe ihres Heimatlandes geraten würde, berührte Manja eigentümlich wenig.

Die Wanderung unterschied sich kaum von derjenigen im vergangenen Herbst. Lediglich das Wetter war angenehmer, und es herrschte kein Nahrungsmangel. Viele Tiere waren im Frühjahr geboren worden, und die Kühe und Ziegen gaben reichlich Milch. Zusätzlich bereicherte üppige Jagdbeute den Speiseplan, denn in der sich langsam erwärmenden Steppe gab es Kaninchen, Wildschafe und Vögel im Überfluss.

Wenn Manja und Gwendike sich nicht im Wagen aufhielten, ritten sie neben dem Tross her und maßen sich im Bogenschießen zu Pferd, wobei sie auf Buschwerk zielten, das gelegentlich an den Wasserstellen wuchs. Manja übte besonders eifrig den »fliehenden Schuss«, den sie im Winterlager erlernt hatte: Dabei wandte man sich auf dem galoppierenden Pferd um und schoss unter der linken Schulter hindurch nach hinten – eine schwierige Aufgabe, die jedoch Skudane zufolge von großer Wichtigkeit war.

Wenn an den Abenden gerastet wurde, saßen die beiden Mädchen wie üblich draußen vor dem Wagen und verzehrten ihr Abendessen. Gwendikes Bruder Balan ließ sich kaum mehr im Freien blicken, denn seine zukünftige Frau Darushwe war in seine Hälfte des Wagens eingezogen, und die Geräusche, die mehrmals täglich durch die dünnen Zwischenwände herüberdrangen, ließen darauf schließen, dass sie sich ausgiebig um baldige Nachkommenschaft bemühten. Gwendike scherzte gern darüber und gab zugleich ihrer Vorfreude Ausdruck, dass die beiden nach ihrer Heirat bei Darushwes Stamm leben und sie und Manja den Wagen für sich allein haben würden.

Lediglich Sajan gesellte sich manchmal zu den Mädchen, nachdem er mit einem Spähtrupp ausgeritten war, der regelmäßig die nächste Tagesetappe erkundete.

»Es scheint, dass sich im Westen nichts verändert hat«, stellte er zufrieden fest, als er sich eines Abends bei ihnen niederließ. »Wir haben weit und breit keine Skythen entdeckt. Offenbar bleiben sie vorläufig auf ihrer Seite des Schwarzen Flusses.«

»Was geschieht, wenn sie unsere Weiden besetzt haben, während wir fort waren?«, fragte Gwendike.

»Das kommt darauf an, wie viele es sind«, antwortete Sajan. »Wenn es nur ein Stamm ist, der seine Herden dorthin getrieben hat, werden wir gegen sie kämpfen und sie vertreiben. Sind es mehr, müssen wir uns einen anderen Lagerplatz suchen. Aber ich glaube nicht, dass es dazu kommt. Zartir erzählte uns, dass die Skythen zurzeit an ihrer Südgrenze Krieg gegen die Urartäer führen. Solange sie damit beschäftigt sind, werden sie uns in Ruhe lassen.«

»Und was wäre, wenn sie uns während unserer Wanderung überfallen?«, fragte Manja. Dieser Gedanke beschäftigte sie schon seit Längerem, denn der meilenlange Wagenzug war äußerst verwundbar, solange er über offenes Gelände zog.

»Dann bilden wir eine Wagenburg«, erklärte Sajan. »Das

lässt sich in erstaunlich kurzer Zeit bewerkstelligen, denn unsere Wagenlenker kennen diese Verteidigungsmaßnahme. Man bildet einen Ring aus vierzig oder fünfzig Wagen, und die übrigen stehen im Innern. Bisher ist es noch keinem Angreifer jemals gelungen, eine Wagenburg zu erstürmen, auch den Skythen nicht.«

Manja nickte; die Erklärung beruhigte sie ein wenig.

»Allerdings haben wir auf unseren Ausritten etwas anderes bemerkt«, fuhr Sajan fort. »Es gibt eine Wölfin, die uns in einigem Abstand folgt. Wir haben sie immer nur von Weitem gesehen, denn sie ist sehr vorsichtig – aber wenn mich nicht alles täuscht, ist es dieselbe, die schon voriges Jahr in der Nähe unseres Lagers umhergestreift ist.«

»Wirklich?« Manja gelang es nur schlecht, ihre Aufregung zu verbergen, und als Sajan erstaunt die Augenbrauen hob, beschloss sie, ihn einzuweihen.

»Ich kenne diese Wölfin«, gestand sie. »Sie folgt mir, seit ich sie einmal aus ... aus einer Erdspalte gerettet habe. Das war, bevor ich zu euch kam. Seitdem ist sie immer in meiner Nähe. Auf dem Weg ins Winterlager ist sie ein paarmal sehr nahe an unseren Wagen herangekommen, und wir haben ihr Fleischstücke zugeworfen.«

»Bemerkenswert«, sagte Sajan erstaunt. »Ich habe schon oft gehört, dass Wölfe, die von ihrem Rudel getrennt wurden, sich einem Menschen anschließen. Offenbar verschont deine Wölfin unsere Herden, denn bis jetzt wurde kein Tier gerissen, nicht einmal eine Ziege.«

»Könntest du auf sie aufpassen?«, bat Manja. »Ich meine – damit die Männer sie nicht erschießen.«

»Einen Wolf würde keiner von uns töten«, antwortete Sajan. »Aber wenn dir so viel daran liegt – gut, ich werde achtgeben, wenn ich die Wölfin sehe.«

Manja lächelte ihn dankbar an.

Er erwiderte ihr Lächeln.

»Du bist groß geworden, Manjane«, stellte er unvermittelt fest. »Jeden Tag fällt es mir ein bisschen mehr auf.«

»Ich etwa nicht?«, warf Gwendike gekränkt ein.

»Natürlich«, lenkte Sajan ein und tätschelte ihr den Arm.

»Du auch, mein Lieblings-Nichtchen. Ihr werdet allmählich erwachsen. Sollte es in nächster Zeit einen Kriegszug geben, lässt meine Mutter euch vielleicht mitreiten.«

»Oh, das glaube ich nicht«, sagte Gwendike, und es war nicht eindeutig auszumachen, ob in ihrer Stimme eher Erleichterung oder Enttäuschung mitschwang. »Skudane sagt, ich bin noch nicht stark genug für den Nahkampf.«

»Hast du Angst?«, neckte er sie.

Zum Dank stieß Gwendike ihn scherzhaft in die Seite. Er lachte, wurde jedoch sogleich wieder ernst.

»Macht euch keine Sorgen, ihr zwei! Wie gesagt, es sieht nicht so aus, als bestünde in nächster Zeit Anlass zum Krieg ... und wenn, dann würdet ihr in der Nachhut mitreiten und müsstet allenfalls ein paar Pfeile verschießen. Aber irgendwann wird der Tag kommen. Übt immer fleißig, und hört auf Skudane!«

Manja nickte abwesend, während ihr Blick auf Byke fiel, die in einiger Entfernung vorüberging. In ihren Augen lag unverhohlene Feindseligkeit.

»Da ist Tante Byke«, sagte Gwendike zu Sajan.

»Oh.« Er drehte sich um, schenkte der Vorübergehenden jedoch nur einen flüchtigen Blick.

»Siehst du sie oft in letzter Zeit?«, fragte Gwendike scheinbar beiläufig.

»Wie kommst du darauf?«

Gwendike hob die Schultern. »Seit dem Frühlingsfest reden die Leute ein wenig.«

»Sie reden erheblich zu viel«, sagte Sajan ernst und erhob sich. »Vor allem über Angelegenheiten, die sie nichts angehen.«

Und mit dieser mehrdeutigen Bemerkung ließ er die beiden Mädchen allein, um zum Wagen seiner Mutter hinüberzugehen und ihr Bericht zu erstatten.

Nach einer Wanderung von nur sechzig Tagen erreichten die Sarmaten das Sommerlager, schlugen ihre Zelte auf und verteilten die Herden auf die Ebenen im Umkreis. Das Leben im Lager verlief nicht anders als bei ihrem Aufenthalt im Vorjahr, nur mit dem Unterschied, dass Manja es nun frei von Angst und Zweifeln genießen konnte. Ihr Unterricht in der Kampfkunst wurde wieder aufgenommen, und sie und Gwendike übten unter Skudanes strenger Anleitung mit wachsendem Erfolg den Umgang mit Axt und Speer. An den Abenden unternahmen sie lange Ausritte und erkundeten die Umgebung, wobei Manja mehrmals die Wölfin entdeckte, die in einiger Entfernung umherstrich.

Nachdem auch Gwendike jegliche Angst vor dem Tier verloren hatte, beschlossen die beiden, die Wölfin zu zähmen. Eine Zeit lang ritten sie täglich zur selben Stelle und warfen ihr Reste vom Abendessen zu. Dann lockten sie sie an, bis sie es wagte, sowohl Manja als auch Gwendike einige Brocken aus der Hand zu schnappen. Es dauerte nicht lange, bis die Wölfin auch ohne Aussicht auf Fütterung in ihre Nähe kam und sich in Steinwurfweite niederlegte.

An einem Nachmittag im Hochsommer ritt Manja ohne Gwendike aus. Diesmal lief die Wölfin bereits neben der Stute her, bevor Manja abgesessen war. Nachdem sie sich ins Gras gesetzt hatte, kam das Tier so nahe heran, dass sie eine Hand ausstrecken und das grau gescheckte Fell kraulen konnte.

»Ich werde dir einen Namen geben müssen«, überlegte Manja laut und blickte in die gelblichen Augen ihrer Begleiterin. »Von heute an heißt du Varge.«

Die Ohren der Wölfin zuckten kurz, dann reckte sie die Schnauze, um Manjas ausgestreckte Hand zu beschnüffeln.

»Warum folgst du mir?«, fragte Manja. »Hast du einen Schwur geleistet, immer bei mir zu bleiben?«

Der Gedanke rührte an etwas, das Vilufar einst zu ihr gesagt hatte.

»... dass wir uns niemals trennen, es sei denn, die Götter selbst wollen es anders ...«

Unvermittelt fühlte sie Tränen in sich aufsteigen und blickte nach Nordwesten, in jene Richtung, wo in einer Entfernung von wenigen Tagesritten das Dorf ihrer Kindheit liegen musste.

»Es tut mir leid, Vilufar«, flüsterte sie.

Die Wölfin blickte sie aufmerksam an, kroch näher heran und bettete die Schnauze auf Manjas Knie.

»Vielleicht haben die Götter es wirklich anders gewollt.«

Sie legte eine Hand auf den Nacken der Wölfin und strich durch das leicht gelockte Fell. Es roch nach der Wildheit und Weite der Steppe.

DRITTER TEIL

DIE GELIEBTE

DER ÜBERFALL

Sechs Jahre waren vergangen.

Es war eine Spätsommernacht, und die Steppe lag wie ein Teppich mit silberglänzenden Spitzen unter dem Mond. Nichts regte sich außer einem verirrten Schaf, das im Gras geruht hatte und plötzlich den Kopf hob: Es witterte etwas.

Im Schutz einer kleinen Böschung, die von hohem Gras gesäumt war, bewegten sich mehrere Schatten. Fünf Männer, die ihre Pferde außer Sichtweite zurückgelassen hatten, pirschten auf allen vieren lautlos den Hang hinauf. Ihr Anführer, der anstelle der Filzkapuze einen eisernen Helm trug, bog die Grashalme zur Seite, lugte über die Böschungskante und winkte den anderen, zu ihm aufzuschließen. Gleichzeitig tastete er nach dem Bogen, der in einem Futteral an seinem Gürtel hing.

Die Männer blickten hinab und sahen am Fuß des Hangs eine Gestalt im Gras sitzen. Soweit erkennbar, war sie allein und trug keine Waffen. Sie blickte nach vorn, in Richtung des Lagers, das sich in einiger Entfernung im Osten befinden musste. Die Männer auf der Böschung verharrten stocksteif. Der Anführer hatte seinen Bogen ergriffen; seine linke Hand lag auf dem Pfeilköcher. Die Blicke seiner Begleiter glitten fragend zu ihm herüber, doch er schüttelte den Kopf.

Wartet noch!

Er spähte in die Dunkelheit hinaus. Unweit der sitzenden Gestalt stand ein Pferd, gesattelt und reich geschmückt. Auf die Stirn der Stute, die den Kopf gesenkt hielt, war eine goldene Maske geschnallt. Es handelte sich zweifellos um das Reittier einer hochgestellten Persönlichkeit.

Ein knappes Lächeln erschien auf dem bärtigen Gesicht des Anführers. Langsam und mit unhörbaren Bewegungen legte er einen Pfeil auf die Sehne des Bogens. Die dreiflüglige Bronzespitze, die wie alle Pfeile seines Volkes mit Gift bestrichen war, schimmerte im Mondlicht.

»Jetzt!«, schrie er, stützte sich auf den linken Ellbogen und spannte die Waffe. Seine Männer sprangen auf, zückten ihre Streitäxte und flankten mit lautem Geschrei über die Böschung.

Die Gestalt am Fuß der Böschung sprang erschrocken auf. Ihr Kopf fuhr herum, und einen Moment lang war ihr Gesicht ein heller Fleck in der Dunkelheit. Dann warf sie sich mit katzenartiger Geschicklichkeit zur Seite und rollte sich einige Handspannen weit durch das Gras. Im selben Moment pfiff der Pfeil herab, verfehlte sein Ziel und blieb im Boden stecken.

Der Anführer fluchte, ließ den Bogen fallen und zog seinen Dolch. Dann sprang er die Böschung hinab, um sich seinen Männern anzuschließen. Diese hatten soeben innegehalten und bildeten mit erhobenen Waffen einen Halbkreis um die Fremde, die sich blitzschnell erhoben hatte und nun schwer atmend vor ihnen stand.

»Oiorpata«, flüsterte einer der Männer ungläubig.

Der Anführer trat zu ihnen und musterte die ungewöhnliche Erscheinung, die sie so weit vom feindlichen Lager entfernt überrascht hatten.

Es war eine Frau. Sie war hochgewachsen und kräftig, hatte wild gelocktes schwarzes Haar und hellgraue Augen, in denen sich das Mondlicht spiegelte. Sie trug eine Reithose und einen weißen Filzmantel, dessen Ausschnitt mit Goldplättchen besetzt war. In ihrem Gesicht stand blankes Entsetzen. Ihre Blicke huschten von einem Gegner zum anderen, und ihre Brüste unter dem Stoff hoben und senkten sich rasch. Trotz ihrer offensichtlichen Todesangst machte sie keine Anstalten zu fliehen. Sie stand einfach da, der ganze Körper gespannt wie eine Bogensehne, und starrte ihre Häscher an.

Der Anführer der Männer ließ seinen Dolch sinken. Die Frau mochte eine Oiorpata sein, doch sie war unbewaffnet, noch in jungem Alter und offensichtlich von hohem Rang. Vielleicht lohnte es sich, sie lebend zu fangen. Möglicherweise konnte man ihr Auskünfte entlocken, vielleicht auch ein wenig Spaß mit ihr haben, bevor die Priester sie – wie die meisten Kriegsgefangenen – den Göttern opferten.

In der Gewissheit seines Triumphs ging er auf die Frau zu.

In diesem Moment löste sich ein Schatten aus der Dunkelheit und sprang ihn an. Der Mann konnte nicht erkennen, was es war, doch riss er die Arme hoch, während seine Begleiter mit einem erschrockenen Schrei zurückwichen. Der Schatten warf sich ihm entgegen; er sah unmenschliche Augen blinken, fühlte raues, struppiges Fell – und dann Zähne, die sein linkes Handgelenk packten und sich tief in das ungeschützte Fleisch gruben. Vor Entsetzen und Schmerz aufschreiend, taumelte er rückwärts, fiel zu Boden und spürte, wie eine wütende Masse aus Haaren und Krallen sich auf seine Brust warf. Es war ein Wolf.

Die anderen vier Krieger waren im ersten Augenblick zu erschrocken, um irgendetwas zu tun; dann aber sprangen sie hinzu, um ihrem Anführer beizustehen. Dieser wälzte sich mit verzweifelt rudernden Armen unter dem Zugriff der Bestie, sodass es kaum möglich schien, mit der Streitaxt dreinzuschlagen, ohne ihn zu treffen. So versuchten die Männer stattdessen, den Wolf im Nacken oder bei den Hinterläufen zu packen, doch das Tier wand sich wie eine Schlange und teilte Krallenhiebe und Bisse nach allen Seiten aus.

Die Frau war zunächst wie erstarrt angesichts dieser Wendung der Dinge. Dann jedoch ergriff sie die Gelegenheit, rannte zu ihrem Pferd hinüber und löste eine schlanke Streitaxt vom Sattelzeug.

Der Wolf gab ein schmerzhaftes Jaulen von sich – offenbar war es einem der Männer gelungen, sich über ihn zu wälzen und ihm die Rippen zu quetschen. Das Tier entwand sich dem Gegner, tat einen Satz und flüchtete in die Dunkelheit.

Fluchend rappelte der Anführer der Männer sich auf. Sein Leibrock war zerrissen, und sein linker Arm blutete stark. Er bückte sich nach dem Dolch, der ihm aus der Hand gefallen war, als ein heiserer Schrei ihn aufschreckte. Es war der Schrei einer Frau, kein Laut der Angst, sondern ein wütendes, grausames Geheul, kaum menschlicher als das des entflohenen Wolfes.

Die Kriegerin stürmte auf den Mann zu, das Gesicht verzerrt zu einer Maske des Zorns, das schwarze Haar wirbelnd wie ein Haufen Schlangen, die Streitaxt zum Schlag erhoben. Die Klinge beschrieb einen hohen Bogen, und einer der Männer, der vorgetreten war, um seinen Herrn zu schützen, wurde getroffen, bevor er die eigene Waffe heben konnte. Der Schlag warf ihn mit zertrümmerter Kinnlade rücklings ins Gras.

Die übrigen Männer ergriffen ihre Äxte und drangen auf die Frau ein, die von der Wucht des eigenen Schlags ins Stolpern geraten war. Schon schien es, dass sie sie überwältigen würden, doch die blinde Wut der Angreiferin schien plötzlich zu verfliegen und kalter Überlegung Platz zu machen. Sie erinnerte sich an Übungen, die sie in ihrer Ausbildung gelernt hatte, und ihr Körper handelte wie von selbst. Mit einer anmutigen Rolle fing sie ihr Stolpern auf und duckte sich unter den Waffen der heranstürmenden Männer zur Seite. Dann führte sie einen flachen Schlag gegen das Schienbein des nächsten Gegners, der aufschreiend zusammenbrach.

Der dritte Mann war geistesgegenwärtig ausgewichen und schwang nun seinerseits die Axt, doch die Frau sah den Schlag kommen, fuhr herum und parierte. Zwei hölzerne Griffe trafen aufeinander. Die Klingen verkeilten sich, und beide Gegner zerrten verzweifelt an ihren Waffen, um sie freizubekommen. Währenddessen hatte der vierte Mann einen Dolch gezückt und warf sich von hinten auf die Kriegerin. Sie schrie auf, drehte sich auf der Stelle und griff sich an die linke Schulter, wo eine Fleischwunde ihren goldbesetzten Mantel blutig färbte. Die Axt entglitt ihren Fingern, flog in hohem Bogen durch die Luft und landete im Gras.

Da schoss erneut der grau gescheckte Wolf aus dem Schatten hervor. Das Tier stürzte sich auf den Mann mit dem Dolch und verbiss sich in dessen Wade, sodass er schreiend zu Boden ging und seinerseits die Waffe verlor. Der vierte der Männer sprang zurück und hob erneut seine Axt; die Kriegerin indes hatte sich zur Seite gerollt und den Dolch ergriffen. Im selben Augenblick, als der Mann mit erhobenen

Armen zum Schlag ausholte, drang ihm die bronzene Klinge mit der Schnelligkeit einer zuschlagenden Giftschlange in die Brust.

Der Anführer der Männer, der sich zurückgezogen und seinen blutenden Arm umklammert hatte, starrte ungläubig herüber. Einer seiner Männer lag mit zerschlagenem Gesicht im Gras und rührte sich nicht mehr, ein weiterer umklammerte stöhnend das verletzte Schienbein. Der dritte sank soeben mit einem Dolch in der Brust zu Boden, und der vierte wand sich schreiend unter dem Biss des Wolfs, der sein Bein gepackt hatte und nicht mehr losließ.

Die Kriegerin stand aufrecht inmitten der Geschlagenen. Die linke Hälfte ihres Mantels war voller Blut, und sie rang nach Atem. Der Blick ihrer grauen Augen jedoch ruhte drohend auf dem einzig verbliebenen Gegner und versprach ihm, wenn er darauf bestand, einen Kampf auf Leben und Tod.

Angesichts der Lage tat der Mann das einzig Vernünftige: Vorsichtig ging er einige Schritte rückwärts, und als seine Feindin keine Anstalten machte, sich ihm zu nähern, wandte er sich um und ergriff die Flucht. Der Mitstreiter mit dem gebrochenen Bein folgte seinem Beispiel und hinkte ihm nach, so schnell er konnte, wobei er sich nach der Kriegerin umsah wie nach einer übernatürlichen Erscheinung.

Sie folgte den Flüchtigen nicht, sondern stand nur da und beobachtete, wie die beiden Männer in der Dunkelheit verschwanden. Erst als sie sicher war, dass keiner von beiden zurückkehren würde, wandte sie sich dem letzten Überlebenden zu, der am Boden verzweifelt mit der Wölfin rang.

Ihr Zorn war verflogen und einer zittrigen Schwäche gewichen. Dennoch vergaß sie nicht, was sie gelernt hatte: Auch ein vorübergehend kampfunfähiger Gegner blieb gefährlich. Sie bückte sich, ergriff ihre Axt und holte ein letztes Mal zu einem sorgfältig berechneten Hieb aus. Es fiel ihr schwer. Sie biss die Zähne zusammen und wandte das Gesicht ab, als die Klinge niederfuhr.

Die Wölfin erschrak, ließ augenblicklich das Bein des Mannes los, der sich nicht mehr rührte, und huschte davon.

»Manjane!«

Es war Sajan, der sie fand, wie sie inmitten der Leichen stand und sich die verletzte Schulter hielt. Manja war noch nie so froh gewesen, ihn zu sehen.

»Ich habe Schreie gehört.« Er zügelte seinen Hengst, und sein Blick fiel auf das Schlachtfeld. »Bei allen Göttern …«

Als er aus dem Sattel sprang und näher kam, spürte Manja, wie ihre Beine nachgaben. Er war eben rechtzeitig bei ihr, um sie aufzufangen, und sie schlang die Arme um ihn wie eine Ertrinkende.

»Sie wollten mich töten«, flüsterte Manja, als müsse sie das Massaker ringsum rechtfertigen.

Er hielt sie fest, und es war unendlich tröstlich, seine starken Arme zu spüren und den Kopf an seine Schulter zu legen. Mit einem Mal fühlte sie sich wehrlos und schwach wie ein Kind, und Tränen liefen ihr über die Wangen.

»Du bist ja verletzt!« Er versuchte sich loszumachen, um ihre blutende Schulter zu untersuchen.

»Nein, lass mich nicht los!«, flüsterte sie. Den Schmerz ihrer Verwundung nahm sie kaum mehr wahr; sie spürte nur die Wärme seiner Wange und seinen Atem an ihrem Ohr. Eine Zeit lang weinte sie still vor sich hin, während er ihren Kopf hielt und über ihre Schulter hinweg ungläubig die Toten am Boden betrachtete.

»Wir müssen Tamage rufen«, sagte er schließlich und löste sich so weit von ihr, dass er ihr ins Gesicht sehen konnte. »Kannst du reiten?«

Manja wischte sich die Tränen weg und nickte.

Eine halbe Stunde später kehrten sie an den Ort des Kampfes zurück, nun in Begleitung Tamages, die von Sajan geweckt worden war und sich sofort auf ihr Pferd geschwungen hatte. Manjas Schulter hatten sie mit einem Stoffstreifen verbunden. Tamage hatte die Verletzung kurz untersucht und festgestellt, dass es sich nur um eine Fleischwunde handelte. Der Filzmantel hatte den Stoß des Angreifers abgefangen; vermutlich würde eine Narbe zurückbleiben, doch die Beweglichkeit des Armes war nicht beeinträchtigt.

Als sie den Schauplatz erreichten, sprang Tamage aus dem Sattel, ging von einem Leichnam zum nächsten und untersuchte jeden genau. Neben dem Toten, in dessen Brust der Dolch steckte, kniete sie nieder und betrachtete mit gerunzelter Stirn den Griff der Waffe, dessen Knauf die Gestalt eines Adlerschnabels hatte.

»Skythen«, murmelte sie.

Sajan nickte.

Tamage erhob sich und wandte sich zu Manja um, die sich bemühte, das Zittern ihrer Knie zu beherrschen.

»Drei Männer?«, fragte sie.

»Fünf«, erwiderte Manja. »Zwei weitere sind geflohen. Varge, meine Wölfin, hat sie angegriffen.«

Tamage tauschte einen raschen Blick mit Sajan.

»Also werden sie ihren Leuten berichten, dass sie unser Lager entdeckt haben«, sagte Sajan.

Tamage nickte. »Aber sie werden ihnen auch noch etwas anderes erzählen ...« Sie zog den Dolch aus dem Körper des Toten. »... dass nämlich eine furchtlose Kriegerin, die allein in der Wildnis überfallen wurde, drei von ihnen eigenhändig getötet hat.«

Sie trat auf Manja zu, hob ihr Kinn an und sah ihr ernst in die Augen.

»Du bist wahrhaftig Vardanes Tochter«, sagte sie.

Manja schluckte und erwiderte den Blick ihrer schmalen grauen Augen.

»Hier.« Tamage hob den blutigen Dolch. »Wenn ein Sarmate seinen ersten Feind tötet, trinkt er von dessen Blut. So ist es Sitte.«

Erschrocken blickte Manja auf die Waffe, die ihr hingehalten wurde, dann hinüber zu Sajan, der ermutigend nickte. Schließlich überwand sie sich, ergriff den Dolch und fuhr flüchtig mit der Zungenspitze über die Klinge. Das Blut schmeckte bitter und metallisch, und sie verzog den Mund.

Tamage legte ihr eine Hand auf die unverletzte Schulter.

»Von heute an bist du eine Kriegerin«, sagte sie feierlich, und es klang wie eine Formel. »Du bist reif, Leben zu nehmen und Leben zu geben. Du bist frei, einen Ehemann zu wählen und Kinder zu gebären. Mögen die Götter dich segnen.« Plötzlich lächelte sie – ein seltener Ausdruck auf ihrem ernsten Gesicht. »Ich bin sehr stolz auf dich.«

Ergriffen schlug Manja die Augen nieder. Nur selten hatte Gwendikes Mutter so vertraut mit ihr gesprochen. Manja wusste, dass dies rituelle Gründe hatte: Die erwachsenen Krieger bildeten eine Gemeinschaft für sich, während die Jugendlichen, die noch keine Kampferfahrung hatten, bei Zusammenkünften und festlichen Anlässen von ihnen getrennt saßen. Nun gehörte sie, Manja, zu jenen, die getötet hatten. Es kam ihr unwirklich vor, zumal sie sich während des Überfalls in einem merkwürdigen Zustand zwischen Rausch und Todesangst befunden hatte und im Nachhinein kaum glauben konnte, dass sie es war, die den bronzenen Dolch bis zum Heft in die Brust eines Mannes gestoßen hatte.

»Es war … so schrecklich«, flüsterte sie und schämte sich ein wenig, nicht jener Würde zu entsprechen, die Tamage ihr gerade verliehen hatte.

Tamage jedoch lächelte.

»Es geht jedem so beim ersten Mal«, sagte sie sanft und strich Manja über die Wange. »Und nun reiten wir zum Lager zurück. Gwendike wird deine Schulter behandeln. Sie hat eine Heilsalbe in ihrem Wagen.«

Sie kehrten zurück, und Tamage selbst begleitete Manja zum Wagen und weckte Gwendike, die tief geschlafen hatte.

»Kümmere dich um deine Cousine«, wies sie sie an. »Ich muss zu meiner Mutter gehen und mit ihr Rat halten. Wenn es ein Spähtrupp war, der Manjane angegriffen hat, müssen wir damit rechnen, dass die Skythen in größerer Zahl zurückkehren.«

Gwendike war zutiefst erschrocken. Nachdem Tamage gegangen war, umarmte sie Manja, die sich auf ihrer Bettstatt niedergelassen hatte.

»Bei allen Göttern – sie haben dich angefallen?« Sie griff nach einer der Salben, die in kleinen Tiegeln auf ihrem Frisiertisch standen. »Zeig mir die Schulter!«

Manja biss die Zähne zusammen, als Gwendike die Wunde vorsichtig betupfte.

»Muss es ausgebrannt werden?«, fragte sie beklommen. Sie wusste, dass die Bauern in ihrer Heimat Fleischwunden mit einem glühenden Kupferhaken versengten.

»Nein«, beruhigte sie Gwendike. »Ein Muskelschnitt, der so stark blutet, reinigt sich von selbst. Aber du wirst eine Narbe zurückbehalten.«

Manja nickte abwesend, während Gwendike nach einem weichen Ledertuch griff und einen Verband formte.

»Stimmt es, was meine Mutter sagt? Du warst allein mitten in der Nacht draußen?«

»Ich wollte Varge besuchen.«

»Warum hast du mir denn nichts gesagt?«, fragte Gwendike, ergriff Manjas Hände und schien plötzlich den Tränen nahe. »Du hättest getötet werden können …«

Manja wusste nichts zu erwidern. Seit einiger Zeit empfand sie des Öfteren das Bedürfnis, allein zu sein, doch schämte sie sich dafür, denn es kam ihr wie ein Verrat an der Freundin vor. Manchmal wartete sie bis zum Einbruch der Dunkelheit, wenn Gwendike bereits schlief, verließ den Wagen und ritt zum Rand der Viehweiden. Meistens kam dann Varge zu ihr und legte sich neben sie. Manja brachte ihr stets etwas Essbares mit, kraulte ihr das Fell und sprach mit ihr. Eigentlich sprach sie mit sich selbst, doch hatte sie stets den Eindruck, dass die Wölfin ihr lauschte. Manja erzählte ihr Dinge, die sie niemandem sonst erzählen konnte: über ihre Kindheit, über ihre Mutter, über Vilufar – und manchmal über ein Geheimnis, das jünger war als jene Erinnerungen und sie erst seit einiger Zeit beschäftigte.

»Warum schleichst du dich mitten in der Nacht davon?«, fragte Gwendike. Plötzlich lächelte sie verschmitzt, als sei ihr eine zufriedenstellende Erklärung eingefallen. »Hast du etwa einen Liebhaber? Sag – wer ist es?«

Manja lächelte schwach und schüttelte den Kopf.

»Ich habe wirklich nur Varge besucht«, erklärte sie wahrheitsgemäß. Dass sie stets hoffte, Sajan zu treffen, der gelegentlich spätabends einen Ritt um das Lager unternahm, konnte sie selbst Gwendike nicht anvertrauen.

Am folgenden Morgen brachen die Sarmaten ihre Zelte ab, spannten die Zugtiere vor die Wagen und trieben die Herden nach Osten. Wie Gwendike und Manja von Tamage erfuhren, hatte Emre entschieden, einen neuen Lagerplatz zu suchen. Der Grund war offensichtlich: Die Königin fürchtete, dass der Spähtrupp der Skythen ausgeschickt worden war, um das Lager auszukundschaften.

Sie wanderten zwei Tage hindurch ohne längere Rast und erreichten schließlich einen tiefen Talkessel, der von einem Fluss durchschnitten wurde. Hier schlugen sie erneut die Zelte auf, und rundherum auf der Böschung, die das Tal umgrenzte, wurde ein Ring aus Wagen wie ein Schutzwall aufgestellt. Die Sarmaten waren wachsam, und Manja beobachtete, dass nahezu alle erwachsenen Krieger ständig im Sattel saßen und Erkundungsritte unternahmen, unter ihnen Tamage, Sajan und sogar Emre. Selbst die Hirtenjungen, die das Vieh beaufsichtigten, waren bewaffnet.

Doch die Tage gingen dahin; der Sommer erreichte seinen Höhepunkt, und nichts geschah. Die Späher hatten nicht einmal den Zipfel einer skythischen Kapuze gesehen – wie Sajan es ausdrückte –, und allmählich kehrte wieder Alltag ein. Die Ziegen wurden gemolken und die Schafe geschoren, Teppiche und Wandbehänge wurden gefilzt, die Wagen ausgebessert und die Radnaben geschmiert, während die Menschen vor ihren Zelten saßen und das milde Wetter genossen.

Auch Manja und Gwendike waren zu ihrem gewöhnlichen Tagesablauf zurückgekehrt. Mittlerweile teilten sie sich den Wagen, der früher von Balan mitbewohnt worden war, denn Gwendikes älterer Bruder lebte seit seiner Verheiratung beim Stamm seiner Frau, wie es Brauch war. Sie unternahmen lange Ausritte auf ihren Pferden, die mit ihnen erwachsen geworden waren und inzwischen Satteldecken aus gefärbtem Rindsleder und goldbesetztes Zaumzeug trugen. Und sie übten gemeinsam unter Skudanes Aufsicht den Speerwurf und das Fechten mit dem Schwert.

Manjas Schulterwunde verheilte gut, und sie nahm bald wieder an den Kampfübungen teil. Die strenge Lehrerin hatte natürlich jede Einzelheit über ihre erste Begegnung mit dem Feind in Erfahrung gebracht und schenkte ihrer Schülerin ein anerkennendes Lächeln.

»Du bist erwachsen geworden, Manjane«, beschied sie ihr knapp, während sie mit kundigem Blick die Verletzung begutachtete. »Vergiss niemals den Tag, an dem du diese Narbe erhalten hast.«

Tatsächlich hatte Manja das Gefühl, dass eine Veränderung in ihr vorgegangen war, auch wenn sie weniger augenfällig sein mochte als das Wachstum ihres Körpers. Es war nun fast sieben Jahre her, dass sie bei den Sarmaten Aufnahme gefunden hatte, und sie war längst nicht mehr das kleine Mädchen, das einst Hilfe gebraucht hatte, um den Rücken eines Pferdes zu besteigen. Zuweilen, wenn Gwendike nicht bei ihr im Wagen war, griff sie nach dem kleinen Bronzespiegel und konnte kaum glauben, dass sie selbst es war, die ihr aus der polierten Scheibe entgegenblickte. Oft verglich sie sich mit Gwendike, die sich zu einer schlanken, zierlichen Erscheinung mit glattem Haar und einem schmalen, edlen Gesicht entwickelt hatte.

Manja hatte sich weit stärker verändert. Ein später, doch ungestümer Wachstumsschub hatte sie erfasst, und inzwischen überragte sie ihre Cousine um eine volle Handspanne. Seit ihrem sechzehnten Geburtstag hatte ihr schwarzes Haar begonnen, Locken und Kringel zu werfen wie einst bei ihrer Mutter; ihre grauen Augen waren größer und ausdrucksvoller geworden, und ihr einst rundes Mädchengesicht hatte sich zu einer ebenso ernsten wie anziehenden Hochwangigkeit gestreckt. Auch war sie kräftiger gebaut als Gwendike, denn der Muskelzuwachs durch die vielen Kampfübungen hatte sich vorteilhaft mit jener weiblichen Üppigkeit verbunden, die schon ihre Mutter ausgezeichnet hatte. Ungeachtet aller Mahnungen trug sie nur selten ihre Brustbinde, da sie deren Druck als lästig empfand, was zur Folge hatte, dass sie eine der wenigen Sarmatinnen mit voll entwickelten Brüsten war. Skudane hatte es aufgegeben, sie deswegen zu tadeln, da sie trotzdem mit Leichtigkeit Bogen und Speer handhabte, und Gwendike betrachtete sie sogar zuweilen neidisch, wenn beide sich umzogen.

Zu den natürlichen Veränderungen des Körpers waren künstliche hinzugetreten. Zum Schmuck aller erwachsenen Sarmaten gehörten reichliche Tätowierungen, und die Königsfamilie verfügte über eigene Bedienstete, die diese Kunst meisterhaft beherrschten. Manja hasste zwar die stundenlangen Sitzungen, bei denen verschiedene Stellen ihres Körpers mit winzigen Nadelstichen bearbeitet und mit Ruß ausgewischt wurden, doch ertrug sie die Pflichtübung geduldig, da sie auch hierbei mit Gwendike zusammen sein konnte. Inzwischen zierte die Gestalt einer springenden Raubkatze ihren linken Oberschenkel, eine Kette fliehender Steinböcke wand sich quer über ihren Bauch, und knapp unter ihren Brüsten breitete ein Adler seine Schwingen aus.

Dass Manja inzwischen eine heiratsfähige Frau war, hatte sich herumgesprochen, und zuweilen nahm sie die aufmerksamen Blicke der Männer wahr, wenn sie durch das Lager zur Pferdeweide ging oder mit ihrer Stute ausritt. Eine echte Annäherung wagte freilich niemand. Sie war eine Enkelin Emres, und vermutlich galt es als ausgemacht, dass sie eines Tages in die Familie eines befreundeten Stammeshäuptlings einheiraten würde. Gwendike sprach schon jetzt davon, ohne der Freundin ihren Neid zu verhehlen.

»Nun darfst du also heiraten«, sagte sie, als die beiden eines Abends vor dem Wagen saßen und ihr Essen verzehrten. »Ich hoffe nur, dass ich auch einmal so stark und mutig werde wie du, sonst ende ich noch als alte Jungfer. Skudane sagt, dass ich noch nicht reif für den Krieg bin ... und ehrlich gesagt habe ich auch furchtbare Angst davor.«

»Ich auch«, erwiderte Manja ernst. »Ich habe mich nicht danach gesehnt, von einer Handvoll skythischer Räuber in der Wildnis überrascht zu werden. Es ist einfach geschehen.«

Gwendike seufzte. »Vielleicht findet man seinen Mut nur in einem solchen Augenblick. Soll ich nun hoffen, dass mir das eines Tages auch widerfährt oder dass ich verschont bleibe?« Sie lachte unsicher. »Wenn ich mir vorstelle, dass ein Mensch mit einer Waffe auf mich zukommt und mich erschlagen will ... dann frage ich mich manchmal, ob ich nicht lieber aufs Heiraten verzichten soll.«

Manja strich ihr tröstend über den Arm. Sie konnte Gwendike gut verstehen, sah sich aber außerstande, ihr zu helfen. Nach den gemeinsamen Übungen bei Skudane sprach sie ihr stets Mut zu und tröstete sie über Misserfolge hinweg. Einige Male hatte sie mit dem Gedanken gespielt, selbst mit Gwendike zu üben, doch am Ende hatte sie das Angebot nicht ausgesprochen, weil sie fürchtete, sich damit als die Überlegene zu zeigen und ihre Freundin zu kränken.

»Im letzten Winter habe ich übrigens Xorsa und Mihran gesehen«, sagte Gwendike scheinbar beiläufig. »Die beiden sind inzwischen anerkannte Krieger. Xorsa ist groß und kräftig geworden und sieht richtig gut aus.«

Manja schwieg. Seit jener ersten Begegnung im Winterlager vor Jahren hatten sie nicht mehr über die beiden Jungen gesprochen und sie stets nur flüchtig oder von fern gesehen.

»Mihran ist kleiner geblieben als sein Bruder, aber dafür hat er die breiteren Schultern«, fuhr Gwendike fort. »Und einen prächtigen Bart hat er bekommen.«

Manja wand sich unbehaglich. Ihr war nicht recht klar, warum Gwendike ihr das erzählte. Sie selbst hatte kaum mehr einen Gedanken an den jungen Mann verschwendet, der einst für ein paar Augenblicke in ihren Körper eingedrungen war.

»Vielleicht sollten wir uns im nächsten Winter doch noch einmal mit den beiden treffen.« Gwendike spielte mit einem Grashalm am Boden. »Ich meine – nur zum Plaudern natürlich.«

Manja zuckte die Achseln. Was sie wirklich dachte, behielt sie für sich. Sie ahnte seit Langem, dass Gwendike sich verzweifelt nach einem Mann sehnte und nur deshalb auf Xorsa zurückkam, weil er zufällig derjenige gewesen war, mit dem sie die ersten Erfahrungen geteilt hatte. Doch es wäre ihr grausam erschienen, der Freundin dies ins Gesicht zu sagen. Gwendike litt bereits genug unter ihrer Furcht vor der

Bewährung im Kampf, und sie litt auch unter den Bedürfnissen ihres Körpers. Zwar schliefen sie seit zwei Jahren getrennt in den beiden abgeteilten Räumen des Wagens, doch vernahm Manja häufig Geräusche von nebenan, die bezeugten, dass Gwendike mangels anderer Möglichkeiten ihre Sehnsüchte mit eigener Hand stillte.

Derartige Gefühle waren Manja keineswegs fremd, doch hätte sie selbst Gwendike nicht anvertraut, wo ihre eigenen Gedanken weilten, wenn sie in unruhigen Nächten ihren Körper von der Stirn bis zu den Fußspitzen spürte. Schon früher hatte sie in Sajans Gegenwart oft eine merkwürdige Mischung aus Vertrautheit und Spannung empfunden, die sie nicht einzuordnen vermochte. Anfangs war sie einfach gern in seiner Nähe gewesen und hatte sich stets gefreut, wenn er ihr Gesellschaft leistete. Im Verlauf der letzten Jahre jedoch hatte sich dieses Gefühl auf merkwürdige Weise verändert. Sie ertappte sich dabei, wie sie seine Gesichtszüge betrachtete, seine Haltung, seinen Gang. Sie dachte daran, wie das Sonnenlicht auf seiner Haut spielte und der Wind sein Haar bewegte, wenn er im Sattel saß. Nach jenem Überfall vor wenigen Wochen, als er sie umarmt hatte, war ein unsichtbarer Abdruck seines Körpers auf ihrer Haut zurückgeblieben wie eine Fußspur auf weichem Sand. Sie erinnerte sich genau, wie seine Wange sich angefühlt und wie sein Haar gerochen hatte, und seine Hände, die über ihren Rücken hinabgestrichen waren, hatten eine brennende Spur hinterlassen.

Doch Sajan war ihr Onkel – zumindest in den Augen aller Menschen, die ihm und ihr etwas bedeuteten. Manja kannte die Gesetze, die bei den Sarmaten das Verhältnis zwischen den Geschlechtern regelten. Ursprünglich war sie über deren Freizügigkeit erstaunt gewesen: Einer erwachsenen Sarmatin, die im Kampf einen Feind getötet hatte, verbot keine Sitte, mit beliebigen Männern Umgang zu haben, und es war durchaus üblich, dass Frauen mehrere Liebhaber hatten und Kinder verschiedener Väter gemeinsam aufzogen. Geheiratet wurde nur, um die Erbfolge zu regeln, denn Rang und Besitz der Mutter gingen ausschließlich auf die ehelichen Kinder über.

Dafür jedoch gab es andere strenge Regeln. Als erfahrene Viehzüchter waren die Sarmaten mit den Gefahren der Inzucht wohlvertraut, und ihre Gesetze verboten sowohl die Ehe als auch den geschlechtlichen Umgang zwischen nahen Verwandten. Verstöße galten als Frevel gegen den Willen der Götter, und Manja konnte sich unschwer ausmalen, welche Strafe dafür vorgesehen war.

Seit die Sarmaten ihren Lagerplatz gewechselt hatten, sah sie Sajan nur noch selten. Meist saß er im Sattel und durchstreifte mit einer kleinen Reitertruppe das Umland. An den Abenden hielt er sich in dem Wagen auf, den er gemeinsam mit Tamage bewohnte. Er kam nicht mehr zum Essen herüber, und selbst Gwendike beschwerte sich, dass ihr Onkel sich nicht mehr blicken ließ. Manja schwieg dazu, hing jedoch ihren eigenen Gedanken nach. Befürchtete er noch immer einen Angriff der Skythen? Oder – und bei diesem Gedanken überfiel sie eine jähe Hitze – hatte er ihre Gefühle erraten und hielt sich deshalb von ihr fern?

Da sie mit Gwendike nicht darüber sprechen konnte, vertraute Manja ihre Zweifel und Ängste ausschließlich Varge an. Seit dem Überfall war die Wölfin noch zutraulicher geworden und schlich bei Dunkelheit zuweilen bis in Sichtweite des Wagenrings auf der Böschung, sodass Manja nicht mehr ausreiten musste, um sie zu treffen. Meistens genügte es, wenn sie Reste vom Abendessen mitnahm und sich etwa fünfzig Schritte jenseits des Walls ins Gras setzte. Dann dauerte es nicht lange, bis der graue Schatten aus der Dunkelheit auftauchte und sich zu ihr gesellte. Die Ziegen und Schafe, die ringsum auf den Weiden lagerten, hatten sich inzwischen an die Anwesenheit der Wölfin gewöhnt, und selbst die Hirtenhunde duldeten ihre wilde Verwandte.

Als Manja an einem Spätsommerabend draußen vor dem Lager saß und auf Varge wartete, näherte sich das Geräusch von Hufen. Sie erschrak und griff nach dem Bogen, den sie seit dem Überfall stets bei sich trug, wenn sie in der Dämmerung allein hinausging. Dann jedoch erkannte sie Pferd und Reiter, die aus der Dunkelheit auftauchten.

»Manjane! Was tust du so spät allein hier draußen?« Es war Sajan. Er klang besorgt und fast ein wenig verärgert. »Ich dachte, du hättest inzwischen gelernt, vorsichtiger zu sein.«

Manja schwieg und wusste nicht zu entscheiden, ob sie sich durch sein Erscheinen gestört oder beglückt fühlen sollte.

»Du forderst die Götter heraus«, sagte Sajan, der abgesessen war und auf sie zukam. »Das ist nicht klug.«

»Varge passt auf mich auf«, erklärte Manja ruhig, ohne ihn anzusehen.

»So.« Er lachte unsicher. »Ist sie neuerdings deine Leibwächterin?«

Seltsam: So hatte seine Stimme in ihrer Gegenwart noch nie geklungen – freundlich wohl, zuweilen auch besorgt, manchmal väterlich, manchmal brüderlich, doch niemals unsicher.

»Darf ich mich zu dir setzen?«

Manja schien einen Moment zu bedenken, was sie antworten sollte, und er merkte es.

»Du … möchtest allein sein«, erriet er ihre Gedanken.

»Nein«, entschied sie plötzlich. »Setz dich.«

Er nahm an ihrer Seite Platz, und beide blickten in die dunkle Steppe hinaus. Auch das war seltsam: Niemals war die Stimmung zwischen ihnen so eigentümlich angespannt gewesen. Manja dachte daran, wie sie vor Jahren schon einmal neben ihm im Gras gesessen und in die Sterne geblickt hatte. Vieles hatte sich seitdem verändert, angefangen damit, dass sie nicht mehr zu ihm aufblicken musste, da sie es an Körperlänge fast mit ihm aufnehmen konnte. Doch auch Sajan hatte sich verändert. Er war jetzt siebenundzwanzig und im besten Mannesalter. Sein Gesicht wirkte reifer und ernster, und er war schweigsamer als früher.

»Du solltest dich bei Nacht nicht mehr draußen aufhalten«, sagte er.

Manja blickte zum Horizont, über dem der zunehmende Mond stand.

»Ich bin kein Kind mehr.« Sie wunderte sich ein wenig über ihren eigenen frostigen Ton.

»Das ist mir auch schon aufgefallen.«

Sie spürte, wie er bei diesen Worten den Kopf wandte und sie von der Seite ansah. Unfähig, seinen Blick zu erwidern, strich sie sich eine widerspenstige schwarze Locke aus der Stirn.

»Tatsächlich? Du redest doch seit Wochen kein Wort mehr mit mir.«

Ein unbehagliches Schweigen folgte, und Manja hatte das Gefühl, zu weit gegangen zu sein.

Warum will ich ihn unbedingt verletzen?, fragte sie sich.

Plötzlich seufzte er tief, und dieser Laut, halb erschöpft, halb verzweifelt, brach den Bann. Als wäre sie durch dieses Zeichen der Schwäche endlich aus ihrer kühlen Zurückhaltung erlöst worden, wandte Manja sich ihm zu.

»Ich meide dich«, sagte er langsam – nun war er es, der an ihr vorbeiblickte –, »weil ich mich vor dem fürchte, was ich sehe.«

Überrascht forschte sie in seinem Gesicht.

»Oder vielleicht« – er sprach, als ob jedes Wort sich den Weg über seine Lippen erzwingen müsse – »fürchte ich mich vor mir selbst.«

Manja glaubte ihren Ohren nicht trauen zu können, und eine jähe Hitze stieg ihr in die Wangen.

Doch in diesem Moment blickte Sajan beunruhigt auf. In einiger Entfernung hatte eine Gruppe von Schafen angstvoll zu blöken begonnen.

»Varge?«, flüsterte Manja.

Doch nun hörte sie noch etwas anderes: ein leises Rauschen wie fernen Gewitterdonner.

»Nein.« Sajan erhob sich und spähte nach allen Seiten in die Dunkelheit. »Das ist kein Tier.«

Das Donnern kam näher – und Manja begriff: Es waren Hufe, Hunderte von Hufen, die auf den Steppenboden trommelten.

»Schnell!«, schrie Sajan, sprang auf den Rücken seines Pferdes und streckte die Hand aus. Manja ergriff sie und schwang sich hinter ihm in den Sattel. Noch vor Augenblicken hätte sie es nicht gewagt, ihm derart nahe zu kommen, nun jedoch schlang sie beide Arme um seine Brust, während er das Pferd wendete und ihm die Fersen in die Flanken stieß. In vollem Galopp sprengten sie über die Böschung hinunter ins Lager. Sajan ergriff ein vergoldetes Rinderhorn, das an seinem Sattelzeug hing, setzte es an die Lippen und blies einen Alarmruf.

ANGRIFF DER SKYTHEN

Der durchdringende Signalton des Horns weckte das gesamte Lager: Hunde bellten, Pferde wieherten, und Menschen lugten erschrocken aus den Eingängen ihrer Zelte.

Sie erreichten das Wagendreieck der Königsfamilie, und Sajan brachte seinen Hengst mit einem scharfen Zügelriss zum Stehen. Soeben hob sich die Filzmatte an der Eingangstür eines Wagens, und Tamage sprang herab, splitternackt, doch mit einer Axt in den Händen.

»Was gibt es?«, rief sie.

»Die Skythen!«, schrie Sajan und drehte sich zu Manja um. »Steig ab und weck Gwendike! Schnell!«

Manja tat, wie ihr geheißen, doch als sie auf ihren Wagen zulief, stand Gwendike bereits in der Tür, bleich vor Schreck und mit aufgelöstem Haar.

»Gwendike, hol deinen Bogen!«, rief Tamage ihr zu. Dann stieß sie auf zwei Fingern einen schrillen Pfiff aus, um ihr Pferd zu rufen. »Bleibt hier und verschanzt euch im Wagen!«

Sie saß auf und ritt in Begleitung Sajans hinüber zum Wall.

Manja und Gwendike hatten sich mit Bogen, Pfeilen und Äxten versorgt und hinter dem Eingang ihres Wagens Stellung bezogen, sodass sie hinausspähen und das Geschehen beobachten konnten. Die Wagen der Königsfamilie standen wie üblich in der Mitte des Lagers, und da der Talkessel sich an allen Seiten aufwölbte, hatten sie einen guten Ausblick auf den Wagenring oberhalb der Böschung. Sämtliche erwachsenen Bewohner der Zeltstadt hatten ihre Waffen ergriffen und mit gespannten Bogen hinter dem Wall Aufstellung genommen, um über Deichseln und Kutschböcke hinweg zu zielen. Lediglich an einer Stelle klaffte ein Durchgang zwischen den Fahrzeugen, durch den gewöhnlich das Vieh hinaus- und hereingetrieben wurde.

Auf diesen Durchgang galoppierten Sajan und Tamage zu, während sich hinter ihnen ein großer Trupp berittener Männer und Frauen sammelte. Sogar Emre, die Königin, hatte ihren Wagen verlassen und mithilfe einer Dienerin ihr Pferd bestiegen. Die alte Frau mochte zu Fuß nicht mehr sehr beweglich sein, doch sobald sie sich im Sattel aufrichtete und ihre weiße Stute antrieb, spürte man, dass sie keinerlei Furcht empfand und wie eh und je in der Lage war, Bogen und Axt zu führen. Es war ein beeindruckender Anblick, wie sie in stolzer Haltung zur Böschung hinaufritt, während ihr üppiges graues Haar im Wind flatterte.

»Helft, ihr Götter!«, betete Gwendike flüsternd. Ihre Finger, die das Bogenholz umfassten, zitterten leicht, und die Knöchel traten weiß hervor. Manja legte ihr beruhigend eine Hand auf den Arm. Sie ahnte, warum Sajan ihnen befohlen hatte, beim Wagen zu bleiben: Manja sollte ihre Cousine beschützen, die über keinerlei Kampferfahrung verfügte.

In diesem Augenblick schwoll das Donnern der Hufe zu einem brausenden Sturm, und grausames Kampfgeschrei erscholl jenseits des Walls. Wurfspieße schwirrten, und ein Hagel von Pfeilen schoss über die Dächer der Wagen hinweg. Die Reiter um Sajan und Tamage hatten sich an dem Durchlass im Wall eng zusammengedrängt, sodass zunächst nicht zu erkennen war, was dort vor sich ging. Dann jedoch entstand Bewegung: Äxte und Schwerter blitzten im Mondlicht, Pferde wieherten und schlugen erschrocken aus, Schreie ertönten.

Manja spürte, wie Gwendike eine Hand um ihren Arm klammerte.

»Was geschieht dort?«, flüsterte sie angespannt.

Manja beugte sich etwas weiter vor, um besser sehen zu können. Für kurze Zeit bildeten die Verteidiger ein unkenntliches Knäuel vor dem Eingang der Wagenburg, dann wurden sie zurückgedrängt und stoben auseinander. Reiterlose Pferde flüchteten in alle Richtungen. Durch die Bresche stürmten skythische Reiter, Männer in grauen Filzröcken und Kapuzen, den Sarmaten nicht unähnlich, jeder mit Axt, Schwert und Bogen bewaffnet. Die vorderste Reihe schien aus Edlen zu bestehen, denn sie trugen Helme und Körperpanzer mit eisernen Schuppen. Der Reiter an der Spitze, ein schwarzbärtiger Hüne, holte eben mit seiner Streitaxt aus und fegte eine Sarmatin, die sich ihm entgegenstellte, mit einem einzigen Schlag aus dem Sattel. Seine Krieger drängten nach, schossen in vollem Galopp mit ihren Bogen und schleuderten Wurfspieße in alle Richtungen.

»Sie brechen durch«, flüsterte Manja, legte einen Pfeil auf und spannte ihren Bogen, wobei sie auf den riesenhaften Anführer zielte. Dieser jedoch brach plötzlich nach rechts aus und zog ein Kurzschwert, um einen der Sarmaten anzugreifen, die noch im Sattel saßen – es war kein anderer als Sajan. Die beiden Männer fochten erbittert, und ihre Pferde umkreisten sich schnaubend.

Manja, deren Herz nun heftig schlug, ließ den Bogen sinken. Es war unmöglich, aus dieser Entfernung zu zielen; womöglich würde sie Sajan treffen statt des Skythen. Ihr Blick wanderte wieder zum Durchbruch im Wall, und sie sah eine scheinbar endlose Flut von Feinden hereindrängen, eine Welle von Reitern nach der anderen. Sie galoppierten in Gruppen zwischen den Zelten und Wagen umher und schossen auf alles, was sich bewegte: Kinder, Jünglinge und Greise sanken zu Boden; selbst Hunde, Schafe und Ziegen wurden getroffen. Manja sah, wie einer der Reiter eine eiserne Keule auf den Kopf einer alten Frau niederfahren ließ, die sich hinter einem Ochsenkarren versteckt hatte. Dann sprengte er hinter einer Gruppe flüchtender Kinder her und spannte seinen Bogen.

Manja erhob den ihren, zielte sorgfältig und zog ab. Der Pfeil traf den Mann, der noch gute zweihundert Schritte entfernt war, mitten in die Brust. Einen Moment lang schwankte er auf seinem Pferd, dann sackte er seitlich aus dem Sattel.

»Schieß doch!«, fuhr Manja Gwendike an, die mit angstgeweiteten Augen auf das Getümmel starrte und keinen Finger rührte. Gwendike schien wie aus einem bösen Traum zu erwachen und griff nach einem Pfeil.

Eine größere Gruppe der Angreifer galoppierte soeben durch die Gassen der Zeltstadt, geradewegs auf die Wagengruppe in der Mitte zu. Der Anführer mit dem eisernen Helm war bei ihnen. Manjas Herz machte einen schmerzhaften Sprung. Wo war Sajan? Hatte der Mann ihn verwundet oder gar getötet?

Endlich ließ Gwendike ihren ersten Pfeil schwirren, und einer der Angreifer stürzte, als sein Pferd in die Flanke getroffen wurde. Manja neben ihr verschoss in rasender Geschwindigkeit einen Pfeil nach dem anderen – diese Art des Schießens hatte sie bei Skudane gelernt, und sie stellte erstaunt fest, dass die fließenden Bewegungen ihr genauso mühelos gelangen wie bei den Übungen. Mehrere Skythen stürzten von ihren Pferden oder krümmten sich im Sattel zusammen; die übrigen jedoch stürmten weiter und erreichten den offenen Platz, auf dem die Wagen der Königsfamilie standen. Die erste Welle flankte bereits aus den Sätteln, bevor die Pferde zum Stehen gekommen waren. Die Männer hatten längst begriffen, woher die Pfeile kamen, und rannten mit gereckten Äxten und Dolchen auf den Wagen zu, in dem die beiden Mädchen sich verschanzt hatten.

Manja begriff, dass es ihr Tod sein würde, die Deckung zu verlassen und den Feinden entgegenzustürmen. Stattdessen zog sie Gwendike in den Mittelgang hinter der Tür zurück.

»Schieß!«, zischte sie. »Sie können nur einer nach dem anderen hereinkommen.«

Der erste Skythe, der den Wagen erstieg, erhielt einen wohlgezielten Pfeilschuss von Gwendike in den Hals. Ungläubig griff er sich an die Kehle und fiel rücklings zu Boden, während ein zweiter Angreifer über ihn hinwegstieg und mit einem wütenden Schrei den Eingang stürmte. Diesmal schoss Manja, und der Pfeil traf mit solcher Wucht, dass er den Leib des Mannes in Nabelhöhe durchschlug und am Rücken wieder austrat. Der Wagenboden erbebte, als der schwere Körper zusammensackte und quer in dem schmalen Durchgang liegen blieb.

Sofort warf sich Manja hinter dem Toten in Deckung und legte den nächsten Pfeil auf, während Gwendike hinter ihr im Schützenstand kniete und gleichfalls nachlud. Der nächste Mann, der den Wagen zu stürmen versuchte, kam nicht über das Trittbrett hinaus: Zwei Pfeile trafen ihn gleichzeitig in Schulter und Hüfte.

Damit habt ihr nicht gerechnet, was?, dachte Manja in einem wilden Gefühl des Triumphs. Ihr habt wohl gedacht, wir wären nur ein paar verängstigte Mädchen.

Tatsächlich schienen die Angreifer nicht mit derart erbittertem Widerstand gerechnet zu haben, denn einen Augenblick lang erschien niemand mehr in der Tür. Dann jedoch wurde ein Geschoss hereingeschleudert, quer durch den Gang und über Manjas Kopf hinweg – kein Pfeil und auch kein Wurfspieß, sondern eine brennende Pechfackel. Sofort fingen die Filzplanen Feuer, und die Flammen leckten bis zu den Holzbohlen empor, die das Dach bildeten.

Gwendike schrie erschrocken auf, und auch Manja begriff, dass sie gegen diesen Anschlag machtlos waren: Es gab kein Wasser im Wagen, nur ein Trinkgefäß mit Milch – nichts, womit sie den rasch um sich greifenden Brand bekämpfen konnten.

»Also gut«, sagte Manja mit einer kalten Entschlossenheit, die sie sich selbst kaum zugetraut hätte. »Hinaus!«

Zum Glück schien ihr verzweifelter Mut auf Gwendike überzuspringen, und so packten beide ihre Waffen, nahmen einen kurzen Anlauf und sprangen ins Freie.

Manja hörte sich selbst einen heiseren Schrei ausstoßen, als sie katzengleich auf dem Boden landete und sich sofort niederduckte, um einen weiteren Pfeil abzuschießen. Sie sah eine Gruppe von vielleicht zehn Männern heranstürmen, deren erster mitten im Lauf um die eigene Achse wirbelte und zusammenbrach. Auch Gwendike schoss, traf jedoch nicht. Mit einer eleganten Bewegung, die sie Hunderte Male geübt hatte, ließ Manja den Bogen fallen, zog ihre Streitaxt und warf sich schreiend den Angreifern entgegen. Das bronzene Blatt beschrieb einen weiten Halbkreis, fräste durch Filz, Leder und lebendes Fleisch. Zwei weitere Männer stürzten zu Boden, während die übrigen erschrocken zurückwichen. Nun schrie auch Gwendike, packte ihre Axt und schlug blindlings drauflos.

Das Wunder geschah: Die Skythen wichen zurück. Manja konnte es sich zunächst nicht erklären und begriff erst später, welch erschreckenden Eindruck sie auf diese Krieger gemacht haben mussten, die wahrscheinlich noch nie bewaffnete Frauen gesehen hatten: zwei Furien, mit Blut besprengt und in goldbesetzten Kleidern, die brüllend ihre Äxte schwangen wie rächende Göttinnen.

Als die Skythen sich schließlich ermannten und erneut vordrangen, war hinter ihnen das Geräusch galoppierender Hufe zu hören, und ein Dutzend Reiter sprengte heran. Zuerst konnte Manja nicht erkennen, ob sie zu ihrem eigenen Volk oder zum Feind gehörten, dann jedoch erblickte sie Tamage inmitten des Pulks. Die Kriegerin bot einen entsetzlichen Anblick: Sie saß gänzlich nackt auf ihrem Pferd, Arme und Schenkel mit Blut besprengt, und holte beidhändig mit der Streitaxt aus, wobei ihr rotbraunes Haar wie eine Löwenmähne flatterte.

Die Axt fuhr auf den Anführer der Skythen nieder, spaltete dessen Helm und schleuderte ihn durch das Gras bis zu einem der Wagenräder. Auch die übrigen Reiter ließen ihre Waffen niederfahren, wobei Sajan einem Gegner den Kopf glatt von den Schultern trennte. Die verbliebenen Skythen ergriffen die Flucht, rannten in Panik zu ihren Pferden und sprangen auf, um das Weite zu suchen.

»Nein, lasst sie ziehen!«, rief Sajan, als einige seiner Mitstreiter ihnen nachsetzen wollten. »Sie sollen zu ihrem Volk zurückkehren und die Kunde von unserem Sieg verbreiten!«

Bei diesen Worten brachen die Umstehenden in lautes Triumphgeheul aus und schwenkten ihre Waffen.

Schwer atmend ließ Manja die Axt sinken und blickte sich um. Offenbar waren die Angreifer tatsächlich zurückgeschlagen worden. Eine Spur toter Körper von Menschen und Pferden führte den Weg zum Wall hinauf bis zu dem

Durchgang, den die Flüchtenden soeben in gestrecktem Galopp durchquerten. Zu beiden Seiten zwischen den Zelten sah sie Gruppen sarmatischer Reiter, die versprengte Überlebende verfolgten und niedermachten. An einer Stelle hatten sich Kinder und ältere Frauen versammelt, um mit Holzstangen und Küchenmessern auf einen zu Boden gegangenen Skythen einzustechen. Überall irrten reiterlose Pferde umher.

»Holt Wasser!«, rief Sajan seinen Begleitern zu und deutete auf den brennenden Wagen. Dann saß er ab und lief auf Manja und Gwendike zu.

»Geht es euch gut?«

Manja nickte und bemerkte, dass er eine blutende Wunde an der Stirn davongetragen hatte, offenbar von seinem Zweikampf mit dem skythischen Anführer. Auch Tamage war vom Pferd gestiegen und schüttelte sich das Haar aus dem Gesicht. Ihr Blick ruhte auf Gwendike.

Erst jetzt bemerkte Manja, dass Gwendike ungläubig auf jenen Gegner starrte, den sie mit ihrer Axt getroffen hatte. Er lag ihr zu Füßen, war jedoch keineswegs tot: Das Blatt hatte sich seitlich in seinen Bauch gegraben, und er stöhnte schwach, während sein grauer Filzrock sich mit Blut vollsog.

»Erinnere dich, was du gelernt hast!«, sagte Tamage streng.

Gwendike biss sich auf die Lippen, blickte auf den Verwundeten hinab und hob langsam die Axt. Im Moment des Schlags schloss sie die Augen – so wie auch Manja es vor einigen Wochen getan hatte. Als der Mann am Boden sich endlich nicht mehr rührte, zitterten ihr die Beine.

Tamage legte ihrer Tochter eine Hand auf die Schulter.

»Von heute an bist du eine Kriegerin. Du bist reif, Leben zu nehmen und Leben zu geben. Du bist frei, einen Ehemann zu wählen und Kinder zu haben. Mögen die Götter dich segnen.«

Gwendike traten Tränen in die Augen. Manja, die ahnte, dass ihre Cousine einer Ohnmacht nahe war, fing sie auf und drückte sie fest an sich.

»Wir müssen uns um Mutter kümmern«, sagte Sajan zu

Tamage und wies zu einer Gruppe von Männern hinüber, die ein Pferd heranführten. Tamage nickte, und Manja erkannte die prächtig aufgezäumte Schimmelstute der Königin. Emre hing leblos im Sattel; ihr Kopf lag am Hals des Pferdes, und die graue Haarmähne verdeckte ihr Gesicht. Vorsichtig hoben Tamage und Sajan die verwundete Königin vom Pferd. Manja hielt den Atem an, als sie Emre auf den Boden betteten und die Wunde untersuchten. Die mächtige alte Frau, ungeschlagen im Zweikampf, war von einem verirrten Pfeil getroffen worden, der aus ihrem Rücken ragte.

»Ruft Batane und die anderen Heilkundigen!«, schrie Tamage in die umstehende Menge.

»Schick auch nach Skudane!«, fügte Sajan hinzu. »Sie hat Erfahrung mit Pfeilwunden.«

Manja und Gwendike wechselten einen raschen Blick.

»Die Pfeile der Skythen sind vergiftet«, flüsterte Gwendike. Ihre Lippen bebten.

Die ganze Nacht und den folgenden Morgen über herrschte eine gedrückte Stimmung im Lager der Sarmaten. Männer und Frauen gingen umher und suchten nach den Gefallenen, und das Geschrei der Verwundeten mischte sich mit dem Wehklagen jener, die in den Toten Angehörige oder Freunde erkannten. Mehr als hundert Sarmaten lagen zwischen doppelt so vielen gefallenen Skythen, und am Ende zogen die Menschen mit Ochsenkarren durch das Lager, um die Leichen aufzuladen.

Vorerst sah Manja wenig von alledem. Gemeinsam mit Gwendike half sie beim Löschen ihres Wagens, und es stellte sich heraus, dass die Aufbauten bis zur Ladefläche heruntergebrannt waren. Alles war verloren: Die bestickten Filzmatten, die Teppiche, die Möbel und sämtliche Kleider.

In der Zwischenzeit waren Bazukan, Skudane und mehrere ältere Frauen erschienen, um Emre, die kaum noch Lebenszeichen von sich gab, auf eine Trage zu betten und vorsichtig durch die Tür ihrer Wohnstätte zu befördern. Was danach im Innern des Wagens geschah, konnten weder Manja noch Gwendike erraten. Wahrscheinlich bemühten sich die Heilkundigen unter Einsatz ihrer ganzen Kunst um das Leben der Königin.

Bei Sonnenaufgang verließ Tamage den Wagen und winkte Manja und Gwendike zu sich.

»Kommt herein«, sagte sie ernst, ohne dass ihr Gesicht eine Gefühlsregung verriet.

Noch niemals hatte Manja den Wagen der Königin betreten, denn dies war gewöhnlich nur den engsten Verwandten, der Dienerschaft und dem Priester erlaubt. Der Eingang führte in einen großen Raum, der mit kostbaren Teppichen ausgelegt war. Sämtliche Wände waren mit Behängen verkleidet, auf denen sich Tiergestalten aus farbigem Leder tummelten: springende Hirsche und Pferde, Stiere, Raubkatzen und immer wieder Wölfe, mal friedlich lagernd, mal im Kampf mit einem Auerochsen oder einem Steinbock. An einer Seite des Raums war eine kleine Küchennische mit einem dreibeinigen Kohlebecken und Kochgeschirr eingelassen. An der Längswand standen hölzerne Truhen und Tische, allesamt reich mit goldenen Beschlägen verziert. Jedes Möbelstück, sogar Krüge, Schüsseln und anderes Geschirr trugen Emres Tamga, einen Kreis mit zwei geschwungenen Flügeln. An der linken Seitenwand des Raums führte ein Durchgang in Bykes Gemach.

Emre ruhte seitlich auf ihrer Bettstatt, einer dicken Filzmatte mit bestickten Kissen. Ihr Leibrock war aufgeschnitten worden, sodass die Wunde zu sehen war: ein kreisrundes Loch, aus dem der hölzerne Pfeilschaft herausragte. Er bewegte sich leicht im Rhythmus ihres schwachen Atems.

Rund um ihr Lager standen Sajan, Bazukan und mehrere ältere Frauen mit gesenkten Gesichtern. Sajan weinte lautlos, während der Priester mit beiden Händen seinen Stab umklammerte und offenbar in ein stummes Gebet versunken war. Byke hielt sich ein wenig abseits, wie stets mit unbewegtem Gesicht.

Als Tamage die beiden jungen Frauen hineinführte, kam ihnen Skudane entgegen. Die robuste alte Lehrerin zeigte nicht die geringste Verletzung, obwohl sie in der Schlacht zu Fuß gekämpft und ein ganzes Dutzend Feinde erschlagen hatte. Während Tamage sich den Versammelten um Emres Bett anschloss, zog Skudane die Besucherinnen in eine Ecke.

»Kann man den Pfeil nicht entfernen?«, flüsterte Gwendike, in deren Augen Tränen standen.

Grimmig schüttelte Skudane den Kopf. »Er hat das Rückgrat verletzt, und die Spitze steckt in den Eingeweiden. Wenn wir ihn herauszögen, würde sie innerlich verbluten.«

Gwendike schluckte und schwieg.

»Wir können nichts mehr tun«, schloss Skudane und wandte sich ab. »Geht zu ihr!«

Beklommen traten Gwendike und Manja an die Bettstatt, und die Umstehenden zogen sich zurück, sodass sie Emres Gesicht sehen konnten. Die alte Frau lag mit entblößtem Oberkörper auf der Seite; ihre schlaffen Brüste hoben und senkten sich krampfhaft, und ihr von tausend Fältchen bedecktes Gesicht war schweißüberströmt. Die grauen Haare klebten ihr in der Stirn, und ihr Mund klaffte, als habe sie Mühe zu atmen. Die grauen Augen aber waren geöffnet, und als ihre Enkelinnen näher traten, winkte sie sie mit einer schwachen Bewegung der linken Hand zu sich.

Gwendike strich sich mit dem Ärmel die Tränen aus dem Gesicht und kniete nieder.

»Ich höre, dass du heute deinen ersten Feind getötet hast«, sagte Emre mit schwacher Stimme.

Gwendike nickte schniefend und bemühte sich sichtlich um Fassung.

»So bist du nun also erwachsen«, murmelte Emre. »Ich danke den Göttern, dass ich das noch erleben darf.«

Ihr Blick flackerte zu Manja hinauf.

»Tochter meiner Tochter ...« Ein krächzendes Husten unterbrach ihre Worte.

Manja ließ sich an Gwendikes Seite nieder, und Emre ergriff ihre Hand.

»Die Götter haben mir Vardane genommen, aber sie haben dich aus der Fremde zu mir zurückgebracht.«

Die Königin drehte Manjas Hand in der ihren, sodass der goldene Ring mit der Wolfsfigur vor ihren Augen lag.

»Du hast dich dieses Erbstücks würdig erwiesen«, brachte

sie leise hervor. »Gib es dereinst an deine älteste Tochter weiter, damit die Kraft des Wolfes stets bei unserem Volk bleibt.«

Manja nickte ernst.

»Byke!«, sagte Emre plötzlich und blickte über Manjas Schulter zu ihrer Nichte hinüber, die im Schatten abseits von den anderen stand. Zögernd trat Byke zwei Schritte vor, sodass Licht auf ihr strenges Gesicht fiel.

»Tochter meiner Halbschwester!«, sagte Emre, plötzlich heftig bewegt. »Du hast es nie erfahren, doch deine Mutter hat sich mit mir ausgesöhnt. Einst, noch vor deiner Geburt, nahm sie mir den Ring …«

Bykes Augen verengten sich misstrauisch.

»… doch sie gab ihn mir freiwillig zurück. Begrab auch du den alten Streit! Lass nicht zu, dass …«

Plötzlich brach Emres Stimme; ihre Lider flatterten, und sie rang hörbar nach Luft. Einen Augenblick bebte der mächtige Körper, und Manja, die Emres Hand nicht losgelassen hatte, spürte den Kampf, den ihr immer noch kräftiges Herz gegen den Tod führte. Dann erstarrten Emres Finger, und sie lag still.

Manja und Gwendike waren hinausgegangen, während der Priester den Leichnam wusch und für die letzten Riten vorbereitete. Die Sonne war inzwischen aufgegangen und ließ die Dächer der Zeltstadt aufgleißen. Ein kühler Wind wehte von Osten her über der Steppe. Gwendike weinte noch immer, und erst als Manja sie in die Arme nahm, kamen auch ihr selbst die Tränen.

Später verließ Tamage den Wagen und kam zu ihnen herüber. Sie wirkte gefasst, auch wenn ihre Augen gerötet waren.

»Wir müssen noch darüber sprechen, wo ihr von jetzt an wohnen werdet«, sagte sie. »Euer Wagen ist ausgebrannt, und wir können nicht so bald einen neuen bauen.«

Manja sah erstaunt zu ihr auf – das hatte sie angesichts der jüngsten Geschehnisse ganz vergessen.

»Auch Byke muss umziehen«, fuhr Tamage fort, »denn der Wagen meiner Mutter wird ihr ins Grab folgen. Byke hat sich bereit erklärt, vorübergehend bei Batane zu schlafen.« Sie wandte sich an Gwendike. »Möchtest du vorerst bei mir wohnen?«

Gwendike umarmte sie heftig und legte den Kopf an ihre Schulter. »Natürlich, liebe Mutter.«

Tamage strich ihrer Tochter sanft übers Haar.

»Manjane, bist du bereit, vorläufig mit deinem Onkel den Wagen zu teilen?«

Manja spürte einen erschrockenen Stich in der Herzgegend.

»Natürlich«, brachte sie schwach hervor.

DAS BEGRÄBNIS

Der gesamte folgende Tag war der Sorge für die Toten der Schlacht gewidmet. Die Körper der Skythen wurden außerhalb des Lagers aufgeschichtet und verbrannt, die der Sarmaten dagegen gewaschen und aufgebahrt. Alle Familien, die einen Angehörigen verloren hatten, legten den Leichnam auf einen kleinen Karren und fuhren mit ihm von Zelt zu Zelt. Jeder Bewohner stellte eine Gabe für den Toten auf die Ladefläche: ein Stück Fleisch, ein Schälchen Milch, einen Käse oder dergleichen. Dann erst wurde der Tote außerhalb des Lagers begraben, mitsamt den Lebensmitteln, seinen Waffen, seiner Kleidung und dem in seine Einzelteile zerlegten Karren.

Gwendike hatte den Wagen ihrer Mutter aufgesucht und verschlief vor Erschöpfung den größten Teil des Tages. Manja hatte zwar ebenfalls eine durchwachte Nacht hinter sich, fühlte sich jedoch außerstande, es ihr gleichzutun. Sie fürchtete sich, den Wagen aufzusuchen und Sajans Räumlichkeiten zu betreten, obgleich sie wusste, dass er sich nicht dort aufhielt, sondern bei seiner toten Mutter war.

Stattdessen streifte sie ruhelos im Lager herum, stand einige Zeit bei ihrer Stute auf der Weide, um Gesellschaft zu haben, und irrte durch die Gassen der Zeltstadt, wo Dutzende von Leichenwagen ihren Weg kreuzten. Eine Zeit lang spielte sie mit dem Gedanken, das Lager zu verlassen, um nach Varge zu suchen, doch am Ende wagte sie es nicht. Zwar glaubte sie kaum, dass die Skythen zurückkehren würden, doch war sie sicher, dass Sajan und Tamage es missbilligten, wenn sie sich schon wieder allein draußen herumtrieb.

Als die Dämmerung hereinbrach, fand sie sich beim Wagen ein, auf dessen Trittbrett bereits das Essen abgestellt war. Gwendike war nicht dort – vermutlich schlief sie noch immer –, und auch Sajan war nirgends zu sehen. Um den Zeitpunkt hinauszuzögern, an dem sie den Wagen betreten musste, aß Manja im Freien und blieb noch lange im Gras sitzen, während die Sonne sank und Ruhe im Lager einkehrte. Bei Sonnenuntergang erschien die junge Dienerin, die für ihre Körperpflege zuständig war. Manja schickte sie fort. Um keinen Preis wollte sie sich in Sajans Räumen entkleiden und mit Kräutermilch einreiben lassen, wenn jeden Moment die Gefahr bestand, dass er hereinkam.

Am Ende überwand sich Manja und bestieg den Wagen. Er war genauso eingerichtet wie jener, den sie bis zum Vortag mit Gwendike geteilt hatte: Der Eingang in der Mitte führte zu einem Korridor, der die beiden Hälften des Aufbaus trennte. Links lag Tamages Zimmer, zur Rechten das von Sajan. Die Durchgänge waren mit Matten aus Leder verhängt.

Sajans Raum erinnerte an den von Gwendike, allerdings war er viel sparsamer eingerichtet. Es war offensichtlich, dass sein Bewohner ihn nur zum Schlafen aufsuchte. Hier gab es keinen Wandschrank mit Kleidungsstücken und auch kein Frisiertischchen mit Tiegeln und Flaschen, dafür mehrere hölzerne Truhen sowie ein Arsenal verschiedener Waffen, die an der Rückwand lehnten: ein langes und ein kurzes Schwert, beide in ledernen Scheiden mit Goldbesatz, eine Streitkeule mit vergoldetem Griff und Lederköcher mit Hunderten von Pfeilen. Sajans Schlaflager war eine schlichte, schmucklose Filzmatte. An der gegenüberliegenden Wand war eine zweite Matte platziert worden, zweifellos für

Manja, mit einem zusammengerollten Schafspelz als Kissenersatz.

Sajan erschien geraume Zeit später und bemühte sich, kein Geräusch zu machen, um sie nicht zu wecken. Manja hatte sich hingelegt und versuchte sich schlafend zu stellen – im Grunde ein unnötiges Unterfangen, denn der Raum war stockdunkel. Dennoch glaubte sie, seine Blicke auf sich zu spüren, und entspannte sich erst, als sie hörte, dass er sich auf seiner Seite des Raums zur Ruhe bettete.

Sie verbrachten eine unruhige Nacht. Manja schlief wenig und lag oft wach, wobei sie wahrnahm, dass auch Sajan sich auf seinem Lager hin und her warf. Im Grunde war es kein Wunder, dachte sie: Er hatte eine Schlacht geschlagen und dem Tod seiner Mutter beigewohnt – dennoch ahnte sie, dass auch ihre Anwesenheit ihn hinderte, Ruhe zu finden.

Am folgenden Tag erwachte Manja spät, fand das Zimmer bereits leer vor und stieß auf dem Flur mit Gwendike zusammen, die erschöpft und übernächtigt wirkte. Sie aßen draußen vor dem Wagen, und diesmal leistete Tamage ihnen Gesellschaft.

»Wir brechen noch heute auf und ziehen nach Westen«, teilte sie ihnen mit. »Der Weg ist nicht weit, vielleicht vier Tagesreisen.«

»Nach Westen?« Gwendike ließ ihre Milchschale sinken. »Aber im Westen sind doch die Skythen! Dann bewegen wir uns ja auf sie zu.«

Tamage nickte ernst. »Richtig. Aber es war der Wunsch meiner Mutter, in Sichtweite ihrer Mutter Myrgine begraben zu werden, und das Grab liegt im Westen unweit der Waldgrenze. Zu Myrgines Zeit gab es dort noch keine Skythen, jetzt dagegen befindet sich dieser Ort mitten im Grenzgebiet. Wir müssen also sehr vorsichtig sein. Ich glaube allerdings nicht, dass die Skythen uns nach dieser vernichtenden Niederlage erneut anzugreifen wagen. Außerdem sind die Grabstätten heilig, und alle Völker der Steppe meiden ihre Nähe.«

Gwendike nickte und schien ein wenig beruhigt.

»Wir werden mindestens zwei Monate dort bleiben müssen«, fuhr Tamage fort, »denn es braucht Zeit und viele kräftige Hände, um einen Grabhügel zu errichten. Immerhin ist der Wald nahe, sodass wir Bauholz haben – und bei dieser Gelegenheit können wir uns auch um einen neuen Wagen für euch beide kümmern.«

Die Reise dauerte nicht vier, sondern fünf Tage, denn viele Menschen hatten in der Schlacht ihr Leben gelassen, und es fehlte nicht nur an Kriegern, sondern auch an Hirtenjungen und Wagenlenkern. Manja und Gwendike saßen die meiste Zeit im Sattel, um das Schaukeln des Wagens nicht ertragen zu müssen, und Manja war dankbar für die Gesellschaft und den frischen Wind, der die heiße Spätsommersonne erträglich machte. An den Abenden suchte sie den Wagen stets so früh wie möglich auf und versuchte zu schlafen, bevor Sajan kam. Am Morgen stand sie auf, während er noch ruhte. Tatsächlich wechselten sie kein einziges Wort miteinander, und niemals hielten sie sich gemeinsam im Raum auf, wenn nicht zumindest einer von beiden schlief.

Am Mittag des fünften Tages erschien am Horizont die ferne Kuppe eines Grabhügels. Zur Rechten war in einiger Entfernung als dunkles Band die Waldgrenze zu erkennen. Die Sarmaten waren in den nördlichsten Marken der Steppe angekommen, wo das karge Grasland in Auenlandschaften mit Kiefernhainen überging. Der Tross lagerte in Sichtweite des Hügels und gruppierte sich erneut in einer Verteidigungsstellung: Ein Ring aus zusammengestellten Wagen umschloss das Lager wie ein Wall; lediglich die Herden wurden auf das Umland hinausgetrieben.

Diesmal jedoch wurde in der Mitte der Zeltstadt ein kreisrunder Bereich von mehr als zweihundert Schritten Durchmesser abgesteckt, auf dem weder Zelte noch Wagen standen. Bazukan, der Priester, begrenzte die Fläche, indem er seine Zeremonialstäbe mit den bronzenen Aufsätzen in die Erde stieß, wie er es gewöhnlich bei Kultstätten tat. Manja erfuhr bald, dass dieser freie Platz für das Grabmal der Königin vorgesehen war.

Emres Leichnam war inzwischen unter freiem Himmel aufgebahrt worden, in kostbaren Gewändern und voller Bewaffnung. Unter Beachtung eines strengen Rituals wurde der Leib der Königin geöffnet, von den Eingeweiden befreit und mit trockenem Gras gefüllt. Ihre Haut hatte der Priester mit einem Gemisch aus verschiedenen Salben und Tinkturen bestrichen, deren Geheimnis nur ihm bekannt war. Sie dienten dazu, den Verwesungsprozess aufzuhalten und den toten Körper vor dem Zerfall zu bewahren. Unterdessen zerlegten einige Männer Emres Wagen in seine Einzelteile. Sämtliche Möbel wurden hinausgetragen und am Boden aufgestapelt; dann wurden die Filzplanen abgedeckt, das Dach abgerissen, das Flechtwerk der Wände aufgelöst und selbst der Wagenboden, die Deichsel, die Achsen und die Räder entfernt.

Gleichzeitig schachteten andere Männer in tagelanger Arbeit eine rechteckige Grube aus. Als diese etwa zwölf Fuß tief in den Boden reichte, wurden die Wände mit denselben Holzbohlen verkleidet, die zuvor zu Emres Wagen gehört hatten. Selbst die Filzmatten und Wandbehänge wurden wieder angebracht. Die Möbel der Königin wurden aufgestellt, und in jede Ecke der Kammer wurde eines der Wagenräder gelegt, sodass das Grab am Ende bis in jede Einzelheit dem Wagen glich, den Emre zu Lebzeiten bewohnt hatte.

Dann zogen die Männer mit Äxten zum Waldrand aus, um Holz zu schlagen, das auf schweren Karren ins Lager gebracht wurde. Die Grabkammer wurde sorgfältig mit Holzplanken abgedeckt, während an der Stirnseite ein kleiner Vorraum entstand, der offen blieb und durch eine Leiter zugänglich war. Ein besonders großer Baumstamm wurde neben das Grab gelegt und in mühevoller Arbeit ausgehöhlt. Manja fragte nicht nach, denn sie hatte auch ohne Gwendikes Erklärungen begriffen, dass es sich hierbei um den Sarg handelte. Die Ausstattung des Grabes war ihr wohlvertraut – sie glich in jeder Hinsicht derjenigen des Grabhügels, in dem sie vor vielen Jahren zwei Nächte lang gefangen gewesen war.

Manja fühlte sich eingesperrt und beengt, sowohl im Wagen als auch in der Zeltstadt. Wegen der Nähe zum Land der Skythen wagte sie nicht auszureiten, doch fragte sie Tamage, ob es ihr gestattet sei, das Lager zu verlassen, um nach ihrer Wölfin zu sehen. Tamage war einverstanden, trug ihr jedoch auf, sich zu bewaffnen und in Sichtweite des Lagers zu bleiben.

Manja fand Varge unweit vom Wall in Richtung des fernen Hügels. Die Wölfin lag im Gras und sprang auf wie ein Hund, den man zum Spielen auffordert, als sie Manjas Pferd erkannte. Manja ritt eine Zeit lang in gemächlichem Trab, und Varge begleitete sie. In respektvollem Abstand näherten sie sich dem Hügel und umrundeten ihn, bis der Waldrand in Sicht kam und ein Felsplateau auftauchte, auf dem sich windschiefe Kiefern in den Himmel reckten.

Plötzlich zügelte Manja ihre Stute und richtete sich im Sattel auf.

Er ist es, schoss es ihr durch den Kopf. Das ist der Geisterhügel! Ich habe ihn nur nicht gleich erkannt, weil wir uns ihm von Osten genähert haben ... Ich bin zu Hause.

Nun, aus Richtung der Waldgrenze gesehen, erkannte sie die markanten Umrisse des Hügelgrabes, dessen Kuppe an der Spitze leicht abgeflacht war. Dort oben, irgendwo zwischen den wogenden Gräsern, musste sich die Erdspalte befinden, durch die sie einst hinabgestürzt war.

Aber wie ist das möglich?, fragte sich Manja. Wie kann es Myrgines Grab sein?

Myrgine war, wie Manja wusste, Gwendikes Urgroßmutter und die Mutter der verstorbenen Königin. Mit gerunzelter Stirn betrachtete Manja den Ring an ihrem Finger. Dieser Ring war stets von der Mutter auf die älteste Tochter übergegangen, also von Myrgine auf Emre und von Emre auf Vardane, die in skythische Gefangenschaft geriet. Aus der Tatsache, dass Manja diesen Ring trug, hatten die Sarmaten gefolgert, dass sie Vardanes Tochter war. Wie aber war es dann möglich, dass sie den Ring im Innern des Grabes entdeckt hatte? Auf welchem Weg war er zu Myrgine zurückgekehrt?

Sie fand keine Antwort auf diese Fragen. Stattdessen wandte sie sich dem gegenüberliegenden Horizont zu und ritt zur Waldgrenze. Dort oben, über dem Rand des Felsplateaus, hatte sie einst mit Vilufar am Lagerfeuer gesessen ... einen ersten Kuss mit ihm getauscht ... ihm versprochen, dass sie immer zusammenbleiben würden.

Ein mächtiger Wunsch wallte in ihr auf, das Dorf ihrer Kindheit wiederzusehen, das nur tausend Schritte entfernt in den Wäldern liegen musste. Doch was würde sie dort vorfinden? Wahrscheinlich hatte der Wald die Stätte längst mit Farnen und Buschwerk überzogen, unter denen die rauchgeschwärzten Balken der niedergebrannten Häuser moderten. Vilufar war nicht mehr dort – und auch ihre Mutter nicht.

Schweren Herzens wandte Manja sich ab, setzte ihre Stute wieder in Trab und lenkte sie zum Lager zurück. Die Wölfin lief voraus, und Manja kam es vor, als weise sie ihr den Weg.

Dorthin gehöre ich, dachte sie. Dort ist mein Platz.

Schließlich kam der Tag des Begräbnisses. Der gesamte Stamm versammelte sich um das abgesteckte Gelände, eine Menge von gut sechstausend Menschen jeglichen Alters. Manja und Gwendike standen in vorderster Reihe, gemeinsam mit Sajan, Tamage und Byke. Die Zeremonie wurde von Bazukan und einer auserwählten Gruppe älterer Männer und Frauen durchgeführt. Während Bazukan mit weithin hörbarer Stimme die Götter anrief, betteten die Frauen Emres Körper in den Baumsarg, der von den Männern ergriffen und mit einem Seilzug in den Vorraum der Grabkammer hinabgelassen wurde. Vier Männer stiegen die Leiter hinab und schoben den Sarg ins Innere der Kammer. Dann wurde der Durchgang mit Holzplanken verschlossen.

Nun wurden die sechs Ochsen herbeigebracht, die Emres Wagen zu ihren Lebzeiten gezogen hatten. Auch das königliche Streitross, die prächtige Schimmelstute mit der goldenen Stirnmaske, wurde von einer Dienerin auf den Platz geführt. Bazukan überreichte einem Mann, dessen Gesicht mit einer dicken Rußschicht unkenntlich gemacht war, eine schwere Streitaxt.

Manja erriet, was nun geschehen würde, und wandte den Blick ab. Der schwarzgesichtige Mann trat zu einem der Zugochsen, der von zwei Männern am Halsstrick in die Knie gezwungen wurde, holte weit aus und tötete das Tier mit einem gezielten Schlag in die Stirn. Sechsmal fuhr die Axt nieder, und jedes Mal sank der schwere Körper eines der Tiere leblos ins Gras. Schließlich ging der Henker auf Emres Schlachtross zu, dem die Dienerin soeben den goldenen Stirnschmuck abnahm.

Manja kniff die Augen zusammen, als der Schlag fiel. Sie hatte damit gerechnet, dass auch Emres geliebtes Pferd sterben musste, um der Königin in der jenseitigen Welt zu dienen, doch berührte sie dessen Tod weit stärker als derjenige der Zugtiere. Als sie sich endlich zum Hinsehen zwang, zogen die Männer die Ochsenkadaver an Stricken zum Rand der Grube und warfen sie hinunter. Ihnen folgten die Holzplanken, die früher Deichsel und Joch von Emres Wagen gebildet hatten. Als Letztes folgte das Pferd, das im Gegensatz zu den Zugtieren sorgsam und in seitlich ruhender Haltung niedergelegt wurde. Dann verschlossen die Männer den Vorraum mit Holzbalken und deckten eine zweite Schicht schmalerer Bretter über die gesamte Grabanlage.

Der Begräbniszeremonie folgte ein üppiges Festessen, das an Ort und Stelle eingenommen wurde. Die Menschen hatten sich in Gruppen rund um den Kultplatz niedergelassen, während schwere Kochkessel, Platten voller Fleisch und Krüge mit Milch herbeigeschafft wurden. Die Königsfamilie hatte auf einem eigens ausgerollten Teppich Platz genommen, und diesmal aßen Manja und Gwendike, die nun beide als Erwachsene galten, gemeinsam mit Sajan und Tamage. Das Mahl war schweigsam, und Manja konnte sich kaum zum Essen überwinden. Erst als Tamage sie mit einer Handbewegung ermahnte, zwang sie sich, ihre Schale mit Hammelfleisch und Ziegenkäse zu leeren. Nach dem Essen wurde Stutenschnaps gereicht, und sie war froh, dass niemand Einspruch erhob, als sie lediglich an ihrem Trinkgefäß nippte.

Die Feier dauerte bis zum späten Nachmittag, und am Ende gab der Priester ein Zeichen, woraufhin alle sich erhoben und mit ihren geleerten Schalen und Krügen den Kultplatz betraten. Sämtliches Geschirr, das bei der Totenmahlzeit verwendet worden war, wurde zerschlagen und auf das Grab geworfen, und rasch türmte sich eine Schicht aus Scherben über der Holzabdeckung. Danach zerstreuten sich die Menschen, um ihre Zelte und Wagen aufzusuchen.

An diesem Abend saß Manja noch lange mit Gwendike draußen vor dem Wagen. Beide waren schweigsam, wenn auch aus unterschiedlichen Gründen. Gwendike hatte miterlebt, wie ihre Großmutter zu Grabe getragen wurde. Auch Manja trauerte um die alte Frau, obwohl sie fast nie mit ihr gesprochen hatte. Emre war für sie wie eine Göttin gewesen, ein unnahbares, doch wohlwollendes Wesen, strahlend in einer Würde und Kraft des Alters, wie Manja es bei den Bauern in ihrer Heimat nie erlebt hatte.

Sie dachte an die letzten Worte der alten Frau. »Du hast dich dieses Erbstücks würdig erwiesen. Gib es dereinst an deine älteste Tochter weiter.«

Sie betrachtete den Ring, und ihre Gedanken kehrten zum Rätsel des Grabhügels zurück, in dem Emres Mutter bestattet worden war. Noch einmal hörte sie Emres allerletzte Worte, die sie an ihre Halbschwester gerichtet hatte – Manja ahnte dunkel, dass beides in einem Zusammenhang stand.

»Was hat unsere Großmutter gemeint, als sie zu Byke sagte: Begrab auch du den alten Streit?«, fragte sie. »Sie sagte doch auch etwas über den Ring, nicht wahr?«

Gwendike verzog den Mund. »Darüber habe ich auch nachgedacht. Es klang, als habe Bykes Mutter Ingane einst versucht, Emre den Ring zu stehlen. Du weißt ja: Emre war die ältere Schwester, aber unehelich empfangen. Deshalb glaubte Bykes Mutter, dass sie den Ring erben würde. Aber meine Urgroßmutter Myrgine heiratete in zweiter Ehe Emres Vater, bestimmte Emre für die Nachfolge und übergab ihr den Ring.«

Manja nickte, dies hatte ihr Gwendike schon einmal auseinandergesetzt.

»Ingane muss sehr enttäuscht gewesen sein«, sagte Gwendike nachdenklich. »Aber dass sie versucht hat, Emre den Ring abzunehmen, war mir neu. Ich habe mit meiner Mutter darüber gesprochen, doch selbst sie kannte diese Geschichte nicht.«

»Byke offenbar auch nicht«, warf Manja ein. »Weißt du noch, wie ungläubig sie dreinschaute?«

»Vielleicht war es vor sehr langer Zeit«, vermutete Gwendike. »Ich meine: Vor Bykes Geburt, als ihre Mutter und Emre noch sehr jung waren.«

In diesem Moment wurden sie unterbrochen, denn Tamage verließ den Wagen.

»Gwendike!«, rief sie ihre Tochter. »Wir müssen uns um neue Kleider für dich kümmern.«

»Ach ja.« Gwendike stand auf und warf Manja einen entschuldigenden Blick zu. »Mutter und ich wollen zur Schneiderin gehen und neue Kleider machen lassen … meine alten sind ja alle verbrannt.« Traurig sah sie an ihrem einzig verbliebenen Kleid hinab, einem vergleichsweise schmucklosen Leibrock mit himmelblauen Borten. »Willst du nicht mitkommen? Dann können wir auch für dich etwas in Auftrag geben.«

»Ach, das verschiebe ich lieber auf ein anderes Mal«, wehrte Manja ab, die wie stets früh den Wagen aufsuchen wollte, um Sajan nicht zu begegnen.

»Gut.« Tamage winkte ihrer Tochter. »Dann komm!«

»Es kann einige Zeit dauern«, rief Gwendike noch über die Schulter zurück. »Warte nicht auf mich!«

Das war Manja nur recht. Sobald die beiden sich entfernt hatten, erkletterte sie den Wagen, suchte Sajans Schlafgemach auf und legte sich hin.

Es war noch nicht dunkel, als Sajan hereinkam. Manja war hellwach, stellte sich jedoch schlafend. Wie gewöhnlich hörte sie, dass er vorsichtig Fuß vor Fuß setzte, damit die Planken des Bodens nicht knarrten. Ein schabendes Geräusch verriet, dass er die Stiefel auszog. Dann raschelte Stoff – das war merkwürdig, denn zumeist schliefen die Sarmaten in ihrer Kleidung. Manja neigte lautlos den Kopf, öffnete die Augen und spähte in den dunklen Raum. Dann begriff sie: Zum Begräbnis seiner Mutter hatte er einen selten getragenen Leibrock aus feinem Gewebe mit Goldstickereien angelegt. Jetzt zog er sich um, damit die Festkleidung nicht litt.

Nun, da sie sich einmal zum Hinsehen überwunden hatte, konnte Manja die Augen nicht wieder abwenden. Noch nie hatte sie einen erwachsenen Mann gänzlich nackt gesehen, und zum ersten Mal nahm sie bewusst und vollständig jene Andersartigkeit wahr, die diesen Leib von dem ihren unterschied. Schattenhaft erhaschte sie kurze Eindrücke im Dämmerlicht: die schlanke Gestalt, die kräftigen Schultern, den feinen Flaum dunkler Haare, der über Brust und Bauch hinablief, den kräftigen, von Muskelbändern gegliederten Leib, die schmalen Hüften.

Plötzlich hielt er inne, die zusammengerollte Hose in den Händen, als hätte er ihren Blick gespürt.

»Manjane?«

Erschrocken kniff sie die Augen zusammen und verharrte still. Seine nackten Füße tappten auf ihr Lager zu. Verzweifelt stellte sie fest, dass es ihr unmöglich war, sich schlafend zu stellen, während er aus nächster Nähe in ihr Gesicht blickte. Als sie sich geschlagen gab und die Augen öffnete, kniete er vor dem Bett, die Hose noch in den Händen. Sein Gesicht war ein unkenntlicher Schatten im Dunkeln.

»Verzeih ... habe ich dich geweckt?«, fragte er sanft.

Der Klang seiner Stimme weckte in Manja ein derart übermächtiges Verlangen, dass sie plötzlich alle Zurückhaltung fahren ließ. Sie fühlte, wie instinktive Kräfte von ihr Besitz ergriffen, und es schien ihr das Einfachste und Richtigste, ihnen nachzugeben. Langsam richtete sie sich auf, bis sich ihr Gesicht auf gleicher Höhe mit dem seinen befand, neigte den Kopf und suchte seine Lippen.

Er zuckte zurück, und sie spürte seinen Atem über ihr Gesicht streichen. Entschlossen ergriff sie seine Schultern und zog ihn an sich.

»Manjane ...«

Er duldete ihren Griff, wandte jedoch den Kopf zur Seite.

»Nein …«

»Doch«, flüsterte sie, fand endlich seinen Mund und verschloss ihn mit einem Kuss. Sie spürte, dass er Qualen ausstand, hin- und hergerissen zwischen Furcht und Verlangen.

»Wir dürfen das nicht«, flüsterte er rau, als sie seine Lippen freigab.

»Wir dürfen«, sagte sie. »Vertrau mir!«

»Tamage …«

»Sie ist mit Gwendike fortgegangen.«

Sie richtete sich auf, um ihren Leibrock abzustreifen. Dann ergriff sie seine Hände, die schützend um die zusammengerollte Hose in seinem Schoß gekrallt waren, als schämte er sich dessen, was dort geschah.

»Manjane …«

»Still!«, flüsterte sie, zog seine Hände auseinander und tastete in dem tiefen Schatten darunter.

»Aber … wenn du ein Kind bekommst …«

Sie spürte, dass er zitterte, und legte ihm beruhigend eine Hand auf die nackte Brust. Ihre Monatsblutung war in weniger als drei Tagen fällig; dessen war sie sicher.

»Vertrau mir!«, wiederholte sie.

Es tat gut, seine Angst zu beschwichtigen – es lenkte sie von ihrer eigenen ab. Beim Gedanken, dass jenes mächtige Etwas, das ihre Finger ertastet hatten, in ihren Leib eindringen sollte, fühlte sie sich erregt und beklommen zugleich. Doch gerade seine Zurückhaltung ermutigte sie, und so ließ sie sich langsam auf seinen gekreuzten Beinen nieder. Ihre Sorge erwies sich als unbegründet: Ihr Schoß war geschmeidig und weich und öffnete sich ihm ohne Widerstand. Eine Zeit lang saßen beide schwer atmend still und blickten einander aus nächster Nähe ins Gesicht. Dann legte sie die Arme um seinen Nacken, schloss die Augen und begann sich langsam und konzentriert auf ihm zu wiegen.

Endlich spürte sie, wie auch er sich entspannte. Seine Hände fanden ihre Hüften; sie fühlten sich heiß und schwer auf ihrer Haut an. Dann kam er ihr entgegen, zuerst zaghaft und tastend, dann schneller und kräftiger. Manja lag an seiner Schulter, fühlte die Hitze seines Kopfes, spürte seine

Wimpern über ihre Wange streichen und roch den schweren Duft seines Haars. Verlangend drückte sie sich an ihn, umschlang ihn mit Armen und Beinen und fühlte die Bewegungen seiner starken Schultern unter ihren Händen. In ihr war nichts als ein überwältigendes Glücksgefühl. Nach einiger Zeit verdichteten sich die Wellen, die durch ihren Körper liefen, zu einem glühenden Strom, als würde in ihrem Innern eine große Blase anschwellen. Unaufhaltsam stieg diese Empfindung in ihr empor, ließ ihr Herz heftig schlagen, bedeckte ihre Brust mit süßem Schweiß, trieb ihr das Blut in den Kopf und brach endlich als tiefes Stöhnen aus ihrer Kehle. Sie spürte, wie er sich heftig unter ihr wand und den Kopf so scharf in den Nacken warf, dass die Halssehnen hervortraten. Dann kamen ihre Körper zur Ruhe, und sie hielten einander eng umschlungen und lauschten auf den ruhiger werdenden Atem des anderen.

Irgendwann knarrte der Wagenboden, und gedämpfte Stimmen drangen aus dem Korridor herüber. Gwendike und Tamage waren zurückgekehrt. Sajan erstarrte, und Manja spürte, wie er mit angehaltenem Atem lauschte. Vorsichtig stieg sie von seinem Schoß und zog sich auf ihr Schlaflager zurück. Auch er schlich in seine Ecke des Raums. Sie sprachen kein weiteres Wort. Beide lagen still in der Dunkelheit, allein mit ihren Gedanken und dem Aufruhr ihrer Gefühle.

NEUE BESCHLÜSSE

Es dauerte mehrere Wochen, bis der Grabhügel der Königin fertiggestellt war. Tagein, tagaus zogen die Menschen in kleinen Gruppen in das Umland hinaus, um Grassoden zu stechen, auf Karren zu verladen und ins Lager zu bringen. Massen an Erde wurden bewegt, und schließlich formte sich auf dem Kultplatz eine runde Hügelbasis, die allmählich emporwuchs. Wenn die Spitze des Hügels die Dächer der Wagen überragte, würde er fertig sein und zu einem unvergänglichen Mahnmal in der umgebenden Landschaft werden.

Beim Heranschaffen der Grassoden war die Mithilfe aller gefordert. Die Sitte nahm auch Mitglieder der Königsfamilie nicht aus, und so zogen Manja und Gwendike täglich mit hinaus, um beim Beladen der Ochsenkarren zu helfen. Gwendike stöhnte bald über die schwere Arbeit, die ihre zarte Statur überforderte, und verlegte sich darauf, die Zugtiere zu betreuen und sie am Halfter zu führen. Manja dagegen war froh über die Abwechslung und gebrauchte ausdauernd die Hacke. Die gleichförmige Tätigkeit beruhigte ihr aufgewühltes Inneres und klärte ihre Gedanken. Zudem war sie an den Abenden so erschöpft, dass sie sich keine Ausrede für ihre Einsilbigkeit einfallen lassen musste. Auch Gwendike ging stets früh schlafen, ohne noch Kraft für lange Gespräche aufzubringen, und Manja war dies nur recht.

Ein weiterer Vorteil der schweren Arbeit bestand darin, dass Manja augenblicklich in festen Schlaf fiel, wenn sie den Wagen aufgesucht und sich auf ihrem Lager niedergelassen hatte. So musste sie nicht im Dunkeln wach liegen und darauf lauschen, dass Sajan hereinkam. Seit jener Nacht nach Emres Begräbnis machte er einen in sich gekehrten, düsteren Eindruck, mied ihre Gesellschaft, wann immer er konnte, und sprach kein Wort mit ihr. Selbst in dem Schlafgemach, das sie teilten, nahm er ihre Gegenwart nicht zur Kenntnis, legte sich stets sofort auf seine Matte und verließ sie früh am Morgen fluchtartig.

Manja konnte es ihm nicht übel nehmen. Sie verstand ihn und empfand weniger Schmerz als Mitleid angesichts seiner Ruhelosigkeit. Sie wusste, dass sie ihn mit etwas belastet hatte, was ihm als Frevel gegen die Götter erscheinen musste, und dass er vor Reue und Scham Qualen litt. Wie gern hätte sie ihn von seinen Zweifeln befreit und die Mauer niedergerissen, die er um sich aufgerichtet hatte. In einsamen Stunden malte sie es sich manchmal aus, dass sie ihn in die Arme nehmen, ihn trösten, ihm das Geheimnis ihrer wahren Herkunft enthüllen würde – eine Befreiung für sie selbst, eine Erlösung für ihn. Doch all das blieb ein Gespinst ihrer Phantasie. Es war undenkbar, ihm und seiner Familie zu eröffnen, dass ein Mädchen aus einem Bauerndorf das Grab der Königin Myrgine beraubt und sich die Stellung einer sarmatischen Edelfrau erschlichen hatte. Was würde Tamage sagen, wenn sie es erführe? Was Gwendike? Und erst recht Byke? Die Folgen konnte sie sich unschwer ausmalen. Schwere Verstöße gegen die Gesetze ahndeten die Sarmaten mit den unterschiedlichsten Strafen. Deren mildeste war die Ausstoßung, die darin bestand, den Frevler auf den Rücken eines Ochsen zu binden und diesen mit einem Peitschenhieb in die Steppe hinauszutreiben. An härtere Formen der Bestrafung, von denen Manja gerüchteweise gehört hatte, wagte sie nicht einmal zu denken.

Mit einer gewissen Erleichterung nahm sie zur Kenntnis, dass mehrere Männer unter Tamages Anleitung mit dem Bau eines neuen Wagens begonnen hatten. Sie beobachtete den täglichen Fortgang der Arbeit, und dies lenkte sie von dem Aufruhr in ihrem Innern ab. Vom nahen Wald war Bauholz herangeschafft worden, und die Männer begannen damit, eine Ladefläche zu planken. Die Radfelgen wurden über heißem Dampf rund gebogen, die Speichen und Naben sorgfältig geschnitzt. Die Aufbauten entstanden als Stangengerüst, das mit Zweigwerk verflochten und schließlich mit Filzplanen gedeckt wurde. Tamage spendete einige ihrer Möbel für die Innenausstattung, und weitere ließ sie bei einem Schreiner anfertigen.

Als der Grabhügel fertiggestellt war und die Sarmaten zum Aufbruch ins Winterlager rüsteten, bezogen Manja und Gwendike ihre neue Heimstatt. Anfangs hielten sie sich allerdings kaum darin auf, denn als der Tross sich in Bewegung setzte, verbrachten sie wie üblich möglichst viel Zeit auf ihren Pferden.

Manja fühlte sich befreit, wenn auch nicht glücklich. Sie war froh, Sajans Schlafkammer verlassen zu können und der bedrückenden Stimmung aus Zweifel und Schuldbewusstsein zu entfliehen, die er darin verbreitet hatte. Auch war sie froh, das Land ihrer Kindheit hinter sich zu lassen, und nicht zuletzt genoss sie es, wieder mit Gwendike zusammen zu sein, Alltagsgeschichten auszutauschen und sich zumindest den Anschein von Unbeschwertheit zu geben.

Im Winterlager, erklärte Gwendike, würden diesmal wichtige Ereignisse stattfinden: Die Herrschaft über das sarmatische Volk war nach dem Willen Emres auf ihre Tochter übergegangen, und bei der Zusammenkunft der Stämme würde Tamage von den Priestern geweiht und öffentlich in den Rang der Königin erhoben werden.

»Bestimmt eine Königin ihren Nachfolger selbst?«, fragte Manja, während sie mit Gwendike gemächlich neben dem Wagenzug hertrabte.

»Ja, aber die Priester der Stämme müssen zustimmen«, erklärte Gwendike. »Sie befragen die Götter, indem sie Schafsknochen in ein Feuer werfen. Wie das genau zugeht, weiß ich nicht; es ist ein Geheimnis.«

»Und wenn sie sich gegen Tamage entscheiden?«

»Das kann ich mir nicht vorstellen«, erwiderte Gwendike. »Soweit ich weiß, haben die Priester bislang noch nie die Entscheidung über die Nachfolge angefochten – selbst damals nicht, als meine Urgroßmutter den Titel an Emre statt an Bykes Mutter weitergab.«

»Hat deine Mutter schon entschieden, wer einmal ihre Nachfolge antreten wird?«, fragte Manja.

Gwendike antwortete nicht sofort, und Manja biss sich auf die Lippen. Immerhin hatte Gwendike gerade erst den Tod ihrer Großmutter überstanden.

»Nun ja …« Gwendike wirkte keineswegs gekränkt, sondern eher nachdenklich. »Es ist Tradition, dass unser Volk stets von einer Frau angeführt wird. In der Regel bestimmt die Königin ihre älteste Tochter für die Nachfolge.«

»Aber dann wärst du ja an der Reihe!«, rief Manja verblüfft.

»Ich?« Gwendike lachte verlegen. »Bei allen Göttern, bitte nicht! Ich bin nicht dazu geschaffen, Kriege zu führen, mein Leben lang zu reiten, zu kämpfen und für das Wohl des Stammes verantwortlich zu sein. Ich möchte heiraten, Kinder bekommen und friedlich in meinem Wagen leben.« Sie warf Manja einen Seitenblick zu und spitzte die Lippen.

»Eigentlich hätte deine Mutter den Titel geerbt, denn sie war Emres älteste Tochter. Deshalb besaß Vardane auch den Wolfsring. Nach der Tradition kürt die Königin ihre Nachfolgerin, indem sie ihr diesen Ring übergibt. Doch Vardane ist tot …«

Manja erschrak derart, dass sie ihre Stute zügelte und Gwendike mit offenem Mund anstarrte.

»Du meinst …«

»Du bist die älteste Tochter von Emres ältester Tochter«, sagte Gwendike leichthin. »Ich nehme an, dass du nach meiner Mutter an der Reihe bist.«

Manja schwieg, zu entsetzt, um irgendetwas zu sagen.

»Ich kann nicht behaupten, dass ich dich beneide.« Gwendike lächelte verschämt. »Wenn meine Mutter auf die Idee käme, mich zur Königin zu machen, würde ich mich im hintersten Winkel meines Wagens verkriechen und nicht wieder hervorkommen, bis sie eine andere gefunden hätte.«

»Gibt es keine andere Möglichkeit?«, fragte Manja beklommen.

Gwendike zuckte die Achseln. »Im Notfall schon. Meine Mutter könnte auch die Ehefrau eines männlichen Verwandten küren, zum Beispiel Darushwe, die Frau meines Bruders. Oder Sajans Frau – wenn er denn endlich eine hätte.«

Sie lachte verschmitzt. Auch Manja überwand sich zu einem schwachen Lächeln; in ihrem Innern jedoch tobten die widersprüchlichsten Gefühle, und sie war froh, als Gwendike das Thema wechselte.

In diesem Jahr waren die Sarmaten früher als üblich zum Zug ins Winterlager aufgebrochen, und als sie das Ufer des großen Sees erreichten, war das Wetter noch mild. Tamage sandte berittene Boten nach Süden und Osten, um die Nachbarstämme vom Tod der Königin zu benachrichtigen und zur Zusammenkunft zu rufen. Sie trafen im Lauf der nächsten Wochen ein: die Ugarer, die Iyrker, die Siraken und viele kleinere Stämme, bis das Lager am Seeufer zu einer riesigen Zeltstadt angewachsen war, die sich unübersehbar in alle Himmelsrichtungen dehnte.

Die Wagen der Königsfamilie standen diesmal am östlichen Ende des Lagers, denn hier gab es einige Baumgruppen, die Bauholz lieferten. Wie Gwendike Manja erklärte, würde auch Tamage sich einen neuen Wagen bauen lassen, sobald sie von den Priestern der Stämme als neue Königin bestätigt worden wäre. Vorläufig teilte sie sich wie früher die Wohnstätte mit Sajan, während Manjas und Gwendikes Wagen gegenüber aufgestellt war. Byke war umgezogen, um bei ihrer Großtante Lagrimane zu leben, der Fürstin der Iyrker, bis auch für sie ein neuer Wagen bereitstände.

»Den Göttern sei Dank«, bemerkte Gwendike, als sie und Manja eines Abends vor dem Wagen saßen. »Ich bin froh, wenn ich ihr missgünstiges Gesicht eine Weile nicht sehen muss.«

Manja schwieg, pflichtete der Freundin innerlich jedoch aus vollem Herzen bei. Die Iyrker lagerten am gegenüberliegenden Rand der Zeltstadt, und es war abzusehen, dass Byke sich eine ganze Weile nicht blicken lassen würde.

Die Aufstellung der Königswagen am Ostrand des Lagers hatte aber noch einen weiteren Vorteil für Manja: Sie musste keinen weiten Weg mehr zurücklegen, um Varge zu sehen. Die Wölfin war dem Tross wie üblich gefolgt, und nun, da Manjas Wohnstätte sich in der Nähe des Wäldchens am Seeufer befand, kam sie zuweilen so nahe herangeschlichen, dass Manja ihr Fleischbrocken zuwerfen konnte. Sie gewöhnte sich sogar an Gwendikes und Tamages Gegenwart, und so war Manja kaum erstaunt, als sie die Wölfin eines Tages schlafend unter ihrem Wagen fand, ausgestreckt zwischen den hinteren Rädern, die Schnauze zwischen den Pfoten.

Die Zeit verstrich, ohne dass Manja und Gwendike viel über die Pläne der sarmatischen Anführer erfuhren. Früher hatte meist Sajan sie über alle Neuigkeiten in Kenntnis gesetzt, doch seit jener Nacht nach Emres Begräbnis mied er ihre Gesellschaft. Gwendike war geradezu empört, als sie eines Tages erfuhr, dass er mit einem Spähtrupp zur Westgrenze geritten war, vermutlich erst nach Wochen zurückkehren würde und sich nicht von ihr verabschiedet hatte.

Auch Tamage hatte wenig Zeit, denn sie war ständig unterwegs, um sich mit den Häuptlingen der anderen Stämme zu beraten. So blieben die beiden jungen Frauen die meiste Zeit für sich und hatten nur die Dienerinnen zur Gesellschaft, deren Zelt zu ebener Erde hinter Tamages Wagen aufgeschlagen worden war. Immerhin gab es ein herzliches Wiedersehen mit Balan und Darushwe, die inzwischen eine fünfjährige Tochter und einen neugeborenen Sohn hatten. Gwendike konnte kaum von dem Kind lassen, bat immer wieder, es auf den Arm nehmen zu dürfen, und nötigte Darushwe, sie so oft wie möglich zu besuchen.

Es kam der Tag der Wintersonnenwende, und für den folgenden Morgen wurde eine wichtige Zeremonie angesetzt. Alle Sarmaten versammelten sich rings um einen Hügel, den die Priester der Stämme mit Standarten umsteckt hatten und in dessen Mitte ein Feuer brannte. Die Priester riefen die Götter an und legten die Schulterblätter frisch geschlachteter Schafe in die Flammen, um aus den Rissen und Sprüngen, die die Hitze verursachte, Ratschlüsse zu lesen. Es dauerte lange, doch am Ende schienen sich die weisen Männer einig zu sein und traten auf Tamage zu, um ihr ein Bündel mit Pfeilen vor die Füße zu legen. Als Tamage das Bündel aufnahm, erhob sich ein vielstimmiges Jubelgeschrei. Wie Manja später erfuhr, war jeder Pfeil von einem der Stämme gestiftet worden und bezeugte dessen Bereitschaft, der Herrscherin in Krieg und Frieden zu folgen. Die Überreichung war ein feierlicher Akt, bei dem die Priester Tamage zur Königin kürten.

Dem Ritual folgte ein allgemeines Fest mit üppigem Essen und reichlichem Stutenschnaps. Am Nachmittag jedoch trennten sich die Häuptlinge mit ihren Familien von den Übrigen und versammelten sich zu einer Beratung unweit des Kulthügels, auf dessen Kuppe immer noch das Feuer brannte. Selbst Manja und Gwendike wurde bedeutet, an der Versammlung teilzunehmen, und auch Sajan erschien, der erst am Vorabend mit seinem Reitertrupp zurückgekehrt war und müde, aber auch entschlossen und grimmig wirkte.

Er unterhielt sich zumeist mit Tamage, die ihm mit gerunzelter Stirn lauschte, während die Oberhäupter der übrigen Stämme eine kreisförmige Sitzordnung bildeten.

Zartir, der Häuptling der Siraken, war mit seiner Frau und seinen Söhnen Xorsa und Mihran gekommen. Amazuk, der verwitwete Herrscher der Ugarer, wurde von einer ganzen Schar seiner Kinder begleitet, unter ihnen ein Halbbruder Tamages, der eine seiner Töchter geheiratet hatte. Lagrimane, die Fürstin der Iyrker und Großtante Bykes, kam mit einem sehr alten Mann in der Tracht eines Priesters. Byke war nicht anwesend, und Manja vermutete, dass zu dieser Beratung nur diejenigen geladen waren, die bereits einen Feind getötet hatten und dem Kreis der erwachsenen Krieger angehörten. Insgesamt saßen etwa fünfzig Menschen beisammen, von denen Manja kaum die Hälfte vom Sehen und noch weniger mit Namen kannte.

Als alle Platz genommen hatten, erhob sich Bazukan, der Priester. »Edle Brüder und Schwestern«, sagte er mit seiner leicht krächzenden, doch kräftigen Stimme. »Wir haben uns hier versammelt, weil Ereignisse eingetreten sind, die eine ausführliche Besprechung und einen gemeinsamen Beschluss erfordern. Wie ihr alle wisst, wurde die Mutter unserer Königin bei einem Angriff auf unser Lager von den Skythen getötet. Es ist der Wunsch ihrer Nachfolgerin, der edlen Tamage, dass wir gemeinsam erörtern, wie wir den skythischen Übergriffen entgegenwirken können.«

Er tauschte einen Blick mit Tamage, die ihm zunickte, und setzte sich. Manja erwartete, dass Tamage nun selbst das Wort ergreifen würde, doch offensichtlich gehörte es zu den Gepflogenheiten der Versammlung, dass die Königin ihren Ratgebern den Vortritt ließ. Sie tauschte ein Handzeichen mit Sajan.

»Edle Brüder und Schwestern«, begann auch er mit der förmlichen Anrede, »die meisten von euch kennen meine Ansicht, dass wir die Bedrohung durch die Skythen nicht länger hinnehmen dürfen. Wie wir alle wissen, haben sie das gesamte Land im Westen des Schwarzen Flusses besetzt und bedrängen auch ihre Nachbarn im Süden. Da sie von den gleichen Vorfahren abstammen wie wir, eine ähnliche Sprache sprechen und auch ähnliche Götter anbeten, haben wir sie lange Zeit gewähren lassen. Inzwischen aber sind sie stolz und selbstherrlich geworden und glauben, dass kein anderes Volk ihnen widerstehen kann. Seit mehr als zehn Jahren überschreiten ihre Krieger immer wieder den Schwarzen Fluss, um unsere Lagerstätten anzugreifen, unsere Wasserstellen zu besetzen und unsere Herden zu plündern. Bisher handelte es sich stets nur um Überfälle kleiner Gruppen, die sich rasch wieder zurückzogen. Der Angriff jedoch, bei dem meine Mutter starb, wurde von einer Streitmacht aus vielen Hundert Reitern geführt. Es scheint, dass die Absicht der Skythen nicht mehr allein darin besteht, uns nach Osten zurückzudrängen, sondern uns vernichtend zu schlagen und unserer Anführer zu berauben.«

Einige der Versammelten nickten mit ernsten Gesichtern, unter ihnen Zartir, der Herrscher der Siraken.

»Doch mehr noch«, fuhr Sajan fort. »Wir haben Spähtrupps zum Schwarzen Fluss ausgesandt und beunruhigende Neuigkeiten in Erfahrung gebracht. Mit eigenen Augen habe ich gesehen, dass sich mehrere skythische Stämme unweit einer Furt sammeln, die von Reitern überquert werden kann, und dort ein großes Lager bilden. Ich glaube, dass sie Kräfte zusammenziehen, um auf unser Gebiet überzusetzen und uns mit einer großen Heeresmacht anzugreifen.«

»Wie viele sind es?«, fragte Zartir, der mit wachsender Besorgnis zugehört hatte.

»Wir wissen es nicht mit Sicherheit«, erklärte Sajan, »denn wir kennen nicht alle Stämme der Skythen und haben keine sichere Kunde von ihrer Volkszahl. Doch ich zweifle nicht daran, dass sie mehrere Tausend Reiter aufbieten können.«

Zartir nickte und ergriff seinerseits das Wort.

»Wie ihr wisst«, begann er, »unterhält mein Stamm Handelsbeziehungen zu den Hyrkaniern. Von diesen hörten wir Gerüchte, dass die Skythen ihren Krieg gegen die Urartäer vorläufig eingestellt oder zumindest Truppen abgezogen haben, um sie andernorts einzusetzen. Deine Nachrichten, edler Sajan, lassen meiner Meinung nach nur die Folgerung zu, dass sie einen Angriff an ihrer Ostgrenze planen – einen Angriff auf uns.«

Sajan nickte.

»Und um diesem Angriff zu begegnen«, sagte er, »scheint es mir unerlässlich, dass auch wir all unsere Kräfte sammeln und ihnen gemeinsam entgegenziehen.«

Für einen Augenblick herrschte Stille in der Runde. Dann ergriff Amazuk das Wort, der Herrscher der Ugarer, ein sehr alter Mann mit schlohweißem Haar.

»Ihr Edlen«, brachte er zögernd vor, »seid ihr wirklich gewillt, einen Krieg zu beginnen, bei dem so viele unserer Männer und Frauen umkommen würden?« Sein Blick schweifte über die lange Reihe seiner Kinder, von den ältesten, die mit unbewegter Miene neben ihm saßen, bis hin zum jüngsten Sohn, der sechzehn Jahre zählen mochte und beklommen zu seinem Vater aufblickte. »Wäre es nicht besser, den Skythen die Gebiete zu überlassen, deren Besitz sie anstreben, und uns weiter nach Osten zurückzuziehen? Mein Stamm weidet seine Herden fern von hier an den Hängen der Goldberge, und ich kann mir nicht vorstellen, dass jemals ein Skythe bis dorthin vordringt.«

»Ich glaube nicht, dass es um den Besitz von Weideland geht«, widersprach Sajan. »Die Skythen wollen nicht unser Land – sie wollen uns. Es ist weithin bekannt, dass wir als einziges Volk in der Lage sind, ihnen dauerhaft Widerstand zu leisten, denn wir leben wie sie auf Wagen, reiten auf Pferden und kämpfen mit Bogen und Axt. Solange es Sarmaten gibt, fürchten die Skythen uns als einen ebenbürtigen Gegner in ihrem Rücken, und sie werden nicht ruhen, bis sie uns alle überwältigt und besiegt haben.«

Bei diesen Worten nickte Zartir nachdrücklich und warf Amazuk einen mahnenden Blick zu.

»Ich verstehe die Sorge um dein Volk und deine Kinder«, sagte er. »Doch glaube auch ich, dass die Skythen ihre Ostgrenzen sichern und sich dadurch freie Hand für ihre Eroberungszüge im Süden verschaffen wollen. Dazu wird es ihnen nicht genügen, wenn wir uns zurückziehen. Sie werden uns verfolgen, notfalls auch bis zu den Hängen der Goldberge, und solange wir uns nicht gegen sie vereinen, werden sie einen Stamm nach dem anderen aufreiben. Daher scheint es mir besser, wenn wir ihnen entgegentreten und sie hinter den Schwarzen Fluss zurückwerfen, sofern die Götter gewillt sind, uns den Sieg zu schenken.«

»Dem stimme ich zu«, meldete sich Lagrimane, die Fürstin der Iyrker, zu Wort. »Auch mein Stamm hat durch Übergriffe der Skythen zu leiden gehabt, und wenn es wahr ist, dass sie im Westen eine große Heeresmacht zusammenziehen, zweifle ich nicht an ihrer Absicht, unser gesamtes Volk zu unterwerfen. Ich werde mich einem Kriegszug gegen sie anschließen, wenn unsere Königin es für richtig hält.«

»Ich auch«, stimmte Zartir bei.

Amazuk seufzte tief. »Nun gut«, sagte er. »Ich sehe ein, es ist wohl nicht zu vermeiden. Doch was sagt unsere Königin?«

Sajan tauschte einen Blick mit Tamage, die bisher kein Wort gesprochen hatte. Nun erhob sie sich und ließ den Blick ihrer grauen Augen über die Versammlung schweifen.

»Wir werden kämpfen«, sagte sie mit klarer Stimme. »Und ich danke euch, ihr Edlen, für eure Unterstützung und Treue. Lasst euren Worten Taten folgen und bewaffnet alle Krieger, ob jung oder alt, ob Mann oder Frau, für den Krieg gegen die Skythen. Sobald der Frost gewichen ist, brechen wir gemeinsam zum Schwarzen Fluss auf und treten ihnen entgegen.«

»So sei es!«, bekräftigte Bazukan, und die Männer in Zartirs Gefolge schlugen sich zustimmend mit der Faust gegen die Brust. Andere taten es ihnen gleich, und nachdem selbst Amazuks ältere Söhne sich der Beifallsbekundung angeschlossen hatten, reckte auch der Häuptling der Ugarer die Faust und nickte Tamage zu, die die Geste befriedigt zur Kenntnis nahm.

»Können wir so lange warten?«, fragte Lagrimane, als der Beifall sich gelegt hatte. »Was geschieht, wenn sie noch während des Winters über den Fluss setzen und unser Lager angreifen?«

»Ich glaube nicht, dass es dazu kommt«, antwortete Tamage. »Sie werden nicht bei Frost kämpfen, wenn das

Bogenholz starr ist und die Pferde in jeder gefrorenen Wasserpfütze ausgleiten. Allerdings haben wir auch für diesen Fall vorgesorgt.«

»Wir haben einen Vorposten am westlichen Rand der Hügel errichtet«, erklärte Sajan, »etwa eine halbe Wegstunde vom Lager entfernt. Dort halten Späher Tag und Nacht Wache. Ich selbst werde dort sein, wann immer es möglich ist. Sollten die Skythen sich nähern, schlagen wir sofort Alarm.«

»Krieg«, seufzte Gwendike, als sie und Manja zum Wagen zurückgekehrt waren, wo ihre Dienerinnen bereits das Abendessen abgestellt hatten. »Hätten sie mich nach meiner Meinung gefragt, ich hätte dagegen gestimmt.«

Sie setzte sich ins Gras und griff missmutig nach einem Stück Hammelfleisch. Manja antwortete nicht sofort. Auch sie fühlte sich unbehaglich beim Gedanken an die kommende Schlacht, zumal ihr klar war, dass sie und Gwendike als erwachsene Kriegerinnen daran teilnehmen mussten. Andererseits hatte Gwendike auch nie – wie Manja – mit ansehen müssen, wie die Skythen ein wehrloses Bauerndorf plünderten und die Kinder als Sklaven fortführten, und Gwendike war auch nicht in tiefster Nacht von einem skythischen Spähtrupp überfallen worden.

Und, dachte sie heimlich, Gwendike hat auch keinen Skythen zum Vater.

Doch dieser Gedanke war allzu schmerzhaft, und sie schnitt ihn ab, indem sie es ihrer Freundin gleichtat und nach dem Essen langte.

»Sobald der Frost zurückgeht«, wiederholte Gwendike nachdenklich die Worte ihrer Mutter. »Das bedeutet, dass wir nicht einmal mehr die Frühjahrsriten feiern. Dieses Jahr hätten wir beide daran teilnehmen dürfen, du und ich.«

Manja nickte mit vollem Mund, doch innerlich abwesend. Seit ihrem heimlichen Treffen mit Zartirs Söhnen vor sechs Jahren hatten sie und Gwendike die Nacht nach dem Frühlingsfest stets allein verbracht, und im Grunde war sie froh darüber gewesen.

»Darushwe muss nicht mitreiten«, sagte Gwendike mit einer Spur von Neid. »Ihr Sohn ist noch zu klein, und gewiss wird sie bald wieder schwanger sein.« Sie seufzte. »Ich hätte so gern in diesem Frühling geheiratet… Stattdessen werden wir reiten und kämpfen müssen, womöglich gegen eine Übermacht.«

»Heiraten?« Manja sah erstaunt auf. »Wen willst du heiraten?«

»Ach…« Gwendike zuckte die Achseln. »Ehrlich gesagt ist mir das gar nicht so wichtig. Es muss nur ein starker und guter Mann sein, mit dem ich Kinder bekommen kann und der mich davor beschützt, in den Krieg ziehen zu müssen.« Nachdenklich legte sie ihre Hammelkeule beiseite und griff nach der Stutenmilch. »Xorsa zum Beispiel… er hat mich vorhin bei der Beratung ständig angesehen.«

»Er wäre gewiss ein guter Ehemann«, sagte Manja vorsichtig. Sie mochte Xorsa nicht besonders, hatte dies vor ihrer Freundin allerdings stets verheimlicht.

»Und Mihran?«, fuhr Gwendike fort, doch Manja schüttelte den Kopf und winkte ab.

»Er ist nett«, gab sie zu. »Aber deswegen muss ich ihn nicht gleich heiraten.«

»Aber wenn dich das vor dem Kriegszug im Frühjahr bewahren würde? Nur mal angenommen, du wärst bis dahin schwanger.«

Manja verzog das Gesicht. Auch sie hatte Angst vor dem Krieg, doch deshalb würde sie sich keinem jungen Mann an den Hals werfen, den sie kaum kannte.

»Ach, meine Familie besteht aber auch aus lauter Heiratsverächtern«, sagte Gwendike mit einem unsicheren Lachen. »Ich bin wohl etwas aus der Art geschlagen. Meine Mutter lebt seit Jahr und Tag ohne Mann; Sajan hat, soviel man hört, nicht einmal irgendeine Liebschaft, und du…«

Manja senkte bei der Erwähnung Sajans beklommen den Blick. Gwendike, die es bemerkt zu haben schien, wurde plötzlich sehr ernst und neigte sich zu ihr herüber.

»Manjane? Du würdest es mir doch sagen, wenn es jemanden gäbe, nicht wahr?«

Es kostete Manja einige Überwindung, die Freundin, die ihr so nahestand wie eine Schwester, offen zu belügen.

»Würdest du es mir sagen?«, beharrte Gwendike.

»Natürlich würde ich das.«

Manja ergriff einen abgenagten Knochen und wandte sich ab, um Varge anzulocken, die bereits im Schatten unter dem Wagen wartete.

HEIMLICHKEITEN

Der Winter kam spät, doch er dauerte lange, und der Frost lastete schwer auf dem Land. Schnee fiel in diesen trockenen Breiten nicht, doch die Seeufer vereisten, und die Planen der Zelte glitzerten vom Reif. Die Menschen hatten sich in ihre Behausungen zurückgezogen, und die meiste Zeit war es still im Lager.

Manja fühlte sich einsam. Zwar verbrachte sie noch immer viel Zeit mit Gwendike und besuchte zusammen mit ihr die Kampfübungen, bei denen Skudane sie angesichts des bevorstehenden Kriegszugs härter denn je forderte. Einen Großteil der restlichen Zeit jedoch verbrachte Gwendike in ihrem Teil des Wagens und streifte auch gelegentlich allein durch das Lager, ohne Manja wie früher zum Mitkommen aufzufordern.

Den Grund dafür fand Manja erst heraus, als sie eines Tages zur Pferdeweide ging und Gwendike hinter einem der Zelte entdeckte, die von den Hirtenjungen bewohnt wurden. Da stand sie, eng umschlungen mit Xorsa, der sie stürmisch küsste. Die beiden waren derart miteinander beschäftigt, dass sie Manja nicht bemerkten, die ihr Pferd in Steinwurfweite an ihnen vorbeiführte.

Manja war nicht überrascht. Die Pferdeweide war ein guter Ort für Heimlichkeiten, wie Gwendike schon einmal unter Beweis gestellt hatte – und Xorsa war ein gut aussehender junger Mann und darüber hinaus ein Sohn von Häuptling Zartir. Dennoch fühlte Manja einen eifersüchtigen Stich: Eigentlich hatte sie erwartet, dass Gwendike ihr von dieser Liebschaft erzählte. Hatte sie nicht noch kürzlich von ihr die gleiche Offenheit verlangt?

Manja beschloss, das Paar nicht auf sich aufmerksam zu machen, führte ihr Pferd zum Rand der Weide und saß auf. Sie hatte kein bestimmtes Ziel. In letzter Zeit unternahm sie häufig Ausritte rund um das Lager, um der Einsamkeit des Wagens zu entfliehen, in dem sie immer öfter allein mit sich und ihren Gedanken war. Zudem genoss sie beim Ausreiten die Gesellschaft ihrer treuen Stute, und auch die Wölfin war immer zutraulicher geworden und hatte sich angewöhnt, neben ihr herzulaufen, wenn sie im Sattel saß. Das Pferd zeigte längst keine Scheu mehr vor dem gezähmten Feind, und die Herdentiere, die auf den Weiden im Umland grasten, schenkten der Wölfin keine größere Aufmerksamkeit als einem Hirtenhund.

Manja umrundete das Lager wie gewöhnlich, bog dann jedoch ab und trabte nach Westen in die offene Steppe hinaus. Sie wusste nicht genau, was sie dort suchte. Sie hatte einfach das Gefühl, einen gewissen Abstand zwischen sich und die vielen Tausend Menschen im Lager bringen zu müssen. Eine Zeit lang ließ sie die Zügel locker, und ihre Stute bestimmte den Weg, indem sie den Hufspuren eines anderen Pferdes folgte und auf eine Hügelkette zuhielt. Die Hügel begrenzten die Senke, in deren Mitte sich der See erstreckte, und als der Abend hereinbrach, glitzerten die kahlen Kämme gespenstisch im Licht der sinkenden Wintersonne.

Die Hufspur führte zur Rückseite eines Hügels, und dort standen zwei Pferde, angebunden an einen in die Erde gerammten Pfahl. Nicht weit dahinter tauchten die Umrisse eines Zeltes auf, aus dessen Deckenöffnung der schwache Rauch eines Feuers stieg.

Erst jetzt begriff Manja, dass sie den Vorposten erreicht hatte, der nach Sajans Worten die Ebene im Westen überwachen sollte. Wie viele Krieger mochten den Posten bemannen, wenn nur ein einziges Zelt zur Verfügung stand? Neugierig trabte Manja näher, saß ab und legte den Rest des Weges zu Fuß zurück, denn sie befürchtete, die angebundenen Pferde könnten vor der Wölfin scheuen. Als sie sich umblickte, musste sie unwillkürlich lächeln: Ihre Stute stand ruhig mit gesenktem Kopf, und Varge saß mit hängender Zunge, doch aufmerksam gespitzten Ohren neben ihr wie ein Wachhund.

Als Manja den Blick wieder nach vorn richtete, erschrak sie. Eines der beiden Pferde, die vor dem Zelt standen, war ohne Zweifel Sajans rotbrauner Hengst mit der goldenen Zierplatte auf der Stirn. Das andere Pferd hatte Manja noch nie gesehen, doch es war unverkennbar eine Stute – und sie wusste, dass bei den Sarmaten Männer wie Frauen in der Regel Reittiere gleichen Geschlechtes wählten.

Manja verwarf den Gedanken, das Zelt zu betreten, und schlich stattdessen zum Eingang, der mit einer herabgerollten Matte aus Hirschfell verdeckt war. Sie schämte sich ein wenig, doch Neugier und Erregung behielten die Oberhand, und so legte sie schließlich ein Ohr an den Spalt und lauschte.

Was sie hörte, ließ ihr Herz heftig und schmerzhaft schlagen. Es war das leise Prasseln eines Feuers, dann ein Rascheln, das von einer Filzdecke oder einem Kleidungsstück herrühren mochte, schließlich ein stimmloses, aber deutlich vernehmbares Seufzen.

Manja erstarrte. Welches missgünstige Schicksal hatte verfügt, dass sie an diesem Abend gleich zwei heimlichen Liebespaaren begegnen musste? Sie lauschte angespannt, und die plötzliche Stille im Innern des Zeltes war schlimmer als die vorangegangenen Geräusche: Sie ließ Bilder in Manjas Kopf aufblitzen, schattenhafte Bewegungen im Dunkeln, seidene Kissen, rötlicher Feuerschein auf nackter Haut. Die Kehle wurde ihr eng, und ihre Beine zitterten unbeherrscht. Was, fragte sie sich, hatte sie erwartet? Sajan war ein junger Mann von edler Abkunft, genau wie Xorsa; es gab gewiss Dutzende von Frauen, die nur auf eine Gelegenheit warteten, sich ihm zu nähern. Und hier in der Abgeschiedenheit, weit entfernt vom Lager, war vielleicht auch er nicht abgeneigt, sich eine einsame Nachtwache zu versüßen.

Wieder ein Rascheln.

»Lass mich!«

Das war Sajans Stimme.

Manja wagte kaum zu atmen und neigte sich noch näher zu dem Spalt zwischen Zeltwand und Vorhang.

»Nein … bitte lass mich!«

Ein erneutes Rascheln, als ob jemand eine Decke beiseiteschieben würde, um sich aufzusetzen.

»Was ist mit dir los?«

Das war die Stimme einer Frau – doch sie flüsterte, sodass Manja sie nicht erkannte.

»Ich will es nicht«, sagte Sajan mit festerer Stimme.

»Oh doch«, hauchte die andere Stimme. »Du willst es! Du weißt es nur noch nicht.«

Wieder raschelten Decken – doch Manja hörte es kaum noch, denn ein eiskalter Griff hatte sich um ihre Brust gelegt. Etwas an der weiblichen Stimme kam ihr bekannt vor: der harsche, fast einschüchternde Ton, der selbst in diesem Flüstern anklang.

»Byke …«, sagte Sajan und ließ Manjas Verdacht damit zur Gewissheit werden. »Ich will nicht. Bitte begreif das doch.«

Einen Moment lang herrschte Stille.

»Gibt es eine andere?«, flüsterte Byke.

»Nein, es gibt keine andere«, sagte Sajan ungehalten. »Und wenn es so wäre, ginge es dich nichts an. Bitte geh jetzt – und besuch mich nicht mehr, wenn ich allein hier draußen bin.«

Die letzten Worte hatte er in etwas versöhnlicherem Ton ausgesprochen, wie um sie zu trösten. Doch damit war einer Frau wie Byke – das wusste Manja – keinesfalls beizukommen.

»Ich werde herausfinden, wer es ist«, sagte sie grimmig. Kurze Zeit herrschte Stille; dann kündete ein Rascheln und Schaben davon, dass sie zornig ihre Kleider zusammenraffte und sich erhob. »Mögen die Götter diesem Luder gnädig sein!«

Im letzten Moment huschte Manja an der Zeltwand entlang in den Schatten. Schon tappten Füße von innen auf den

Eingang zu, und der Türbehang flog zur Seite. Byke trat heraus, gekleidet in einen goldbesetzten Prachtrock und mit offenem Haar. Ohne sich umzublicken, schritt sie stolz aufgerichtet zu ihrer Stute, band sie los, schwang sich mit erstaunlicher Behändigkeit in den Sattel und galoppierte zum Lager zurück.

Manja legte eine Hand auf ihr wild klopfendes Herz und zwang sich, ruhig zu atmen. Es dauerte einige Zeit, bis sie sich so weit gefangen hatte, dass das Zittern in ihren Beinen aufhörte und sie sich in der Lage fühlte, den Rückzug anzutreten. Langsam schlich sie zur Südseite des Hügels, nahm ihr Pferd beim Zügel und führte es zu Fuß, um kein Geräusch zu machen. Die Wölfin, die sich bei ihrer Rückkehr erwartungsvoll aufgerichtet hatte, folgte wie ein treuer Hund, wobei sie neugierig zu ihr aufblickte. Offenbar wunderte sie sich über Manjas seltsame Stimmung.

»Frag nicht«, flüsterte Manja und erwiderte den forschenden Blick ihrer gelblichen Augen. »Du würdest es nicht verstehen ... Ich verstehe es ja selbst nicht.«

In den folgenden Tagen vermied es Manja, bei ihren einsamen Ausritten in die Nähe des Wachpostens zu gelangen. Wohlweislich hielt sie sich auf der Ostseite des Lagers auf, obwohl Neugier, Erregung und Eifersucht in ihr brannten. Verzweifelt tröstete sie sich mit der Erkenntnis, dass Sajan Byke abgewiesen hatte, und zwar so deutlich, dass sie gewiss nicht wiederkommen würde. Dennoch nagte der Zweifel an ihr: War Sajan nicht vor Jahren beim Frühlingsfest gemeinsam mit Byke verschwunden? Damals hatte er offenbar keinen Grund gehabt, sich ihr zu entziehen – und warum auch? Schließlich war Byke, obwohl zehn Jahre älter als er, auf ihre kühle und stolze Art eine schöne Frau. Bilder quälten Manja, Visionen von Sajan, der am Boden saß, während Byke mit gerafftem Rock auf seinen Schoß stieg und besitzergreifend die Arme um seinen Nacken krallte.

Allzu gern hätte sie gewusst, wo Sajan jetzt war und was er tat. Mehrere Tage lang kehrte er nicht in seinen Wagen zurück, und sie nahm an, dass er ständig auf seinem Wachposten bei den Hügeln blieb. Doch sie wagte nicht, sich jenem Ort zu nähern. Im Grunde wusste sie nicht einmal, warum sie sich davor fürchtete. Hatte sie Angst vor dem, was sie vielleicht zu sehen bekäme, oder eher davor, was sie selbst sagen oder tun würde, wenn sie ihm begegnete?

Am Ende bereitete Sajan ihrer Unsicherheit von sich aus ein Ende: Er kam zu ihr.

Es war an einem Tag, an dem Manja allein und mit geringem Appetit ihr Abendessen draußen vor dem Wagen verzehrte. Tamage war hinunter ins Lager gegangen, um eine weitere Besprechung mit den Häuptlingen der anderen Stämme abzuhalten, und Gwendike hatte sich bereits am Mittag verabschiedet. Angeblich wollte sie Skudane aufsuchen, um die Lehrerin um eine außerplanmäßige Lehrstunde im Schwertkampf zu bitten, doch Manja wusste es besser. Gewiss traf sie sich an irgendeinem abgelegenen Ort mit Xorsa, und wenn Manja sich nicht täuschte, legte sie es ernsthaft darauf an, noch vor dem Frühjahr schwanger zu werden.

Sajan kam zu Fuß, was ungewöhnlich war, und sie sah ihn bereits von Weitem zwischen den Zelten auftauchen und auf den Hügel zustreben. Zuerst wollte Manja aufspringen und im Wagen verschwinden, um ihm nicht zu begegnen. Doch dann winkte er ihr zu, und sie begriff, dass sein Kommen ihr galt. Mit einem flauen Gefühl im Magen legte sie ihre halb aufgegessene Ziegenkeule beiseite.

Sajan blieb zögernd in einigem Abstand stehen und blickte auf sie herab. Manja entschied, dass sie nicht länger beharrlich zu Boden starren konnte, sah auf und stellte erstaunt fest, dass er angespannt und unsicher wirkte.

»Manjane …« Er ließ sich ihr gegenüber im Gras nieder und wischte sich eine Strähne seines rötlichen Haars aus der Stirn. »Ich wollte mit dir sprechen.«

Er klang ungewohnt ernst, zugleich aber sanft, und Manja spürte, wie ihre Erstarrung nachließ und sie ihm endlich offen ins Gesicht blicken konnte. Nun war er es, der die Augen niederschlug.

»Ich weiß, ich … bin dir aus dem Weg gegangen«, sagte er

schließlich, und die Überwindung, die dieses Eingeständnis ihn kostete, war deutlich zu spüren. »Schon lange Zeit … aber ich möchte nicht, dass es zwischen uns so bleibt. Schon bald werden wir in den Krieg ziehen, auch du und ich, und niemand kann sagen, welches Schicksal die Götter uns in der Schlacht zugedacht haben. Ich wäre sehr unglücklich, wenn ich wüsste, dass ich vielleicht nicht zurückkehre … und dass du und ich … dass wir uns niemals ausgesprochen haben.«

Manja schwieg. Sie fühlte, dass sie ihn jetzt nicht unterbrechen durfte.

»Ich bitte dich um Verzeihung«, fuhr Sajan fort, »für das, was damals … in der Nacht nach dem Begräbnis meiner Mutter geschehen ist. Ich hätte es nicht zulassen dürfen. Wollen wir es vergessen und wieder Freunde sein?«

Manjas Augen verengten sich. Glaubte er allen Ernstes, sie könnte jemals vergessen, was sie mit ihm erlebt hatte? Und wie, bei allen Göttern, kam er auf den Gedanken, sich selbst die Schuld dafür zu geben? War nicht sie es gewesen, die seine Zweifel beschwichtigt, seine Hände geführt und seinen Schoß in Besitz genommen hatte?

Unter ihrem forschenden Blick errötete er und senkte abermals die Augen. Es hätte nicht offensichtlicher sein können, dass er selbst an seinen Worten zweifelte, sosehr er sich auch zu sagen bemühte, was ihm geboten erschien.

»Du machst es mir nicht leicht«, fügte er leise hinzu.

»Wie könnte ich auch«, sagte Manja, »solange ich nicht weiß, was du fühlst.«

Er verschränkte die Hände so fest zwischen den Knien, dass die Fingerknöchel weiß hervortraten.

»Liebst du mich?«, fragte Manja unvermittelt.

Ein Moment der Stille folgte.

»Du bist meine geliebte Nichte, die Tochter meiner Schwester, und du wirst es immer sein«, sagte er schließlich.

»Das meinte ich nicht.«

Wieder Stille.

»Liebst du mich, wie ein Mann eine Frau liebt?«, fragte Manja.

Er fuhr sich mit der Hand durchs Haar und wandte sich ab, um irgendeinen Punkt in weiter Ferne zu betrachten.

»Du weißt, dass ich das nicht kann.«

»Du meinst: dass du es nicht darfst«, berichtigte Manja. »Oder vielmehr glaubst, es nicht zu dürfen.«

Er regte sich unbehaglich. Es war offensichtlich, dass diese Aussprache keineswegs so verlief, wie er es sich erhofft hatte.

»Bitte, Manjane«, sagte er schließlich, »lass uns vergessen, was geschehen ist. Willst du mir wenigstens versprechen, dass du keinen Groll gegen mich hegst?«

»Ja, das verspreche ich dir. Ich hege keinen Groll gegen dich.«

Sajan nickte ernst und bemühte sich offenbar, zufrieden zu wirken.

»Nun, dann ... muss ich wieder zurück auf meinen Posten«, sagte er unvermittelt und erhob sich.

»Ich weiß«, sagte Manja sanft.

Er warf ihr einen unsicheren Blick zu.

»Wir sehen uns wieder, denke ich.«

»Ganz bestimmt«, sagte Manja, hielt seinen Blick fest und überließ es ihm, sich umzuwenden und das Gespräch zu beenden. Er tat es, wenn auch erst nach einer Weile angespannten Schweigens. Als er schließlich wieder ins Lager hinunterging, wirkten sein schwerer Gang und seine gebeugten Schultern, als trüge er eine unsichtbare Last.

Sajan war gekommen und wieder gegangen – nun lag es an Manja, den weiteren Verlauf der Dinge zu bestimmen. Sie dachte nicht darüber nach, ob es vernünftig war, was sie tat. Nur eines war wichtig: Sie war sich nun seiner Gefühle sicher, sosehr er auch versucht hatte, sie zu verbergen. Diese Sicherheit gab den Ausschlag.

In den folgenden Tagen ritt Manja jeden Abend zu den westlichen Hügeln und beobachtete den Wachposten. Anfangs wurde sie enttäuscht, denn es hielten sich mehrere Männer in der Umgebung des Zeltes auf. Offenbar waren die Wachen in wechselnde Schichten eingeteilt. Während der Nacht blieb stets nur ein einzelner Mann vor Ort, und auch hierbei wechselten sich mehrere Krieger ab; Manja erkannte es an den unterschiedlichen Pferden, die jeweils vor dem Zelt angebunden standen. Stets blieb sie in einiger Entfernung, saß ab und schlich erst dann näher, wenn sich niemand mehr im Freien aufhielt. Von Byke entdeckte sie zu ihrer Erleichterung keine Spur.

Es kam ein Abend kurz vor dem Vollmond, an dem Sajans rötlicher Hengst endlich allein vor dem Zelt stand. Manja ging kein Risiko ein. Um sicherzugehen, aber auch um ihr heftig klopfendes Herz zu beruhigen, beobachtete sie die Umgebung längere Zeit, ließ dann ihr Pferd in einem geschützten Durchstich zwischen den Hügelkuppen stehen und näherte sich vorsichtig dem Zelt. Sajans Hengst erkannte sie und schnaubte eine kleine Dampfwolke in die Frostluft. Manja legte ihm eine Hand auf den Hals, und das Pferd berührte mit der feuchten Schnauze leicht ihren Unterarm. Die zärtliche Geste erschien ihr wie ein Zeichen, dass sie das Richtige tat.

Sie trat zum Eingang des Zeltes. Kurz zögerte sie, unschlüssig, ob sie rufen oder sich auf andere Weise bemerkbar machen sollte. Es entsprach nicht den sarmatischen Sitten, unaufgefordert ein Zelt zu betreten. Wenn sie jedoch rief, würde er fragen, wer da sei – und sie zurückweisen, sobald sie sich zu erkennen gab.

Die Entscheidung wurde ihr abgenommen, denn abermals schnaubte der rote Hengst.

Manja vernahm ein Rascheln aus dem Innern des Zeltes, dann näherten sich Schritte. Die Matte an der Tür wurde beiseitegeschoben, und in der Öffnung erschien Sajan, in Reithosen und Stiefeln, aber mit nacktem Oberkörper. Hinter seiner hohen Gestalt erleuchtete der warme Schein eines Feuers das Zelt.

Er erstarrte. Es schien eine Weile zu dauern, bis er begriff, wen er vor sich hatte. Manja konnte seine Gesichtszüge nicht klar erkennen, da die Lichtquelle hinter ihm lag, doch zweifelte sie nicht daran, dass er aufs Äußerste erschrocken war.

»Was willst du?«, fragte er. Es sollte mahnend klingen,

sogar scharf, doch in seiner Stimme flackerte eine deutliche Unsicherheit.

Manja holte tief Luft.

»Dich«, antwortete sie – und in dem Augenblick, da sie es aussprach, ergriff dieser Wunsch ihren ganzen Körper mit übermächtiger Kraft.

Er wich einen Schritt ins Innere des Zeltes zurück. Sie folgte ihm. Er packte ihre ausgestreckten Arme und hielt ihre Handgelenke fest.

»Manjane … nein …«

Sie spreizte die Arme, drückte seine Fäuste zur Seite und näherte sich seinem Gesicht.

»Du weißt, dass wir …«

»Still!«, flüsterte sie und strich mit halb geöffneten Lippen über seine Wange, atmete seinen Geruch ein, fühlte die weiche Haut und die zarten Flechten seines Bartes.

Seine Fäuste erschlafften, und sie wand sich los, legte ihm beide Arme um die Schultern und zog ihn an sich. Immer noch spürte sie schwache Gegenwehr; seine Muskeln waren verkrampft, und er hatte den Kopf zur Seite gebogen – doch es war ihr gleich. Sie ließ ihre Lippen an seiner rechten Halsseite hinabgleiten, hauchte einen zarten Biss in seine Schulter, glitt weiter hinab, fuhr durch das weiche Brusthaar, fühlte seinen heftigen Herzschlag. Sein Körper war wie erstarrt. Weder half er ihr, noch hinderte er sie, als sie seinen Gürtel öffnete und die Hose fallen ließ.

»Sieh mich an!«, raunte sie, nachdem sie sich wieder aufgerichtet hatte, ergriff seinen Kopf mit beiden Händen und wandte sein Gesicht zu sich. Endlich sah sie seine Augen. Sie schimmerten feucht, als sammelten sich Tränen darin. Seine Lippen bebten.

Manja seufzte. Wie gern hätte sie ihm gesagt, dass er sich weder zu sorgen noch zu beherrschen brauchte – dass nur geschah, was die Götter wollten, die ihn und sie zusammengeführt hatten.

Doch sie sagte nichts. Stattdessen schloss sie seine Augen mit einer leichten Bewegung ihrer Hand und seinen Mund mit einem Kuss. Geduldig umschmeichelte sie seine Lippen, bis er sie endlich öffnete und sie einließ. Ein Schauder überlief seinen Körper; sie fühlte es deutlich unter den Handflächen. Gleichzeitig lösten sich seine verspannten Muskeln, seine Beine gaben nach, und er sank rücklings auf ein Deckenlager neben dem Feuer.

Manja öffnete ihren Leibrock, ließ sich auf seinem Schoß nieder und schmiegte sich fest an ihn.

»Alles ist gut«, flüsterte sie nahe an seinem Ohr.

Der Mond stand bereits hoch und strahlte durch das Rauchloch in der Decke. Das kleine Feuer, das in einem dreibeinigen Kessel brannte, war zusammengesunken und knisterte nur noch leise. Sajan lag ausgestreckt auf dem Lager aus Schaffellen und blickte zur Decke, während Manja den Kopf auf seine Brust gelegt hatte. Sie lauschte auf das Klopfen seines Herzens, das sich allmählich beruhigte, und wenn sie die Augen öffnete, sah sie den warmen Schein des Feuers auf seiner schweißbedeckten Haut glitzern. Glücklich atmete sie den Geruch seines Körpers, fühlte die gleichmäßigen Hebungen seiner Brust und spürte seinen Samen in sich.

»Niemand darf das jemals erfahren«, sagte er nach einer langen Zeit des Schweigens.

Manja antwortete nicht. Sie fühlte sich zu wohl, um die Stimmung durch Worte zu stören.

»Es ist nicht recht«, fuhr er fort. »Die Götter wollen nicht …«

»Woher weißt du, was die Götter wollen?« Manja hob den Kopf und stützte sich auf die Ellbogen. »Selbst die Priester haben Mühe, ihren Willen zu erforschen – und du bist kein Priester.«

Er nickte schwach, die Augen noch immer zur Decke gerichtet.

»Vielleicht sollte ich Bazukan um Rat bitten …«

»Das solltest du *nicht* tun.«

»Nein … ich weiß …«

Wieder schwiegen sie lange.

»Manjane«, hob er erneut an, und diesmal wandte er ihr das Gesicht zu, »wie kannst du damit leben?«

Sie zuckte die Achseln.

»Ich denke nicht darüber nach. Ich weiß nicht, was die Götter wollen ... sie haben mich auf seltsamen Wegen geführt, und ich habe es aufgegeben, mich über ihre Fügungen zu wundern. Ich weiß nur, dass ich bei dir sein will.«

»Aber das kannst du nicht ... nicht auf Dauer.«

»Dann eben so lange und so oft, wie die Götter es mir gewähren.«

»Willst du ein Leben in Heimlichkeit führen? Dich verstecken? Immer in Angst vor Entdeckung?«

»Ich weiß es nicht«, sagte sie. »Ich weiß nur, dass ich dich an mir spüren will ... und in mir.«

Das war die Wahrheit: Sie hatte keinen Plan, der über den nächsten Tag hinausreichte. Es war ihr ebenso klar wie ihm, dass es keine gemeinsame Zukunft für sie gab. Solange sie als Tochter seiner Schwester galt, würde sie Fluch und Frevel auf sich und ihn laden, wenn ihr Verhältnis ruchbar würde. Doch auch die Wahrheit über ihre Herkunft konnte sie den Sarmaten nicht eröffnen. Man würde sie als Betrügerin verstoßen, und womöglich war die Strafe, die sie in diesem Fall erwartete, noch grausamer als diejenige für Inzest.

»Aber wenn du nun schwanger wirst ...«, begann Sajan und zerriss das Gespinst ihrer Gedanken.

Sie schüttelte den Kopf.

»Übermorgen ist Vollmond, und ich erwarte meine Blutung«, sagte sie.

»Aber wenn du ...«

»Wenn ich wiederkomme?«, erriet sie seine Gedanken. »Möchtest du denn, dass ich wiederkomme?«

Er schloss die Augen und seufzte tief.

»Das darf ich mir nicht wünschen.«

»Aber wenn du es dürftest?«, beharrte sie.

»Ja.« Er nickte schwach. »Dann würde ich mir wünschen, dass du wiederkommst.«

Das war ein Wort.

»Gut«, sagte Manja entschlossen. »Hab keine Angst. Ich werde vorsorgen.«

Manja traf die nötigen Vorkehrungen mit einer Zielstrebigkeit, die an Kaltblütigkeit grenzte. Niemand wunderte sich darüber, dass sie erst spät in der Nacht zum Wagen zurückgekehrt war – auch Gwendike nicht, die beim Morgenmahl abwesend und übernächtigt wirkte. Vermutlich hatte sie die Nacht bei Xorsa verbracht.

»In letzter Zeit habe ich Schmerzen im Rücken, wenn ich reite«, sagte Manja, während beide vor dem Wagen saßen und ihre Milch tranken.

Gwendike zuckte die Achseln. »Hast du nicht bald deine Blutung?«

»Ja, aber es hat früher nie wehgetan – deswegen mache ich mir ja Sorgen.«

»Hm.« Gwendike musterte sie prüfend, und einen Moment lang fürchtete Manja, dass die Freundin ihr Spiel durchschaute. Wenn dies der Fall war, ließ Gwendike sich jedoch nichts anmerken.

»Vielleicht solltest du zu Batane gehen«, sagte sie. »Sie ist unsere erfahrenste Heilerin und kennt sich mit Frauenbeschwerden ebenso gut aus wie mit Kampfverletzungen. Soll ich dir zeigen, wo ihr Zelt steht?«

»Lass nur«, sagte Manja. »Ich werde sie schon finden.«

Batane war eine der weisen Frauen des Stammes. Manja kannte sie bereits vom Sehen, denn sie war bei ihrer Initiation und auch bei Emres Tod zugegen gewesen. Es war nicht schwer, das Zelt zu finden, in dem die fast siebzigjährige Greisin lebte. Jeder im Lager kannte sie, und viele waren schon einmal mit den verschiedensten Gebrechen und Krankheiten bei ihr gewesen, um Rat einzuholen.

Batane erkannte Manja und lächelte sie freundlich an, mit durchdringenden blauen Augen, die seltsam blank in ihrem von Falten gefurchten Gesicht wirkten.

»Komm herein«, sagte sie und hielt mit ihrer gichtigen Hand die Filzmatte am Eingang ihres Zeltes hoch.

Manja trat ein und fand sich in einem runden Raum wieder, der sich sehr von den Zelten der gewöhnlichen Sarmaten unterschied. Zwar gab es die üblichen Möbel und eine Schlafmatte, darüber hinaus aber auch eine Unzahl von Tiegeln, Töpfen und Fläschchen, die auf hölzernen Borden aufgereiht waren. Von den Zeltstangen, die das Dach trugen, hingen Büschel getrockneter Kräuter herab. In einer Ecke des Raums lag der Schädel eines Widders, von dessen Hörnern ganze Schichten abgekratzt worden waren. Die Späne häuften sich in einer Schale am Boden.

»Setz dich!«, forderte Batane ihre Besucherin freundlich auf. Manja nahm am Boden Platz, und die alte Frau ließ sich ihr gegenüber schwerfällig in den Schneidersitz sinken.

»Wie kann ich dir helfen?«

Manja hatte viel darüber nachgedacht, in welcher Form sie ihr Anliegen vorbringen sollte, und schon im Voraus alle möglichen Eröffnungsworte erwogen. Doch offensichtlich war solche Mühe ganz unnötig. Batane rechnete damit, dass ihre Besucher Rat in Angelegenheiten suchten, über die nicht leicht zu sprechen war, und hatte gelernt, ihnen behutsam weiterzuhelfen.

»Brauchst du Schminksalbe?«, fragte Batane.

Manja verneinte stumm.

»Hast du Regelschmerzen?«

Wieder schüttelte sie den Kopf.

»Blutigen Ausfluss zur Unzeit?«

»Nein ...« Manja hatte das deutliche Gefühl, endlich das Wort ergreifen zu müssen. »Ich wollte dich fragen, ob du ein Mittel kennst, das ... verhindert ...«

»Dass du schwanger wirst?«

Manja nickte.

Batane lehnte sich befriedigt zurück und nickte auch.

»Es gibt viele Mittel, denen man diese Wirkung zuschreibt«, erklärte sie. »Die Sesshaften im Süden benutzen Granatapfelsamen ...« Sie blickte sich im Zelt um und musterte ihre Vorräte. »Leider habe ich zurzeit nichts Derartiges hier. Du kannst auch einfach ein Tuch in saure Milch legen und es in die Scheide einführen, doch die Wirkung ist nicht so zuverlässig wie die des Granatapfels.«

Manja senkte verlegen den Blick.

»Gibt es kein sicheres Mittel, über das du verfügst?«, fragte sie schüchtern.

Batane musterte sie aufmerksam, doch nicht unfreundlich.

»Ist es von so großer Wichtigkeit, dass der Mann, zu dem du gehst, nicht Vater eines Kindes wird?«

Manja kam zu dem Schluss, dass die Frage weder Neugier noch Verdacht, sondern lediglich sachliches Interesse verriet, und nickte.

»Gut«, sagte Batane. »Dann tu Folgendes: Nimm eine Schale voll Kupferstaub, gib einen Spritzer Wasser hinzu, drück eine Handvoll Schafswolle in die Mischung und knete sie zu einem Ballen. Wenn du den Ballen schließlich in die Sonne hältst, muss er funkeln vom Kupferstaub; das ist wichtig. Diesen Ballen musst du in deine Scheide einführen und ganz nach hinten drücken, so weit deine Finger reichen. Wenn deine Monatsblutung naht, musst du ihn rechtzeitig entfernen, und im folgenden Monat einen neuen einlegen.«

»Hast du denn Kupferstaub?«, fragte Manja.

Batane schüttelte den Kopf. »Leider nicht. Aber es ist ein Leichtes, Kupfer zu beschaffen. Geh zum Schmied. Versuch keine Ausflüchte, sondern sag ihm genau, was du brauchst. Du kannst auch sagen, dass ich dich schicke, dann weiß er Bescheid.«

Manja zögerte. Sie kannte den Waffenschmied Darowan vom Sehen, wusste jedoch, dass er ein enger Vertrauter der Königsfamilie war.

»Wenn du dein Vorhaben geheim halten willst«, erriet Batane ihre Gedanken, »kannst du auch einen anderen Schmied aufsuchen. Die Iyrker zum Beispiel haben einen sehr alten Schmied namens Husman. Er wird weder plaudern noch Fragen stellen.«

Manja atmete tief aus.

»Ich danke dir, Batane.«

Die alte Frau nickte und erhob sich, um Manja hinauszugeleiten.

Husman, der Schmied, war weit schwieriger zu finden als Batane. Manja musste fast die gesamte Zeltstadt durchqueren und immer wieder nach dem Weg fragen, denn den Teil des Lagers, der von den Iyrkern bewohnt wurde, hatte sie bisher nur kurz und immer in Gwendikes Begleitung besucht. Schließlich fand sie die Schmiede in der Nähe des Seeufers, hinter den letzten Zelten, wo bereits die Viehweiden begannen.

Der Schmied, der unter freiem Himmel an einem Amboss Goldreifen trieb, begrüßte Manja freundlich. Sie hatte wohlweislich allen Schmuck abgelegt, um nicht als Mitglied der Herrscherfamilie erkannt zu werden. Im letzten Moment war ihr auch noch der Ring eingefallen, und da ihr Gewand keine Tasche zum Verstecken bot, zog sie ihn kurzerhand vom Finger und verbarg ihn in der geschlossenen Hand.

Husman war mindestens ebenso alt wie Batane, doch ein rüstiger Mann, unter dessen schlohweißem Brusthaar sich noch immer mächtige Muskeln bewegten. Sein von schütteren Bartfäden umrahmtes Gesicht wirkte verschlossen, seine tiefbraunen Augen jedoch waren auf eigentümliche Weise vertrauenerweckend. Manja erklärte ihm ohne allzu große Scheu ihr Anliegen, und der alte Mann nickte bereitwillig. Offenbar war es nicht selten, dass junge Frauen ihn um Kupferstaub baten.

Husman führte Manja zu seinem Wagen, der ihm als Wohnung wie als Werkstatt diente, und bat sie hinein. Der Innenraum enthielt eine Esse, einen weiteren Amboss und eine Fülle von Gussformen aus gebranntem Lehm, die sich an den Wänden stapelten. Ein schwarzhaariger Junge in schlichtem Filzrock war eben damit beschäftigt, eine Schmelzpfanne zu reinigen und schwere Schlackeklumpen in einen Korb zu füllen, den er dann unter sichtlicher Anstrengung zum Ausgang schleifte.

Ohne Umschweife ergriff der Schmied einen Klumpen rötlichen Metalls, eine eiserne Feile und ein Holzschälchen, um den Abrieb aufzufangen. Während er mit kräftigen Bewegungen seiner starken Arme arbeitete, stand Manja verlegen neben ihm. Dabei fing sie einen Blick des Jungen auf, der sich gerade damit abmühte, den schweren Korb über das Trittbrett des Wagens nach draußen zu hieven. Vermutlich war er ein Diener und – seinem Äußeren nach zu schließen – kein gebürtiger Sarmate. Tatsächlich erinnerte er Manja eher an die Jünglinge in ihrem Heimatdorf, und flüchtig fragte sie sich, ob er womöglich aus den Wäldern im Norden stammte. Es berührte sie eigentümlich, dass die Sarmaten ihn als Knecht hielten – wäre sie nicht zufällig im Besitz des Wolfsrings gewesen, hätte es ihr leicht ebenso ergehen können.

Der Ring ...

Manja drehte das Schmuckstück zwischen den Fingern der linken Hand. Und als hätte irgendeine missgünstige Macht nur auf diesen Augenblick gewartet, entglitt er ihr, prallte mit einem metallischen Klirren auf die Holzbohlen und rollte geradewegs vor die Füße des Schmieds.

Rasch bückte sich Manja nach dem Ring, doch Husman hatte bereits die Hand ausgestreckt, um ihn aufzuheben. Plötzlich zogen sich seine weißen Brauen überrascht zusammen, als erinnere er sich einer lange zurückliegenden Begebenheit. Er drehte den Ring zwischen den Fingern und unterzog jene Stelle an der Innenseite einer genauen Prüfung, die von Kratzern überzogen war. Schließlich sah er erschrocken zu Manja auf, und seine Augen drückten Verwirrung, ja Fassungslosigkeit aus.

Befangen erwiderte Manja seinen Blick. Irgendetwas sagte ihr, dass sein Erschrecken keineswegs nur mit der Erkenntnis zu tun hatte, einer Edelfrau gegenüberzustehen. Neugier überwand ihre Angst.

»Du kennst diesen Ring?«

»Ja, Herrin«, sagte der Schmied.

»Hast du ihn angefertigt?«, fragte Manja, die Husmans hohes Alter erwog und ganz plötzlich auf diese Idee kam.

Der Schmied senkte den Blick. »Nein, nicht diesen. Aber einen anderen, der ihm glich.«

»Einen zweiten Ring wie diesen?« Manja runzelte die Stirn. Sie spürte deutlich, dass dem Schmied nicht weniger unbehaglich zumute war als ihr selbst – als ob sie an ein Geheimnis rührte, das er nicht preisgeben wollte.

»Ich darf nicht darüber sprechen, Herrin«, murmelte Husman endlich und reichte ihr den Ring in der offenen Hand.

Manja nahm ihn mit ungutem Gefühl entgegen. Als der Alte kein weiteres Wort sagte und ihr stattdessen ein Ledersäckchen mit Kupferstaub hinhielt, entschied sie, dass es besser war, sich rasch zu verabschieden.

Als sie eben den Wagen verlassen hatte und den Beutel zwischen den Falten ihres Gewandes verbarg, erlebte Manja sogleich den nächsten Schreck: Von den Zelten her kam eine Schar von Kriegern auf sie zu, angeführt von Lagrimane, der Fürstin der Iyrker, und einem jungen Mann, der einer ihrer Enkel sein mochte. Neben ihnen ging, hoch aufgerichtet, niemand anders als Byke.

Rasch wandte Manja das Gesicht zur Seite und bemühte sich, möglichst unauffällig an der Gruppe vorbeizugehen, die auf den Wagen des Schmieds zuhielt. Wahrscheinlich war die Fürstin gekommen, um Husman Aufträge für den kommenden Kriegszug zu erteilen; gewiss waren Waffen, Pfeilspitzen und Rüstungen anzufertigen.

Manja biss die Zähne zusammen, eilte voran und zwang sich zugleich, nicht auffällig schnell zu gehen. Tatsächlich schenkte niemand ihr Beachtung – außer Byke, die kurz den Kopf wandte und ihr einen forschenden Seitenblick zuschoss.

Manja verfluchte das Unglück, das sie an diesem Tag zu verfolgen schien. Von allen Menschen, die sie kannte, war Byke die Allerletzte, die sie sich als Zeugin ihres sorgfältig verheimlichten Ausflugs wünschte. Tatsächlich hatte sie gar nicht mehr daran gedacht, dass Byke väterlicherseits aus dem Volk der Iyrker stammte und Lagrimane ihre Großtante war. Im Grunde war es weitaus wahrscheinlicher gewesen, sie hier zu treffen als irgendwo sonst.

Manja entspannte sich ein wenig, als die Gruppe vorübergegangen war. Immerhin bestand die Möglichkeit, dass Byke sie nicht erkannt hatte. Doch noch etwas beunruhigte sie: die Bemerkungen des Schmieds über ihren Ring. Wenn sie seine knappen Worte richtig deutete, gab es einen zweiten

Ring, der dem ihren glich. Wo aber war dieser Ring? Soweit sie wusste, galt das Schmuckstück als einzigartig – es war ein Erbstück Myrgines, der Mutter Emres und Großmutter der jetzigen Königin. Manja ahnte schon lange, dass sich mit dem Ring ein Geheimnis verband, spätestens seit ihr klar geworden war, dass sie ihn aus Myrgines Grab entwendet hatte. Wie konnte der Ring dort gewesen sein, wenn er doch an Emre und schließlich an die verschollene Vardane vererbt worden war, die ihn angeblich bis zu ihrem Verschwinden getragen hatte? Manja erinnerte sich an Emres letzte Worte: Bykes Mutter Ingane, so hatte die sterbende Königin angedeutet, hatte einst versucht, ihr den Ring zu entwenden. Hatte dies etwas mit Husmans Andeutungen über einen zweiten Ring zu tun? Und warum wusste außer dem alten Schmied offenbar niemand etwas davon?

Es blieb Manja keine Zeit, über diese Zusammenhänge nachzugrübeln, denn in den folgenden Tagen beherrschte etwas ganz anderes ihre Gedanken und Gefühle. Sajan hatte ihr, wenn auch mit sichtlich schlechtem Gewissen, die Zeiten genannt, zu denen er allein beim Wachposten war, und Manja wartete ungeduldig. Der Vollmond strahlte drei Nächte lang über der Steppe und nahm schließlich wieder ab. Ihre Regelblutung kam und verging, und weitere drei Tage später stellte sie nach Batanes Weisungen ihre Einlage aus Filzwolle und Kupferstaub her.

»Geht es dir besser?«, fragte Gwendike am Abend jenes Tages, an dem sie erneut zu Sajan reiten wollte.

Manja nickte. »Es war wohl doch nur die Blutung.«

»Warst du denn bei Batane?«

»Ja ... sie hat mir ein Kraut gegeben, das ich in meine Milch mischen soll, gegen die Schmerzen.«

Sie schämte sich ein wenig dafür, wie glatt ihr die Lüge über die Lippen kam.

»Siehst du«, sagte Gwendike, »alles halb so schlimm. – Übrigens: Wundere dich nicht, wenn ich heute Abend fort bin! Parse hat mich eingeladen, die Familie ihres zukünftigen Ehemannes kennenzulernen.«

Immerhin, dachte Manja; was das Erfinden von Ausreden betraf, war Gwendike ihr ebenbürtig. Gewiss traf sie sich wieder mit Xorsa. Bei dem Gedanken, dass Gwendike alles daransetzte, um rasch schwanger zu werden, während sie, Manja, ebendies zu verhindern suchte, musste sie fast lachen.

Sie traf Sajan zur verabredeten Zeit kurz nach Sonnenuntergang auf seinem einsamen Ausguck. Das Zelt besaß nach Westen hin ein kleines Fenster, durch das die jenseitige Steppe zu sehen war, und er blickte aufmerksam durch die Öffnung nach draußen, als Manja eintrat.

»Siehst du etwas?«, fragte sie.

Er schüttelte den Kopf.

»Alles ruhig.«

»Dann ist es wohl nicht weiter schlimm, wenn ich dich ein wenig ablenke.« Ohne weitere Umstände trat sie ans Feuer, löste ihren Gürtel und streifte den Leibrock ab.

Sein Blick glitt verlangend über ihren Körper, dann schlug er beschämt die Augen nieder.

»Ich habe vorgesorgt«, sagte Manja, trat auf ihn zu und schmiegte sich an seine Brust. »Hab keine Angst! Es kann nichts passieren.«

Er fragte nicht. Er vertraute ihr. Und Manja hatte keinen Grund mehr, die Wagnisse und Mühen zu beklagen, die sie auf sich genommen hatte: Sajan, endlich frei von Furcht, entschädigte sie für alles.

Nachdem ihr erster Hunger gestillt war, lagen sie auf den Decken am Feuer, lange Zeit schweigend, während die Glut knackte und der Wind draußen leise um die Zeltplane strich. Irgendwann raschelte die Matte am Eingang, und beide fuhren erschrocken hoch. Doch wie sich herausstellte, war es niemand anders als die Wölfin, die den Kopf hereinstreckte.

»Sie friert da draußen«, sagte Manja und blickte Sajan an, der die Achseln zuckte.

»Lass sie ruhig herein«, erwiderte er. »Sie wird mich schon nicht beißen.«

Manja lockte Varge, und schließlich schlich die Wölfin auf

die andere Seite des Feuers und legte sich wie ein großer Haushund ruhig nieder. Manja streckte eine Hand aus, um ihr den Nacken zu kraulen, und selbst Sajan durfte ihr leicht über den Kopf streichen, ohne dass sie zurückwich.

Dann, zuerst zögerlich, sprachen sie über dies und jenes – und vermieden beide das Thema, das sonst so drückend auf ihnen lastete. Manja war glücklich, denn sie sehnte sich danach, einmal unbefangen mit ihm zusammen sein zu können.

»Vermisst Gwendike dich nicht?«, fragte er.

»Nicht im Mindesten.« Manja lachte. »Sie hat ihre eigenen Heimlichkeiten. Wahrscheinlich ist sie bei Xorsa.«

»Ach!« Sajan zog die Augenbrauen hoch. »Du meinst Zartirs Sohn?«

»Natürlich. Ich dachte eigentlich, das ganze Lager wüsste längst davon.«

Nun war er es, der lachte – ein ungewohntes, herrlich befreiendes Geräusch.

»Das mag schon sein, aber die nächsten Verwandten erfahren es bekanntlich stets zuletzt.«

»Ich glaube, sie legt es darauf an, ein Kind zu bekommen«, fuhr Manja fort. »Sie fürchtet sich vor dem Kriegszug im Frühjahr.«

Sajan nickte und wurde sogleich wieder ernst.

»Es ist mir auch nicht gerade wohl bei dem Gedanken, dass sie mit uns reitet«, sagte er. »Wie soll ich kämpfen, wenn ich mir um sie Sorgen machen muss ...«

»Ach – und um mich machst du dir keine Sorgen?«, fragte sie halbherzig empört.

»Doch ...« Schuldbewusst senkte er den Blick. »Aber du bist eine Kriegerin. Ich habe immer gewusst, dass du Kraft und Mut besitzt. Und nach allem, was Skudane sagt ...«

»Was sagt sie denn?«, fragte Manja unverhohlen neugierig.

Er zögerte.

»Dass du eine geborene Oiorpata bist und dass sie selten eine Frau unterrichtet hat, die wie du Schwert und Axt zu führen versteht. Darin ähnelst du deiner Mutter. Skudane ist sehr stolz auf dich.«

Verblüfft schwieg Manja – ein derartiges Lob hatte sie noch nie aus dem Mund ihrer strengen Lehrerin vernommen.

»Und sie hat recht«, bekräftigte Sajan. »Auch ich habe nie eine Frau wie dich gekannt.«

»Kanntest du denn viele Frauen?«, hakte Manja sofort nach.

Er zuckte unbestimmt die Achseln, offenbar erschrocken über das Stichwort, das er ihr gegeben hatte.

»Du meinst: Kriegerinnen?«

»Ich meinte: Frauen.«

»Wie meinst du …«

»Du weißt, was ich meine.«

Er seufzte.

»Natürlich gab es Liebschaften«, sagte er endlich. »Aber nie etwas von Dauer.«

»Ich habe nichts davon gemerkt«, sagte Manja.

»Das glaube ich gern …« Er wand sich sichtlich, um die richtigen Worte zu finden. »Seit du bei uns bist, war ich … bin ich selten … habe ich mich kaum noch …«

»Was ist mit Byke?«, brachte Manja das Thema gnadenlos auf den Punkt.

Zu ihrer Überraschung verhärteten sich seine Züge, und seine Stimme gewann augenblicklich an Sicherheit.

»Ich hatte nie etwas mit ihr«, sagte er. »Ich weiß, dass es Gerüchte gegeben hat – sie selbst hat dafür gesorgt. Seit ich sechzehn war, hat sie mir nachgestellt und sogar anderen gegenüber behauptet, wir seien verlobt. Es … gab wohl eine Zeit, als ihr Interesse mir schmeichelte. Ich war jung und unerfahren, musst du wissen, und die anderen jungen Männer rühmten Bykes Schönheit.«

Manja forschte in seinem Gesicht, während er sprach. Sie zweifelte nicht an der Wahrheit seiner Worte, zumal sie zu dem Auftritt passten, dessen Zeugin sie jüngst geworden war. Sie hatte beschlossen, ihm diese Tatsache nicht zu eröffnen, um ihm die Verlegenheit zu ersparen – und um nicht zugeben zu müssen, dass sie ihn belauscht hatte. Etwas anderes jedoch musste sie unbedingt wissen und konnte nicht umhin, es zur Sprache zu bringen.

»Gwendike sagt, dass du beim Frühlingsfest vor sechs Jahren mit Byke gegangen bist.«

Er schoss ihr einen überraschten Blick zu.

»Tatsächlich ... sagt sie das?«

»Bitte weich mir nicht aus!«, bat Manja ernst.

Er sprach leise. »Ja, es stimmt. Ich weiß nicht, wie es eigentlich dazu kam – obwohl ich im Nachhinein nicht zweifle, dass sie es geplant hatte. Die Paare fanden sich zusammen, und als ich am Ende allein dastand, nahm sie mich einfach bei der Hand. Es ist nun einmal Sitte, dass beim Frühlingsritus die Frauen sich die Männer auswählen ...«

Manja wartete geduldig.

»Ich weiß, was du hören willst«, fuhr Sajan fort. »Du willst wissen, ob ich den Ritus vollzogen habe – ob ich in ihren Körper eingedrungen bin. Die Antwort ist Ja. Aber es war ...« Wieder suchte er sichtlich nach Worten. »Es ... machte mir Angst.«

»Angst?«, fragte Manja ehrlich überrascht.

»Sie behandelte mich wie einen kleinen Jungen«, versuchte Sajan zu erklären. »In der Tat ist sie zehn Jahre älter als ich und gewiss um vieles erfahrener ... Aber es war seltsam: Sie hatte es so eilig ... Sie nahm sich, was sie wollte, und erklärte mir hinterher, dass ich nun ihr gehöre und keine andere Frau mehr anrühren dürfe. Andernfalls werde sie im Lager verbreiten, dass ich ihr Gewalt angetan hätte.«

Manja lauschte atemlos. Sie hatte sich bereits manches über Bykes Ränke zusammengereimt, doch dies übertraf all ihre Erwartungen.

»Ich ließ sie stehen und ging fort«, sagte Sajan. »Seitdem meide ich sie, so gut ich kann, aber sie versucht immer wieder, mir nahezukommen, wenn ich allein bin.«

»Hat sie ihre Drohung wahr gemacht?«, fragte Manja. »Hat sie behauptet, du ...«

»Nein.« Er lächelte bitter. »Vermutlich hatte sie Zweifel, ob man ihr glauben würde. Byke ist nicht gerade als wehrloses Opfer bekannt – im Gegenteil, die meisten Männer fürchten sich vor ihr. Außerdem glaubte sie bis vor Kurzem wohl noch, mich für sich gewinnen zu können, und wollte sich diese Hoffnung nicht verbauen, indem sie mich verleumdete.«

Manja nickte – so etwa hätte auch sie sich Bykes Verhalten erklärt.

»Du musst ihr gegenüber besonders vorsichtig sein«, bat Sajan plötzlich. »Sie ist eine listige Schlange und schreckt vor nichts zurück. Sollte sie jemals erfahren, dass du mich heimlich besuchst …«

Manja nickte – sie nahm die Warnung ernster, als er ahnen konnte; schließlich hatte sie Bykes Drohungen gegen eine mögliche Nebenbuhlerin mit eigenen Ohren vernommen.

»Heute kann ich kaum noch glauben, dass ich einmal bei ihr gelegen habe«, sinnierte Sajan düster. »Ich war so erschrocken über ihre List, dass ich mich seitdem bei allen Frühlingsfesten davongestohlen und die Nacht allein draußen in der Steppe verbracht habe.«

Das klang so aufrichtig bedrückt, dass Manja sich an ihn schmiegte und ihm tröstend über das Haar strich.

»Armer Sajan«, flüsterte sie. »Und nun bedrängt dich schon wieder eine Frau, die du eigentlich zurückweisen wolltest.«

Er sah sie erstaunt an.

»Das ist etwas ganz anderes«, sagte er leise, doch entschieden. »Du bist doch nicht wie Byke.«

»Wie bin ich denn?«, fragte sie, wobei sie einen neckischen Ton nicht ganz vermeiden konnte.

Er ergriff eine ihrer schwarzen Locken und drehte sie zwischen den Fingern.

»Du bist ein Wunder«, sagte er, ohne auf ihren scherzhaften Ton einzugehen. »Du bist schön, du bist stark … du bist klug … aber auch so sanft wie noch keine Frau, die ich kannte.«

Manjas Herz schlug heftig, und sie bemühte sich, ihre Rührung zu verbergen.

»Du findest mich schön?«, fragte sie mit gespieltem Unglauben.

»Muss ich es dir beweisen?«

»Ja, das musst du.«

Er lächelte, zog sie an sich und fuhr ihr mit der Hand vom Nacken bis zur Unterseite der Schenkel. Glücklich schloss sie die Augen und fühlte, wie ein Schauder seinen Fingern folgte und ihren Rücken hinabkroch.

»Hast du schon wieder neue Kräfte gesammelt, mein starker Krieger?«, flüsterte sie nahe an seinem Ohr.

»Ja, das habe ich, meine starke Kriegerin.«

Diesmal war er es, der sie führte, und sie ergab sich seinem Verlangen. Diese Erfahrung war neu und, wie sie feststellte, in höchstem Maß erregend. Willig ließ sie sich lenken und spürte, wie seine Stöße ihren Körper durchzitterten und unaussprechliche Glücksgefühle in ihr anschwellen ließen. Als sie schließlich den Kopf in den Nacken warf und einen Schrei zum Rauchloch in der Decke schickte, fiel eine nichtmenschliche Stimme mit ein – es war die Wölfin, die sich aufgesetzt hatte und ihr mit einem melodischen Heulen antwortete.

DIE ENTDECKUNG

Der Winter dauerte lange in diesem Jahr, und der Frost hielt das Land eisern im Griff. Die Tiere, die in den geschützten Senken am See lagerten, fanden kaum noch Futter, und viele mussten notgeschlachtet werden, während die übrigen sich zum Schutz gegen die Kälte zusammendrängten. Die Menschen hielten sich so wenig wie möglich im Freien auf, und die wertvollen Reitpferde standen in Verschlägen aus Holzbohlen. Dennoch litten die Sarmaten keinen Mangel, denn der Frost trieb viele Tiere aus der Steppe in die windgeschützten Niederungen, und Gruppen von Jägern, die regelmäßig ausgeschickt wurden, brachten reiche Beute nach Hause.

Das Leben auf dem Königshügel hatte sich kaum verändert, abgesehen von der Tatsache, dass Tamages Wohnwagen fertiggestellt war und die neue Königin fast täglich Besuch von Abordnungen der anderen Stämme erhielt. Manja nahm an, dass man Pläne für den kommenden Krieg erörterte und die Rüstung vorantrieb, denn allerorten wurden die Schmiedeöfen befeuert, Speere und Bogen geschnitzt, Pfeile befiedert und junge Pferde zugeritten.

Auch Skudane forderte ihre beiden Schülerinnen härter denn je. Stundenlang übte sie mit ihnen das Speerwerfen und Bogenschießen vom Pferderücken aus. Da die alte Lehrerin selbst nicht mehr reiten konnte, galoppierten Manja und Gwendike im Kreis um eine Zielscheibe, während Skudane abseits stand und ihnen Befehle zurief. Manja, von Skudanes Lob beflügelt, gab ihr Bestes und spickte die unförmige Filzpuppe, die als Ziel diente, mit Dutzenden von Pfeilen. Auch der Speerwurf aus dem Sattel, mit dem sie anfangs Schwierigkeiten gehabt hatte, gelang ihr inzwischen mühelos. Gwendike dagegen schien abwesend, verfehlte mehrfach das Ziel und brachte endlich ihre Stute zum Stehen, wobei sie sich eine Hand vor den Mund presste.

»Was ist mit dir?«, herrschte Skudane sie barsch an, als sie absaß.

»Mir ist übel«, flüsterte Gwendike und klammerte sich Halt suchend an die Zügel.

Skudane sah ihrer Schülerin mit gerunzelten Brauen ins Gesicht. »Kann es sein, dass du schwanger bist?«

Statt einer Antwort ließ Gwendike ein trockenes Würgen vernehmen.

Skudane hob ergeben die Schultern. »Geh nach Hause und leg dich hin!«, befahl sie. »Manjane, du begleitest sie.«

Manja nickte, saß ab und fasste Gwendike beim Arm, um sie zu führen. Sie nahmen den Weg quer durch das Lager und kehrten zum Königshügel zurück. Manja spürte deutlich, dass ihre Freundin nicht sicher auf den Beinen war.

»Stimmt es?«, fragte sie leise.

Gwendike antwortete nicht, sondern ging mit gesenktem Blick an ihrer Seite. Erst als sie ihren Wagen erreicht hatten, sah sie zu Manja auf.

»Ich weiß, was du jetzt von mir denkst«, sagte sie gequält. »Die dumme kleine Gwendike – nun hat sie sich dem Erstbesten an den Hals geworfen, um nicht in den Krieg zu müssen.«

Die plötzliche Aufrichtigkeit rührte Manja, und sie sah ihrer Freundin, die mit bleichem Gesicht und bebenden Lippen dastand, offen ins Gesicht.

»Xorsa ist nicht der Erstbeste«, sagte sie ernst. »Ich bin sicher, du wirst glücklich mit ihm sein.«

Gwendikes Augen füllten sich mit Tränen.

»Du … weißt es?«

Manja musste lächeln.

»Natürlich weiß ich es. Und ich wünsche dir ein schönes, starkes und gesundes Kind.«

Gwendike fiel ihr um den Hals und umarmte sie fest. Manja streichelte ihr seidiges Haar.

»Es tut mir so leid«, schluchzte Gwendike. »Ich war nicht ehrlich zu dir. Ich hätte dir längst alles erzählen sollen, schließlich bist du meine beste Freundin.«

»Ich verstehe dich«, sagte Manja.

»Aber ich will nicht in den Krieg«, flüsterte Gwendike. »Ich habe solche Angst …«

Manja hielt ihren Kopf und wiegte sie tröstend.

»Du wirst zu Hause bleiben, Gwendike«, sagte sie. »Und niemand wird dich für feige halten.«

Gwendike hob den Kopf. Ihr Gesicht war nass von Tränen.

»Ich habe auch Angst um dich«, flüsterte sie. »Was soll aus mir werden, wenn du nicht zurückkehrst?«

»Dann hast du deine neue Familie«, sagte Manja. »Du hast einen Ehemann und vielleicht bald eine schöne Tochter oder einen kräftigen Sohn.«

»Aber ich kann mir mein Leben gar nicht mehr ohne dich vorstellen«, klagte Gwendike.

Manja schluckte – nun war sie es, die Tränen in sich aufsteigen spürte. Sie nahm Gwendikes Gesicht in beide Hände und küsste sie auf die Stirn.

»Ich werde zurückkommen.«

»Versprichst du es?« Gwendikes Lippen bebten wie die eines Kindes.

»Ich verspreche es.«

Als Manja an diesem Abend zur Pferdeweide aufbrach, plagte sie das schlechte Gewissen schlimmer denn je. Gwendike war ehrlich zu ihr gewesen, und sie vergalt es der Freundin schlecht, indem sie ihr eigenes Doppelleben verbarg. In den vergangenen Wochen hatte sie Sajan so oft besucht, wie es nur irgend möglich gewesen war – und das hieß: wenn er allein Nachtwache hielt und sie sich entfernen konnte, ohne dass es Gwendike auffiel. Selbst jetzt noch benutzte sie die Ausrede, sie wolle sich im Reiten üben, obwohl sie längst sicherer ritt als ihre Freundin.

Mit solchen Gedanken beschäftigt, erreichte sie die Pferdeweide und öffnete die Tür zu dem Holzverschlag, in dem ihre Stute untergebracht war. Das Pferd schnaubte leise, als es sie erkannte. Wahrscheinlich wartete es bereits auf den abendlichen Ausflug. Manja legte ihm Halfter und Trense an und wollte eben die Zügel ergreifen, als sie aus dem Augenwinkel einen hellen Schemen im Halbdunkel der Hütte wahrnahm.

Erschrocken fuhr sie herum. Die hochgewachsene Gestalt, die im Schatten gestanden und auf sie gewartet hatte, tat einen Schritt vorwärts – und Manja erkannte das prächtige goldbesetzte Kleid und die strengen Züge mit den leicht verengten Augen.

»Wir haben zu reden«, begrüßte Byke sie kalt.

Manja erstarrte, und vor Entsetzen lief ihr ein Schauder über den Rücken. Nun war geschehen, was sie befürchtet hatte: Ihr Geheimnis war entdeckt.

Byke trat einen weiteren Schritt näher, und ihr Blick verharrte auf Manjas Händen, die sie in jäher Angst an die Brust gedrückt hatte.

»Reden wir über den Ring, den du trägst!«

Manja stand reglos, aufs Äußerste verwirrt und verängstigt. Was hatte der Ring damit zu tun? Wusste Byke vielleicht gar nichts von ihren heimlichen Treffen mit Sajan?

»Was willst du von mir?«, wagte sie zu fragen und bemühte sich, selbstsicherer zu klingen, als sie sich fühlte.

»Das will ich dir sagen«, raunte Byke, und ihre leise Stimme klang bedrohlicher denn je. »Du behauptest, diesen Ring von deiner Mutter bekommen zu haben?«

Manja nickte trotzig, doch mit wachsender Beklemmung.

Byke lächelte boshaft auf sie herab.

»Es hat lange gedauert, bis ich die Wahrheit herausfand. Schon als ich diesen Ring, den du als deinen ausgibst, zum ersten Mal sah, beschäftigten mich die Kratzer auf seiner Innenseite. Dort hatte Emre einst ihr Tamga einprägen lassen, als sie den Ring von ihrer Mutter Myrgine erhielt. Auch Emre ist aufgefallen, dass das Zeichen ausgekratzt wurde. Sie glaubte, Vardane hätte das getan, als sie in skythische Gefangenschaft geriet, um ihre königliche Abkunft zu verleugnen. Eine Edelfrau hätten die Skythen nämlich noch grausamer behandelt als jede andere Sklavin.«

Atemlos lauschte Manja, unfähig, sich zu rühren oder ihrerseits etwas zu sagen.

»Aber mir kamen Zweifel«, fuhr Byke fort. »Von Anfang an ahnte ich, dass mit dir etwas nicht stimmte, doch die Wahrheit habe ich erst von Husman erfahren, dem Schmied. Es war dumm von dir, ihn aufzusuchen. Ich fragte ihn, was du wolltest – und erfuhr weit mehr, als ich erwartet hatte. Dass du Kupferstaub verlangtest, erstaunte mich nicht ... Doch der Schmied erzählte mir noch weit mehr. Der Ring war ihm aufgefallen. Husman allein kannte sein Geheimnis und bewahrte es seit Jahrzehnten, denn man hatte ihm Stillschweigen geboten. Ich fragte ihn, wer dies von ihm verlangt habe, und er antwortete, es sei mein Onkel Chorsoman gewesen, der Bruder meiner Mutter. Chorsoman aber ist schon vor vielen Jahren gestorben, und so konnte ich den Alten von seinem Schweigegebot entbinden. Ich befahl ihm zu reden ... und erfuhr eine höchst erstaunliche Geschichte.«

Mit klopfendem Herzen wartete Manja, während sich die Ahnung kommenden Unheils in ihr verdichtete.

»Vor vielen Jahren kam Chorsoman, der Bruder meiner Mutter und Priester der Iyrker, zu Husman, um ihm einen Ring zu bringen – jenen Ring, den du heute trägst. Er beauftragte den Schmied, einen zweiten anzufertigen, der dem ersten bis in die kleinste Einzelheit glich. Der neue Ring sollte jedoch Emres Tamga tragen, denn auf dem alten war das

Zeichen mit irgendeinem spitzen Instrument ausgekratzt worden. – Kannst du dir denken, warum?«

Manja schwieg verbissen.

»Chorsoman zog den Schmied ins Vertrauen, und so konnte dieser es mir verraten. Du musst wissen: Meine Großmutter Myrgine war eine eigenwillige und schamlose Person. Dieses wollüstige Weib wollte nicht bis zur Ehe warten, sondern hatte sich einem Unedlen an den Hals geworfen, einem einfachen Krieger aus dem Volk. So bekam sie Emre, ihre erste Tochter. Myrgines Eltern jedoch verboten ihr die Ehe mit diesem Unwürdigen und gaben ihr Tengwin zum Mann, meinen Großvater. Ihm gebar sie Ingane, meine Mutter. Und Ingane hätte nach Recht und Sitte die Nachfolge gebührt, ebenso wie der Ring. Tengwin jedoch starb jung, und danach setzte Myrgine ihren Willen durch und heiratete in zweiter Ehe ihren Jugendfreund. Gleichzeitig bestimmte sie Emre zu ihrer Nachfolgerin und übergab ihr den Ring.

Meine Mutter zählte damals erst zehn Jahre, doch war sie alt genug, um das Unrecht zu erkennen, das ihr angetan wurde. Sie entwendete den Ring, der eigentlich ihr zugestanden hätte, und kratzte Emres Sippenzeichen mit einer stählernen Ahle heraus. Chorsoman aber entdeckte den Ring bei seiner Schwester und stellte sie zur Rede. Der eitle Dummkopf, der gerade zum Priester geweiht worden war, befahl meiner Mutter, Emre den Ring zurückzugeben und sie um Verzeihung zu bitten. Dass der Ring jedoch beschädigt und Emres Zeichen getilgt war, ließ sich nicht mehr ungeschehen machen. Chorsoman fürchtete, dass dies zu unversöhnlichem Zwist führen könnte. Womöglich hätte Myrgine meine Mutter schwer bestraft oder gar aus dem Stamm verstoßen.

Also suchte Chorsoman heimlich den Schmied auf und ließ ihn einen zweiten Ring herstellen, der dem ersten bis aufs Haar glich. Diesen falschen Ring mit unversehrtem Tamga musste meine Mutter Emre zurückgeben und Reue heucheln für den Diebstahl. Emre hat ihr offenbar geglaubt – erinnerst du dich an ihre letzten Worte? Eine Närrin war sie, noch auf dem Sterbebett …«

Byke lächelte höhnisch.

»Den echten Ring aber nahm Chorsoman an sich. Jahrelang verwahrte er ihn selbst, wenn auch mit schlechtem Gewissen, um die Tat meiner Mutter zu vertuschen. Er fragte die Götter um Rat – und als sie ihm nicht weiterhalfen, beriet er sich schließlich mit dem Schmied, den er als Einzigen ins Vertrauen gezogen hatte.«

Sie hielt inne und blickte Manja aus nächster Nähe in die Augen.

»Errätst du, was Chorsoman tat? Ich will es dir sagen: Er beschloss, den Ring seiner ursprünglichen Besitzerin zurückzugeben, meiner Großmutter. Als Myrgine gestorben war, suchte er heimlich ihren Grabhügel auf, grub einen Schacht bis hinunter in die Grabkammer und warf den Ring hinein. Der falsche Ring, den Emre trug und ihrer Tochter Vardane gab, ist verschollen … Du aber, Manja, trägst den wahren Ring, der vierzig Jahre lang im Grab meiner Großmutter ruhte. Das war der Grund, warum der Schmied erschrak, als er ihn in deinen Händen sah.«

Manjas Herz machte einen schmerzhaften Satz. Sie zweifelte nicht an der Wahrheit des Hergangs, den Byke so scharfsinnig erkundet hatte. Deshalb also hatte sie den Ring in Myrgines Grab gefunden: Der Priester hatte ihn hineingeworfen, um den Streit zwischen Emre und Bykes Mutter aus der Welt zu schaffen. Myrgine hatte den Ring unwissentlich mit ins Grab genommen.

Manja bemerkte, dass sie zitterte. Es war ihr klar, dass jedes Leugnen und jede Ausflucht zwecklos sein würde. Bykes Gesichtsausdruck verriet, dass sie sich ihrer Sache sicher war und dass sie Manjas offensichtliche Angst als Bestätigung ihres Verdachts erkannte.

»Ich weiß nicht, wer du bist«, sagte sie leise, »aber du bist nicht Vardanes Tochter. Wahrscheinlich bist du nicht einmal eine Sarmatin. Myrgines Grab liegt nicht weit von der nördlichen Waldgrenze entfernt … Ich vermute, du stammst aus einem schäbigen Dorf von Sesshaften, und der Ring wurde dir von einem zerlumpten Bauernsohn geschenkt, der das Grab beraubte – wahrscheinlich für das flüchtige Vergnügen, dich ein wenig befingern zu dürfen.«

Nein, so war es nicht!, schrie etwas in Manja. Sie war keine Diebin. Die Götter hatten sie in Myrgines Grab und später zu den Sarmaten geführt; nichts von allem, was geschehen war, beruhte auf Arglist oder Berechnung. Doch welchen Sinn hätte der Versuch gemacht, ihrer Feindin dies zu erklären? Byke würde ihr nicht glauben, und selbst wenn sie es tat, würde es ihren Hass nicht vermindern.

»Was ... wirst du jetzt tun?«, fragte Manja schließlich und straffte sich innerlich.

Byke richtete sich zu ihrer vollen Größe auf und betrachtete sie mit boshaftem Lächeln.

»Du meinst, ob ich meine Entdeckung unserer Königin offenbaren werde? Nun, das hängt ganz von dir ab, namenloses Bauernmädchen.«

Sie beugte sich vor und sprach aus solcher Nähe, dass Manja ihren Atem auf dem Gesicht fühlte.

»Rühr *Sajan* an – nur noch ein einziges Mal –, und du wirst erleben, was einem Wechselbalg geschieht, der sich als Erbe des Königshauses ausgibt.«

Sie verharrte eine Weile, um ihre Worte wirken zu lassen, dann wandte sie sich um und verließ den Verschlag.

Lange Zeit stand Manja wie gelähmt in der dunklen Hütte, die Zügel ihres Pferdes in der Hand, unfähig, irgendetwas anderes zu tun, als auf die offene Tür zu starren.

Byke wusste alles. Wahrscheinlich hatte sie Manjas häufige Ausritte beobachtet und war den Hufspuren bis zu Sajans Aussichtsposten gefolgt. Womöglich – und bei diesem Gedanken schauderte Manja – hatte sie sich bis an das Zelt herangepirscht und gelauscht.

Doch nicht nur das: Byke hatte darüber hinaus erraten, wer ihre Nebenbuhlerin in Wahrheit war – oder zumindest, wer sie nicht war. Das gesamte Leben, das Manja sich aufgebaut und längst als selbstverständlich hingenommen hatte, brach zusammen wie ein spröder Baum unter einem Blitzschlag. Oft genug hatte sie ganz vergessen, woher sie einst gekommen war und dass sie nicht schon immer zu den Menschen gehörte, die ihr lieb geworden waren ... Gwendike. Tamage. Sajan. Nun jedoch ereilte sie ihre Vergangenheit mit der vernichtenden Macht eines Gewittersturms.

Was sollte sie tun? Byke hatte sie über ihr Schicksal im Unklaren gelassen. Offenbar trug sie ihre Entdeckung schon seit einiger Zeit mit sich herum und würde auch weiter schweigen – unter der Bedingung, dass Manja Sajan freigab. Auf dieses Druckmittel schien sie nicht verzichten zu wollen.

Aber warum nur?, fragte sich Manja verzweifelt. Byke brauchte doch nichts weiter zu tun, als der Königin Manjas Herkunft zu enthüllen. Man würde sie ausstoßen oder gar töten, und die verhasste Konkurrentin wäre aus dem Spiel.

Nein, begriff sie plötzlich. Byke hatte vermutlich einen anderen, sehr handfesten Grund, ihre Entdeckung zumindest vorläufig geheim zu halten: Wenn sie Manja als Betrügerin entlarvte, würde Sajan erkennen, dass er nicht mit ihr verwandt war – und damit wäre das einzige Hindernis beseitigt, das ihn von seiner Geliebten trennte. Befürchtete sie womöglich genau das, was Manja nicht zu hoffen wagte: dass er um der Liebe willen zu ihr hielt?

Täte er das?, fragte sich Manja. War es an der Zeit, dass sie selbst ihm die Wahrheit eröffnete? Im Geist sah sie sein Gesicht und stellte sich vor, wie sein Ausdruck sich verändern würde, wenn er erführe, dass sie ein einfaches Bauernmädchen war, vom selben Volk wie manche, die im Lager als Knechte dienten. Dass sie den Wolfsring aus einer der heiligen Grabstätten seines Stammes gestohlen und sich als Tochter des Königshauses ausgegeben hatte. Dass sie seit Jahren alle betrog, die ihr nahestanden. Nein, was immer sie tat – sie würde ihn in jedem Fall verlieren. Er würde eine Frau von adliger Abkunft heiraten, wie es sich für einen Königssohn ziemte, und er würde es sich verbieten, an sie zurückzudenken, selbst wenn ihn die Erinnerung vielleicht in mancher schlaflosen Nacht quälte. Er war im Gegensatz zu ihr mit ganzem Herzen und von ganzem Blut Sarmate, und die Sitten seines Volkes galten ihm mehr als jeder andere Wert. Gewiss, er verstieß gegen diese Sitten, indem er das Lager mit ihr teilte – doch was konnte sie darüber hinaus von ihm erwarten? Dass er gemeinsam mit ihr floh? Dass er sich ihretwegen von seinem Volk trennte, von den Menschen seiner Umgebung, seiner Familie und seinem Geburtsrecht, dass er Schande und Verbannung auf sich lud, nur um mit ihr zusammen zu sein?

Große Mutter, Herrin allen Lebens, betete Manja still. Warum hast du mich zu ihm geführt? Was soll ich nach deinem Ratschluss tun?

Vorläufig tat sie nichts. Sie ließ ihr Pferd in dem Verschlag stehen, ging zum Königshügel zurück, betrat ihren Teil des Wagens und legte sich auf das Schlaflager. Sie tat kein Auge zu in dieser Nacht. Stattdessen dachte sie an Sajan. Vermutlich harrte er auf seinem Posten aus und fragte sich, warum sie nicht kam. Ob er ahnte, dass sie entdeckt worden waren? Was mochte er denken?

Kurz vor Sonnenaufgang hörte sie, dass draußen vor dem Wagen Unruhe entstand: Hufgetrappel, eilige Schritte und leise Stimmen drangen herein. Sie setzte sich auf, als die Holzbohlen des Wagens knarrten und jemand durch den Flur schritt. Die Filzmatte, die den Durchgang zu ihrem Schlafzimmer bedeckte, wurde beiseitegeschoben.

»Manjane?«

Sie blinzelte. In der Tür stand Tamage in einem prächtig bestickten Filzrock mit Reitstiefeln und Waffengürtel. Erschrocken fuhr Manja von ihrem Schlaflager hoch. Warum kam die Königin zu ihr? Hatte Byke ihre Drohung wahr gemacht?

»Der Frost geht zurück«, sagte Tamage. »Bazukan hat schon Zugvögel gesichtet. Wir brechen morgen auf und ziehen zum Schwarzen Fluss.«

Hinter Tamages hoher Gestalt raschelte die Matte auf der anderen Seite des Flurs, und Gwendike erschien, mit nacktem Oberkörper und verschlafenem Gesicht.

»Was ist los?«, fragte sie ihre Mutter.

»Wir ziehen nach Westen«, wiederholte Tamage.

Manja atmete auf. In ihrer Aufregung hatte sie den bevorstehenden Kriegszug fast vergessen.

Gwendike dagegen erschrak sichtlich und erbleichte.

»Mutter, ich … muss dir etwas gestehen«, flüsterte sie fast tonlos.

Tamage lächelte und fuhr ihrer Tochter durch das zerzauste Haar.

»Es ist schon gut – ich weiß es.«

Gwendike warf sich ihrer Mutter an die Brust und umarmte sie stürmisch. Tamage, gerührt über die Zuwendung, strich ihr leicht über den Rücken. Normalerweise hielt sie Abstand zu ihren erwachsenen Kindern, doch in diesem Moment schien alle Zurückhaltung vergessen.

»Es war ja nicht zu übersehen«, sagte sie ungewohnt zärtlich. »Erst dachte ich, du seist krank, aber …«

Gwendike löste sich von ihr und schüttelte stumm den Kopf.

»Wer ist der Vater?«, fragte Tamage.

»Xorsa … Zartirs Sohn.«

Tamage hob eine Augenbraue.

»Tatsächlich?« Offenbar war sie überrascht, aber auch sichtlich zufrieden, denn sie schmunzelte. »Zartir wird sich freuen. Allerdings müssen wir die Hochzeit wohl bis nach dem Kriegszug verschieben.«

Gwendike nickte verschämt.

»Im Grunde ist es mir ganz recht, dass du nicht mitreitest«, fuhr Tamage fort. »Du hast zu wenig Kampferfahrung, und ich würde mich um dich sorgen. Mir ist leichter ums Herz, wenn ich weiß, dass du im Lager bleibst.«

Gwendike schluckte und schien schon wieder mit Tränen zu kämpfen.

»Auch dich würde ich am liebsten schonen«, wandte sich Tamage an Manja. »Eine offene Feldschlacht ist etwas anderes als die Verteidigung einer Wagenburg. Aber die Sitte verlangt, dass alle erwachsenen Krieger mitreiten, ob Mann oder Frau, einerlei, wie geübt sie sind – und dies gilt besonders für die Familien der Edlen.«

Manja nickte ernst.

»Vorläufig genügt es, wenn ihr euch beide auf den Aufbruch vorbereitet«, erklärte Tamage. »Wir ziehen zuerst wie gewöhnlich in Richtung unseres Sommerlagers. Diesmal begleiten uns die anderen Stämme. Unser Tross wird also groß sein, und wir werden wahrscheinlich nicht sehr schnell vorankommen. Spähtrupps werden vorausreiten, um auszukundschaften, ob die Skythen bereits den Fluss überschritten haben. Sollte dies nicht der Fall sein, werden wir unser Lager nahe der Waldgrenze aufschlagen und ihnen entgegenziehen. Sollten sie aber schon diesseits des Flusses stehen, müssen wir uns irgendwo auf halber Strecke in offenem Gelände zur Schlacht stellen. Für diesen Fall führen alle Krieger ihre Waffen Tag und Nacht bei sich.«

Manja nickte wiederum.

»Ich wäre dir dankbar, wenn du dich inzwischen ein wenig um Gwendike kümmerst.«

»Natürlich«, sagte Manja.

Tamage lächelte – ein seltener Ausdruck auf ihrem sonst so ernsten Gesicht.

»Ich bin froh, dass ich dich habe«, sagte sie unvermittelt. »Du bist eine starke und mutige Frau. Ich bedaure, dass deine Mutter nicht mehr miterleben darf, was aus dir geworden ist. Sie wäre sehr stolz auf dich. »

Manja schluckte. Solche Worte hatte sie aus Tamages Mund noch nie gehört.

»Und nun muss ich den Aufbruch vorbereiten«, sagte Tamage und wandte sich zum Gehen. »Haltet euch bereit.«

DIE SCHLACHT

Der Abzug war seit Langem geplant, und die Geschwindigkeit, mit der die Stämme ihr Lager auflösten, war erstaunlich. Bereits am frühen Morgen wurden überall die Zelte abgebaut und auf Wagen und Packpferde verladen. Hirtenjungen führten die Zugochsen herbei, und das Vieh wurde zusammengetrieben. Vom Königshügel aus wirkte das Lager wie ein wimmelnder Ameisenhaufen. Manja schien es nahezu unvorstellbar, wie ein solch gewaltiger Tross einen geordneten Zug bilden sollte, doch offensichtlich waren genaue Verabredungen getroffen worden, denn die Wagen formierten sich zu mehreren Kolonnen nebeneinander. Von Weitem beobachtete sie Tamage, die von einer Linie zur anderen trabte, um den Wagenlenkern Anweisungen zu erteilen. Sajan blieb verschwunden – er kehrte nicht zu seinem Wagen zurück, und Manja nahm an, dass er zu der berittenen Vorhut gehörte, die den Weg des Trosses sicherte.

Die allgemeine Betriebsamkeit tat ihr gut, denn sie lenkte sie von ihren Gedanken ab. Zunächst half sie dem jungen Diener, der ihren Wagen lenkte, beim Richten des Zugjochs; dann kümmerte sie sich um ihr Pferd, das von einem der Hirtenjungen herbeigebracht worden war. Da jeder Krieger auf dem Marsch kampfbereit sein musste, war es vermutlich das Einfachste, neben dem Wagen herzureiten und dessen Inneres Gwendike zu überlassen.

Gwendike litt noch immer unter Übelkeit und zugleich unter erstaunlichem Hunger, was dazu führte, dass sie ihr reichliches Morgenmahl bis zum letzten Bissen verzehrte und am Ende die Hälfte wieder von sich gab. Manja nötigte sie, sich auf ihr Schlaflager zurückzuziehen, saß längere Zeit bei ihr und flößte ihr in kleinen Schlucken warme Milch ein.

Doch noch ein weiterer Schützling verlangte Manjas Aufmerksamkeit: Varge, die Wölfin, hatte sich angesichts der allgemeinen Betriebsamkeit scheu unter dem Wagen zusammengekauert und wagte sich nicht hervor. Bisher war sie stets draußen in der Steppe geblieben, wenn der Tross auf dem Marsch war; nun jedoch war der Wagen von allen Seiten eingeschlossen, und Manja konnte sich kaum vorstellen, dass das verängstigte Tier einen Spießrutenlauf zwischen Rädern und stampfenden Hufen wagen würde, um in die Freiheit zu entkommen. Es blieb ihr nur zu hoffen, dass die Wölfin wie ein Haushund hinter dem Wagen hertrotten würde, wenn der Zug sich in Bewegung setzte. Vorsorglich verbrachte Manja längere Zeit bei dem Tier, indem sie selbst unter den Wagen kroch, ihm beruhigend zusprach und es mit Essensresten fütterte. Die Wölfin war inzwischen so zutraulich geworden, dass sie sich still das Fell kraulen ließ, und als Manja sie ermahnte, beim Wagen zu bleiben, spitzte sie die Ohren und schien aufmerksam zuzuhören.

Schließlich sichtete Manja ihre Ausrüstung. Da sie alle Waffen in Reichweite haben musste, befestigte sie Bogen und Axt am Sattel ihrer Stute. Die übrige Ausrüstung, die sie erst kürzlich von Skudane bekommen hatte, darunter Speer, Schild und einen mit Metallschuppen besetzten Waffengürtel, verstaute sie im Wagen.

Als sie eben wieder nach draußen ging, näherte sich ein Reiter – Sajan. Er trabte auf seinen eigenen Wagen zu; dann erblickte er sie und raffte die Zügel, offenbar unschlüssig, ob er anhalten sollte. Manja bedeutete ihm ohne Worte, dass sie auf ihn wartete.

Sajan saß ab und führte seinen Hengst zu ihr herüber. Unwillkürlich warf er einen raschen Seitenblick zum Wagen, um sich zu vergewissern, dass sie nicht beobachtet wurden. Manja sah Zweifel, sogar Besorgnis auf seinem lieb gewordenen Gesicht. Am liebsten hätte sie die Arme um ihn geworfen, doch sie beherrschte sich.

»Was ist geschehen?«, raunte er. »Warum bist du nicht gekommen?«

Sie senkte den Blick.

»Weiß es jemand?«

Sie nickte. »Byke.«

Sajan erbleichte.

»Ich weiß nicht, was ich tun soll«, flüsterte Manja. »Sie hat es offenbar bisher niemandem verraten, aber …«

In diesem Moment erschien Gwendike in der Türöffnung des Wagens.

»Sajan!« Sie wirkte noch immer kränklich, war jedoch sichtlich erfreut, ihn zu sehen. »Du hast dich aber lange nicht blicken lassen.«

Sajan war zusammengezuckt, gab sich jedoch Mühe, ihr Lächeln zu erwidern.

»Wachdienst«, erklärte er entschuldigend. »Auf dem Marsch wird es auch nicht anders, denn ich führe die Vorhut an. Aber ich wollte die Gelegenheit nicht versäumen, meine Lieblingsnichte zu beglückwünschen.«

Seine Worte wirkten ein wenig aufgesetzt, doch Gwendike gab sich damit ohne Weiteres zufrieden und verschränkte verschämt die Hände vor dem Leib.

»Ich glaube, es wird ein Junge«, sagte sie. »Bei den Beschwerden, die er mir bereitet, scheint er jedenfalls schon jetzt die Kraft eines Kriegers zu haben.«

Sajan lachte etwas gezwungen.

»Tust du mir einen Gefallen?«, bat Gwendike. »Wirst du in der Schlacht auf Manjane achtgeben?«

Sajan wandte sich zu Manja um, und nur sie wusste den Ausdruck seiner Augen zu deuten.

»Ich werde auf sie achtgeben«, erklärte er mit Nachdruck.

Gwendike nickte zufrieden.

»Aber jetzt muss ich weiter«, sagte Sajan und ergriff die Zügel seines Pferdes. »An der Spitze des Zugs warten sie auf mich. Wir sehen uns später.«

Gegen Mittag brachen die Sarmaten auf. Die letzten Lagerfeuer wurden gelöscht, und die Wagenlenker bestiegen die Kutschböcke. Es dauerte jedoch noch Stunden, bis die Wagen der Königsfamilie sich in Bewegung setzten, denn sie waren zum Schutz in der Mitte des Trosses eingereiht worden. Die vordersten Gespanne hatten bereits den Ausgang des Tals erreicht, als auch Manjas und Gwendikes Kutscher endlich seine Peitsche knallen ließ.

Manja, die Gwendike versorgt hatte und bedauerte, sie in dem rumpelnden Gefährt allein lassen zu müssen, saß auf ihrer Stute und trabte neben dem Wagen her. Erleichtert bemerkte sie, dass ihre treue Wölfin geduldig hinterhertrottete – so nahe, dass der Schweif des Pferdes gelegentlich ihren Kopf streifte. Ringsum bewegte sich der Wagenzug in geordneten Reihen, flankiert von Reitertruppen, während ganz außen die Herden gleich einem lebenden Schutzschild vorangetrieben wurden. Überall stampften Hufe, ächzten Wagenräder und schnaubten Pferde. Manja schätzte, dass mehrere Tausend Wagen und rund zehnmal so viele Menschen auf dem Marsch waren.

Wie gewöhnlich zog der Tross bis zur Dämmerung weiter

und legte trotz mäßiger Geschwindigkeit eine beachtliche Strecke zurück. Das Land ringsum war weit und eben; der Wind blies mild, und hier und dort spross erstes Frühlingsgras auf dem kargen Steppenboden. Am Abend wurde gerastet, wobei die Wagen einfach in ihrer Marschordnung stehen blieben, und man entzündete Lagerfeuer in den geschützten Gassen zwischen ihnen. Wie sich herausstellte, hatte Tamage zwei ihrer Dienerinnen geschickt, die sich um Gwendike kümmern sollten. Die Mädchen erwiesen sich als fürsorglich und redselig, und Gwendike lud beide ein, am Essen teilzunehmen, um mit ihnen zu schwatzen und sich von ihrem Unwohlsein ablenken zu lassen.

Tamage selbst suchte ihren Wagen nur zum Schlafen auf. Den Rest der Zeit verbrachte sie zu Pferd an der Spitze des Zuges. Auch Sajan ließ sich nicht blicken, und Manja vermutete, dass die Krieger der Vorhut an Ort und Stelle ihre Zelte aufgeschlagen hatten. Selbst Byke blieb verschwunden. Offenbar zog sie es vor, mit den Iyrkern zu reisen, der Familie ihres Vaters. Manja war dies nur recht; allerdings zweifelte sie nicht daran, dass Byke sie und Sajan auf irgendeine Weise im Auge behielt – womöglich durch Späher. Eine Zeit lang hatte sie sogar die beiden jungen Dienerinnen im Verdacht, doch deren unbefangene Herzlichkeit ließ sie nicht recht daran glauben. Wie mochte Sajan sich angesichts ihrer erzwungenen Trennung fühlen? Litt er ebenso wie sie? Manja wusste es nicht, und es blieb ihr nichts anderes übrig, als nachts in der Einsamkeit ihres Schlafgemachs ein Filzkissen im Arm zu halten, die Augen zu schließen und sich vorzustellen, sie hielte seinen Kopf.

Unterdessen dauerte die Reise an, und die Sarmaten bewegten sich in täglichen Märschen nach Nordwesten. Vier Wochen vergingen. Das Land wurde grüner und die Luft wärmer. Hier und da scheuchten die schweren Wagenräder Wildkaninchen aus ihren Erdbauten auf, und Raubvögel kreisten unter der Sonne. Lange hatte der Winter die Steppe in seinem eisigen Griff gehalten, doch das Leben kehrte zurück, und gegen alle Vernunft empfand Manja Hoffnung bei diesem Anblick. Was auch immer geschah, dieser Sommer würde zu einem Wendepunkt in ihrem Leben werden. Sie musste mit den Sarmaten in den Krieg ziehen, und es war möglich, dass sie nicht lebend zurückkehrte. Vielleicht auch würde Byke sie verraten und das Geheimnis ihrer Herkunft enthüllen. Es mochte aber auch etwas ganz anderes, vollkommen Unerwartetes geschehen – wer wusste schon, was die Götter mit ihr im Sinn hatten?

Es war zu Beginn der sechsten Woche ihrer Wanderung, als der Wagenzug unerwartet bereits gegen Mittag anhielt. Reiter preschten an der Karawane entlang und gaben den Wagenlenkern Zeichen. Der gesamte Tross kam zum Stehen, und diesmal formierten sich die äußersten Wagen zu einem geschlossenen Wall.

Manja wusste, was dies bedeutete. Es dauerte nicht lange, bis Tamage eintraf, in voller Bewaffnung und begleitet von einer Truppe Berittener, zu denen auch Sajan und die Häuptlinge der anderen Stämme mitsamt ihren Söhnen gehörten. Sie sammelten sich vor Tamages Wagen, saßen ab und bildeten einen Sitzkreis am Boden. Tamage winkte Manja zu, die ihrerseits vom Pferd stieg, um sich ihnen anzuschließen. Auch Gwendike war im Eingang des Wagens erschienen, sehr bleich und erschrocken. Kurze Zeit später saßen beide in der Runde der Edlen und lauschten Sajans Bericht.

»Es ist, wie wir vermutet haben«, begann er. »Die Skythen haben den Fluss überschritten und sind in unser Land eingedrungen. Sie haben ein großes Heerlager errichtet, etwa einen halben Tagesritt westlich von hier. Offenbar kennen sie unsere jährliche Marschroute und erwarten uns. Wir sind auf einen Spähtrupp getroffen, der sofort kehrtmachte, als er uns entdeckte; also wissen sie bereits, dass wir kommen.«

»Wie viele sind es?«, fragte Zartir. »Wie viele Reiter?«

»Wir haben nur einen Teil des Heeres gesehen«, antwortete Sajan vorsichtig. »Doch ich schätze: mindestens zwölfmal tausend.«

Ein Raunen lief durch die Runde. Einen Moment lang fing Manja Sajans Blick auf, doch er schlug sogleich die Augen nieder.

»Dies bedeutet«, ergriff Tamage das Wort, »dass wir uns sofort kampfbereit machen müssen.«

»Können wir denn nicht einfach lagern und eine Wagenburg bilden?«, fragte Amazuk, der Häuptling der Ugarer.

»Wenn wir das tun, werden sie uns einkreisen und belagern«, entgegnete Tamage. »Sie werden unsere Herden abschlachten, unsere Wagen mit Brandpfeilen beschießen und uns ausräuchern wie Kaninchen in einem Erdbau. Die Hälfte unseres Zugs besteht aus Familien mit Kindern und Greisen und könnte sich nicht angemessen verteidigen. Um dies zu vermeiden, sollten wir ihnen entgegenreiten und sie zu einer offenen Feldschlacht zwingen – und zwar so schnell wie möglich.«

»Das heißt: noch heute?«, fragte Zartir.

Tamage nickte.

»Ruft und rüstet alle Krieger!«, rief sie laut in die Runde. »Wir sammeln uns an der Spitze des Zugs. Ihr habt Zeit, bis die Sonne im Mittag steht – dann reiten wir los.«

Die Versammelten schlugen sich zum Zeichen des Einverständnisses mit der Faust gegen die Brust, dann erhoben sie sich eilig, um der Anordnung nachzukommen.

Kaum war der Kreis in Auflösung begriffen, stürmte Gwendike auf Xorsa zu, der an der Seite seines Vaters Zartir stand, und umarmte ihn heftig. Manja sah, wie er ihren Kopf in die Hände nahm und sie zärtlich küsste. Offenbar waren die beiden wirklich ein glückliches Paar geworden, und selbst Zartir betrachtete sie mit einer gewissen Rührung, bevor er seinem Sohn eine Hand auf die Schulter legte und ihn zum Abschiednehmen mahnte.

Manja wurde die Kehle eng, als sie zu Sajan hinüberblickte, der mit Amazuk sprach. Im Gegensatz zu Gwendike war es ihr verwehrt, sich von ihrem Geliebten zu verabschieden.

»Manjane?« Tamage war an ihre Seite getreten und riss sie aus ihren Gedanken. »Kannst du allein die Rüstung anlegen, oder soll ich dir einen Diener schicken?«

Manja verneinte stumm. Sie hatte die entsprechenden Handgriffe oft genug geübt.

»Halte dich hinter mir und Sajan!«, riet Tamage. »Mögen die Götter dich beschützen.«

Manja schluckte – und plötzlich gab Tamage ihre gewohnte Zurückhaltung auf und zog sie an sich. Es war nicht die Umarmung einer Mutter, denn Tamages Körper war hart und schmal wie der eines Mannes, und ihre Hände waren rau. Dennoch empfand Manja die Berührung als unendlich tröstlich und erwiderte sie dankbar.

»Geh nun!«, sagte Tamage. »Wir warten beim Sammelplatz.«

Aufgewühlt kehrte Manja zum Wagen zurück. Auf halbem Weg begegnete sie Byke, die ihr entgegenkam und mit einem merkwürdigen Lächeln an ihr vorüberging, ohne sie anzusehen. Ein ungutes Gefühl beschlich Manja, und plötzlich fiel ihr ein, dass Byke bei der Beratung gar nicht zugegen gewesen war. Freilich gab es auch keinen Anlass dazu, denn sie war keine Kriegerin und würde nicht mit in die Schlacht reiten. Manja glaubte zu ahnen, was ihr Lächeln bedeutete – wahrscheinlich hoffte sie, Sajans Geliebte werde nicht lebend zurückkehren.

Als sie beim Wagen angelangt war, musste sie sich zwingen, sowohl Sajan als auch Byke aus ihren Gedanken zu verbannen und stattdessen an all das zu denken, was Skudane ihr beigebracht hatte. Sie streifte den Leibrock ab, legte die dreieckige Lederbinde über die rechte Brust und straffte den Riemen unter der Schulter. Als Oberbekleidung diente ein knapp geschnittenes Hemd aus gefüttertem Rindsleder. In Manjas Fall war das Leder blutrot gefärbt, und Kragen und Ärmel waren mit goldenen Zierblechen besetzt, die jagende Raubtiere darstellten. Farbe und Schmuck kennzeichneten ihre Stellung als Mitglied der königlichen Familie. Um die frei hängenden Schöße des Hemdes legte sie den Waffengürtel, einen mit Metallrauten beschlagenen Lederriemen, der die Lenden schützte und außerdem zur Befestigung des Bogenköchers diente. Der Schild bestand aus Holz und dickem Leder und wurde auf dem Rücken getragen, wo er durch geschickte Drehungen des Oberkörpers Nacken, Schultern oder Flanken deckte. Vervollständigt wurde die Ausrüstung durch den Speer und ein Kurzschwert, das mitsamt der Scheide an den rechten Oberschenkel geschnallt wurde.

Als Letztes band Manja ihr Haar im Nacken zusammen. Sie wollte eben noch die Streitaxt überprüfen, die in einem Futteral am Sattel befestigt war, als Gwendike auf sie zukam.

»Komm heil und gesund zurück!«, flüsterte sie und küsste Manja auf beide Wangen. »Ich werde alle Götter bitten, auf dich achtzugeben.«

Manja umarmte die Freundin. Dann löste sie sich widerstrebend, saß auf, ergriff mit der linken Hand die Zügel und mit der rechten den Speer. Sofort sprang die Wölfin unter dem Wagen hervor und trabte wie zu einem Ausritt an die Seite des Pferdes.

»Willst du etwa mitkommen?«, fragte Manja. »Das ist kein Ausflug! Ich reite in eine Schlacht.«

Die Wölfin spitzte die Ohren und sah erwartungsvoll zu ihr auf.

»Also gut.« Manja zog die Zügel an, und die Stute setzte sich in Trab. Das Letzte, was sie sah, war Gwendike, die vor dem Wagen stand und ihr beklommen nachblickte. Dann wandte sie den Blick geradeaus und folgte den Reitern, die sich in kleinen Gruppen gesammelt hatten und zwischen den Wagenkolonnen hindurch nach Westen strebten.

Der Sammelplatz war ein Meer aus schnaubenden Pferden und gerüsteten Kriegern aller sarmatischen Stämme, die sich in dem Durcheinander erst allmählich zu größeren Gruppen zusammenfanden. Es dauerte einige Zeit, bis Manja die Standarte der Königin entdeckte, die von Bazukan getragen wurde. Die geschnitzte Wolfsfigur, mit Schellen und Glöckchen behängt, bekrönte einen langen hölzernen Stab. Manja hatte eben die hintersten Linien von Tamages Gefolge erreicht, als die Königin das Zeichen zum Aufbruch gab. Das gesamte Reiterheer setzte sich in Trab, und Manja wurde wie von einer starken Strömung mitgetragen. Die Wölfin hatte es geschafft, trotz des Gedränges in ihrer Nähe zu bleiben, und lief einträchtig Seite an Seite mit der Stute.

Sie ritten fast eine Stunde lang. Manja konnte weder Richtung noch Ziel erkennen, denn sie war auf allen Seiten von wogenden Leibern eingeschlossen. Mehr als zehntausend Berittene, Männer wie Frauen, bildeten eine so dichte Masse, dass sie nur den Steppenboden unmittelbar vor sich erkennen konnte. Schließlich wurde das Gelände steinig und stieg leicht an. Ein Befehl wurde gerufen, und die Pferde verfielen in Schritt und blieben schließlich stehen. Manja reckte sich im Sattel und bemerkte, dass ein Reiter, vier oder fünf Reihen vor ihr, sich umgewandt hatte und ihr unauffällig zuwinkte.

Sajan.

Unter Schwierigkeiten drängte sie sich durch die Umstehenden und schloss zu ihm auf. Sie erreichte die vordersten Linien, näherte sich der Standarte und erkannte Tamage und Bazukan. Sajan hatte einen Schritt zurückgesetzt und streckte, ohne den Kopf zu wenden, die Rechte aus. Manja ergriff sie, und bei der Berührung durchlief sie ein Schauder. Es mochte das letzte Mal sein, dass sie einander so nahe waren.

Sie folgte Sajans abgewandtem Blick und sah nach vorn.

Vor ihnen lag die offene Steppe, am Horizont begrenzt durch einen flachen Höhenzug, über dem die Nachmittagssonne stand. Nun, da das Reiterheer angehalten hatte, war es fast unnatürlich still, und nur der Wind pfiff leise über die Einöde und ließ Haare und Kleidung der Krieger flattern. Allmählich jedoch näherte sich von Westen ein leises Donnern wie der Vorbote nahenden Unwetters. Erst als sich auf dem fernen Höhenzug eine schmale dunkle Linie erhob, begriff Manja, dass es Pferde waren: Tausende von Pferden, die sich dort drüben sammelten, ihnen gegenüber. Die dunkle Linie schwoll an und rückte vor, gewann Konturen und offenbarte einen Wald von gereckten Speeren und Standarten, der von einem Horizont bis zum anderen reichte. Hier und dort blitzte die Sonne auf Schwertern und Schilden.

Tamage hob eine Hand, woraufhin sich die Reiter im Umkreis zu mehreren Linien formierten. Manja erschrak, als Sajans Hand aus der ihren glitt – er nahm seinen Platz in der ersten Reihe ein und ergriff seinen Speer, während sie sich in der zweiten Reihe wiederfand, eingeschlossen von Kriegern, die mit grimmigen Gesichtern nach vorn blickten. Varge, die Wölfin, hatte sich neben Manjas Stute gesetzt und sah gleichfalls aufmerksam zum Horizont.

Die schwarze Wand, die von Westen her näher rückte, war zum Stehen gekommen, vielleicht tausend Schritte entfernt. Wieder trat Stille ein, und Manja hörte ihr Herz heftig schlagen. Schwer atmend umklammerte sie mit der linken Hand die Zügel, mit der rechten den Speerschaft. In der Reihe hinter ihr hörte sie das unruhige Wiehern eines Pferdes.

Irgendwo dort drüben könnte mein Vater sein, dachte Manja plötzlich, als ihr Blick über die ferne Schlachtreihe der Skythen glitt. Es war seltsam, doch seit sie bei den Sarmaten lebte, hatte sie kaum jemals an jenen Mann gedacht, von dem ihre Mutter ihr erzählt hatte. Was würde sie empfinden, wenn sie wüsste, dass er dort drüben in den Reihen der Feinde stand? Würde dies irgendetwas verändern?

Nein, erkannte sie mit jäher Kälte. Er hatte das Dorf verwüstet, in dem ihre Mutter einst lebte; er hatte Arinai geschwängert und war fortgezogen, ohne sich um ihr Schicksal zu kümmern. Sie versuchte ihn sich vorzustellen, doch in ihrem Geist verschmolz er mit dem Anführer der Plünderer, die Vilufar mit sich fortgezerrt hatten.

Ich könnte ihn töten, dachte sie. Der Speerschaft in ihrer Hand fühlte sich plötzlich heiß und schwer an, und sie packte ihn so fest, dass ihre Knöchel hervortraten.

Dann lief eine Bewegung durch die gegnerische Front; ferne Stimmen erschollen und mischten sich zu grausigem Kampfgeschrei. Ein Wirbelsturm von Pferdehufen brandete auf, und der Boden schien zu beben. Und nun ließ auch Tamage die hochgehaltene Hand herabsinken; ihr Pferd stieg mit den Vorderbeinen in die Höhe und schnaubte, und sie schrie mit weithin hallender Stimme den Befehl zum Angriff. Wie eine Flut setzte sich das Heer der Sarmaten in Bewegung, stürmte dem Feind entgegen und riss Manja mit sich.

VIERTER TEIL

DIE KRIEGERIN

DER MUNDSCHENK

Das Lager der Skythen am westlichen Ufer des Schwarzen Flusses lag wie ausgestorben unter der sinkenden Sonne. Kein Mensch bewegte sich zwischen den kreuz und quer abgestellten Wagen, nur hier und dort bellte ein Hund, und die Zeltplanen bauschten sich leicht im Wind. Selbst die Tiere, die den Tross versorgten – Abertausende von Rindern, Schafen und Ziegen, die auf den Auen im Umland weideten –, lagen still unter dem dunkler werdenden Himmel.

Die einzigen Menschen, die sich im Freien aufhielten, waren sechs Jungen und Mädchen. Sie standen rund um einen großen Bronzekessel und rührten die Pferdemilch, die am Morgen von den Frauen der Skythen herbeigeschafft worden war. Alle sechs standen steif und mit ausdruckslosen Gesichtern um das hüfthohe Gefäß, die linke Hand auf dessen gewölbten Rand gestützt, in der rechten einen hölzernen Rührlöffel. Sie bewegten sich träge, wie träumend, als wüssten sie nicht, was sie taten. So jung sie waren, ließen sie doch kein Zeichen von Lebendigkeit erkennen. Keiner von ihnen sprach; keiner sah den anderen an. Selbst ihre Augenlider bewegten sich nicht. Ein Unbeteiligter, der näher getreten wäre, um das seltsame Ritual zu betrachten, hätte erst nach einiger Zeit den Grund begriffen: Alle sechs Jungen und Mädchen waren blind. Man hatten ihnen mit einem glühenden Eisen die Augen versengt, denn sie brauchten nicht zu sehen. Ihre einzige Aufgabe bestand darin, tagein, tagaus die Milch zu rühren, bis sich die wohlschmeckende Schicht an der Oberfläche absetzte, die die Skythen so sehr schätzten.

Unweit des Bronzekessels standen zwei Zelte. Das eine war schmucklos und klein, obwohl es von mehr als einem Dutzend Menschen bewohnt wurde. Es war das Zelt der Sklaven, die dem Skythenhäuptling Asma Xajatorsa und seiner Familie dienten: Kriegsgefangene aus den Bauerndörfern, die an den Rändern des skythischen Steppenreiches lagen. Hier lebten die Köche, Mundschenken und Schneiderinnen sowie, als Unglücklichste und Geringstgeachtete von allen, die blinden Milchsklaven. Das größere Zelt wurde von den Leibdienern, Waffenknechten und Wagenlenkern bewohnt – eingeborenen Skythen, deren Leben gleichfalls dem Häuptling gehörte, die jedoch mit Geringschätzung auf die kriegsgefangenen Sklaven hinabsahen. Asmas prächtiger sechsrädriger Wohnwagen erhob sich in angemessener Entfernung auf einem Hügel, nahe genug, dass die Dienerschaft jederzeit zu ihren jeweiligen Aufgaben gerufen werden konnte.

Doch dies war einer der seltenen Tage, an denen niemand nach ihnen rief. Asma Xajatorsa und die Häuptlinge der anderen Stämme waren am Mittag mit ihren Männern in den Krieg gezogen, und niemand war zurückgeblieben als ihre Frauen und Kinder, die sich in die Wagen zurückgezogen hatten und um den Ausgang der Schlacht bangten. Abgesehen von den Köchen und den Milchsklaven, welche die Mahlzeit für die heimkehrenden Krieger vorbereiteten, wurde an diesem Tag keiner der vielen Diener benötigt.

Einer von ihnen, ein kräftiger junger Mann Anfang zwanzig mit dunklem Kraushaar und spärlichem Bartwuchs, saß seitlich neben dem geschlossenen Eingang des Zeltes im Gras und hatte das Gesicht nach Osten gewandt. Sein Blick mochte ähnlich starr wirken wie derjenige der Milchsklaven, die keine zehn Schritte vor ihm mit ihren Löffeln rührten, doch bei näherem Hinsehen war offensichtlich, dass seine nussbraunen Augen keineswegs blind waren. Schwermütig betrachtete er den dunkler werdenden Himmel jenseits des Flusses, gelegentlich auch die sechs Unglücklichen, von denen zwei in fast vergessenen Kindertagen seine Spielgefährten gewesen waren.

Vilufars Augen – die unversehrt geblieben waren, weil er sie für seine Arbeit brauchte – füllten sich mit Tränen. Seine Kindheit erschien ihm zuweilen wie ein verschwommener Traum; der Albtraum jedoch, der ihn abgelöst hatte, war noch immer in allen Einzelheiten lebendig. Er erinnerte sich deutlich, wie die furchtbaren Reiterkrieger über sein Heimatdorf hergefallen waren, um Frauen, Männer und Kleinkinder ohne Ausnahme zu töten, während sie die Halbwüchsigen zusammengetrieben und unter sengender Sonne quer durch die Steppe zu ihrem Lager geschleift hatten. Der größte Teil der verstörten und entkräfteten Jungen war gleich nach der Ankunft den Priestern übergeben worden, die sie dem Gott des Krieges zum Opfer brachten. Man hatte sie zu einem Hügel geführt, in dessen Spitze ein uraltes Schwert steckte, ihre Kehlen geöffnet und das Blut in goldenen Gefäßen aufgefangen, um es über der heiligen Klinge auszugießen. Die Übrigen waren unter den Kriegern und Hauptleuten der Skythen aufgeteilt worden, um als Sklaven zu dienen.

Asma, dem Häuptling des Stammes, gebührte das Recht, die stärksten der jungen Männer für sich auszuwählen, und er hatte drei Knechte berufen, unter ihnen Vilufar. Die beiden anderen waren den Pferdejungen zugeteilt worden – eingeborenen Skythen, welche die verschiedenen Schlachtrosse der Häuptlingsfamilie pflegten und die Sklaven weit schlechter behandelten als die Tiere. Beide waren, nachdem sie einen törichten Fluchtversuch unternommen hatten, geblendet und zu Milchsklaven degradiert worden. Ein junges Mädchen, das Vilufar nur vom Sehen gekannt hatte, war den Köchinnen zugeteilt worden, doch sie hatte das Sklavenzelt kaum ein Jahr lang bewohnt: Einer der skythischen Knechte hatte sie vergewaltigt und geschwängert, und sie war bei der Geburt gestorben.

Vilufar dagegen war, zumindest in den Augen seiner Leidensgenossen, ein glücklicheres Schicksal beschieden: Er war der Mundschenk des Häuptlings. Das galt als eine Auszeichnung, denn für gewöhnlich wurden nur skythische Jünglinge zu Hausdienern eines Edlen berufen. Asma jedoch hatte Gefallen an dem jungen Mann gefunden, der ruhig, schweigsam und kräftig war, und seit nunmehr sieben Jahren brachte Vilufar ihm täglich Fleisch und Milch, setzte das Geschirr mit demütig niedergeschlagenen Augen vor ihm ab und nahm es später wieder mit, um es zu reinigen.

Vilufar war weit davon entfernt, seine Stellung als jene Ehre zu betrachten, die sie in den Augen der anderen Gefangenen bedeuten mochte. Er hasste die Skythen, und er hasste auch Asma, seinen Dienstherrn, aus ganzer Seele. Dies hinderte ihn nicht daran, ein äußerst zuverlässiger Diener zu sein und die Erwartungen seines Besitzers in jeder Hinsicht zu erfüllen. Es wäre ihm ein Leichtes gewesen, Asmas Nahrung zu vergiften oder ihm auf andere Weise zu schaden, denn als Mundschenk gehörte Vilufar zu den wenigen, die den Wagen des Häuptlings betreten durften.

Doch welchen Sinn hätte ein solcher Anschlag gehabt? Vilufar wusste, welche Strafe einen Sklaven erwartete, der seinem Herrn Schaden zufügte. Er erinnerte sich noch gut daran, wie vor Jahren einer der Hirtenjungen aus reiner Ungeschicklichkeit Asmas Schlachtross verletzt hatte, indem er beim Stutzen der Mähne mit dem Messer ausgeglitten war. Der Junge war an Händen und Füßen gefesselt worden, und man hatte ihm geschmolzenes Blei in sämtliche Körperöffnungen gegossen: in den Mund, die Nase, die Augen und Ohren, den After. Dies geschah, wie Vilufar begriffen hatte, damit der Unwürdige kein Blut vergoss, das zu Boden tropfen und die Weidegründe verderben konnte. Seine Leiche hatte man in eine Filzmatte eingerollt und in ein fließendes Gewässer geworfen.

Doch auch wenn der Häuptling starb, ohne dass die Schuld eines seiner Sklaven ersichtlich war, würde es Vilufar nicht besser ergehen. Die Sitte der Skythen verlangte, dass seine gesamte Dienerschaft ihrem Herrn ins Grab folgte, einerlei, ob er eines gewaltsamen Todes oder an Altersschwäche starb. Man würde einen riesigen Hügel aufschichten und eine Grabkammer anlegen, in der Asma zur letzten Ruhe gebettet wurde, umgeben von seinen sämtlichen Besitztümern, seinen Waffen, seiner Kleidung, ja sogar dem Mobiliar seines zu Lebzeiten bewohnten Wagens. Man würde seine Pferde töten und mit ihm ins Grab betten, außerdem seine Frauen, seinen Wagenlenker, seinen Leibdiener, seine Pferdeknechte und all jene, die ihm im Leben gedient hatten. Vilufar würde, als Mundschenk seines Herrn, eine besondere Ehre zuteil:

Nachdem man ihm mit einer stumpfen Axt den Schädel eingeschlagen hätte, um seinen Körper möglichst unversehrt zu erhalten, würde er gleich neben dem Kopfende von Asmas letztem Ruhelager niedergelegt werden.

All dies hatte Vilufar im Lauf der Jahre in Erfahrung gebracht, indem er die Skythen sorgfältig beobachtete und schließlich auch belauschte, nachdem er gelernt hatte, die fremde Sprache zu verstehen. Weitere Einzelheiten erfuhr er von den anderen Sklaven, die sie im Flüsterton austauschten. Vilufar wusste, dass sein Leben an das von Asma gebunden war. Solange der Häuptling lebte und bei guter Gesundheit blieb, durfte auch Vilufar weiterleben. Und er wollte leben – denn trotz aller Hoffnungslosigkeit seines Daseins hegte er verzweifelte Fluchtpläne.

Keinen dieser Pläne aber hatte er je in die Tat umzusetzen versucht. Seine Furcht war viel zu groß. Es wäre zwecklos gewesen, sich in einem unbeobachteten Augenblick auf ein Pferd zu schwingen – er konnte nicht reiten, und man hätte ihn innerhalb kürzester Zeit wieder aufgegriffen, sofern es ihm überhaupt gelungen wäre, sich auf dem Rücken des Tieres zu halten. Ebenso verrückt wäre es gewesen, zu Fuß zu fliehen. Die Skythen wussten dies und hielten es daher für unnötig, ihre Sklaven zu bewachen: Ringsum gab es nichts als offene Steppe und nirgends einen Zufluchtsort. Ein einsamer Wanderer in der Wildnis würde verhungern und verdursten oder eine Beute der Wölfe werden, denn diese Jäger der Steppe lauerten stets auf Verirrte, die ohne den Schutz einer Herde unterwegs waren. Wahrscheinlich jedoch würden die Skythen es dazu gar nicht kommen lassen. Sie würden dem Flüchtling nachsetzen, und ihren schnellen Pferden und weitreichenden Kriegsbogen entkam niemand, der auf zwei Beinen lief, selbst wenn er viele Stunden Vorsprung hatte.

Dennoch gaben die Träume von Flucht und Freiheit Vilufar Kraft, wenn er am Abend auf seinem harten Lager im Zelt der Sklaven lag und auf den Schlaf wartete. Er stellte sich vor, dass irgendein glücklicher Zufall es ihm ermöglichte, unbemerkt zu entkommen – und dass er in sein Heimatland zurückkehrte, in ein Dorf friedlicher Menschen, um Bauer zu werden, zu heiraten und Kinder zu haben. Immer wenn er diesem tröstlichen Traum nachhing, dachte er an den Ort seiner Kindheit, und wie von selbst erschien das blasse, nachdenkliche Gesicht Manjas vor ihm, beschattet von einer Locke ihres dichten schwarzen Haars. Seit er bei den Skythen lebte, war kein Tag vergangen, an dem er nicht an seine Freundin aus Kindertagen gedacht hatte. Keine Verzweiflung und keine noch so schwere Arbeit hatten ihr Bild aus seinem Geist tilgen können, und er erinnerte sich noch immer, wie er sie einst am Lagerfeuer geküsst hatte – am Vorabend jenes Tages, an welchem die Götter beschlossen hatten, sein Schicksal auf so grausame Weise zu wenden.

Vilufar wusste, dass Manja wahrscheinlich tot war, doch in seinen Gedanken lebte sie weiter, wurde gleich ihm erwachsen, kehrte gleich ihm in das Dorf zurück, das längst zu kalter Asche zerfallen war, und wurde seine Ehefrau. Er sah sie am Rand der Felder stehen, in einem schlichten erdfarbenen Kittel, das schwarze Haar zu einem Knoten gebunden und mit einem Säugling auf dem Arm, während er selbst sich müde, doch zufrieden nach getaner Arbeit auf seinen Rechen stützte. Sie wandte ihm das Gesicht zu und lächelte ihn liebevoll an – und es war noch immer das Gesicht der Manja von einst, noch immer ihr Kinderlächeln, wenn auch gesäumt von dieser oder jener zarten Falte seitlich der schön geschwungenen Lippen.

Solche Bilder waren es, die Vilufar in den Schlaf wiegten, wenn er den Tag mit der Sorge um das Wohl seines ungeliebten Herrn verbracht hatte und böse Stimmen ihm zuraunten, dass er bis zum Ende seines Lebens nichts anderes mehr tun würde als ebendies.

An dem Tag jedoch, als die Skythen sich am Fluss gesammelt hatten und zur Schlacht mit den Sarmaten ausgezogen waren, hatte Vilufar Hoffnung geschöpft. Seit die Krieger fort waren, saß er vor dem Sklavenzelt und blickte nach Osten. Er hätte nicht zu sagen gewusst, worauf er hoffte. Von den Sarmaten wusste er nahezu nichts außer dem Namen, doch hatte er Gespräche belauscht und verstanden, dass seine gewöhnlich als unbesiegbar geltenden Herren diesen Feind sehr ernst nahmen. Er erwartete nicht, dass ein Sieg der Fremden seine Lage verbessern würde, doch allein der Gedanke, dass irgendeine Macht auf der Welt den Skythen ebenbürtig war, tröstete ihn.

Vilufar betete. Stumm flehte er die Große Mutter an, die höchste Gottheit, die er kannte.

Gib mir ein Zeichen!, bat er inbrünstig. Ein Zeichen, dass meine Hoffnungen nicht vergebens sind.

DIE GEISEL

Die Sonne war bereits untergegangen, und ein bleicher Mond stieg über der Steppe auf, als die Skythen heimkehrten. Tausende von Pferden näherten sich der Furt und trabten durch das seichte Wasser, während die Frauen und Kinder aus den Zelten stürzten, um ihre Angehörigen zu empfangen.

Auch Vilufar erhob sich und spähte zu dem freien Platz vor Asmas Wagen hinüber, wo sich die Edlen der Skythen versammelten. Wie immer die Schlacht ausgegangen sein mochte, seine Herren hatten schreckliche Verluste erlitten. Zahlreiche Pferde waren mit toten Körpern beladen, und das Geschrei der Frauen verriet, dass viele Männer nicht zurückgekommen waren. Vilufar entdeckte Asma, der eine blutende Wunde an der Schulter davongetragen hatte, und seine vier erwachsenen Söhne, von denen einer leblos im Sattel hing. Auch die anderen Häuptlinge, die soeben mit ihrem Gefolge eintrafen, wiesen zahllose Verwundungen auf. Ihre Kleider waren zerrissen und blutbesprengt, und mehrere gingen zu Fuß, was darauf schließen ließ, dass ihre Pferde von Pfeilen oder Lanzen getroffen worden waren.

Doch auch viele Gegner mussten das Leben verloren haben. Vilufar sah frische Skalpe an den Sätteln der Pferde hängen, und einige der Reiter schleiften Netze hinter sich her, die mit abgeschlagenen Köpfen gefüllt waren. Soweit Vilufar die Sitten seiner Herren kannte, war das Vorweisen eines Kopfes Bedingung dafür, dass ein Krieger seinen Anteil an der gemeinsamen Beute des Feldzugs erhielt. Die meisten der Netze waren groteske Bündel aus klaffenden Mündern, starrenden Augen und verfilztem Haar, schmutzig von getrocknetem Blut und dem Staub des Steppenbodens. Eines der Netze jedoch regte sich, als sei ein lebendiges Wesen darin gefangen. Mehrere Männer waren abgesessen und bemühten sich soeben, es hinüber zu Asmas Wagen zu schleifen. Ein weiterer trug zwei Holzpflöcke herbei und begann sie in den Boden zu rammen, wobei er die Rückseite seiner Streitaxt als Hammer verwendete.

»Aru!«

Der Anruf einer herrischen Stimme ließ Vilufar herumfahren. »Aru« war der Name, mit dem die Skythen ihn riefen. Sparatai, Asmas ältester Sohn und Standartenträger, lenkte sein Pferd zum Zelt der Sklaven herüber.

»Bring Milch und Fleisch!«

Gehorsam neigte Vilufar den Kopf, wandte sich um und betrat das Zelt, um nach dem Essgeschirr zu suchen.

In dieser Nacht schlief kaum jemand. Die Heimgekehrten lagerten unter freiem Himmel; die Frauen klagten um die Toten, und Scharen von Dienern eilten herbei, um den Überlebenden Nahrung zu bringen und ihre Wunden zu versorgen. Auch Heilkundige waren gerufen worden, um die Schwerverletzten zu behandeln und lebensrettende Eingriffe vorzunehmen. Als Vilufar eine Schale mit Hammelfleisch und einen Milchkrug zu Asmas Wagen hinübertrug, sah er aus dem Augenwinkel, wie einer der Männer mit einem bronzenen Meißel die Schädeldecke eines Bewusstlosen aufhämmerte – eine oft geübte Maßnahme, um Blutergüsse an der Hirnhaut zu entfernen. Wenige Schritte weiter kniete der Schamane neben einem Krieger, aus dessen gebrochenem Bein der blanke Knochen hervorragte, und zeigte einem Gehilfen die richtige Stelle, um das zerschmetterte Glied mit einer Axt abzutrennen. Vilufar schloss die Augen, als der

Schrei des Unglücklichen hinter ihm aufgellte, und bemühte sich, rasch weiterzukommen.

Er näherte sich Asmas Wagen, vor dem sich die Edlen der Skythen zur Beratung niedergelassen hatten. Rund zwei Dutzend Männer saßen hier im Kreis, Häuptlinge von vier verschiedenen Stämmen mitsamt ihren Söhnen und anderen ausgewählten Kriegern. Vilufar kniete nieder und bot seinem Herrn die Fleischschüssel dar. Asma langte hinein und griff nach einer Hammelkeule, ohne das Gespräch zu unterbrechen.

»Sie haben uns ebenso viel Schaden zugefügt wie wir ihnen«, sagte er. »Mehr als zweitausend Reiter haben wir verloren ...«

Vilufar verharrte demütig, die Schale in den Händen, lauschte jedoch aufmerksam.

»Warum haben wir uns zurückgezogen?«, fragte ein schwarzbärtiger jüngerer Mann, in dem Vilufar einen Sohn des Häuptlings Farsa erkannte.

»Sie sind auf der linken Flanke durchgebrochen«, erklärte ein Dritter, der einen blutgetränkten Verband um den Kopf trug. »Ein weiteres Ausharren hätte uns womöglich die Hälfte unserer Krieger gekostet.«

Nachdenklich nickte Asma, während er nach dem Milchkrug griff, den Vilufar im Gras abgestellt hatte.

»Weder sie noch wir haben die nötigen Kräfte für einen erneuten Angriff«, sagte er. »Es scheint, dass die Götter keiner Seite den Sieg schenken wollen.«

»Aber es ist eines Skythen nicht würdig, vor diesen Weiberknechten zu weichen!«, schrie Farsas Sohn und schlug sich mit der Faust gegen die Brust. »Gleich morgen sollten wir abermals losreiten und ...«

Bei diesen Worten ergriff ihn sein Vater hart an der Schulter, woraufhin er verstummte und die Augen niederschlug.

»Was tun wir jetzt?«, fragte Farsa, an Asma gewandt. »Was, wenn die Sarmaten uns verfolgen und unser Lager überfallen?«

Asma setzte den Milchkrug ab, rülpste herzhaft und starrte

ins Leere. Plötzlich schien ihm ein Gedanke zu kommen, und ein schmales Lächeln umspielte seinen Mund.

»Wir haben eine Geisel«, sagte er und deutete über die Schulter hinweg zu seinem Wagen.

Vilufar wagte nicht aufzusehen, drehte jedoch unauffällig den gebeugten Kopf und spähte in die gewiesene Richtung. Tatsächlich: Es war ein Mensch, der in dem Netz gefangen gewesen war. Man hatte ihm beide Handgelenke gefesselt und diese an je einen Pfahl gebunden, der in die Erde gerammt worden war, sodass der Unglückliche nun mit ausgestreckten Armen am Boden kniete. Der Kopf war ihm auf die Brust gesunken, und lange schwarze Haarsträhnen verdeckten sein Gesicht. Die Kleider hingen ihm in blutigen Fetzen am Leib.

»Wir sollten sie auf der Stelle erschlagen«, fuhr Farsas Sohn auf. »Sie ist eine Oiorpata, eine Männertöterin …«

»Sie ist nicht irgendeine Oiorpata«, sagte Asma fast genüsslich und strich sich Milchspuren aus dem Bart. »Meine Leute nennen sie die Wolfsfrau. Sie erschlug drei Männer eines Spähtrupps, den ich zum Lager ihrer Königin ausgesandt hatte. Nur zwei kehrten zurück, um davon zu berichten. Es heißt, dass ein Wolf an ihrer Seite kämpft. Auch bei unserem Angriff auf das Lager der Königin wurde sie gesichtet. Sie ist eine grimmige Kriegerin – und wahrscheinlich eine Tochter des sarmatischen Königshauses.«

»Ein Grund mehr, sie zu töten!«, zischte Farsas Sohn, doch wurde er erneut von seinem Vater zum Schweigen gebracht.

»Das wäre töricht«, befand Asma, und wieder umspielte ein merkwürdiges Lächeln seine Lippen. »Die Gunst der Götter hat dieses Weib lebend in unsere Hände gegeben, und ein besonnener Mann sollte sich diesen Umstand zunutze machen.«

»Ist sie wirklich eine Königstochter?«, fragte einer der Männer.

»Ohne Zweifel«, erwiderte Asma. »Beim ersten Sturm ritt sie in der Nähe der Königin, und sie trägt ein rotes Kampfhemd und reichlichen Goldschmuck. An ihrer Hand steckt ein goldener Ring, der einen Wolf darstellt – und der Wolf ist das Ahntier der sarmatischen Königslinie.«

Der jüngere Mann, der Asma widersprochen hatte, presste unwillig die Lippen zusammen, wagte jedoch unter dem strengen Blick seines Vaters kein Wort mehr.

»Wie kam es, dass ihr sie gefangen habt?«, fragte Farsa.

»Ihr Pferd wurde von einem Speer getroffen«, erwiderte Asma. »Meine Männer berichten, dass sie abgeworfen wurde und nach ihrer Streitaxt griff, die jedoch zerbrochen war. Daraufhin kämpfte sie zu Fuß, nur mit einem Schwert und dem zersplitterten Schaft der Axt bewaffnet, aber mit der Wildheit einer Löwin. Sie tötete ein halbes Dutzend meiner Männer ... Am Ende warfen sie ihr ein Netz über den Kopf und fingen sie lebendig.«

»Du willst sie zum Austausch anbieten?«, fragte Farsa. »Was verlangen wir für sie?«

»Ganz einfach.« Asma lehnte sich zurück und verschränkte die Arme. »Die Sarmaten sollen sich sechs Tagesreisen weit nach Osten zurückziehen, und ihre Edlen sollen einen Schwur bei Schwert und Wind leisten, dass sie dieses Gebiet nie wieder betreten und keine Waffe mehr gegen uns erheben. Unter dieser Bedingung bekommen sie ihre Königstochter zurück.«

»Ein hoher Preis für eine einzelne Geisel«, bemerkte einer der anderen Männer zweifelnd.

»Und wenn schon – was haben wir zu verlieren?« Asma lachte. »Wenn die Sarmaten darauf eingehen, erreichen wir ohne Opfer ein Ziel, für das wir andernfalls noch viele Schlachten wie die heutige schlagen müssten. Lehnen sie ab, spießen wir die Frau rittlings auf eine Lanze, wie es einer Männertöterin gebührt.«

Eine Zeit lang tuschelten die Männer ringsum. Schließlich ergriff Farsa das Wort.

»Also gut ... senden wir einen Boten zu den Sarmaten. Dann wollen wir sehen, was sie uns antworten.«

»Darauf trinke ich!« Asma hob erneut seinen Krug, bemerkte, dass er leer war, und wandte sich unwillig zu seinem Sklaven um. »Verschwinde und hol mehr!«

Vilufar sprang auf und entfernte sich.

Auf dem Rückweg zum Zelt warf er einen Blick auf die Geisel. Nach den Worten des Häuptlings handelte es sich um eine Frau, und dies weckte seine Neugier. Zwar hatte er Gerüchte gehört, wonach bei den Sarmaten auch Frauen in Waffen standen, doch hatte er diese Behauptungen für reinen Aberglauben gehalten. Nun spähte er, ohne seinen Schritt zu verlangsamen, aus den Augenwinkeln nach dem geschundenen Wesen, das mit ausgestreckten Armen an den beiden Holzpfählen festgebunden war.

Von Weitem hätte man sie für einen jungen Mann halten können. Das Gesicht war verborgen unter einer Mähne schwarzer Locken über dem schlaff herabhängenden Kopf. Doch die Gefangene war auf die Knie gesunken, und der halbrunde Ausschnitt ihres Kampfhemdes hing herab und entblößte den Ansatz weiblicher Brüste.

Geh weiter!, mahnte er sich selbst. Der Häuptling wartet. Es wird Hiebe setzen, wenn du trödelst.

Rasch wandte er den Blick ab und beeilte sich, zum Zelt der Sklaven zu gelangen, um den Milchkrug aufzufüllen.

In den folgenden Tagen kehrte allmählich der Alltag ins Lager der Skythen zurück. Die Krieger bezogen wieder die Zelte und Wagen ihrer Familien; die Verwundeten erholten sich – oder starben, nachdem ihr Schreien und Stöhnen die unruhigen Nächte erfüllt hatte. Auch Asma war wieder in den Wagen eingezogen, den er mit seinen vier Frauen und zahlreichen Kindern teilte, und Vilufar erschien wie stets zweimal täglich, um seinem Herrn das Essen zu bringen. Die übrige Zeit verbrachte er im Zelt und half den anderen Sklaven beim Kochen, denn für die erschöpften Heimkehrer wurden größere Nahrungsmengen als je zuvor benötigt. Allmorgendlich brachte ein Karren frisches Schlachtfleisch, und die Sklaven schleiften es in das Zelt, zerlegten es und heizten die Kochkessel an. Bei der Arbeit wurde wie gewöhnlich kein Wort gesprochen – es gab nichts, worüber sich skythische Sklaven hätten austauschen können.

Vilufar wusste es nicht, doch es kam einem Wunder gleich,

dass allein er sich jene Wachheit des Geistes bewahrt hatte, die bei den meisten seiner Leidensgenossen längst erstorben war. Von allen Sklaven beobachtete er am genauesten seine Herren, verstand ihre Sprache am besten und war am gründlichsten bewandert in ihren Gebräuchen. Vielleicht lag es daran, dass er sie inbrünstiger hasste als jeder andere und nie die Hoffnung aufgegeben hatte, ihnen zu entkommen.

Dementsprechend aufmerksam lauschte er jedem Gespräch, dessen Zeuge er wurde, wenn er Asma zu bedienen hatte. Als Mundschenk durfte er unaufgefordert den Wagen seines Herrn betreten, ganz gleich, wer sich gerade dort aufhielt. Die Skythen schenkten ihm nicht mehr Beachtung als einem gut dressierten Hund, und so war es schon oft geschehen, dass er Krüge und Schalen einfach auf dem Boden abgestellt hatte, weil der Häuptling gerade ruhte oder mit einer seiner Frauen schlief.

Am Morgen des zweiten Tages nach der Schlacht traf Vilufar seinen Herrn bei einer Beratung an, an der seine erwachsenen Söhne, der Schamane und mehrere andere Männer teilnahmen.

»Wie lange ist der Bote schon fort?«, fragte einer von ihnen, ein älterer Mann mit kahlem Schädel.

»Er ist heute Morgen losgeritten«, sagte Asma, leerte seinen Milchkrug und nahm eine Rinderkeule aus der Schale, die Vilufar ihm hinhielt. Dann wandte er sich zu seinem Diener um, als hätte er dessen Anwesenheit eben erst bemerkt. »Aru! Geh und gib der Frau hinter dem Wagen Wasser und ein paar Schlachtabfälle! Tu das zweimal am Tag, damit sie am Leben bleibt.«

Vilufar neigte gehorsam den Kopf und verließ den Wagen.

Als Vilufar sich zum ersten Mal der Gefangenen näherte, in den Händen einen Wasserkrug und einige Fetzen Fleisch, empfand er eine seltsame Beklemmung. Die Frau saß noch immer auf den Knien im Gras, die gefesselten Arme nach beiden Seiten ausgestreckt, den Kopf so weit hinabgebeugt, dass ihr Haar bis auf den Boden fiel.

Es schauderte ihn, als er sie im vollen Sonnenlicht und aus der Nähe sah, halb angesichts ihres erbärmlichen Zustandes, halb wegen ihrer Fremdartigkeit. Vilufar war den Anblick der zierlichen skythischen Frauen mit ihren langen, weiten Gewändern gewohnt – und auch dies nur aus angemessener Entfernung, denn ein Sklave, der eine Frau aus nächster Nähe ungebührlich musterte, wurde mit dem Tod bestraft. Darüber hinaus kannte er nur Sklavinnen, verhärmte Gestalten in derben Kitteln aus schmutzigem Filz.

Diese Frau hingegen bot den Anblick eines wilden Tiers, kraftvoll und geschmeidig wie eine Raubkatze. In ihre nackten Arme waren Bilder eingeritzt, und unter der haarlosen Haut dehnten sich sichtbare Muskelbänder im Rhythmus eines schweren Atems. Infolge der unnatürlichen Haltung ragten ihre Schulterblätter spitz hervor wie die eines lauernden Löwen. Der Ausschnitt ihres zerrissenen roten Hemdes war herabgesunken, und Vilufar erkannte, dass die rechte Brust von einem dreieckigen Lederstück bedeckt war.

Die Einbrüstigen, schoss es ihm durch den Kopf – das war einer der Namen, mit denen die Skythen die sarmatischen Frauen bezeichneten. Es gab sie also wirklich. Auch Männertöter wurden sie genannt, denn sie galten als wilde und grausame Kriegerinnen. War diese unheimliche Frau, die ihm wie ein Dämon aus einer anderen Welt vorkam, tatsächlich auf einem Pferd geritten und hatte eine Streitaxt geschwungen?

Scheu näherte sich Vilufar, ging in die Knie, stellte Krug und Schale ins Gras und schob beides langsam auf die schwarze Haarmähne zu, in deren Schatten sich das Gesicht der Unbekannten befinden musste. Dann zog er die Finger rasch zurück, als fürchte er, sie könne danach schnappen wie eine ausgehungerte Hündin.

Eine Weile geschah überhaupt nichts. Der Körper der Sarmatin hing reglos in den Seilen, und nur der schwache Atem verriet, dass sie lebte. Vielleicht, dachte Vilufar, hatten Durst, Schmerz und Entkräftung ihre Sinne getrübt und sie in einen Zustand der Empfindungslosigkeit versetzt, sodass sie nicht mehr wahrnahm, was um sie herum geschah. Angespannt wartete er, unschlüssig, ob er das Geschirr wieder mitnehmen sollte.

Dann jedoch ruckte der kräftige Körper vorwärts, so plötzlich, dass Vilufar erschrocken zurückfuhr. Die Fesseln spannten sich, und die Schultern bogen sich nach vorn, sodass die Arme der Unglücklichen noch weiter verdreht wurden. Der zottige Vorhang ihrer schwarzen Haare senkte sich über den Wasserkrug, und sie trank hastig. Dann war die Schale mit den Fleischresten an der Reihe, und da die Gefangene ihre Hände nicht gebrauchen konnte, erinnerten die Geräusche an ein wildes Tier, das seine Beute verschlingt. Zum Schluss wandte sich die Frau wieder dem Wasser zu – und Vilufar erwachte endlich aus seiner Erstarrung, denn er begriff, dass sie sich verzweifelt bemühte, das restliche Wasser am Boden des Krugs zu erreichen. Er überwand sich, umfasste das Gefäß mit beiden Händen und neigte es ihr entgegen.

Sie trank gierig, das Gesicht noch immer unter dem wirren Haar verborgen, und Vilufar half ihr, bis der Krug vollständig geleert war. Dann erstarrte ihr Körper erneut und hing wie leblos in den Fesseln. Eine Zeit lang blieb Vilufar neben ihr sitzen, als warte er auf irgendein Zeichen, roch jedoch nur den schweren Geruch von Schweiß und Blut und hörte das leise Hauchen ihres Atems. Schließlich erhob er sich, nahm vorsichtig das Geschirr auf und entfernte sich.

In den folgenden Tagen versorgte Vilufar nicht nur seinen Herrn, sondern auch die Gefangene regelmäßig mit Essen und Trinken. Er sah nicht ein einziges Mal ihr Gesicht, doch schien sie sein Kommen zu spüren und neigte sich jedes Mal in ihren Fesseln nach vorn, wenn er sich näherte. Vilufar hatte nach wie vor Angst, doch er fühlte sich der Unbekannten auch auf seltsame Weise verbunden, sah er doch in ihrem Schicksal ein Ebenbild seines eigenen. Beide waren sie Gefangene der Skythen, beide leidend, beide ohne Hoffnung auf Freiheit, gefesselt durch sichtbare oder – in seinem Fall – unsichtbare Bande.

Da niemand sein Tun beaufsichtigte, wagte er ihr bald größere Mengen und besseres Fleisch zu bringen. Auch würzte er das Wasser heimlich mit einem Schuss Milch, den er aus dem großen Kessel abzweigte. Stets setzte er sich zu ihr, hielt den Krug und wartete geduldig, bis sie ihren Durst gestillt hatte.

Je mehr Anteil er am Schicksal der fremden Frau nahm, desto aufmerksamer lauschte er den Gesprächen des Häuptlings und seiner Besucher. Auf diese Weise erfuhr er, dass der Bote inzwischen von den Sarmaten zurückgekehrt war. Die Feinde der Skythen hatten sich sieben Tage Zeit ausgebeten, um das Angebot zu bedenken. Nach Ablauf dieser Frist sollte der Bote sie abermals aufsuchen.

»In der Zwischenzeit werden unsere Vorräte knapp«, hörte Vilufar Sparatai sagen. »Der Sommer wird heiß werden, und die Herden haben das Land in weitem Umkreis abgeweidet. Wenn wir nicht bald weiterziehen, werden wir hungern.«

»Das werden wir nicht.« Asma winkte ab. »Die Späher berichten, dass die Waldgrenze im Norden in wenigen Tagesritten zu erreichen ist. Sicher gibt es dort Bauerndörfer. Wir werden eine Reitertruppe dorthin schicken und die Ansiedlungen plündern.«

»Wann?«, drängte Sparatai.

»Lass uns noch warten!«, beschwichtige Asma seinen Sohn. »Die Krieger sind erschöpft und müssen wieder zu Kräften kommen.«

Dieser knappe Wortwechsel ging Vilufar nicht aus dem Kopf. Es war nichts Neues für ihn, dass die Skythen Bauerndörfer überfielen, die Bewohner töteten und deren Habe raubten. Ihn erregte etwas anderes: Irgendwo an der Waldgrenze im Norden lag sein Heimatland. Wenn es nur einen Weg gäbe, sich ein Pferd anzueignen und davonzureiten … Die Vorstellung, in die Wälder zu fliehen und sich weiter ins Hinterland durchzuschlagen, besaß eine magische Anziehungskraft für ihn. Vilufar wusste, dass die Skythen lediglich die Steppe als ihr Reich betrachteten und nur selten in die Wälder vordrangen, wo sie den Vorteil ihrer schnellen Pferde und weitreichenden Bogen einbüßten.

Natürlich wäre es ebenso tollkühn wie verrückt gewesen, eine solche Flucht zu wagen: Er konnte nicht reiten, und zu Fuß mochten die wenigen Tagesritte, von denen Asma gesprochen hatte, eine wochenlange Wanderung bedeuten. Dennoch ließ Vilufar der Gedanke nicht los, und er beschäftigte ihn noch, als er am gleichen Abend Asmas edles Geschirr gegen einfache, schmucklose Tonschalen tauschte und sich auf den Weg zu der Geisel machte.

Diesmal hatte die Frau ihre Haltung verändert. Offenbar war sie unter Vilufars Pflege zu Kräften gelangt und saß nun im Schneidersitz am Boden, die Arme ausgestreckt, das Gesicht jedoch noch immer auf die Brust gesenkt und vom Haar verdeckt. Erstmals konnte Vilufar nun die Vorderseite ihrer Kleidung betrachten und gewann eine Ahnung von deren einstmals prächtiger Erscheinung. Das blutrote Hemd war mit schimmernden Zierblechen besetzt; um die Hüften wand sich ein Gürtel mit goldener Schnalle, und die Reithose war kunstvoll bestickt. Offenbar hatte Asma recht, wenn er behauptete, dass diese Frau bei seinen Feinden in hohen Ehren stand.

Wie stets ließ sich Vilufar neben der Gefesselten nieder, stellte die Fleischschale ab und ergriff den Wasserkrug, um ihr beim Trinken zu helfen. Sie beugte sich vor und nahm einige Schlucke, wobei ihr Haar wie ein Vorhang über den Krug fiel und Vilufars Hände berührte. Aus irgendeinem Grund, den er sich selbst nicht erklären konnte, lief ihm dabei ein Schauer über den Rücken.

Dann plötzlich hob sie den Kopf, wandte ihn ganz langsam zur Seite, und die schwarzen Strähnen fielen ihr eine nach der anderen aus dem Gesicht. Ein Ohr kam zum Vorschein, dann eine Schläfe, eine Wange, schließlich ein Paar durchdringender grauer Augen. Ihr Blick wanderte an Vilufar herauf, von seinen Ziegenlederstiefeln über den schlichten groben Filzkittel bis zu seinem Gesicht.

Mit einem Mal fühlte Vilufar sein Herz heftig schlagen. Er blickte in das Gesicht einer Fremden, doch der forschende Ausdruck ihrer Augen kam ihm seltsam vertraut vor und rührte an etwas lange Begrabenes in seinem Innern. Über einem dieser Augen tanzte eine einzelne schwarze Haarlocke, und auch zu diesem Anblick fand sich ein Gegenbild in den Tiefen seiner Erinnerung.

Nein, es war unmöglich. Es konnte nicht sein. Die Götter versuchten ihn zu narren.

»Vilufar?«, flüsterte sie.

Ihre Stimme, die sie seit Tagen nicht gebraucht hatte, drang rau und fremdartig über die von Staub und Durst aufgesprungenen Lippen.

Er starrte sie an, unfähig zu glauben, dass sie seinen Namen ausgesprochen hatte. Er war Aru, der Sklave, und außer den anderen Sklaven war niemand mehr am Leben, der seinen wirklichen Namen kannte. Er war erwachsen geworden; er hatte einen Bart, er trug die Spuren jahrelanger Knechtschaft – niemand hätte ihn wiedererkannt.

Niemand außer ihr.

»Manja?«

Sie nickte schwach.

Vilufars Augen füllten sich mit Tränen. Die Götter narrten ihn nicht. Im Gegenteil: Sie hatten sein Flehen vernommen und seine Gebete erhört.

»Manja!«

Endlich drang die Wahrheit in ihrer ganzen Unfasslichkeit zu ihm durch, und er spürte, wie sein Herz einen schmerzhaften Sprung tat. Sein erster Gedanke war, sie an sich zu ziehen und nie wieder loszulassen. Doch etwas hinderte ihn – zu seinem Glück, denn für einen zufällig vorübergehenden Skythen hätte es verdächtig ausgesehen, wenn er eine Gefangene umarmte. Er stellte fest, dass er nichts anderes tun konnte, als dazusitzen und sie anzustarren.

Dies war Manja, ohne jeden Zweifel, und doch war sie ihm zugleich fremder als je ein Mensch. Es schien, dass allein ihre Augen sich nicht verändert hatten. Das einstmals kindlich runde Gesicht war nun von herber Schönheit, gezeichnet von Sonne, Staub und Wind. Der einstmals zarte Mädchenkörper hatte sich zu kraftvoller Üppigkeit entwickelt. Hätte sie sich erheben können, wäre sie ihm an Größe nahezu gleichgekommen. Sie war eine erwachsene Frau, noch dazu eine Kriegerin, Angehörige eines wilden Steppenvolkes, das wie die Skythen auf Pferden ritt und mit Bogen und Axt kämpfte.

Wie, bei allen Göttern, ist das möglich?, fragte sich Vilufar. Welches unheimliche Schicksal hatte seine kleine Manja in dieses wilde Geschöpf verwandelt, das wie ein gefangener Löwe in seinen Fesseln lag?

»Du bist es wirklich«, flüsterte sie in der fast vergessenen Sprache ihrer Heimat und schloss für einen Moment die Augen. »Große Mutter, Herrin allen Lebens ...«

Der zunehmend vertraute Klang ihrer Stimme brach den Bann.

»Manja!« Vilufar streckte eine Hand aus, berührte ihr Haar, das zottig und verfilzt war, dann, zögerlich, ihr staubbedecktes Gesicht.

Sie blinzelte, wie zur wortlosen Bestätigung, und ihre grauen Augen schimmerten feucht.

»Ich fürchtete, du seist tot«, sagte sie.

»Auch ich glaubte, du seist es«, sagte Vilufar. »Aber wie es scheint, haben die Götter unser Versprechen nicht vergessen.«

Sie nickte, und eine einzelne Träne furchte den Staub auf ihren Wangen.

»Ich habe oft an dich gedacht«, sagte sie.

»Und ich an dich – jeden Tag und jede Nacht«, erwiderte Vilufar, dem die Stimme versagte.

Er blickte auf ihre halb geöffneten Lippen, die vor Erregung bebten, und fühlte das ungestüme Verlangen, sie zu küssen. Doch stattdessen zog er seine Hand von ihrem Gesicht zurück.

»Wie ... wie bist du ...«

Er hatte fragen wollen: zu dem geworden, was ich da vor mir sehe?

Manja verstand ihn, ohne dass er weitersprach. Sie wandte sich ab und blickte in eine unbestimmte Ferne.

»Das ist eine lange Geschichte«, murmelte sie.

Fünfmal stieg die Sonne über dem Strom im Osten auf und versank wieder. Manja hing in ihren Fesseln und ermaß das Vergehen der Zeit nur am Brennen der Strahlen, die am Morgen ihre Beine trafen, am Mittag ihren Rücken hinaufkrochen und am Abend auf ihrer Brust glühten. Ihre Fesseln hatten sich durch die ständige Belastung etwas gelockert, sodass sie sitzen konnte, ohne sich die Schultern zu verrenken. Ihre Hände jedoch fühlten sich leblos und taub an. Ihr ganzer Körper schmerzte, und wenn sie für einige Zeit schlief, erwachte sie infolge der unnatürlichen Haltung stets mit verkrampften Gliedern. Ständiger Durst quälte sie, selbst in den kühlen Nachtstunden. Die meiste Zeit verbrachte sie in halb betäubtem Zustand, ähnlich einem Fieber.

Nur wenn Vilufar kam, wurde es ein wenig lichter um sie. Am Mittag und am Abend brachte er ihr gemäß Asmas Anweisung etwas zu essen, doch gelang es ihm, auch in der Zwischenzeit so oft wie möglich bei ihr zu sein. Stets brachte er Wasser mit, mal in einem Krug, mal in einem Lederschlauch, den er unter seiner Kleidung verborgen hatte.

Es kam ihnen zugute, dass die Skythen ihrer hilflosen Geisel nicht mehr Aufmerksamkeit zollten als einem gefangenen Tier. Manja war gleich hinter dem Wagen des Häuptlings angepflockt worden, und so konnte Vilufar bei ihr sitzen, wenn Asma und seine Familie sich im Innern aufhielten, wobei er stets durch das Knarren des Wagenbodens gewarnt wurde, wenn einer der Bewohner die Behausung verließ. Insbesondere bei Nacht kam er, wann immer es möglich war, schlich im Schutz der Dunkelheit zu ihr und versteckte sich im Schatten unter dem Wagen, wenn ein Skythe vorbeiging. Oft saß er nur bei ihr, während sie wie betäubt in ihren Fesseln hing, und manchmal, wenn Manja plötzlich erwachte, stellte sie fest, dass er mit einem feuchten Filztuch ihre Wunden säuberte oder ihre Stirn betupfte.

Lange Zeit sprachen sie wenig. Doch unter seiner beständigen Pflege und mithilfe der Nahrung, die er ihr brachte, kehrten Manjas Kräfte allmählich zurück, und es kamen Zeiten, da sie sich stark genug zum Zuhören und schließlich auch zum Sprechen fühlte. Flüsternd tauschten sie ihre Erlebnisse aus, oft unterbrochen durch erzwungene Pausen, wenn Vilufar seinen Pflichten nachging oder ihnen Entdeckung drohte.

Vilufars Geschichte war rasch erzählt, denn seit jenem Tag, als er in die Gewalt der Skythen geraten war, war sein Leben stets den gleichen Rhythmen und Riten des Dienstes und der Hoffnungslosigkeit gefolgt. An den Geschicken seiner Herren hatte er nur geringen Anteil genommen, und so waren für ihn die Jahre in trägem Strom dahingeflossen, ohne dass er mehr Veränderungen wahrgenommen hatte als den Wechsel der Weideplätze.

»Vielleicht habe ich es verdient«, sagte er traurig. »Es war mein Lagerfeuer, das damals die Skythen angelockt hat. Als ich erwachte und bemerkte, dass du fort warst, bekam ich es mit der Angst zu tun und lief zum Dorf zurück, um Hilfe zu holen. Ich dachte nicht daran, das Feuer zu löschen. Inzwischen war es heller Tag, und wahrscheinlich sahen die Skythen die Rauchsäule über der Steppe aufsteigen. Es ist allein meine Schuld, dass unser Dorf überfallen wurde. Ich büße dafür seit sieben Jahren, jeden Tag aufs Neue.«

Trotz ihrer eigenen Leiden schmerzte Manja das Herz beim Gedanken an sein Schicksal. Der hoffnungsvolle, lebensfrohe Junge, der seiner Initiation entgegengesehen und von einem eigenen Bauernhof geträumt hatte, war zu einem stillen, ernsten Mann geworden, nicht gebrochen, aber gebeugt unter den täglichen Demütigungen des Sklavendaseins. Mit ungutem Gefühl dachte sie an ihr Leben bei den Sarmaten und wie selbstverständlich sie es hingenommen hatte, dass Bedienstete für ihr leibliches Wohl sorgten. Sie tröstete sich damit, dass die Diener der Sarmaten gut behandelt und verpflegt wurden; dennoch fiel es ihr schwer, angesichts der Erlebnisse Vilufars ihre eigene Geschichte zu erzählen.

Dies war eine lange Geschichte, und Vilufar musste sie wie ein Märchen vorkommen, voller Wunder und Geheimnisse aus einer Welt, von der er nicht das Geringste ahnte. Staunen, Unglaube und sogar Fassungslosigkeit wechselten auf seinem Gesicht, als Manja ihm die Geschehnisse der vergangenen Jahre begreiflich zu machen versuchte. Sie offenbarte ihm alles. Nur Sajan erwähnte sie nicht, denn sie fühlte sich außerstande, diesen geheimsten Grund ihrer Verbundenheit mit jener Welt zu offenbaren, die so fremd und erschreckend für ihn war.

»Sie halten mich für eine Enkelin der Königin«, flüsterte Manja im Versuch einer verzweifelten Rechtfertigung. »Was hätte ich tun sollen? Ihnen sagen, dass ich ein Grab ihrer Ahnen geplündert habe?«

Vilufar schüttelte den Kopf, als wolle er damit all das Unglaubliche von sich abtun, das erst nach und nach in sein Bewusstsein drang.

»Nun bist du also eine Königstochter ... Dann verstehe ich auch, warum die Skythen um dein Leben handeln wollen.«

»Handeln?«

»Ich habe meinen Herrn belauscht. Die Skythen wollen dich freilassen, wenn ihre Feinde sich freiwillig zurückziehen, ihnen das Land überlassen und schwören, nie wieder eine Waffe gegen sie zu erheben.«

Entsetzt starrte Manja ihn an – nun begriff auch sie, welchen Zweck die Skythen mit ihrer Gefangennahme verfolgt hatten. Sie hatten die Sarmaten in der Schlacht nicht besiegen können; stattdessen versuchten sie sie nun zu erpressen. Bedeutete diese Neuigkeit einen Hoffnungsschimmer? War es vorstellbar, dass Tamage und die anderen Häuptlinge einen derart hohen Preis für ihr Leben zahlten? Wären sie bereit, einen beträchtlichen Teil der Weidegründe ihres Stammes östlich des Flusses abzutreten? Sie konnte es sich kaum vorstellen, denn in diesem Gebiet lagen auch Myrgines und Emres Grabstätten.

»Sie haben einen Boten geschickt«, fuhr Vilufar fort. »Deine Leute haben sich bis morgen Bedenkzeit ausgebeten.« Er stockte. »Glaubst du ... hältst du es für möglich ...«

»Ich weiß es nicht«, flüsterte Manja. »Ich wage nicht, darüber nachzudenken.«

Beide schwiegen eine Weile verwirrt.

»Was auch immer geschieht«, sagte Vilufar schließlich

mit festerer Stimme, »ich werde nicht zulassen, dass du hierbleibst, aber auch nicht, dass du zu jenen Wilden zurückkehrst, die dich für eine Verwandte halten.«

Er sah Manja von der Seite an, und sie empfand schmerzlich den befremdeten Ausdruck in seinen Augen.

»Wie konntest du nur ... zu einer Oiorpata werden? Reiten und mit dem Bogen schießen und die Axt gebrauchen? Das ist gegen die Natur, Manja. Die Große Mutter, die Herrin allen Lebens, hat es den Frauen bestimmt, Kinder zu gebären und für das Haus des Mannes zu sorgen. Selbst die Skythen, deren Häuser auf Rädern fahren, stimmen darin überein.«

»Bei den Sarmaten darf eine Frau nicht heiraten, bevor sie im Kampf einen Feind getötet hat«, sagte Manja leise.

»Aber du *bist* keine Sarmatin!«, fuhr Vilufar heftig auf. »Diese wilden Bestien sind doch nicht besser als die Skythen! Weißt du noch, was man im Dorf über die Pferdemenschen sagte – dass sie die Brut Verstoßener seien, die in die Steppe hinauszogen und sich mit wilden Tieren paarten?«

Manja nickte schwach – sie erinnerte sich, doch die abergläubischen Vorstellungen der Bauern erfüllten sie inzwischen eher mit Mitleid.

»Du gehörst nicht zu diesen Wilden«, beharrte Vilufar. »Das kann und will ich nicht glauben. Du bist meine kleine ...«

Er hatte seine Hand ihrem Arm genähert, verstummte jedoch und zog sie zurück. Unwillkürlich hatte er sie berühren wollen und im Geist den zarten, schmächtigen Arm des Mädchens von einst gesehen – doch der Mondschein zeigte ihm etwas Fremdes: kraftvolle Schultern, deren Muskeln an das Schleudern von Speeren und das Spannen einer Bogensehne gewöhnt waren, bedeckt von Tierbildern mit gespreizten Krallen und gebleckten Mäulern.

»Sie müssen Zauberkräfte besitzen«, murmelte Vilufar düster. »Vielleicht haben sie dich verhext. Aber ich werde dich retten ... und wenn wir erst einmal fort sind, kannst du wieder werden wie früher.«

»Fort? Wie sollten wir von hier entkommen?«

»Ich denke schon lange darüber nach«, sagte Vilufar. »Ich habe zugehört, als die Skythen sich berieten. Sie sagen, dass es nur wenige Tagesritte bis zur Waldgrenze sind. Wenn wir uns dorthin durchschlagen könnten …«

»Ohne Pferde?«

»Wir müssen uns eben Pferde verschaffen. Ich werde einen Weg finden. Glaub mir: Die Götter wollen, dass es mir gelingt. Warum sonst haben sie dich zu mir zurückgebracht?«

Sie wurden unterbrochen, als der Wagenboden hinter ihnen knarrte. Offenbar schickte Asma sich an, ins Freie zu gehen, um spät in der Nacht noch einmal Wasser zu lassen. Vilufar gab Manja ein Zeichen und huschte wie ein Schatten hinüber zum Zelt der Sklaven. Sie blieb zurück, allein mit sich und ihren Gedanken.

Nein, dachte Manja, es waren nicht die Götter gewesen, die sie zu Vilufar zurückgeführt hatten. Dass sie in Fesseln im Lager der Skythen lag, verdankte sie Byke.

Ein unklarer Verdacht hatte sich schon in jenem Moment in ihr geregt, als sie zum Wagen gegangen war, um ihre Ausrüstung anzulegen: Byke war ihr entgegengekommen, mit einem seltsamen Lächeln auf dem Gesicht. Manja hatte geglaubt, es sei Schadenfreude darüber, dass sie sich der Todesgefahr der Schlacht aussetzte. Doch was ihre Feindin tatsächlich getan hatte, hätte sie nie erraten oder auch nur für möglich gehalten.

Sie erinnerte sich noch genau an den Sturmangriff, als das Reiterheer der Sarmaten in vollem Galopp in die skythischen Linien geprescht war. Der Zusammenprall war schrecklich gewesen: Pferde hatten sich aufgebäumt, ihre Reiter abgeworfen und sich schnaubend überschlagen. Speere und Pfeile waren in alle Richtungen geflogen, und ein tausendstimmiges Geschrei hatte die Luft erfüllt. Manja hatte ihren Speer geschleudert, ohne in dem Getümmel erkennen zu können, ob er traf. Dann hatte sie nach der Streitaxt gegriffen, die in einem Futteral am Sattel hing. Der Schreck traf sie eiskalt: Sie hielt nur den Schaft der Waffe in der Hand; das eiserne

Blatt an der Spitze fehlte. Der hölzerne Stiel war knapp unterhalb des Axtkopfes durchtrennt worden.

In diesem Moment war ein skythischer Reiter auf sie zugesprengt, den Speer zum Wurf erhoben. Sie hatte sich im Sattel niedergeduckt und die Zügel angerissen, woraufhin ihre Stute schnaubend mit den Vorderbeinen in die Höhe gegangen war. Der Speer hatte den Hals des Pferdes getroffen, und es war auf der Stelle zusammengebrochen.

Irgendwie war es Manja gelungen, unversehrt auf dem Boden zu landen. Was dann geschehen war, erschien ihr im Rückblick wie ein wirrer, doch erschreckender Traum.

Sie rappelte sich auf, zog ihr Kurzschwert und stand, nur mit der Klinge und dem abgebrochenen Schaft der Axt bewaffnet, inmitten des Getümmels. Im ersten Moment ergriff sie Panik, dann jedoch ein jäher, unbeherrschbarer Zorn. Mit einem Aufschrei warf sie sich dem nächsten Reiter entgegen, der auf sie zusetzte, führte einen flachen Hieb gegen die Vorderbeine seines Pferdes und brachte ihn zu Fall. Der Mann hatte weniger Glück als sie, überschlug sich und landete auf dem Bauch. Noch bevor er auf die Beine kommen konnte, ließ sie das Schwert auf seine Schultern niederfahren und spaltete ihm den Nacken. Schon stürmte ein weiterer Skythe auf sie zu, doch mit einer anmutigen Drehung wich sie ihm aus und benutzte den Schwung, um das Schwert herumzuwirbeln und ihn von hinten am Oberschenkel zu treffen. Der Mann schrie auf, sank seitlich aus dem Sattel und griff nach dem verletzten Bein, nur um mit ihrem nächsten Hieb mehrere Finger seiner ausgestreckten Hand zu verlieren. Den dritten Gegner, der vom Pferd gesprungen war und mit einem schweren Streitkolben auf sie eindrang, deckte Manja mit einem Hagel von Schwerthieben ein, während sie seine Attacken mit dem Griff ihrer Streitaxt parierte. Ihre Wut war unbeschreiblich, und sie spürte kaum, wie ihre Arme sich bewegten – fast war es eine Überraschung, als ihre Klinge plötzlich die Deckung des Mannes durchdrang, seine linke Halsseite aufschlitzte und ihn in einem Regen von Blut zurückschleuderte.

Weitere Gegner stürmten auf sie zu, und für einige Zeit

setzte ihre bewusste Erinnerung aus, als hätte ein Rausch von ihr Besitz ergriffen. Irgendwann nahm sie wahr, dass eine ganze Gruppe von Feinden sich um sie gesammelt hatte und ihr jemand von hinten ein Netz über den Kopf warf. Benommen sah sie sechs oder sieben leblose Körper zu ihren Füßen und hätte nicht sagen können, wie viele von ihnen sie eigenhändig getötet hatte. Als die Skythen sie umringten und zahllose harte Hände sie packten, fiel die blinde Wut von ihr ab, und sie begriff, dass sie gefangen war. Erst später wurde ihr klar, dass sie wie eine Löwin gekämpft hatte und die Skythen es nicht mehr wagten, sich ihr zum Zweikampf zu nähern. Stattdessen hatten sie beschlossen, ihre Gegnerin lebendig zu überwältigen.

Zu diesem Zeitpunkt der Schlacht hatten sich die Sarmaten bereits zurückgezogen. Sie waren an den Linien der Skythen gescheitert, galoppierten nun in großem Bogen zurück und formierten sich für einen erneuten Ansturm. Für Manja jedoch kam dieser zweite Schlag zu spät. Sie wurde von mehreren Männern wie ein gefangenes Tier hinter die skythischen Linien geschleift, mit einigen harten Stockschlägen betäubt und zunächst einfach liegen gelassen. Als sie das Bewusstsein wiedererlangte, schleifte das Pferd des skythischen Anführers sie durch die Furt des Schwarzen Flusses – das eiskalte Wasser hatte sie geweckt, und für Momente war sie dem Ertrinken nahe gewesen, mit Händen und Füßen verstrickt in das Netz und hilflos um sich schlagend.

Und nun war sie hier, im Lager ihrer Feinde. Sie hatte etliche kleinere Fleischwunden, gestauchte Glieder und mindestens eine gebrochene Rippe, doch sie lebte. Offenbar hatten die Götter beschlossen, sie nicht in der Schlacht sterben zu lassen. Manja zweifelte nicht daran, dass es Byke gewesen war, die den Kopf der Streitaxt entfernt hatte – eine schlaue List, denn solange die Waffe in ihrem Futteral steckte und nur das Griffende herausragte, war der Trug kaum zu entdecken. Der Schaft war aus hartem Buchenholz gefertigt und mit Metallbändern beschlagen; es war undenkbar, dass er durch einen Unfall zerbrochen war. Vermutlich hatte Byke eine zweite Streitaxt benutzt, um ihn zu durchtrennen.

Auf den ersten Blick mochte der Anschlag gescheitert sein, denn Manja lebte. Im Grunde jedoch, dachte sie, bekam Byke dennoch ihren Willen: Manja war von den Sarmaten getrennt und in der Gewalt ihrer Feinde. Aus eigener Kraft konnte sie sich nicht befreien, und an Vilufars vagen Plänen zweifelte sie. Selbst wenn es ihm gelänge, ein Pferd zu stehlen – wie sollten sie ungesehen aus dem Lager entkommen, dessen Ausdehnung sie nicht einmal kannten?

Die einzige Hoffnung bestand folglich darin, dass die Sarmaten auf den Handel eingingen, den ihre Feinde ihnen vorschlugen. Doch der Preis für ihr Leben war aberwitzig, und Manja konnte sich kaum vorstellen, dass Zartir oder Amazuk freiwillig jene Gebiete abtraten, für deren Verteidigung sie in der Schlacht Tausende von Reitern geopfert hatten. Tamage hatte sich Bedenkzeit ausgebeten – was mochte dies bedeuten? Hatte sie einen Plan? Erwog sie womöglich gar einen Angriff auf das skythische Lager, um Manja zu befreien?

Ihre Gedanken wurden unterbrochen, denn soeben knarrte das Trittbrett des Wagens und zeigte an, dass Asma seine Notdurft verrichtet hatte und wieder im Innern verschwand. Eine Zeit lang wartete Manja, ob Vilufar vielleicht zurückkehrte, doch drüben beim Zelt der Sklaven regte sich nichts.

Stattdessen nahm sie eine Bewegung aus der Richtung des Flussufers wahr. Sie versuchte den Kopf zu drehen, so weit die Fesseln es ihr erlaubten, sah jedoch nur einen niedrigen Schatten über den Boden huschen und in der Dunkelheit auf der anderen Seite des Wagens verschwinden. Ein Tier? Doch welches wilde Geschöpf hätte es gewagt, mitten in ein von Menschen bewohntes Lager einzudringen? Vielleicht war es einer der Hirtenhunde, die die Herden der Skythen bewachten.

Manja wollte sich bereits wieder abwenden, als sie zwei gelbliche Augen im Schatten unterhalb des Wagens aufleuchten sah.

»Varge?«, flüsterte sie ungläubig.

Die Augen bewegten sich. Zwei grau gescheckte Vorderläufe wurden sichtbar, und dann kroch die Wölfin zur Gänze unter dem Wagen hervor, wobei sie den Kopf mit gespitzten Ohren in alle Richtungen streckte.

»Varge!«

Manja traute kaum ihren Augen. Sie hatte die Wölfin seit der Schlacht nicht mehr gesehen und zwischen Furcht und Hoffnung geschwankt, sie sei unter den Hufen der Pferde zu Tode getreten worden oder zum Lager der Sarmaten zurückgekehrt. Stattdessen war sie ihr gefolgt, wahrscheinlich unter größten Gefahren, und hatte nach ihr gesucht.

»Du solltest nicht hier sein«, flüsterte Manja. »Bring dich nicht meinetwegen in Gefahr.«

Die Wölfin näherte sich, beschnüffelte die Pflöcke, an denen Manjas Fesseln befestigt waren, und setzte sich erwartungsvoll neben ihre Füße.

»Ach, Varge ... du kannst mir nicht helfen«, murmelte Manja, gerührt über die Treue des Tiers.

Die Wölfin blickte sie einen Moment lang aufmerksam an, dann ließ sie sich nieder, zog die Vorderläufe unter den Körper und legte die Schnauze auf Manjas Oberschenkel.

Manja fühlte Tränen in sich aufsteigen. Wie gern hätte sie der Wölfin den Kopf gestreichelt, doch ihre Hände waren gefesselt, und so musste sie sich damit begnügen, ihr zuzureden.

»Meine liebste Freundin ... Du musst nicht bei mir bleiben, nur weil ich dir einmal das Leben gerettet habe. Lauf zurück! Geh zu Gwendike ... und zu Sajan.«

Die Wölfin hob den Kopf und spitzte die Ohren.

»Zu Sajan – hast du verstanden?«

Ein irrwitziger Hoffnungsschimmer flammte in Manjas Geist auf.

»Kannst du ihm sagen, wo ich bin?«, flüsterte sie.

Die Wölfin zuckte abermals mit den Ohren. Dann wandte sie sich um und trabte eilig zum Fluss zurück.

SAJANS ENTSCHEIDUNG

Sajan saß am Rand einer Böschung, auf der ein kleines Zelt stand, und blickte unruhig in die Steppe hinaus. Es war fast Mittag, und die Sonne stand hoch über dem Horizont. Einen ganzen Tag und eine Nacht lang harrte er schon auf diesem Wachposten aus, weitab vom Lager, das die Sarmaten in einer geschützten Senke aufgeschlagen hatten. Eigentlich hätte seine Sorge den Skythen gelten sollen, die womöglich erneut auftauchten, um ihre Feinde zu überraschen. Doch seine Gedanken weilten anderswo, und er konnte sie mit niemandem teilen.

Erst als ein Pferd sich vom Lager her näherte, sah er auf und erhob sich. Tamage, in vollem Galopp und mit wehendem rotem Haar, hielt geradewegs auf ihn zu, brachte ihre Stute mit einem scharfen Ruck zum Stehen und sprang aus dem Sattel. Schon als sie auf ihn zukam, las er in ihrem Gesicht die Antwort auf jene Frage, die ihn seit Stunden quälte.

»Wir können nichts tun«, sagte sie.

Sajan nickte stumm, wandte sich ab und ließ sich wieder an der Böschung nieder. Zu seinem Erstaunen trat Tamage neben ihn, setzte sich gleichfalls und folgte seinem Blick nach Westen.

»Der Bote ist schon wieder fort. Zartir hat ihm unsere Entscheidung mitgeteilt, nachdem wir ein letztes Mal beraten haben.«

»Hätte ich doch nur dabei sein können«, murmelte Sajan düster. »Hat Byke ihre Geschichte noch einmal wiederholt?«

»Oh ja, in allen Einzelheiten.« Tamages Gesicht wurde hart. »Sie schien es geradezu zu genießen – dabei weiß ich genau, dass es ihr weder um die Wahrheit noch um die Ehre meiner Familie geht; schließlich missgönnt sie mir bis heute den Königstitel. Aber ihre Beweise waren unanfechtbar. Sie bot Husman, den Schmied der Iyrker, als Zeugen auf.«

Sajan regte sich unbehaglich. »Und was haben die Edlen dazu gesagt?«

»Was zu erwarten war«, erwiderte Tamage. »Über das

Leben einer Betrügerin, die sich in unseren Stamm eingeschlichen habe, sei nicht zu verhandeln.«

»Aber das bedeutet ihren Tod!«, fuhr Sajan auf. »Hast du nicht vorgeschlagen ...«

»Ich habe es versucht«, beteuerte Tamage. »Ich habe mir alle Mühe gegeben, die Edlen zu einem Angriff auf das skythische Lager zu bewegen, aber es war aussichtslos. Amazuk sagte, er würde das Leben keines einzigen seiner Männer für ein Mädchen riskieren, das aus einem Bauerndorf stamme und nicht mehr wert sei als eine Sklavin. Lagrimane schloss sich ihm an, und Zartir sagte sogar, es geschehe ihr recht, wenn die Skythen sie auf eine Lanze spießen.«

Ein Schauder schüttelte Sajan.

»Aber du bist die Königin!«, begehrte er auf. »Konntest du nicht ...«

»Was sollte ich denn tun?« Tamage seufzte tief. »Es war schwer genug, die Stämme zum Krieg gegen die Skythen zu einen, aber in dieser Angelegenheit *musste* ich nachgeben; andernfalls hätte ich ihre Treue aufs Spiel gesetzt. Niemand würde mir folgen, wenn ich einen Angriff befehlen würde. Wir haben rund zweitausend Reiter in der Schlacht verloren, und unsere Krieger sind müde und erschöpft ...«

»Ich würde gehen«, sagte Sajan entschlossen.

»Sajan!« Tamage ergriff seinen Arm – eine seltene Geste der Vertrautheit. Selbst ihre Stimme klang sanfter als gewöhnlich. »Wir wissen nicht einmal, wo sie ist. Mehrere skythische Stämme haben sich versammelt, und das ganze Land am Schwarzen Fluss ist von ihnen besetzt. Manjane könnte irgendwo in einem von zehntausend Zelten gefangen liegen. Wie willst du sie finden?«

Er biss sich auf die Lippen. Offenbar sah er widerstrebend ein, dass sie recht hatte.

»Auch mir bricht es das Herz, dass sie sterben wird«, fuhr Tamage fort. »Ich weiß nicht, wer sie von Geburt war, aber ich habe erlebt, was aus ihr wurde – eine furchtlose Kriegerin, auf die jede Mutter stolz wäre. Ich gestehe es offen: Mir war seit Langem klar, dass Gwendike nicht meine Nachfolge antreten kann ... Aber der Gedanke, dass Manjane es könnte, war mir ein Trost.« Sie seufzte tief. »Am liebsten hätte ich nie erfahren, wer sie wirklich ist. Ich wäre glücklich gewesen, auch weiterhin die Tochter meiner Schwester in ihr sehen zu dürfen.«

Eine Zeit lang schwiegen beide.

Schließlich richtete Sajan sich auf, und sein Gesichtsausdruck wurde hart.

»Ich werde nicht tatenlos zusehen«, erklärte er. »Es ist mir gleichgültig, woher sie stammt, und es würde mich auch nicht kümmern, wenn ich wüsste, dass sie den Wolfsring gestohlen hätte. Jedenfalls werde ich nicht …«

Er machte Anstalten, sich zu erheben, doch Tamage hielt ihn zurück.

»Sajan«, sagte sie eindringlich, »tu nichts Unüberlegtes! Du bist mein Bruder und der beste Krieger unseres Stammes, und dich will ich nicht auch noch verlieren. Was hast du denn vor?«

»Ich weiß es noch nicht«, sagte er, stand auf und ging zu seinem Pferd hinüber, das neben dem Zelt angebunden war.

»Sajan!«

Doch er hatte sich bereits auf seinen Hengst geschwungen und galoppierte zum Lager hinüber. Besorgt sah Tamage ihm nach. Sie hätte ihm folgen und versuchen können, ihn aufzuhalten, doch irgendeine Eingebung hielt sie davon ab. Stattdessen wandte sie sich um und blickte nach Westen.

»Es tut mir leid, Manjane«, sagte sie leise, als wären ihre Worte in der Lage, dem Ostwind bis hinab zum fernen Fluss zu folgen. »Mögen die Götter dir beistehen.«

Sajan hatte kein bewusstes Ziel, dennoch trieb er sein Pferd zu äußerster Eile. Als er das Lager erreichte, strebte der rotbraune Hengst wie von selbst auf die Wagen der Königsfamilie zu.

»Sajan!«

Gwendike stand vor dem Wagen, den sie gemeinsam mit Manja bewohnt hatte, und winkte ihm zu. Als er näher trabte, sah er, dass ihr Gesicht ganz verweint und ihre Augen rot gerändert waren. Er hatte sich kaum aus dem Sattel geschwungen, als Gwendike auf ihn zustürzte und sich ihm in die Arme warf.

»Ich war bei der Beratung«, schluchzte sie an seiner Brust. »Es ist hoffnungslos. Die Skythen werden sie töten …«

Hilflos strich er ihr über das zerzauste Haar, unfähig, ein tröstendes Wort anzubringen.

»Ich hätte sprechen sollen«, weinte Gwendike. »Ich hätte den Edlen sagen sollen, dass sie trotzdem meine Cousine ist – wenn nicht im Blut, dann doch im Herzen.«

»Das hätte auch nichts genutzt«, versuchte er sie zu beruhigen. »Mach dir keine Vorwürfe!«

»Kannst du nicht irgendetwas tun?« Sie sah zu ihm auf, das Gesicht tränenverschmiert, und die verzweifelte Hoffnung in ihren Augen schmerzte ihn.

Als er keine Antwort hervorbrachte, wandte Gwendike sich ab, strich wie ein Kind mit dem Ärmel über ihr Gesicht und bemühte sich um Fassung.

»Nein«, flüsterte sie. »Wie solltest du auch … wenn selbst meine Mutter die Edlen nicht umstimmen konnte. Sie haben Manjane eine Lügnerin und Betrügerin genannt …« Sie schniefte zornig. »Soll ich dir sagen, wer in Wahrheit die Betrügerin ist? Byke! Ich weiß nicht, warum sie Manjane so sehr hasst; aber jedenfalls hat sie genau im richtigen Moment zugeschlagen, um eine Einigung mit den Skythen zu verhindern. Selbst wenn alles wahr ist, was Byke sagt – warum hat sie mit dieser Enthüllung gewartet, bis wir erfuhren, dass die Skythen Manjane gefangen halten?«

Haltlos sank Gwendike auf die Knie und ließ den Kopf hängen. Ein Schatten glitt unter dem Wagen hervor und huschte an ihre Seite. Die Wölfin setzte sich neben sie und legte ihr tröstend eine Pfote auf den Arm. Abwesend kraulte Gwendike ihr das Nackenfell.

»Die Wölfin …« Sajan erstarrte, den Blick auf das Tier gerichtet. »Ich wusste gar nicht, dass sie zurückgekommen ist.«

»Sie ist seit heute Morgen wieder da«, sagte Gwendike. »Nach der Schlacht war sie verschwunden, genau wie Manjane – aber als ich von der Versammlung zurückkam, lag sie plötzlich wieder unter dem Wagen.«

Sajan ging in die Knie und streckte eine Hand aus. Die Wölfin kam auf ihn zu und beschnüffelte seine Finger.

»Vielleicht kannst du mir helfen«, murmelte Sajan, in dem ein verwegener Plan reifte.

Die Wölfin setzte sich auf die Hinterbeine und sah aufmerksam zu ihm hoch.

»Du weißt, wo Manjane ist, nicht wahr?«

Sie spitzte die Ohren.

»Manjane.«

Das Tier sprang auf, lief einige Schritte vom Wagen fort, drehte sich nach ihm um und tänzelte unruhig auf der Stelle.

Sajan tauschte einen Blick mit Gwendike, die ihn mit einer Mischung aus Hoffnung und Furcht ansah.

»Wenn Tamage nach mir fragt«, sagte Sajan, erhob sich und griff nach dem Zügel seines Pferdes, »sag ihr, dass ich der Wölfin folge.«

Gwendike, erneut den Tränen nahe, schluckte hart.

»Sei vorsichtig«, flüsterte sie.

DIE FLUCHT

Vilufar war entschlossen, Manja zu befreien und die Flucht zu wagen. Er glaubte nicht daran, dass die wilden Menschen, bei denen sie gelebt hatte, ihr zuliebe mit den Skythen verhandeln würden – und selbst wenn sie es taten, wollte er um keinen Preis dulden, dass Manja zu ihnen zurückkehrte.

Wohlüberlegt nutzte er den Tag, um alle Vorbereitungen zu treffen, die er unauffällig mit seinen Diensten für den Häuptling verbinden konnte. Mehrmals ging er zum Fluss hinab, um Wasser zu schöpfen – was nicht ungewöhnlich war, denn wenn Asma ihn nicht brauchte, half er gewöhnlich den Köchen, indem er ihnen bei der Zubereitung der Speisen zur Hand ging und die Kochkessel auffüllte. Diesmal dehnte er seinen Weg ein wenig weiter aus und fand schließlich einen Wagen, an dessen Eingang ein Bogenköcher aufgehängt war. Vilufar kannte die Sitten der Skythen und wusste, dass der Besitzer des Wagens gerade mit einer seiner Frauen schlief: Der sichtbar aufgehängte Köcher war ein Zeichen dafür, dass er nicht gestört zu werden wünschte.

Vilufar wartete einen unbeobachteten Augenblick ab, trat mit einer ihn selbst überraschenden Kaltblütigkeit zum Eingang des Wagens, hob den Filzdeckel des Köchers und zog einen Pfeil heraus. Es war ein Kriegspfeil mit einer dreiflügeligen Eisenspitze und rot bemaltem Schaft – einer von mindestens zwanzig, die in dem Futteral steckten. Der Besitzer würde den Verlust wahrscheinlich nicht einmal bemerken. Rasch verbarg Vilufar den Pfeil unter seinem Kittel und setzte seinen Weg zum Flussufer fort.

Dort angekommen, kniete er nieder, um den Wasserkrug zu füllen, holte unauffällig den Pfeil hervor und drückte das Knie gegen den Schaft, bis er brach. Das Holzstück ließ er ins Wasser gleiten; die eiserne Spitze behielt er in der Hand. Sie war allseitig scharf geschliffen und würde ausreichen, um die Stricke zu durchtrennen, mit denen Manja gefesselt war.

Der gefahrvollste Teil in Vilufars Plan war der Weg von Asmas Wagen zur Pferdeweide. Er wusste nicht genau, wo die Weide lag, denn seine Pflichten erlaubten ihm keine allzu weiten Ausflüge, doch hatte er mehrfach beobachtet, dass die Pferdeknechte die Tiere flussaufwärts nach Norden führten. Wenn er Manja befreite, müssten sie einen guten Teil des Lagers durchqueren, um dorthin zu gelangen. Doch auch dafür hatte er vorgesorgt. Es war nicht schwer, eine Verkleidung zu beschaffen, denn Vilufar teilte das Zelt auch mit den Schneiderinnen, die sich um die Kleidung der Häuptlingsfamilie kümmerten. Zurzeit befanden sich mehrere Leibröcke in ihren Händen, die in der Schlacht zerrissen oder verschmutzt worden waren, außerdem ein Kleid, das einer von Asmas Frauen gehörte und aufgrund ihres Wachstums – das Mädchen war erst fünfzehn – geändert werden sollte.

Nachdem Vilufar zum Zelt der Sklaven zurückgekehrt war und die Pfeilspitze unauffällig unter seiner Schlafmatte versteckt hatte, wollte er zunächst Manja das Essen bringen, wobei er auf eine günstige Gelegenheit hoffte, um sie vom Fortschritt seiner Vorbereitungen zu unterrichten. Doch dazu kam es nicht. Als er mit Krug und Schüssel das Zelt verließ und sich Asmas Wagen näherte, kam ihm der Häuptling selbst entgegen, begleitet von seinen Söhnen.

Vilufar erstarrte – doch die Männer gingen achtlos an ihm vorbei und umrundeten den Wagen bis zu der Stelle, an der Manja in ihren Fesseln hing. Asma blieb vor der Gefangenen stehen, sah mit einem seltsamen Lächeln auf sie hinab und zog sein Schwert. Vilufar erschrak so heftig, dass ihm der Milchkrug aus den Händen glitt und ins Gras fiel. Doch Asma schob die Schwertspitze lediglich unter Manjas Kinn und zwang sie, zu ihm aufzublicken.

»Hör zu, du Wildkatze«, sagte er langsam und fast genüsslich. »Ich habe dir etwas zu sagen.«

Vilufar hob seinen Krug auf, schlich in den Schatten an der Hinterwand des Wagens und lauschte.

»Wir haben deinen Leuten angeboten, dich laufen zu lassen, wenn sie tun, was wir wollen«, fuhr Asma fort. »Und weißt du, was sie uns geantwortet haben?«

Manja blickte stumm zu ihm auf.

»Sie sagen, du bist eine Betrügerin.« Asma grinste boshaft. »Sie sagen, dass du gar nicht zu ihrem Stamm gehörst und dass es ihnen gleichgültig ist, was mit dir geschieht.«

Mit klopfendem Herzen lauschte Vilufar.

»Morgen früh verschaffe ich dir einen luftigeren Sitzplatz – zehn Fuß hoch am oberen Ende einer Lanze.«

Die Männer lachten. Vilufar, der lediglich Asmas Beine auf der anderen Seite des Wagens im Blickfeld hatte, konnte sehen, dass der Häuptling sich hinabbeugte, um Manjas Haar zu befühlen.

»Schönes dichtes Haar«, sagte er. »Das gibt einen hübschen Schmuck für den Brustriemen meines Pferdes.«

»Vielleicht solltest du den Skalp sofort nehmen«, wandte sich Sparatai an seinen Vater. »Im Todeskampf fallen die Haare aus, und er wird dann nicht mehr so schön glänzen.«

Asma richtete sich auf und schien zu überlegen.

»Nein«, sagte er schließlich, »am Ende verblutet sie noch während der Nacht. Warten wir bis morgen.«

Unvermittelt wandte er sich zum Gehen. Vilufar war zu

entsetzt, um rasch zu verschwinden, und so stießen die Männer fast mit ihm zusammen, als sie um die Seitenwand des Wagens bogen. Doch Asma schien nicht erstaunt, seinen Mundschenk zu sehen. Stattdessen blieb er stehen und sprach ihn an.

»Aru, bring der Gefangenen etwas Gutes zu essen. Ich will, dass sie noch Kraft hat, wenn es so weit ist.«

Damit ging er zum Eingang des Wagens und stieg hinauf. Seine Söhne folgten ihm, während Vilufar mit gesenktem Blick stehen blieb, bis sie verschwunden waren.

Manja nahm es kaum zur Kenntnis, als Vilufar bei ihr niederkniete und Krug und Schüssel ins Gras stellte. Wie stets half er ihr beim Trinken, und sie schluckte abwesend, ohne ihn anzusehen.

»Heute Nacht werden wir fliehen«, raunte Vilufar. »Ich habe alles vorbereitet.«

Manjas Blick wirkte leer.

»Byke«, flüsterte sie.

Vilufar sah sie verständnislos an.

»Es war Byke ... eine Frau, die mir übelwollte. Sie muss ihnen von meiner Herkunft erzählt haben.«

»Ich sagte dir doch: Setz kein Vertrauen in diese Wilden!«, zischte Vilufar. »Sie sind nicht besser als die Skythen.«

Manja schüttelte den Kopf. »Du verstehst nicht ...«

»Doch, ich verstehe sehr gut«, beharrte Vilufar. »Und du gehst auf keinen Fall zu ihnen zurück. Du kommst mit mir. Sobald es dunkel ist, zerschneide ich deine Fesseln, und wir schleichen zur Pferdeweide. Aber ich muss warten, bis alle schlafen, auch die Sklaven. Ich erkläre es dir später.«

Manja hob den Blick. Ihr Ausdruck war unergründlich.

»Wirst du mit mir kommen?«, fragte er drängend.

Sie nickte schwach.

Dies genügte Vilufar. Er griff nach der Schale mit Hammelfleisch und fütterte sie schweigend, bis sie den Kopf zur Seite drehte und ihm bedeutete, dass es genug sei. Dann wandte er sich zum Gehen, denn es war noch immer heller Tag, und das Lager war belebt – es hätte verdächtig ausgesehen, wenn er nach Erfüllung seiner Aufgabe bei ihr geblieben wäre.

»Heute Nacht!«, flüsterte er zum Abschied.

Kein Abend war Vilufar jemals so lang erschienen wie dieser. Nachdem er seinem Herrn das Essen gebracht hatte, gab es für ihn nichts mehr zu tun, und so saß er auf seinem Lager im Zelt der Sklaven und wartete ungeduldig darauf, dass seine Leidensgenossen ihr Tagwerk beendeten und sich zum Schlafen niederlegten.

Sein Blick glitt in die Runde. Es schmerzte ihn, dass diese Menschen in der Gewalt der Skythen zurückbleiben mussten. Wäre es nur möglich gewesen, dann hätte er sie alle befreit. Da waren die sechs Milchsklaven, von denen zwei wie Manja aus seinem Heimatdorf stammten. Seit ihrer Blendung waren sie stumm und teilnahmslos; sie hatten sich in ihr Schicksal ergeben. Tagsüber rührten sie die Milch, am Abend wurden sie von den Köchen gefüttert, und nun lagen alle sechs eng aneinandergedrängt auf ihrem Lager aus schmutzigen Schaffellen. Ob sie wach waren oder schliefen, war angesichts ihrer zerstörten Augen schwer zu sagen. Vilufar betrachtete sie alle, einen nach dem anderen, und sein Herz zog sich schmerzhaft zusammen. Erneut sagte er sich, dass er nichts für sie tun konnte. Es war unmöglich, sechs blinde Menschen quer durch das Lager zur Weide zu führen und auf Pferde zu setzen.

Sein Blick wanderte weiter durch das Zelt – da waren die Köche, drei Jungen und zwei Mädchen, die bereits schliefen. Sie waren Kriegsgefangene aus anderen Gegenden und sprachen eine Sprache, die Vilufar nicht kannte. In der Regel verständigten sie sich durch Gesten. Dann gab es noch die Schneiderinnen, allesamt Frauen von unterschiedlicher Herkunft und unterschiedlichem Alter. Einige dienten, wie Vilufar wusste, schon ein Leben lang bei den Skythen. Aus dem Augenwinkel beobachtete er Druwa und Ishne, die als Einzige noch wach waren und ihrer Arbeit nachgingen. Sie änderten das Kleid, das Asmas junger Lieblingsfrau gehörte. Dieses Kleid spielte in Vilufars Plan eine wichtige Rolle, und er wartete ungeduldig darauf, dass sie es endlich weglegten und sich zum Schlafen niederließen.

Druwa war eine ältere Frau von dunkler Gesichtsfarbe mit schlecht verwachsener Lippenspalte. Sie war redselig und pflegte bei der Arbeit Geschichten zu erzählen – so auch heute. Die Einzige, die ihrem leisen Gemurmel lauschte, war Ishne, ein junges Mädchen, das selten von Druwas Seite wich und auch jetzt an ihren Lippen hing.

»Die Frau mit dem schwarzen Haar wird sterben«, sagte Druwa soeben, während sie mit geübten Bewegungen die Knochennadel in den Saum des Kleides stieß, um eine Schmuckborte anzunähen. »Unser Herr hat es beschlossen.«

Vilufar lauschte aufmerksam. Druwa war die Einzige, die Asma »unser Herr« nannte. Sie war eine hervorragende Schneiderin, diente seit Jahrzehnten bei den Skythen und war bereits mehrfach von einem Besitzer an den nächsten weitergereicht worden. Im Gegenzug hatte sie ihren Dienstherren gegenüber eine echte Ergebenheit entwickelt – ein Grund, warum Vilufar sie um keinen Preis in seine Pläne eingeweiht hätte.

»Den Göttern sei es geklagt«, seufzte Druwa. »Dabei sieht sie genauso aus wie das Rabenmädchen.«

Ishne, die einen Ärmel des Kleides im Schoß hielt und eine Naht auftrennte, sah sie mit großen Augen an.

»Das Rabenmädchen?«

Auch Vilufar horchte auf. Jeder Skythe und selbst die Diener und Knechte kannten diese Sage. Dass Druwa sie allerdings mit Manja in Verbindung brachte, war verblüffend.

»Ich selbst war dabei«, erzählte Druwa, die nicht von ihrer Arbeit aufblickte, aber die gespannte Aufmerksamkeit ihrer Freundin sichtlich genoss, »vor vielen Jahren, als ich Bartatur diente, dem berühmten Häuptling.«

»Du hast Bartatur gedient?«, fragte Ishne ehrfürchtig.

»Oh ja, und ich erinnere mich genau. Sie nannten ihn den Eisernen, denn er war ebenso kühn wie unbarmherzig im Kampf«, fuhr Druwa fort. »Und er war der einzige Häuptling, der niemals geheiratet hat. Keine Frau vermochte sein Herz zu rühren, und kein weibliches Wesen durfte sein Zelt betreten, nicht einmal eine Dienerin. Eines Tages brannte er ein Dorf am Rand der nördlichen Wälder nieder und wollte alle Einwohner töten. Doch dann kam das Rabenmädchen zu ihm – wir nannten sie so, weil sie wunderschönes schwarzes Lockenhaar hatte, so wie die Gefangene, die morgen sterben wird. Sie ging zu ihm und bat um das Leben ihrer Verwandten. Bartatur ließ sie in unserem Lager übernachten, und ich selbst gab ihr zu essen und zu trinken.«

»Stimmt es, dass sie Bartatur verzauberte?«, flüsterte Ishne.

»Das wissen nur die Götter«, erwiderte Druwa geheimnisvoll. »Jedenfalls kam sie immer wieder und blieb lange, lange Zeit in seinem Zelt, auch in der Nacht. Wir glaubten, er nähme sie zur Frau – doch es heißt, seine Liebe zu ihr sei so groß gewesen, dass er sie nicht zwingen wollte, ihr Volk zu verlassen und mit ihm zu gehen. Am Ende ritt er fort, und sie blieb zurück. Es ist wahr: Seit jenem Tag war Bartatur verwandelt. Er verließ seinen Wagen nicht mehr, und nachdem wir einige Wochen ziellos durch das Land gezogen waren, berichteten seine Hauptleute eines Tages, der Wagen sei leer, und er sei verschwunden. Es heißt, er sei bei Nacht allein davongeritten – weit nach Westen, um niemals zurückzukehren; vielleicht bis zum Ende der Welt, wo die Sonne in den äußersten Meeren versinkt. Niemand hat ihn je wiedergesehen.«

Ishne lauschte ergriffen.

»So kam es, dass sein Heer herrenlos zurückblieb und dass ich und seine anderen Diener in die Obhut unseres heutigen Herrn gegeben wurden.« Sie ließ die Nadel sinken und blickte wie in weite Ferne. Ihre Stimme klang plötzlich sehr müde. »Zwanzig Jahre ist das nun her.«

Ishne kuschelte sich an ihre Seite, und Druwa legte ihr abwesend eine Hand auf den Kopf. Das Kleid rutschte langsam von ihren Knien und blieb am Boden liegen.

Vilufar wartete, bis der gleichmäßige Atem der beiden Frauen anzeigte, dass sie eingeschlafen waren. Nun war es an der Zeit. Langsam erhob er sich, zog die Pfeilspitze unter der Schlafmatte hervor und steckte sie in den Gürtel. Dann tastete er sich quer durch den Raum zu Druwa hinüber, was nicht einfach war, da der gesamte Boden von kreuz und quer hingelagerten Menschen bedeckt war. Umsichtig setzte er Fuß um Fuß, bemüht, kein Geräusch zu verursachen. Schließlich stand er vor Druwa und Ishne, ging in die Knie und hob das Kleid auf. Außerdem griff er nach einem der Leibröcke, die auf einem kleinen Stapel auszubessernder Stücke lagen.

Dann tastete er sich zurück. Einmal trat er ungeschickt auf und erstarrte, als einer der Schläfer am Boden die Augen öffnete – doch es waren leere Augen, die einem der blinden Milchsklaven gehörten. Er mochte Vilufars Schritte wahrnehmen, doch konnte er nicht sehen, mit welcher verdächtigen Beute sich der Mundschenk des Häuptlings davonmachte. Vilufar verharrte reglos, bis der Junge die Augen wieder schloss, dann setzte er seinen Weg fort, erreichte den Ausgang des Zeltes und schob die Filzmatte vor der Öffnung beiseite.

Das Lager der Skythen lag still unter dem Mond. Die Planen der Zelte und Wohnwagen bauschten sich leicht im Wind, und irgendwo in der Ferne bellte ein Hirtenhund. Ansonsten war kein Geräusch zu hören.

Vilufar umrundete das Zelt, zog seinen schlichten Filzkittel aus und streifte den Leibrock über, der vermutlich einem der jüngeren Söhne Asmas gehörte. Er war ihm etwas zu groß, doch dies fiel nicht mehr auf, sobald er seinen Gürtel darum geschnürt hatte. Das Einzige, was ihn noch von einem Skythen unterschied, war die Tatsache, dass er keine Hose trug – ein Umstand, der in der Dunkelheit kaum von Belang war, da die Rockschöße bis zu seinen Knien hinabreichten.

Rasch überbrückte Vilufar das kurze Stück offenen Geländes bis zu Asmas Wagen, duckte sich in den Schatten unter der Ladefläche und kroch zur anderen Seite hinüber, wo Manja in ihren Fesseln hing.

»Ich bin es«, flüsterte er, als sie den Kopf zur Seite wandte und in die Dunkelheit blinzelte. »Halt still! Ich schneide dich jetzt los.«

Er zog die Pfeilspitze hervor, packte einen der Stricke und versuchte ihn mit der scharfen Klinge zu durchtrennen. Es war schwieriger als vermutet, und er musste sich lange mühen und viel Kraft aufwenden, um Faser für Faser des zähen Hanfseils zu durchtrennen. Einmal rutschte er ab und brachte sich selbst eine blutende Wunde an der Hand bei, doch biss er die Zähne zusammen und gab nicht auf. Endlich zerriss der Strick, der um Manjas linkes Handgelenk gebunden war, und er brauchte noch einmal so lange für den rechten.

»Kannst du aufstehen?«, fragte er leise.

Manja, die seit Tagen mit abgewinkelten Armen am Boden gekauert hatte, versuchte sich auf den Ellbogen hochzustützen, doch ihre Muskeln waren verspannt und ihre abgeschnürten Hände taub. Ungeschickt versuchte Vilufar ihr zu helfen, und es dauerte eine Weile, bis sie endlich auf den Füßen stand.

»Zieh dies an!«

Er hob das Kleid auf und entfaltete es.

Manja brachte ein schwaches Lächeln zustande.

»Du hast wirklich an alles gedacht«, flüsterte sie und versuchte ihr ledernes Hemd und die Reithose abzulegen. Dies erwies sich als nahezu unmöglich, da ihre Finger ihr nicht gehorchten, und Vilufar sah sich abermals genötigt, ihr zu helfen. Dabei spürte er, dass seine Hände fast ebenso zitterten wie ihre. Es war das erste Mal, dass er den Körper einer erwachsenen Frau berührte, und er empfand eine seltsame Scheu. Am Ende stand sie nackt vor ihm, und er wagte sie kaum anzusehen und dankte den Göttern, dass es dunkel war.

»Ich muss mich reinigen«, flüsterte sie beschämt und sah an sich herab. Vilufar verstand, trennte mit der Pfeilspitze einen Stofffetzen von einem der Hosenbeine ab und reichte ihn ihr. Dann blickte er zur Seite, während sie sich fahrig über Scham und Schenkel wischte.

Schließlich half er ihr in die Ärmel des skythischen Frauenkleides, das sich als reichlich eng herausstellte, und atmete mit einer Mischung aus Verstörtheit und Erregung den fremdartigen Geruch ihres Körpers. Schattenhaft nahm er die Bilder wahr, die in ihre Haut eingeritzt waren: ein Adler mit ausgebreiteten Schwingen unterhalb ihrer Brüste, eine Kette springender Steinböcke auf ihrem Bauch, eine Raubkatze, die sich um ihren Oberschenkel wand.

»Ich brauche einen Gürtel«, wisperte sie, während sie versuchte, die viel zu knappen Rockschöße übereinanderzuschlagen.

Vilufar gebrauchte abermals die Pfeilspitze, um einen der Hanfstricke von dem Holzpflock zu lösen, und knotete das Seil um ihre Hüften.

»Versuch zu gehen!«, raunte er und griff nach ihrem Arm. »Ich helfe dir.«

Er stützte sie, und sie entfernten sich einige Schritte vom Wagen.

»Mir ist schwindlig«, flüsterte Manja, die sich hölzern und unsicher bewegte. »Aber es wird schon gehen.«

Vilufar hatte nur eine ungefähre Vorstellung, in welcher Richtung die Pferdeweide lag, und er ahnte, dass der Weg dorthin lang und gefahrvoll werden würde. Sie mussten einen guten Teil des Lagers durchqueren, und er rechnete mit Umwegen, falls sie auf Menschen stießen, die sich noch im Freien aufhielten. Für flüchtige Beobachter mochten sie in ihrer skythischen Kleidung unverdächtig wirken, am ehesten wie ein Liebespaar, das einen späten Spaziergang genoss. Bei dem Gedanken schlug Vilufars Herz heftig, und er wünschte sich, es wäre wirklich so. Manjas Nähe erregte ihn fast ebenso sehr wie die Gefahr, und er musste sich zwingen, auf den Weg zu achten.

Sie gingen durch leere Gassen, die von abgestellten Wohnwagen gesäumt waren, umrundeten erloschene Lagerfeuer und schlichen an Zelten vorbei, deren Bewohner zum Glück fest zu schlafen schienen. Lediglich einige Tiere bemerkten ihre Anwesenheit: Hier und dort hob ein Hund den Kopf, und eine Ziege meckerte leise, als sie sich näherten.

»Links, glaube ich«, flüsterte Vilufar, als sie an eine Kreuzung stießen.

Manja schüttelte den Kopf. Ihre Sinne waren durch die Bewegung wacher geworden; sie hielt sich aufrechter, ballte die Hände, um das Gefühl in ihren Fingern wiederzugewinnen, und blickte sich aufmerksam um.

»Rechts ... die Pferde werden am Fluss stehen, irgendwo, wo das Ufer flach ist und hohes Gras wächst.«

Vilufar folgte ihrem Rat. Sie gingen eine weitere Gasse entlang, bogen ab und sahen unweit vor sich einen alten Mann vor einem Zelt sitzen.

Vilufar wollte Manja in den Schatten eines Wagens ziehen, doch sie drückte seine Hand und nötigte ihn zum Weitergehen. Erneut sah er ein, dass ihr Instinkt sie richtig führte: Eine überstürzte Umkehr hätte womöglich die Aufmerksamkeit des Mannes erregt, der vor einem kleinen Feuer saß und eine Holzleiste schnitzte. Neben ihm am Boden lag ein teilweise abgeschältes Widderhorn – offensichtlich gehörte er zu den Bogenmachern der Skythen. Er blickte nur kurz auf, als sie in Steinwurfweite an ihm vorbeigingen, und wandte sich sofort wieder seiner Arbeit zu.

Vilufar atmete auf, als sie um die nächste Ecke bogen. Hier standen die Zelte in lockerer Anordnung, und dahinter entdeckte er ein Stück offenes Land und den Fluss, auf dessen raschen Fluten das Mondlicht spielte. In Ufernähe tauchten die Umrisse zahlreicher Pferde aus der Dunkelheit auf. Neben einem runden Zelt brannte ein Lagerfeuer. Das war zu erwarten gewesen, dachte Vilufar: Die Pferde waren der kostbarste Besitz der Skythen, und natürlich wurden sie Tag und Nacht bewacht.

Manja blieb stehen und spähte zum Ufer hinüber. Die Weide sah fast genauso aus wie bei den Sarmaten. Man hatte einen Streifen Auenland am Wasser gewählt; es gab ein Wachzelt, in dem sich vermutlich die Pferdejungen aufhielten, und am Feuer davor döste ein großer Hund. Niemand jedoch schien sich im Freien aufzuhalten, und der Vorhang am Zelteingang war geschlossen.

Über dieses Ziel hatte Vilufars Plan nicht hinausgereicht; es war ihm lediglich klar gewesen, dass sie sich auf irgendeine Weise Pferde aneignen mussten. Er selbst war noch nie im Leben geritten und scheute die Nähe der mächtigen Tiere. Doch aus Manjas kundigem Blick las er, dass sie von hier an die Führung übernehmen würde.

»Nicht anschleichen!«, flüsterte sie. »Das macht die Pferde unruhig. Wir müssen uns ganz natürlich bewegen.«

Diesmal war sie es, die Vilufars Arm ergriff, und gemeinsam gingen sie auf den Weideplatz zu. Einige Tiere schliefen im Stehen und zuckten nicht einmal mit den Ohren. Andere wandten die Köpfe nach den Besuchern, und auch der Hund am Feuer setzte sich auf und beobachtete sie.

»Ruhig!«, raunte Manja dem Hund zu, vermied es, ihn anzusehen, und streckte ihm stattdessen eine Hand zum Beschnüffeln hin. Sie hatte keine Angst vor Hunden – nicht, nachdem sie Jahre damit verbracht hatte, eine Wölfin zu zähmen. Tatsächlich schnupperte der Hund nur kurz an ihren Fingern und am Saum ihrer Kleidung, dann legte er sich wieder auf die Vorderpfoten und senkte die Schnauze.

Manja zog Vilufar hinüber zu den Pferden, die in kleinen Gruppen auf der Weide standen. Vilufar hielt sich hinter ihr, denn er hatte Angst vor den riesigen Tieren, deren Hufe den Schädel eines Menschen zerschmettern konnten. Manja ging von einem Tier zum nächsten und musterte jedes genau. Schließlich schlich sie zu einigen besonders großen Pferden an der Flussböschung hinüber, die gesattelt und gezäumt waren.

»Ich nehme lieber ein kleineres«, flüsterte Vilufar ihr beklommen zu, als er vor einem der Tiere stand, dessen Schultern mannshoch aufragten.

»Nein, du brauchst ein gut eingerittenes Pferd«, widersprach Manja. »Dies sind Schlachtrosse. Sie sind es gewohnt, Menschen zu tragen und Befehlen zu gehorchen.« Sie ergriff den Zügel eines braunen Hengstes, der ihr den Kopf zuneigte und leise schnaubte. »Komm, steig auf.«

»Können wir nicht ... zusammen auf demselben Pferd reiten?«

Manja schüttelte den Kopf. »Dann sind wir zu langsam. Wir müssen so schnell und so weit fort wie möglich.«

Vilufar überwand sich, die Hände auf den Rücken des

Pferdes zu legen, und mühte sich hinaufzuklettern. Manja half ihm, indem sie eines seiner Beine packte und von unten nachschob. Das Pferd stand reglos und wartete geduldig, bis Vilufar sich im Sattel aufgerichtet hatte.

Manja wählte einen schwarzen Hengst, der goldverziertes Zaumzeug trug und wahrscheinlich einem Mitglied von Asmas Familie gehörte. Am Sattel hing ein Bogenköcher mitsamt der Waffe und Pfeilen. Wahrscheinlich war sein Besitzer noch am vergangenen Tag ausgeritten. Mit oft geübtem Schwung saß sie auf, wandte sich um – und erstarrte.

DIE WEGE TRENNEN SICH

Im Lager war Bewegung entstanden. Rufe drangen herüber, und schattenhafte Gestalten hasteten zwischen den Zelten umher. Männer rannten zur Weide, und der Hund am Feuer sprang auf und bellte aufgeregt. Der Türbehang am Zelt der Hirtenjungen flog auf. Ein halb nackter Knabe streckte den Kopf heraus und sah sich verwirrt nach der Quelle des Aufruhrs um. Jemand schrie ihm etwas zu, und er blickte auf die Weide hinaus, entdeckte die beiden Reiter im Sattel und griff nach dem Dolch an seinem Gürtel.

»Sie kommen!« Manja packte die Zügel ihres Pferdes fester, während Vilufar sich im Sattel umzudrehen versuchte, ohne das Gleichgewicht zu verlieren. »Reite los!«

Entsetzt und hilflos sah er sie an.

Unterdessen hatten einige der Männer die Weide erreicht und drängten sich zwischen den Pferden hindurch. Glücklicherweise waren auch die Tiere in Aufregung geraten, trabten unruhig hin und her und verstellten ihnen den Weg. Die Skythen waren bewaffnet, und Manja glaubte Asma persönlich unter ihnen zu erkennen.

»Ho!«, schrie sie, beugte sich aus dem Sattel, streckte einen Arm aus und schlug mit der flachen Hand auf das Hinterteil von Vilufars Pferd. Augenblicklich setzte sich das gut abgerichtete Tier in Bewegung. Vilufar schrie vor Angst, warf den Oberkörper nach vorn und krallte beide Hände in die Mähne. Dies rettete sein Leben, denn im nächsten Moment pfiff ein Pfeil knapp über seinen Rücken hinweg.

»Haltet sie auf!«, brüllte jemand.

Manja sprengte los. Ihr schwarzes Pferd, ein schlachtenerprobtes Streitross, trabte nur kurz an, um sofort in den Galopp überzugehen. Rasch schloss sie zu Vilufar auf, und die instinktive Verbundenheit der Tiere sorgte dafür, dass auch sein Pferd die Hufe streckte und zu laufen begann.

»Über den Fluss!«, schrie Manja und lenkte zu einer Stelle, wo die Böschung flach war. Vilufar hing vornübergebeugt im Sattel, das Gesicht kreidebleich und beide Arme um den Hals seines Pferdes geschlungen. Es war offensichtlich, dass er das Tier nicht führen konnte, also musste Manja sich darauf verlassen, dass es ihr folgte.

Sie preschten die Böschung hinab, überbrückten einige Armlängen flachen Ufergrases und erreichten den Fluss. Das Wasser spritzte unter den Hufen auf, als beide Pferde die Furt durchquerten. Manja betete zu den Göttern, dass der Grund des Gewässers nicht schlammig war. Ein weiterer Pfeil durchschnitt die Luft, diesmal knapp über ihrer Schulter. Dann hatte sie das gegenüberliegende Ufer erreicht und warf einen raschen Blick zurück. Die Skythen drüben auf der Weide, inzwischen um weitere drei oder vier Mann verstärkt, sprangen nun ihrerseits auf die nächsten Pferde, die sie erreichen konnten.

»Weiter!«, rief Manja. »Ho!«

Sie setzten die Böschung hinauf, entfernten sich vom Fluss und sprengten in die offene Steppe hinaus. Nun, da die Pferde weites Grasland vor sich hatten, flogen sie in gestrecktem Galopp dahin, und Manja wagte sich kaum vorzustellen, wie es Vilufar erging, der sich hilflos an den Hals seines Pferdes klammerte, während die Mähne ihm über das Gesicht flatterte. Erneut wandte sie sich um und sah über der Flussböschung hinter ihnen die Umrisse ihrer Verfolger auftauchen. Es waren rund ein Dutzend Reiter, und sie konnte ihr wütendes Geschrei hören, als sie ihnen nachsetzten und ihre Waffen zogen.

Instinktiv tat Manja, was sie bei Skudane gelernt und jahrelang geübt hatte: Sie zog einen Zügel über den Ellbogen, griff nach dem Bogen, der an ihrem Sattel hing, legte einen Pfeil auf und zielte in vollem Galopp unter der Schulter hindurch nach hinten. Der Pfeil traf, und ein Verfolger wurde rücklings aus dem Sattel gerissen, während sein Pferd sich entsetzt aufbäumte.

Im nächsten Moment sausten mehrere Pfeile in die Gegenrichtung, und Manja duckte sich im Sattel, als eins der Geschosse so nah an ihrem Kopf vorbeiflog, dass sie den Lufthauch spürte.

»Manja!«, schrie Vilufar entsetzt, löste eine Hand vom Hals seines Pferdes und deutete nach vorn. Sie folgte seinem Blick und sah, dass eine Bodenverwerfung quer zu ihrem Weg verlief, vielleicht ein ausgetrockneter Seitenarm des großen Flusses. Die Schlucht war mindestens eine Mannshöhe tief und so breit, dass kein Pferd darüber hinwegspringen konnte.

»Hinunter!«, rief Manja zurück, die eine Chance erkannte: Am Boden der Schlucht wären sie zumindest vorübergehend außer Sicht und in Deckung vor den Schusswaffen ihrer Verfolger. Sie galoppierte auf die Bruchkante zu und ein Stück an ihr entlang, um eine Stelle zu finden, an der die Pferde hinabspringen konnten.

Ein weiterer Pfeil zischte heran, und diesmal streifte die dreiflüglige Spitze den Hinterlauf ihres Hengstes, der erschrocken ausschlug. Manja riss die Zügel an, bändigte das scheuende Tier und trieb es zum Sprung. Im nächsten Augenblick setzte sie am Boden der Schlucht auf, die von lehmigen Wänden eingeschlossen war. Vilufars Pferd folgte und landete neben ihr, wobei sein unglücklicher Reiter einen Schrei ausstieß und fast über den Kopf des Tiers nach vorn geschleudert wurde.

»Weiter!«, schrie Manja und wandte sich nach links. Nun galoppierten sie durch die Schlucht nach Norden, und sie konnte nur hoffen, dass die Skythen einige Zeit benötigten, um die unerwartete Wendung zu entdecken.

Tatsächlich hörten sie eine Weile nichts von ihren Verfolgern. Die Schlucht wand sich vor ihnen in die Ebene hinaus, mal geradeaus, mal in einer sanften Rechtskurve. Wie Manja gehofft hatte, ritten sie gegen die Strömungsrichtung des ausgetrockneten Gewässers; folglich war nicht zu befürchten, dass sie abermals auf den Fluss stießen und wieder in die Nähe des skythischen Lagers gerieten. Stattdessen erwartete Manja, dass die Schlucht flacher wurde und weiter ins Inland führte.

Doch das Gegenteil war der Fall: Die lehmigen Wände zu beiden Seiten stiegen höher und höher an, sodass es keine Möglichkeit mehr gab, die Klamm zu verlassen. Zu allem Unglück war nun deutlich das Geräusch vieler Hufe zu hören: Die Skythen waren ihnen die Klamm hinab gefolgt und hatten wahrscheinlich an den Hufspuren erkannt, in welche Richtung sich die Flüchtenden davonmachten. Nun holten sie so rasch auf, dass Manja jeden Moment erwartete, die dunklen Umrisse ihrer Pferde hinter der letzten Biegung auftauchen zu sehen.

»Manja!«, schrie Vilufar zum zweiten Mal.

Sie wandte das Gesicht nach vorn – und riss jäh die Zügel an, wobei ihr Pferd schnaubend mit den Vorderbeinen in die Höhe ging.

Sie saßen in der Falle. Wenige Schritte vor ihnen endete die Schlucht in einem halbkreisförmigen Becken, in dessen Mitte eine seichte Lache schmutzigen Wassers stand. Die ehemalige Quelle war noch in einem Spalt an der Hinterwand auszumachen, die sich steil nach oben reckte. Sie standen in einer Sackgasse, allseitig von lehmigen Wänden umschlossen. An ein Entkommen war nicht zu denken.

Vilufar glitt seitlich vom Rücken seines Pferdes, torkelte und hielt sich mit bleichem Gesicht am Zügel fest.

»Was jetzt?«

Manja sprang vom Pferd, stellte sich hinter dessen Rücken und hob den Bogen. Eine kalte Ruhe hatte sie erfasst. Es war unmöglich, gegen die Angreifer zu bestehen, doch wenn sie schon sterben musste, wollte sie zuvor noch einige von ihnen aus dem Sattel holen.

»Geh in Deckung!«, rief sie Vilufar zu und legte einen Pfeil auf.

Im nächsten Augenblick umrundeten die Skythen eine Biegung etwa dreihundert Schritte hinter ihnen. Nun sah Manja die elf Mann, die in einem dichten Haufen auf sie zusprengten. Einige reckten Äxte oder Schwerter, andere hatten den Bogen im Anschlag. In vorderster Reihe erkannte sie Asma, der offenbar aus dem Schlaf gerissen worden war und nur eine Reithose trug, doch schwang er eine massive eiserne Streitkeule. Als die Jäger erkannten, dass ihre Beute in der Falle saß, stimmten sie ein Triumphgeheul an.

Manja spannte den Bogen und zielte. Dann jedoch lenkte eine Bewegung sie ab, und ihr Kopf fuhr hoch. Rechts oben, über dem Rand der Schlucht, sprengte ein weiterer Reiter heran, in derselben Richtung wie die Skythen. Sein Pferd war rotbraun, trug eine blutrote Satteldecke mit Fellquasten und eine goldene Stirnplatte, auf der sich das Mondlicht spiegelte. Der Reiter spannte seinen Bogen und schickte einen Pfeil in die Klamm hinab.

Sajan.

Manjas Herz machte einen fast schmerzhaften Sprung.

Einer der Skythen stürzte aus dem Sattel und riss den Zügel mit. Sein Pferd bäumte sich auf, trat mit den Hinterhufen aus und brachte einen weiteren Reiter zu Fall, der in der Enge der Klamm nicht ausweichen konnte. Ein zweiter Pfeil durchschnitt die Luft und traf den Oberschenkel des Mannes rechts neben Asma, der aufschrie und seine Axt fallen ließ. Die übrigen Verfolger zügelten ihre Reittiere und wandten sich zur Seite, um den Ursprung des plötzlichen Überfalls auszumachen.

In diesem Moment fand Manja ihre Fassung wieder, verdrängte Staunen und Schrecken und spannte den Bogen bis zum Anschlag. Ihr Pfeil traf denselben Mann in die Brust, der bereits am Bein verwundet worden war. Er kippte nach hinten und hing leblos im Sattel.

Und dann erhob sich draußen über der Steppe ein lang gezogenes nichtmenschliches Heulen: der Ruf einer Wölfin, die ihre Schnauze zum Mond hinaufreckte. Er drang in die Schlucht hinab, vervielfältigte sich an ihren Wänden und ließ sämtliche Pferde scheuen.

Oben auf der Böschung hatte der Reiter sein Pferd zum Stehen gebracht, flankte aus dem Sattel und zog sein Schwert. Schon sprang er mit einem Schrei in die Schlucht hinunter, packte im Fallen einen der Skythen und riss ihn aus dem Sattel. Beide Männer wälzten sich kämpfend am Boden, und die Pferde der Skythen stoben erschrocken auseinander.

»Sajan!«, schrie Manja, während sie einen weiteren Pfeil auflegte, zielte und abzog. Dann warf sie den Bogen weg, stürmte auf die Angreifer zu und haschte nach der Axt, die einer von ihnen fallen gelassen hatte. Rasender Zorn hatte sie ergriffen, und sie dachte nicht darüber nach, dass immer noch sieben Männer gegen sie standen. Die Tatsache, dass Sajan gekommen war und um ihr Leben kämpfte, beflügelte sie wie ein Rausch.

Der erste Skythe, den sie erreichte, war so von dem Ansturm überrascht, dass er gerade noch seine Streitaxt heben, aber nicht mehr ausholen konnte. Manja ließ die ihre mit einem wütenden Schrei kreisen und riss den Gegner kopfüber aus dem Sattel. Sein Nebenmann spannte den Bogen, doch da erhob sich abermals das Heulen der Wölfin; sein Pferd scheute, und der Pfeil pfiff über die Böschung der Klamm hinaus ins Leere.

»Manjane!«

Das war Sajan. Er hatte seinen Gegner besiegt und riss eben das Schwert hoch, um sich gegen zwei weitere Skythen zu verteidigen, die mit gezogenen Streitäxten gegen ihn anstürmten.

Manja ließ die Axt kreisen, fühlte kaum, dass der Schlag einer Streitkeule ihre linke Schulter streifte, wohl aber, dass ihre eigene wirbelnde Klinge Fleisch durchschnitt. Ein weiteres Pferd bäumte sich auf, warf schnaubend seinen Reiter ab und tänzelte auf den Hinterbeinen. Dann traf ein stumpfer Schlag ihren Oberschenkel, und sie wurde zur Seite geschleudert und stolperte.

»Ich komme!«, brüllte plötzlich jemand hinter ihr – und es war nicht die Stimme Sajans, sondern Vilufars. Angespornt durch ihr Beispiel hatte er offenbar seinen Mut wiedergefunden. Vilufar war kein Krieger und hatte noch nie einen Menschen verletzt; nun aber griff er nach einem am Boden liegenden Streitpickel und rannte schreiend gegen einen der Skythen an, der soeben mit seiner Keule nach Manja aushieb. Vilufars Ansturm kam ungeschickt, doch mit rasender Wut, und der Schlag seines Pickels durchschlug den Schädel des Mannes. Manja fuhr herum und schwang ihre Axt gegen einen weiteren Gegner, der in seinem Bemühen, dem Schlag auszuweichen, die Kontrolle über sein Pferd verlor. Es tänzelte panisch auf der Stelle, und der nächste Schlag traf die Schulter des Mannes und hieb ihn aus dem Sattel.

Manja drehte sich auf der Stelle. Ihr war schwindlig, und die Klamm wimmelte von reiterlosen Pferden; daher begriff sie erst nach einem Augenblick der Verwirrung, dass nur noch drei der Skythen auf den Beinen waren. Zwei deckten Sajan an einer der Lehmwände mit einem Hagel von Axthieben ein, und er konnte sich nur retten, indem er geistesgegenwärtig unter dem Pferd eines seiner Gegner hindurchtauchte und sich auf die andere Seite warf.

Schreiend stürmte Manja auf die Männer zu, hob im Laufen die Axt und schleuderte sie gegen den überraschten Reiter. Skudane hätte Grund gehabt, stolz auf ihre Schülerin zu sein: Das eiserne Blatt spaltete den Rücken des Mannes auf Herzhöhe und ließ seinen bestickten Leibrock klaffen wie ein blutiges Maul. Den Schwung des Ansturms nutzend, warf sich Manja auf den zweiten Reiter, packte sein linkes Bein und zog ihn aus dem Sattel. Beide stürzten zu Boden, und alle Luft wich aus Manjas Lungen, als der Körper des Mannes sie rücklings unter sich begrub. Die Hände des Skythen wirbelten fahrig durch die Luft, bis es ihm gelang, sich über sie zu wälzen und ihre Arme auseinanderzudrücken. Sein heißer Atem keuchte in ihr Gesicht. Doch dann flog sein Kopf zur Seite; seine Hände lösten sich von ihr, und er griff sich an die Kehle. Blut floss warm über Manjas Wangen, und als sie den Kopf zur Seite wandte, sah sie Sajan mit erhobenem Schwert über ihr stehen.

Er half ihr, den toten Körper zur Seite zu wälzen, und streckte eine Hand aus, um sie auf die Füße zu ziehen. Die Berührung ließ sie schaudern, und am liebsten hätte sie ihm augenblicklich die Arme um den Hals geworfen und ihn nie wieder losgelassen. Doch er hatte sich bereits dem letzten Feind zugewandt, der noch aufrecht stand.

Manja folgte seinem Blick. Asma Xajatorsa, der Häuptling der Skythen, stand zusammengekrümmt zwischen den Gefallenen, in der einen Hand die Streitkeule, die andere um seinen linken Oberschenkel gekrallt. Dicht vor ihm hatte Vilufar den Streitpickel erhoben und starrte ihn hasserfüllt an. Asma versuchte, seine Keule zu erheben und einen Schritt zu tun, doch sein Bein versagte, und er sank auf die Knie. Unter dem Filz seiner Hose breitete sich ein tiefroter Fleck aus. Offenbar war es Vilufar gelungen, den Streitpickel in seinem Bein zu versenken und ihn vom Pferd zu holen.

Sajan trat an Vilufars Seite und hob sein Schwert.

»Nein«, sagte Vilufar, ohne den Blick von dem Mann zu wenden, dessen Diener er gewesen war. »Er soll nicht sterben.«

Verwirrt hielt Sajan inne, denn Vilufar benutzte die Sprache seiner Heimat.

»Wenn er stirbt, müssen alle seine Diener und Sklaven ihm ins Grab folgen«, erklärte Vilufar. »All jene Menschen, mit denen ich sieben Jahre lang das Zelt geteilt habe.«

Manja sah auf Asma hinab, dessen Blicke misstrauisch zwischen ihnen hin und her schossen. Dann nickte sie und wiederholte Vilufars Worte in sarmatischer Sprache. Sajan schürzte die Lippen, als ob er nicht viel von dieser Entscheidung hielt, ließ jedoch das Schwert sinken.

»Also gut«, sagte er und wandte sich an Asma. »Geh!«

Ungläubig starrte der Skythenhäuptling erst Sajan, dann Manja und schließlich Vilufar an, in dessen Händen der Streitpickel zitterte. Dann verzog sich sein Gesicht zu einem hämischen Grinsen, und er humpelte zu einem der herrenlosen Pferde hinüber. Mit Mühe gelang es ihm, sich in den Sattel zu ziehen, wobei sein verletztes Bein eine blutige Spur auf der Flanke des Hengstes hinterließ. Sobald er die Zügel in den Händen hielt, richtete er sich auf und warf einen letzten Blick auf die drei Menschen hinter ihm.

»Wir sehen uns wieder«, zischte er mit einer Mischung

aus Wut und Spott, wendete das Pferd und trabte die Klamm hinunter.

»Das ist keine gute Idee«, sagte Sajan, der ihm unruhig nachblickte. »Er wird mit einer größeren Truppe zurückkommen.«

»Nicht so schnell«, wandte Manja ein und wies auf das Pferd, das ebenso wie sein Reiter ein Bein nachzog. »Der Hengst ist verletzt. Er wird eine Weile brauchen, um das Lager zu erreichen.«

Sie wandten sich einander zu, und als Manja in Sajans Augen sah, begriff sie zum ersten Mal wirklich, dass er da war. Die Hitze des Kampfes verflog aus ihrem Körper, und übrig blieb nur die Wärme, die sein Blick in ihrer Brust erzeugte. Er war gekommen. Er war allein zu ihrer Rettung ausgeritten und hatte sie gefunden. Und er sah sie an, wie er sie noch nie zuvor angesehen hatte. Ihr wurde bewusst, dass er in der Zwischenzeit die Wahrheit erfahren haben musste: Manja war nicht die Tochter seiner Schwester. Sie standen einander nicht mehr als Onkel und Nichte gegenüber, sondern als Mann und Frau.

»Wie kommen wir von hier fort?«, fragte Vilufar, der sich überwand, die Sprache der Skythen zu benutzen.

Widerstrebend wandte Sajan sich ab und musterte Vilufar, als hätte er dessen Anwesenheit ganz vergessen. Dann wies er die Klamm hinunter.

»Dort hinten gibt es einen seitlichen Durchstich«, erklärte er. »Ihr habt ihn im Vorbeireiten wohl nicht bemerkt, aber von oben konnte ich es sehen. Kommt, wir nehmen die Pferde mit!«

Manja und Vilufar führten ihre Pferde am Zügel und folgten Sajan. Tatsächlich öffnete sich kurz vor der letzten Biegung der Schlucht ein Spalt zur Rechten. Er war so eng, dass die Flanken der Pferde die Wände streiften, doch an seinem Ende war die Böschung teilweise eingebrochen und bildete eine Treppe aus lehmigen Stufen. Es dauerte eine Weile, bis sie die Pferde hinaufgeführt hatten, doch schließlich standen sie oben auf der mondbeschienenen Ebene.

Sajan stieß einen Pfiff aus, und sein Pferd trabte aus der Dunkelheit heran. Ein Schatten folgte ihm, kleiner und schneller, und glitt durch das hohe Gras auf Manja zu.

»Varge!«

Sie ging in die Knie und streckte die Arme aus. Die Wölfin beschnüffelte ihre Hand und leckte ihr die Finger.

»Sie hat mich zu dir geführt«, sagte Sajan. »Ich musste mich von der Ostseite des Flusses an das Lager heranpirschen und sah gerade noch, wie der Junge deine Fesseln durchschnitt. Aus der Entfernung konnte ich mich nicht bemerkbar machen, aber ich nahm an, dass ihr zur Pferdeweide gehen würdet. Als ich dort ankam, sah ich eben die Skythen über den Fluss setzen und folgte ihnen.«

Vilufar war einen Schritt zurückgetreten und musterte Sajan misstrauisch. Vielleicht verstörte es ihn, dass der fremde Krieger ihn »Junge« genannt hatte, vielleicht aber auch, dass er so vertraut mit Manja sprach, als würden sie sich schon ein Leben lang kennen.

»Wer ist dieser Mann?«, fragte er auf Skythisch und deutete auf Sajan.

Manja las Verwirrung und Schmerz in seinen Zügen und suchte nach Worten.

»Das ist Sajan, der Bruder von Tamage, der Königin der Sarmaten«, erwiderte sie. »Und der beste Krieger ihres Stammes.«

Sajan lächelte.

»Und wer bist du?«, fragte er sanft, indem er sich Manja zuwandte. »Ich glaube, wir kennen uns noch nicht.«

Es lagen weder Vorwurf noch Zweifel in seiner Stimme, und Manja gelang es, ihm offen in die Augen zu sehen.

»Mein Name ist Manja«, antwortete sie. »Ich stamme aus einem Dorf unweit der Grabstätten deines Volkes. Dort habe ich allein mit meiner Mutter gelebt. Eines Tages kletterte ich auf den Grabhügel Myrgines, deiner Großmutter, und stürzte durch einen Schacht hinunter in einen Vorraum der Grabkammer.« Sie hob die Hand mit dem Wolfsring. »Dort fand ich den Ring. Als ich später in euer Lager gebracht wurde, wagte ich nicht, die Wahrheit zu sagen.«

Sajans Augen forschten in ihrem Gesicht, als habe er Mühe, diese unerwartete Auflösung des Rätsels zu verstehen.

»Also weißt du nicht, was aus meiner Schwester Vardane geworden ist?«

Manja schüttelte den Kopf. »Ich weiß nichts von ihr – nur dass sie nicht meine Mutter ist. Ich habe sie nie gesehen.«

Sajan nickte und schlug die Augen nieder.

»Manja«, unterbrach Vilufar ihr Gespräch, »wir sollten gehen! Die Skythen werden zurückkommen.«

Sajan blickte zu ihm hinüber.

»Wer bist du?«

»Das ist Vilufar«, antwortete Manja für ihren Gefährten. »Er stammt aus demselben Dorf wie ich. Die Skythen nahmen ihn gefangen. Er hat mich befreit.«

Sajan stand einen Augenblick lang reglos, dann trat er einen Schritt auf Vilufar zu, der ihn noch immer misstrauisch musterte.

»Du hast tapfer gekämpft, Vilufar«, sagte er ernst. »Willst du mit uns gehen? Du sollst uns in Ehren willkommen sein.«

»Mit *euch*?« Vilufar wich zurück, und seine Blicke flackerten zwischen Sajan und Manja hin und her. »Was soll das heißen? Ich kehre zurück in den Norden, und Manja kommt mit mir!«

Manja erhob sich und trat zwischen die beiden Männer. Sie wusste nicht, was sie sagen sollte. Eigentlich wäre es nun an der Zeit gewesen, Sajan zu eröffnen, dass sie Vilufar begleiten würde. Doch wollte sie das wirklich? Vilufar wirkte zornig und bestürzt; zugleich jedoch las sie ein stummes Flehen in seinem Gesicht.

»Manja ... du hast versprochen, dass wir immer zusammenbleiben«, flüsterte er.

Manja senkte den Blick.

»Sajan«, sagte sie leise. »Ich ... muss dich jetzt verlassen.«

Eine lange Weile schwiegen alle drei. Dann fasste sich Sajan und trat so nahe an Manja heran, dass sie seinen Atem spürte.

»Das musst du nicht«, sagte er ernst und bestimmt.

»Doch, ich muss«, sagte Manja, die Tränen in sich aufsteigen spürte. »Ich gehöre nicht zu deinem Volk. Wie sollte ich jemals Tamage unter die Augen treten ... oder Gwendike? Ich bin eine Betrügerin.«

»Tamage steht auf deiner Seite – und sie ist die Königin«, entgegnete Sajan. »Auch Gwendike wünscht sich nichts sehnlicher als deine Rückkehr.«

»Aber ich bin doch nur ein Bauernmädchen ...«

»Nein«, sagte er heftig, schob eine Hand unter ihr Kinn und zwang sie, ihn anzusehen. »Du kannst bei meinem Volk leben, wenn du es nur willst – es gibt einen Weg.«

Sie schluckte.

»Werde meine Frau!«, sagte Sajan.

Fassungslos sah sie ihn an, spürte den steigenden Druck in ihrer Kehle und blinzelte heftig, um die Tränen zu unterdrücken. Hatte er das wirklich gesagt?

»Aber«, flüsterte sie und erschrak beim heiseren Klang ihrer Stimme, »wird der Rang eines Mannes bei deinem Volk nicht durch die Ehefrau bestimmt?«

»Und wenn schon! Dann bin ich fortan eben nur ein einfacher Krieger.« Er lächelte. »Wenn es dir nichts ausmacht, dass unsere Kinder keinen Anspruch auf den Königstitel haben ...«

»Nein!«, schrie Vilufar, trat näher und hob unbewusst den Streitpickel, den er immer noch in der Hand hielt. »Manja, er ist ein Pferdemensch! Hör nicht auf ihn! Er legt einen Zauber über dich ...«

Sajan wich erschrocken zurück, und seine Hand fuhr zum Griff seines Schwertes.

»Manja kommt mit mir!«, verkündete Vilufar. Seine Stimme bebte vor unterdrücktem Zorn, und die Spitze des Streitpickels in seiner Hand zitterte. »Sie hat es versprochen.« Er wandte sich an Manja, und sie bemerkte, dass auch er mit den Tränen kämpfte. »Du hast gesagt, wir würden immer zusammenbleiben – erinnerst du dich? Damals am Lagerfeuer bei den Kiefernfelsen! Du hast es versprochen.«

Manja war erstarrt und blickte zu Boden. Gerade erst den Skythen entkommen, fand sie sich in einem Kampf wieder,

der ihr unendlich viel schwerer und leidvoller erschien als das Gefecht gegen Asmas Reitertruppe. Bis hierher hatten die Götter sie sicher geleitet – was aber erwarteten sie nun? Hier stand Sajan, der Mann, von dem sie auf ihrem Lager in Gwendikes Wagen geträumt hatte, der ihren Körper erweckt, ihre Sinne beflügelt und sie mit nie gekanntem Verlangen erfüllt hatte. Sie wünschte sich nichts sehnlicher, als an seiner Seite zu liegen, in einem Zelt beim Feuer, den Kopf an seine Schulter zu legen und den vertrauten Geruch seiner Haut zu atmen. Auf der anderen Seite stand Vilufar, der Gefährte ihrer Kindertage, der sie befreit hatte und in ihre Heimat zurückbringen wollte. Sie versuchte sich das Land ihrer Kindheit vorzustellen, versuchte den Wald, das Dorf, die Hütten und die Ziegenweide vor sich zu sehen und forschte nach den Empfindungen, die diese Bilder in ihr wachrufen sollten.

»Manja«, flehte Vilufar verzweifelt, »ich bin sicher, dass deine Mutter noch lebt!«

Sie blickte verwirrt auf.

»Erinnerst du dich, dass sie auf den Markt ins Nachbardorf ging? Als du verschwunden warst, lief ich zum Dorf zurück, um Hilfe zu holen. Doch euer Haus war leer, und mein Vater sagte, Arinai sei noch nicht zurückgekehrt. Sie muss am Leben sein – und ich werde dir helfen, sie zu finden.«

Endlich stellte sich ein Bild ein, das Manjas Erinnerungen Farbe verlieh: Sie sah das schöne, ernste Gesicht ihrer Mutter vor sich, umflossen von tiefschwarzem Haar, die Augen ihr zugewandt mit einer Mischung aus Liebe und Trauer. Vilufar hatte recht: Dort im Norden wartete Arinai, dort in den Wäldern lag ihre Heimat, und dorthin würde Vilufar sie begleiten. War ihr Leben bei den Sarmaten vielleicht nur eine Laune des Schicksals gewesen, ein Umweg, eine Verirrung? So viele Jahre lang hatte sie ihre Herkunft verheimlicht und mit einer Lüge gelebt. Sie sehnte sich danach, keine Geheimnisse mehr zu haben, sondern ganz die zu sein, die sie war.

Doch wer bin ich?, fragte sie sich verzweifelt. *Was* bin ich?

Ihre Lippen beantworteten die Frage, bevor ihr Herz zu einem Schluss kam.

»Sajan«, sagte sie. »Ich muss gehen.«

Er antwortete nicht, und sie wich seinem Blick aus, doch glaubte sie zu spüren, welchen Schlag sie ihm versetzte.

»Ich gehöre zu meinem Volk und du zu deinem. Es gibt Menschen, die in meiner Heimat auf mich warten, so wie andere Menschen auf dich warten, im Lager draußen in der Steppe. Ich muss mit Vilufar gehen.«

Sajan schwieg – so lange, dass sie am Ende nicht umhinkonnte, ihn anzusehen. Sein Gesicht wirkte versteinert. Er zeigte keine Regung; nur seine Augen wirkten eine Spur dunkler als sonst.

»Es tut mir leid«, sagte Manja, die nicht verhindern konnte, dass ihre Stimme bebte. Noch nie hatte sie Sajan so hoffnungslos gesehen – kein Kampf und keine Schlacht vermochten ihn zu schrecken, doch die Wunde, die sie ihm zufügte, war schwerer als jede Kriegsverletzung.

Langsam senkte er den Kopf.

Sie schluckte, spürte erneuten Druck in der Kehle und fragte sich, warum sie litt. War es wirklich Mitleid mit ihm oder nicht vielmehr die Trauer darüber, dass sie selbst einen so wichtigen Teil ihres Lebens aufgab?

»Von hier aus müssen wir nach Norden gehen«, sagte Vilufar, der den Streitpickel in den Gürtel steckte und das Satteltuch seines Pferdes zurechtzog. »Es kann nicht weit sein – fünf Tage vielleicht.«

»Vier – wenn euer Dorf in der Nähe von Myrgines Grab liegt«, berichtigte Sajan mit ausdrucksloser Stimme. »Wendet euch nordöstlich, bis ihr drei Flüsse überquert habt.«

Vilufar nickte befriedigt, kletterte mit einiger Mühe in den Sattel und ergriff die Zügel.

»Manja?«

Sie folgte ihm nicht sofort. Stattdessen tauschte sie einen letzten Blick mit Sajan, der seltsam abwesend wirkte. Keine Regung in seinem Gesicht ließ erkennen, was er dachte oder fühlte. Schließlich bestieg er wortlos seinen Hengst und wandte sich noch einmal zu ihr um.

»Bedenke deinen Entschluss!«, sagte er, und jetzt bebte auch seine Stimme. »Wir lagern für mindestens zwei Monate am jetzigen Platz, zehn Wegstunden südöstlich von hier. Varge wird den Weg finden.«

Die Wölfin, die ihren Namen gehört hatte, spitzte die Ohren und setzte sich auf.

»Komm zurück, Manjane!«, bat Sajan leise. »Ich warte auf dich.«

Damit wandte er sich um, trieb seinen Hengst an und galoppierte in die Steppe hinaus, wo sich am Horizont bereits der fahle Schein des kommenden Tages zeigte.

DIE HEIMKEHR

Auch Manja und Vilufar brachen auf. Für Manja war es der längste, schweigsamste und traurigste Weg, den sie je gegangen war. Vergebens wartete sie darauf, dass sich angesichts ihrer bevorstehenden Heimkehr etwas wie Freude einstellte, doch stattdessen fühlte sie sich abgestumpft und leer.

Einen ganzen Tag lang ritten sie nordwärts, überquerten die Furten zweier seichter Flüsse und ausgedehnte Ebenen, die mit Federgras und niedrigen Sträuchern bedeckt waren. Die Sonne stieg hoch in ihrem Rücken und versank zur Linken als glutroter Ball. Am Abend rasteten sie an der Böschung eines dritten Flusses, ließen die Pferde grasen und sattelten sie ab, um die Pferdedecken als Schlafdecken zu benutzen.

»Es kann nicht mehr weit sein bis zur Waldgrenze«, sagte Vilufar, als sie sich nahe dem Ufer Seite an Seite niederlegten.

Manja nickte stumm und blickte zum Himmel hinauf, wo die ersten Sterne aufflammten.

»Du wirst sehen, alles wird gut – jetzt, da du bei mir bist.«

Er griff nach ihrer Hand, und sie verweigerte ihm die ihre nicht. Innerlich jedoch war sie weit fort. Irgendwann spürte sie, dass er eingeschlafen war, löste vorsichtig ihre Hand aus der seinen und drehte sich zur Seite. Drüben am Flussufer standen die Pferde, die Köpfe friedlich gesenkt. Das Mondlicht spielte auf ihren glatten Rücken. Erst als ein Schatten sich oben auf der Böschung bewegte, warf eines der Pferde den Kopf in den Nacken und äugte unruhig hinüber. Manja erkannte den zottigen Umriss der Wölfin, die an der Abbruchkante über ihrem Lager Wache bezog wie ein Hirtenhund. Sie verharrte reglos, und nach einiger Zeit beruhigten sich auch die Pferde und begannen erneut zu dösen.

Auch Manja spürte, wie sie ruhiger wurde. Solange Varge bei ihr war, dachte sie, befand sie sich auf dem richtigen Weg.

Am nächsten Morgen erwachten beide mit nagendem Hunger. Sie führten keinerlei Proviant mit sich, und Vilufar begann sich erst jetzt über diesen Mangel in seinem Plan zu sorgen. Manja jedoch ergriff kurzerhand den Bogen, der am Sattelzeug ihres Pferdes hing, stellte sich mit nackten Füßen in die seichte Strömung und schoss aus dem Stand mehrere Fische. Mit einer Mischung aus Ehrfurcht und Befremdung beobachtete Vilufar, wie selbstverständlich sie die Waffe gebrauchte und wie selten ihr geübtes Auge die Beute verfehlte. Am Ende lag ein Häuflein Fische am Ufer, Flintsteine fanden sich am Sattelzeug, und sie entfachten ein kleines Feuer, um den Fang an Spießen über der Glut zu rösten.

Noch vor dem Mittag ritten sie weiter, wobei Vilufar sich mehrmals misstrauisch im Sattel umwandte und nach Süden spähte.

»Diese Wölfin folgt uns«, sagte er. »Sie bleibt weit zurück, aber sie lässt uns nicht aus den Augen.«

»Varge gehört zu mir«, erklärte Manja. »Ich habe dir doch erzählt, dass sie mir folgt, seit wir getrennt wurden.«

Vilufar nickte düster. »Und woher wissen wir, dass sie unsere Pferde nicht anfällt, während wir schlafen?«

»So etwas tut sie nicht. Sie gibt auf mich acht. Wahrscheinlich jagt sie draußen in der Steppe, während wir lagern.«

»Wie kannst du diesem wilden Tier vertrauen?«, fragte Vilufar mit gerunzelter Stirn.

»Sie hat Sajan zu mir geführt«, erwiderte Manja schlicht. »Hätte sie das nicht getan, wären wir beide tot.«

Vilufar schwieg, aber sein Gesichtsausdruck wirkte bitter. Manja verstand, dass sie ihn mit der Erwähnung Sajans verletzt hatte – und sie begriff auch, dass es Vilufar lieber gewesen wäre, die Wölfin nicht wiederzusehen. Für ihn gehörte das Tier zu jener Welt, die er weder kannte noch verstand und die ihm Furcht und Abscheu einflößte.

Den Rest des Tages ritten sie schweigend, verbrachten eine unbehagliche Nacht in offenem Gelände und wagten kein Feuer zu entzünden, denn es wäre weithin sichtbar gewesen. Der dritte und der vierte Tag verliefen ereignislos wie der zweite, abgesehen davon, dass das Land grüner wurde. Schließlich verschwanden die kahlen, steinigen Flecken zwischen den Gräsern ganz. Am Abend gelang es Manja, einen Hasen zu schießen, den die Hufe der Pferde aufgescheucht hatten, und sie suchten sich eine geschützte Stelle, um ihn auszunehmen und zu braten. Manja warf auch der Wölfin eine Keule zu, die nahe an das Lagerfeuer herangekommen war.

Am Mittag des fünften Tages schließlich tauchte am Horizont im Nordosten eine Hügelkuppe auf. Manja trieb ihr Pferd zum Galopp an und ritt voraus – und es dauerte nicht lange, bis sie die künstliche Erdaufschüttung wiedererkannt hatte. Vor ihr erhob sich der Geisterhügel. Er sah genauso aus wie damals, als sie ihn zum ersten Mal gesehen hatte: die flachen Hänge mit Sommergras und Disteln bewachsen, die Kuppe kahl und erdig. Ergriffen blieb sie stehen und blickte zu jenem Ort hinauf, an welchem die Götter einst beschlossen hatten, ihr Schicksal zu wenden.

Vilufar, der noch keinen Galopp wagte, kam ihr langsam nach, trabte an ihre Seite und folgte ihrem Blick.

»Das ist der Hügel, nicht wahr?«

Manja nickte.

»Dann liegt die Waldgrenze unmittelbar vor uns!«, rief er erregt und lenkte sein Pferd um den Hügel herum nach Norden. »Sieh doch!«

Manja folgte ihm und entdeckte in einiger Entfernung die dunkle Wand der Kiefernwälder, die das Ende der Steppe markierten. Vilufar sah sie von der Seite an und versuchte, in ihrem abwesenden Gesicht zu lesen.

»Gehen wir?«, fragte er. Es klang fast flehend.

Manja biss sich auf die Lippen. Nun war es an der Zeit, sich von dem Leben zu verabschieden, das sie als sarmatische Edelfrau geführt hatte. Innerlich sandte sie ein Lebewohl an Tamage, an Gwendike, an Balan und Darushwe, an Skudane und Bazukan, an ihre treue Stute, die in der Schlacht getötet worden war, kurz, an alle, die in diesem Leben eine Bedeutung gehabt hatten. Nur an Sajan wagte sie nicht zu denken.

Sie seufzte schwer und hob die rechte Hand vor die Augen, an der der Wolfsring steckte. Dieser Ring stammte aus dem Grab. Er war das Eigentum Myrgines, der Großmutter Tamages – und sie, Manja, hatte ihn entwendet und trug ihn seit sieben Jahren, ohne das geringste Anrecht darauf zu haben.

»Manja?«

Sie ließ Vilufar stehen, trieb ihr Pferd an und erstieg die Flanke des Hügels. Oben angekommen, saß sie ab, suchte nach dem Schacht, der ins Innere des Grabes führte, und fand schließlich die Erdspalte. Sie neigte den Kopf, zog den Ring vom Finger und trat an den Rand der Öffnung.

Nimm ihn zurück!, dachte sie. Er gehört mir nicht. Möge er bei dir bleiben bis ans Ende der Zeit.

Ihre Finger öffneten sich, und der Ring fiel hinab. Er drehte sich im Fallen, sodass für einen Moment der goldene Wolfskopf aufblitzte. Dann verschluckte ihn die Finsternis, ohne dass ein Aufprall zu hören war.

Schwer atmend hob Manja den Kopf und straffte sich. Hiermit war die Verbindung zu ihrem früheren Leben endgültig durchtrennt. Der Ring würde in der Dunkelheit des Grabes ruhen, gemeinsam mit Myrgine – und gemeinsam mit Manjane, der Tochter Vardanes, der sarmatischen Kriegerin, die es von nun an nicht mehr geben würde.

»Alles in Ordnung?«, fragte Vilufar, als sie zum Fuß des Hügels zurückgekehrt war und mit versteinertem Gesicht ihr Pferd bestieg. »Wollen wir nun gehen?«

Manja atmete tief ein, richtete sich im Sattel auf und erwiderte endlich seinen Blick.

»Ja – gehen wir«, sagte sie.

Vilufars Plan bestand darin, ihr Heimatdorf wiederzufinden, um von dort aus tiefer in die Wälder vorzudringen. Seinerzeit hatte es einen Waldweg zu jener benachbarten Ortschaft gegeben, wo Manjas Mutter einst ihre Flechtkörbe verkauft hatte. Sie konnten nur hoffen, dass es jenes Nachbardorf und auch den Weg dorthin noch gab.

Einstweilen führten sie ihre Pferde zu den Kiefernfelsen, auf denen sie vor Jahren am Lagerfeuer gesessen hatten, und tauchten in den kühlen Schatten der Bäume ein. Der Abend brach bereits herein, als sie unvermittelt auf den Erdwall stießen, der ihr Heimatdorf umgeben hatte. Die Lichtung war kaum wiederzuerkennen, denn seit der Zerstörung der Siedlung hatte der Wald mit unzähligen Sträuchern, Büschen und Schlinggewächsen auf sie übergegriffen und das Gelände zurückerobert, das die Menschen ihm einst abgetrotzt hatten. Die niedergebrannten Ruinen der Häuser glichen irdenen Becken, aus denen Farnteppiche und mannshohe Sträucher emporgeschossen waren, und auf den Überresten des geschwärzten Fachwerks sprossen Moos und Pilze. Die einst kiesbedeckten Wege waren überwuchert und die geflochtenen Gartenzäune mit dem Buschwerk verschmolzen, sodass es schwierig war, die Umrisse der früheren Gärten und Felder auszumachen. Hier und dort lagen verstreute Knochen, von der sauren Erde so stark angegriffen, dass kaum mehr zu bestimmen war, ob sie Mensch oder Tier gehört hatten.

Dennoch erkannte Manja das Haus ihrer Mutter wieder. Die Dachsparren und Stützbalken waren vom Feuer verzehrt worden; der Lehmbewurf jedoch hatte den Flammen widerstanden und war lediglich eingebrochen. Noch immer stand ein niedriges Mauerviereck, dessen Innenraum vollständig mit hüfthohem Gras überwachsen war. Auf der anderen Seite des Wegs lag das Haus von Vilufars Eltern, das einen ähnlichen Anblick bot. Der Apfelbaum im Garten war nur noch als verkohlter Stumpf erkennbar.

Lange standen sie vor den Ruinen und betrachteten das Zerstörungswerk. Vilufar ging am ehemaligen Gartenzaun seines Elternhauses entlang, bückte sich und hob etwas vom Boden auf. Manja bemerkte, dass er weinte. In seiner Hand lag ein schmaler, länglicher Knochen, vielleicht eine Rippe. Plötzlich erinnerte sie sich an Korzaks Leiche, die quer über dem Zaun gehangen hatte, als sie nach dem Überfall der Skythen ins Dorf zurückgekehrt war.

»Sieh nicht hin!«, flüsterte sie, legte die Arme um Vilufars Schultern und zog ihn an sich. Seine Hand öffnete sich, und der Knochen fiel ins Gras. Eine Zeit lang standen sie eng umschlungen, und Manja fühlte, wie seine Tränen ihren Hals nässten.

Da die Nacht bereits hereinbrach, lagerten sie in den Ruinen. Vilufar scheute sich, das Mauerviereck zu betreten, das vom Haus seiner Eltern zurückgeblieben war, und so rollten sie sich in dem Steinkreis zusammen, der einst den Kamin von Arinais Haus umgrenzt hatte. Ihre Pferde, unempfindlich gegen die Schrecken vergangenen Unheils, grasten friedlich zwischen den Überresten der Mauern.

Manja lag lange wach und sah zu den Sternen hinauf. Vilufar lag in ihrem Arm, das Gesicht an ihrer Brust. Seine Trauer und plötzliche Schwäche hatten die Fremdheit zwischen ihnen durchbrochen, und Manja wiegte ihn wie ein Kind, bis er eingeschlafen war. Sie selbst empfand weniger Trauer als Verwirrung. Es war seltsam, an diesen Ort zurückzukehren, der das Heim ihrer Kindheit gewesen und doch nicht mehr wiederzuerkennen war. Sie dachte an ihre Mutter, deren Gegenwart dieses nackte Mauerviereck einst mit Leben und Wärme erfüllt hatte. Doch sie spürte deutlich, dass ihr Geist nicht mehr anwesend war – Arinai war nicht an diesem Ort gestorben; sie weilte anderswo.

Dasselbe galt für die Wölfin. Manja hatte nach ihr Ausschau gehalten, doch offensichtlich war sie ihr nicht bis hierher gefolgt. Diese Erkenntnis erfüllte Manja mit einem seltsam wehmütigen Gefühl, ähnlich jenem, das sie angesichts der rußgeschwärzten Trümmer empfand. Hatte Varge sie verlassen? Natürlich war es möglich, dass sie sich irgendwo am Waldrand aufhielt, unsichtbar im Schatten der Bäume. Doch Manja glaubte zu spüren, dass Varge nicht mehr in ihrer Nähe war. Die Wölfin hatte sie begleitet, solange Manja den Ring getragen hatte. Vielleicht hatte sie nun beides – das

Schmuckstück und ihre Begleiterin – beim Grabhügel am Rand der Steppe zurückgelassen.

Manja streichelte Vilufar, der fest schlief, sacht über den Rücken. Es war an der Zeit, dass sie sich von ihrem bisherigen Leben verabschiedete. Hier in den Wäldern lagen ihre Wurzeln, hier stand ihr Elternhaus, und hier, an ihrer Seite, lag der Mann, der einst der Gefährte ihrer Kindheit gewesen war. Vielleicht bestand ihre Aufgabe darin, wieder zu jenem Mädchen zu werden, das einst neben ihm auf der Ziegenweide gelegen und von einer gemeinsamen Zukunft geträumt hatte. Sie versuchte sich vorzustellen, dass sie mit Vilufar irgendwo in einem Dorf in den Wäldern ein Haus baute, einen Gartenzaun zog und Gemüse pflanzte. Er würde auf den Feldern stehen, die Sichel schwingen und das Getreide einbringen, während sie Rüben und Feldsalat erntete. Sie sah sich in einem schlichten Bauernkittel in der Tür ihres Hauses warten, umgeben von einer Kinderschar, das Jüngste auf den Armen, während er erschöpft, doch mit zufriedenem Gesichtsausdruck von der Arbeit heimkehrte. Hinter ihr duftete das Abendessen, und das Herdfeuer knisterte. Sie versuchte die Wärme zu fühlen, die dieses Bild in ihr hätte auslösen sollen – doch es gelang ihr nicht.

Vielleicht brauche ich nur Zeit, dachte sie. Zeit, um zu vergessen.

Am nächsten Morgen durchquerten sie die zerstörte Siedlung auf der Suche nach dem Waldweg, der zum Nachbardorf führte. Manja hatte diesen Teil des Dorfes kaum gekannt, und so war es schließlich Vilufar, der die überwucherte Schneise entdeckte. Der Weg war nie breit gewesen und seit Jahren nicht mehr benutzt worden, und so hatte das Unterholz ihn erobert, wodurch sein Verlauf selbst bei Tageslicht kaum noch zu erkennen war. Glücklicherweise verliefen Karrenspuren in seiner Mitte, die sich mit der Zeit tief in den weichen Waldboden gegraben hatten und nur spärlich überwachsen waren.

Diesen Spuren folgten sie, wobei sie die Pferde am Zügel führten. Vilufar war sich nicht sicher, wie weit der Weg zum

Nachbardorf war; Manja jedoch erinnerte sich, dass ihre Mutter stets einen ganzen Tag für die Reise gebraucht hatte. Angesichts des Zustandes, in dem der Weg sich befand, rechnete sie eher mit zwei Tagen, denn an einigen Stellen lagen Bruchholz und umgeknickte Bäume quer über der Schneise, sodass sie Umwege einschlagen mussten. Einmal kreuzte der Weg einen Bach, der von den Bergen im Nordosten herabkam, und die schlichte Holzbrücke, die einst hinübergeführt hatte, stellte sich als vollständig zerfallen heraus. Es dauerte einige Zeit, bis sie eine Furt fanden, an der sie ihre Pferde hinüberführen konnten.

Am Abend sahen sie sich gezwungen, im Wald zu übernachten, und entfachten ein kleines Feuer mitten auf dem Weg, um wilde Tiere fernzuhalten. Immerhin war für ihre Verpflegung gesorgt, denn am Wegrand sprossen Waldbeeren und Kresse. Manja erbot sich, mit dem Bogen in den Wald einzudringen, um vielleicht einen Marder oder ein anderes kleines Tier zu schießen, doch Vilufar wollte nichts davon wissen. Unbehaglich betrachtete er die Baumreihen zu beiden Seiten des Weges, die sich in der Dämmerung in schwarze Wände verwandelten, und murmelte etwas von Wölfen und wilden Schweinen. Manja hatte schon lange keine Angst mehr vor Wölfen, sah jedoch ein, dass es gefährlich war, wenn sie sich in der Dunkelheit voneinander trennten.

Am folgenden Morgen zogen sie weiter, und gegen Mittag lichtete sich der Wald und ging in eine Auenlandschaft über. Mehrere Bäche kreuzten den Weg, und bald tauchten gerodete Flächen auf, die von Zäunen umschlossen waren. In der Ferne erhoben sich die Schatten von Berghängen über den Baumwipfeln.

Am Nachmittag erreichten sie schließlich das Dorf. Es war bedeutend größer als ihre Heimatsiedlung: Ein Erdwall in Form eines Halbkreises umschloss mehr als hundert Wohnhäuser, Ställe und andere Wirtschaftsgebäude am Ufer eines Flusses, der den Wald durchschnitt. Kiesbedeckte Wege liefen aus allen Richtungen zusammen und führten auf einen Marktplatz zu.

Manja und Vilufar zogen neugierige Blicke auf sich, als sie sich dem Umfassungswall näherten. Offenbar hatten sie die Siedlung an einem Markttag erreicht, denn die Straßen waren belebt, und unter die Einheimischen mischten sich auswärtige Händler mit Ochsenkarren. Daher hielt niemand sie an, als sie das Tor durchquerten, obwohl viele Menschen sie mit einem Ausdruck beäugten, der zwischen Neugier und Misstrauen schwankte. Immerhin trugen sie fremdländische Kleidung und führten Pferde mit sich: Dies allein sorgte für Aufsehen, denn bei den Bauern der Gegend gab es nur kurzbeinige, gedrungene Tarpane, keine Reitpferde, deren Zaumzeug mit geschnitzten Greifenköpfen besetzt und mit Gold beschlagen war. Vilufar nahm das allgemeine Staunen unbehaglich zur Kenntnis und breitete ein Ende der Satteldecke über den Köcher, aus dem der Bogen hervorragte.

»Vielleicht hätten wir die Pferde zurücklassen sollen«, raunte er Manja zu.

»Nein«, sagte sie entschieden. »Vielleicht brauchen wir sie noch. Wohin gehen wir?«

»Zum Marktplatz«, entschied Vilufar. »Wir werden nach deiner Mutter fragen. Vielleicht hat sie sich hier niedergelassen, oder es gibt zumindest jemanden, der sich an sie erinnert.«

Manja nickte, wenn auch ohne große Hoffnung.

Auf dem Platz in der Mitte des Dorfes waren bereits Marktstände und Tische errichtet worden, an denen die Händler ihre Waren anboten: jede Art von Gemüse, Obst, Getreide und anderen Lebensmitteln, eingelegte Salzfische, aber auch lebende Hühner und Gänse in geflochtenen Käfigen, außerdem Stoffe, Werkzeuge, Metalle und sogar Schmuckstücke aus Bernstein. Nichts davon war auch nur annähernd so kostbar und kunstvoll gearbeitet wie der Geschirrschmuck der Pferde, die Manja und Vilufar mit sich führten, und so wurden sie rasch von Männern umringt, die ihnen Tauschangebote für die Tiere und ihre Ausrüstung machten. Vilufar wies die Händler ungeduldig zurück und versuchte stattdessen, zu den Ständen der Einheimischen vorzudringen, die Gemüse und Fisch anboten.

»Kennst du eine Frau mit Namen Arinai, die aus dem Nachbardorf im Süden stammt?,« fragte er einen zahnlosen Greis im heimischen Dialekt.

Als der Alte nicht antwortete, ging Vilufar von einem Tisch zum anderen und sprach nacheinander mehrere der Dörfler an.

»Aus dem Nachbardorf im Süden, das niedergebrannt wurde – eine große Frau mit schwarzem Haar.«

Die Einheimischen musterten ihn teils neugierig, teils misstrauisch. Eine Frau, die einen Säugling an der Brust trug, schüttelte den Kopf, doch keiner der anderen schien bereit, Vilufar Auskunft zu geben. Die meisten musterten nur stumm die fremdartigen Pferde und tuschelten. Ein jüngerer Mann in derbem Wollkittel beäugte Manja vom Kopf bis zu den Füßen und setzte ein anzügliches Lächeln auf.

»Eine Frau mit Namen Arinai«, wiederholte Vilufar. »Weiß irgendjemand …«

»Arinai?«, fragte plötzlich ein älterer Mann, der hinter einem Tisch voller Schaffelle stand.

»Ja«, wandte sich Vilufar aufgeregt an ihn. »Wisst ihr, ob sie in diesem Dorf lebt?«

Der Alte zuckte die Achseln, nahm sich Zeit und betrachtete erst Vilufar, dann Manja und schließlich die beiden Pferde. Dann deutete er stumm auf eine der prächtig bestickten Satteldecken.

»Gib sie ihm!«, raunte Manja Vilufar zu.

Vilufar begriff, hob die Decke vom Rücken des Pferdes und breitete sie auf dem Tresen aus. Entzückt ergriff der Mann sie mit seinen schwieligen Fingern, knetete den feinen Filz und hielt die Stickerei ans Licht.

»Unten am Ufer«, brummte er schließlich und deutete nach links zum Fluss hinunter. »Das letzte Haus vor dem Wall.«

Das Haus war nicht schwer zu finden. Es lag am äußersten Rand der Siedlung, wo der Erdwall bis zum Flussufer vorstieß. Der niedrige Bau, der nur einen einzigen Raum zu umschließen schien, war vollständig aus Lehm und ohne Stützbalken errichtet, und das Binsendach stand leicht schief, als sei es nicht von den geschicktesten Händen gedeckt worden. An einer Längswand ragte ein Kamin aus Bruchsteinen auf. Vor dem Haus befand sich ein kleiner Garten, der von einem hüfthohen Weidenzaun umgeben war.

Ein Mädchen von vielleicht sechzehn Jahren stand in diesem Garten und mühte sich, ein Holzscheit mit einer groben Axt zu spalten. Ihre Schläge waren schwach und schlecht gezielt, sodass das Holz mehrere Male vom Hackklotz herabglitt und ins Gras fiel. Sie schien so in ihre Aufgabe vertieft, dass sie erst innehielt, als Manja und Vilufar unmittelbar vor dem Zaun standen.

»Ist dies das Haus von Arinai?«, fragte Manja laut.

Das Mädchen blickte auf und offenbarte ein noch kindliches, von Sommersprossen übersätes Gesicht unter flachsblondem Haar. Ihre hellen Augen weiteten sich erschrocken, als sie die Besucher und ihre Pferde erblickte.

»Ist es das Haus?«, fragte Vilufar nachdrücklich.

Das Mädchen richtete sich auf, starrte sie mit offenem Mund an und ließ die Axt ins Gras fallen.

»Ist Arinai zu Hause?«, fragte Manja.

Das Mädchen wandte sich um und lief fluchtartig zum Eingang an der Giebelseite, der mit einer Tür aus geflochtenem Astwerk verschlossen war.

»Mutter! Mutter!«

Ihre Stimme klang ängstlich.

Manja und Vilufar tauschten einen Blick. Womöglich war es doch nicht das richtige Haus.

Das Mädchen verschwand im Innern, und hinter der Tür, die sie in ihrer Aufregung offen gelassen hatte, waren nur Schatten auszumachen. Dann aber trat eine Frau ins Freie, beschattete die Augen mit der Hand gegen die Nachmittagssonne und sah sich nach den unerwarteten Gästen um.

Manja erkannte sie sofort, und ihr Herz schlug heftig. Arinais schwarzes Haar war silbergrau geworden, ihre Haltung war leicht gebeugt, und sie stützte sich auf einen Stock. Doch die braunen Augen in dem noch immer anziehenden Gesicht blickten so lebhaft und wach wie einst. Sie trug einen hellen Filzkittel, umschnürt mit einer Kordel aus Flachs. Hinter ihr in der Türöffnung erschien das junge Mädchen und lugte scheu über ihre Schulter.

Arinai trat einige Schritte in den Vorgarten heraus und näherte sich der Pforte in der Mitte des Zauns. Sie musterte Vilufar, den sie offensichtlich nicht wiedererkannte, dann Manja. Einen Moment lang blickte sie ihr stumm ins Gesicht, dann plötzlich weiteten sich ihre Augen, und ihre Unterlippe begann zu beben.

»Manja?«, flüsterte sie.

Manja schluckte die aufsteigenden Tränen hinunter und nickte.

»Manja!«

Arinais Stimme überschlug sich, und ihre Hände zitterten, als sie die Pforte öffnete.

»Ihr Götter – ist es wahr?«

Sie nahm Manjas Gesicht in beide Hände. Die Berührung ließ Manja erschauern, und sie wehrte sich nicht mehr gegen die Tränen.

Arinai zog sie an sich und schloss sie fest in die Arme. Manja spürte ihren erregten Herzschlag, roch den vertrauten Geruch und barg das Gesicht an ihrem Hals. Eine seltsame Schwäche erfasste sie, wie sie sie seit Jahren nicht mehr empfunden hatte, und sie weinte hemmungslos wie ein Kind. Der Kreis hatte sich geschlossen – sie war zurückgekehrt.

ERINNERUNGEN

Der Sommer wurde heiß, und die Sonne stieg jeden Tag höher, doch zog sie ihre Bahn weit draußen über der Steppe. In den Wäldern, wo die Nadelbäume ihre zerzausten Schatten warfen, die steinigen Bäche vom nahen Gebirge herabsprangen und der Wind von Norden wehte, blieb es angenehm lau. Die Bauern hatten die Aussaat vollendet und warteten geduldig auf das Sprießen der Keimlinge. Einstweilen hegten sie ihre Gärten, flochten Zäune, schlugen Holz und kümmerten sich um die Tiere, von denen viele trächtig waren. Der große Marktplatz lag verlassen da, und nur im Schatten der umliegenden Häuser kauerten einige Frauen mit Säuglingen an den Brüsten. Kinder spielten auf den Wegen, und Greise dösten vor ihren Türen.

In Arinais Haus am Fluss verging die Zeit wie im Flug, denn noch nie war darin so viel gesprochen, so viel gestaunt und so viel erlebt worden. Es dauerte Tage, bis Manja und Vilufar ihre Geschichten erzählt hatten, und noch einmal Tage, an denen Arinai schweigend auf einer kleinen Bank am Flussufer saß, um das Vernommene ganz zu fassen. Manchmal setzte Manja sich zu ihr, gleichfalls schweigend, und Arinai legte einen Arm um sie und zog sie an sich.

»Bist du glücklich hier?«, fragte Manja an einem solchen Tag, als die sinkende Sonne glutrote Flammen auf das Wasser malte und Schwärme unzähliger Insekten über dem Schilf tanzten.

Arinai antwortete nicht sofort, stattdessen verfolgte sie den Weg eines abgebrochenen Astes, der mit der Strömung an ihnen vorbeitrieb.

»Es ist seltsam«, sagte sie schließlich, »ich habe nur wenig von dem, was ich mir einst wünschte – keinen Ehemann, keine Familie –, und dennoch, glaube ich, bin ich glücklich. Ich lebe gern hier. Die Menschen sind freundlich zu mir, auch wenn einige der gleichaltrigen Frauen murren, weil ich noch nicht so faltig und krumm bin wie sie.«

Manja lachte.

»Nein, du warst immer eine Schönheit«, sagte sie.

»Meine liebe Tochter, ich bin sechsundvierzig Winter alt«, sagte Arinai ernst. »Mein Haar ist grau geworden, meine Hände sind knotig, und die Gelenke bereiten mir Schmerzen … doch es ist wahr: Ich bin noch nicht vollkommen verblüht. Tatsächlich geht es mir hier besser als in unserem Heimatdorf. Ich flechte noch immer Körbe für den Markt, halte zwei Ziegen und ernte genug Gemüse, um nicht von Almosen abhängig zu sein. Und Hunai ist mir eine große Hilfe.« Sie nickte zum Garten hinüber, wo das flachsblonde Mädchen die Ziegen fütterte. »Seit ihre Mutter starb und Valomir sie in meine Obhut gab, bin ich nicht mehr allein, und das ist mehr wert als die Arbeit, die sie mir abnimmt. Valomir sagte zwar, ich solle nur dafür sorgen, dass sie die Hauswirtschaft lernt – aber du hörst ja selbst, dass sie mich inzwischen Mutter nennt.«

Manja nickte. Sie hatte Valomir, einen ernsten, hageren Mann mit schütterem Bart, bereits kennengelernt. Er lebte einige Häuser weiter und brachte oft Brot und Äpfel als Gegenleistung für die Aufnahme seiner Tochter, die sechzehn Jahre alt war und bei Arinai lebte.

»Besucht Valomir dich oft?«, fragte sie.

»Oh, gewöhnlich kommt er öfter«, entgegnete Arinai. »Aber unter den gegenwärtigen Umständen hält er es wohl für taktvoller, wenn wir ein wenig unter uns bleiben. Heute Morgen hat er den Korb mit dem Brot einfach vor die Tür gestellt und ist wieder gegangen.«

»Ein freundlicher Nachbar«, sagte Manja, wobei sie einen neckenden Unterton nicht ganz verbergen konnte. »Stellt er dir nach wie einst Korzak?«

»In der Tat.« Arinai schmunzelte. »Mit dem Unterschied, dass ich seine Annäherungsversuche bei Weitem nicht so entschieden zurückweise.«

»Soll das heißen – ihr seid ein Paar?«

Arinai hob die Schultern und lächelte unbestimmt.

»Sagen wir: Es könnte sich ergeben. Seine Frau ist noch nicht lange tot, und vorläufig ist es nicht ratsam, wenn man uns allzu häufig zusammen sieht.«

»Oh«, machte Manja, die sich über diese Neuigkeit ehrlich freute und zugleich eine gewisse Bewunderung für ihre Mutter empfand, in deren Alter die meisten anderen Bäuerinnen bereits bucklig und verhärmt waren. Sie ahnte, dass dies mit einer Eigenschaft zu tun hatte, die sie in sich selbst wiederfand: dem ungebrochenen Willen, auch unter schwierigsten Umständen alle Möglichkeiten zu nutzen. So unterschiedlich ihr Leben auch verlaufen war; es gab unleugbare Gemeinsamkeiten zwischen Mutter und Tochter.

Manja blickte hinüber zu Hunai, die eben einen Korb mit Feuerholz aufgenommen hatte und sich mühte, ihn ins Haus zu tragen. Der Korb war schwer, und sie schwankte sichtlich. Manja beobachtete, wie Vilufar aus der Tür trat und ihr die Last abnahm. Hunai lächelte.

Zu Anfang hatte Manja in Gegenwart ihrer Ziehschwester einen Anflug von Eifersucht verspürt. Das Mädchen hing an Arinai und las ihr jeden Wunsch von den Augen ab, sodass sie in ihrer Eilfertigkeit oft über das Ziel hinausschoss. Ein Ersatz für die verlorene Tochter war sie dennoch nicht, wie Manja deutlich spürte. Hunai war von liebenswert schlichtem Gemüt, wortkarg, anhänglich, dienstbeflissen, doch hilflos in allen Angelegenheiten, die sorgfältiges Nachdenken erforderten. Es war nahezu unmöglich, ihr gegenüber keine mütterlichen Gefühle zu entwickeln. Selbst Manja half ihr oft bei schwierigen Arbeiten wie dem Holzhacken und Feuermachen, und das Spießen von Fischen im Fluss hatte sie ihr gänzlich abgenommen, denn niemand – schon gar nicht Hunai – erreichte darin ihre Geschicklichkeit. Außerdem kümmerte sich Manja um die beiden Pferde, die im Garten hinter dem Haus grasten, denn Hunai wagte sich den mächtigen Tieren nicht einmal auf fünf Schritte zu nähern.

»Hunai scheint Vilufar zu mögen«, sagte Manja. »Mir gegenüber ist sie immer so scheu.«

»Das ist leicht zu verstehen«, sagte Arinai. »Sie versucht seit Jahren, mir die Tochter zu ersetzen – und nun tauchst du wieder auf, Jahre älter, an Erfahrung unendlich viel reicher als sie, klug und geschickt in allem, was ihr Schwierigkeiten bereitet, noch dazu von fremdländischem Äußeren ... Du kannst dir nicht vorstellen, wie entsetzt sie war, als du in diesem skythischen Kleid und mit einem Pferd vor der Tür standest. Hunai ist nie über die Grenzen dieses Dorfes hinausgekommen, und dass eine so fremdartige Erscheinung wie du meine leibliche Tochter sein soll, hat sie wohl noch immer nicht begriffen.« Sie seufzte. »Ich begreife es ja selbst kaum.«

Manja lehnte den Kopf an Arinais Schulter.

»Ich bin deine Tochter«, sagte sie. »Und ich habe nie aufgehört, es zu sein. Vilufar behauptet, ich sei dein Ebenbild.«

Arinai lächelte.

»Ich will hoffen, dass das ein Lob ist«, scherzte sie. »Gewiss, du hast meine Gestalt und mein Haar. Doch ich wäre nicht in der Lage gewesen, bei diesen Menschen zu leben, die … wie nennen sie sich?«

»Sarmaten.«

»Ich habe nie zuvor von ihnen gehört«, sagte Arinai nachdenklich. »Ich glaubte, alle Völker der Steppe seien wie die Skythen. Hier im Norden kennt man sie nur als Räuber und Plünderer. Als die Hiesigen von der Zerstörung unseres Dorfes hörten, wollten sie nicht einmal Männer aussenden, um nach Überlebenden zu suchen, so groß war ihre Furcht. In den Augen der Einheimischen sind die Pferdemenschen, wie sie sie nennen, Sendlinge von Dämonen – man droht kleinen Kindern mit ihnen, um sie zum Gehorsam anzuhalten.«

Manja erinnerte sich an die Bauern in ihrem Heimatdorf und nickte.

»Und du bist bei ihnen gewesen …«, sagte Arinai, als müsse sie diese unglaubliche Tatsache immer wieder aussprechen, um sie ganz erfassen zu können, »… und hast als eine der Ihren gelebt. Der Gedanke ist mir noch immer unbegreiflich, dass du in einem Wagen gehaust, ein Pferd geritten und wie ein Mann gekämpft hast. Ein hiesiges Mädchen in deinem Alter hätte die Ziegen gemolken, das Korn ausgelesen und die Hühner gefüttert, wäre verheiratet und hätte das zweite oder dritte Kind.«

»Ich kann es dir nicht erklären«, sagte Manja, »aber als ich zu ihnen kam, war es, als würde irgendetwas erwachen, das ich schon immer in mir getragen hatte. Ich sah die Steppe, und ich liebte die Weite, die endlosen Ebenen und den offenen Himmel darüber. Ich bestieg ein Pferd, und es trug mich und folgte meinem Willen, ohne dass ich lange üben musste. Man legte mir Waffen in die Hände, und ich fühlte, wie ich sie gebrauchen musste. Ich ritt in die Schlacht, und ein mächtiger Zorn ergriff Besitz von mir und trieb mich vorwärts …«

»Es muss dein Vater sein, der in dir lebt«, sagte Arinai gedankenvoll. »Ich ahnte es immer. Du hast seine Augen, und du hast viel von seinem Geist. Ihm und mir war es nicht vergönnt, zueinanderzufinden, aber es scheint, dass die Götter uns am Ende doch vereint haben – in dir.«

»Ich weiß nichts von ihm«, seufzte Manja, die noch immer an ihrer Schulter lag und die Augen geschlossen hatte. »Außer dass er ein Skythe war. Du hast mir nicht einmal seinen Namen genannt.«

»Ich weiß selbst nicht viel von ihm«, sagte Arinai. Ihre Stimme klang fern. »Nur wie sich sein Haar anfühlte ... seine Haut ... Ich sehe seine Augen, die den deinen so ähnlich sind.«

»Wir kannten die Skythen nur als Feinde.«

»Wir auch.« Arinai seufzte.

»Als ich zur Schlacht gegen sie ausritt«, fuhr Manja fort, »stellte ich mir vor, er wäre dort, und ich würde ihn töten – den Mann, der meiner Mutter Gewalt antat und ihre Verwandten ermordete.«

»Er hat mir keine Gewalt angetan«, widersprach Arinai. »Und du solltest ihn nicht hassen. Er war ganz anders als jener Häuptling Asma, von dem du mir berichtet hast.«

Sie schwiegen eine Weile.

»Hast du eigentlich Vilufar davon erzählt?«, fragte Arinai schließlich.

»Nein«, antwortete Manja. »Er weiß nichts. Er glaubt immer noch, dass mein Vater Bauer war und aus dieser Gegend stammte.«

»Du solltest es ihm sagen. Vor deinem zukünftigen Ehemann solltest du keine Geheimnisse hegen.«

Manja schwieg.

»Du wirst Vilufar doch heiraten, oder?«

Manja seufzte schwer.

»Ich weiß, er wünscht sich nichts sehnlicher«, erwiderte sie. »Aber ich ... ich weiß nicht. Ich wünschte, ich hätte noch Zeit, um darüber nachzudenken.«

In diesem Augenblick wurde ihr Gespräch unterbrochen, denn Vilufar kam durch den Garten zu ihnen herüber.

»Hunai und ich haben das Abendessen zubereitet«, sagte er. »Wollt ihr nicht ins Haus kommen?«

Sie saßen bis tief in die Nacht um das Herdfeuer im Haus, leerten ihre Schüsseln mit Hirsebrei und ließen sich das Brot schmecken, das Valomir am Morgen gebracht hatte. Manja war schweigsam und nachdenklich, während Hunai mit Vilufar scherzte, ihm Apfelstückchen in den Mund steckte und laut lachte, wenn er die Kerne ins Feuer spuckte.

»Morgen werde ich mit Valomir sprechen«, wandte sich Arinai an Vilufar, als das Feuer fast heruntergebrannt war und über dem Rauchloch in der Decke bereits der Mond stand. »Er ist mit einem der Dorfältesten verwandt und will über dein Hofrecht mit ihnen verhandeln.«

Vilufar setzte sich erstaunt auf.

»Oh ... das ist sehr gütig von ihm«, sagte er und schob Hunai ein wenig von sich, um Arinai ansehen zu können. »Und von dir, dass du ihn darum gebeten hast.«

»Nun, wir können ja nicht für alle Zeiten zu viert hier leben«, sagte Arinai. »Du bist ein freier Mann, und sicher willst du ein eigenes Haus bauen. Wenn alles gut geht, werden die Ältesten dir ein Stück Land zuteilen, auf dem du deine Felder anlegen kannst. Es wird wahrscheinlich nicht sehr groß sein, weil du noch keine Familie hast ...«

»Aber ich habe doch Familie!«, rief Vilufar, zog Manja an sich und legte einen Arm um sie. »Wenn die Götter wollen, wirst du bald Enkelkinder haben.«

Arinai lächelte, doch ihr Lächeln verblasste, als sie zu Manja hinüberblickte, die abwesend in die Glut starrte und Vilufars Umarmung kaum erwiderte. Hunai hatte sich von ihnen zurückgezogen, warf Vilufar einen scheuen Seitenblick zu und wirkte gleichfalls bedrückt.

»Solange du noch nicht verheiratet bist«, sagte Arinai vorsichtig, »wirst du dich mit einem kleinen Feld begnügen müssen, wahrscheinlich zwanzigmal zwanzig Ruten – das zumindest vermutet Valomir. Später dann ...«

»Aber was steht der Heirat denn im Weg?«, fragte Vilufar.

»Auch über die Ehe entscheiden die Ältesten, wie du

weißt«, erklärte Arinai. »Und das ist in eurem Fall nicht ganz einfach, denn da ihr nicht hier geboren seid, werden sie wissen wollen, wer eure Eltern waren.«

»Das kann ich ihnen doch sagen«, meinte Vilufar unbekümmert. »Du kannst bezeugen, dass meine Eltern im Nachbardorf lebten und einen Hof hatten.«

Arinai nickte. »Schwieriger ist es mit Manjas Eltern.«

»Wieso?«, fragte Vilufar, der offenbar nicht bemerkt hatte, wie Mutter und Tochter einen Blick tauschten. »Du bist Manjas Mutter, und du kannst ihnen sagen, wer ihr Vater war.«

Manja schlug die Augen nieder, und Arinai verstand, dass sie es ihr überließ, das Notwendige zu sagen.

»Wenn ihr wollt, werde ich den Ältesten sagen, dass Manjas Vater ein Bauer war und unserem Volk entstammte. Dann wird es keine Schwierigkeiten geben.«

»Aber das ist doch die Wahrheit«, sagte Vilufar verunsichert. »Oder?«

Manja schüttelte stumm den Kopf, und er blickte verstört zuerst sie, dann ihre Mutter an.

»Manjas Vater war ein Häuptling der Skythen«, sagte Arinai. »Seine Reiterhorden überfielen das Dorf, in dem ich früher lebte, und verheerten es mit Feuer und Schwert. Auch meine Mutter, die Herrin des Dorfes, bedrohten sie mit dem Tod – und so suchte ich ihren Häuptling auf, um Schonung für sie zu erbitten.«

Vilufar war von Manja abgerückt und starrte Arinai mit offenem Mund an.

»Ich weiß selbst nicht, wie es geschehen konnte … Er gewährte mir Gastrecht, und man brachte mich zum Zelt der Sklavinnen«, fuhr Arinai fort. »Ich sprach mit ihm, ich lernte ihn kennen, und am Ende …«

»Wer war der Häuptling?«, fragte Vilufar, in dessen Gesicht sich Staunen und Schrecken malten.

»Sein Name war Artan«, erwiderte Arinai und starrte in die verlöschende Glut. »Genannt Bartatur, der Eiserne.«

»*Du* bist das Rabenmädchen?«, flüsterte Vilufar entgeistert.

Arinai sah auf, und auch Manja blickte Vilufar erstaunt an.
»Das Rabenmädchen?«

»Alle Skythen kennen diese Geschichte«, sagte Vilufar. »Selbst bei den Sklaven wurde sie erzählt. Es heißt, dass Bartatur sein Leben lang keine Frau berührt hatte, bis das Rabenmädchen zu ihm kam und ihren Zauber auf ihn legte. Nachdem er fortgezogen war, soll er sich von seinen Männern getrennt haben und allein nach Westen bis zum Rand der Welt geritten sein, weil er sie nicht vergessen konnte. Niemand hat ihn je wieder gesehen.«

Arinai saß lange unbewegt. Dann plötzlich schüttelte ein heftiges Schluchzen ihre Brust, und Tränen rannen ihr über das Gesicht. Hunai, die wenig von dem Gesagten verstanden hatte und lediglich begriff, dass ihre Ziehmutter weinte, huschte an ihre Seite und legte den Kopf an ihre Schulter.

»Was hast du, Mutter?«, fragte sie ängstlich.

Arinai schluckte.

»Es ist nichts, mein Liebes«, beruhigte sie Hunai und legte ihr eine Hand auf die Wange. »Ich habe nur gerade etwas erfahren … über jemanden, den ich früher einmal kannte.«

Sie streckte die andere Hand nach Manja aus.

»Komm auch du zu mir, Tochter!«, flüsterte sie rau.

Manja setzte sich an ihre andere Seite und legte wie Hunai den Kopf an ihre Schulter. Arinai weinte lange, doch sie sagte nichts mehr, und Manja ermaß ihre Erregung nur am fühlbaren Beben ihrer Brust.

»Soll ich das Feuer löschen?«, fragte Vilufar nach einiger Zeit verlegen.

Arinai wischte sich wie ein Kind mit dem Ärmel über das Gesicht, nickte ihm zu und überwand sich zu einem dankbaren Lächeln.

»Ja, tu das. Wir sollten schlafen gehen.«

Bereits am folgenden Mittag brachte Valomir persönlich die Nachricht, dass die Dorfältesten Vilufar die Ansiedlung gestattet und ihm ein Stück Land zur Verfügung gestellt hatten. Sie gingen alle gemeinsam hinüber zu dem Grundstück, das nicht weit von Arinais Haus lag und sich als ein Stück Wildwiese nahe dem Ufer herausstellte.

»Du wirst den Boden ausheben müssen, bevor du die Pfostenlöcher stechen kannst«, meinte Valomir. »Ich werde dir einen Spaten leihen.«

Vilufar bedankte sich überschwänglich, musterte liebevoll jede Einzelheit des Platzes und erklärte schließlich, er wolle gleich mit der Arbeit beginnen. Hunai bot augenblicklich ihre Hilfe an, und Manja, die nicht zurückstehen wollte, schloss sich an. Doch Vilufar wollte sich nicht helfen lassen.

»Das ist Männerarbeit«, erklärte er nicht ohne Stolz. »Geht ruhig nach Hause; ich mache es allein.«

Manja war froh, von der Arbeit entbunden zu sein, und dies nicht etwa der Anstrengung wegen – tatsächlich hätte sie einen Spaten mit der gleichen Kraft gehandhabt wie Vilufar. Eher war sie erleichtert, nicht mehr verbergen zu müssen, wie wenig sie seine Begeisterung teilte. Den Rest des Tages half sie Hunai bei der Hausarbeit, und als Vilufar zurückkehrte, war es bereits spät. Arinai kam an diesem Abend nicht nach Hause. Vermutlich verbrachte sie die Nacht bei Valomir.

Sie legten sich zum Schlafen nieder: Hunai auf einer der niedrigen Wandbänke neben Arinais leerem Lager, Manja und Vilufar wie üblich auf einem Ziegenfell am Boden. Hunai schlief fast augenblicklich ein, wie ihre ruhigen Atemzüge verrieten. Vilufar war erschöpft von der Arbeit, doch hellwach und erregt.

»Es wird einige Tage dauern, den Boden auszuheben«, flüsterte er und legte wie stets einen Arm um Manjas Schulter. »Aber ich schaffe das schon. Valomir hat versprochen, mir zu helfen. Mit etwas Glück kann ich noch vor dem nächsten Vollmond die Pfosten setzen.«

Manja schwieg und blickte zum Rauchloch in der Decke hinauf.

»Ich werde einen Kamin anbauen«, fuhr Vilufar fort. »Stell dir vor: Dort wirst du eines Tages unser Essen zubereiten – im eigenen Haus, am eigenen Herd.«

Er wandte den Kopf und sah Manja von der Seite an.

»Ist das nicht wunderbar?«

Sie fühlte seinen Blick, konnte sich jedoch nicht überwinden, ihn zu erwidern.

»Du machst dir Sorgen, nicht wahr?«, fragte Vilufar, der ihre Abwesenheit spürte. »Ist es wegen der Ältesten?«

Sie antwortete nicht.

»Sie werden die Heirat erlauben«, sagte Vilufar. »Deine Mutter hat doch gesagt: Sie ist bereit zu bezeugen, dass dein Vater ein Bauer war. Niemand muss die Wahrheit erfahren.«

Er legte die freie Hand auf ihre Wange und drehte ihr Gesicht zu sich herum.

»Und mir ist es gleichgültig«, flüsterte er. »Du bist trotzdem meine kleine Manja, und wenn wir erst verheiratet sind, wird niemand mehr fragen, woher du stammst.«

Er küsste sie. Seine Lippen waren warm und trocken, und sein rauer Bart streifte ihre Wange. Seine Hand glitt über den schlichten Filzkittel, den sie trug, seit sie bei ihrer Mutter lebte – vom Kragen zwischen ihren Brüsten hinab bis zum Bauch.

Manja wartete darauf, dass irgendetwas in ihrem Innern auf seinen Kuss antwortete, sich ihm entgegendrängte, ihr Herz schneller schlagen ließ. Doch sie fühlte nur Verwirrung und schämte sich zugleich, dass sie seine Zärtlichkeit nicht erwiderte. In dem Bestreben, ihre Gefühle auf ihn zu konzentrieren, zog sie ihn an sich und küsste ihn ihrerseits. Ermutigt ließ er seine Hand weiter hinabgleiten, fand den Saum ihres Kittels und schob ihn über ihre Schenkel. Als sie sich von seinem Mund löste, atmete er heftig, und sie spürte seinen ganzen Körper beben.

Sie wollte sich aufsetzen, doch er drückte sie in die Rückenlage zurück.

»Halt still!«, flüsterte er. Ergeben blieb sie liegen und blickte zum Rauchloch hinauf, während er sich zwischen ihre Schenkel kniete und ihren Kittel bis zu den Brüsten hochschob. Er tastete im Dunkeln, und sie spürte seine Finger. Er war unerfahren, und sie fühlte, dass es eigentlich an ihr gewesen wäre, ihm zu helfen, doch gleichzeitig ergriff eine seltsame Unlust von ihr Besitz. Er hatte verlangt, dass sie stillhielt – und sie hielt still.

Dann trat der Mond über das Rauchloch und warf seinen weißen Schimmer auf Manjas Körper. Der Adler blitzte auf, dessen geschwungene Figur unter ihren Brüsten eingeritzt war. Die fliehenden Steinböcke erschienen, die sich wie eine Kette um ihren Bauch zogen, und die springende Raubkatze, die sich um ihren linken Oberschenkel wand, glühte im Licht.

Vilufar hatte innegehalten. Manja glaubte zu spüren, wie seine Blicke über ihren Körper glitten und wie Befremdung, ja sogar Scheu ihn ergriff. Es war nicht die kleine Manja, die vor ihm lag, nicht das zwölfjährige Mädchen, das ihn einst auf der Ziegenweide besucht hatte. Es war der Körper einer Kriegerin, deren Glieder von Tierbildern bedeckt, deren Muskeln durch jahrelange Kampfübungen gestählt und deren kräftige Schenkel an das Reiten eines Pferdes gewöhnt waren.

Manja fühlte, wie Vilufar sich zurückzog. Mit einer gewissen Erleichterung schloss sie die Augen, verharrte ebenso reglos wie er und vernahm lange Zeit nichts außer seinem unruhigen Atem. Schließlich spürte sie, dass er zur Seite glitt und sich wieder ausgestreckt neben sie legte. Sie ahnte seine Verwirrung, und fast hätte sie ihn an sich gezogen und getröstet. Doch beide lagen nur still da, ohne einander zu berühren.

Der Mond wanderte weiter, verschwand hinter dem Rauchloch und hinterließ tiefe Dunkelheit. Irgendwann beruhigte sich Vilufars Atem, und Manja spürte, dass er eingeschlafen war. Vorsichtig öffnete sie die Augen und blickte zu der Luke im Dach hinauf, die jetzt nur noch ein undeutlicher Fleck in der sie umgebenden Schwärze war. In den Dachbinsen rauschte der Wind. Er wehte trocken und frisch in dieser Nacht – wahrscheinlich kam er von Süden herauf, aus der Steppe.

Manja versuchte sich das Haus vorzustellen, das Vilufar für sie bauen wollte, doch in ihrem Geist verwandelten sich die mit Lehm beworfenen Wände und das von schweren Balken getragene Binsendach in die Plane eines Zeltes, die sich leicht im Wind bauschte. Sie glaubte, Gras unter sich zu spüren und in weiter Ferne das Wiehern eines Pferdes zu hören.

Als sie endlich eingeschlafen war, träumte sie von Varge, der Wölfin. Sie saß auf der Kuppe eines Hügels, warf den Kopf in den Nacken und schickte ein klagendes Heulen zum Mond hinauf. Noch im Traum spürte Manja, wie eine große Traurigkeit von ihr Besitz ergriff. Sie wollte den Hügel hinaufrennen, stellte aber fest, dass ihre ausgestreckten Arme in Fesseln hingen – ganz so wie vor geraumer Zeit im Lager der Skythen. Es waren jedoch nicht zwei Pfähle, an die sie gefesselt war, sondern vier, und sie bildeten ein Rechteck wie die Pfosten eines Hauses.

Dann trat ein Mann zu ihr, der einen bestickten Leibrock und eine Filzkapuze trug. Anfangs glaubte sie, es sei Vilufar, der zu ihrer Rettung kam; dann meinte sie Sajan zu erkennen. Als der Mann jedoch seine Kapuze zurückschlug, lief ihr ein Schauder über den Rücken. Es war nicht Sajan, sondern ein viel älterer Mann, den sie dennoch auf unbestimmte Weise zu kennen glaubte. Er war sehr groß, hatte einen gelockten rötlichen Bart und einen Kranz gleichfarbiger Haare rund um den kahlen Schädel. Unter seiner hohen Stirn leuchteten zwei schmale hellgraue Augen, der Rest seines Gesichtes lag im Schatten. Er streckte eine Hand aus – eine kräftige, doch langgliedrige Hand, und Manja verstand, dass sie ihm folgen sollte.

Stöhnend wand sie sich in ihren Fesseln, wollte sprechen, versuchte zu erklären, dass sie festgebunden sei – doch sie brachte keinen Laut über die Lippen. Schließlich wandte der alte Mann sich um und ging langsam auf den Hügel zu. Manja sah seine Gestalt kleiner und kleiner werden, bis er die Hügelkuppe erreicht hatte und sich zu ihr umdrehte. Aus der Entfernung vermochte sie sein Gesicht nicht zu erkennen, und seine hohe Gestalt war nicht mehr als ein Schattenriss, doch war sie sicher, dass er zu ihr herüberblickte. Die Wölfin war an seine Seite gehuscht, und er hatte die rechte Hand auf ihren Kopf gelegt. Mit der linken winkte er Manja zu, als warte er auf sie.

DIE ENTSCHEIDUNG

Am folgenden Tag fühlte Manja sich seltsam benommen und leer. Sie nahm kaum wahr, dass Vilufar früh aufstand und wortlos mit seinem Spaten das Haus verließ. Offenbar hatte er beschlossen, sogleich wieder ans Werk zu gehen und die Zweifel der vergangenen Nacht durch Arbeit zu betäuben. Auch Hunai regte sich früh und ging hinaus, um die Ziege zu melken. Manja blieb liegen, bis die Sonne bereits hoch am Himmel stand.

Arinai kehrte erst gegen Mittag zurück, in den Händen einen Korb mit gebackenem Brot.

»Ich war noch auf dem Markt«, erklärte sie, stellte den Korb ab und ließ sich neben Manja nieder, die sich in ihren Schlaffellen aufgesetzt hatte. »Die Fische, die du in den letzten Tagen gefangen hast, haben einen guten Tauschwert erbracht. Trotzdem müssen wir allmählich darüber nachdenken, wie wir Wintervorräte für vier Esser zusammenbekommen. Valomir meint, wir sollten die Pferde verkaufen, die ihr mitgebracht habt.«

Stumm sah Manja sie an, und Arinai las ohne Mühe in ihrem Gesicht.

»Manja?«, fragte sie sanft und legte ihr eine Hand auf den Arm. »Geht es dir nicht gut?«

Manja schluckte, fühlte den aufmerksamen Blick ihrer Mutter und sah zu Boden.

»Möchtest du mit mir hinausgehen?«, fragte Arinai. »Zu der Bank am Ufer?«

Manja nickte.

»Vor zwei Tagen hast du mich gefragt, ob ich hier glücklich bin«, begann Arinai, als sie auf der kleinen Bank saßen und ins Wasser blickten, das in der Mittagssonne glitzerte. »Nun möchte ich dich etwas fragen: Bist *du* glücklich, Manja?«

Manja ließ die Frage auf sich wirken. Sie forschte in ihrem Innern, fand jedoch keine überzeugende Antwort.

»Ich ... weiß es nicht«, sagte sie schließlich. »Ich bin glücklich, weil ich dich gefunden habe und wieder bei dir sein kann. Über alles andere denke ich nicht gern nach.«

Arinai zog die Brauen leicht zusammen, wie sie es stets tat, wenn sie erriet, dass ihre Tochter ihr etwas verschwieg.

»Was ist dieses andere?«, fragte Arinai sanft. »Ist es die Vergangenheit – oder ist es Vilufar?«

»Beides«, gestand Manja, riss einen Schilfhalm aus und stocherte mit der Spitze im Gras. »Ich weiß nicht, ob ich mit ihm zusammenleben kann ...«

»Du meinst: ob du es willst«, berichtigte Arinai zielsicher.

Manja nickte – es war unmöglich, vor Arinai ihre Gefühle zu verbergen.

»Und ich denke nicht gern an die vergangenen sieben Jahre. Ich will sie vergessen.«

»Willst du das wirklich, oder glaubst du, du solltest es?«

Manja biss sich auf die Lippen.

»Ich sollte es«, sagte sie schließlich. »Um der Zukunft willen ... um Vilufars willen.«

Arinai seufzte und lehnte sich zurück.

»Manja, ich habe in meinem Leben eines gelernt: Wenn die Vergangenheit nicht abgeschlossen ist, kann es auch keine Zukunft geben. Ich zum Beispiel habe jahrelang um deinen Vater getrauert und zu begreifen versucht, warum die Götter es uns verwehrten, zueinander zu finden. Er zog fort, und ich blieb zurück. Ich hasste ihn, weil er mich verließ, und ich hasste mich selbst, weil ich glaubte, alles falsch gemacht zu haben. Erst vor kurzer Zeit habe ich begriffen, dass ich nicht in Frieden alt werden kann, wenn ich Tag für Tag daran denke.«

»Siehst du: Du hast ihn vergessen, um weiterleben zu können«, folgerte Manja.

»Ich habe ihn nicht vergessen«, erwiderte Arinai. »Ich denke noch immer jeden Tag an ihn und werde an ihn denken, selbst wenn mein Wunsch in Erfüllung geht und ich bald Valomirs Ehefrau werde. Aber ich habe meinen Hass vergessen. Ich kann zurückblicken, ohne dass dieses Gefühl mich überwältigt.«

»Kann man auch ... Liebe vergessen?«, fragte Manja leise.

»Nein.« Arinai schüttelte bedächtig den Kopf. »Liebe kann man nicht vergessen. Und deshalb sollte man ihr folgen, wenn sich die Möglichkeit bietet. Tut man es nicht, braucht man unter Umständen ein ganzes Leben, um sich damit abzufinden, dass man etwas Entscheidendes versäumt hat. So war es bei mir.«

»Aber was hättest du denn tun sollen?«

»Ich weiß es bis heute nicht«, murmelte Arinai. »Vielleicht hätte ich mit deinem Vater fortgehen sollen – ungeachtet aller Schranken von Herkunft, Lebensweise und Feindschaft zwischen unseren Völkern. Vielleicht hätte meine Liebe ihn verändert, vielleicht seine Liebe auch mich. Ebendas ist das Traurige an der versäumten Gelegenheit: Ich werde es nie erfahren.«

Manja schwieg. Sie war sich noch nicht sicher, worauf ihre Mutter hinauswollte.

»Der Mann, von dem du mir erzählt hast«, fuhr Arinai behutsam fort. »Sajan ...«

Manja erstarrte, und unwillentlich bog sie den Schilfhalm in ihren Händen so stark, dass er abknickte. Sie hatte wenig über Sajan erzählt, doch mit dem ihr eigenen Instinkt hatte ihre Mutter längst alles Wesentliche erraten.

»Er war mehr als nur dein Retter, nicht wahr?«

»Wie kommst du darauf?«, flüsterte Manja, die sich ertappt fühlte.

»Einfach dadurch, dass du ihn so merkwürdig selten erwähnst.«

Sie schwiegen eine Weile.

»Er ist weit fort«, sagte Manja schließlich. »Ich gehöre nicht zu seinem Volk. Er ist ein Reiter und Krieger, ein Bruder der sarmatischen Königin, ein Mensch der Steppe – und ich bin ein Mädchen aus einem Bauerndorf.«

»So war es auch mit mir und Artan«, stimmte Arinai zu. »Ganz genauso.«

»Vielleicht«, schränkte Manja trotzig ein. »Und wenn es so ist, dann sollte ich ihn ebenso aus meinem Herzen verbannen, wie du meinen Vater verbannen musstest. Ich darf ihn niemals wiedersehen. Ich könnte doch nicht in die Steppe zurückkehren, dich verlassen, Vilufar verlassen und …«

»So dachte ich damals auch«, unterbrach Arinai sie sanft, aber bestimmt. »Ich fragte mich, was ich opfern müsste, um bei ihm zu sein. Ich fragte mich, ob ich fähig wäre, mein Dorf, meine Familie, ja mein ganzes Volk zu verlassen. Ich fragte mich, ob ich mir vorstellen könnte, in einem Wagen zu leben und die Frau eines Steppenkriegers zu sein, der einen grausamen Sturmgott anbetete und Milchschnaps aus einem menschlichen Schädel trank … Natürlich konnte ich es mir nicht vorstellen.« Sie seufzte. »Vielleicht aber hätte ich mir ganz andere Fragen stellen sollen.«

»Was für Fragen?«

»Ich werde sie *dir* stellen«, sagte Arinai ernst. »Und bedenke deine Antworten gut.«

Manja wartete beklommen.

»Dieser Mann – Sajan«, begann Arinai. »Was hast du gefühlt, wenn er dich ansah?«

Manja senkte den Blick und biss sich auf die Lippen. Sie wollte nicht darüber sprechen und bemerkte kaum, dass sie den Schilfhalm zwischen ihren unruhigen Fingern in kleine Stücke zerriss.

»Was hast du gefühlt, wenn er dich berührte?«

Ein Schauder überlief Manjas Rücken.

»Was fühlst du, wenn du jetzt an ihn denkst?«

Manjas Finger erschlafften, und die Bruchstücke des Schilfhalmes rieselten zu Boden. Sie schluckte und spürte ihre Kehle eng werden.

»Möchtest du bei ihm sein?«, fragte Arinai sanft.

Manja wandte das Gesicht ab und nickte.

»Wo spürst du das? Wo in deinem Körper?«

»Überall«, flüsterte Manja und erschrak beim Klang ihrer eigenen Stimme, die rau von aufsteigenden Tränen war.

»Sag es mir genauer!«

Manja presste die verschränkten Hände gegen den Mund, wie um zu verhindern, dass ihr weitere Worte entschlüpften.

»Wo, Manja?«

»In meiner Kehle«, antwortete sie gequält. Und plötzlich, als hätten die Worte eine Barriere niedergerissen, flossen die Tränen. »Auf meinen Lippen …« Sie fühlte, wie ihr Brustkorb sich schmerzhaft zusammenzog. »In meiner Brust … und …«

»… in deinem Unterleib?«, fragte Arinai.

Manja nickte.

Arinai beugte sich zu ihr herüber und hob ihr Kinn mit zwei Fingern, sodass Manja ihr in die Augen sehen musste.

»Dann bedenke gut, wie du dich entscheidest, meine Tochter. Bedenke gut, ob du in diesem Dorf leben und versuchen willst, ihn zu vergessen. Und bedenke gut, dass du viele lange Jahre damit verbringen wirst, einem Versäumnis nachzutrauern, das du nicht mehr rückgängig machen kannst. Ich weiß, wovon ich spreche.«

Sie wandte sich ab und blickte wieder ins Wasser, auf dem sich die Sonne spiegelte.

»Und Vilufar?«, flüsterte Manja beklommen.

»Er ist ein guter und starker Mann, und er ist noch jung«, sagte Arinai. »Er wird seinen Weg finden. Falls es dich beruhigt: Wir werden auf ihn achtgeben – Valomir und ich.« Sie seufzte. »Glaub mir, es fällt mir nicht leicht, dich wieder gehen zu lassen. Aber ich werde mich damit trösten, dass du diesmal deinem Herzen folgst.«

Als Vilufar zum Abendessen zurückkehrte und sich Arinais Haus näherte, blieb er erschrocken an der Gartenpforte stehen. In der Tür stand Manja, eng umschlungen mit ihrer Mutter. Arinai drückte sie an sich und weinte still. Manja trug das skythische Filzkleid, das sie seit ihrer Ankunft vor annähernd einem Monat nicht mehr angelegt hatte. Neben der Gartenpforte stand eines der Pferde, gesattelt und gezäumt. Am Sattel hing der Bogenköcher, und auf dem Rücken des Tiers waren eine zusammengerollte Schlafdecke und ein Beutel mit haltbaren Vorräten befestigt.

Arinai, die Vilufars Ankunft bemerkt hatte, löste sich von ihrer Tochter und trat einen Schritt zurück. Manja blickte auf, wischte die Tränen aus ihrem Gesicht und straffte sich sichtlich. Dann ging sie auf Vilufar zu.

»Manja«, flüsterte er. »Was tust du?«

Doch er las die Antwort in ihrem entschlossenen Gesicht und im hell leuchtenden Grau ihrer Augen. Sein Blick flackerte zu dem Pferd hinüber, das geduldig wartete.

»Nein!«, stieß er entsetzt hervor. »Das kannst du nicht tun! Das darfst du nicht ...«

»Ich muss«, sagte Manja fest. »Es gibt keinen anderen Weg für mich.«

»Aber ...«

Vilufar verstummte. Vielleicht hätte Zorn ihn befallen müssen, doch stattdessen füllten sich seine Augen mit Tränen. Er erkannte, dass er machtlos war. Der Traum, in dem er gelebt hatte, war zusammengebrochen, nachdem er sich tagelang verzweifelt bemüht hatte, die Vorzeichen nicht zu bemerken.

»Du hast versprochen ...«, er konnte ein krampfhaftes Schluchzen nicht unterdrücken, »dass wir immer zusammenbleiben.«

»... es sei denn, die Götter wollen es anders«, sagte Manja ernst, hob eine Hand und strich ihm eine Träne von der Wange. »Die Götter *haben* es anders gewollt, Vilufar. Sie haben mich zu dem gemacht, was ich heute bin. Ich kann nicht bei dir leben. Wenn ich es täte, wäre ich nicht glücklich, und du wärst es auch nicht.«

Sie nahm sein Gesicht in beide Hände und küsste ihn.

»Ich wünsche dir alles Glück dieser Welt«, sagte sie sanft. »Und ich werde dich niemals vergessen.«

Dann griff sie nach dem Zügel des Pferdes, saß auf und wandte den Blick nach Süden.

Vilufar stand an der Pforte und blickte ihr nach, wie sie die Straße zum Dorfausgang hinuntertrabte, der sinkenden Sonne entgegen.

EPILOG

Varge, die Wölfin, saß auf einer Anhöhe unweit des Hügelgrabs und blickte nach Westen. Ihre bernsteinfarbenen Augen folgten einem dunklen Punkt, der sich von der Waldgrenze her näherte und in die Steppe hinausbewegte. Es mochte ein Mensch auf einem Pferd sein, und in diesem Fall war es nicht ratsam, hier sitzen zu bleiben – manche Menschen hatten Angst vor Wölfen und schossen mit gefiederten Stöcken nach ihnen. Doch irgendein Instinkt sagte ihr, dass von der einsamen Gestalt dort drüben keine Gefahr drohte, und so blieb sie auf der Anhöhe sitzen und verfolgte den Punkt weiter.

Die Gestalt ließ den Grabhügel hinter sich und kam näher. Nun konnte Varge erkennen, dass es tatsächlich ein Reiter war, der in gemächlicher Geschwindigkeit, doch zielstrebig nach Südosten trabte. Der Wind trug den unverkennbaren Geruch des Pferdes an ihre Nüstern – und schließlich einen weiteren Geruch, den sie erkannte.

Jähe Freude ergriff die Wölfin, und sie sprang auf die Füße und reckte die Schnauze.

Es war *ihre* Frau. Endlich kehrte sie zurück aus den Wäldern, in denen sie vor Wochen verschwunden war. Varge war ihr nicht gefolgt, denn ihre Heimat war die Steppe, und sie hatte nicht verstanden, warum die Frau dorthin gegangen war, wo die Waldmenschen wohnten. In ihrer Jugend hatte sie Erfahrungen mit jenen Menschen gemacht und wusste, dass sie Wölfe hassten und Fallgruben mit angespitzten Pflöcken für sie aushoben. Auch hatte sie gespürt, dass der Mann, der ihre Frau begleitet hatte, sie nicht mochte und sie vertreiben würde, wenn sie zu nahe käme.

Nun aber war ihre Frau zurückgekehrt, und am liebsten wäre Varge zu ihr gelaufen und hätte sie begrüßt. Zögerlich wandte sie den Kopf und fing den Blick ihres Gefährten auf, der einige Schritte hinter ihr im Gras lag und sich misstrauisch duckte. Sie spürte deutlich, dass er Angst hatte. Er kannte die Frau nicht und konnte nicht wissen, dass sie Varges Freundin war. Sie hatte ihn erst kennengelernt, nachdem die Frau sie verlassen hatte. Genau wie sie war er einsam an der Waldgrenze umhergestreift und hatte Mäuse und Kaninchen gejagt. Er war groß und kräftig, hatte ein hellgrau geschecktes Fell und war, wie Varge aus seiner Witterung schloss, einige Jahre jünger als sie. Er hatte sich ihr vorsichtig genähert und um ihr Vertrauen geworben – inzwischen waren sie unzertrennlich, und Varge war trächtig.

Die Frau war inzwischen so nahe herangekommen, dass keine zweihundert Schritte zwischen ihr und Varges Aussichtsplatz lagen. Mit ihren scharfen Augen erkannte die Wölfin deutlich die vertraute Gestalt, die sich eben im Sattel aufrichtete und ihr Pferd anhielt. Sie blickte zu ihr herüber.

Varge konnte ihren Gesichtsausdruck nicht erkennen, aber ihre Haltung drückte Überraschung und Freude aus. Sie hob eine Hand und winkte.

Und Varge begriff: Die Frau kehrte zu den Menschen zurück, die in der Steppe lebten. Sie suchte den Mann namens Sajan. Varge verstand sie gut. Genau wie Wölfe waren auch die Menschen stets auf der Suche nach Gefährten. Sie selbst hatte sich vor Jahren der Frau angeschlossen, als sie in den dunklen Schacht gestürzt und von ihrem Rudel getrennt worden war.

Varge wusste, wo sich das Lager der Steppenmenschen befand. So lief sie einige Schritte voraus, wandte den Kopf und sah zufrieden, dass die Frau ihr Pferd antrieb und die gewiesene Richtung einschlug. Varges Gefährte huschte an ihre Seite, legte sich neben ihr ins Gras und sah sie unruhig an. Die Wölfin neigte sich ihm zu, rieb ihre Schnauze an der seinen und leckte ihm beruhigend den Hals.

Die Frau, die eben an ihnen vorbeiritt, sah es und hielt abermals inne. Diesmal war sie so nah, dass Varge ihr Gesicht erkennen konnte. Die Züge eines Menschen mochten denen der Wölfe unähnlich sein, doch verstand sie mit sicherem Instinkt, dass die Frau glücklich war. Ihre hellen Augen strahlten, während ihr tiefschwarzes Haar leicht im Wind flatterte.

Varge erwiderte ihren Blick und gab ihr wortlos zu verstehen, dass sie sie nicht begleiten konnte. Sie würde bei ihrem Gefährten bleiben, während die Frau den ihren aufsuchte. Es war nicht mehr nötig, dass sie einander beschützten – beide hatten ihr Ziel gefunden.

Die Frau schien zu verstehen, und sie lächelte, als sie den Blick nach Südosten wandte und ihr Pferd in die Steppe hinauslenkte.

NACHWORT UND LITERATUR

Es gab sie wirklich: die Amazonen, jene geheimnisvollen Kriegerinnen, von denen die griechische Sage berichtet. Doch wir müssen sie uns anders vorstellen, als wir es gewohnt sind. Im Fantasy-Genre werden sie oft den Walküren der nordischen Sagenwelt nachgebildet, und wir alle kennen längst das Klischee der flachsblonden Kriegerin mit Schwert und Schild, das uns vom wagnerschen Musikdrama bis zum zeitgenössischen Kinofilm begleitet. Doch die Walküren der Germanen waren keine wirklichen Kriegerfrauen, sondern mythologische Gestalten, Geisterwesen aus Odins Gefolge, die nach einer Schlacht die Gefallenen in die Gefilde der Götter führten. Die wahren Amazonen dagegen lebten nicht im hohen Norden, sondern in den Steppen des Ostens, und sie dürften auch ganz anders ausgesehen haben, als wir gemeinhin glauben: auf Pferden reitend, in Filz gekleidet und mit Pfeil und Bogen schießend.

Bereits zu Homers Zeiten kannten die Griechen Sagen über weibliche Kriegervölker an der östlichen Küste des Schwarzen Meeres, in jenem Gebiet, das heute dem Süden Russlands entspricht. Es hieß, dass diese Kriegerfrauen auf Pferden ritten, mit Axt und Bogen kämpften und sich sogar die rechte Brust ausbrannten, um eine größere Beweglichkeit beim Bogenschießen und Speerwerfen zu erzielen. Sie waren so gefürchtet, dass die Helden der Argonautensage – eine Gruppe griechischer Seefahrer – an bestimmten Stellen der Schwarzmeerküste nicht an Land zu gehen wagten.

Wie die meisten Sagen enthält auch diese einen wahren Kern. Stets wurde vermutet, dass sie Erinnerungen an matriarchale, also von Frauen beherrschte Kulturen enthält, die den Griechen wahrscheinlich nur vom Hörensagen bekannt waren. Diesen historischen Hintergrund können wir heute zu einem guten Teil aufklären.

Um das Jahr 1000 v. Chr., als im Nahen Osten bereits

städtische Hochkulturen blühten, war die eurasische Steppenzone noch ein wildes und kaum erschlossenes Land, das sich von der heutigen Ukraine über Tausende von Meilen bis an die Grenzen Sibiriens erstreckte. In dem unwirtlichen und trockenen Grasland war Ackerbau kaum möglich, allenfalls nahe den Wäldern im Norden oder an den Ufern größerer Flüsse. Die Völker dieser Region jedoch taten irgendwann in dunkler Vorzeit einen folgenschweren Schritt: Sie zähmten die Wildpferde, die die Steppe durchstreiften, erlernten das Reiten und wurden Nomaden, die mit riesigen Tierherden von einem Ort zum anderen zogen. Im achten vorchristlichen Jahrhundert eroberten Reiternomaden, die als *Skythen* in die Geschichte eingingen, das gesamte Land nördlich des Schwarzen Meeres und drangen auf späteren Raubzügen bis nach Mitteleuropa und im Süden bis an die Grenzen Ägyptens vor. Diese gefürchteten Krieger, die mit Bogen und Axt kämpften, Dörfer und Städte plünderten und ihre Feinde skalpierten, gründeten ein mächtiges Reich an den Ufern des Schwarzen Meeres und versetzten ihre Nachbarn derart in Schrecken, dass sie als Halbwesen aus Mensch und Pferd – »Zentauren« – in der Sage fortlebten.

Unsere wichtigste Quelle über diese Völker ist der griechische Historiker Herodot, der im fünften vorchristlichen Jahrhundert seine berühmten Geschichtsbücher (»Historien«) verfasste.[1] Darin beschreibt er ausführlich Leben und Sitten der Skythen, aber auch anderer Nomadenvölker, die zu dieser Zeit aus dem Osten der Steppe nachdrängten. Und hier nun begegnen uns erneut die Amazonen.

Wie Herodot berichtet, wohnten die Skythen zu dieser Zeit westlich des Flusses Don, der in das Schwarze Meer mündet. In den Steppen östlich des Flusses jedoch hatte sich ein anderes Volk ausgebreitet: die Sauromaten (in späterer Zeit *Sarmaten* genannt). Wie die Skythen lebten sie als berittene Nomaden, hatten ähnliche Sitten und sogar eine

[1] Herodot: Historien. Deutsche Gesamtausgabe. Übersetzt von A. Horneffer, hrsg. und erläutert von H.W. Haussig. Stuttgart: Kröner 1971. Zu Skythen und Sauromaten siehe Buch IV.

ähnliche Sprache. In einem Punkt allerdings unterschieden sie sich auffällig: Während die Skythen eine von Männern beherrschte Gesellschaft bildeten, waren bei den Sauromaten auch die Frauen Kriegerinnen, ritten gemeinsam mit den Männern zur Jagd und in den Kampf, trugen die gleiche Tracht und auch die gleichen Waffen. Herodot berichtet sogar, dass sauromatische Frauen nicht heiraten durften, bevor sie im Kampf einen Feind getötet hatten. Dieser Umstand war für die Skythen so erstaunlich, dass sie eine eigene Sage hatten, mit der sie sich die außergewöhnliche Rolle der Frau bei ihren Nachbarn erklärten. Der Sage zufolge hatte eine Gruppe mythischer Kriegerfrauen einst skythische Jünglinge verführt und war mit diesen nach Osten ausgewandert. Aus ihrer Verbindung entstand das Volk der Sauromaten. Jene sagenhaften Kriegerinnen nannten die Skythen *Oiorpata*, was in ihrer Sprache Männertöter bedeutete. Herodot setzt sie mit den Amazonen der griechischen Sage gleich.

Inzwischen müssen wir uns nicht mehr auf Herodot allein verlassen, denn die moderne Archäologie und Geschichtswissenschaft haben viel über die Steppenvölker des Altertums herausgefunden.[2] Skythen wie Sauromaten gehörten zur Familie der iranischen Völker, die sich zu jener Zeit über ganz Mittelasien und ins südliche Russland ausgebreitet hatten. Mit den (viel späteren) Hunnen, Türken und Mongolen hatten sie nichts zu tun. Ihre Sprache war mit dem Ur-Indoeuropäischen verwandt, und sie dürften ausgesehen haben wie heutige Bewohner Europas. Die Skythen bildeten den westlichen Zweig der iranischen Völkerfamilie, wurden jedoch im Verlauf des ersten vorchristlichen Jahrtausends von den Sauromaten verdrängt, die wahrscheinlich aus den Steppen Kasachstans stammten. Im dritten vorchristlichen

---

[2] Hier einige der wichtigsten Veröffentlichungen:
Menghin, Wilfried; Hermann Parzinger (Hrsg.): Im Zeichen des goldenen Greifen. Königsgräber der Skythen. München: Prestel 2007.
Parzinger, Hermann: Die Skythen. München: Beck 2004.
Rolle, Renate; Michael Müller-Wille; Kurt Schietzel (Hrsg.): Gold der Steppe. Archäologie der Ukraine. Neumünster: Wachholtz 1991.
Schiltz, Véronique: Die Skythen und andere Steppenvölker. München: Beck 1994.

Jahrhundert besiegte die sauromatische Königin Amage die Skythen in einer entscheidenden Schlacht auf der Halbinsel Krim. Um die Zeitenwende beherrschten die Einwanderer bereits das gesamte Gebiet nördlich des Schwarzen Meeres und gerieten mit den Römern in Kontakt, die sie *Sarmaten* und ihr Land *Sarmatia* nannten. Noch in den folgenden Jahrhunderten spielten sie eine wesentliche Rolle bei der ostgermanischen Völkerwanderung, und erst durch den Sturm der Hunnen (375 n. Chr.) wurde ihr Reich vernichtet.

Über die Rolle der Frau bei den Sarmaten haben wir nur wenig Zeugnisse, denn wie alle Steppenvölker kannten diese Nomaden keine Schrift und hinterließen keine Aufzeichnungen. Ihre einzige Hinterlassenschaft sind die Grabhügel ihrer Fürsten, die Kurgane, die seit einigen Jahrzehnten intensiv erforscht werden. Während jedoch in skythischen Kurganen männliche Stammesoberhäupter bestattet wurden – wobei deren Frauen häufig ebenfalls getötet wurden und ihnen ins Grab folgen mussten –, fanden sich in sarmatischen Gräbern Sensationen anderer Art: Frauen, die mit Waffen bestattet wurden. Ein besonders eindrucksvoller Fund ist die Nekropole (= Grabgruppe) von Pokrowsk, die mehrere Jahrhunderte lang für sarmatische Bestattungen genutzt wurde. Ihre Erforschung verdanken wir vor allem der Amerikanerin Jeannine Davis-Kimball und dem russischen Archäologen Leonid Yablonsky.[3] Sie fanden Frauenbestattungen, deren Grabbeigaben sowohl auf kriegerische Aktivitäten wie auch auf einen hohen gesellschaftlichen Rang der Toten schließen lassen. Abnutzungserscheinungen der Knochen legen zudem nahe, dass die vor mehr als 2000 Jahren Verstorbenen häufig geritten sind. Alles deutet darauf hin, dass wir sie uns als Kriegerinnen zu Pferd vorstellen dürfen.

In späterer Zeit scheinen die weiblichen Kriegerinnen aus der sarmatischen Kultur verschwunden zu sein, womöglich unter dem Einfluss anderer Völker. Allerdings fand man noch in einer alanischen (= spätsarmatischen) Bestattung der

---

[3] Vgl. Davis-Kimball, Jeannine; Vladimir Bashilov; Leonid Yablonsky (Hrsg.): Nomads of the Eurasian Steppes in the Early Iron Age. Berkeley: Zinat Press 1995.

Hunnenzeit ein Fürstenpaar in Waffen: Männliches und weibliches Skelett hielten einander an den Händen; beide waren mit Waffen versehen. Die Frau trug ein silberbeschlagenes Langschwert am Gürtel und Schnallen, die auf das Tragen einer Hose hinweisen.[4]

»Tochter der Steppe« spielt um 700 v. Chr. in den Steppen zwischen der Wolga und dem Aralsee. Zu dieser Zeit waren die Skythen das mächtigste Volk der Steppe und hatten gerade das Gebiet der heutigen Ukraine erobert. Die Sauromaten, die ich der Einfachheit halber mit dem späteren Namen Sarmaten bezeichne, bewohnten zu dieser Zeit noch die angrenzenden Steppen östlich der Wolga, in denen man ihre Urheimat vermutet. Ihr Verhältnis zu den Skythen war trotz enger Verwandtschaft gespannt. Wir wissen, dass es noch Jahrhunderte später zwischen offenem Krieg und zeitweiligen Zweckbündnissen gegen gemeinsame Feinde schwankte. Zur Zeit meiner Erzählung wachsen die Sarmaten erst allmählich zu ernsthaften Konkurrenten der Skythen heran und beginnen, deren Aufmerksamkeit auf sich zu ziehen. (Die Vorgeschichte übrigens – den Siegeszug der Skythen und die Geschichte von Manjas Eltern – habe ich bereits in dem Roman »Steppenkind« erzählt.)

Bei der Schilderung von Leben und Sitten der Nomaden habe ich mich um größtmögliche Authentizität bemüht. Eingeflossen sind vor allem jene Informationen, die uns griechische Historiker über diese Völker bieten, aber auch die Entdeckungen der modernen Archäologie. Sämtliche Personen sind fiktiv, denn wir kennen aus dieser frühen Epoche keine historischen Personen mit verbürgten Namen. Selbst die Namen der einzelnen sarmatischen Stämme beruhen auf Vermutungen, denn für Steppenvölker war es typisch, wechselnde Konföderationen zu bilden, sich mit besiegten Feinden zu verbünden und sich zeitweise zu größeren Einheiten zusammenzuschließen, wenn die Umstände es erforderten. Der Name eines Volkes – und das gilt für Skythen und Sar-

[4] István Bóna: Das Hunnenreich. Stuttgart: Theiss 1991; S. 82 f. und S. 246 f.

maten gleichermaßen – war daher oft nur derjenige einer Führungsschicht oder eines besonders mächtigen Stammes, unter dem sich eine ganze Gruppe verschiedener Stämme vereinte.

Über die Kultur der Steppenvölker wissen wir hingegen relativ viel. Wir kennen ihre Waffen, ihr Pferdegeschirr, ihren Schmuck und ihre Kleidung, die sich als Grabbeigaben erhalten haben. Selbst ihre religiösen Vorstellungen und die Namen vieler ihrer Götter sind überliefert. Wo Informationen fehlten und ich auf meine eigene Phantasie angewiesen war, habe ich stets versucht, Unbekanntes aus Bekanntem zu entwickeln. Ein Beispiel dafür ist der Wolfsring, den Manja in einem sarmatischen Grabhügel entdeckt. Der Ring selbst ist fiktiv, doch spielt der Wolf tatsächlich eine herausragende Rolle in der sarmatischen Kunst und begegnet uns als Figur auf vielen Waffen und Schmuckstücken. Wahrscheinlich hatte er für die Sarmaten die Bedeutung eines magischen Wesens, dem sie sich verwandt fühlten: Wie sie war er ein Geschöpf der Steppe, ein Jäger und Wanderer in den weiten Grasländern, der sich von den gleichen Beutetieren ernährte.

Wie aber können wir uns die »Amazonen« vorstellen, die Kriegerinnen der Sarmaten? Nach allem, was wir wissen, trugen sie dieselbe Tracht wie die Männer – also Leibrock und Reithosen – und kämpften zu Pferd mit Bogen und Axt. Dass sie sich die rechte Brust ausbrannten, wie die Griechen behaupteten, ist hingegen nach Meinung vieler Forscher nur eine Legende. Wahrscheinlicher ist, dass sie die rechte Brust mit einem speziellen Kleidungsstück flach drückten, um eine größere Beweglichkeit beim Bogenschießen zu erzielen. Denkbar ist auch, dass die Entwicklung der Brust dauerhaft durch eine lederne Bandage unterdrückt wurde. Für fremde Beobachter konnte dadurch der Eindruck entstehen, dass den Kriegerinnen eine Brust vollständig fehlte, was den Anlass zur Bildung der Legende gab.

Wie wurde ein sarmatisches Mädchen zur Kriegerin? Hierüber gibt nicht einmal die Sage Auskunft, sodass ich auf Vermutungen angewiesen war. Das Initiationsritual beispielsweise ist fiktiv, wenngleich ich es aus Berichten über die Initiation bei anderen Völkern entwickelt habe. Auch dass eine ältere Kriegerin den jüngeren Frauen regulären Unterricht in der Kampfkunst erteilte, ist lediglich eine Spekulation – allerdings sehr wahrscheinlich, denn die Kampfweise der Steppenvölker, die vor allem auf der Beherrschung des Reitens und dem schwierigen Umgang mit dem sogenannten Komposit-Reflexbogen beruhte, verlangte zweifellos jahrelanges Training.

Was die Erfindung von Eigennamen und die Sprache der Sarmaten betrifft, musste ich mich ebenfalls an Vermutungen halten. Da sowohl Skythisch als auch Sarmatisch zur iranischen Sprachfamilie gehörten, lag es nahe, die wenigen überlieferten Namen und Bruchstücke des Altiranischen zu verwenden. Wo dies nicht möglich war, orientierte ich mich an bekannten indoeuropäischen Wortwurzeln. Dennoch blieb manche Lücke offen, die ich am Ende mittels eigener Phantasie schließen musste.

Wolfgang Jaedtke

Steppenkind

Ein Skythen-Roman. 448 Seiten. Piper Taschenbuch

Ein namenloser Junge soll von der Hohepriesterin des Dorfes den Göttern geopfert werden, doch er kann sich retten. Als Sklave und später als Schmied lebt er fortan bei den Skythen, den legendären Reiternomaden, die im Begriff sind, aus den Steppen Mittelasiens nach Europa vorzustoßen. Dank seiner außergewöhnlichen Begabung steigt er schließlich zum Anführer einer skythischen Armee auf – und kehrt in sein Heimatdorf zurück, um Rache zu nehmen für das, was man ihm als Kind angetan hat. Dort aber stürzt ihn die Liebe zu Arinai in einen tragischen Konflikt …

Mit bravouröser erzählerischer Dramatik zieht Wolfgang Jaedtke den Leser in den Bann der sagenumwobenen Reiternomaden, die um 700 vor Christus die südrussische Steppe unsicher machten.

05/2227/02/L

Catharina Sundberg

Gebrandmarkt

Roman aus der Hansezeit. Aus dem Schwedischen von Wibke Kuhn. 368 Seiten. Piper Taschenbuch

Die Zeiten sind unruhig, als die junge Bürgersfrau Anne im Jahr 1391 aus Lübeck nach Stockholm reist. Mit ihrem Mann und dem Kind, das sie erwartet, will sie einen Neuanfang wagen. Doch Claus kommt bei einem Schiffbruch ums Leben, während Anne sich nach Stockholm retten kann, wo sie sich allein durchschlagen muss. Dabei sind ihr offenbar gefährliche Verfolger auf der Spur … Vor dem Hintergrund der Hansezeit in Schweden erzählt Catharina Sundberg die spannende und atmosphärisch dichte Geschichte einer jungen Frau, die im mittelalterlichen Stockholm ums Überleben kämpft.

»Liebe und Abenteuer im mittelalterlichen Stockholm, temporeich und süffig erzählt. Alle Leser, die gut lesbare Mittelalterromane mögen, werden Blut lecken!«

Svenska Dagbladet

05/2226/03/R

Stefan Jäger

Der Silberkessel

Historischer Roman aus der Zeit der Völkerwanderung. 320 Seiten. Piper Taschenbuch

120 vor Christus: Mehr als 100 000 Kimbern, Teutonen und Ambronen verlassen ihre unwirtliche Heimat Dänemark in Richtung Süden. In den Alpen treffen sie auf die gewaltigen Heere des Römischen Imperiums. Schändungen, blutige Schlachten und Raubzüge sind an der Tagesordnung. Eine gefährliche, rauhe Kulisse für die Liebe zwischen dem Römer Timaios und der Kimberin Svanhild …

Mit seinem historischen Roman zur Zeit der Völkerwanderung, als die ersten germanischen Volksstämme auf die wehrhaften Römer trafen, erhellt Stefan Jäger das Dunkel zwischen Antike und Mittelalter in der Mitte Europas.

05/2054/02/L

Stefan Jäger

Das Gold des Nordens

Historischer Roman aus der Zeit der Völkerwanderung. 384 Seiten. Piper Taschenbuch

112 vor Christus: Seit fast zehn Jahren tobt bereits der Krieg der Kimbern, Teutonen und Ambronen, die ihre unwirtliche Heimat Dänemark in Richtung Süden verlassen haben und dem Heer des Römischen Imperiums gegenüberstehen. Mittendrin kämpft der Sklavenhändler Timaios um das Herz der schönen Kimberin Svanhild. Als sie von Crassus, dem mächtigsten römischen Politiker, entführt wird, hat dieser jedoch nur ein Ziel vor Augen: Er will die Bernsteinstraßen des Nordens, die von den Kimbern gesperrt wurden, wieder geöffnet sehen – denn in Oberitalien ist die Bernsteinverarbeitung ein lukratives Gewerbe. Wird es Timaios gelingen, Svanhild zu befreien? Ein opulenter Roman über die Liebe in der gefährlichen Zeit der Völkerwanderung, als Bernstein das »Gold des Nordens« genannt wurde.

05/2224/02/R

Dietlinde Schumy

Der Awarenfürst

Roman aus der Zeit Karls des Großen. 368 Seiten.
Piper Taschenbuch

Der junge Erich von Friaul wird am Hof Karls des Großen zunächst belächelt, doch schon bald ist er ein Meister der Waffenkunst. Er freundet sich mit Pippin, dem Sohn des Frankenkönigs, an und verliebt sich in Rotraud, die schöne Königstochter. Doch der Spionageauftrag des Frankenherrschers beim Reitervolk der Awaren hält eine besonders harte Prüfung für ihn bereit. Wird er Andoro Tej, den Awarenfürsten, verraten können, der ihm mittlerweile zum Freund geworden ist? Glaubwürdig und einfühlsam zeichnet Dietlinde Schumy das Schicksal des jungen Ritters und läßt die atemberaubende Welt des Frühmittelalters in neuem Licht erstehen.

Martina Kempff

Die Marketenderin

Historischer Roman.
Mit einem Nachwort zur Taschenbuchneuausgabe. 432 Seiten.
Piper Taschenbuch

Februar 1812: Die willensstarke Marketenderin Juliane Assenheimer beschließt, mit den württembergischen Truppen zu ziehen, die Napoleons Armee im Rußlandfeldzug verstärken. Neben der harten Realität des Krieges macht ihr vor allem ihre Liebe zu Leutnant Gerter zu schaffen, die aufgrund des großen Standesunterschiedes unerfüllbar zu sein scheint. Mit viel Energie und Mut kämpft sich Juliane bis nach Moskau durch, wo sich die Lage dramatisch zuspitzt … Ein spannender Roman über eine mutige Frau, die sich gegen Gewalt und Unrecht auflehnt.

»Starke Frauenfiguren vor historischer Kulisse – Autorin Martina Kempff ist mittlerweile Spezialistin für diese Kombination.«
Norddeutscher Rundfunk

PIPER

05/2225/02/L

05/2262/02/R